**John Trebor**

# Zwischen Raum und Zeit

**Robert Herpold**, geboren 1966 in Hannover, hat eine Ausbildung zum Großhandelskaufmann absolviert und anschließend Betriebswirtschaftslehre studiert. Seit vielen Jahren ist Robert Herpold Mitinhaber und Geschäftsführer in einem mittelständischen Presse-Großhandelsunternehmen. Mit seinem Debütroman hat er seine Begeisterung für Science Fiction mit seinem Interesse an brennenden gesellschaftlichen Fragen auf spannende Weise verbunden.

In der Endphase seiner Arbeit am Roman brach die Corona-Krise aus und sorgte für ein Déjà-vu-Erlebnis. Herpold hat zwei Kinder und lebt mit seiner Frau bei Hannover.

# JOHN

## ZWISCHEN RAUM UND ZEIT

# TREBOR

Robert Herpold

**Impressum**

Deutsche Erstauflage
Dieser Titel ist auch als E-Book erschienen.



| | |
|---|---|
| Autor/Verlag: | Robert Herpold, 30926 Seelze |
| Umschlaggestaltung: | Levierre |
| Lektorat: | Dr. Peter Schäfer |
| Korrektorat: | Dr. Sara Horn |
| Satz: | Buch-Werkstatt GmbH, Bad Aibling |
| Illustrationen: | Jacob Müller, Arrsome |
| Druck: | CPI books GmbH, Leck |

ISBN: 978-3-9821595-0-8



**Bibliografische Information der Deutschen Nationalbibliothek**:
Die Deutsche Nationalbibliothek verzeichnet diese Publikation in der Deutschen Nationalbibliografie; detaillierte bibliografische Daten sind im Internet über http://dnb.d-nb.de abrufbar.

**Für alle Opfer und Leidtragenden der Corona-Pandemie.**
Niemals hätte ich geglaubt, dass Fiktion und Realität so dicht beieinander liegen, als ich die Arbeiten an diesem Roman im Dezember 2019 abgeschlossen hatte.

*Robert Herpold, Autor*

Robert Herpold denkt die Krisenpotenziale des 21. Jahrhundert weiter und macht die Zukunft des Mars und der Erde lebendig, um in einer atemberaubenden Zeitreise auf temporeiche und visionäre Weise den Finger in die Wunden unserer Gegenwart zu legen.

Dr. Peter Schäfer, Lektor

NÖRDLICHE WINDPARKS
FLUTKANÄLE DER NÖRDLICHEN EBENEN
OLYMPUS MONS
THARSI
DEMME
BILASUR
ARSIA MONS
VALLES MAR
GOLAN
KUBLAN
SANDSTURM KATASTROPHEN-GEBIET
OBRAS
MARS
ANNO 2538

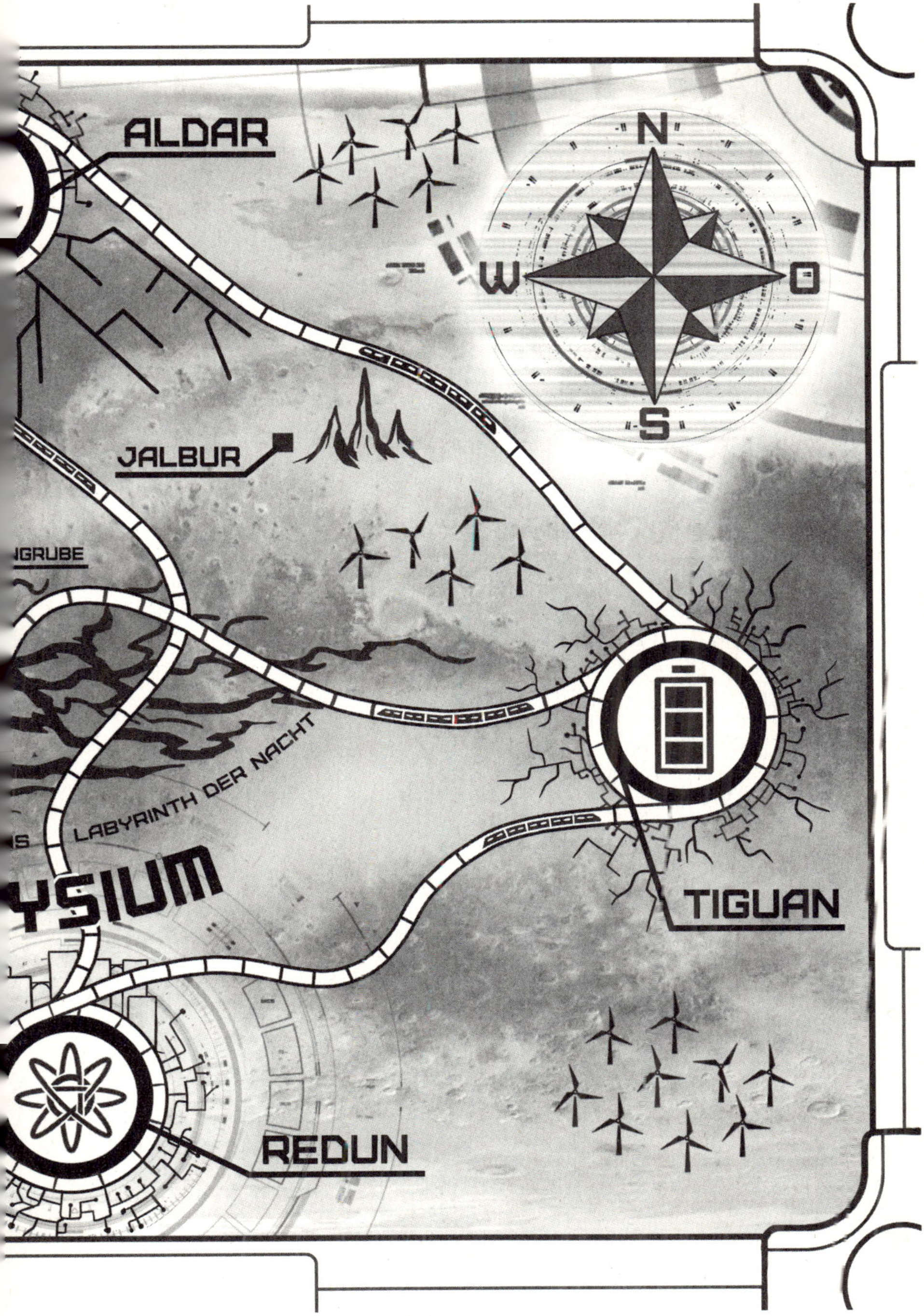

ALDAR
N
W
O
S
JALBUR
NGRUBE
LABYRINTH DER NACHT
S
YSIUM
TIGUAN
REDUN

# ANNO 2019

# 1

Die Sonne schien erbarmungslos vom strahlend blauen Himmel und brannte auf John herunter. Seine Haut spannte, und selbst die kleine Lücke in seiner rechten Augenbraue schimmerte rötlich. Die Hitze war kaum noch auszuhalten. Noch mehr machte John aber die hohe Luftfeuchtigkeit zu schaffen, die ihm bereits bei seiner Ankunft in Malaysia das Gefühl gegeben hatte, gegen eine heiße Wand aus Wasserdampf zu laufen.

Kate und Konrad ging es nicht anders. Sie kauerten neben ihm und waren ebenfalls schweißgebadet.

Tags zuvor hatte er sich mit den beiden am Flughafen von Kuala Lumpur getroffen, um ein Labor unter die Lupe zu nehmen, auf das Konrad aufmerksam geworden war. Nicht das erste und vermutlich auch nicht das letzte, obwohl Konrad sich diesmal so sicher war, dass er die *Nadel im Heuhaufen* gefunden hatte, nach der sie bereits seit mehr als vier Jahren vergeblich suchten.

Dieser Erkenntnis folgend, hatte John irgendwann angefangen, das Angenehme mit dem Nützlichen zu verbinden und die Suche nach ihrem Zielobjekt mit Ausflügen in die unberührte Natur zu verknüpfen. Das Protokoll stand dem nicht entgegen – ganz im Gegenteil. Er war sogar davon überzeugt, dass seine Exkursionen seiner Tarnung als Journalist, die er anfangs mehr schlecht als recht ausgefüllt hatte, entgegenkamen. Außerdem waren die ganzen Strapazen so besser zu ertragen, wenn er wieder einmal umsonst um die halbe Welt geflogen war.

Im Laufe der Jahre lernte er so fast alle Wunder kennen, die die Natur zu bieten hatte. Er hatte das Amazonasbecken bereist, die Arktis und die Antarktis gesehen, sich durch den Kongo gekämpft und seinen Kopf in fast alle Weltmeere gesteckt, um nur einige seiner Ziele zu nennen.

Am meisten hatte ihn jedoch das Great Barrier Reef beeindruckt: ein Kunstwerk aus Milliarden von Korallen, das abertausenden von Fischen und Meeressäugern eine Zuflucht bot. So schön und faszinierend das Ganze war, so sehr schockierten ihn aber auch die Folgen des Klimawandels. Das Riff wirkte über Kilometer hinweg wie ausgestorben.

Und schuld daran war wie immer der Mensch, der die Verantwortung dafür trug, dass sich das Wasser um ein bis zwei Grad erwärmt hatte – nicht viel, aber genug um die verheerende und todbringende Korallenbleiche zu entfachen. Der Gedanke daran machte ihn jedes Mal wütend und traurig.

»Ich fühle mich wie eine ausgepresste Zi…«, beklagte sich Konrad, wurde aber jäh von Kate unterbrochen, als ein Jeep vor dem Gebäude hielt. Es war eines dieser flachen, in die Jahre gekommenen Häuser, wie sie am Rande des Urwaldes zuhauf die Landschaft verschandelten. An den Wänden prangte überall Graffiti, und das Dach sah so aus, als ob es den nächsten Sturm nicht überleben würde.

Die Graffitis wirkten auf John allesamt wie Geschmiere. Wilde Kompositionen aus Buchstaben und Zahlen, teils in Schwarz-Weiß und teils in Farbe, bis er mit seinem Blick an einem geradezu lebensecht wirkenden Abbild eines Orang-Utan hängen blieb. Wow, dachte John und war sofort fasziniert. Der Künstler hatte den Affen so an die Wand gemalt, dass man meinen konnte, der Orang-Utan baumelte mit einer Hand an der Regenrinne. Diese Geschöpfe muss ich mir unbedingt aus der Nähe ansehen, dachte John, bevor Kate seinen Gedanken ein Ende setzte.

»Ich glaube, es geht los«, sagte sie. »Ich zähle drei Personen. Zwei Männer und eine Frau. Und so wie es aussieht, ist auch der Chemiker dabei, auf den wir gewartet haben.«

»Dann los«, erwiderte John und tippe mit dem Zeigefinger seiner rechten Hand an seine Uhr. Konrad und Kate machten es ihm nach und warteten, bis er anfing zu zählen.

Bei »drei« starteten sie gemeinsam den Countdown und schlichen auf das zugewucherte Gebäude zu, das als Teil eines alten Industriegeländes mit dem Dschungel zu verwachsen schien. John strebte dem Eingang entgegen, Kate schlich an der rechten Hausseite entlang und Konrad, wie abgesprochen, auf den Hintereingang zu.

Am Ziel angekommen, präparierten sie die verschiedenen Zugänge mit kleinen Sprengladungen und suchten seitlich der Türen Schutz. John kauerte rechts vom Haupteingang und schaute dabei auf seine Uhr.

Drei, zwei, eins, zählte er im Geiste mit und drückte bei »null« auf den Auslöser, genauso wie es auch Konrad und Kate taten. Mehr oder weniger gleichzeitig krachte und schepperte es. Die Explosionen waren nicht groß, aber groß genug, um die Türen aus den Angeln zu heben.

Dann drangen sie auch schon von drei Seiten in das Gebäude ein, jeder von ihnen mit einer Waffe im Anschlag.

Kate, eigentlich Jekaterina, hatte sich zuvor einen Mülleimerdeckel geschnappt und wie einen Schild vor sich hergetragen. Sie hatte spontan zugegriffen, nachdem sie realisiert hatte, dass sie ihre Gegner vermutlich vor den beiden anderen erreichen würde. So kam es dann auch.

Sie stürmte in den Raum und schrie »Hände hoch«, kassierte als Antwort aber eine Kugel, die ihr provisorisches Schild fast durchschlagen hätte. Ihre Eingebung hatte ihr tatsächlich das Leben gerettet! Ohne zu zögern schoss sie zurück und traf den kleinen Malaysier in die Schulter. Und damit genau dort, wo sie ihn treffen wollte.

Der Kerl schrie auf und ließ sofort die Waffe fallen, während die beiden anderen die Hände hoben. Als Konrad und John herangeeilt kamen, war der Spuk bereits vorbei.

»Nett, dass ihr auch mal vorbeischaut«, begrüßte Kate keck ihre beiden Mitstreiter und setzte ein spöttisches Lächeln auf, das John und Konrad mit einem Grinsen quittierten. Die beiden waren mit ihrem Hang zur Ironie vertraut.

»Schöner Schild«, antworte Konrad und zeigte auf den Mülleimerdeckel, den Kate immer noch in der Hand hielt. »Das Ding steht dir wirklich gut und passt zu deinem Look.«

»Danke«, erwiderte sie und machte einen Knicks. »Das Ding, wie du es nennst, hat mir übrigens gerade das Leben gerettet.« Kate war natürlich klar, dass Konrad sie ebenfalls nur veräppeln wollte, weil er damit auf ihr Erscheinungsbild anspielte, das sich im Laufe der Jahre stark verändert hatte. Sie sah mittlerweile aus wie ein Punk. Sie trug die eine Seite ihrer rotgefärbten Haare kurz, die andere lang, und hatte jede Menge Piercings. Und noch dazu ein halbes Dutzend Ohrringe, die sie um ihre rechte Ohrmuschel drapiert hatte.

»Oh, wirklich?«, antwortete Konrad und bereute bereits, dass er sich diesen kleinen Scherz erlaubt hatte. Außerdem ärgerte er sich jetzt insgeheim darüber, dass er Kate offensichtlich die Flanke überlassen hatte, die eigentlich die seine hätte sein sollen. Schließlich war er der Soldat mit der meisten Kampferfahrung im Team. Sein Körper war der beste Beweis. Er war mit Narben übersäht und seine Nase war nach den vielen Frakturen nie wieder richtig zusammengewachsen.

»Das reicht jetzt«, sagte John und schüttelte den Kopf. »Macht euch lieber nützlich und fesselt unsere drei Gastgeber!«

John selbst sicherte die Stellung, als Kate und Konrad seinen Befehl ausführten. Er dachte darüber nach, ob sie bei ihrem nächsten Einsatz Schutzwesten tragen sollten. Sofern es denn einen nächsten Einsatz geben würde. Allerdings sprach leider alles dafür, so wie es hier aussah. Sie würden wohl wieder nicht fündig werden.

Als Nächstes machten sie sich über die Ampullen her, die die drei Asiaten mitgebracht hatten und die jetzt in dem verdreckten Labor überall herumstanden.

»Was ist da drin?«, fragte Kate schroff und sah dabei den Mann an, den sie zuvor als Chemiker ausgemacht hatten. Sie war die Expertin für solche Fragen.

»MDMA«, antwortete der Kerl in feinstem Englisch.

»Liquid Ecstasy«, übersetzte Kate das eben Gesagte.

»Na super«, antwortete Konrad und trat vor Wut den Mülleimerdeckel durch die Gegend, den Kate zwischenzeitlich abgelegt hatte.

»Glaubst du ihm?«, fragte John und blickte zu Kate herüber. Er wollte in jedem Fall sichergehen, dass sie nicht gerade verarscht wurden. Es wäre schließlich nicht das erste Mal gewesen, dass man versuchte, sie in einer vergleichbaren Situation hinters Licht zu führen. Drogenköche neigten von Natur aus zur Unehrlichkeit.

»Ja«, antwortete Kate, »ich mache zur Kontrolle aber noch einen Schnelltest.« Dazu lief sie nach draußen und holte einen kleinen Koffer aus dem Wagen, den sie gut versteckt hinter einem der anderen Gebäude geparkt hatten.

In der Zwischenzeit packten John und Konrad das ganze Zeug auf einen Haufen und traten die Ampullen kaputt, während die drei Gefesselten lautstark protestierten. Aber nur so lange, bis Konrad dem Erstbesten eine Schelle verpasst hatte.

»Sie sagen die Wahrheit«, bestätigte Kate ihre Annahme. »Es ist wirklich MDMA, auch wenn ich mir etwas anderes gewünscht hätte.«

Daraufhin machten John und Konrad die drei Giftmischer los und zerrten sie nach draußen.

»Haut bloß ab«, sagte John, »und lasst euch hier nie wieder blicken, sonst kommt ihr nicht mehr so glimpflich davon.«

»Und hört auf, so ein dreckiges Zeug zu brauen! Euer Scheißzeug ist gefährlich«, rief Kate den dreien noch hinterher. »Sonst sehen wir uns wieder.«

»Vielleicht haben wir nächstes Mal mehr Glück«, sagte John am gleichen Abend, nachdem sie es sich – frisch geduscht – in der Bar ihres Hotels gemütlich gemacht hatten. Sie saßen in der dunkelsten Ecke und versanken fast in den weichen Ledersesseln, die um einen runden Tisch verteilt waren.

»Ja, vielleicht«, antwortete Kate, ohne die Frustration in ihrer Stimme zu verbergen. Sie schien enttäuscht, wie so oft.

»Der wievielte Einsatz war das jetzt eigentlich?«, wollte Konrad wissen, während er in seinem Mai Tai herumrührte.

»Ich glaube, der zweiundzwanzigste«, antwortete John. »Genau weiß ich es aber nicht. Ich habe irgendwann aufgehört zu zählen.«

»War's das dann für heute?«, fragte Kate und blickte ihren Commander missmutig an.

»Ja, aber ich dachte, wir essen noch etwas zusammen.«

»Nee, keine Lust«, antwortete Kate. »Ich will los. Außerdem ist mir der Appetit vergangen.«

»Komm schon!«, schaltete Konrad sich ein. »Wir lassen es heute richtig krachen. Ich bezahle auch. Das Essen, die Drinks, einfach alles.«

»Das ist wirklich nett von dir«, antwortete sie und strich Konrad mit der Hand sanft über den Arm. »Aber darum geht es nicht und das weißt du auch.« Dann stand sie auf, verabschiedete sich von den beiden und verschwand.

»Na dann, gute Reise«, rief John ihr noch hinterher, ohne zu wissen, wo sie zu Hause war. So wie er auch nicht wusste, wo genau seine anderen Kameraden ihre Zelte aufgeschlagen hatten. Auch dies war Teil ihres Regelwerks und diente ihrer eigenen Sicherheit. Aus dem gleichen Grund wusste er auch nicht, welche Nachnamen sie verwendeten.

Ihm war lediglich bekannt, dass sein Team auf allen Kontinenten vertreten war und jeder für sich ein möglichst unauffälliges Dasein führte. Sie kommunizierten ausschließlich über das Darknet und benutzten einen speziellen Code, der es fast unmöglich machte, ihnen auf die Spur zu kommen.

John war ihr Anführer und koordinierte alle Einsätze. Ursprünglich hatte sein Team aus sechs Männern und zwei Frauen bestanden, von denen zwei bereits nach ihrer Ankunft als verschollen galten.

Drei seiner Agenten waren Experten auf unterschiedlichen Wissensgebieten, der Rest hatte einen militärischen Hintergrund, wie auch Konrad, der in dieser Region seine Kreise zog.

John seufzte und blickte Kate noch lange nach, bis Konrad ihn aus seinen Gedanken riss.

»Also ich hab immer noch Hunger«, sagte er und griff demonstrativ zur Speisekarte. »Was hältst du von einem saftigen Steak mit Pommes und dazu eine schöne Flasche Rioja?«

»Klingt gut«, antwortete John, durchaus dankbar für Konrads kleinen Aufmunterungsversuch.

## 2

Zehn Tage später blickte John immer wieder aus dem Fenster der zweimotorigen Maschine. Der Himmel war wolkenlos und von einem klaren Blau. Die Propeller drehten sich unablässig, begleitet von einem Surren, das ihn auf eine merkwürdige Weise beruhigte.

Unter ihm lag der Regenwald Sumatras, dem er gerade einen spontanen Besuch abgestattet hatte. Er hatte den Abstecher gemacht, um Orang-Utans zu fotografieren, und tatsächlich auch das Glück gehabt, welche zu sehen.

Die Story für seinen Blog hatte er bereits im Kopf. Er wollte von den Menschenaffen erzählen, die ihn wie keine andere Spezies zuvor berührt hatten. Vielleicht lag dies aber auch an seinem Wissen um den Fortbestand dieser fantastischen Geschöpfe, die nicht mehr lange in freier Wildbahn anzutreffen sein würden. Ihr Lebensraum war einfach nicht mehr groß genug. Der Mensch hatte den Dschungel gerodet, um Ölpalmen anzupflanzen. Millionen von Ölpalmen. John konnte dies aus dem Flugzeug bereits sehen, denn der Urwald reichte längst nicht mehr bis an den Horizont. Und wie so häufig nistete sich eine allzu bekannte Traurigkeit in seinem Inneren ein.

In der Regel blieb er in der Region, in der sein Primärziel lag. Auch diesmal, denn Sumatra war nur einen Katzensprung von Kuala Lumpur entfernt.

Wann immer möglich, legte er seinen Fokus auf die Ozeane und Regenwälder, die dieser Planet zu bieten hatte. Nur zu verständlich, weil er bis zu seinem 32. Lebensjahr weder einen Wald noch eines der Weltmeere erblickt hatte. Die Erklärung war so einfach wie simpel. Denn da, wo er herkam, gab es weder das eine noch das andere.

Irgendwann hatte er angefangen, über seine Naturerlebnisse zu schreiben. Zuerst um seine positiven wie auch negativen Emotionen besser verarbeiten zu können, später aber auch wegen des Zuspruchs, den er von seiner Leserschaft bekam. Offensichtlich gefiel den Besuchern seines Blogs die Art und Weise, wie er die Folgen des Klimawandels in seinen Geschichten aufbereitete, ohne dabei als Ankläger aufzutreten.

Zwei Tage später betrat John völlig übermüdet sein viel zu großes Penthouse, das er zusammen mit einem großen schwarzen Schäferhund bewohnte, wenn er nicht gerade auf Reisen war und seinen Hund notgedrungen in einer Tierpension zurücklassen musste.

Er hatte Golan, wie er den Hund genannt hatte, kurz nach seiner Ankunft aus dem Tierheim geholt und seitdem fast jede freie Minute mit ihm verbracht. Es war wohl die Einsamkeit in dieser anfangs fremden Welt, die ihn zu einem Hundenarren gemacht hatte.

Seine Rückreise hatte ihn von Sumatra über Kuala Lumpur und weiter nach Dubai geführt, bevor er dann endlich gegen Mitternacht am Flughafen München gelandet war. Wäre er früher gelandet, hätte er sich wie immer noch einen Pott Kartoffeln gekocht. So aber wollte er nur noch ins Bett.

Und trotzdem war er am nächsten Morgen bereits wach, als der Wecker klingelte. Die Zeitverschiebung hatte ihn wieder einmal um den Schlaf gebracht. Ganze zwei Stunden hatte er die Decke seines dreißig Quadratmeter großen Schlafzimmers angestarrt und sich in seinen Erinnerungen verloren.

Wie so häufig dachte er an den Mars, der rückblickend etwas Hypnotisches hatte. Allein die Erinnerung an das allgegenwärtige Rot war so intensiv, dass der Gedanke daran ihn von innen heraus erwärmte.

Weit von der Realität entfernt brauchte er deshalb auch eine Weile, bis er die Kraft aufbrachte, um aufzustehen.

»Komm schon«, sagte er, nein, befahl er sich und quälte sich aus seinem Bett. Doch wie so häufig schaffte er es nur bis auf die

Bettkannte. Dort blieb er einfach sitzen und blickte lange durch den karg eingerichteten Raum. Sein Blick schweifte am Ankleideraum vorbei, bis er am Teleskop hängen blieb, das John durch die Terrassentür sehen konnte. Er mochte seine Wohnung und ganz besonders die große Dachterrasse, auf der er in heißen Sommernächten sogar schlafen konnte. Die frische Luft und der Blick auf die Sterne hatten es ihm angetan.

Dann endlich rappelte er sich auf und wechselte in sein *Kinderzimmer*. Und wie immer war er splitterfasernackt. Anders konnte er nicht schlafen, das war schon immer so gewesen. Selbst als Kind hatte er es gehasst, wenn ihn seine Mutter in einen Pyjama oder Overall gesteckt hatte.

Das Kinderzimmer war eigentlich ein Fitnessraum. Er nannte es bloß so, weil der Makler bei der Wohnungsbesichtigung vor mehr als vier Jahren es so genannt hatte. Das Zimmer war Johns Heiligtum. Er liebte den Raum, allein schon wegen der massiven Holzdielen, die dort verlegt waren. Holz hatte für ihn etwas Magisches.

Schnell sprang er in eine bequeme Hose und holte einen kleinen, unscheinbaren Würfel aus seinem Versteck. Dabei handelte es sich um einen kleinen Hohlraum, den er unter einer losen Diele in den Estrich hineingestemmt hatte. Der darin versteckte Quader war nicht größer als ein Apfel, metallisch glänzend und ohne jede Struktur.

So unscheinbar der Würfel auch war, umso erstaunlicher war dafür sein Innenleben, das frühere Generationen vermutlich als Flaschengeist bezeichnet hätten.

Sein Dschinn hörte auf den Namen Gibson und war eine Hommage an seinen ehemaligen Ausbilder, der ihn zu dem gemacht hatte, der er heute war.

Genau genommen war Gibson ein interaktives Hologramm und seit vielen Jahren sein Trainingspartner. Er hatte ihn damals, wie alle anderen Rekruten auch, zu Beginn seiner Ausbildung erhalten und seitdem fast täglich mit ihm trainiert. Das Hologramm war das Produkt unzähliger feiner Lichtstrahlen, die je nach Bedarf und Geschmack zu jeder beliebigen Gestalt ineinander verschränkt werden konnten. Vorausgesetzt, man kannte die richtigen Wörter, um ihn aus dem Würfel hervorzulocken.

Nachdem John seine Muskeln gedehnt und sich warm gemacht hatte, stellte er den Würfel vor sich auf den Boden und sagte: »Gibson, Zeit fürs Training«, und sah zu, wie sich ein spindeldürrer und zugleich drahtiger Mann vor ihm materialisierte.

Gibson verbeugte sich und nahm eine Kampfposition ein, so wie es Krieger schon seit Jahrhunderten taten, wenn sie sich einem Gegner stellten. John tat es ihm gleich. Doch wieder einmal war er nicht schnell genug und kassierte den ersten Treffer, noch bevor er seine Hände vor die Brust genommen hatte. Es war nicht viel mehr als ein kleiner Klaps gegen sein linkes Ohr und nur ein Vorgeschmack auf das, was noch folgen sollte.

Den zweiten Treffer sah John ebenfalls nicht kommen. Er war zu sehr damit beschäftigt, Gibsons Fäuste abzuwehren, die wie ein Trommelfeuer auf ihn niederprasselten, als Gibson ihm sein Knie in die Rippen rammte. Ein Thai-Boxer hätte es nicht besser hinbekommen.

Treffer Nummer drei war dann beinahe schon spektakulär. Gibson wich Johns Konter aus und sprang anschließend mühelos zur Seite, um ihn mit einem gezielten tiefen Tritt von den Beinen zu holen.

»Zeig doch endlich einmal, was du in all den Jahren von mir gelernt hast«, spöttelte Gibson.

»Sehr witzig«, antwortete John mit schmerzverzerrter Stimme. »Ich glaube, ich muss mal deine Programmierung ändern. Du wirst mir langsam zu frech.«

Das Training dauerte insgesamt zwanzig Minuten und verlangte John wie immer alles ab. Am Ende hatte er achtzehn Treffer kassiert, während Gibson nur zwölfmal getroffen worden war. Im Unterschied zu Gibson spürte er jedoch jeden einzelnen Treffer. Sie ähnelten kleinen Stromschlägen und wurden von Treffer zu Treffer schmerzvoller. Doch das Gute daran war, dass er jetzt hellwach und voller Adrenalin war. Von seinem Jetlag war nichts mehr zu spüren.

Dann war er auch schon mit einem Bein unter der Dusche. Das heiße Wasser wirkte wohltuend, und er genoss den Moment, bis sein Blick auf seine Uhr fiel, und er realisierte, dass es Zeit für die Arbeit war. Schnell trocknete er sich ab, verharrte dann aber in der Bewegung, als er sich selbst im Spiegel sah.

Ich sehe müde und alt aus, dachte er. Er konnte sogar einige graue Strähnen zwischen seinen dunkelblonden Haaren hindurchblitzen sehen, obwohl er noch keine vierzig war. Nur sein durchtrainierter Körper und seine Narbe hatten sich nicht verändert. Letztere spaltete seine rechte Augenbraue in zwei Teile und gab seinem Äußeren eine verwegene Note – ein Andenken an eine Auseinandersetzung während seiner Zeit als Mars-Defender. Doch all das war lange her.

Frisch geduscht fläzte er sich in schwarzer Jeans und T-Shirt vor seinen Schreibtisch und checkte seine Nachrichten, bevor er sich in aller Ruhe einem Artikel widmete, den er heute unbedingt noch fertigstellen wollte. Der Artikel drehte sich um die Klimasünden der Kreuzfahrtschiffe, die mittlerweile zu hunderten über die Weltmeere schipperten. Denn so schön sich auf diesen Dingern Urlaub machen ließ, so fies war gleichzeitig ihr Schadstoffausstoß.

Umso mehr ärgerte er sich darüber, dass sich niemand dafür zu interessieren schien, dass die Ozeandampfer Schweröl auf See verfeuerten; eine dreckige schwarze Pampe, die Feinstaub und Schwefeldioxid hinterließ, als ob es kein Morgen geben würde.

Zu seinem Leidwesen kam er mit dem Artikel nur langsam voran. Er musste immer wieder daran denken, wie ignorant die Menschen dieser Generation dem Klimawandel doch gegenüberstanden, obwohl die Wetterphänomene und Naturkatastrophen schon lange nicht mehr zu übersehen waren.

Aber offensichtlich schienen Starkregen-Perioden, Überschwemmungen, Dürren, Orkane, Feuersbrünste und das Schmelzen der Polkappen niemanden ernsthaft zu interessieren. Es schien das Normalste der Welt zu sein, ganz so, als ob es das schon immer gegeben hätte. Vermutlich war die Menschheit aber einfach nur zu abgestumpft oder zu sehr mit sich selbst beschäftigt, um die Tragweite ihrer eigenen Ignoranz zu erkennen, bis es zu spät sein wird und die Folgen des Klimawandels nicht mehr umgekehrt werden können. Dumm nur, dass der *Point of no Return* nicht etwa in weit entfernter Zukunft lag, sondern bereits in Sichtweite rückte.

Das ist schon irgendwie tragisch, dachte John. Die Menschheit im 21. Jahrhundert kennt alle Fakten, zieht aber leider die falschen Schlüsse. Es juckte John deshalb regelmäßig in den Fingern, die Wahrheit im Netz zu verbreiten und der Welt mitzuteilen, dass ihre Kinder und Kindeskinder am Arsch waren. Doch jedes Mal besann er sich eines Besseren. Nicht zuletzt, weil ihm kaum jemand glauben würde, dass die Erde unheilbar erkrankt war – infiziert vom Virus Mensch. Und dass der Exodus nicht mehr abgewendet werden konnte. Bestenfalls hätte man ihn einfach nur belächelt und schlimmstenfalls als Apokalyptiker abgestempelt.

Es war schon irre! Während der Dieselskandal die Nachrichten dominierte, wollte man die vielen anderen Ursachen des Klimawandels nicht sehen.

Am meisten ärgerte er sich über den systematischen Kahlschlag der Wälder. Es war doch ein Wahnsinn, dass jeden Tag weltweit rund vierhundert Quadratkilometer Regenwald abgeholzt oder abgebrannt wurden, ohne dass die Öffentlichkeit davon überhaupt noch Notiz nahm: unglaubliche 42 Fußballfelder pro Minute! Mehr als einmal hatte John sich gefragt, wie bescheuert man sein musste, dem Planeten, auf dem man lebt, die Lunge herauszuschneiden.

»Verdammte Scheiße«, platzte es aus ihm heraus. »Was hätte ich auf dem Mars für einen einzigen Baum gegeben!«

Und dann dieser ganze Plastikmüll, von dem ein Teil zum Leidwesen aller Meeresbewohner früher oder später in den Ozeanen landete und auch fünfhundert Jahre später noch allgegenwärtig war.

Nach drei Stunden war sein Artikel endlich fertig. Das Ergebnis gehörte zwar nicht zu seinen Glanzleistungen, erschien ihm aber gut genug, um veröffentlicht zu werden. Außerdem lief ihm die Zeit ein wenig davon. Denn wie jeden Samstag hatte er sich mit seinen Kumpels zum Fußballspielen verabredet, einer Sportart, von der er vor seiner Zeit in München noch nie etwas gehört hatte.

# 3

Kurz darauf stand John vor seinem begehbaren Kleiderschrank und überlegte, was er anziehen sollte. Im Vergleich zu den Temperaturen in Malaysia war es schon fast kalt. Vielleicht fünfzehn Grad. Ihn fröstelte, wenn er nur daran dachte. Deshalb griff er intuitiv zu einer seiner langen Jogginghosen, auch wenn sich die anderen über ihn lustig machen würden. Sollen sie doch, dachte er sich. Hauptsache, ich friere nicht.

Und was sollte er obenrum anziehen? John strich mit den Fingern über eine Auswahl verschiedener Trikots, die seine Haushaltshilfe fein säuberlich aufgestapelt hatte. Am Ende blieben seine Finger bei einem Trikot seiner Lieblingsmannschaft aus Tottenham hängen.

Ja, das passt, dachte er und machte sich auf den Weg zum Bolzplatz. Es war einer dieser typischen kleinen Fußballplätze, die zum Schutz der umliegenden Häuser von Maschendraht umzäunt waren. Deshalb hatten John und die anderen irgendwann angefangen, den Bolzplatz *Käfig* zu nennen, obwohl sie es immer wieder schafften, den Ball über den Zaun hinwegzuschießen. An sich war das nicht weiter schlimm, wenn nicht bereits vier Fensterscheiben zu Lasten ihrer Mannschaftskasse in die Brüche gegangen wären.

Als John auf dem Bolzplatz eintraf, waren die anderen fünf *Knastbrüder* bereits dabei, sich warm zu machen. Sie alle waren aus der Nachbarschaft und Stammgäste in der Kneipe Brenners. Im Laufe der Zeit waren sie zu einer eingeschworenen Gemeinschaft zusammengewachsen.

Den Namen *Knastbrüder* hatten sie Thomas zu verdanken. Er meinte, der Name würde gut zu ihnen passen, weil sie im Käfig wie Strafgefangene aussehen würden, die ihre tägliche

Stunde Hofgang darauf verwendeten, Dampf beim Bolzen abzulassen.

Thomas musste es ja wissen. Schließlich war er der Einzige, der schon einmal eingesessen hatte. Angeblich war er einer der besten Hacker, den die Welt je gesehen hatte. Doch weder sah man ihm das eine noch das andere an. Er sah vielmehr wie ein erfolgreicher Manager aus, was vermutlich daran lag, dass er jetzt gegen gutes Geld vielen namhaften Konzernen erklärte, wie sie sich besser vor seinesgleichen schützen konnten.

Überhaupt handelte es sich um eine illustre Runde, angefangen bei Nick Brenner, dem Inhaber des Brenners und ehemaligen Investmentbanker, über Benny, einen bekannten Steuerberater und eingefleischten Junggesellen, und Sergej und Pablo, die nicht nur zusammen eine große Werbeagentur betrieben, sondern auch privat ein Paar waren.

Auf das heutige Spiel freute John sich besonders, weil sie sich im Anschluss gemeinsam Bayern München gegen Borussia Dortmund ansehen wollten. Das Spiel des Jahres! Wenn Bayern heute nicht gewann, dann war die Meisterschaft für die Münchner wohl nicht mehr drin. John hätte nichts dagegen gehabt, denn sonst wäre es ja auch auf Dauer langweilig geworden. Es wäre jedenfalls mal eine Abwechslung, wenn am Ende der Saison eine andere Mannschaft oben stehen würde. Nicht immer die Bayern, wie in den letzten vier Jahren, seit er hier gelandet war.

Schnell wurden die Mannschaften zusammengestellt. Diesmal spielten Nick, Sergej und Thomas gegen John, Pablo und Benny. Nach den Trikots zu urteilen eine internationale Auswahl gegen den FC Bayern. Denn während Nicks Team als eingefleischte Bayernfans alle in Rot aufliefen, trug John ein Trikot der Spurs aus Tottenham, Benny ein Outfit der Königlichen aus Madrid und Pablo ein Shirt der alten Dame aus Turin.

»Kopf oder Zahl?«, fragte Benny, nachdem er den Ball auf den Mittelpunkt gelegt hatte und sich die Mannschaften um den Mittelkreis postiert hatten.

»Zahl«, antwortete Nick und schaute gespannt zu, wie Benny

die Münze in die Luft schnippte und wieder auffing, bevor er sie mit der rechten auf den Handrücken seiner linken Hand legte.

»Kopf«, antwortete Benny. »Wir haben Anstoß. Und denkt daran, dass Treffer nur zählen, wenn der Torschütze im Fünf-Meter-Raum gestanden hat.«

»Und wie immer mit fliegendem Torwart«, gab Thomas ungeduldig zurück. Der Hinweis bezog sich auf das Spiel des Torwartes. Es handelte sich um eine Regel, die immer dann zur Anwendung kam, wenn sie nur zu sechst waren. Dadurch war es den beiden Torhütern möglich, in die Rolle eines Feldspielers zu wechseln, wenn ihr Team am Drücker war. So machte es einfach mehr Spaß. Nicht zuletzt, weil der Platz sonst zu groß gewesen wäre.

Dann ging es endlich los. Es ging hin und her und der Ball flitze übers Feld. John hatte gerade den Ball und passte zu Benny herüber, der sich rechts freigelaufen hatte. Er trieb den Ball voran und spielte in die Mitte, wo Pablo bereits auf der Lauer lag. Doch der Pass war zu ungenau, und der Ball landete bei Nick, der ihn sofort zu Sergej weiter spielte.

»Verdammt«, schrie Benny und machte auf dem Absatz kehrt, während Sergej mit der Kugel am Fuß auf John zudribbelte. Mit der besten Technik ausgestattet, täuschte Sergej rechts an und zog links vorbei. Nicht das erste Mal.

»Fuck«, brüllte John und ärgerte sich über sich selbst. Immer falle ich auf den gleichen Trick herein! Wie blöd muss man sein?

Sergej lachte, nahm den Kopf hoch und schlenzte den Ball lässig auf Thomas, der ihn an Benny vorbei ins Tor netzte.

»Eins zu null«, feixte Thomas und klatschte mit Sergej ab. Benny schimpfte wie ein Rohrspatz und beklagte sich darüber, dass Pablo immer noch an der Mittellinie herumlungerte. »Was treibst du da vorne?«, rief er. »Wir hätten dich hier hinten gut gebrauchen können.«

»Was beschwerst du dich?«, antwortete Pablo. »Spiel halt genauer, dann kommen wir erst gar nicht in die Situation.«

John hatte sich derweil den Ball geschnappt, fand aber keine Anspielstation, weil seine beiden Mitspieler immer noch miteinander diskutierten. »Hallo?!«, ermahnte er die beiden, während er Sergej bereits aus dem Augenwinkel auf sich zulaufen sah. Ausgerechnet Sergej!

Dann eben allein, dachte er und schoss den Ball schräg gegen den Maschendrahtzaun und damit an Sergej vorbei. Der Ball prallte von dort wieder ab und sprang ihm – wie erhofft – genau vor die Füße. Keine Sekunde zu spät, weil Thomas bereits im Begriff war, ihm den Ball zu klauen. Doch bevor Thomas den Ball mit der Picke erreichen konnte, spitzelte John ihm den Ball durch die Beine. Und – oh Wunder! – es klappte auch dieser Trick, auch wenn es vermutlich mehr Glück als Können gewesen war. Eine kurze Berührung, ein kurzer Kontakt – und schon war John an Thomas vorbei.

»Aua!«, schrie Thomas hinter ihm. »Das war Foul!« Doch John ließ sich davon nicht beirren und lief weiter. Er hatte jetzt nur noch Nick vor sich, der rückwärts auf sein eigenes Tor zulief.

Offensichtlich hatte Nick sich dazu entschieden, ihm als Torwart und nicht als Feldspieler gegenüberzutreten. Allerdings hörte er jetzt, dass jemand dicht hinter ihm war, ohne zu wissen, ob es sich um einen Mitspieler oder Gegner handelte. Mit dem Ball am Fuß rannte John auf das Tor zu. Nicht so eng, wie Sergej es vermochte, aber doch eng genug, um die Kontrolle zu behalten. Doch leider war er nicht schnell genug, denn Sergej war jetzt wieder neben ihm zu sehen und drängte ihn nach links ab. Es war also Sergej, den er hinter sich gehört hatte.

Was jetzt, fragte er sich. Sergej würde sich gleich den Ball schnappen. Dessen war er sich sicher. Spätestens wenn er sich in der Ecke festgedribbelt hatte. Sergej war einfach der viel bessere Fußballspieler, der das Kicken bereits mit drei und nicht, wie er, mit über dreißig gelernt hatte. Dann hatte er eine Idee! Er stoppte abrupt ab, trat auf den Ball und zog den rechten Fuß zusammen mit dem Ball nach hinten. Dann drehte er sich auf der Stelle um und sah zu, wie Sergej ein weiteres Mal ins Leere lief. Wow, dachte er und war von sich selbst überrascht.

Erst jetzt sah er Benny, der sich in der Mitte freigelaufen hatte und mit den Armen wedelte.

»Spiel ab«, schrie Benny. Und genau das tat John dann auch. Er nahm Maß und zirkelte den Ball direkt auf Bennys Fuß, der das Ding mit Vollspann unter die Latte nagelte. Nick hatte zwar noch versucht, den Ball abzuwehren, war aber letztendlich chancenlos.

Auf dem Weg zurück in die eigene Hälfte hob Benny den Daumen und bedankte sich bei John für die Vorarbeit. So wie er es immer tat, wenn ihm einer seiner Mitspieler ein Tor aufgelegt hatte. Pablo klatschte sogar Beifall und deutete eine Verbeugung an, als auch John wieder in der eigenen Hälfte angekommen war.

Doch lange währte seine Freude über die gelungene Einzelaktion nicht, weil just in dieser Sekunde eine Horde gelb und schwarz gekleideter Hooligans laut grölend am Käfig vorbeimarschierte.

Borussia-Fans! Auch das noch, dachte John. Geht einfach weiter! Bloß nicht anhalten. Doch diesen Gefallen tat ihm die Horde nicht, weil einer von ihnen die roten Trikots der Bayern durch den Maschendrahtzaun leuchten sah.

»Sieh mal einer an«, sagte ein Borusse mit der rauen Stimme eines Kettenrauchers und schippte seine Zigarette weg. »Drei Lederhosen. Denen machen wir mal unsere Aufwartung.«

Als John das hörte, war ihm sofort klar, dass es Ärger geben würde. Und richtig! Denn kaum dass die Horde den Käfig betreten hatte, zeigte der Typ mit dem Finger auf Nick, Sergej und Thomas und sagte: »Runter damit!« Zweifelsohne meinte er die Bayerntrikots, die die drei trugen.

»Wir wollen keinen Ärger«, sagte Nick. »Wir gehen einfach, okay?«

»Ausziehen!«, wiederholte die Reibeisenstimme seine Forderung, während einer seiner Kumpane demonstrativ die Tür versperrte.

»Kommt schon«, versuchte Benny zu beschwichtigen und machte einen Schritt auf den Wortführer zu. Ein Fehler, wie sich gleich herausstellte, weil der Kerl ohne Vorwarnung seine Faust ausfuhr. Der Schlag war hart und platziert und holte Benny direkt von den Beinen, noch bevor er einen Mucks von sich geben konnte. Er hatte den Schlag weder kommen sehen noch damit gerechnet.

»Bist du bescheuert?«, brüllte Nick. »Du Vollidiot hast ihm die Nase gebrochen.« Mehr brachte er nicht mehr heraus, weil er der Nächste war, der sich vor Schmerzen krümmend auf dem Boden wiederfand. Ein Schlag in den Solarplexus hatte gereicht. Er landete direkt neben Benny, der mittlerweile so stark aus der Nase blutete, dass sein Real-Madrid-Trikot eher an das der Bayern erinnerte.

Spätestens jetzt war sich John darüber im Klaren, dass er handeln musste, wenn er Schlimmeres verhindern wollte. Fieberhaft überlegte er, was er tun konnte, bis er die Kiste Bier sah, die Pablo mitgebracht hatte. »Bedient euch«, sagte er und schob die Kiste zwischen sich und die Angreifer.

Davon völlig überrascht, griffen die Hooligans tatsächlich zu und verschafften ihm die Zeit, die er brauchte, um die anderen aus dem Käfig zu bugsieren. »Los, raus hier!«, befahl er seinen Freunden. »Beeilt euch.«

Einer nach dem anderen verließ daraufhin mit hängenden Schultern den Platz. Zuletzt Benny, der kaum ohne Hilfe laufen konnte. Doch John folgte den anderen nicht, sondern machte die Tür von innen zu.

Nick starrte ihn mit großen Augen durch den Maschendrahtzaun an und konnte nicht glauben, was er da gerade sah. Das ist irre, dachte er. Nein, das ist reiner Selbstmord. Was soll das?

»Spinnst du? Komm da gefälligst raus!«, schrie er schließlich mit angstverzerrter Stimme.

Doch anstatt seiner Aufforderung zu folgen, presste John die Lippen aufeinander und schüttelte den Kopf.

»Watt soll dat denn werdn, wenns fettich is?«, fragte einer der kleineren Hooligans in einem Dialekt, wie er nur noch im tiefsten Ruhrgebiet gesprochen wurde. Er hatte die Situation als Erstes erkannt und seinen Nebenmann angerempelt. Beide lachten und kriegten sich kaum wieder ein.

»Das werdet ihr gleich sehen«, sagte John und drehte sich langsam zu ihnen um. Erst jetzt sah er sich die Meute etwas genauer an. Es war ein bunt gemischter Haufen. Einige waren noch blutjung, die meisten aber in seinem Alter oder älter. Und alle trugen gelbe Trikots und darüber Westen aus Jeansstoff, auf denen *Gelbe Gefahr* geschrieben stand. John wusste nicht, was es damit auf sich hatte, vermutete aber, dass es so etwas wie ihr Gang-Name war.

»Schluss jetzt mit die Fisimatenten«, blaffte ihn der Kettenraucher an und gab den anderen mit einer leichten Kopfbewegung zu verstehen, ihn einzukreisen. Er war ganz offensichtlich ihr Anführer, denn sie taten, wozu er sie aufforderte.

John hatte nicht verstanden, was er gesagt oder gemeint hatte. Er hatte aber auch nicht mehr richtig hingehört, so fokussiert und konzentriert wie er war. Seine Muskeln waren jetzt voll angespannt und warteten nur darauf zu explodieren.

Dann ging alles ganz schnell. Einer Raubkatze gleich, wirbelte John durch den Käfig und schlug dem Kettenraucher seine rechte Handkannte gegen den Hals. Röchelnd und nach Luft schnappend kippte er weg und rutschte den Maschendrahtzaun herunter, während John nach dem fülligen Typen trat, der neben ihm stand. Der Tritt war so heftig, dass der Kerl fünf Meter nach hinten flog und nicht mehr aufhörte zu jammern. Nur zu verständlich, denn John hatte dem Schwergewicht wenigstens drei Rippen gebrochen.

Gegner Nummer drei trat er zuerst zwischen die Beine, bevor er ihm sein Knie unter das Kinn jagte, das er ihm freiwillig entgegenreckte, als sich der Kerl vor Schmerzen krümmte. Das Geräusch war widerlich, so wie es eben klingt, wenn der Kiefer eines Mannes bricht.

Alles ging so schnell, dass Gegner Nummer vier noch gar nicht mitbekommen hatte, was ihm widerfuhr, bis er selbst an der Reihe war.

»Aah«, schrie er, nachdem John ihm beide Schneidezähne ausgeschlagen hatte.

Im Gegensatz zu den restlichen Rabauken kam er aber noch einigermaßen glimpflich davon, weil die Wut in John erst jetzt so richtig tobte. Er rastete förmlich aus, ohne dass er sich den Kontrollverlust im Nachhinein erklären konnte. Vielleicht war es der Frust, weil er und seine Truppe bereits so lange vergeblich nach ihrem Zielobjekt gesucht hatten.

Am schlimmsten malträtierte John eine muskelbepackte Schrankwand, die mit einer Bierflasche auf ihn zustürmte und auch beinahe erwischt hätte, wenn Pablo ihn nicht gewarnt hätte.

»Pass auf«, schrie Pablo und sorgte so dafür, dass John dem Schlag gerade noch ausweichen konnte, bevor er selbst zur Flasche griff und dem Kerl damit einen Scheitel zog.

»Fuck!«, schrie Sergej, der aus nächster Nähe sah, wie ein Stück des linken Ohrs durch den Käfig segelte.

Das ganze Spektakel dauerte insgesamt nicht länger als drei Minuten. Gar nicht so schlecht, dachte John und schaute auf die Uhr. Er war zwar ein wenig eingerostet, aber immer noch schnell genug, um es mit einer Horde wie dieser aufzunehmen. Doch bevor er einen weiteren Gedanken formen konnte, spürte er Nicks ungläubigen Blick in seinem Rücken.

»Wer bist du?«, fragte er, als John sich umdrehte und ihre Blicke sich trafen.

Die Illustrationen finden Sie in Farbe auf: www.trebor.info.

# 4

Nach den blutigen Ereignissen hatte Nick spontan beschlossen, das Brenners gar nicht erst aufzumachen. Wie erwartet waren seine Gäste davon wenig begeistert. Die meisten waren sogar stinksauer, weil sie sich zur Kneipe aufgemacht hatten, um Bayern gegen Dortmund zu gucken. Jetzt mussten sie vor geschlossenen Türen zusehen, wo sie blieben.

Nick hatte das Brenners von seinem Vater geerbt und seitdem kaum verändert. Es war eines dieser typischen kleinen Wirtshäuser, in denen das Bier noch in Maßkrügen ausgeschenkt wurde. Es gehörte zu den letzten seiner Art in ganz Schwabing, ja sogar in ganz München. Es war gemütlich und landestypisch eingerichtet. Mit vertäfelten Decken und Wänden, gedrechselten Stühlen und einem reich verzierten Tresen. Nur der Fernseher passte hier partout nicht hinein. Aber das war Nick egal. Dafür liebte er Fußball viel zu sehr. Außerdem brachte der große Flachbildschirm mehr Kunden in seinen Laden.

Er war sich sicher, dass sich die meisten seiner Kunden schon wieder abregen würden, nicht zuletzt weil er sich vorgenommen hatte, nächsten Samstag als Wiedergutmachung eine Lokalrunde zu schmeißen, wenn nötig auch zwei. Außerdem brauchte er erst einmal Zeit zum Nachdenken, zumal sie John später noch gemeinsam zur Rede stellen wollten.

»Journalist. Ich lach mich tot. So kämpft doch kein Journalist«, sagte er laut zu sich selbst, während er sich mit den Fingern durch seinen Vollbart fuhr. Er machte das häufig, wenn ihn etwas beschäftigte.

Der Bart war mittlerweile zu Nicks Markenzeichen geworden. Er hatte ihn wachsen lassen, als er seinen Job als Investmentbanker an den Nagel gehängt und die Wirtschaft seines Vaters übernommen hatte. Es war keine bewusste Entscheidung gewesen, sondern hatte sich ganz von allein ergeben.

Allmählich trafen auch die anderen Knastbrüder ein, die heute den Hintereingang nehmen mussten. Nur Benny fehlte, der aufgrund eines komplizierten Nasenbeinbruchs wohl noch mehrere Tage im Krankenhaus bleiben musste.

»Scheiße, was machen wir den jetzt?«, fragte Thomas in die Runde. »Ich bin noch auf Bewährung. Wenn die Polizei von der Sache Wind bekommt, dann fahr ich wieder ein. Ganz egal, wer angefangen hat. Glaubt mir, dann sind wir alle dran.«

»Ich glaube nicht, dass die Kerle zur Polizei gehen«, antwortete Nick. »Denn als wir losgerannt sind, habe ich noch mitbekommen, wie John ihnen gedroht hat, dass es noch viel schlimmer für sie kommt, wenn sie auch nur an die Polizei denken.«

»Was ist denn mit euch los?«, fragte Pablo, der immer noch ganz aufgekratzt wirkte. »Ich höre immer nur Polizei, Polizei. Seid ihr euch überhaupt darüber im Klaren, dass uns diese hirnamputierten Wichser vermutlich alle auf die Bretter geschickt hätten, wenn John nicht gewesen wäre?«

Anders als vorhin hatte Pablo sein langes schwarzes Haar jetzt zu einer Art Dutt drapiert, so wie er es häufig tat, wenn er einen auf Hipster machte.

»Ja, schon«, antwortete Sergej, der einen ganz anderen Typ verkörperte als sein Lebensgefährte. Er sah aus wie ein Buchhalter und war in ihrer Werbeagentur tatsächlich auch für die Finanzen zuständig.

»Aber das ist doch kein Grund, gleich so auszurasten! Stellt euch doch nur mal vor, wenn dabei jemand zu Tode gekommen wäre.«

»Alles Bullshit«, gab Pablo zurück. »Habt ihr nicht gesehen, dass John genau wusste, was er tat? Glaubt mir, so können nur Agenten oder Spezialeinsatzkräfte kämpfen.«

»Du guckst zu viel Fernsehen«, antwortete Nick. »Aber in einer Sache muss ich dir direkt recht geben. Journalisten kämpfen bestimmt nicht so.«

Zur gleichen Zeit kniete John auf dem Boden und schrubbte sein 160 Quadratmeter großes Penthouse.

»Verdammter Mist«, fluchte er immer und immer wieder, während er gerade die Einbauten seines Badezimmers putzte. Alle anderen Räume hatte er bereits von seinen Fingerabdrücken und seiner DNA befreit. Genauso wie die wenigen Möbel, die in der Wohnung verteilt waren. Ein Bett, ein Schrank, ein paar Stühle, eine Einbauküche, eine Couch, ein Fernseher und eine Musikanlage. Das war's. Insgesamt so wenig, dass man fast hätte meinen können, dass er erst gestern und nicht bereits vor über vier Jahren hier eingezogen war.

Zuvor war ihm klar geworden, dass die Knastbrüder die Sache nicht auf sich beruhen lassen würden. Er konnte zudem nicht ausschließen, dass die Borussen nicht doch noch zur Polizei gehen würden. Schließlich hatte er im Käfig ein Blutbad angerichtet.

Umso mehr ärgerte er sich, dass er es so weit hatte kommen lassen, obgleich er auch nicht wusste, was er anderes hätte tun können. Außer dabei zusehen, wie die Horde über seine Freunde herfiel. Denn ganz sicher wären die Schläger ihnen gefolgt, wenn er ebenfalls den Käfig verlassen hätte.

Eine Stunde später warteten die Knastbrüder immer noch auf ihn, verschwendeten aber keinen Gedanken daran, dass er nicht auftauchen würde. Er war schließlich ihr Freund und hatte versprochen, ihnen Rede und Antwort zu stehen.

Erst als er auch nach dem Abpfiff noch nicht aufgetaucht war, wurden sie langsam misstrauisch.

»Wo bleibt er denn?«, fragte Nick merklich angespannt und starrte zum wiederholten Male auf seine Uhr.

»Keine Ahnung«, antwortete Thomas und scharrte mit den Hufen. »Ich habe jedenfalls keine Lust mehr, hier einfach nur rumzusitzen und abzuwarten.«

»Ja, ich auch nicht«, pflichte Pablo ihm bei, während er nicht aufhörte, am Zapfhahn herumzuspielen. Sie waren nach dem Spiel vom Stammtisch an den Tresen gewechselt, hatten den Fernseher aber angelassen. Es lief gerade *Alle Spiele, alle Tore.*

»Jetzt hör mal damit auf«, ermahnte ihn Nick. »Du machst den Hahn noch kaputt.«

»Wir sollten nachschauen, ob er überhaupt zu Hause ist«, antwortete Pablo, ohne auf die letzte Einlassung von Nick zu reagieren.

»Ja, genau«, pflichte Nick ihm bei. »Wir haben lange genug gewartet.« Schon war er aufgesprungen und auf dem Weg zum Hintereingang.

Keine zehn Minuten später standen die Knastbrüder vor dem Haus und drückten abermals die Klingel, auf der seltsamerweise kein Name mehr stand.

»Wie oft sollen wir denn noch klingen?«, fragte Sergej. »Der Kerl ist nicht da.«

»Ich hab eine Idee«, sagte Nick. »Seine Nachbarin hat einen Schlüssel. Ich kenne sie ganz gut und denke, dass sie ihn mir gibt, wenn ich ihr erkläre, dass wir uns Sorgen um John machen.«

Tatsächlich hielten die Freunde zwei Minuten später den Schlüssel zu Johns Wohnung in der Hand.

»Das hat ja prima funktioniert«, sagte Sergej, während er Nick gespannt dabei beobachtete, wie er die Tür von Johns Penthouse aufschloss. Doch wie bereits erwartet, war er nicht zu Hause.

»Hier ist niemand«, sagte Nick und sprach damit nur das aus, was alle anderen dachten. »Selbst von seinem Hund ist nichts zu sehen. Sogar das Hundekörbchen ist weg.«

»Und das Teleskop«, fügte Pablo an und machte mit dem Kopf eine Bewegung in Richtung Terrasse.

»Ja«, antwortete Thomas, »und nicht nur das. Der Kerl ist ausgeflogen, abgehauen. Seht euch doch nur mal um, wie das hier aussieht. Alles ist so sauber! Sieht wie geleckt aus.«

John ließ München hinter sich. Er hatte die Wohnung vollständig geputzt, die wenigen Sachen eingesteckt, die für ihn von Bedeutung waren, und sich schleunigst aus dem Staub gemacht. Er hatte sogar überlegt, Golan zurückzulassen, sich dann aber dagegen entschieden, obwohl er wusste, dass es ein Risiko war, sogar ein großes. Golan war ein Hund, der überall auffiel und Verfolger auf seine Spur führen konnte. Doch er hatte es nicht übers Herz gebracht, Golan zurückzulassen, der ihn mit seinen treuen Augen angeblickt hatte, als wüsste er, was sein Herrchen plante.

»Keine Angst«, hatte er schließlich gesagt. »Du kommst mit und dein Körbchen auch.«

John Herold, wie er sich in München genannt hatte, war nun Geschichte. Er existierte nicht mehr. Genauso wie sein Internetblog, den er bereits gelöscht hatte.

Noch mehr schmerzte ihn aber die Tatsache, dass er jeglichen Kontakt zu den Knastbrüdern abbrechen musste. Er hatte deshalb mit sich gehadert und überlegt, ob eine Flucht aus München wirklich notwendig war. Doch es gab keine Alternative! Anfangs hatte er sich noch eingeredet, alles erklären zu können, dann aber selbst einsehen müssen, dass alle Lügengeschichten, die er sich ausgedacht hatte, zu abenteuerlich und unglaubwürdig klangen. Außerdem ließ ihm das Protokoll keine Wahl. Es war in dieser Frage eindeutig und ließ ihm keinen Spielraum. Er hatte einen Fehler gemacht und musste jetzt dafür bezahlen. So einfach war das.

Er war mit Golan in seinen alten VW-Bulli gestiegen und Richtung Süden davongedüst. Er mochte den kleinen Bus, obwohl er sich erst daran hatte gewöhnen müssen, dass Autos mit allen vier Rädern auf dem Boden fuhren und nicht einfach auf Befehl abheben konnten.

Müde und erschöpft fiel John in den frühen Morgenstunden ins Bett seiner Zuflucht, die er sich vor einigen Jahren für einen Fall wie diesen zugelegt hatte. Er war die ganze Nacht durchgefahren, bis er endlich in dem kleinen Haus in der Nähe von St. Gallen angekommen war. Und trotzdem war an Schlaf nicht zu denken. Dafür gingen ihm zu viele Dinge durch den Kopf.

Der vorherige Tag hatte mäßig angefangen und denkbar schlecht geendet. Er war leichtsinnig gewesen und hatte leichtfertig seine Tarnung aufs Spiel gesetzt und am Ende auch noch den wenigen Menschen den Rücken gekehrt, die ihm etwas bedeutet hatten.

Du Idiot, dachte John und wiederholte diese Worte in Gedanken wie ein Mantra. Irgendwann glitt er aber doch noch langsam in den Schlaf hinüber.

Wie so häufig träumte er vom Mars, seiner geliebten Heimat. Diesmal von seiner frühen Zeit bei den Mars-Defendern. Er war im Jahr 2529 einer von dreißig Rekruten gewesen, die das Glück hatten, einen Platz auf der Militärakademie in Redun, der größten Stadt auf dem Mars, zu ergattern. Da war er noch keine zwanzig Jahre alt gewesen.

Er und seine Kameraden wurden eine eingeschworene Gemeinschaft und unterstützten sich gegenseitig, wann und wo immer sie nur konnten. Das mussten sie auch, denn ihre Lehrer und Ausbilder trainierten sie hart und unerbittlich. Doch nach sechs Monaten hatte sich sein Heimweh fast verflüchtigt. Seine Kameraden auf der Militärakademie wurden zu seiner Familie, und er tat alles, um dem gnadenlosen Ausleseprozess nicht zum Opfer zu fallen.

Diese Sorge teilte er mit allen anderen Kameraden, und so schlossen sie eines Tages, nach einem dreitägigen Orientierungsmarsch in den Höhlensystemen nahe des Vulkans Arsia Mons, einen Pakt. Sie schworen, noch besser auf sich aufzupassen und dafür zu sorgen, dass keiner mehr die Akademie verlassen musste. Sie zogen und schleppten sich gegenseitig und feuerten sich an, wenn bei einem von ihnen die Kräfte nachließen. Ihr gegenseitiges Vertrauen wuchs von Tag zu Tag, und ehe sie sich versahen, wurden sie beste Freunde.

Im Unterschied zu ihrer Grundausbildung verrichteten sie ihren Dienst nicht nur in Redun, sondern auch in allen anderen drei großen Zentren. Redun war aber mit Abstand am größten. Das Stollen- und Höhlensystem war gigantisch und überwiegend natürlichen Ursprungs. Insgesamt gab es mehr als dreißigtausend Höhlen, die durch ein Netz von Stollen und Tunneln miteinander verbunden und einem mehrdimensionalen Spinnennetz sehr ähnlich waren. Einige der Höhlen waren mehrere Quadratkilometer groß und mehr als hundert Meter hoch – und die Heimat von tausenden Marsianern. Insgesamt lebten in Redun, wenn man alle Höhlensiedlungen zusammenrechnete, mehr als 2,5 Millionen Einwohner.

Die Städte Aldar im Norden und Tiguan im Osten lernte er erst in seiner militärischen Ausbildung kennen. Dafür kannte er Golan, seine Heimatstadt, natürlich umso besser. Tiguan hatte ihm am wenigsten gefallen. Hier drehte sich alles um den Abbau von Gilizium, dem wichtigsten Rohstoff für den Bau der lebensnotwendigen Energiespeicher, ohne die ein Leben auf der Erde und dem Mars schon lange nicht mehr möglich war. Denn selbst die kleinsten Batterien aus Gilizium konnten eine unvorstellbare Menge an Energie speichern. Das Zeug war in seinem Ursprungszustand allerdings so fein, dass es sich überall festsetzte: in Nase, Mund, Augen und Ohren. Tiguan war einfach nur eine dreckige Stadt.

Aldar hatte er dagegen vom ersten Tag an gemocht. Das Klima in den Höhlen und Stollen war besonders. Es war hier ein wenig wärmer, und die Luft war salziger. Das lag an den riesigen Salzwasservorkommen, die sich vor Millionen von Jahren ihren Weg durch die Gesteinsschichten gebahnt hatten.

Seine größte Liebe galt aber bis heute Golan, seiner Heimat. Golan war die Kornkammer des Planeten. Hier wurde alles angebaut, was dank modernster Technik möglich war. In erster Linie Reis, Mais und Weizen, aber auch viele verschiedene Gemüsesorten. Aber leider nie genug, um autonomes Leben auf dem Mars zu ermöglichen. Deshalb mussten die meisten Lebensmittel von der Erde eingeflogen werden. So verging kaum eine Woche, in der sich nicht wenigstens ein Raumschiff auf die 39 Tage dauernde Reise begab.

In seinem Traum sah John auch die Marsoberfläche, die er im letzten Jahr seiner Offiziersausbildung besser und besser kennengelernt hatte. Er war zu diesem Zeitpunkt für die Überwachung der riesigen Windparks verantwortlich, die auf dem gesamten Mars wie Pilze aus dem Boden schossen und genug Energie lieferten, um den Mars in eine riesige Glühlampe zu verwandeln. Dafür bekam er sogar seinen eigenen Gleiter und lernte so den gesamten Planeten kennen, wie nur wenige vor ihm. Auch Sektoren, die er noch gar nicht kannte, hatte er aus seinem Gleiter heraus bestaunt.

Besonders beeindruckend fand er die gewaltigen Flutkanäle am Rande der nördlichen Tiefebenen. Sie waren einige dutzend Kilometer breit und ein paar hundert Kilometer lang und einstmals mit Wasser gefüllt. Und dann waren da noch die vulkanischen Regionen Tharsis und Elysium mit seinen zwei gewaltigen Beulen in der Marskruste. Olympus Mons, der größere der beiden Vulkane, hatte an seiner Basis einen Durchmesser von sechshundert Kilometern und erhob sich 24 Kilometer Meter über seine Umgebung. Wie so häufig sah sich John im Traum an einer der Flanken steil emporschießen. Immer höher und höher.

John lächelte im Schlaf, wie immer, wenn er seinen Heimatplaneten im Traum besuchte.

# ANNO 2538

# 5

Als Präsident Carter nach einer elfstündigen Marathonsitzung der Vereinten Nationen an das Rednerpult trat, um eine Abschlusserklärung abzugeben, konnte man die Spannung in der Luft des großen Plenarsaals förmlich knistern hören. Alle Augen waren jetzt auf ihn gerichtet, als er gemächlichen Schrittes über den weißen Marmorfußboden schritt. Seine Körperhaltung war mustergültig. Lässig und doch irgendwie würdevoll, so wie sein ganzes Erscheinungsbild. Angefangen bei seinem blauen schnörkellosen Anzug, einer Maßanfertigung, die man ihm auf seinen asketischen Leib geschneidert hatte, bis hin zu seiner grauen Kurzhaarfrisur, die perfekt gescheitelt war.

Am Rednerpult angekommen, straffte er seine knochigen Schultern, richtete das Mikrofon und legte seine Hände seitlich an das Rednerpult. Es gehörte zu seinen vielen Ritualen, die er sich angeeignet hatte, um seine Nervosität zu bekämpfen. Eine Nervosität, die er trotz all seiner Erfahrung nie ganz ablegen konnte, obwohl er bald siebzig wurde und dieses kräftezehrende Amt jetzt schon seit mehr als zwölf Jahren innehatte. Dem Namen nach hätte man meinen können, dass er Engländer oder Amerikaner war. Doch er war weder das eine noch das andere. Er war Schweizer mit französischen Wurzeln.

Anschließend blickte er mit müden Augen lange die steil aufsteigenden Reihen empor und suchte nach den richtigen Worten.

»Ladys und Gentlemen«, begann er seine Rede, »als unsere Vorväter vor mehr als einhundert Jahren die Kolonie auf dem Mars gründeten, waren sie fest davon überzeugt gewesen, dass autonomes Leben auf dem Mars möglich sei. Nicht wenige haben sogar geglaubt, dass die gesamte Menschheit eines Tages dorthin übersiedeln würde. Insbesondere wenn der Klimawandel weiter fortschreiten und ein Leben auf der Erde immer schwieriger oder sogar unmöglich sein würde.«

Carter war jetzt in seinem Element. Die Nervosität war wie weggeblasen, und ohne auch nur ein einziges Mal auf seine Notizen zu blicken, redete er weiter: »Doch leider müssen wir akzeptieren, dass dieser Plan nicht aufgegangen ist. Das Gegenteil ist sogar der Fall, weil aus dieser Vision längst eine Belastung geworden ist, die wir nicht mehr länger schultern können. Der Mars hat sich wie ein Mühlstein um unseren Hals gelegt und droht, uns in die Tiefe zu ziehen. Es ist deshalb an der Zeit, dass wir den Tatsachen ins Auge blicken und endlich akzeptieren, dass das größte Projekt in der Geschichte der Menschheit gescheitert ist. Wir können es uns einfach nicht mehr leisten, den Mars mit allem zu versorgen, was er selbst nicht hervorbringen kann. Damit muss jetzt Schluss sein. Die Gefahr ist einfach zu groß, dass wir früher oder später selbst daran zugrunde gehen. Deshalb werde ich morgen den Antrag stellen, die Marskolonie aufzulösen und unsere Leute nach Hause zu holen. Lieber ein Ende mit Schrecken als ein Schrecken ohne Ende«, brachte es Carter auf den Punkt.

Die 1098 Parlamentarier der weltweiten Staatengemeinschaft waren angesichts der klaren Worte wie vom Donner gerührt. Es herrschte eine beinahe beängstigende Stille, bevor es laut wurde und alle durcheinanderredeten. Während die eine Hälfte applaudierte und jubelte, war die andere Hälfte offensichtlich ganz anderer Meinung.

Davon unbeeindruckt, zog Carter seinen sechshundertfünfzig Jahre alten Colt und schoss in Richtung Decke. Augenblicklich wurde es wieder still.

Der Colt, der ursprünglich US-General Custer gehört hatte, war natürlich nur mit Platzpatronen geladen. Er wurde von Präsident zu Präsident seit mehr als zweihundert Jahren als Zeichen der Autorität weitergegeben und zuletzt von Juan Rivalto abgefeuert, nachdem sich das Parlament darüber zerstritten hatte, welche Aufgaben iHumans in der Staatengemeinschaft wahrnehmen dürfen und welche nicht. Heute war die Frage obsolet, weil iHumans mittlerweile in nahezu allen Funktionen und Hierarchieebenen eingesetzt wurden. Genau genommen war ein Leben ohne iHumans schon lange nicht mehr vorstellbar. Viele von ihnen waren sogar eigens für Aufgaben entwickelt worden, die Menschen nicht übernehmen wollten oder konnten. Sei es für den Außeneinsatz in der Landwirtschaft oder für den Bau der riesigen Biosphären, die mittlerweile den halben Planeten überzogen. Und mit Sicherheit wären sie auch die besseren Soldaten und Polizisten gewesen, wenn es nicht ein Gesetz gegeben hätte, das iHumans das Tragen von Waffen strikt untersagt hätte.

Auch äußerlich unterschieden sich iHumans kaum von Menschen, zumindest wenn man die K- und T-Serie als Maßstab nahm. Sie gehörten der neuesten Generation an und sahen nicht nur so aus wie Menschen, sondern verhielten sich auch so. Das einzige verlässliche Unterscheidungsmerkmal waren ihre Finger, denn im Unterschied zu echten Menschen hatten iHumans keine Fingernägel.

Nachdem sich das Plenum wieder beruhigt hatte, meldeten sich einige Abgeordnete überraschend zu Wort. Carter erkannte dies an den kleinen Lämpchen, die hier und da an den Sitzreihen aufleuchteten und zu blinken anfingen. Ungewöhnlich und auch ungebührlich, weil der Präsident normalerweise das letzte Wort hatte. Deshalb ignorierte er derartige Versuche in der Regel auch.

Doch heute wollte er sie zu Wort kommen lassen, vor allem weil Abel Friedmann, der Leiter der Mars-Evolution, zu denjenigen zählte, die ein elektronisches Handzeichen abgesetzt hatten. Carter nickte ihm zu und gab der Regie den Befehl, seinen Kanal zu öffnen. Daraufhin nahm sein holografisches Antlitz in der Mitte des Raums langsam Gestalt an, bis man selbst die kleinsten Konturen seines Gesichts erkennen konnte. So konnten Carter und alle anderen Parlamentarier nicht nur hören, sondern auch besser sehen, was Friedmann zu sagen hatte. Die holografische Übertragung war nötig, weil der *Bumerang*, wie der Plenarsaal wegen seiner Form genannt wurde, zu groß war, als dass jeder hätte jeden sehen können.

Aber auch Friedmann konnte jetzt besser sehen, weil sein eierschalenförmiger Sitz zeitgleich weit über die Brüstung geschoben wurde, sodass man leicht den Eindruck gewinnen konnte, dass er augenblicklich über den Rand hinabstürzen würde. Doch das schien nur so, weil sein Sessel, wie alle anderen auch, unterwärts mit einem Teleskoparm verbunden war.

Alle Blicke waren jetzt auf den alten kahlköpfigen Mann gerichtet. Denn sein Wort hatte Gewicht.

»Sehr geehrte Damen und Herren«, fing Friedmann an zu reden, »ich hätte nie gedacht, dass ich das einmal zu Ihnen sagen würde, aber der Präsident hat recht. Unsere Mission ist gescheitert. Wir müssen endlich aufhören, uns weiter selbst zu belügen, und aufhören, uns gegenseitig etwas vorzumachen.«

Die Worte gingen dem Leiter der Mars-Evolution offenbar nur schwer über die Lippen, zumal er damit auch seine persönliche Niederlage einräumte. Carter erkannte dies an den Tränen, die Sternschnuppen gleich von seinem Hologramm aus auf den Boden zu tropfen schienen.

»Aber wenn es uns doch noch gelingt, ein stabiles Magnetfeld zu etablieren?«, schrie einer der Parlamentarier aus Afrika lautstark dazwischen.

»Keine Chance«, antwortete Abel Friedmann. »Uns fehlt einfach das Wissen und die Technologie. Außerdem haben wir gar nicht die Mittel, um einfach so weiterzumachen. Wir haben bereits eine gigantische Summe investiert und sind immer noch zu weit von einer Lösung unserer Probleme entfernt. Das ist die nackte Wahrheit, die wir endlich akzeptieren sollten«, beendete Friedmann seinen Kommentar.

Der Appell schien zu fruchten, weil die Zahl derer, die gerade noch die Entscheidung von Präsident Carter kritisiert hatten, mit einem Mal um mehr als ein Drittel geschrumpft war. Eigentlich nicht weiter überraschend, weil es im Grunde seit zwanzig Jahren ein offenes Geheimnis war, dass das künstliche Magnetfeld um den Mars herum nie richtig funktioniert hatte – trotz aller Unsummen, die die Staatengemeinschaft Jahr für Jahr und Jahrzehnt für Jahrzehnt bereitgestellt hatte. Es war unmöglich, den Mars vor der kosmischen Strahlung zu schützen. Was vielversprechend begonnen hatte, hatte sich zunehmend als Illusion herausgestellt, weil es nie gelungen war, die dünne Suppe über den Köpfen der Marsianer in eine erdähnliche Atmosphäre zu verwandeln.

Zuletzt war ein Vertreter aus Lateinamerika an der Reihe. Carter kannte ihn nicht, konnte aber seinen Namen auf seinem Display ablesen. Zudem erschien sein Hologramm wieder hoch über ihren Köpfen.

»Herr Präsident«, sagte der braungebrannte Kolumbianer, »ich teile ihre Auffassung zu einhundert Prozent. Ich frage mich nur, wie es jetzt weitergeht. Unsere Zeit auf der Erde läuft ab. Das ist leider genauso sicher. Wir können uns doch nicht in unser Schicksal ergeben und einfach abwarten, bis sich die Erde ebenfalls in einen lebensfeindlichen Planeten verwandelt hat.«

Als ob jemand einen Knopf gedrückt hätte, wurde es augenblicklich wieder lauter, bis es Vizepräsident Gardner zu bunt wurde.

»Ladys und Gentlemen, bitte bewahren Sie Ruhe«, ermahnte er die Parlamentarier. »Es bringt uns nicht weiter, wenn wir alle durcheinanderreden. Reißen Sie sich jetzt verdammt noch einmal zusammen!«

»Genau darum geht es doch«, entgegnete Carter und nahm damit den Faden wieder auf, nachdem sich die Gemüter wieder ein wenig beruhigt hatten. »Wir müssen endlich aufhören, *ein totes Pferd zu reiten*, und stattdessen anfangen, alle Kraft und Mittel in jene Projekte zu investieren, die helfen, unser Überleben wirksam zu sichern. Ich denke dabei insbesondere an die Projekte zur Revitalisierung des Klimas, denen wir mangels der notwendigen Mittel zuletzt zu wenig Aufmerksamkeit geschenkt haben.«

Anschließend beendete der Präsident die Sitzung, aber nicht ohne die Parlamentarier noch ein weiteres Mal zu überraschen.

»Eines sollten Sie noch wissen«, sagte er, machte eine Redepause und schaute betont gelassen in die Runde. »Ich werde morgen meine Carte blanche ausspielen.«

Ein Raunen ging daraufhin durch den Saal. Damit hatte keiner gerechnet. Zwar war es nicht so, dass noch kein Präsident während seiner Amtszeit von dieser einmaligen Möglichkeit Gebrauch gemacht hatte, nur war das schon sehr lange her.

Danach stand Carter auf, blickte in die Runde und verließ den Bumerang. Die meisten der 1098 Parlamentarier taten es ihm gleich und begaben sich zu den Ausgängen, während sich 66 weitere Abgeordnete im wahrsten Sinne des Wortes einfach in Luft auflösten. Streng genommen waren es natürlich nur ihre Hologramme, die sie wie Geister hatten aussehen lassen, bevor die Regie die Übertragung beendet hatte. Schuld waren die Stürme über dem indischen Ozean, die aktuell einfach zu unberechenbar waren und es diesen Parlamentariern unmöglich gemacht hatten, persönlich an der Sitzung teilzunehmen. Dafür waren selbst in Höhen von mehr als zwölf Kilometern die Windgeschwindigkeiten von über 180 Stundenkilometern einfach zu stark.

## 6

Kurz nach dem Ende der Parlamentssitzung betrat Präsident Peter Carter mit seinem gesamten Team den Blauen Salon in der Spitze des Silvereggs. Das Silveregg war das höchste Gebäude der Stadt und beherbergte seit mehr als 150 Jahren den Sitz der Vereinten Nationen. Es war das Kontrollzentrum der Welt, oder von dem, was davon noch übrig geblieben war.

Die Zeit konkurrierender Länder und Nationen war längst vorbei. Sie endete im Jahr 2312 nach dem letzten großen Krieg, der mehr als 280 Millionen Menschen das Leben gekostet hatte.

Sitz der Vereinten Nationen war Zürich in der ehemaligen Schweiz. Eine gute Wahl, weil es hier selten kälter als plus zwanzig und nie heißer als 55 Grad wurde. Noch wichtiger war aber die geografische Lage, die die Menschen davor schützte, dass man in Zürich nasse Füße bekam.

Letzteres war der Tatsache geschuldet, dass der Meeresspiegel in den letzten 450 Jahren um über 66 Meter angestiegen war. Der gesamte Planet war längst eisfrei. Alle Gletscher waren verschwunden, und an Polkappen konnte man schon lange kein Schlittschuh mehr laufen. Schnee war ein Begriff, den die wenigsten noch kannten, und Eis fand man nur noch in Drinks, vorausgesetzt, man hatte genug ITCOS. Alle anderen Währungen waren im Verlauf der Jahrhunderte abgeschafft worden. Zuerst die physischen Währungen, später aber auch alle digitalen Zahlungsmittel.

Viele Länder und Städte standen schon lange unter Wasser. Die Niederlande waren in der Nordsee versunken, genauso wie Dänemark und weite Teile Norddeutschlands. Ebenso waren London, Venedig, Bangladesch, Manila und die Philippinen vom Meerwasser verschluckt worden. Von den Malediven und anderen Inseln ganz zu schweigen. Auch Bordeaux, Shanghai, Ho-Chi-Minh-Stadt, Osaka, Singapur, Rio de Janeiro, Hamburg und Miami existierten nur noch in den Geschichtsbüchern. Im Vergleich zum Jahr 2020 waren 35 Prozent der Landmasse verschwunden. Genauso wie viele Tierarten. Man schätzte, dass 85 Prozent aller Tierarten ausgestorben waren. Insbesondere Säugetiere waren den Wassermassen oder der großen Hitze zum Opfer gefallen. Es gab keine Großkatzen mehr, keine Menschenaffen, keine Giraffen, Zebras, um nur einige Beispiele zu nennen.

Australien und Afrika waren wie viele andere Regionen aufgrund der dauerhaften Hitze von über achtzig Grad de facto nicht mehr bewohnbar. Jedenfalls nicht mehr außerhalb der Biosphären, die den gesamten Planeten überzogen. Leben außerhalb der transparenten Kuppeln war nur noch in wenigen Regionen möglich, insbesondere in Teilen Europas, Asiens, Kanadas und Mittelamerikas. Relativ gut bewohnbar waren auch Grönland und die beiden Erdpole, die sich aufgrund ihres einigermaßen gemäßigten Klimas ausgesprochener Beliebtheit erfreuten.

Peter Carter ließ sich in den Sessel fallen und forderte den Inner Circle auf, es ihm gleichzutun. Der Inner Circle war die Regierung der Vereinten Nationen. Sie wurde vom Präsidenten zusammengestellt und umfasste mindestens sechs Mitglieder. Alle Regierungsmitglieder mussten dem Parlament angehören.

»Ich könnte jetzt einen Whiskey vertragen«, sagte der Minister für Verkehr und Raumfahrt und gab der Ordonanz ein Zeichen.

Daraufhin schwebte eine Servicedrohne herein und nahm die Bestellungen entgegen. Nur iHuman Kent12 bestellte verständlicherweise nichts.

»Dank Abels Wortmeldung ist es doch ganz gut gelaufen«, sagte die Gesundheitsministerin Harper Mountbatten und schaute zufrieden in die Runde. Sie trug eine modische Kurzhaarfrisur, war groß gewachsen und mit ihren 43 Jahren die Jüngste im Kabinett.

»Ja, das sehe ich auch so«, stimmte Robert Karlson, Minister für Verkehr und Raumfahrt, ihr zu. »Es ist nur fraglich, ob sich alle Gegner aus der Deckung getraut haben.«

»Ganz sicher nicht«, warf der Innenminister ein. »Dafür war

die ganze Fraktion aus Nordamerika zu ruhig. Mich würde es jedenfalls wundern, wenn wir die Amis überzeugt hätten.«

»Wir werden die notwendige Mehrheit schon bekommen«, gab sich der Präsident zuversichtlich. »Auch ohne die Stimmen aus Nordamerika. Allein schon wegen der Carte blanche.«

»Das war wirklich clever«, antwortete Gardner, der davon sicher genauso überrascht gewesen war wie die anderen Mitglieder des Inner Circle. »Du weiß aber, dass niemand wirklich verpflichtet ist, so abzustimmen, wie du es erwartest? Es ist mehr eine Bitte und rechtlich nicht bindend.«

»Ja, ich weiß«, antwortete Carter, während er durch das Glasdach im 352. Stockwerk direkt in den blauen Himmel schaute. Das Stockwerk schien mit dem Himmel zu verschmelzen und war der Grund dafür, warum die Schaltzentrale des Präsidenten auch gerne *Blauer Salon* genannt wurde.

Dann kamen auch schon die Drinks hereingeschwebt. Nicht zum letzten Mal an diesem Abend.

# 7

Am nächsten Morgen eröffnete Vizepräsident Gardner die Sitzung, nachdem er die Parlamentsglocke dreimal geschlagen hatte. Danach erhob er sich und gab Folgendes zu Protokoll:

»Ladys und Gentlemen, heute ist der dritte März 2538. Es ist neun Uhr. Hiermit eröffne ich die 1620. Sitzung seit Gründung der Vereinten Nationen im Jahr 2312. Das Wort hat Präsident Carter.«

Trotz eines langen Abends und mehrerer Gin Tonics wirkte Carter frisch und ausgeruht.

»Sehr geehrte Damen und Herren«, fing Carter an, »wir haben gestern über elf Stunden beraten und diskutiert. Währenddessen habe ich keine stichhaltigen Argumente gehört, warum wir die Kolonie auf dem Mars nicht ein für alle Mal auflösen sollten. Es wird Sie alle deshalb nicht überraschen, dass ich an meiner gestern getroffenen Entscheidung festhalte, die Mission hier und heute zu beenden. Dass es mir mit meiner Entscheidung ernst ist, mögen Sie auch daran erkennen, dass ich, wie angekündigt, meine Carte blanche ausspielen werde. Wie es die Tradition verlangt, sind Sie mir damit zur Loyalität verpflichtet. Ich erwarte deshalb, dass Sie mir Ihre Stimme geben, hoffe aber auch gleichzeitig, dass meine Argumente Sie alle überzeugt haben.«

Anschließend stand der Präsident auf und reckte die Carte blanche für jedermann gut sichtbar in die Luft, die eher an eine altertümliche Kreditkarte erinnerte, im Unterschied dazu aber anfing zu leuchten, kaum dass der Präsident den Arm gehoben hatte.

Daraufhin fingen viele Delegierte an zu jubeln, während andere eher sprachlos wirkten, weil sie offensichtlich nicht damit gerechnet hatten, dass die Carte blanche mehr als ein Gerücht war und tatsächlich existierte.

Vizepräsident Gardner ließ sie gewähren, zumal er den geschichtsträchtigen Moment selbst sehr genoss. Zumindest für eine Weile, bis er sich seiner Pflichten erinnerte und das Wort ergriff.

»Ladys und Gentlemen«, sagte er, »darf ich um Ihr Gehör bitten?! Bevor wir abstimmen, ist es meine Pflicht, Sie darüber zu informieren, dass Sie nicht gezwungen sind, den Beschlussantrag des Präsidenten zu unterstützen. Allerdings ist es so, dass es in diesem besonderen Fall dem Ehrenkodex dieses Hauses entspricht, so abzustimmen, wie es der Präsident erwartet.«

»Abstimmen, abstimmen!«, riefen daraufhin einige Parlamentarier, die es offensichtlich gar nicht abwarten konnten, ihr Votum abzugeben.

»Gleich«, gab der Vizepräsident zurück, wohl wissend, dass er den Beschlussantrag erst noch verlesen musste, obwohl dieser die ganze Zeit gut lesbar über ihren Köpfen schwebte. Es war eine unsinnige Formalie, die es aber einzuhalten galt, wenn man den Kritikern keine Angriffsfläche bieten wollte.

Als auch das erledigt war, kam der Vizepräsident zum Ende. »Wie es das Gesetz verlangt, frage ich Sie nun, ob Sie dem Beschlussantrag zustimmen, ablehnen oder sich Ihrer Stimme enthalten. Entscheiden Sie sich jetzt!«

Und trotzdem dauerte es noch ganze fünf Minuten, bis auch der letzte der 1098 Parlamentarier einen der drei möglichen Knöpfe auf dem Messenger gedrückt hatte.

Als Vizepräsident Gardner das Ergebnis verkünden wollte, löste sich Kent12 plötzlich aus seiner Erstarrung, und stellte sich in einer geschmeidigen Bewegung vor den Präsidenten.

»Impulsgranate«, rief der Android laut, doch die monotone Intonation des iHumans passte überhaupt nicht zur Situation.

Ein faustgroßer Gegenstand prallte an der Brust von Kent12 ab und detonierte mit einem ohrenbetäubenden Knall in der Luft. Der Android und der hinter ihm stehende Präsident wurden von der Druckwelle weggeschleudert. Jeden anderen iHuman hätte die Explosion in seine Einzelteile zerlegt. Nicht aber Kent12, den seine Erbauerin mit einem speziellen Schutz ausgestattet hatte.

Genau genommen mit einem bläulich schimmernden Schutzschild, das nicht nur ihn, sondern auch den hageren und hoch aufgeschossenen Präsidenten einschloss.

Der Vizepräsident, der etwa eineinhalb Meter neben Carter gestanden hatte, bekam dagegen die volle Wucht des Einschlags zu spüren. Er wurde buchstäblich in Stücke gerissen. Zurück blieb lediglich eine Blutspur, die sich quer über den Boden zog.

»Was zur Hölle …«, fluchte Carter, als ein Teil von Gardners Körper gegen den blau aufleuchtenden Schutzschild geschleudert wurde.

Die Landwirtschaftsministerin, Olga Garmin, war ebenfalls sofort tot. Ihr Kopf flog im hohen Bogen durch den Bumerang und landete mit einem lauten Klatschen zwischen den Sitzreihen. Die Abgeordneten, die in der Nähe saßen, sprangen aufgeschreckt aus ihren Sitzen.

Die Mitte des Bumerangs war voller Feuer und Rauch. Am schlimmsten war aber der Geruch von verbranntem Fleisch. Ein Geruch, den Carter nicht vergessen sollte. Es herrschte das nackte Chaos. Alle schrien durcheinander und drängten zu den Ausgängen und kamen dabei aber nur schleppend voran, weil sie sich gegenseitig behinderten und den Weg versperrten.

Carter wurde von Kent12 gegen den Boden gedrückt. »Wir müssen ausharren, Herr Präsident«, sagte Kent12, »sonst kann ich nicht für Ihre Sicherheit garantieren. Bleiben Sie bitte innerhalb meines Schutzschildes.«

Carter hörte ihn gar nicht. Er sah dorthin, wo Gardner gerade eben noch gestanden hatte. Doch er war nicht mehr da, einfach weg. Dafür erblickte er Bauministerin Watanabe. Die kleine Asiatin starrte ungläubig auf ihre zerfetzte, fingerlose Hand, aus der mit jedem Herzschlag ein wenig mehr Blut ausströmte. Ob sie wohl Schmerzen hatte? Oder hatte der Schock alle Schmerzen ausgeschaltet? Der Minister für Innere Sicherheit beugte sich über sie und berührte sie an den Schultern, doch Watanabe zeigte keine Reaktionen. Ihr Helfer redete auf sie ein und schaffte es schließlich, sie aus der Gefahrenzone zu ziehen.

Es dauerte eine ganze Weile, bis das vollständige Ausmaß des

Attentats feststand. Sechs Tote und 34 Schwerverletzte waren zu beklagen.

Peter Carter gehörte nicht dazu. Er blieb dank des Schutzschildes, den sein Assistent und Bodyguard blitzartig um ihn gelegt hatte, nahezu unverletzt. Er trug lediglich einige Prellungen und eine leichte Gehirnerschütterung davon.

# 8

Keine 24 Stunden später betrat Peter Carter den Blauen Salon. Mit Ausnahme der beiden Toten war der gesamte Inner Circle bereits anwesend. Die Stimmung war düster. Alle wirkten immer noch wie paralysiert.

»Wie konnte das alles nur passieren?«, fragte die Gesundheitsministerin fassungslos in die Runde.

»Ich habe keine Ahnung«, antwortete Wladimir Oktachow, Minister für Innere Sicherheit, und schüttelte energisch den Kopf. »Es ist eigentlich unmöglich, eine Waffe in das Silveregg und erst recht in den Bumerang einzuschleusen. Es gibt unzählige Scanner, die jede Waffensignatur erkennen. Wir wissen bisher nur, dass der Attentäter ein iHuman war, der auf dem Holodesk gearbeitet hatte. Wenn ich es nicht besser wüsste, dann würde ich behaupten, dass ich gerade aus einem Albtraum erwacht bin und alles nur geträumt habe.«

»Und«, fragte die Gesundheitsministerin Harper Mountbatten, »was wissen wir sonst noch?«

»Wenig«, musste der russische Innenminister eingestehen. Er wirkte erschöpft und schien über Nacht um Jahre gealtert. Sein sonst so rundes Gesicht wirkte eingefallen und seine kleinen Knopfaugen noch winziger als sonst. »Und dabei wird es wohl auch bleiben«, schob Oktachow hinterher. »Die Blechbüchse hat sich direkt nach dem Attentat selbst in die Luft gesprengt. Der Speicher des iHumans ist komplett zerstört. Da ist nichts mehr zu machen.«

In der aufkeimenden Stille wandte sich Peter Carter an seinen Bodyguard und sagte: »Kent, mein Freund, dir möchte ich in unser aller Namen besonders danken. Du hast Ministerin Watanabe und mir das Leben gerettet. Dafür bleiben wir auf ewig in deiner Schuld.«

Kent12 trat daraufhin einen Schritt vor, ohne seine Miene zu verziehen. »Herr Präsident, es besteht keine Veranlassung, mir zu danken. Der Schutz Ihrer Person ist meine Aufgabe. Für diesen Zweck wurde ich konstruiert und programmiert.«

»Das ist doch Quatsch«, erwiderte die Ministerin für Bauwesen und schmiss sich dem iHuman etwas unbeholfen an den Hals, der damit noch weniger anzufangen wusste. Das erkannte man an dem leichten Zucken seines Mundwinkels in seinem ansonsten eher ausdruckslosen Gesicht, das einem Astronauten früherer Tage nachempfunden war. Er sah aus wie Neil Armstrong, obwohl kaum noch jemand wusste, wer das war, geschweige denn wie er ausgesehen hatte. Den Einfall dazu hatte seine Erbauerin, die damit die besondere Leistung früherer Helden würdigen wollte. Nur wenige Androiden der T- und K-Serie hatten das Antlitz berühmter Menschen.

»Jinjin, wie geht es dir?«, fragte der Innenminister, als er den metallenen Stumpf am Ende ihres rechten Arms erblickte.

»Ich bin okay. In einigen Tagen bekomme ich eine neue Hand. Dann kann ich mir auch wieder allein die Schuhe zubinden.« Die Ministerin bemühte sich zu lächeln, konnte aber nicht verhindern, dass sich ihre Augen mit Tränen füllten.

»Peter, ich hoffe, du findest es nicht unpassend«, platzte es aus dem Minister für Verkehr und Raumfahrt heraus, »aber wir müssen über die Nachfolge von Michael sprechen. Die Regierung ist nicht mehr voll handlungsfähig. Wir müssen ein Zeichen setzen und unter Beweis stellen, dass wir die Situation im Griff haben.«

»Da hast du völlig recht«, antwortete der Präsident. »Ich habe Angel Ramirez bereits eine Holomessage geschickt und werde ihn noch heute treffen und in den Inner Circle berufen. Er wird unser neuer Innenminister.«

Alle Augen richteten sich daraufhin auf Wladimir Oktachow, der für die Innere Sicherheit seit vier Jahren zuständig war.

»Ihr braucht gar nicht so überrascht zu gucken«, fuhr der Präsident fort. »Wladimir wird der neue Vizepräsident.«

»Und warum weiß ich nichts davon?«, krächzte Oktachow sichtlich verblüfft.

»Du weißt es doch jetzt«, entgegnete der Präsident. »Und jetzt tu nicht so überrascht! War doch klar, dass du den Posten übernehmen musst. Also zier dich nicht und schlag ein.«

Wladimir Oktachow schüttelte daraufhin nur den Kopf, stand dann aber auf und tat, wozu der Präsident ihn aufgefordert hatte.

Noch am selben Abend ernannte Präsident Peter Carter den selbstbewussten Argentinier Angel Ramirez zum neuen Innenminister und Mitglied des Inner Circle. Er kannte ihn aus seiner Zeit aus der Wirtschaft und hielt große Stücke auf ihn, obgleich er sich über sein Äußeres immer ein wenig amüsiert gezeigt hatte. Denn Ramirez trug zu seinen langen Haaren stets Kinn- und Oberlippenbart, wodurch er aussah, als ob er gerade einem alten Mantel- und Degenfilm entsprungen wäre.

Gleichzeitig ließ der Präsident die Bevölkerung wissen, dass das Parlament den Rückzug vom Mars mit der notwendigen Dreiviertelmehrheit beschlossen hatte. Dass 54 Parlamentarier dagegen gestimmt hatten, erwähnte Carter nicht.

# 9

Achtzehn Monate nachdem Präsident Carter das Ende von Mars-Evolution verkündet hatte, blickte Abel Friedmann aus seinem Büro über die flache Ebene nach Süden. Die Sonne ging gerade auf und tauchte den Mars in ein intensives Rot, so wie es nur im Spätsommer leuchtete.

Wie er diesen Anblick liebte, dachte er, während er seine Tränen nicht mehr zurückhalten konnte und sich in seinen Erinnerungen verlor. Wie so häufig, wenn er hier gestanden und Kraft geschöpft hatte.

Anfangs war er voller Hoffnung gewesen. So wie auch die ersten Siedler, die fest daran geglaubt hatten, dass der Mars eines Tages ihr Freund werden würde. Insbesondere nachdem sie bereits nach kurzer Zeit große Wassermassen in den Tiefen der Canyons gefunden hatten – die Quelle allen Lebens, nicht nur auf dem Mars. Zudem hatten sich die unterirdischen Höhlensysteme und tiefen Krater als außerordentlicher Glücksfall erwiesen. Sie konnten nicht nur leicht abgedichtet und von der feindlichen Außenwelt abgeschottet werden, sondern sie waren auch klimatisch ein Segen. Es wurde dort nie kälter als zwanzig und nie wärmer als 26 Grad, während die Temperaturen auf der Oberfläche zwischen minus 120 und plus zwanzig Grad schwankten. Deshalb war schnell von einer neuen Heimat und vom Ende aller Sorgen die Rede gewesen. Doch das ist lange her, dachte Abel Friedmann voller Bitterkeit.

Sie hatten sich hier unten zwar ganz gut eingerichtet, es aber bis heute nicht geschafft, die Oberfläche zu erobern, obwohl er sich im Geiste bereits ohne Schutzanzug und Atemmaske die flache Ebene hatte hinunterlaufen sehen. Durch Felder und Wiesen, die er und seine Leute hier entstehen lassen wollten. Doch dazu hätte es ihnen gelingen müssen, dauerhaft ein Magnetfeld um den Mars zu legen, das die ohnehin schon dünne Atmosphäre vor dem Sonnenwind geschützt hätte. Dann wäre es wärmer geworden, das Eis wäre geschmolzen und die Atmosphäre hätte sich erholt. Anschließend hätten sie Bäume gepflanzt. Millionen von Bäumen. Langsam, aber sicher hätte die Photosynthese für genügend Sauerstoff gesorgt, sodass ein Leben ohne Atemmaske möglich gewesen wäre. Ganz so, wie es die hochbezahlten Terraforming-Experten vorausgesagt hatten.

Blöd nur, dass es ihnen trotz vieler vielversprechender Versuche nie gelungen war, den überlebenswichtigen Schutzschild zu errichten. Schade um das viele Geld, sinnierte er weiter. Was hätte man damit alles anfangen können? Doch stattdessen kreisten tausende Satelliten um den Mars, vollgepumpt mit allerlei Technik, die nie richtig funktioniert hatte. Und jetzt war alles nur noch Schrott.

Voller Wut haute er gegen die große Panoramaglasscheibe seines Büros, das zu einem der wenigen oberirdischen Gebäudekomplexe gehörte, die man auf dem Mars errichtet hatte – alles rechteckige gläserne Quader, die über brückenähnliche Konstruktionen miteinander verbunden waren.

Doch plötzlich fing er an zu grinsen, weil er am Horizont einen dünnen Faden sah, der schnell näher kam und immer dicker und größer wurde. Ein Hyperloop. Eine echte Erfolgsgeschichte, seine Erfolgsgeschichte. Denn vor mehr als 35 Jahren war er es gewesen, der die Hyperloop-Technologie auf dem Mars eingeführt hatte. Seitdem umspannte ein Netz von transparenten Vakuumröhren den Mars und verband alle vier Territorien miteinander. Verlässlich, wartungsarm und immer pünktlich.

Dieser Zug kam aus Golan. Friedmann konnte das an der Farbe erkennen, die je nach Verbindung einen anderen Anstrich hatte. Der Zug war strahlend grün.

Plötzlich zuckte Friedmann zusammen, denn vor seinen Augen durchbrach ein Geschoss die fast durchsichtige Röhre, in der der Zug mit annähernder Schallgeschwindigkeit dahingeglitten war. Ganz so, als ob die Röhre aus Zuckerguss und nicht aus syn-

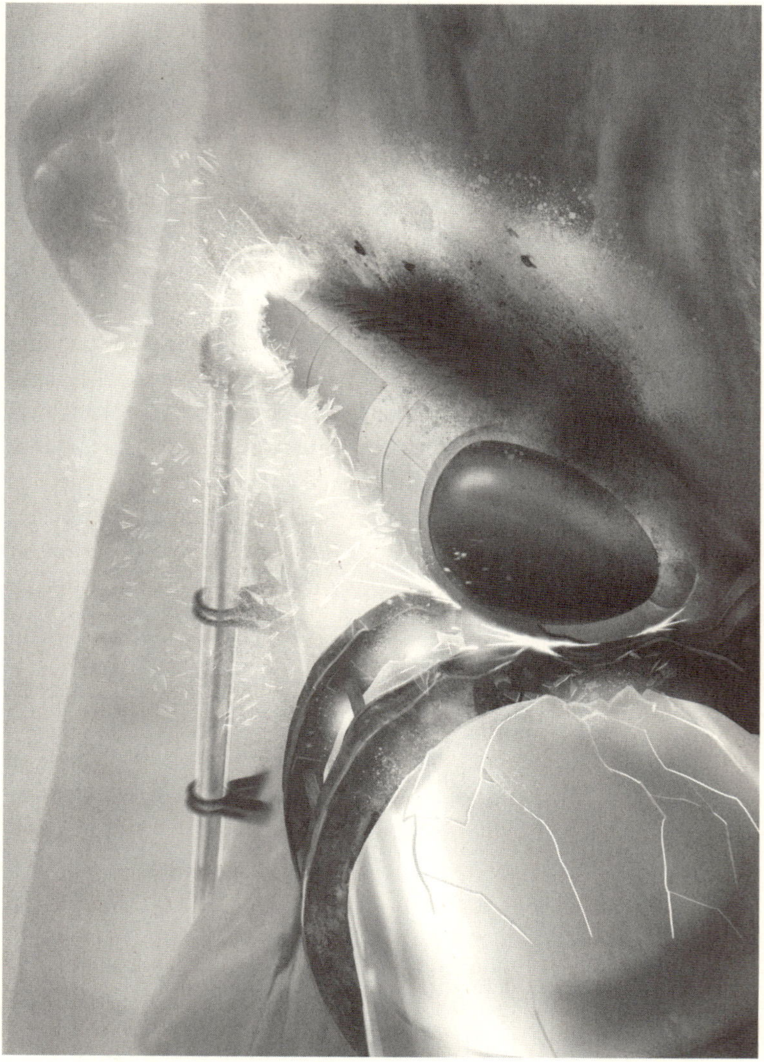

Die Illustrationen finden Sie in Farbe auf: www.trebor.info.

thetischem, nahezu unzerstörbarem Glas bestanden hätte. Eine laute Explosion begleitete die Zerstörung.

Was war das, wo kommt das her?, fragte er sich, bevor sich eine böse Vorahnung in seinem Kopf einnistete. Dann sah er auch schon die ersten Risse in der Hülle der Hyperloop-Röhre, begleitet von einem lauten Knirschen, das er sogar von seinem Büro aus hören konnte.

Nein, das kann nicht sein, dachte er, während er ungläubig dabei zusah, wie sich der sechshundert Meter lange Zug vor ihm aufzustapeln schien und in einer riesigen Wolke aus feinstem rotem Sand verschwand.

Kurz darauf gingen die Sirenen los, und ein Unteroffizier der Mars-Defender kam in sein Büro gelaufen. »Ein Aufstand ist ausgebrochen. Sämtliche Einrichtungen der Vereinten Nationen werden attackiert«, meldete der Soldat aufgeregt.

»Was ist hier… ?«, antwortete Friedmann, brach dann aber ab, als sich ein stechender Schmerz in seiner Brust ausbreitete. Er stöhnte auf und fasste sich mit der rechten Hand an sein Herz. Sein Gesicht war kalkweiß und Schweiß trat auf seine Stirn. Seine Beine gaben nach und er fiel.

»Oh nein!«, schrie der Soldat und rannte auf Friedmann zu. Doch es war zu spät. Friedmanns Herz hatte aufgehört zu schlagen.

# 10

General Douglas blickte ein letztes Mal auf seine Uhr. Es war kurz vor acht. Gleich würde das Licht angehen und die Dunkelheit verdrängen, ähnlich einem Sonnenaufgang unter freiem Himmel. Nur dass sie sich 150 Meter unter der Marsoberfläche befanden und das Licht aus abertausenden speziellen Leuchtdioden kommen würde, die nicht nur für den Tag- und Nachtrhythmus verantwortlich waren, sondern auch die Pflanzen mit Licht versorgten.

Hier wuchsen ausnahmslos robuste und widerstandsfähige Sträucher, Gräser, Ranken- und Kletterpflanzen, für die das nährstoffarme Marsgestein die perfekten Bedingungen darstellte, um zu gedeihen. Sie produzierten aber nicht nur Sauerstoff, sondern stabilisierten auch die Stollen- und Höhlenwände. Sie waren genau genommen der Klebstoff, der alles zusammenhielt. Nicht selten entstand so der Eindruck, dass viele Stollen und Gänge einen grünen Anstrich erhalten hätten.

Douglas richtete seine Uniform und trat nach draußen, hinaus auf den großen Exerzierplatz, so wie schon hunderte Male zuvor. Und wie immer waren die Mars-Defender bereits vollzählig angetreten: vierhundert Männer und Frauen, die in Reih und Glied auf seine Befehle warteten.

Gemächlichen Schrittes ging er die Reihen entlang, ohne den Blick auch nur ein einziges Mal von seiner Truppe abzuwenden. Er liebte diesen Anblick und ganz besonders ihre roten Uniformen. Sie gaben ein prächtiges Bild ab, so wie sie dastanden, fand Douglas. Von den Knöpfen und Schulterklappen schien ein goldener Schimmer auszugehen.

Die Mars-Defender waren eine Mischung aus Polizei und Militär und übernahmen vielfältige Aufgaben. Allen voran sorgten sie für Ordnung und Sicherheit. Douglas war der ranghöchste Offizier und ihr Oberbefehlshaber. Ihm unterstanden alle tausend Mars-Defender, die ihren Dienst in sechzehn verschiedenen Revieren und staatlichen Einrichtungen verrichteten und über den ganzen Mars verteilt waren. Die meisten davon in Redun, so wie auch das Hauptquartier, der Mars-Defender, dass zu den imposantesten Gebäuden auf dem Mars gehörte.

Gemessen an der Zahl der fünf Millionen Einwohner war das eine verschwindend geringe Anzahl, letztlich aber ausreichend, weil die Zahl der Gewalttaten und Verbrechen sehr überschaubar war. Es hatte sich definitiv ausgezahlt, dass Waffen auf dem Mars strikt verboten waren. Nur die Mars-Defender durften Pulser, gefährliche Handfeuerwaffen, tragen. Bei einem Impuls wurden lebensgefährliche elektromagnetische Geschosse abgefeuert.

An diesem Morgen wollte der General erneut die Proteste in den Mittelpunkt rücken, die auch für heute wieder angekündigt waren. Die Mars-Defender sollten nach seinen Vorstellungen ausrücken und die Demonstranten im Auge behalten, die sich überall auf dem Mars versammelt hatten. Denn Douglas machte sich große Sorgen, dass die Protestbewegung außer Kontrolle geriet, nachdem es an den Vortagen bereits erste Ausschreitungen gegeben hatte. Das erste Mal seit Beginn der Kolonialisierung überhaupt.

Mit diesem Plan im Kopf legte Douglas die letzten Meter zurück, während einer seiner Offiziere aus der ersten Reihe »Achtung« brüllte. Sofort nahmen die Soldaten Haltung an. Sie zogen die Beine zusammen, drückten das Kreuz durch und führten die rechte Faust zum Gruß über den Kopf.

»Rührt euch«, befahl Douglas, nachdem er vor seine Truppe getreten war und selbst kurz seine Faust zum Gruß erhoben hatte.

»Soldaten, wir werden heute …«, setzte er an, als der Exerzierplatz plötzlich von einer Impulsgranate getroffen wurde. Die Explosion war laut und gewaltig. Viele Soldaten flogen wie Kegel durch die Luft, einige von ihnen wurden in Stücke gerissen.

Der General brauchte einen Moment, um zu realisieren, was gerade passiert war. Er war in einer Schockstarre gefangen, die alles in ihm blockierte. Dann fing er sich. »Rückzug!«, befahl er laut gegen das Chaos und Geschrei anbrüllend. Gleichzeitig ruderte er verzweifelt mit den Armen, in der Hoffnung, seine Leute dadurch schneller hinter die schützenden Mauern zu bekommen.

Doch es war bereits zu spät, weil Granate um Granate die Reihen sprengte, ohne dass ein Mars-Defender einen der schützenden Eingänge des Hauptquartiers erreicht hatte. General Douglas selbst brannte es ein Loch in die Schulter, während er immer noch an gleicher Stelle stand und mit den Armen wedelte.

Gerade einmal hundert Mars-Defender schafften es in die Gänge, viele von ihnen waren gezeichnet und verletzt. Darunter befand sich ein junger Soldat, der sichtlich Mühe hatte, wieder auf die Beine zu kommen. Sein Kopf dröhnte, und er hatte immer noch nicht so richtig verstanden, was hier eigentlich gerade passiert war. Er wusste nur, dass er einen der Eingänge erreichen musste, wenn er am Leben bleiben wollte. Er war wie ein verletztes Tier, das, angetriebenen durch seinen Überlebensinstinkt, um sein Leben kämpfte. Auf wackligen Beinen schleppte er sich voran, mehr tastend als sehend, weil eine Unmenge an Blut in seine Augen sickerte. Er wusste nicht, ob es sein eigenes oder das eines seiner Kameraden war, er verschwendete auch keinen Gedanken daran.

Mit letzter Kraft schleppte er sich hinter die schützenden Mauern, wo er direkt einer jungen Ärztin in die Arme fiel.

»Kommen Sie«, sagte die Ärztin und griff ihm unter die Arme, während eine Granate nach der anderen einschlug und das Gebäude in seinen Grundfesten erschütterte. Es herrschte das absolute Chaos, und überall war Rauch und Feuer.

Theodor Lemark, einer der Anführer der Rebellen, blickte zufrieden über das Schlachtfeld. Die Impulsgranaten hatten ganze Arbeit geleistet und eine Schneise der Verwüstung hinterlassen. Ihr Plan war zu einhundert Prozent aufgegangen. Sie hatten das Überraschungsmoment auf ihrer Seite gehabt und die Mars-Defender vernichtend geschlagen.

Jetzt mussten sie nur noch den Sack zumachen und zu Ende bringen, was sie begonnen hatten. Dann los, dachte er und gab das Zeichen für den Angriff. Sie hatten sich in den Gebäuden gegenüber dem Exerzierplatz verschanzt und rückten vor. Seine Männer kannten keine Gnade und metzelten alle nieder, die ihnen in die Quere kamen.

Auch der junge Soldat, der es gerade noch in den Eingang hinein geschafft hatte, würde daran glauben müssen. Lemark rannte ihm nach und sah zu, wie er – am Ende seiner Kräfte – von einer jungen Frau aufgefangen wurde. Der weißen Uniform nach handelte es sich um eine Ärztin. Sie hatte ein fein geschnittenes Gesicht, das von einer kupferfarbenen Lockenpracht umrandet wurde und sie zu einer hübschen Frau machte. Am besten gefielen Lemark aber die hohen Wangenknochen, die ihr eine exotische Note verliehen.

Sehr schade, wirklich sehr schade, dachte Lemark und legte auf beide an.

»Bist du von Sinnen, Theo?«, hörte er die Stimme von Tatjana Moldan hinter sich. Sie gehörte ebenfalls zur Führungsriege und teilte sich mit Lemark das Kommando in Redun. »Wir sind doch keine Schlächter. Denk daran, was Lawrence gesagt hat.«

Widerwillig ließ Lemark daraufhin seine Waffe sinken. Er hörte nur ungern auf Moldan. Sie wusste immer alles besser und behandelte ihn zumeist wie einen Untergebenen. Wie Tatjana ihn nur ansah, mit ihrem harten und zuweilen entsetzten Blick! Als sei er verachtenswert. Warum verstand die Hexe nicht, worum es hier ging? Sie waren schließlich im Krieg und da war nun einmal kein Platz für Gefühlsduseleien.

Aber in diesem Fall hatte die Hexe ja recht. Lawrence würde ausflippen, wenn er davon Wind bekäme. Mehr als einmal hatte er ihnen einbläut, Gnade walten zu lassen.

Moldan war es schließlich zu verdanken, dass Lemark und seine Leute nicht alle Mars-Defender umbrachten, obwohl er in seinem tiefsten Innern davon überzeugt war, dass nur ein toter Mars-Defender ein guter Mars-Defender war.

Tatjana hasste Lemark! Was für ein Tier, dachte sie. Sie wusste, dass ihr Anführer Lawrence O'Brien genauso urteilte, wusste aber auch, dass Lemark bisher sehr nützlich, ja, sogar nahezu unverzichtbar gewesen war. Nicht zuletzt, weil er viele furchtlose und mutige Kämpfer an seiner Seite hatte.

Sie hielt Lemark nicht für den Intelligentesten. Doch er war trotzdem durchtrieben: typische Bauernschläue eben. Diese Killermaschine hatte es sogar bis in die oberste Führungsriege der Rothäute geschafft, auch dank der Fürsprache von Ryan Henderson, der wie Moldan und Lemark zum Kreis der Häuptlinge zählte.

Ihr unangefochtener Anführer war jedoch Lawrence O'Brien aus Golan: ein breitschultriger Großgrundbesitzer um die sechzig, der schon allein wegen seiner Größe Eindruck hinterließ. Alles an ihm war eine Nummer zu groß. Sein Kopf, seine Hände und erst recht seine Füße. Er hatte die Rebellion gegründet und ihr den Namen *Rothäute* gegeben. Viele glaubten, dass die Farbe ihres Heimatplaneten der Grund dafür war, doch sie lagen damit falsch. Vielmehr hatte O'Brien an die Ureinwohner im mittleren Westen gedacht, die 1850 auf der Erde von ihrem Land vertrieben worden waren. Das war auch der Grund dafür, warum die Anführer der Rothäute gerne als Häuptlinge bezeichnet wurden.

»Dieses Schicksal steht uns ebenfalls bevor, wenn wir uns nicht dagegen zur Wehr setzen«, hatte O'Brien immer wieder gesagt. Und genau das taten die Rebellen – dagegen ankämpfen, auch wenn sie dafür ihr Leben aufs Spiel setzen mussten. Sie wollten ihr Schicksal selbst in die Hand nehmen und den Mars von der Erde abspalten. Keiner von ihnen wollte seine Heimat verlassen und sein Leben als Immigrant auf einem für sie fremden Planeten fristen.

Viele Marsianer dachten ähnlich, sodass binnen weniger Monate eine ernst zu nehmende Protestbewegung entstanden war, die gegen die bevorstehende Zwangsdeportation demonstrierend durch die Stollen zog – erst friedlich, dann aber zunehmend gewaltbereiter, nachdem die Verantwortlichen von der Erde sich dazu entschieden hatten, ihr Anliegen weitgehend zu ignorieren. Als Folge hatte sich die kleine Gruppe um Lawrence O'Brien zunehmend radikalisiert, ohne dass die Vereinten Nationen davon etwas mitbekamen. Und trotzdem wäre vermutlich alles anders gekommen, wenn Lawrence O'Brien nicht mit einem Mal Waffen aus dem Hut gezaubert hätte. Viele Waffen.

# 11

Captain John Trebor redete durch den Sicherheitszaun beruhigend auf eine Gruppe von Demonstranten ein. Es waren ungefähr dreißig Männer und Frauen, die sich vor dem Hyperlink-Center versammelt hatten, um lautstark gegen die bevorstehende Evakuierung zu protestieren.

»Der Mars gehört uns«, rief ein Demonstrant mit heiserer Stimme.

»Wir bleiben hier!«, war immer wieder zu hören.

Ähnliche Parolen standen auf Schildern und Transparenten.

»Ich kann euch gut verstehen«, sagte John immer wieder und meinte es auch so. Zumindest wenn er auf sein Herz hörte. Sein Verstand hatte hingegen längst akzeptiert, dass es so nicht weitergehen konnte. Zu stichhaltig waren die Argumente, die von der Erde seit Monaten immer und immer wieder verbreitet wurden. Allerdings verstand er nicht, warum die Verantwortlichen so kompromisslos an die Sache herangingen. Es schien für sie nur Schwarz oder Weiß zu geben und nichts dazwischen. Deshalb war er auch nicht überrascht, dass die Stimmung zusehends schlechter wurde.

Sogar erste Steine waren heute schon geflogen. Offensichtlich schienen die Demonstranten die Geduld zu verlieren, nachdem sie tagein, tagaus hier ausgeharrt hatten, ohne dass man ihrem Anliegen Gehör geschenkt hatte.

»Bleibt ruhig«, sagte er beschwörend. »Gewalt ist der falsche Weg.«

»Argumente bringen uns nicht weiter«, hielt ihm einer der Demonstranten auf der anderen Seite des Maschendrahtzauns entgegen. »Damit haben wir es lange genug versucht. Und was hat es uns gebracht? Nichts!«

Der Kerl hat nicht unrecht, dachte John, während er fieberhaft überlegte, was er tun konnte, um die Situation zu entspannen.

»Ich mache euch einen Vorschlag«, sagte er schließlich. »Ich verspreche euch, einen Kontakt zur Erde herzustellen, wenn ihr mir im Gegenzug versprecht, Ruhe zu bewahren.«

»Na gut«, sagte der Mann, nachdem er sich kurz mit einigen seiner Leute beraten hatte. »Wir halten die Füße still. Aber nur bis morgen. Dann wollen wir mit jemanden sprechen, der was zu sagen hat.«

»Geht klar«, antwortete John, obwohl er noch nicht genau wusste, wie er vorgehen sollte. Er wusste nur, dass er zuerst mit General Douglas sprechen wollte. Er würde schon wissen, was zu tun ist.

In dem Moment sah John, wie in zweihundert Metern Entfernung ein Fahrzeug aus einem Nebenstollen in die Zufahrt zum Kommunikationszentrum einbog.

Es war ein altes Hover-Car, wie es hier zu dutzenden in der Landwirtschaft eingesetzt wurde. Soweit also nicht weiter bemerkenswert, wäre da nicht der ungewöhnliche Aufbau auf der Ladefläche gewesen, der John zu denken gab.

Was ist das?, fragte er sich, bis es fast schon zu spät war und er erkannte, worum es sich handelte.

»Ach, du Scheiße«, platzte es aus ihm heraus. »Das ist eine Impulskanone.« Kaum hatte er diese Worte ausgesprochen, zog er seinen Pulser und begann, auf das Hover-Car zu schießen, während das Fahrzeug seinerseits das Feuer eröffnete und ein riesiges Loch in den Sicherheitszaun sprengte.

Die zweite Granate war noch besser platziert und traf das Hyperlink-Center mitten ins Herz. Denn dort, wo jetzt ein großes Loch in der Fassade klaffte, war der Hyperlink-Adapter installiert.

Das war bestimmt kein Zufall, dachte John, die wollen die Verbindung zur Erde kappen!

Wieder feuerte John, und diesmal traf er. Das Hover-Car geriet ins Schlingern, prallte gegen die linke Höhlenwand und kippte schließlich um.

Viele Demonstranten waren von dem Angriff genauso überrascht und versuchten, sich in Sicherheit bringen. So wie auch

John, der seinerseits den Rückzug antrat. Gerade noch rechtzeitig, weil es bereits neben ihm einschlug, kaum dass ihm einer seiner Leute die Tür geöffnet hatte.

»Was passiert hier?«, schrie Petty Officer MacLaine, als sie sich fürs Erste in Sicherheit gebracht hatten. Die Offizierin war um die dreißig, taff und von einer natürlichen Schönheit, die skandinavische Wurzeln vermuten ließ. Sie hatte lange blonde Haare, blasse Haut und viele Sommersprossen, die ihr ovales Gesicht verzierten.

»Na, was wohl? Wir werden angegriffen!«, schrie er zurück. »Hört mir jetzt genau zu!«, brüllte er weiter und wandte sich an sein Team, das sich um ihn herum versammelte. »Das sind keine einfachen Demonstranten. Das sind Terroristen. Die wollen die Verbindung zur Erde kappen. Das dürfen wir auf keinen Fall zulassen!«

Daraufhin beorderte er zwei Leute an die Flanken, während der Rest zu den Fenstern auf der Vorderseite eilte.

Er selbst rannte in den ersten Stock und bezog seine Position direkt neben dem riesigen Loch, das die Granate in die Außenwand gesprengt hatte. Und leider reichte ein Blick, um zu erkennen, dass hier so schnell keiner mehr mit der Erde Kontakt aufnehmen würde.

Als Nächstes sah er die Terroristen vorrücken, während eine kleine Gruppe damit beschäftigt war, das Hover-Car wieder aufzurichten.

Wenn ihnen das gelingt, dann bomben die uns weg, überlegte er und eröffnete, ohne zu zaudern, erneut das Feuer. Seine Leute und leider auch ihre Gegner griffen genauso schnell zu den Waffen. Sofort entbrannte ein intensives Gefecht mit Opfern auf beiden Seiten. Er selbst hatte zwei Angreifer zur Strecke gebracht, bekam aber auch mit, dass wenigstens drei seiner Leute getroffen wurden. Und so wie es aussah, würden es bald noch mehr werden.

Zudem musste er zu seinem Leidwesen erkennen, dass einige Terroristen gerade versuchten, die Impulskanone schussfertig zu machen, obwohl es ihnen nicht gelungen war, das Hover-Car in die normale Position zu bringen.

Sofort nahm er das Hover-Car wieder ins Visier, während Petty Officer MacLaine auf ihn zugekrochen kam. »Captain, es sieht nicht gut für uns aus. Drei von unseren Leuten sind bereits tot und zwei weitere verletzt. Außerdem geht uns die Munition aus. Lange können wir die Stellung nicht mehr halten.«

John nickte zustimmend. »Haben Sie das Hauptquartier erreicht?«

»Ja, Sir«, japste seine Stellvertreterin. Wie so häufig hatte sie ihre langen blonden Haare zum Zopf gebunden, wenn sie im Dienst war. »Aber die werden ebenfalls gerade angegriffen und können keine Hilfe schicken.«

»Fuck!«, schrie John, obwohl ihn die Nachricht nicht wirklich überraschte. Dafür war alles viel zu gut organisiert und vorbereitet.

»Wie lauten Ihre Befehle, Captain?«, fragte Petty Officer MacLaine fast schon verzweifelt.

Denk nach, sagte John in Gedanken zu sich selbst, denk nach! Dann hat er eine Idee. Er holte tief Luft.

»MacLaine«, sagte John, »Sie haben das Kommando.« Dann rannte er los.

»Wo wollen Sie hin?«, rief ihm MacLaine hinterher, bekam aber keine Antwort mehr.

Wenig später sah John den Gleiter vor sich. Er sprang über den rechten Flügel, öffnete die Tür und startete im nächsten Moment den Antrieb, der den Gleiter steigen ließ, noch bevor er die Tür geschlossen hatte. Dann griff er entgegen jeder Vernunft in das Steuer und schaltete auf manuelle Steuerung um.

»Captain Trebor, bitte nehmen Sie die Hände vom Steuer«, meldete sich der Autopilot sofort. »Es ist kein manueller Betrieb während des Aufsteigens erlaubt.«

»Ich weiß«, erwiderte John, zog seinen Pulser und schoss dem Autopiloten mitten in die Eingeweide. Sofort erstarb die Stimme, die er immer schon als belehrend und nervig empfunden hatte.

Dann gab er Schub und durchbrach die senkrecht aufsteigende Röhre, die den Gleiter normalerweise an die Oberfläche spülte.

Synthetisches Glas knirschte, splitterte und brach schließlich, so wie John es sich erhofft hatte. Und dann befand er sich im Höhlensystem von Redun.

»Das ging leichter als gedacht«, nuschelte John angestrengt. Er wusste, dass es jetzt erst richtig kniffelig wurde, weil der vor ihm liegende Stollen sehr schmal und zerklüftet war.

Umso mehr jubelte er, als es ihm wider Erwarten gelang, den Gleiter durch den 250 Meter langen Tunnel zu quetschen.

Der Aufprall war hart, sogar sehr hart und zerlegte das Hover-Car mit der Impulskanone wie erhofft in seine Einzelteile. Sein Herz galoppierte, und in seinen Ohren rauschte das Blut.

Leider hatte aber auch sein Gleiter etwas abbekommen, während er wundersamerweise selbst fast unversehrt geblieben war. Schnell krabbelte er aus dem Jet und rollte sich auf die Seite. Gerade noch rechtzeitig, weil die metallene Hülle seines Gleiters bereits durchlöchert wurde, noch bevor er hinter den Trümmern des Hover-Cars Schutz fand.

»Von dem Ding haben wir nichts mehr zu befürchten«, schrie er wütend heraus. Aber was sollte er jetzt tun, nachdem von der Impulskanone keine Gefahr mehr ausging? Er hatte eigentlich gar nicht damit gerechnet, so weit zu kommen.

John blieb erst einmal, wo er war, und konzentrierte sich darauf, die Terroristen in Schach zu halten, wohl wissend, dass es nur eine Frage der Zeit war, bis sie ihn erwischten oder ihm die Munition ausging.

Zu seiner Überraschung ebbte der Angriff aber schlagartig ab, weil sein Team in einer halsbrecherischen Aktion ganz offensichtlich einen Gegenangriff startete.

Wahnsinn, das ist Selbstmord, dachte John. Tatsächlich sah er bald darauf zwei seiner Kameraden am Boden liegen. John schrie vor Wut, nutzte dann aber das Ablenkungsmanöver seiner Leute und sprintete in die Richtung, aus der das Hover-Car gekommen war.

Wie durch ein Wunder erreichte er tatsächlich die Abzweigung, ohne beschossen oder verfolgt zu werden. Leider wusste er nicht, wie viele seiner Leute es ebenfalls geschafft hatten.

Dann sah er auch schon den Sammler des öffentlichen Nahverkehrs, kaum dass er um die Ecke war. Er schätzte die Entfernung ab und rannte los. Er kam gerade noch rechtzeitig, bevor das Fahrzeug beschleunigte und sich im weitverzweigten Tunnelsystem von Redun verlor.

Völlig außer Atem suchte er sich einen freien Platz und sondierte die Lage. Viele Marsianer waren nicht mehr unterwegs. Auch in den Tunneln und Höhlen, die sie passierten, sah man kaum eine Menschenseele. Offensichtlich hatten die Unruhen und Terroranschläge bereits dazu geführt, dass viele Bewohner zu Hause geblieben waren. Glücklicherweise sah er aber auch keine Rebellen. Weder vor ihm noch hinter sich.

Sein nächster Gedanke gehörte seiner Frau Helena, die ihren Dienst im Hauptquartier der Mars-Defender verrichtete. Sie arbeitete als Ärztin in dem kleinen Hospital, das an das Hauptquartier angegliedert war, und kümmerte sich um die unterschiedlichsten Wehwehchen, mit denen sich die Mars-Defender immer wieder herumplagen mussten – von einer kleinen Grippe bis hin zu der einen oder anderen Verletzung, die der Dienst als Defender mit sich brachte.

Doch wie oft er es auch versuchte, sie nahm seinen Anruf nicht entgegen. Langsam beschlich ihn die Angst, dass sie zu den Opfern zählte. Doch er hielt an der Hoffnung fest, dass Helena lebte.

Vielleicht ist sie aber auch nur leicht verletzt oder wurde gefangen genommen und kann meinen Anruf deshalb nicht entgegennehmen, überlegte er. Er versuchte, sich selbst Mut zu machen, konnte aber nicht verhindern, dass ihm die Tränen in die Augen schossen und Panik von ihm Besitz ergriff.

Dann drifteten seine Gedanken weiter zu seinem Team, das sein Leben riskiert hatte, um ihn zu retten. Trauer machte sich breit, als ihm die Toten in den Sinn kamen. Ihre leblosen Gesichter, ihre weit aufgerissenen Augen. Das viele Blut. Doch jetzt war nicht der richtige Zeitpunkt zum Trauern. Also schüttelte er die Gedanken aus dem Kopf und vertrieb die Bilder, die sich vor sein inneres Auge gedrängt hatten.

Was mach ich jetzt nur?, fragte er sich erneut. Sie waren bestenfalls noch zu siebt und gnadenlos unterlegen. Hilfe vom Hauptquartier war auch nicht zu erwarten. Jedenfalls nicht, solange dort ein Angriff lief. Was bleibt uns dann noch?, überlegte er weiter.

Vielleicht kann einer der anderen Stützpunkte helfen, kam es ihm in Sinn. Schon hatte er sein COM-Gerät in der Hand und versuchte es nacheinander bei den vier Revieren, die in der Nähe des Hauptquartiers lagen. Doch er kam nirgendwo durch.

Entmutigt gab er auf und musste sich eingestehen, dass die Rebellen nichts dem Zufall überlassen hatten. Der Angriff war offensichtlich bis ins kleinste Detail geplant gewesen. Und es schien so, als wären ihnen die Rebellen immer einen Schritt voraus.

Doch als er sein COM-Gerät gerade frustriert in die Ecke schmeißen wollte, blieb er bei einem Eintrag ganz am Anfang seiner Kontaktliste hängen.

»Ausbildungszentrum«, las er und drückte kurz entschlossen auf die Verbindungstaste. Wenige Sekunden später meldete sich Sergeant Gibson, der vor mehr als zehn Jahren einen Mars-Defender aus ihm gemacht hatte.

»Sergeant Gibson, hier spricht Captain Trebor«, sprach er voller Erleichterung in den Hörer. »Schön, Ihre Stimme zu hören.«

»Captain Trebor, endlich meldet sich jemand. Ich versuche schon die ganze Zeit, das Hauptquartier zu erreichen. Was ist hier los?«

»Das kann ich Ihnen sagen. Wir wurden von allen Seiten angegriffen. Aus gewaltlosen Demonstranten sind Terroristen geworden. So ganz blicke ich auch noch nicht durch. Aber eines weiß ich: Hier läuft gerade eine ganz üble Nummer ab.«

»Was meinen Sie mit ganz übler Nummer?«, fragte Gibson zurück, der offensichtlich überhaupt keine Vorstellung davon hatte, was gerade in Redun passierte. Vermutlich weil das Ausbildungszentrum ein wenig außerhalb lag und ganz offensichtlich nicht zu den Zielen der Terroristen gehörte. Zumindest noch nicht.

»Viele unserer Leute sind tot oder verletzt«, erwiderte John wütend. »Alles deutet daraufhin, dass die Mars-Defender gerade aufgerieben werden. Wir haben es offensichtlich mit gut organisierten, militärisch geschulten Rebellen zu tun, denen alle Mittel recht sind, um eine geordnete Umsiedlung zu verhindern. Zudem verfügen die Rebellen über Waffen, die es hier eigentlich gar nicht geben dürfte. Impulskanonen und anderes auf dem Mars verbotenes Zeug.«

Sein ehemaliger Ausbilder schwieg und schien das Gehörte erst einmal verdauen zu müssen. »Okay, Captain«, sagte er schließlich, »ich habe hier 25 Rekruten. Wie können wir helfen?«

»Ganz einfach«, entgegnete John, »bewaffnen Sie Ihren Kindergarten und kommen Sie in den dritten Bezirk. Wir treffen uns in sechs Stunden, also genau um 22 Uhr am Kolosseum unweit des Hyperlink-Centers. Wenn wir Glück haben, halten meine Leute bis dahin die Stellung.«

»Klingt gut, Sir«, gab Gibson zurück. »Darf ich dennoch einen Vorschlag machen?«

»Nur zu, Sarge. Woran denken Sie?«

»Wenn Sie einverstanden sind, dann bringe ich noch ein paar von den Veteranen mit.«

»Und ob ich damit einverstanden bin«, erwiderte John voller Begeisterung und legte auf. Erstmals sah er einen Silberstreifen am Horizont. Vielleicht war doch noch nicht alles verloren.

# 12

Während John ein wenig Hoffnung schöpfte, drehte sich Sergeant Gibson zu seinen 25 Rekruten um. »Jungs, Mädels, eure Ausbildung endet hier und heute. Ihr habt es gehört: Rebellen haben eine Angriffsserie auf verschiedene Ziele gestartet, unter anderem auf unser Hauptquartier und das Hyperlink-Center. Ab sofort seid ihr Mars-Defender. Wer sich dem nicht gewachsen fühlt, der möge jetzt wegtreten.«

Daraufhin blickte er von links nach rechts und stellte zu seiner Freude fest, dass sich niemand in Bewegung setzte. Zur Sicherheit fragte er noch mal nach. »Ihr habt gehört, was Captain Trebor gesagt hat? Das ist keine Übung. Es geht um nicht weniger als euer Leben. Ich frage euch deshalb noch mal: Seid ihr dabei?«

»Ja, Sir!«, antworteten seine Rekruten im Chor.

Na dann, dachte Sergeant Gibson und salutierte vor seinen Leuten. »Wegtreten, Abmarsch um neunzehn Uhr in voller Kampfmontur.«

Als die Rekruten zwei Stunden später in den Sammler der Ausbildungskompanie stiegen, stellten sie zu ihrer Überraschung fest, dass bereits sechzehn der zwanzig Plätze besetzt waren.

»Das sind ja alles alte Säcke«, raunte ein Rekrut seinem Nebenmann zu.

»Stimmt«, antwortete einer der Veteranen, der die Bemerkung mitbekommen hatte. »Deshalb dürfen wir auch sitzen, und ihr müsst stehen. Oder haben euch eure Eltern keine Manieren beigebracht?«

Daraufhin mussten alle lachen, und man konnte regelrecht sehen, wie sich die Anspannung ein wenig löste.

»Es geht los«, rief Sergeant Gibson in die Runde, bevor er anfing, Pulser und Impulslanzen zu verteilen. Der Fahrer, ein iHuman aus einer alten Baureihe, nickte Gibson zu und setzte den Transporter in Bewegung. Wie abgesprochen wollten sie vorwiegend alte, wenig befahrene und weniger gefährliche Stollen nutzen, auch wenn der Weg dadurch etwas länger wurde.

»Hört mal zu«, sagte Gibson, kurz nachdem sie losgefahren waren. »Um 22.00 Uhr treffen wir uns mit Captain Trebor am Kolosseum im dritten Bezirk. Von dort rücken wir bis zum Hyperlink-Center vor, das zu den wenigen Einrichtungen gehört, die wir noch nicht an die Aufständischen verloren haben.«

»Und was machen wir, wenn die Terroristen den Stützpunkt bereits eingenommen haben?«, fragte einer der Veteranen dazwischen.

»Dann holen wir uns den Schuppen zurück«, kam es wie aus der Pistole geschossen.

In den nächsten zwei Stunden war es an Bord des Transporters recht still. Viele hingen ihren Gedanken nach und versuchten, sich ihre Nervosität und Angst nicht anmerken zu lassen, während einige wenige im Auftrag von Sergeant Gibson die Umgebung im Auge behielten. Gibson selbst saß neben dem Fahrer und beobachtete das vor ihnen liegende Terrain.

Alles wirkte wie ausgestorben, sogar als sie die Stadtgrenze bereits hinter sich gelassen hatten und immer mehr Häuser und Gebäude in ihr Blickfeld rückten. Zuerst sahen sie Wohnhäuser, später viele kleine Geschäfte, die sich eng an die Wände schmiegten und über mehrere Etagen hinweg durch ein Wirrwarr aus Leitern, Treppen, Stegen und Aufzügen miteinander verbunden waren – eine Besonderheit, die es nur hier in Redun gab und auch nur in den zwölf großen Bezirken der Altstadt. Die zwölf Bezirke waren die Heimat und damit die Keimzelle der ersten Siedler auf dem Mars.

Nach ungefähr achtzig Kilometern teils holpriger Fahrt erreichten sie endlich den dritten Bezirk. Es war einer der teureren und zugleich belebteren Stadtteile von Redun, der sich wegen seiner vielen Geschäfte, Bars und Restaurants normalerweise ausgesprochener Beliebtheit erfreute. Doch nun, als sie nahezu unbeobachtet in Richtung Kolosseum fuhren, wirkte selbst hier alles wie leer gefegt. Offensichtlich hatte jetzt auch der letzte Marsianer mitbekommen, dass auf dem Mars ein Aufstand ausgebrochen war.

John war kurz zuvor am Kolosseum angekommen und hatte Gibson und seine Leute bereits ins Visier genommen, als sie den Sammler auf dem gegenüberliegenden Parkplatz abgestellt hatten.

Was für eine seltsam anmutende Truppe, dachte John, während er die Gruppe auf sich zukommen sah: alte Männer und ein Haufen Kinder. Doch die traurige Wahrheit war: Das waren die einzigen Soldaten, die ihm zur Verfügung standen.

Schweren Herzens trat er aus dem Schatten und lotste die Truppe zu sich herüber.

»Hier entlang«, flüsterte er und ging voraus, noch bevor Gibson oder einer seiner Leute etwas sagen oder fragen konnte.

Im leeren Foyer angekommen, schüttelte er Gibson die Hand und begann ohne lange Vorrede zu berichten, was alles passiert ist.

»So wie es aussieht, hat sich der Rest von meinen Leuten im Hyperlink-Center verschanzt«, begann er die Situation zu beschreiben. »Sie tun alles, um die Stellung zu halten, die Rebellen sind aber zahlenmäßig haushoch überlegen.«

»Das ist nicht gut«, knurrte Gibson.

»Stimmt«, antwortete John, »das ist alles andere als gut. Wir können uns nur glücklich schätzen, dass sich die Terroristen offensichtlich noch nicht einig sind, ob sie lieber abwarten oder erneut angreifen sollen.«

»Wie kommst du darauf, dass die Rebellen zögern?«, fragte Samuel Dixon, ein harter Hund, aber herzensguter Ausbilder, der ihm in hunderten von Kämpfen den Umgang mit dem Messer beigebracht hatte. Wie lange war das her?, schoss es John kurz durch den Kopf.

»Ich habe mich vorhin so nah wie möglich an die Rebellen herangeschlichen und ein paar Wortfetzen aufgeschnappt«, erklärte John. »Daraus habe ich mir den Rest zugegebenermaßen zusammengereimt.«

»Dann bringen wir doch ein wenig Licht ins Dunkel«, sagte ein junger Rekrut, ohne gefragt worden zu sein. Deshalb war John auch geneigt, den Jungspund in seine Schranken zu weisen, besann sich dann aber eines Besseren und ermutigte ihn, weiterzusprechen. Schließlich war dies keine normale Einheit, und er war genau genommen nicht wirklich ihr Anführer.

»Na ja, es ist so«, sagte der Jungspund mit einem Grinsen auf den Lippen: »Wenn Sie einverstanden sind, dann schicke ich *Biene* kurz vorbei und lasse sie nachsehen.«

»*Biene*?«, wiederholte John und zog die Augenbrauen zusammen. Auch Dixon und die anderen schienen keine Ahnung zu haben, wovon der junge Soldat gerade sprach.

Der junge Rekrut nickte kurz und holte eine winzige Schachtel aus seiner Jackentasche.

»Darf ich vorstellen?«, sagte er nicht ohne Stolz und legte John die offene Schachtel in die Hand. »Das ist Biene!«

John zog die Augenbrauen noch enger zusammen, guckte dann aber doch etwas genauer in die Schachtel und sah ein winziges Etwas, das ihn tatsächlich an eine Biene erinnerte.

»Was ist das?«, fragte John. »Und was noch wichtiger ist: Wie soll uns dieses winzige Ding helfen?«

»Das ist eine Drohne«, antwortete der junge Mann mit stolzer Stimme und konnte sich ein schelmisches Lächeln nicht verkneifen.

»Unmöglich«, antwortete John wie aus der Pistole geschossen. Er war vielleicht nicht auf dem neusten Stand der Technik, war sich aber sicher, dass selbst die kleinsten Dinger um ein Vielfaches größer waren.

Ohne darauf zu antworten, zog der junge Rekrut ein kleines Pad, auch Slim genannt, aus der anderen Jackentasche hervor, rollte es auseinander und begann, darauf herumzuwischen: »Achtung, es geht los«, sagte er und deutete mit dem Kopf in Richtung Schachtel.

Wie durch Geisterhand fing *Biene* im nächsten Moment an zu zittern, sich im Kreis zu drehen und dann, zur Überraschung aller, abzuheben. Anschließend lenkte der junge Mars-Defender die Drohne direkt vor Johns Gesicht, wo sie ruhig und schwerelos verharrte. Lediglich ein kleines Summen war zu hören.

John konnte kaum glauben, was er da sah. Doch wenn das Ding wirklich funktionierte, waren sie im Vorteil. Und genau das brauchten sie jetzt. Einen Vorteil, wenn sie überhaupt noch eine Chance haben wollten. »Na, dann los!«, sagte John. »Wollen wir doch mal sehen, was uns Ihre Drohne so alles liefern kann, Rekrut …?«

»Preston, Sir. Tim Preston.«

»Also gut, Defender Preston. Dann bringen sie das kleine Ding doch mal auf den Weg und zeigen uns was die kleine Biene so alles kann.«

Preston nickte und wischte mit spitzen Fingern über das kleine Slim. Die Drohne flog davon, als ob es das natürlichste der Welt gewesen wäre.

Erst jetzt musterte John den jungen Kerl etwas genauer. Er war wirklich noch sehr jung. Selbst der Bart wollte noch nicht richtig sprießen, wenn man von dem blonden Flaum absah, der sich unter seiner Oberlippe abzeichnete. Seine Augen wirkten dagegen alles andere als kindlich. Sie lagen schwarz in ihren Höhlen und muteten irgendwie rätselhaft an. Doch am auffälligsten war sein Grübchen, das sein Kinn in zwei Teile spaltete.

»Sagen Sie mal, Defender Preston, woher haben Sie das Ding überhaupt? Im Supermarkt gibt's so etwas jedenfalls nicht zu kaufen.«

»Nee, Biene gibt es nirgendwo zu kaufen. Biene ist ein Prototyp, den ich zusammen mit meinem Vater entwickelt und gebaut habe. Er war Ingenieur für Nanotechnologie hier in Redun.«

»Und was kann Ihre Biene nun genau?«, wollte John als Nächstes wissen.

»So einiges«, antwortete der junge Rekrut und reichte John das kleine Slim. »Aber sehen Sie selbst.«

John griff zu und konnte auf dem Display tatsächlich einiges erkennen. Aus einer Höhe von ungefähr fünf Metern schaute er direkt auf eine Gruppe von vielleicht zwanzig Männern und Frauen, die sich hinter dem zerstörten Hover-Car und dem ebenso kaputten Gleiter verschanzt hatten und offensichtlich immer noch lautstark aufeinander einredeten.

John drückte auf das Lautsprechersymbol an der oberen rechten Bildschirmecke des Slims und hörte jetzt auch, was diese Scheißkerle zu sagen hatten.

Die Gruppe schien sich immer noch nicht einig zu sein, was sie als Nächstes tun sollte. Ein Teil der Männer plädierte dafür, das Center zu stürmen, während ein anderer Teil der Gruppe so lange warten wollte, bis eine neue Impulskanone eingetroffen war.

»Das kann noch ewig dauern«, erwiderte ein hagerer Kerl. »Habt ihr mir eben nicht zugehört? Bis dahin kann alles Mögliche passieren. Wer weiß, ob nicht bereits weitere Mars-Defender auf dem Weg sind.«

Dann meldete sich eine dritte Fraktion zu Wort, die zu Johns Überraschung noch eine ganz andere Meinung vertrat.

»Wir sollten mit den Mars-Defendern verhandeln«, sagte ein älterer Mann, woraufhin ein Rebell angewidert auf den Boden spuckte.

Ohne vom Display aufzusehen, winkte John die anderen zu sich heran, damit sie die Diskussion mit anhören konnten.

»Gerald, hör mir jetzt mal genau zu«, sagte der alte Mann gerade. »Es war nicht abgesprochen, so brutal gegen die Mars-Defender vorzugehen. Als meine beiden Söhne und ich uns den Rothäuten angeschlossen haben, waren wir uns alle einig, dass wir unsere Heimat nicht freiwillig verlassen werden. Es war aber keine Rede davon, dass wir eine Spur der Verwüstung hinterlassen und Unschuldige zu Tode kommen würden. Jetzt sind nicht nur einige von den Mars-Defendern tot, sondern auch unschuldige Demonstranten, die die gleichen Ziele verfolgt haben wie wir. Das kann doch nicht euer Ernst sein! Wir wollten lediglich einige Nadelstiche setzen, um unsere Verhandlungsposition zu verbessern. Und jetzt klebt das Blut all dieser Toten an unseren Händen.«

Beim Wort *Rothäute* stutzte John. War das nicht der Name der Organisation, der sich sein Bruder und auch sein Onkel angeschlossen hatten? Ja, so war es, da war er sich sicher. Doch er sagte den anderen nichts davon.

»Was willst du, Karl?«, fragte Gerald. »Bist du wirklich so naiv? Glaubst du wirklich, dass Präsident Carter und seine Leute uns ernst nehmen, wenn wir ein paar Plakate vor uns hertragen und darum betteln, hierbleiben zu dürfen? Ganz sicher nicht. Die verstehen nur eine Sprache, und die heißt Krieg! Da gehören Kollateralschäden nun mal dazu.«

Der ältere Mann schüttelte daraufhin nur den Kopf und wandte sich an seine beiden Söhne. »Kommt, wir haben hier nichts mehr zu suchen. Das ist nicht mehr unsere Sache.«

»Ach, komm schon, Karl«, versuchte es Gerald erneut, »wir müssen jetzt zuschlagen und die Sache zu Ende bringen. Du hast gerade selbst gehört, was die Häuptlinge gesagt haben. Wir haben das Hauptquartier der Mars-Defender eingenommen. Nahezu alle Offiziere sind tot. Wir dürfen nicht warten, bis sich diese Marionetten von Präsident Carter neu formiert haben. Das ist unsere Chance, eine zweite bekommen wir wahrscheinlich nicht.«

Erneut schüttelte Karl den Kopf, erhob sich und verließ mit seinen beiden Söhnen die Gruppe. Vier Männer und zwei Frauen taten es ihm gleich.

»Dann haut doch ab«, brüllte Gerald ihnen hinterher, während er sich doch ein wenig überrascht zeigte, dass nicht nur Karl und seine Söhne die Rothäute verlassen hatten.

Plötzlich hob der Rebell den Arm und sah auf sein COM-Gerät, das er wie eine Uhr am rechten Handgelenk trug. Er las die Mitteilung, die gerade hereinkam und fing unmerklich an zu lächeln. »Leute, hört mir mal zu. Theodor Lemark hat sich gerade gemeldet und mir mitgeteilt, dass eine neue Impulskanone unterwegs ist. Wir sollen so lange hier warten und dann das Center endgültig in Schutt und Asche legen.«

John hatte genug gehört und gesehen, um zu wissen, was er tun musste, und gab Tim Preston das Slim zurück. Ihm war klar, dass sie jetzt handeln mussten, wenn sie Schlimmeres verhindern wollten. Und was noch besser war: Er hatte eine Idee, wie sie das Momentum zu ihrem Vorteil nutzen konnten.

»Passt auf, Leute!«, sagte er, holte sein COM-Gerät hervor und wählte Charly MacLaine an.

»Captain Trebor!«, hörte er die erleichterte Stimme von Petty Officer MacLaine.

»MacLaine, halten Sie nur noch ein wenig durch! Wir haben die Rebellen ausgekundschaftet und bereiten alles vor, um euch da rauszuholen. Wir …«

»Wer ist wir?«, unterbrach ihn Petty Officer MacLaine am anderen Ende der Leitung.

»Ein Haufen, nein, vierzig bestens ausgebildete Mars-Defender«, korrigierte er sich selbst. »Aber jetzt der Reihe nach.«

Keine fünf Minuten später eröffneten seine Leute im Hyperlink-Center das Feuer und täuschten einen erneuten Ausfall vor – und zwar genau so, wie John es mit MacLaine abgesprochen hatte.

»Es klappt«, sagte Sam Dixon, während er die Szene durch seinen Feldstecher beobachtete. »Die Indianer, oder wie sich diese Idioten nennen, konzentrieren sich ausnahmslos auf das Feuergefecht und wenden uns den Rücken zu.«

»Dann los«, raunte John den vier Veteranen zu und trat aus demselben Nebenstollen hervor, in den er sich wenige Stunden zuvor noch hineingeflüchtet hatte.

Die ersten fünfzig Meter waren die gefährlichsten, weil sie hier kaum Deckung hatten. Sie huschten hinter einem Sportcenter vorbei, das ihnen nur kurze Zeit Schutz bot, dann erreichten sie eine Treppe, die sie nach oben in die erste Etage eines größeren Gebäudes brachte. Von da aus ging es weiter über zwei Leitern in den dritten Stock, bis sie auf einen Steg stießen, der sie näher an ihre Feinde heranbrachte.

Langsam schlichen sie weiter, tief geduckt. Die hoch gelegenen Wege waren nur durch Seile und Ketten abgesichert. Ein einziger Blick nach oben würde genügen, um sie zu entdecken. Daher verharrte John immer wieder in der Bewegung, bis sie nur noch fünfzig Meter von den Rebellen entfernt waren.

John hob kurz die Hand und gab den anderen dadurch zu verstehen, dass sie die besagte Terrasse erreicht hatten, die sie vorher als Ziel ausgemacht hatten. Sie gehörte zu einem kleinen Restaurant, das er schon häufig besucht hatte, wenn es ihm oder Helena nach einem Halimux oder einem anderem Pilzgericht verlangte. Doch das schien eine Ewigkeit her zu sein.

Von hier aus konnten sie nicht nur ihre Feinde, sondern auch das Hyperlink-Center sehen, das am Ende der Sackgasse lag, allerdings ohne dass sie Charly und den Rest der Truppe ausmachen konnte. Sie hatten sich offensichtlich gut verschanzt und schienen immer wieder ihre Positionen zu wechseln, sodass die Rothäute schräg unter ihnen den Eindruck gewinnen mussten, dass sie es mit deutlich mehr als sieben Mars-Defendern zu tun hatten.

Aber auch die Rothäute verstanden ihr Handwerk. Sie hatten sich hinter den beiden Wracks eingeigelt und boten Charly und dem Rest ihrer Leute kein wirklich gutes Ziel. Es war deshalb auch nicht verwunderlich, dass es noch keinen der Rebellen erwischt hatte.

Doch das würde sich gleich ändern, dachte John und hob seine Hand gut sichtbar in die Höhe. Drei Finger waren zu sehen, dann zwei, dann einer, und als er den dritten Finger eingezogen hatte, eröffneten alle vier das Feuer. Sie hatten die Pulser auf Dauerfeuer eingestellt, sodass die Impulsgeschosse wie an der Schnur gezogen auf ihre Feinde niedergingen.

Gerald und seine Leute brachen auf der Stelle zusammen, als sie von den tödlichen Impulsen getroffen wurden. Sie mussten noch nicht einmal nachladen oder ihren zweiten Pulser ziehen.

John fühlte bei alldem gar nichts. Weder Freude noch Hass. Und auch keine Reue. Er war einfach nur erleichtert, dass es vorbei war und keiner seiner Leute etwas abbekommen hatte. Das glaubte er zumindest.

»Alles klar bei euch?«, rief er seinen Leuten zu.

»Scheiße, nein!«, schrie Dixon, »Gibson hat es erwischt.«

Nein, dachte John, machte drei Schritte auf Gibson zu und kniete vor seinem ehemaligen Ausbilder nieder. Er fasste ihm an den Hals. Gibson hatte keinen Puls mehr. Gerade der Mensch, der dafür gesorgt hatte, dass John seine Leute aus dem Center herausholen konnte, ist gleich als Erster dem Kampf zum Opfer gefallen! Eine der wenigen Salven, die Gerald und seine Leute auf sie abgefeuert hatten, musste Gibson erwischt haben.

Dixon fasste John unter den Arm und zog ihn hoch. Dixon hatte recht, dachte sich John, jetzt war nicht die richtige Zeit, um zu trauern. So schnell sie konnten, liefen sie zur nächsten Treppe, die nach unten zum Boden führte, und eilten zu den beiden Wracks. John zählte insgesamt zwölf Tote, von denen sie die meisten am Rücken erwischt hatten. Die Impulsgeschosse hatten hässliche Brandwunden hinterlassen. Einige waren so tief, dass man sogar die Knochen sehen konnte.

»Oh Mann«, brach es aus John heraus, als er sah, was sie angerichtet hatten. Das Ganze erinnerte ihn eher an eine Hinrichtung und weniger an einen Kampf.

»Wir müssen die Leichen wegschaffen«, sagte Dixon in die bedrückende Stille hinein. »Und zwar schnell.«

»Wir helfen euch«, antwortete Charly, die zwischenzeitlich aus dem Center herüber geeilt war. Gemeinsam versteckten sie die Toten in einem der nahe gelegenen Geschäfte. Um Erlaubnis fragen mussten sie nicht, weil längst niemand mehr da war.

»Jetzt ziehen wir unsere Uniformen aus und schlüpfen in die Klamotten der Rothäute«, sagte John. »Sonst fliegen wir auf, noch bevor das Transportteam in Schussweite gekommen ist.«

Kaum dass sie die Plätze ihrer Gegner eingenommen hatten, kam der Rebellentransporter mit der neuen Impulskanone vorgefahren.

»Wer von euch ist Gerald?«, fragte der Fahrer, nachdem er ausgestiegen war. Er hatte offensichtlich nicht die Spur eines Verdachts, dass er es nicht mit seinesgleichen zu tun hatte.

»Ich nicht«, erwiderte John, während er blitzschnell seinen Pulser zog und auf den Fahrer richtete.

Dixon nahm den Beifahrer ins Visier. »Hände hoch«, brüllte er.

»Hey, was soll das?«, beschwerte sich der Fahrer, der offensichtlich immer noch nicht kapiert hatte, was hier gerade vor sich ging.

»Was ist daran so schwer zu verstehen?«, entgegnete John. »Ihr sollt die Flossen hochnehmen!«

Obwohl sein Plan aufgegangen war, war John deprimiert. Zum einen ging ihm der Tod seines Ausbilders nahe, zum anderen hatte John die Nachricht erhalten, dass viele seiner Freunde und

Kameraden in Ausübung ihres Dienstes ums Leben gekommen waren. Die meisten davon während des heimtückischen Überfalls auf das Hauptquartier, der eine Massenhinrichtung gewesen sein soll. Außerdem machte John sich große Sorgen um Helena, von der er seit Beginn der Anschläge nichts mehr gehört hatte. Einsamkeit und Verlustangst schnürten ihm die Kehle zu.

Bewaffnet mit einer Flasche Whiskey hatte er sich schnurstracks in seine Kammer verzogen und Charly das Kommando überlassen. Er hätte wohl vermutlich auch den nächsten Tag im Bett verbracht und seinen Kummer im Alkohol ertränkt, wenn Tim Preston nicht an seine Tür geklopft hätte, um ihm voller Stolz mitzuteilen, dass er kurz davor stand, den Hyperlink wieder in Betrieb zu nehmen.

# 13

Theodor Lemark saß neben Tatjana Moldan und beobachtete sie aus den Augenwinkeln. Beide warteten auf die Ankunft der anderen Häuptlinge, die einer nach dem anderen zugeschaltet wurden.

Der Holodesk des ehemaligen Hauptquartiers der Mars-Defender funktionierte einwandfrei. Die holografischen Abbilder von Ryan Henderson und Trevor Ingelmann bauten sich schnell und mit einem hohen Geräusch auf. Das Hologramm von Lawrence O'Brien erschien zuletzt. Er wurde aus Golan, der ursprünglichen Keimzelle der Rothäute, zugeschaltet.

Die fünf Häuptlinge saßen im Kreis. Seiner Stellung entsprechend ergriff O'Brien als Erster das Wort und fasste die Situation zusammen: »Golan, Tiguan und Aldar sind unter unserer Kontrolle. Das ist die gute Nachricht. Weniger gut ist es dagegen in Redun gelaufen, nicht wahr, Theodor?«

»Ja und nein«, gab Lemark zerknirscht zurück. »Wir haben, wie abgesprochen, alle Stützpunkte gleichzeitig angegriffen und einen Sieg nach dem anderen eingefahren. Nur das Hyperlink-Center haben wir nicht eingenommen. Aber das ist nur eine Frage der ...«

»Was ist genau passiert?«, unterbrach ihn O'Brien. Er wirkte ungeduldig und seine sonst tiefe Stimme hatte einen bedrohlichen Tonfall angenommen.

»Die Impulskanone war defekt. Wir haben dann eine zweite geschickt und geglaubt, dass die Sache damit erledigt ist. Doch das war sie nicht. Irgendetwas muss schiefgelaufen sein. Wir wissen nicht genau, was passiert ist, aber am Ende haben sich die Mars-Defender die zweite Impulskanone unter den Nagel gerissen und das Center in eine wahre Festung verwandelt.«

»Das kommt davon, wenn man alles diesen Berserkern überlässt«, mischte sich Tatjana Moldan ein. Dabei schielte die zierliche Frau mit den brünetten Locken verächtlich zu Lemark herüber. »Aber mein Mitstreiter musste ja die Korken knallen lassen, anstatt selbst mal nach dem Rechten zu sehen, so wie wir es besprochen hatten.«

Der Seitenhieb saß tief. Lemark konnte die Schmerzen förmlich spüren. In der Tat war er zu siegessicher und leichtsinnig gewesen. Doch er dachte nicht daran, seinen Fehler vor versammelter Mannschaft einzugestehen.

»Das ist wirklich sehr, sehr enttäuschend«, pflichtete O'Brien Moldan bei. »Es ist offensichtlich ein Fehler gewesen, Tatjana abzukommandieren und dir die Verantwortung allein zu übertragen, Theo. Auf dich ist eben einfach kein Verlass.«

»Aber …«, versuchte Lemark sich zu rechtfertigen, wurde aber erneut von O'Brien unterbrochen.

»Es ist, wie es ist, und nicht mehr zu ändern. Wir müssen jetzt überlegen, wie wir weiter vorgehen.«

»Wir müssen erneut zuschlagen und die Sache beenden«, erzürnte sich Ryan Henderson, der wie Lemark aus Aldar kam. »Wir dürfen jetzt keine Schwäche zeigen, sonst war am Ende alles vergebens.«

»Das sehe ich anders«, gab Tatjana Moldan zu bedenken. »Wir haben trotz des kleinen Rückschlags viel erreicht. Ich bin dafür, jetzt nichts zu überstürzen und fürs Erste jedes weitere Blutvergießen zu vermeiden.«

»Ich sehe es ähnlich wie Tatjana«, pflichtete Trevor Ingelmann ihr bei. »Die Stimmung in der Bevölkerung kippt zusehends. Zudem verlieren wir den Rückhalt in unseren eigenen Reihen und laufen Gefahr, dass sich unsere eigenen Männer gegen uns wenden. Dann haben wir nicht nur die Erde gegen uns, sondern auch unsere eigenen Leute und unser eigenes Volk. Wir sollten jetzt einen Gang runterschalten und auf Verhandlungen setzen. Außerdem dürfen wir nicht vergessen, dass das Überraschungsmoment dahin ist.«

»Wohl wahr«, entgegnete Lawrence O'Brien. »Deshalb wäre der Preis an Material und Männern vermutlich sehr hoch, wenn wir jetzt nachsetzen würden.«

»Das ist doch Quatsch«, echauffierte sich Theodor Lemark, der gar nicht glauben konnte, was da um ihn herum gesagt wurde. »Wir sind den Mars-Defendern immer noch haushoch überlegen. Wir müssen die Gunst der Stunde nutzen und die Mars-Defender ein für alle Mal vernichten, so wie wir es von Anfang an geplant hatten.«

»So ist es«, bestätigte Henderson. »Wir haben uns eine starke Position erstritten, es wäre unklug, sie so schnell wieder aufzugeben. Verhandlungsangebote signalisieren doch nur Schwäche und Unsicherheit. So denken jedenfalls viele unserer Leute. Sie werden uns ihre Unterstützung entziehen, wenn wir jetzt vor den Vereinten Nationen zu Kreuze kriechen.«

Lawrence O'Brien überlegte einen Moment und hob beschwichtigend seine großen Hände. »Nun gut, mir scheint, dass es unterschiedliche Meinungen über die weitere Vorgehensweise gibt. Ich schlage deshalb vor, dass wir zweigleisig fahren. Wir verhandeln, doch vorher bringen wir das Gerücht in Umlauf, dass die Vereinten Nationen auf uns zugekommen sind. Gleichzeitig entwickeln wir einen Plan, wie wir das Hyperlink-Center in unsere Gewalt bekommen. Je nach Entwicklung können wir uns dann immer noch für die eine oder andere Alternative entscheiden. Okay?«

Alle nickten, wenn auch etwas zögerlich.

»Na schön«, sagte O'Brien, der es gewohnt war, das letzte Wort zu haben, »dann sind wir uns fürs Erste einig. Alles Weitere besprechen wir, wenn ich in Redun angekommen bin. Ich breche auf, sobald ich in Golan abkömmlich bin.« Anschließend nickte er ein letztes Mal in die Runde und beendete die Übertragung, so wie es auch Ingelmann und Henderson taten.

»Das hast du dir selbst zuzuschreiben«, sagte Tatjana Moldan, kaum dass sie allein waren. »Jetzt bist du dein Kommando los.«

»Blödsinn«, antwortete Lemark. »Nur weil O'Brien nach Redun kommt, muss das noch lange nicht heißen …«

»Ach nein?«, fiel sie ihm ins Wort. »Was soll das denn sonst bedeuten? Du bist wirklich ein Idiot, Theo.«

Lemark setzte zu einer Antwort an, doch Tatjana eilte bereits aus dem Raum.

# 14

Obwohl ihre Besprechung bereits einige Stunden zurücklag, war Theodor Lemark immer noch wütend. Er fühlte sich gemaßregelt und gedemütigt. »Ich bin doch kein kleiner Junge«, nörgelte er vor sich hin. »So lasse ich nicht mit mir umspringen.«

Am meisten störte Lemark die herablassende Art von O'Brien, der ihm unterschwellig immer das Gefühl gab, dass er ihm in jeder Hinsicht überlegen war. O'Brien war im Unterschied zu ihm gebildet und kultiviert! Das wusste er. Na und, dachte er. Dafür habe ich andere Qualitäten. Lemark wollte mehr Einfluss. Und er wollte seine Macht auf seine eigene Art nutzen.

»Dieser Drecksack!«, grunzte Lemark, griff nach seinem Glas und kippte seinen Whiskey in einem Zug herunter. Das war bereits sein vierter an diesem Tag.

Tatjana ist auch nicht viel besser, dachte er. Die Schlampe hatte ihn verpetzt und bloßgestellt. Es ist Zeit, dass ich es dieser eingebildeten Kuh mal so richtig besorge. Wieder schenkte er sich nach, während er sich in allen Einzelheiten ausmalte, wie er diese Schlampe flachlegte.

Moldan inspizierte gerade die anderen Einrichtungen, die sie in Redun eingenommen hatten, während er dafür verantwortlich war, das Hauptquartier zu verteidigen. Eine Kleinigkeit, wenn man über dreihundert Männer zur Verfügung hatte! Das Gefühl der Macht berauschte ihn und machte ihn glücklich. Endlich hatte er etwas zu melden. Das erste Mal in seinem Leben überhaupt. Er war jetzt Mitte vierzig und sah ganz passabel aus, wenn man von seinem schütteren Haaransatz und seinen Aknenarben absah.

Unweigerlich schweiften seine Gedanken wieder zu O'Brien zurück. Wenn es wirklich stimmen sollte, dass ihm dieser eingebildete Fatzke das Kommando entziehen würde, dann wäre es mit seiner neu gewonnenen Macht vorbei. Er würde zum Gespött seiner Leute werden, und das nur, weil er das Hyperlink-Center nicht eingenommen hatte. Der Gedanke machte ihn rasend. Nein, nein, ging es ihm erneut durch den Kopf. Das durfte alles nicht wahr sein! Zählten denn seine Erfolge gar nichts? Er und seine Leute hatten schließlich das Hauptquartier und auch das Space-Center eingenommen. Da kam es doch auf das Hyperlink-Center nun wirklich nicht an. Nein, ganz sicher nicht! Und deshalb würde er auch nicht klein beigeben.

Aber noch war es nicht so weit. Warum also weiter Trübsal blasen? Er brauchte jetzt dringend eine Ablenkung, genauso wie seine Leute.

Lemark hatte zwölf seiner engsten Vertrauten ins Casino gerufen. Das Bier floss bereits in Strömen.

Plötzlich kam ihm die junge Ärztin wieder in den Sinn, die er vor ein paar Tagen beinahe weggepustet hätte. Sie war ausgesprochen hübsch und hatte einen Traumkörper, wenn er sich recht an sie erinnerte. Genau mein Beuteschema, dachte er. Spätestens jetzt wusste er, was zu tun war.

»Ron und Victor«, sagte er und zeigte auf zwei seiner Männer, »wir haben uns ein bisschen Spaß verdient. Schafft uns mal zwei, drei Frauen heran. Es muss doch unter den Gefangen was Reizendes geben. Und für mich bringt ihr die junge Ärztin mit, klar? Die Amazone mit den lockigen, kupferfarbenen Haaren!«

Einzig seinem besten Kumpel Jason Malféu schien die Idee überhaupt nicht zu gefallen. »Tatjana wird ausflippen«, warnte er. »Du weißt doch, was sie gesagt hat. Den Gefangenen darf nichts geschehen.«

»Tatjana hier, Tatjana da, was interessiert mich diese blöde Kuh?«, bellte er zurück. »Die Schlampe kann froh sein, dass sie nicht hier ist, sonst würde ich sie als Erstes flachlegen. Verdient hätte sie es!«

Bald ging die Tür auf, und drei Gefangene kamen herein. Zu seiner Freude erkannte Lemark in einem der Weibsbilder die junge Ärztin, die noch heißer war, als er sie in Erinnerung hatte. Die anderen beiden waren Mars-Defender, wie man unschwer an ihren Uniformen erkennen konnte.

»Was soll das hier werden?«, fragte die junge Ärztin sogleich, die offensichtlich bereits ahnte, was die besoffene Meute mit ihnen vorhatte.

»Friedensverhandlungen«, säuselte Lemark. »Wir wollen euch besser kennenlernen und so den Weg für Friedensverhandlungen ebnen.« Ein süffisantes und zugleich schmieriges Grinsen lag auf seinen schmalen Lippen.

»Prima Idee«, gab eine der jungen Soldatinnen zurück, noch bevor die junge Ärztin darauf antworten konnte.

»Aber bitte nicht in Handschellen und Fußfesseln«, ergänzte die andere Soldatin. »Wie sollen wir denn da richtig verhandeln?« Dabei lachte sie und zwinkerte Lemark zu.

»Schön, dass du einsichtig bist, Süße! Ihr werdet eure Hände brauchen, so viel ist klar. Aber kommt nicht auf dumme Gedanken. Sonst machen wie kurzen Prozess mit euch. Jetzt haben nämlich wir hier das Sagen. Verstehst du, was ich sage, Defender-Puppe?«

»Natürlich«, sagte die Soldatin zu Lemark, während sie der jungen Ärztin in einem unbeobachteten Moment kurz zuzwinkerte.

»Dann sind wir uns einig«, antwortete Lemark und richtete das Wort an seine Leute. »Macht die Frauen los! Wir wollen uns doch nicht nachsagen lassen, dass wir keine Gentlemen sind.«

Gesagt, getan, scharten sich im nächsten Moment zwölf Rothäute um die drei Frauen, ganz so wie ein Rudel Hyänen um ihre Beute.

»Champagner, gibt es denn hier keinen Champagner?«, beschwerte sich eine der beiden Soldatinnen, der es sichtlich schwerfiel, sich einen von Lemarks Männern vom Leib zu halten.

»Natürlich, mein Schätzchen«, erwiderte ihr Verehrer mit sabbernder Stimme. »Aber erst bekomme ich einen Kuss.«

Ohne zu zögern zog die Soldatin den Typen in ihre Arme und steckte ihm ihre Zunge in den Mund.

Die Menge jubelte, während Lemark mit einem Säbel der Mars-Defender die erste Pulle Champagner entkorkte, so wie er es irgendwann einmal in einem alten Film gesehen hatte.
Eine Stunde später waren zwölf weitere Flaschen geöffnet und geleert und die meisten Männer endgültig besoffen.

Nicht aber Lemark, der, entgegen seiner Gewohnheit, bewusst einige Runden ausgelassen hatte und sich jetzt ganz um die junge Ärztin kümmern wollte. Zuvor hatte er sie unter einem plumpen Vorwand in den kleinen Nachbarraum gelockt und dort bequatscht, während der Rest darum stritt, wer die beiden anderen Frauen als Erstes besteigen durfte.

Doch dann, als er gerade seine Hand zwischen die Beine der Ärztin stecken wollte, hörte er einen entsetzlichen Schrei, der nur von einem seiner Männer stammen konnte.

»Was ist da lo…?«, rief Lemark, brachte den Satz aber nicht zu Ende, weil ihm die junge Ärztin genau in dieser Sekunde eine Gabel in die Brust rammte.

Lemark blickte ungläubig an sich herab. Die Schlampe hatte es doch tatsächlich auf sein Herz abgesehen! Doch die Gabel war vom Rippenbogen abgeprallt und auf das Bett gefallen. Er hatte Glück gehabt.

Lemark schlug ihr hart ins Gesicht. Sofort platzen ihre Lippen auf, und Blut lief ihr das Kinn hinab.

Jason Malféu beobachtete das Treiben mit gemischten Gefühlen. Er war hin- und hergerissen. Einerseits hätte er gerne mitgemacht, andererseits ging ihm das alles hier ein wenig zu weit.

Er war zwar ein harter Hund, doch irgendwie hatte er das Gefühl, dass sie eine Grenze überschritten hatten.

Gerade als er sich dachte, dass er zu viel getrunken hatte, geschah etwas Unerwartetes. Die beiden Frauen griffen gleichzeitig an. Die jüngere der beiden schnappte sich den Säbel und schnitt einem seiner Waffenbrüder mit einem sauberen Schnitt die Kehle durch, während ihre Kameradin ihrem Verehrer gerade ein Stück seines rechten Ohrs abbiss. Sie hatte ihm zuerst etwas ins Ohr gesäuselt, und *zack,* einfach zugebissen. Der Verehrer gab einen markerschütternden Schrei von sich. Dabei war seine Hose bereits aufgeknüpft gewesen, er hatte sich wohl auf einen Blowjob gefreut.

Die dritte Rothaut ging dann wieder auf das Konto der Soldatin mit dem Säbel. Sie hatte erneut ausgeholt und einem seiner besten Freunde den Bauch aufgeschlitzt. Gedärme und Blut quollen heraus, und der Geruch von Tod und Körperflüssigkeiten durchzog die Luft.

Das alles passierte sehr schnell, und Malféu wurde klar, dass er wieder nüchtern werden musste. Sechs Rothäute lagen komatös in der Gegend herum. Einen Kameraden mussten die Defenderinnen noch niederstrecken, bevor es ihm selbst an den Kragen gehen würde. Von Lemark war nichts zu sehen, und die Chancen der kämpfenden Frauen standen gar nicht schlecht. Im Gegenteil. Sie ließen die Rothäute gerade richtig alt aussehen.

Malféu schubste den letzten Kameraden, der noch stehen konnte, wie einen Schutzschild zwischen sich und die Soldatinnen. Die beiden Racheengel waren deshalb gezwungen, sich erst den verdutzten Jüngling vorzuknöpfen. Der junge Mann war auch nicht das Problem, zumal sie nicht mehr als drei Sekunden brauchten, um den wild um sich schlagenden Kerl aus dem Weg zu räumen. Ein sauberer Schnitt am Hals – und der Körper schlug dumpf auf dem Boden auf.

Doch das hatte eine Sekunde zu lange gedauert, weil Malféu nicht mehr Zeit brauchte, um sich seinen Pulser zu schnappen, den er aus alter Gewohnheit immer in seiner Nähe verwahrte. Ganz so, wie man es ihm vor vielen Jahren bei den Mars-Defendern eingetrichtert hatte.

Als die beiden Frauen kurz darauf durchlöchert vor ihm lagen, erinnerte er sich daran, was sein Ausbilder immer zu ihm gesagt hatte: »Ein Pulser ist wie eine schöne Frau. Beides sollte man nie aus den Augen lassen.«

Dann lächelte Malféu in sich hinein und sinnierte darüber, dass ihm diese Binsenweisheit soeben das Leben gerettet hatte.

Irgendwie war Malféu erleichtert, dass er sich nun nicht mehr entscheiden musste, ob er sich an der Vergewaltigung beteiligen sollte.

Malféu starrte auf die toten Soldatinnen, als Lemark plötzlich die Tür aufstieß und hereingelaufen kam. Mit schmerzverzerrtem Gesicht und mit der rechten Hand am Herzen stand er da.

»Malféu, was ist hier los?«, keuchte er.

»Das siehst du doch. Die Party ist zu Ende.«

Lemark starrte Malféu verdutzt an. Gerade als er etwas erwidern wollte, hörte er ein Klirren und ahnte sofort, was das zu bedeuten hatte. Die junge Ärztin hatte wohl nicht lange gezögert und war aus dem Fenster gesprungen.

Lemark eilte zum Fenster und sah, wie die Ärztin sich über den Exerzierplatz schleppte. Irgendetwas schien mit ihrem linken Knöchel nicht zu stimmen. Vermutlich gebrochen, dachte er. Trotzdem hatte sie schon zwanzig Meter des Weges geschafft.

»Gib her«, schrie Lemark und ließ sich von Jason Malféu den Pulser reichen, ohne die Ärztin auch nur eine Sekunde aus den Augen zu lassen. Er öffnete das kaputte Fenster und gab einen ersten Schuss ab.

Die junge Frau zuckte zusammen, blieb aber unverletzt.

»Ha, ha, ha!«, lachte Lemark aus dem Fenster heraus. »Du hast es so gewollt! Dann spielen wir eben ein anderes Spiel.«

Wieder und wieder schoss Lemark absichtlich daneben, sodass die eingebildete Ziege einen Haken nach dem anderen schlagen musste. Immer wieder viel sie hin, bis sie nur noch kriechen konnte und schließlich ganz liegen blieb. Da wurde es Lemark zu langweilig, und er trennte seinem Opfer mit einem gezielten Schuss den rechten Unterschenkel ab.

»Sie wird langsam verbluten«, sagte Malféu. »Hast du das gewollt, Theo?«

»Das hat sie sich selbst zuzuschreiben«, antwortete er ausweichend.

Die junge Ärztin lag auf dem Rücken und blickte in den künstlichen Sternenhimmel, der gerade angeschaltet worden war, und dachte an ihren Mann, den sie über alles liebte. Sie hatten sich im Krankenhaus kennengelernt, als er mit einer kleinen Verletzung vor ihr gestanden hatte. Es war nichts Wildes, nur ein kleine Platzwunde über der Augenbraue, die sie so lange hatte behandeln müssen, bis sie endlich ein Date hatten.

Sie hatte ihn verdammt anziehend gefunden. Doch auch seine zurückhaltende und empfindsame Art hatte sie fasziniert. Sie wurden schnell ein Paar und hatten noch so viel vor! Sie wollten reisen und Kinder bekommen. Mehrere Kinder. Doch das war jetzt alles nicht mehr möglich. Eine Träne lief ihr über die Wange.

Trotz des Schmerzes in ihrem rechten Bein wurde ihr plötzlich kalt. Sie wusste, dass der Blutverlust dafür verantwortlich war. Und dennoch dauerte es noch ganze drei Minuten, bis ihr Herz Liter um Liter aus ihr herauspumpte, bevor es endlich Ruhe gab.

# 15

Präsident Carter saß im Blauen Salon und grübelte. Er war nervös und angeschlagen. Sein gesunder Teint wirkte auf einmal grau und kränklich.

»Was zum Teufel ist da los?«, fragte er sich nicht zum ersten Mal. Der Hyperlink zum Mars war jetzt schon seit mehreren Tagen unterbrochen. Mittlerweile glaubte er nicht mehr an eine interstellare Störung, obwohl seine Leute das immer wieder behaupteten.

Ihm fiel ein Stein vom Herzen, als er nach einer weiteren durchwachten Nacht die Nachricht bekam, dass die Verbindung wieder stand. Er federte deshalb geradezu aus dem weichen samtbezogenen Sessel und beorderte die Minister für Innere Sicherheit und Verkehr und Raumfahrt in den Blauen Salon.

Kurz darauf meldete sich John Trebor, Sicherheitsoffizier auf dem Mars. »Hallo, können Sie mich hören? Hier spricht John Trebor, Captain John Trebor von den Mars-Defendern. Mit wem spreche ich?«

»Captain Trebor, hier spricht Präsident Carter. Neben mir sitzen Innenminister Angel Ramirez und Robert Karlson, Minister für Verkehr und Raumfahrt.«

Nach einer kurzen Pause fasste Carter nach: »Captain, sind Sie noch da? Verstehen Sie, was ich gesagt habe?«

»Ja, Entschuldigung. Ich musste erst einmal verdauen, dass mir die halbe Regierung zugeschaltet ist. Darauf war ich nicht vorbereitet.«

»Kein Problem, John. Ich darf doch John sagen?«

»Selbstverständlich, Herr Präsident.«

»Bitte erzählen Sie uns, was bei Ihnen los ist. Wir haben seit über einer Woche nichts mehr vom Mars gehört und gesehen. Der Kontakt war mit einem Mal wie abgeschnitten.«

»Es hat einen Aufstand gegeben. Mit vielen Toten und Verletzten auf beiden Seiten.«

»Einen Aufstand?«, wiederholte der Präsident ungläubig. »Habe ich Sie da gerade richtig verstanden?«

»Leider ja«, bestätigte John. »Genau genommen wurden alle Einrichtungen der Mars-Defender angegriffen. Nur das Hyperlink-Center haben sie nicht eingenommen, dafür aber den Hyperlink-Adapter beschädigt. Es hat eine Woche gedauert, ihn zu reparieren. Und das auch nur provisorisch. Deshalb können wir uns auch nicht sehen, sondern nur hören.«

»Das ist ja furchtbar«, entgegnete Carter. »Aber sagen Sie, wo sind General Douglas und Abel Friedmann?«

»General Douglas ist tot, Sir. Und Abel Friedmann vermutlich auch.«

Als Präsident Carter das hörte, schlug er die Hände vors Gesicht. Dann aber riss er sich zusammen und forderte Captain Trebor auf, alle Einzelheiten preiszugeben.

Daraufhin erzählte Captain Trebor, dass offensichtlich nicht alle Siedler davon begeistert waren, den Mars verlassen zu müssen.

»Doch richtig übel wurde es erst, als eine Gruppe auf den Plan getreten ist, die sich den Namen *Rothäute* gegeben hat.«

»Rothäute?«, wiederholte der Präsident, der erneut glaubte, sich verhört zu haben.

»Ja, Rothäute«, bestätigte John. »Das ist wohl eine Anspielung auf die Ureinwohner Nordamerikas, die von den Weißen um 1850 vertrieben wurden. Sie widersetzen sich mit allen Mitteln und schrecken auch vor Gewalttaten nicht zurück.«

»Können Sie uns schon etwas über die Zahl der Opfer sagen?«, fragte der Innenminister dazwischen.

»Nicht wirklich«, antwortete John. »Ich weiß nur, dass es Gerüchten zufolge über dreihundert Tote gegeben hat, als die Rothäute das Hauptquartier angegriffen haben. Dabei soll der gesamte Führungsstab um General Douglas ums Leben gekommen sein. Deshalb müssen Sie auch mit mir vorliebnehmen. Ich bin jetzt vermutlich der ranghöchste Offizier auf dem Mars.«

»Das ist wirklich ein Desaster, ein Albtraum«, sagte der Präsident und haute mit der Faust auf den Tisch – und zwar so laut, dass selbst John den dumpfen Ton über den Hyperlink hören konnte.

»Und was ist mit Tiguan, Aldar und Golan?«, hakte Robert Karlson mit besorgter Stimme nach.

»Sind sehr wahrscheinlich auch in der Hand der Rothäute«, antwortete John mit belegter Stimme. »Der gesamte Mars scheint unter der Kontrolle der Rothäute zu stehen.«

Der letzte Satz sorgte bei Carter und offenbar auch bei seinen beiden Ministern endgültig für blankes Entsetzen. Sie hatten zwar geahnt, dass das Ende von Mars-Evolution nicht nur auf Zustimmung bei den Marsianern stoßen würde, aber nicht im Entferntesten daran geglaubt, dass die Dinge derart eskalieren könnten.

»Wie kann das sein?«, fragte Carter seinen neuen Innenminister. »Haben wir denn nicht alles getan, um die Marsianer von der Notwendigkeit unserer Entscheidung zu überzeugen?«

»Doch, ich denke schon«, antwortete Angel Ramirez im Brustton der Überzeugung. »Wir haben alle Register gezogen. An der Kampagne hat es bestimmt nicht gelegen.«

John konnte das bestätigen. Die Administration auf dem Mars hatte in den letzten Monaten viel Überzeugungsarbeit geleistet und den allermeisten Marsianern ein gewisses Verständnis für die Entscheidung abgerungen. Außerdem war es ja nicht so, dass das Ende von Mars-Evolution über Nacht gekommen war. Genau genommen hatte es John Trebor gewundert, dass die Weichen für das Ende der Kolonialisierung nicht schon viel früher gestellt worden waren.

»John«, fragte Präsident Carter den Offizier, »die Mars-Defender gehören meines Wissens nach zu den am besten ausgebildeten Truppen der Vereinten Nationen. Wie kann es da sein, dass eine Horde von durchgeknallten Siedlern zu so etwas fähig ist?«

»Schwierig zu beantworten, Sir. Durchgeknallt sind die Rebellen aber bestimmt nicht. Sie sind gut organisiert und verfügen über Waffen, die auf dem Mars eigentlich verboten sind. Deshalb gehe ich davon aus, dass irgendwelche Leute von der Erde ihre Finger im Spiel haben.«

»Das würde einiges erklären«, warf Robert Karlson ein. »Sagen Sie, Captain Trebor, halten Sie es für möglich, den Aufstand niederzuschlagen?«

»Keine Chance, Sir. Wir sind in allen Belangen unterlegen. Wir haben weniger Waffen und noch weniger Männer. Mein Team besteht aus ungefähr sechzig Mars-Defendern, einem Haufen Rekruten und Veteranen. Überdies haben wir schon alle Hände voll damit zu tun, das Hyperlink-Center zu verteidigen.«

»Okay John, das war klar und deutlich«, sagte der Präsident. »Was sollten wir denn Ihrer Meinung nach tun?«

»Sir, aus meiner Sicht gibt es zwei Möglichkeiten. Entweder Sie schicken die Kavallerie, und wir schlagen die Rothäute nieder, und es fließt noch mehr Blut auf beiden Seiten, oder wir nehmen Verhandlungen auf und versuchen herauszufinden, was die Rothäute eigentlich wollen.«

»John, wir verhandeln nicht mit Terroristen«, erwiderte Angel Ramirez. »Das ist keine Option. Das müsste Ihnen doch eigentlich klar sein.«

»Im Prinzip schon«, bestätigte John. »Nur gefällt mir die erste Option noch weniger, weil meine Leute und ich vermutlich längst tot sind, wenn die Verstärkung hier eintrifft. Oder glauben Sie, dass die Rothäute vierzig Tage die Hände in den Schoss legen und einfach abwarten, bis die Streitkräfte von der Erde eingetroffen sind? Nie im Leben. Dafür haben die Terroristen, wie Sie die Leute zu Recht nennen, doch schon viel zu viel riskiert.«

»Vermutlich haben Sie recht«, schaltete sich Präsident Carter wieder ein. »Haben Sie denn eine Vorstellung, was die Rebellen für Ziele verfolgen?«

»Nicht genau, Sir. Aber ich denke, dass es in den Reihen der Siedler eine Minderheit gibt, die bereit ist, alles zu tun, um sich der Deportation zu entziehen. Sie wollen um jeden Preis hierbleiben. Koste es, was es wolle.«

»John, das ist nicht so einfach«, erwiderte Angel Ramirez. »Wir können die Siedler nicht auf alle Ewigkeit versorgen. Wir können uns dies weder leisten, noch geben dies die Ressourcen auf der Erde weiterhin her. Wir haben hier schon genug Probleme.«

»Das ist mir klar, Sir. Ich glaube aber auch gar nicht, dass die Siedler das weiterhin erwarten. Ich denke, sie sind davon überzeugt, dass sie es auch allein, ohne Unterstützung von der Erde, schaffen können.«

»Nach den mir vorliegenden Informationen ist das unmöglich«, erwiderte Präsident Carter. »Glauben Sie, ich hätte das nicht vorher prüfen lassen? Vor mir liegt ein ganzer Stapel von Gutachten. Alle Experten kommen darin zu demselben Schluss, nämlich dass eine autonome Versorgung auf dem Mars nicht möglich ist.«

»Ich bin mir da nicht so sicher«, gab John zurück. »Ich bin zwar kein Experte auf diesem Gebiet, dafür aber auf dem Mars geboren und kenne mich deshalb hier ganz gut aus. Es ist mit Sicherheit richtig, dass der Mars nicht alle fünf Millionen Einwohner aus eigener Kraft versorgen und ernähren kann, aber einige zehntausend vielleicht schon. Insbesondere in den Höhlensystemen im westlichen Territorium scheinen mir die Voraussetzungen für autonomes Leben gar nicht so schlecht zu sein. Lassen Sie den radikalen Einwohnern doch die freie Wahl, Herr Präsident. Ich bin mir sicher, dass die allermeisten ohnehin zur Erde wollen, insbesondere wenn Sie die Marsianer, wie angekündigt, mit offenen Armen auf der Erde aufnehmen. Der Rest bleibt einfach hier und versucht es auf eigene Faust. Außerdem dürfte es ohnehin schwierig werden, die Rothäute auszuräuchern. Dafür ist das Höhlen- und Tunnelsystem viel zu unübersichtlich.«

Präsident Carter versank in Gedanken und ließ Johns Argumente auf sich einwirken.

»John, der Vorschlag gefällt mir«, rief er plötzlich und voller Überzeugung, »auch wenn ich große Zweifel habe, dass wir uns mit den Rebellen auf eine für uns tragfähige Lösung verständigen werden. Es ist aber einen Versuch wert.«

»Herr Präsident, das ist nicht so einfach«, insistierte der Innenminister. »Die Rothäute, oder wie immer sich diese Chaoten nennen, sind für hunderte von Toten verantwortlich. Das können wir nicht einfach ausblenden. Es gibt Gesetze, die wir nicht einfach ignorieren können.«

»Nicht wenn ich den Notstand ausrufe«, erwiderte Präsident Carter. »Dann habe ich einen größeren Handlungsspielraum und kann allein entscheiden. Außerdem sage ich ja auch nicht, dass wir klein beigeben.«

Dann wandte sich der Präsident erneut an John. »Das Ganze setzt aber voraus, dass die Rebellen sofort auf jegliche Form von Gewalt verzichten wollen und überhaupt für Verhandlungen zur Verfügung stehen. Was meinen Sie, John? Glauben Sie, dass die Rebellen mit sich reden lassen?«

»Warum nicht, Sir? Außerdem kenne ich einen der Anführer. Das könnte vielleicht helfen.«

»Gut, dann wäre das geklärt, John. Hiermit ernenne ich Sie offiziell zum Major und zu meinem Verhandlungsführer auf dem Mars. Minister Ramirez wird alles Weitere mit Ihnen besprechen und dafür sorgen, dass Sie alles bekommen, was Sie brauchen.«

»Eine Frage noch, John«, meldete sich Ramirez noch einmal zu Wort. »Wen meinten Sie, als Sie sagten, dass Sie einen der Anführer kennen?«

»Meinen Bruder, Sir. Einer der Anführer ist mein Bruder.«

# 16

Als John am nächsten Morgen erwachte, war er sich nicht sicher, ob er die Geschehnisse des gestrigen Tages nur geträumt hatte.

»Verhandlungsführer«, sagte er laut zu sich selbst und schüttelte den Kopf. Doch bevor er weiter darüber nachdenken konnte, klopfte es an seiner Tür. Er schwang sich aus dem Bett und öffnete die Tür.

Vor ihm stand Petty Officer MacLaine, die sich ein Grinsen nicht verkneifen konnte. Nur zu verständlich, denn ihr Boss war splitterfasernackt.

»Tut mir leid, Sir«, prustete sie heraus. »Aber wir warten bereits seit einer Stunde auf Sie. Es ist schon elf Uhr durch.«

»Kommen Sie rein«, entgegnete John und eilte in den Nebenraum.

Petty Officer MacLaine folgte ihm zögernd, sichtlich darum bemüht, nicht auf seinen Hintern zu starren. John war das alles egal. Soldaten sollten sich voreinander nicht schämen.

Keine zehn Minuten später war er fertig und bereits mit einem halben Fuß aus der Tür, als Petty Officer MacLaine ihm noch eine Frage an den Kopf warf.

»Sir, als Sie gestern mit dem Präsidenten gesprochen haben, haben Sie zum Ende hin Ihren Bruder ins Spiel gebracht. Stimmt es wirklich, dass er für die Attentate verantwortlich ist?«

John verharrte in der Bewegung und überlegte einen Moment, was er sagen sollte, bevor er sich zu ihr umdrehte, die Tür zumachte und MacLaine mit einer Handbewegung zu verstehen gab, sich hinzusetzen.

Dann schaute er sie an und entschied, erst gar nicht um den heißen Brei herumzureden.

»Ja«, antwortete er, »es ist aber noch viel schlimmer. Ich fürchte, meine ganze Familie ist darin involviert.«

»Ach, du Scheiße!«, entfuhr es MacLaine. »Wie konnte das denn passieren?«

»Das ist eine lange Geschichte«, erwiderte John. »Dazu müsste ich weit ausholen.« Er seufzte tief.

»Kein Problem«, entgegnete MacLaine. »Ich schreibe den anderen, dass wir das Meeting auf dreizehn Uhr verschieben.« Die Offizierin gab darauf die Terminänderung in ihr COM-Gerät am Handgelenk ein.

John seufzte tief, gab sich dann aber doch geschlagen und fing an zu erzählen. Zuerst erzählte er von seinem Vater, der bereits als junger Mann auf den Mars gekommen war, um als Biologe zu arbeiten, nachdem er sich auf eine Stelle im westlichen Territorium in der Nähe von Golan beworben hatte.

Er war für die Sauerstoffanreicherung in den Höhlen- und Stollensystemen verantwortlich. Genau genommen wurde er als Geobotaniker eingesetzt und sorgte dafür, dass die Pflanzen in den Höhlen und Stollen gut gediehen und die Photosynthese auch wirklich funktionierte.

Danach schwärmte John von seiner Mutter, einer Lehrerin und echten Marsianerin, die sein Vater zwei Jahre nach seiner Ankunft kennengelernt hatte. »Liebe auf den ersten Blick, wie man so schön sagt.«

»Kaffee?«, fragte Charly, die sich zwischenzeitlich an der Espressomaschine zu schaffen gemacht hatte.

»Ja, gerne«, antwortete er und nahm ihr den Becher aus der Hand. Der Kaffee war stark und heiß und genau das, was er jetzt brauchte. Dann überlegte er kurz und erzählte weiter.

»Bereits kurz nach der Hochzeit kam der kleine William auf die Welt, den alle gleich Billy nannten. Ein Jahr später kam ich. Unsere Eltern hatten es offensichtlich eilig mit dem Kinderkriegen.«

»Wie meine Eltern«, sagte Charly, und musste dabei grinsen. »Nur dass ich die Ältere bin. Aber entschuldigen Sie, ich wollte Sie nicht unterbrechen.«

»Ist schon gut«, antwortete er und überlegte, wo er stehen geblieben war.

»Die ersten Jahre waren wirklich toll, soweit ich mich erinnern kann«, fuhr er fort. »Wir waren ein Herz und eine Seele und haben alles zusammen gemacht. Wir waren echte Rabauken und haben unsere Eltern mehr als einmal zur Weißglut getrieben.«

Dann stockte er plötzlich und schaute gedankenverloren in seinen Kaffee.

»Und dann, John, wie ging es dann weiter?«, hakte Charly nach einer Weile nach, während sie ihm ermutigend die Hand auf den Arm legte.

»Dann kam der Tag, an dem unsere Familie in den Abgrund gerissen wurde. Ich weiß es noch, als wäre es gestern gewesen. Es war ein Feiertag, auf den ich mich schon Tage zuvor gefreut hatte: Winaljum, wenn Sie es genau wissen wollen.«

Als John den Feiertag erwähnte, strahlte Charly über das ganze Gesicht, auch sie schien Winaljum zu lieben. Kein Wunder, dachte sich John, denn er meinte sich zu erinnern, dass Charlys Urgroßvater zu den Pionieren gehört hatte, die die großen Wasservorkommen in der Nähe von Aldar gefunden hatten. Die Quelle allen Lebens auf dem Mars.

»Unsere Mutter«, erzählte John, »war an diesem Tag schon früh unterwegs. Sie wollte mit ihrem Chor noch eine letzte Probe abhalten, bevor sie pünktlich um zwölf Uhr mit ihren Schülern die Feierlichkeiten musikalisch eröffnen sollte. Doch dazu ist es nicht mehr gekommen, weil der Stollen, in dem sie geprobt haben, ohne Vorwarnung eingestürzt ist.«

»Wie schrecklich!«, entglitt es MacLaine, und sie blickte John aus ihren großen blauen Augen mitfühlend an.

»Dreißig Schüler und zwei Lehrer, darunter unsere Mutter, waren sofort tot. Angeblich war infolge eines Rohrbruchs die darüber liegende Kammer unbemerkt vollgelaufen und dann eingestürzt. Sie war einfach zur falschen Zeit am falschen Ort«, brachte John die Tragödie auf den Punkt. Dabei klang seine Stimme irgendwie kalt, ausdruckslos und ohne jegliches Gefühl. Auch sein Blick schien sich in der Leere zu verlieren.

»Ich erinnere mich«, sagte Charly, die von der Tragödie in den Nachrichten gehört hatte, obwohl sie damals selbst noch ein Kind gewesen war.

»Und das war dann der Anfang vom Ende unserer einst glücklichen Familie«, erzählte John weiter, ohne auf die Bemerkung einzugehen.

»Unser Vater hat sich dann immer mehr in seine Arbeit gestürzt. Er war regelrecht von dem Gedanken besessen, Pflanzen zu züchten, die auf der Oberfläche gedeihen können. Vermutlich war das seine Art, mit dem Schicksalsschlag klarzukommen. Er war wie im Wahn und nicht bereit aufzugeben. Selbst dann nicht, als man ihm die letzte Unterstützung von höherer Stelle versagte und er auch noch seinen Job verlor.«

»Das tut mir wirklich leid«, bemerkte MacLaine.

»Leider war das noch nicht alles«, sagte John. »Eines Tages ging unser Vater aus dem Haus und kam nicht mehr zurück. Bill und ich fanden ihn am nächsten Morgen. Er hatte sich Helm und Anzug abgestreift und war einfach losmarschiert. Ohne sich zu verabschieden, ohne Nachricht.«

»Oh nein, wie furchtbar«, entgegnete MacLaine und blickte ihn aus schreckgeweiteten Augen an.

»Bill ist dann bei unserem Onkel Lawrence untergekommen«, fuhr John fort. »Ein Landwirt, dem vermutlich ein Zehntel des gesamten westlichen Territoriums gehört. Geerbt von seinem Vater, einem der ersten Pioniere. Ein echter Abenteurer und eine Berühmtheit auf dem Mars. Dass er genauso wie sein Vater ein echter Fanatiker war, hatte ich zu diesem Zeitpunkt noch nicht gewusst. Es war wohl deshalb Schicksal oder Intuition, dass ich mich für ein Stipendium auf der Militärakademie in Redun entschieden hatte und nicht auch zu meinem Onkel gezogen bin.«

»Verstehe«, sagte MacLaine. »Wie ging es dann weiter mit Ihrem Bruder?«

»Danach haben Billy und ich uns immer seltener gesehen. Zuerst habe ich es auf die Entfernung geschoben, weil der Weg ins westliche Territorium selbst mit dem Hyperloop mehr als einen

Tag dauert. Am Ende musste ich mir aber eingestehen, dass es mich wegen der zunehmend radikalen Einstellung meines Onkels und später auch meines Bruders immer seltener nach Golan gezogen hatte. Sie hatten einen regelrechten Hass auf die Erde entwickelt.«

Als Petty Officer MacLaine gerade die aufkeimende Stille durch eine weitere Frage unterbrechen wollte, setzte John seinen Bericht fort.

»Wir hatten uns dann über fünf Jahre nicht mehr gesehen. Umso überraschter war ich, als er mir vor ungefähr sechs Monaten zufällig in Redun über den Weg lief. Das muss man sich mal vorstellen«, sagte er und schüttelte den Kopf. »In Redun leben über zwei Millionen Marsianer, verteilt auf ein Stollen- und Höhlensystem von gigantischem Ausmaß. Und wer kreuzt meinen Weg? Bill!«

Wieder machte er eine Pause und trank einen weiteren Schluck Kaffee, der mittlerweile kalt geworden war und nun ganz schön abscheulich schmeckte.

»Ich bin ihm dann gefolgt und wollte ihn gerade ansprechen, als er direkt vor mir in ein großes Hotel ging. Dort wimmelte es von Leuten, die alle in ein großes Konferenzcenter strömten. Ich habe mich in die letzte Reihe verzogen und zu meiner Überraschung festgestellt, dass mein Bruder aufs Podium geklettert war. Da saß er dann mit sechs anderen Akteuren, darunter auch meinem Onkel, und hat versucht, die Teilnehmer für eine Gruppierung mit dem Namen *Rothäute* zu begeistern.«

»Und das hat Sie nicht aufhorchen lassen?«

»Nein«, antwortete er, »denn anfangs hörte sich das ganze Geschwafel für mich doch eher harmlos an. Die Stimmung wurde dann aber zunehmend hitziger und die Diskussion abstruser und hat mich derart genervt, dass ich irgendwann einfach aufgestanden und gegangen bin. Nicht im Traum hätte ich mir jedoch vorstellen können, dass das Ganze in Gewalt und Terror mündet. Sonst hätte ich doch schon vorher etwas unternommen.«

»Keine Frage, Captain … sorry, Major Trebor.«

»Ach, hören Sie auf mit den Förmlichkeiten, MacLaine!

Wir kennen uns jetzt schon so lange. Nennen Sie mich einfach John!«

»Okay, John, ich bin Charlene. Meine Freunde nennen mich Charly.«

John schaute sie einen Moment an. »Also dann, Charly.«

Petty Officer MacLaine grinste. »John, was hast du eigentlich als Verhandlungsführer vor?«

»Ganz einfach, ich rufe meinen Bruder an.«

# 17

Warum bezahle ich Ihnen so viele ITCOS, wenn Sie die Dinge fortwährend verbocken?«, fragte der CEO von Space Logistics seinen Sicherheitschef mit vor Wut verzerrter Stimme. »Erst der misslungene Anschlag im Bumerang und jetzt das! Am Ende findet noch eine Abschlussfeier statt, wenn der Großteil der Marsianer in Richtung Erde aufbricht.«

»Ich kann verstehen, dass Sie verärgert sind«, antwortete Liam Foster. »Aber woher sollte ich wissen, dass dieser bescheuerte Android ein wandelnder Schutzschild ist? Es war schon schwer genug, überhaupt eine Waffe in den Bumerang einzuschleusen. Ganz zu schweigen von dem iHuman, den wir hacken mussten, um aus ihm einen Attentäter zu machen.«

»Ach, hören Sie auf, sich zu rechtfertigen«, echauffierte sich Cornelius Wright. »Sie hatten einen klaren Auftrag, und den haben Sie vergeigt.«

»Das sehe ich anders«, erwiderte sein Sicherheitschef und verschränkte demonstrativ die Arme vor der Brust. »Wir haben zwar Carter nicht erledigt, dafür aber die Regierung ins Wanken gebracht. Wenn der Aufstand auf dem Mars jetzt noch weiter eskaliert, dann muss Carter zurücktreten und es gibt Neuwahlen, ganz so, wie wir es von Anfang an geplant hatten.«

»Das ist doch genau das Problem«, entgegnete sein Boss. »So wie sich die Dinge entwickeln, kriegt Carter noch die Kurve und geht womöglich gestärkt aus dieser Misere hervor. Das dürfen wir keinesfalls zulassen!«

»Was meinen Sie damit?«, fragte Foster zurück. »Es läuft doch alles nach Plan. Die Rothäute proben den Aufstand und sorgen dank unserer Waffenlieferungen für Chaos.«

»Jetzt nicht mehr«, antworte Cornelius Wright und schüttelte angesichts der Ahnungslosigkeit seines Sicherheitschefs den Kopf. »Wissen Sie denn nicht, dass der Präsident bereits Maßnahmen eingeleitet hat, um den Aufstand friedlich beizulegen?«

»Nein, das wusste ich tatsächlich noch nicht«, räumte Foster ein.

»Nein, das wusste ich tatsächlich noch nicht«, äffte Wright seinen Sicherheitschef nach. »Sind Sie sich denn wenigstens der Konsequenzen bewusst, oder muss ich Ihnen auch in diesem Punkt auf die Sprünge helfen?«

»Das müssen Sie nicht«, gab Foster zerknirscht zurück. Was sollte er auch anderes sagen? Schließlich war er es gewesen, der dem CEO vorgeschlagen hatte, alle Register zu ziehen, um das Ende von Mars-Evolution zu verhindern.

Als letzte aller Möglichkeiten hatte er sogar ein Attentat auf den Präsidenten vorgeschlagen. Ihr Ziel waren Neuwahlen, an deren Ende ein neuer, ihnen zugeneigter Präsident die Entscheidung um die Zukunft von Mars-Evolution zurücknehmen sollte. Sie hatten auch schon einen Kandidaten im Blick, der zuvor gegen den Abbruch von Mars-Evolution gestimmt hatte.

»Foster, es geht jetzt wirklich um alles«, schreckte ihn sein Chef aus seinen Gedanken auf. »Wenn wir jetzt scheitern, dann können wir unsere sechzig Raumschiffe nur noch verschrotten lassen.«

»Sir, dessen bin ich mir bewusst«, erwiderte Foster mit ruhiger Stimme, obwohl es in ihm brodelte. Das lag daran, dass es der CEO in erster Linie selbst gewesen war, der Space Logistics in diese Situation gebracht hatte. Anstatt alle Geschäftsfelder gleichermaßen zu stärken, hatte er voll auf den Lieferverkehr mit dem Mars gesetzt. Der Auftrag war zugegebenermaßen lukrativ, aber eben auch nicht nachhaltig, wie man jetzt sah.

»Verdammte Scheiße«, fluchte der CEO erneut. »Wir müssen unbedingt herausfinden, was der Präsident im Schilde führt. Machen Sie sich endlich mal nützlich!«

»Das werde ich«, antwortete der Sicherheitschef mit gepresster Stimme, stand auf und verließ das Büro.

Kaum wieder draußen, griff Liam Foster zum COM-Gerät und wählte eine Nummer.

»Marcella, ich bin's«, sagte er. »Ich muss wissen, ob dein … besonderer Kunde heute kommt.«

»Ich denke schon«, antwortete Marcella Granger, ein Luxus-Callgirl, das er auf Robert Karlson, den Verkehrs- und Raumfahrtminister, angesetzt hatte. »Er musste überraschend lange in Zürich bleiben und hat sich für heute Abend angekündigt.«

»Okay, dann bring mir endlich mal was Brauchbares! Es wird Zeit, dass du was lieferst.«

»Wie stellst du dir das …«

»Tu einfach, was ich dir sage«, unterbrach er sie. »Sonst lernst du mich von einer anderen Seite kennen.«

Robert Karlson blickte sich immer wieder um, als er das kleine Apartmenthaus am Zürichsee betrat. Marcella Granger stand am Küchenfenster und beobachtete ihn. Seinen schicken Wagen konnte sie nicht sehen. Vermutlich hatte er ihn aus Angst, kompromittiert zu werden, einige Straßen entfernt geparkt.

»Du kommst spät«, rief Marcella ihm entgegen, als er die Tür aufschloss und in die Wohnung huschte. Sie mochte ihn wirklich gerne. Er sah nicht nur ganz passabel aus, sondern war auch ein echter Gentleman, der wusste, wie man eine Frau behandelte. Er war etwa 1,90 Meter groß, hatte dunkelblonde, leicht gewellte Haare und ein wohlproportioniertes Gesicht. Wenn man etwas an ihm aussetzen konnte, dann war es seine Nase, die ein klein wenig zu groß geraten war.

»Ja«, erwiderte er voller Ungeduld, »wir mussten uns noch um ein Problem auf dem Mars kümmern.« Dann war er auch schon hinter ihr.

»Was war denn los?«, fragte sie ihn, bekam aber keine Antwort, sondern spürte stattdessen, wie sich seine Hände von hinten um ihre schweren Brüste legten.

Die Show beginnt, dachte sie und drückte ihm als Reaktion ihren festen Hintern entgegen. Fast augenblicklich spürte sie seine Begierde, die mit jeder Bewegung größer und wilder wurde.

Nur zu gerne nahm er die Einladung an und machte sich an ihrem Rock zu schaffen, bis Marcella vor Lust stöhnte. Danach drehte er sie um, hob sie auf den Tresen und fing an, sie auszuziehen.

Marcella machte alles, was er wollte, und hatte kein Problem damit. Sie wusste, dass Karlsons Frau ihm nie erlauben würde, das auszuleben, was sie ihm geben konnte. Deswegen kam er auch immer wieder, nachdem Liam Foster ihr erstes Treffen geschickt eingefädelt hatte. Doch davon ahnte Karlson natürlich nichts.

Es war aber nicht nur die Begierde, die ihn immer wieder in ihre Arme trieb. Da war sie sich mittlerweile sicher. Sie erkannte dies an der Art und Weise, wie er sie anschaute. Schmachtend und voller Liebe, ohne zu ahnen, dass sie eine auf ihn angesetzte Professionelle war.

Als er fertig war, reichte sie ihm ein Bier und tänzelte ins Badezimmer.

»Ich bin's«, flüsterte sie in ihr COM-Gerät.

»Ist er da?«, fragte Foster.

»Ja, er ist hier, hat sich aber verspätet. Angeblich musste er sich noch um ein Problem auf dem Mars kümmern.«

»Auf dem Mars?«, fragte die Stimme wissbegierig. »Du musst unbedingt herausfinden, was dahintersteckt. Hörst du, Marcella, das ist extrem wichtig.«

»Wie stellst du dir das vor? Glaubst du, dass das so einfach ist? Ich muss vorsichtig vorgehen, sonst schöpft Robert noch Verdacht.«

»Marcella!«, antwortete Foster ungeduldig. »Es ist mir egal, wie du das anstellst. Blas ihm einen oder mach sonst was. Hauptsache, wir wissen noch heute, was auf dem Mars vor sich geht.«

»Schalt mal einen Gang runter«, insistierte sie. »Ich hab's ja kapiert!«

Kaum dass sie die Verbindung beendet hatte, schallte es auch schon aus dem Wohnzimmer. »Marcella, wo bleibst du? Ich habe Hunger.«

»Ich komme gleich, mein Schatz. Gib mir noch eine Minute!« Dann säuberte sie sich und warf noch einen letzten Blick in den Spiegel, bevor sie mit einem strahlenden Lächeln die Badezimmertür öffnete.

Nach dem Essen drückte sie ihm einen Whiskey in die Hand und schmiegte sich an ihn.

»Jetzt erzähl doch mal, warum ich solange auf dich warten musste. Was war denn so wichtig?«

»Ach, nichts«, antwortete er. »Außerdem darf ich nicht darüber reden. Das weißt du doch.«

»Robert, dann können wir es gleich lassen«, drohte sie ihm. »Schlimm genug, dass du mich weiter hinhältst und dich nicht scheiden lassen willst. Wenn du mir jetzt auch noch misstraust, dann brauchst du nicht mehr wiederzukommen.«

»Marcella, sag das nicht«, antwortete er. »Natürlich vertraue ich dir. Es ist eben nur so, dass einige Sachen *top secret* sind und ich mit niemandem darüber sprechen darf, verstehst du?«

»Ich bin doch kein Niemand«, schmollte sie und drehte sich übertrieben theatralisch von ihm weg. »Wenn du mir nicht vertrauen kannst, dann scheinst du nur das eine von mir zu wollen. Fragst du dich mal, wie das für mich ist? Schlimm genug, dass wir nicht ausgehen können. Ich darf dich nicht mal fragen, wie dein Tag war. Bedeute ich dir etwa nichts?«

»Du bedeutest mir sehr viel, Marcella«, erwiderte er schnell und zog sie an sich.

»Dann beweis es mir und lass mich an deinem Leben teilhaben!«

»Aber …«

»Kein Aber!«, unterbrach sie ihn. »Du entspannst dich jetzt einfach und lässt mich machen, während du mir erzählst, was los ist.« Und noch ehe er etwas darauf erwidern konnte, beugte sie sich herunter und machte sich an seiner Hose zu schaffen.

Zehn Minuten später wusste sie alles über den Aufstand und, noch wichtiger, alles über John Trebor, den der Präsident mit der Deeskalation auf dem Mars beauftragt hatte.

Am nächsten Morgen betrat Liam Foster gut gelaunt das Büro seines Chefs und informierte ihn in allen Einzelheiten über das, was er erfahren hatte.

»Mister Wright, wir sollten uns zuallererst um diesen Major Trebor kümmern«, lautete Liam Fosters nüchternes Fazit. »Wenn er als Verhandlungsführer scheitert, dürfte es ein Leichtes sein, die Rothäute aufs Neue anzustacheln und dafür zu sorgen, dass der Aufstand weiter eskaliert.«

Der CEO von Space Logistics legte den Kopf in den Nacken und überlegte einen Moment. »Gute Arbeit«, sagte er schließlich. »Veranlassen Sie alles Nötige.«

Foster nickte unmerklich, stand auf und begab sich zum firmeneigenen geheimen Kommunikationszentrum.

»Marta, verbinden Sie mich bitte mit unserer Außenstelle in Redun. Ich muss sofort mit Ted Parker sprechen.«

»Das dauert etwa zehn Minuten, Sir. Wegen der aktuellen Lage auf dem Mars sind aber nur einfache, unverschlüsselte Audioverbindungen möglich.«

»Das ist okay«, entgegnete er, auch wenn es ihm so gar nicht in den Kram passte. »Sagen Sie einfach Bescheid, wenn der Hyperlink steht, und verriegeln Sie bitte die Tür.«

Nach einer gefühlten Ewigkeit meldete sich Ted Parker.

»Liam, das ist ja eine Überraschung! Was kann ich so früh für dich tun?«

»Nichts Besonderes. Ich wollte nur fragen, wie unser neues Projekt deiner Meinung nach läuft.«

»Gut, alles geht seinen Gang.«

»Tatsächlich?«, antwortete Liam. »Ich habe da etwas anderes gehört. Nach meinen Informationen haben wir ein echtes Problem mit einem unserer kleinen Gleiter. Die Kennung lautet: IMEJ UTHFTX. Am besten du kümmerst dich selber darum.«

»Klar, was soll ich damit machen?«

»Ich sehe nur eine Möglichkeit. Am besten du ziehst den Gleiter aus dem Verkehr, und zwar sofort.«

»Okay«, sagte er zögerlich, »aber wiederhole den Namen noch einmal. Nicht dass wir den falschen Vogel verschrotten.«

»Ja, das wäre fatal«, sagte Liam Foster und wiederholte die Kennung.

Ted Parker nahm den Stift erneut zur Hand und begann, den einfachen Code zu übersetzen, den sie sich ausgedacht hatten, um im Fall sicherheitstechnischer Probleme brisante Nachrichten auszutauschen.

Dazu kritzelte er das Alphabet auf einen Zettel und ersetzte den ersten Buchstaben des Codes durch den im Alphabet folgenden und den zweiten durch den übernächsten usw., bis aus *IMEJ* der Name *John* wurde.

Der Kerl heißt also John, dachte Ted.

Mit der zweiten Buchstabenfolge machte er es genauso, nur dass er den ersten Buchstaben durch den im Alphabet davorstehenden ersetzte – und so weiter. Schließlich stand der Name Trebos auf seinem Zettel.

»Der Kerl heißt also John Trebos«, sagte Parker laut.

Zur Sicherheit ging er alles noch einmal durch, und das nicht ohne Grund, wie sich gleich herausstellen sollte. Denn er hatte sich beim letzten Buchstaben doch glatt im Alphabet vergaloppiert. »Dann heißt er also Trebor und nicht Trebos«, murmelte er.

Trebor, Trebor, wiederholte er den Namen in Gedanken. Irgendwie kam ihm der Name bekannt vor. Er wusste nur nicht woher, bis es ihm wieder einfiel. Natürlich, dachte er. Das ist doch der Name von O'Briens Neffen. Wie hieß er noch gleich? Bill, ja genau, Bill Trebor!

# 18

Das ist ja eine Überraschung, John«, meldete sich sein Bruder am anderen Ende der Leitung. »Was verschafft mir nach so langer Zeit die Ehre deines Anrufs?«

»Bill, ich brauche deine Hilfe«, kam John ohne Umschweife zur Sache. »Ich muss mit den Anführern der Rothäute sprechen. Es ist sehr wichtig!«

Sein Bruder schwieg einige Sekunden. »Und wie kommst du darauf, dass ich dir da helfen kann?«, fragte Bill schließlich argwöhnisch zurück.

»Bitte, Bill, mach es nicht noch komplizierter, als es ohnehin schon ist. Ich habe meine Quellen und weiß, dass du und Onkel Lawrence bei den Rothäuten mitmischt.«

»Mal angenommen, es stimmt, nur rein hypothetisch«, entgegnete Bill, immer noch auf der Hut, »was würdest du mir dann sagen wollen?«

»Ich würde dir und all den anderen, die bei euch etwas zu melden haben, ein Treffen vorschlagen und …«

»Um was zu tun?«, unterbrach Bill ihn.

»Ich wurde von Präsident Carter autorisiert, euch einen Vorschlag zu unterbreiten, wie wir weiteres Blutvergießen vermeiden können. Es hat schon zu viele Tote gegeben.«

»Das stimmt leider«, bestätigte sein Bruder und seufzte. »Viele gute Leute sind gestorben.« Es klang ehrlich, und man hörte förmlich, wie es in seinem Kopf ratterte.

»Nun gut«, sagte Bill nach einigen Sekunden. »Ich bin wirklich überrascht, dass ausgerechnet du die Kohlen aus dem Feuer holen sollst. Wie kommt es, dass gerade du für Carter sprichst?«

»Sagen wir es mal so: Es hat sich ganz von allein ergeben, als ich die Regierung über die Geschehnisse auf dem Mars informiert habe.« Dass er vermutlich der ranghöchste noch lebende Offizier war und die Wahl auch deshalb auf ihn gefallen war, musste Bill nicht wissen.

»Dann bist du derjenige, der uns daran gehindert hat, das Hyperlink-Center einzunehmen?«

»Ja, zusammen mit meiner Einheit.«

»Na gut, John, dann will ich dir mal glauben. Aber du verlangst sehr viel, nachdem du dich so lange nicht mehr bei uns gemeldet hast.«

»Ich weiß«, antworte John zerknirscht, obwohl er die Meinung vertrat, dass immer zwei dazu gehörten. Schließlich hatte auch Bill sich nicht mehr bei ihm gemeldet. Es war einfach passiert, nachdem sie gemerkt hatten, dass es nichts mehr zwischen ihnen zu sagen gab. Doch auch in diesem Fall behielt er seine Gedanken lieber für sich. Es war jetzt nicht der Zeitpunkt, um die Vergangenheit aufzuarbeiten.

»Es geht um das Überleben von uns allen«, sagte er stattdessen. »Und wenn du es schon nicht für mich tun willst, dann tu es wenigstens für den Mars.«

»Also gut«, antwortete Bill. »Du hörst von mir. Aber ich kann dir nichts versprechen.«

»Ich kann es immer noch nicht glauben«, sagte Lawrence O'Brien. Sein Blick ging zwischen seinem Neffen und seiner Tochter hin und her. »Ausgerechnet John! Da überlege ich die ganze Zeit, an wen ich mich wenden kann – und dann das!«

»Ja, das ist wirklich verrückt«, pflichtete ihm sein Neffe bei. »Ich wollte es erst auch nicht glauben, als ich sein Konterfei auf meinem COM-Gerät gesehen habe.«

»Und was sollen wir jetzt machen?«, fragte seine Tochter. Sie schien gedanklich schon einen Schritt weiter zu sein.

»Na, was wohl? Wir treffen uns mit ihm. Ich will hören, was uns dein Cousin zu sagen hat.«

»Soll ich ein Treffen arrangieren?«, fragte Bill.

»Nein, darum wird sich Anna kümmern«, antwortete er mit entschiedener Stimme, die keinen Widerspruch duldete. »Du klapperst unsere Außenposten ab. Es ist Zeit, dass du dich dort blicken lässt. Sag ihnen, dass sie ruhig bleiben und auf weitere Anweisungen warten sollen.«

Bill nickte kurz. O'Brien hatte ihm erst unlängst wieder eingeimpft, dass er keinen Widerspruch duldete.

»Anna, du begleitest mich nach Redun«, sagte O'Brien. »Mach unseren schnellsten Gleiter startklar. Wir brechen morgen auf.«

# 19

Gefahr, Gefahr«, kam es aus dem Bordlautsprecher. »Sandsturm voraus. Leiten Sie ein Ausweichmanöver ein.«

»Das sieht nicht gut aus«, sagte Anna und zeigte auf den dünnen roten Faden, der am Ende des Horizonts zu vibrieren schien.

»Ja, das sieht wirklich übel aus«, antwortete ihr Vater. »Es hat schon seinen Grund, dass ich so ungern nach Redun fliege.«

Es waren aber nicht nur die Sandstürme über der flachen Tiefebene, die O'Brien zögern ließen, nach Redun zu reisen, sondern auch die Hauptstadt selbst. Denn im Vergleich zu Golan war Redun laut, grell und unübersichtlich. Doch diesmal hatte er keine Wahl. Als Anführer der Rothäute war seine Anwesenheit in Redun jetzt unverzichtbar, wenn er nicht die Kontrolle verlieren wollte.

»Und was machen wir jetzt?«, fragte Anna. »Umkehren?«

»Auf keinen Fall«, antwortete ihr Vater. »Der Sturm ist dafür zu schnell. Er würde uns früher oder später einholen und bei lebendigem Leib verspeisen. Außerdem können wir uns keine Verzögerungen leisten. Flieg einfach darüber hinweg. Und jetzt schalt mal die Warnung aus. Das nervt gewaltig.«

Ohne zu antworten, stellte Anna den Alarm aus und flog mit annähernd Schallgeschwindigkeit weiter auf den Sandsturm zu, der mehr und mehr an eine Wand als an einen Faden erinnerte.

»Der ist ja wirklich gewaltig«, bemerkte Anna und zog den Gleiter steil nach oben.

»Allerdings«, sagte ihr Vater. »So ein Monstrum habe ich lange nicht mehr gesehen. Ausgerechnet heute, wo wir es so eilig haben.« Der Sandsturm nahm jetzt tatsächlich ihr gesamtes Blickfeld ein und schien beinahe mit dem Himmel zu verschmelzen. Hinzu kam der starke Wind, der mittlerweile kräftig an dem kleinen Gleiter zerrte. Anna und ihr Vater wurden gehörig durchgeschüttelt, und nicht ohne Grund bekam es Anna mit der Angst zu tun.

»Wir sollten vielleicht doch lieber umkehren«, flehte sie jetzt beinahe.

»Kommt nicht infrage«, antwortete ihr Vater umso entschlossener. »Sieh einfach zu, dass wir noch höher steigen. Wir haben es fast geschafft.«

»Aber höher können wir nicht«, intervenierte sie, »sonst bricht die Hülle auseinander.«

»Gefahr, Gefahr«, meldete der Bordcomputer aufs Neue! »Sinkflug einleiten. Sie haben die maximale Flughöhe erreicht.«

»Hör nicht auf die Blechbüchse«, antwortete ihr Vater. »Die Kiste ist robuster, als sie aussieht. Also gib Gas und zieh den Vogel weiter hoch.«

»Also, ich weiß nicht«, jammerte Anna, während sich der Bordcomputer an den Warnungen nahezu verschluckte. So schnell kamen die Worte jetzt aus den Lautsprechern.

»Mach, was ich dir sage«, brüllte O'Brien dazwischen, bevor er seiner Tochter ins Steuer griff und den Gleiter durch den Wellenkamm des Sandsturms lenkte. Daraufhin tauchte der Gleiter für einen kurzen Moment in den Sandsturm ein und wurde kräftig durchgeschüttelt, begleitet von einem lauten Prasseln und Rauschen, das jeden von Annas Schreien im Keim zu ersticken schien.

»Das sind die grobkörnigen Sandkörner«, rief ihr Vater. »Sie malträtieren die Hülle.«

Und dann war es mit einem Mal ganz still. Kein Prasseln, kein Rauschen und auch keine Windgeräusche mehr. Der Gleiter hatte den Wellenkamm durchbrochen und glitt sanft dahin.

»Das war knapp«, stieß Anna schweißgebadet hervor, während sie auf den riesigen Sturm unter ihnen hinabblickte.

»Ja, und das ist es immer noch«, antwortete ihr Vater jetzt ebenfalls atemlos und zeigte mit dem Finger auf die Instrumententafel. »Die Hülle wird nicht mehr lange halten. Also gib Gas und bring uns hier weg.«

»Aber du hast doch …«

»Ich weiß«, unterbrach er sie, »aber zu dem Manöver gab es keine Alternative. Oder hast du mir vorhin nicht zugehört?«

»Doch, schon«, antwortete sie. »Aber ...«

»Kein Aber«, unterbrach er sie erneut. »Mach einfach, was ich dir sage, und flieg uns hier raus.«

»Dann sag mir wenigstens, wohin«, gab sie angestrengt zurück.

Redun ist zu weit, überlegte O'Brien. Solange hält die Kiste nicht mehr durch. »Nach Obras. Bring uns nach Obras«, antwortete er deshalb. »Dort sehen wir weiter.«

Obras war eins dieser kleinen, verschlafenen Nester, wie sie auf dem Mars abseits der vier großen Zentren häufig anzutreffen waren. Die Leute blieben hier gerne unter sich und reagierten Fremden gegenüber nicht selten abweisend oder sogar feindlich. Lawrence O'Brien und seine Tochter bekamen das am eigenen Leib zu spüren, als sie auf das kleine Gate zusteuerten, das Obras vor der feindlichen Außenwelt abschirmte.

»Sie befinden sich im Landeanflug auf Obras«, ertönte es auch schon aus der COM-Einheit ihres Gleiters. »Identifizieren Sie sich!«

»Mein Name ist Lawrence O'Brien«, antwortete Annas Vater. »Wir sind auf dem Weg nach Redun, mussten aber dem Sandsturm ausweichen. Die Hülle unseres Gleiters droht auseinanderzubrechen. Bitte lassen Sie uns rein.«

Stille. Dann meldete sich die Stimme erneut zu Wort: »Wir haben nur ein kleines Deck, und das ist voll. Versuchen Sie es doch in Kublan.«

»Das schaffen wir nicht. Bitte«, flehte Lawrence O'Brien.

»Na gut«, sagte die Stimme. »Das macht dann aber 1750 ITCOS und zwar im Voraus.«

»Kein Problem«, entgegnete O'Brien, während er bereits nach seinem Slim griff und darauf herumtippte. »Ich schicke Ihnen die Gebühr sofort herüber.«

Sie konnten das Gate jetzt bereits aus ihrem Cockpitfenster sehen. Es sah aus wie ein riesiger, rechteckiger, flüssiger Spiegel, der in eine Felswand eingelassen war. Silbrig glänzend, an die vierzig Meter lang und fast zwanzig Meter breit. Es handelte sich um das äußere von zwei Energieschilden, das im Zusammenspiel mit dem inneren Energieschild eine moderne Luftschleuse bildete.

»Okay, angekommen«, ertönte es erneut über den Bordfunk. »Kommen Sie rein.«

Daraufhin registrierten Anna und ihr Vater voller Erleichterung, wie sich ein grüner Rahmen um den Spiegel legte. Das untrügliche Zeichen dafür, dass das Tor jetzt von außen passierbar war. Hätte es rot geleuchtet, wäre ein Durchflug nur von innen nach außen möglich gewesen.

»Das war Rettung in letzter Sekunde«, sagte Lawrence O'Brien, als er die Hülle ihres Gleiters in Augenschein nahm.

»Das kann man wohl laut sagen«, bestätigte Anna, während sie mit dem Finger an einem der kleinen Risse entlangfuhr, die sich bereits auf der Hülle abzeichneten. »Wir haben Glück gehabt, dass wir es bis hierher geschafft haben.«

»Ich fürchte nur, dass unsere Glückssträhne vorbei ist, wenn ich mich hier so umschaue«, murmelte Lawrence O'Brien.

Anna wusste sofort, was ihr Vater meinte. Denn anders als ihnen mitgeteilt, standen auf dem Deck nur noch zwei andere Gleiter herum. Beides alte Klapperkisten, die ihre besten Jahre schon lange hinter sich hatten. Dafür sah sie umso mehr Behälter mit Mais, der hier ganz offensichtlich angebaut wurde.

»Ja, wir sind hier ganz offensichtlich nicht willkommen«, sagte Anna. »Sonst hätte uns der Kerl nicht belogen, als er davon sprach, dass das Deck voll ist.«

Zudem wirkten die Leute, die auf dem Deck herumliefen, distanziert und beäugten sie misstrauisch. Es handelte sich vorwiegend ältere Männer und Frauen, die wie die beiden Gleiter ihre besten Jahre schon hinter sich hatten. So wie alles andere auch, das in ihr Blickfeld rückte. Alles wirkte heruntergekommen und abgeranzt.

Das galt auch für den älteren Kerl, der auf O'Brien und seine Tochter zugelaufen kam. »Wir haben miteinander gesprochen«, gab er sich als das Gesicht hinter der Stimme zu erkennen.

»Soso, sie haben also Probleme mit ihrem Gleiter«, argwöhnte der Mann, der seiner Kleidung nach der Hangarmeister war. Man erkannte dies in erster Linie an den für diesen Job typischen Schulterklappen, die auf seinem Hemd aufgenäht waren.

»Ja, der Sturm ist uns in die Quere gekommen«, antwortete O'Brien. »Ein echtes Monstrum. Er hat uns kalt erwischt.«

»Ja, die Sandstürme über der Tiefebene sind unberechenbar«, entgegnete der Hangarmeister und kratzte sich seinen Bart.

»Wir müssen nach Redun«, sagte O'Brien, »und zwar schnellstmöglich.«

»Aber nicht mit Ihrem Gleiter«, antwortete der Hangarmeister und blickte zu O'Briens Jet hinüber. »Das Ding ist nur noch Schrott. Hinzu kommt der Sturm, der immer noch …«

»Hören Sie zu«, fiel ihm Anna ins Wort. »Wir kämpfen für die Rothäute und müssen dringen nach Re…«

»Anna!«, ging ihr Vater energisch dazwischen. »Was erzählst du da? Das geht den Mann nichts an!« Die Offenheit war seiner Meinung nach ein Fehler. Zumindest solange man nicht wusste, mit wem man es zu tun hatte.

Der Hangarmeister guckte abwechselnd zu Anna und ihrem Vater und schien zu überlegen, was er tun sollte. »Ich bringe sie übermorgen hin. Vorher wäre es einfach zu riskant. Der Sturm hat noch zu viel Kraft. Ein Monstrum, wie Sie ja selber schon sagten. Und jetzt kommen Sie mit. Sie haben bestimmt Hunger.«

Anna blickte ihren Vater tiefgründig an, als wollte sie sagen: Siehst du? Meine Intuition hat mich nicht verlassen.

O'Brien nickte seiner Tochter nachgiebig zu. Doch es hätte auch anders laufen könnten, dachte er sich.

## 20

Nachdem Lawrence O'Brien und seine Tochter mit zwei Tagen Verspätung im Hauptquartier angekommen waren, trommelte er die anderen Häuptlinge zusammen und informierte sie darüber, dass sein Neffe John vom Präsidenten zum Verhandlungsführer ernannt worden war und ein Treffen vorgeschlagen hatte.

Theodor Lemark war außer sich. »Was für eine schräge Nummer läuft denn hier ab? Soll das jetzt ein Familientreffen werden oder was?«

Gleichzeitig bemühte sich Lemark darum, sich nicht anmerken zu lassen, dass ihn die junge Ärztin verletzt hatte. Nicht dass er sich dafür schämte. Er hatte einfach nur keine Lust auf dumme Fragen, die er nicht beantworten wollte.

»Ganz sicher nicht«, antwortete O'Brien. »Es ist aber, wie es ist, und wir können uns nicht aussuchen, wen Präsident Carter schickt. Außerdem scheint Carter wegen der vielen Toten nicht so viele Alternativen zu haben. Vielleicht ist es aber auch gar kein Nachteil für unsere Verhandlungen, wenn man seinen Gegner kennt. Oder seht ihr das anders?«, fragte er und blickte dabei in die Runde.

»Ich sehe das auch so«, stimmte Tatjana Moldan ihm zu. »Viel wichtiger ist aber, was uns dein Neffe anzubieten hat.«

»Ganz meine Meinung«, pflichtete Trevor Ingelmann ihr bei, der aus Tiguan zugeschaltet war. »Hat er schon irgendwas durchblicken lassen?«

»Nein«, antwortete O'Brien und zuckte mit den Schultern, »aber es würde mich wundern, wenn die Erde nicht auf uns zukäme.«

»Und wo soll das Treffen stattfinden?«, fragte Trevor weiter.

»Anna hat Demme in der Tharsis-Region vorgeschlagen«, erwiderte O'Brien. »Der Ort liegt strategisch günstig und ist aufgrund seiner vulkanischen Lage extrem unübersichtlich. Wir können von dort aus schnell verschwinden, wenn die Dinge nicht so laufen, wie wir uns das vorgestellt haben.«

»Das hört sich doch ganz vernünftig an«, meldete sich Ryan Henderson zu Wort. Anders als das Hologramm von Trevor Ingelmann wirkte das seine jedoch unscharf, und es flackerte immer wieder auf. Ein Gewitter in der Nähe von Aldar störte ganz offensichtlich die Übertragung.

»Und wann soll das Treffen stattfinden?«, fuhr er mit abgehakter Stimme fort.

»In zwei Tagen«, gab Lawrence O'Brien zurück, der sichtlich erfreut war, dass Ryan Henderson ausnahmsweise mal nicht gegen ihn opponierte.

Theodor Lemark war dagegen weiterhin auf Krawall gebürstet. Es störte ihn, nein, es beleidigte ihn, dass Lawrence O'Brien wieder einmal alles allein entschieden hatte.

»Mir reicht es langsam«, beschwerte sich Lemark. »Wir sind doch nicht deine Marionetten, O'Brien. Mich würde es nicht wundern, wenn du auch schon alles andere geplant hättest.«

»Du bist ein Idiot, Theo«, antwortete O'Brien ungewohnt impulsiv. »Hättest du deinen Job richtig gemacht, dann wäre der Mars jetzt längst unter unserer vollständigen Kontrolle, und wir müssten diese Diskussion gar nicht führen. Aber nein! Du musstest dir ja das Hyperlink-Center durch die Lappen gehen lassen!«

»Na und?«, blaffte Theodor Lemark zurück. »Was macht das schon für einen Unterschied? Wir haben die Mars-Defender vernichtend geschlagen. Da kommt es doch auf einen Stützpunkt mehr oder weniger nicht an!« Er hatte sich seine Argumente vorher genau zurechtgelegt und war nicht bereit, sich von O'Brien erneut abbügeln zulassen.

»Du hast wohl nichts kapiert«, gab O'Brien verächtlich zurück. »Der Name sagt es doch schon. Das Hyperlink-Center ermöglicht es unseren Feinden, mit der Erde zu kommunizieren. Und genau das hat mein Neffe getan. Er hat sich mit der Erde in Verbindung gesetzt und haarklein berichtet, was hier so alles passiert ist. Und was das bedeutet, sollte selbst dir einleuchten. Oder bist du zu blöd, um eins und eins zusammenzuzählen?«

»Ryan, sag du doch auch mal etwas«, beschwerte sich Lemark, sichtlich darüber irritiert, dass von ihm bisher keine Unterstützung kam.

Doch mehr als atmosphärisches Rauschen war aus Aldar nicht mehr zu hören. Die Verbindung war jetzt komplett zusammengebrochen.

»Lass es gut sein«, antwortete Trevor Ingelmann stattdessen. »Es bringt doch nichts, wenn wir jetzt alle aufeinander losgehen. Lasst uns doch einfach abwarten, was die Verhandlungen mit Lawrence' Neffen bringen. Dann können wir immer noch entscheiden, wie wir uns verhalten.«

»Okay«, sagte Theo schließlich. Nicht zuletzt, weil er gerade erst realisiert hatte, dass O'Brien kein Wort von seiner Ablösung gesagt hatte. Das Ganze hatte vielleicht auch etwas Gutes.

»Dann sind wir uns also einig«, sagte O'Brien und nickte zufrieden in die Runde. »Wir alle treffen uns also übermorgen in Demme.«

## 21

Das ist ja eine Überraschung!«, sagte der Innenminister, als er merkte, dass der Hyperlink nicht nur Johns Stimme, sondern auch sein Antlitz übertrug. »Ist es Ihren Leuten doch noch gelungen, den Hyperlink vollständig zu reparieren?«

»Ja«, antwortete John, während er fasziniert das haarige Etwas betrachtete, das der Innenminister unter Kinn und Nase trug. Einen solchen Bart hatte er vorher noch nicht gesehen.

»Aber auch nur, weil wir alles Nötige in einem der Nebenräume gefunden haben.«

Dann wurde Ramirez mit einem Mal ernst und sagte: »Sie sehen abgekämpft aus. Es muss wirklich hart gewesen sein.«

»Wir haben nicht viel Zeit«, antwortete John, ohne auf die Bemerkung einzugehen. »Ich schlage vor, dass wir gleich zur Sache kommen.«

»Ja, Sie haben recht«, stimmte Ramirez ihm zu und drehte an seinem akkurat frisierten Schnurrbart. »Es gibt viel zu besprechen.«

John war bis in die Haarspitzen gespannt. Denn so wie er die Rothäute einschätzte, würden sie ihn dafür verantwortlich machen, wenn die Verhandlungen scheiterten.

»Das Angebot, das Sie den Rothäuten im Auftrag der Regierung unterbreiten sollen, umfasst vier Punkte«, fuhr der Innenminister fort. »Der erste Punkt betrifft die Strafverfolgung. Alle Rothäute werden begnadigt. Alle Gräueltaten sollen ihnen verziehen sein. Allerdings ist es ihnen nicht gestattet, auf die Erde zu reisen. Niemals.«

Das ist nur fair, dachte John.

»Der zweite Teil unseres Angebots betrifft die Eigentumsverhältnisse auf dem Mars«, sagte Ramirez. »Die Rothäute dürfen alles behalten, was ihnen gehört.«

Also keine Enteignungen, schlussfolgerte John im Stillen. Die Regierung scheint es wirklich ernst zu meinen. Weiter so.

»Apropos Eigentum. Alles was die Marsianer zurücklassen, die auf die Erde übersiedeln, soll zum Gemeinschaftseigentum erklärt werden.«

Auch das ist gut, dachte John.

»Der vierte Punkt betrifft den Übergang in die Eigenverantwortung«, erklärte Ramirez. »Es liegt in unserer Verantwortung für einen geordneten und demokratischen Übergang zu sorgen. Der Regierung schwebt deshalb vor, den Mars für zehn Jahre als Sonderverwaltungszone anzuerkennen, nicht aber als eigenständige Republik. Zumindest nicht sofort. Die Rothäute müssen erst unter Beweis stellen, dass sie für Demokratie und Freiheit einstehen.«

Perfekt, dachte John. Er hatte ähnliches im Sinn gehabt und war überzeugt, dass die Rothäute damit leben könnten.

»Was sagen Sie?«, fragte der Innenminister.

»Das klingt vielversprechend«, antwortete John, nachdem er kurz darüber nachgedacht hatte. »Aber was ist mit dem Gilizium?«

»Was soll damit sein?«, gab der Innenminister entgeistert zurück. »Wir holen es ab, so wie wir es immer getan haben. Es ist unser Eigentum.«

»Das liegt ganz im Auge des Betrachters«, entgegnete John und presste die Lippen aufeinander. »Ich bin mir sicher, dass die Rothäute zu keiner Einigung bereit sind, wenn Sie ihnen das Gilizium streitig machen wollen.«

»Auf welcher Seite stehen Sie eigentlich?«, fragte der Innenminister und rückte dicht an Johns Konterfei heran. »Vergessen Sie nicht, dass wir es mit Terroristen zu tun haben. Da ist es schon ein großes Zugeständnis, dass wir den Rothäuten volle Amnestie gewähren.«

»Auf Ihrer«, antwortete John, »aber darum geht es nicht. Sie haben mich gefragt, und ich habe Ihnen ehrlich geantwortet. Vergessen Sie nicht, dass ich selbst Marsianer bin und weiß, wie die Leute hier ticken.«

»Das stimmt nun auch wieder«, räumte der Innenminister freimütig ein. »Es ist nur so, dass es schon schwer genug war, meinen Kollegen die Zugeständnisse an die Rothäute abzuringen, die ich Ihnen gerade vorgestellt habe. Und dann kommen Sie auch noch mit dem Gilizium.«

»Das kann ich verstehen«, entgegnete John. »Es ist nur so, dass mein Onkel immer schon die Auffassung vertreten hat, dass den Marsianern das Gilizium gehört. Meiner Meinung nach wird er sich deshalb auch auf keinen Deal einlassen, wenn das Gilizium außen vor bleibt.«

»Und was schwebt Ihnen da genau vor?«, fragte der Innenminister.

»Eine Art Tauschgeschäft«, antwortete John. »Was halten Sie davon, wenn Sie den Marsianern für jede Tonne Gilizium im Gegenzug ein Kilo Lebensmittel überlassen. Das ist nicht viel, und Raumschiffe müssen Sie sowieso weiterhin schicken, um das Gilizium abzuholen.«

»Das ist sehr viel verlangt und übersteigt meine Kompetenzen«, antwortete der Innenminister. »Ich muss das mit dem Präsidenten besprechen.«

»Mehr erwarte ich nicht«, sagte John und nickte Ramirez zu.

»Da ist noch etwas, Major Trebor«, sagte Ramirez und schaute John eindringlich an. »Wir müssen noch darüber sprechen, was wir machen, falls die Verhandlungen scheitern.«

»Ja, ich weiß«, bestätigte John. »Ohne Plan B geht es nicht.«

»Zwei Truppentransporter mit insgesamt zweitausend Soldaten sind bereits zu Ihnen unterwegs. Doch davon dürfen Sie in den Verhandlungen nichts sagen.«

»Das überrascht mich nicht«, antwortete John. »Mir war klar, dass sich die Vereinten Nationen nicht bloß allein darauf verlassen können, dass die Verhandlungen ein Erfolg werden.«

»Richtig, aber wir müssen noch weiter denken. Das Gelingen der Verhandlungen hat oberste Priorität. Aber wir müssen auch sichergehen, dass unsere Soldaten wohlbehalten auf dem Mars ankommen.«

»Sie denken an das Space-Center«, spekulierte John.

»Genau. Das Space-Center ist der Schlüssel«, fuhr Ramirez fort. »Dort sind die Interstellar-Raketen stationiert. Wenn wir verhindern wollen, dass die Verstärkung bereits vom Himmel geschossen wird, noch bevor sie Ihnen zu Hilfe eilen kann, müssen Sie das Space-Center von den Rothäuten zurückerobern. Koste es, was es wolle.«

»Ja, das sehe ich genauso. Wenn die Truppen hier eintreffen, muss das Space-Center in unserer Gewalt sein, so viel ist sicher. Ich werde mich sofort mit meinen Leuten zusammensetzen und überlegen, wie wir das Ganze anpacken.« Noch hatte er aber keine Idee, wie das vonstattengehen sollte.

Direkt nach dem Gespräch setzte sich John mit seinen Leuten zusammen und berichtete ihnen in allen Einzelheiten, was er mit dem Innenminister besprochen hatte.

»So, jetzt wisst ihr alles«, sagte er. »Hat jemand einen Vorschlag?«

»Das nicht«, sagte Sam Dixon, »aber eines weiß ich: Wir können das Space-Center nicht einfach so angreifen. Dafür haben wir zu wenige Leute. Das wäre Selbstmord.«

»Ja, das sehe ich auch so«, sprang Charly MacLaine ihm bei. »Nicht zuletzt, weil die Rothäute doch auch um die strategische Bedeutung des Space-Centers wissen.«

»Was wir brauchen, ist ein Ablenkungsmanöver«, sagte John nach einer Weile in die Stille hinein. »Wir müssen die Aufmerksamkeit der Rothäute auf das Hauptquartier lenken. Eine andere Möglichkeit sehe ich nicht.«

»Du bist ja lustig«, sagte Sam Dixon. »Ich sage, dass wir zu wenige Leute haben, und jetzt sollen wir auch noch das Hautquartier angreifen.«

»Ich hab's«, sagte Tim Preston. »Wir brauchen einen Insider bei den Rothäuten, der uns hilft, und ich weiß auch schon, wer das sein könnte.«

Daraufhin holte er sein Slim heraus und suchte die passende Aufzeichnung seiner Drohne. »Hier ist der Kerl, den ich meine«, sagte er und drehte das Slim in Johns Richtung.

»Das ist doch dieser alte Mann, der sich mit seinen beiden Söhnen von den Rothäuten distanziert hat. Wie heißt er noch gleich, Karl?«

»Ganz genau«, bestätigte der junge Tim Preston. »Vielleicht können wir ihn und seine Söhne für unsere Sache gewinnen.«

»Gute Arbeit«, lobte ihn John und nickte dem jungen Defender anerkennend zu.

Danach wandte John sich Charly zu. »Jag den Namen und sein Bild durch die Datenbanken und besorg mir die Adresse.«

Petty Officer MacLaine nickte nur und machte sich sogleich an die Arbeit.

»Er heißt Karl Miller«, verkündete MacLaine drei Minuten später. »Er betreibt zusammen mit seinen Söhnen eine Werkstatt am Stadtrand von Redun.«

»Dann statten wir Mister Miller doch mal einen Besuch ab und schauen, ob wir einen neuen Verbündeten bekommen«, erwiderte John.

# 22

Zwei Stunden später klopften John und Tim Preston an die Tür von Karl Miller und baten um Einlass.

»Mein Name ist John Trebor«, sagte John, »Major John Trebor von den Mars-Defendern. Bitte öffnen Sie die Tür.«

»Hauen Sie ab!«, schrie Karl Miller ihnen entgegen. »Ich habe Ihnen und Ihresgleichen nichts zu sagen.«

»Bitte, Sir«, versuchte es John erneut. »Es ist wirklich wichtig. Wir brauchen Ihre Hilfe.«

»Meine Hilfe? Wie kann ich Ihnen helfen? Ich bin ein einfacher Mechaniker. Ich repariere Sammler und anderes Zeug. Ich kann Ihnen nicht helfen. Bitte gehen Sie«, rief Miller ihnen mit einem leicht verzweifelten Unterton entgegen.

»Mister Miller, wir wissen, dass Sie und Ihre Söhne mit den Rothäuten kollaboriert haben. Also hören Sie auf, uns für dumm zu verkaufen«, schaltete Tim Preston sich ein.

Karl Miller war überrascht und erschüttert zugleich. Er wusste offensichtlich nicht, was er als Nächstes tun sollte, und öffnete nach einer Phase der Unschlüssigkeit dann aber doch die Tür und zog John und den jungen Tim Preston hinein.

Bevor er die Tür wieder zumachte, blickte er nach links und rechts, ganz so, als ob er sichergehen wollte, dass er nicht beobachtet wurde.

»Folgen Sie mir«, sagte Karl als Nächstes und schlängelte sich an den beiden vorbei. Wie viele andere alteingesessene Marsianer bewohnte er ein kleines Haus am Rande von Redun, das sich an die Stollen- und Höhlenwände anschmiegte und aus dem Schutt errichtet worden war, der anfiel, wenn natürliche Stollen und Höhlen vergrößert oder gänzlich neu gebaut wurden.

Seine Werkstatt war gleich nebenan. Hier standen allerlei

Fahrzeuge herum, die offensichtlich alle darauf warteten, repariert zu werden. Es waren vorwiegend kleine Sammler, die die Marsianer gerne und häufig nutzten, um zur Arbeit zu kommen. Ohnehin hatten nur wenige Marsianer genug ITCOS, um sich ein eigenes Hover-Car leisten zu können. Das lag weniger an den Anschaffungs-, sondern viel mehr an den hohen Transportkosten, denn die Dinger wurden wie so vieles von der Erde importiert.

Deshalb hatten sich auf dem Mars auch schnell Fahrzeuge mit elektromagnetischem Antrieb durchgesetzt. Die Technologie war zwar ein wenig veraltet, dafür aber einfach, robust und langlebig.

Dass die Hover-Cars nur schweben und nicht richtig fliegen konnten, spielte dabei keine Rolle. Genau genommen war es sogar von Vorteil angesichts der teils niedrigen Decken in den Höhlen und Stollen.

Als sie in der Werkstatt angekommen waren, war John überrascht, dass ihnen nicht nur Karls Söhne gegenübersaßen, sondern auch ein Dutzend Männer und Frauen, die ihn und seinen jungen Kameraden argwöhnisch musterten. Vermutlich alles Deserteure, so wie Karl und seine Söhne, dachte John.

»Bleib ruhig«, raunte er Tim Preston zu, der bereits intuitiv nach seinem Pulser greifen wollte, während sie bereits selbst ins Visier genommen wurden.

»Leute, wir sind nicht hier, um Ärger zu machen«, beruhigte John die Gemüter und hob seine Hände. »Wir wollen nur mit Karl sprechen. Sonst nichts.«

»Ich kenne Sie nicht«, erwiderte Karl Miller. »Wieso sollte ich mit Ihnen sprechen wollen? Und noch dazu mit einem Mars-Defender?«

»Weil Sie sich von den Rothäuten abgewandt haben, wie vermutlich auch alle anderen hier«, antwortete John und blickte in die Runde.

»Wie kommen Sie darauf, dass ich überhaupt etwas mit den Rothäuten zu tun habe?«, hakte Karl ein, der offensichtlich noch nicht bereit war, seine Deckung fallen zu lassen.

»Ganz einfach, Mister Miller. Wir haben live und in Farbe gesehen, wie Sie sich von den Rothäuten distanziert und zusammen mit Ihren Söhnen die Gruppe verlassen haben.«

»Wie konnten Sie das sehen?«, platzte es aus Karl Miller heraus.

»Das tut nichts zur Sache«, erwiderte John. »Im Übrigen war das keine schlechte Entscheidung. Sonst wären Sie und Ihre Söhne jetzt tot, genauso wie Gerald und all die anderen, mit denen Sie das Hyperlink-Zentrum belagert haben.«

»Und jetzt glauben Sie, dass ich die Seiten wechsle und zum Verräter werde?«, gab Miller verächtlich zurück und schüttelte den Kopf. »Den Weg hätten Sie sich sparen können.«

»Kann sein«, mischte sich Tim Preston ein. »Aber hören Sie sich doch erst mal an, was Ihnen Major Trebor zu sagen hat.« Dann drehte er sich um, blickte in die Runde und fragte: »Was haben Sie schon zu verlieren? Nichts, oder sehe ich das falsch?«

Man konnte Karl Miller ansehen, wie er mit sich haderte. Er kaute lange auf seiner Unterlippe herum, bis er sich endlich für eine Antwort entschied: »Ihr habt zehn Minuten, was wollt ihr von uns?«

»Ich will ganz offen zu Ihnen sein«, sagte John. »Wie Sie unschwer erkennen können, sind mein junger Freund und ich Mars-Defender. Wir sind hier, weil wir Grund zu der Annahme haben, dass sich unser aller Schicksal binnen der nächsten 36 Stunden entscheiden wird. Es geht um nicht weniger als um unser aller Überleben.«

»Das hört sich ja ganz schön melodramatisch an«, meldete sich einer von Karl Millers Söhnen zu Wort. »Aber selbst wenn es so ist, verstehe ich nicht, was wir daran ändern können.«

»Eine Menge«, erwiderte John. »Ihr seid Teil unseres Plan B, für den Fall, dass die Verhandlungen mit den Rothäuten scheitern. Aber dazu kommen wir später.«

Anschließend berichtete er der Gruppe um Karl Miller, dass er vom Präsidenten persönlich damit beauftragt worden war, eine Übereinkunft mit den Rothäuten zu erzielen.

Und wo ist der Haken?«, wollte ein älterer Mann wissen, der eine ähnliche Autorität ausstrahlte wie Karl.

»Es gibt keinen Haken, dafür aber einige Bedingungen, die von den Rothäuten und allen anderen, die hierbleiben wollen, erfüllt werden müssen.«

»Was für Bedingungen?«, fasste der ältere Mann nach.

»Es wird keine Hilfslieferungen mehr geben«, antwortete John. »Das ist der Preis für eure Freiheit. Ihr seid dann quasi von einem Tag auf den anderen auf euch allein gestellt.«

»Okay«, schaltete sich Karl Miller ein, »das macht mir keine Angst. Aber was ist mit dem Gilizium? Das Gilizium gehört uns. Sieht Präsident Carter das genauso, oder will er uns weiterhin unseres Eigentums berauben?«

»Bei allem Respekt, Mister Miller«, rief John aus, »glauben Sie allen Ernstes, dass es clever ist, den Präsidenten der Vereinten Nationen als Kriminellen hinzustellen? So gut ist Ihre Verhandlungsposition nun auch wieder nicht.«

»Wie meinen Sie das?«, fragte Karl wie aus der Pistole geschossen.

Hab ich dich, dachte John und begann, die Angel einzuholen. »Das liegt doch auf der Hand. Wenn wir uns nicht mit den Rothäuten auf ein Friedensabkommen verständigen, dann lässt Präsident Carter die Hunde von der Leine. Zweitausend Soldaten sind bereits unterwegs und in ungefähr dreißig Tagen hier. Dann geht es nicht nur den Rothäuten an den Kragen, sondern auch den Sympathisanten und Kollaborateuren wie Ihnen. Oder glauben Sie wirklich, dass Präsident Carter Ihnen allen gegenüber Gnade vor Recht ergehen lässt, nachdem mehrere hundert Mars-Defender hinterlistig ermordet, teils abgeschlachtet worden sind? Niemals!«

Nach einer kurzen dramaturgischen Pause gab er der verunsicherten Truppe um Karl den Rest. »Auf der anderen Seite weiß ich gar nicht, ob Sie darauf hoffen sollten, dass wir mit den Rothäuten eine Vereinbarung hinbekommen. Denn wer schützt Sie hier alle, wenn die Rothäute nach dem Aushandeln eines Friedensvertrags tatsächlich offiziell den Mars übernehmen? In diesem Fall würden Ihnen die Rothäute mit Sicherheit das Fell abziehen. Oder werden Deserteure eher geteert und gefedert? Was denken Sie?«, fragte er laut in die Runde, während er seinen Blick durch die Reihen gleiten ließ.

Wie zu erwarten war, machte sich daraufhin langsam eine gewisse Unruhe breit. Die Ersten erhoben sich bereits und machten Anstalten, die Werkstatt zu verlassen.

»Einen Moment noch«, rief Tim Preston den ganz Eiligen entgegen. »Bevor Sie gehen, möchte ich Ihnen noch Biene, meine Drohne, vorstellen. Das kleine Ding kreist die ganze Zeit über Ihren Köpfen und sendet Aufnahmen in unser Versteck. Ganz egal wie die Sache ausgeht, Ihre Namen und Gesichter hängen morgen so oder so am Schwarzen Brett.«

»Das ist Erpressung«, echauffierte sich einer der Männer.

»Das stimmt«, antwortete John, nur um im nächsten Moment lauthals alle in ihre Schranken zu weisen. »Wieder hinsetzen!«, brüllte er. Eingeschüchtert leisteten sie seinem Befehl Folge. Die Idee mit Biene war ihnen unterwegs eingefallen, nachdem Tim Preston vorgeschlagen hatte, Karl und seine Söhne, wenn nötig, unter Druck zu setzen. Dass noch zwölf andere Deserteure anwesend waren, war sozusagen ein Bonus.

»Okay«, sagte John im nächsten Moment, »wenn ich es mir richtig überlege, dann ist eure Verhandlungsposition wirklich nicht so gut. Sie ist sogar noch schlechter als schlecht.« John blickte in resignierte und verängstigte Gesichter. Nur Karl Miller schien sich wieder einigermaßen gefangen zu haben.

»Na gut«, sagte er und presste die Lippen aufeinander. »Was wollen Sie von uns?«

»Immer noch Ihre Hilfe«, erwiderte John. Außerdem war ich noch nicht fertig.« Daraufhin erläuterte John den Abtrünnigen die Eckpunkte seines Verhandlungsmandats. Insbesondere das Versprechen auf Straffreiheit kam gut an, aber auch das Tauschgeschäft mit dem Gilizium.

»Warum haben Sie das nicht gleich erzählt?«, fragte Karl Miller. »Dann hätte es keines Erpressungsversuches bedurft.«

»Sie haben uns ja nicht ausreden lassen«, erwiderte John. »Außerdem wissen Sie noch gar nicht, was wir von Ihnen und Ihren Leuten wollen.«

Diesmal nickte Karl Miller nur.

John blickte in die Runde und sah in erwartungsvolle Gesichter. Die Anspannung konnte man förmlich knistern hören.

»Also gut«, sagte John und atmete tief durch. »Wenn die Verhandlungen entgegen aller Erwartungen scheitern, dann greifen wir das Hauptquartier an. Wir müssen die Rothäute überraschen und ihnen zuvorkommen. Sonst haben wir keine Chance und werden von diesen Fanatikern überrollt, wenn die Kämpfe wieder aufflammen.« Dass es sich dabei nur um ein Ablenkungsmanöver handelte, erwähnte er nicht.

»Wie soll das gehen?«, fragte Karl Miller zurück. »Das Hauptquartier gleicht einer Festung und wird von mehr als dreihundert Rothäuten verteidigt.«

»Das wissen wir«, antwortete John. »Ich habe auch nicht gesagt, dass es einfach ist. Überhaupt sehe ich nur eine Möglichkeit, die Rothäute zu besiegen. Wir müssen von innen und außen gleichzeitig zuschlagen.«

»Das klingt verrückt«, entgegnete einer von Karls Söhnen. »Es könnte aber klappen, wenn es uns gelingt, einige von unseren alten Freunden auf unsere Seite zu ziehen.«

»Genau darauf hoffen wir«, erwiderte John und lächelte. »Es muss doch noch mehr geben, die sich mit dieser Brutalität und Blutgier nicht identifizieren können.«

»Ja, das stimmt«, bestätigte Karl Miller. »Viele von uns fühlen sich getäuscht und haben große Probleme mit den Rothäuten.«

»Gilt das auch für die Leute im Hauptquartier?«, fragte John.

»Dort soll die Stimmung besonders schlecht sein«, antwortete diesmal Adam, Karls anderer Sohn. »Wie man hört, sollen sich die Rothäute im Hauptquartier sogar regelrecht an die Gurgel gegangen sein.«

»Was ist passiert?«, fasste John nach.

»Das wissen wir nicht genau. Es scheint aber einen Eklat gegeben zu haben, als eine kleine Gruppe von Rothäuten mehrere Gefangene exekutiert hat. Das war für viele dann offensichtlich doch des Guten zu viel und wohl der Anlass für einen heftigen Streit.«

»Diese Schweine!«, warf der junge Tim Preston ein. »Das können wir nicht ungesühnt lassen. Dafür müssen die Schuldigen zur Verantwortung gezogen werden.«

»Das werden sie«, gab John zurück. »Aber eins nach dem anderen. Erst einmal müssen wir Plan A und gegebenenfalls Plan B ausführen.« John wunderte sich über die ungestüme Art Prestons.

Niemand widersprach, bis sich einer von Karls Söhnen zu Wort meldete.

»Sir, ich hätte da eine Idee, wie wir Ihnen helfen können.«

John nickte dem jungen Mann zu. »Bin ganz Ohr.«

»Also, es ist doch so«, setze Millers Sohn an: »Wenn es tatsächlich stimmt, dass Gerald und die anderen tot sind, weiß niemand, dass wir uns von den Rothäuten abgesetzt haben. Das können wir ausnutzen und uns wieder unter die Rothäute mischen. Und falls man uns nicht sofort glaubt, könnten wir irgendeine Geschichte erzählen, warum wir nicht mit Gerald und den anderen zu Tode gekommen sind, und einfach zur Vordertür ins Hauptquartier hereinspazieren.«

»Keine üble Idee«, erwiderte sein Bruder, noch bevor Karl Miller intervenieren konnte. »Wir brauchen dann nur noch eine plausible Erklärung dafür, warum wir uns nicht gleich einem anderen Trupp angeschlossen oder uns nicht direkt zum Hauptquartier durchgeschlagen haben. Immerhin sind seitdem schon ein paar Tage vergangen.«

»Ja, das stimmt«, pflichtete John dem jungen Mann bei. »Was wir brauchen, ist eine glaubwürdige Geschichte, die man euch auch abkauft.«

Tim Preston hatte dann wieder einmal die entscheidende Idee. Er schlug vor, so zu tun, als ob sie die beiden Brüder und einige andere Rothäute im Kampf um das Hyperlink-Center gefangen genommen hätten, den beiden dann aber die Flucht gelungen sei.

»Genial«, entgegnete John, und begann sogleich, die Story weiterzuspinnen. »Wir nehmen euch mit ins Hyperlink-Zentrum und setzen euch noch heute Abend in eines unserer Hover-Cars und inszenieren einen spektakulären Ausbruch.«

»Und wie kommen wir unbeobachtet hinein?«, wollte Matthew Miller, der jüngere der beiden Brüder, wissen.

»Genau so, wie wir rausgekommen sind«, antwortete John. »Es gibt einen geheimen Tunnel, der zwei Kilometer entfernt in einem unscheinbaren Haus endet.«

»Dann los!«, gab der junge Mann grinsend zurück, der es offensichtlich gar nicht mehr abwarten konnte, wieder ins Geschehen einzugreifen.

# 23

Nachdem die Vorbereitungen abgeschlossen waren, durchbrach ein Hover-Car unter lautem Getöse zuerst ein Garagentor und anschließend den Zaun vor dem Hyperlink-Center. Am Steuer saß Matthew Miller, während sein Bruder vom Beifahrersitz aus auf das Center feuerte.

Und auch aus einigen der Fenster wurde das Feuer erwidert, bis das Hover-Car in dem gleichen Tunnel verschwunden war, in den sich John einst gerettet hatte.

John war zufrieden. Die Show war ihnen gelungen, sie war fast schon spektakulär. Einige seiner Leute wirkten sogar ein wenig übermotiviert. Jedenfalls hätte nicht viel gefehlt, und es hätte einen der beiden Brüder erwischt, noch bevor sie außer Schussweite gerieten. Die Pulsersalven waren den beiden nur so um die Ohren geflogen, und John hatte sich gar nicht vorstellen wollen, was passiert wäre, wenn einer der beiden dadurch zu Schaden gekommen wäre. Doch am Ende lief alles gut.

Die Miller-Brüder fuhren direkt zum Hauptquartier und wurden dort mit offenen Armen eingelassen. Niemand zweifelte an ihrer Geschichte.

Matthew Miller konnte nicht anders, als vor dem erhabenen Hauptquartier der Mars-Defender stehen zu bleiben und die imposante Größe des Bauwerks zu bewundern. Es war mit sechzehn Stockwerken eines der höchsten Gebäude in den Höhlensystemen von Redun und hatte, anders als ihr Haus und der meisten anderen Marsianer, viele Fenster, die auf den großen Exerzierplatz vor dem Gebäude ausgerichtet waren. Das war aber nicht die einzige architektonische Besonderheit. Denn im Unterschied zu den meisten Gebäuden war es nicht aus Marsgestein erbaut worden, sondern aus einem modernen Verbundwerkstoff, wie er normalerweise nur auf der Erde zum Einsatz kam.

Häufig hatte Matthew sich gefragt, wie es wohl drinnen aussehen würde. Und jetzt konnten er und sein Bruder das Hauptquartier betreten. Bis vor Kurzem wäre das noch undenkbar gewesen, weil das Hauptquartier der höchsten Sicherheitsstufe unterlag und für Leute wie sie bisher verschlossen geblieben war.

So wie von außen war das Gebäude auch von innen ein echtes Schmuckstück. Alles wirkte so edel, insbesondere die Möbel und Fußböden in der Bibliothek, die überwiegend aus Holz gefertigt waren. So viel Holz an einem Ort hatten sie vorher noch nie gesehen. Wie denn auch? Bäume waren auf dem gesamten Mars nicht zu finden. Sie wuchsen, im Unterschied zu den sauerstoffspendenden Gräsern, Sträuchern und Rankenpflanzen, auf dem kargen Boden einfach nicht.

Am besten gefiel den Brüdern aber der große Swimmingpool im dritten Stock. Sie hatten zwar schon vorher davon gehört, aber nicht wirklich daran geglaubt, dass Wasser in so großen Mengen gespeichert werden konnte, um darin zu baden. Der Pool war unglaubliche fünfzig Meter lang und 25 Meter breit: Luxus pur!

»Komm jetzt«, forderte Adam Miller seinen Bruder zum wiederholten Male auf. »Wir sind nicht hier, um schwimmen zu lernen.«

»Ja, gleich«, antwortete sein Bruder, nur um im nächsten Moment seine Hand noch einmal in das Wasser zu halten. Am liebsten wäre Matthew hineingesprungen. Vielleicht ein anderes Mal, dachte er und lief seinem Bruder hinterher.

Vier Stockwerke über ihnen war Bill Trebor gerade auf dem Weg ins Kasino. Er war nach einer anstrengenden Fahrt spät am Abend im Hauptquartier angekommen und hatte sich direkt aufs Ohr gehauen.

Er hatte auf Befehl seines Onkels in den letzten drei Tagen gleich mehrere Außenposten besucht und über die aktuelle Entwicklung informiert. Er war darüber anfangs nicht begeistert gewesen, musste aber zugeben, dass es wichtig und richtig war, sich dort persönlich blicken zu lassen. Ihre Leute waren allesamt sehr nervös und dankbar, dass ihnen einer ihrer Anführer von Angesicht zu Angesicht von den bevorstehenden Verhandlungen berichtete.

Die Strapazen hatten sich nach seinem Dafürhalten definitiv gelohnt, zumal er fast überall den Eindruck gewonnen hatte, dass die Rothäute sich mehr denn je einen friedvollen Ausgang des Konfliktes wünschten.

Das war keine Selbstverständlichkeit und auch nicht immer so gewesen. Er selbst war ebenfalls kampfesmüde. Für die Verhandlungen war es gut zu wissen, dass alle Rothäute an einem Strang zogen. Natürlich hatte er seinen Onkel sofort darüber informiert.

Zudem freute sich Bill über den Zustand der Außenposten. Sie waren allesamt gut in Schuss, obwohl sie nur begrenzte Mittel hatten.

Umso mehr irritierte und verärgerte ihn das Bild, das das Hauptquartier abgab. Von Disziplin war hier keine Spur! Überall auf seinem Weg ins Kasino lagen Besoffene herum. Auch konnte er niemanden sehen, der Wache hielt oder einer erkennbaren militärischen Aufgabe nachging.

Das kann doch alles nicht wahr sein, dachte sich Bill und öffnete die Tür zum Kasino. Ihm gegenüber saßen ungefähr ein Dutzend Leute, die gerade frühstückten. Einige kannte er vom Sehen: alles Gefolgsleute von Theodor Lemark, der zweifelsohne für diese Disziplinlosigkeit verantwortlich war.

»Was ist das hier für ein Saustall?«, fragte Bill sogleich, bekam aber keine Antwort. Stattdessen stellte ihm ein Kerl, den er flüchtig kannte, eine Gegenfrage. Malféu oder so ähnlich, überlegte er.

»Was willst du hier, Trebor? Du hast hier nichts zu suchen. Kümmere dich um deine Angelegenheiten und verschwinde einfach wieder.«

»Das sind jetzt meine Angelegenheiten«, erwiderte Bill mit gepresster Stimme. »Mein Onkel hat mich herbeordert und mir das Kommando übertragen. Und wie ich sehe, hat er mal wieder den richtigen Riecher gehabt.«

»Dein Onkel hat hier nichts zu melden!«, antwortete Malféu. »Wir hören auf Theodor Lemarks Kommando.«

»Was bildest du dir ein? Ist dir klar, mit wem du sprichst?«, entgegnete Bill. »Das ist Meuterei. Ich lasse euch alle verhaften, wenn ihr keine Vernunft annehmt.«

»Tatsächlich?«, fragte Malféu zurück, zog seinen Pulser und schoss Bill ohne Vorwarnung in die rechte Schulter. Der Feuerstoß war nicht tödlich, aber stark genug, um Bill gegen die rückwärtige Wand zu katapultieren. Mit dem Rücken zur Wand rutschte er in die Hocke. Ungläubig sah er, wie sich das Blut auf seinem Oberkörper ausbreitete.

»Du bist ein verdammter I…«, sagte Bill. Er war zu schwach, um weiterzusprechen.

»Der einzige Idiot hier bist du«, entgegnete Malféu, der sich zwischenzeitlich zu Bill heruntergebeugt hatte. »Ich hatte dir die Chance gegeben, zu verschwinden, aber du musstest dich stattdessen ja als großer Anführer aufspielen. Das hast du jetzt davon.«

Malféu drehte sich um. »Ihr da«, sagte er und deutete auf zwei seiner Kumpane, »bringt Trebor nach nebenan. Wenn er seine Verletzung überlebt, sollen Theodor oder Henderson entscheiden, was mit ihm passiert.«

Die Miller-Brüder stromerten weiter durchs Hauptquartier – auf der Suche nach Verbündeten. Sie hatten es auf Leute abgesehen, die sie kannten und denen sie vertrauen konnten. Genau diese Chance bot sich ihnen, als sie in den vierten Stock wechselten und einer Gruppe von sieben Rothäuten quasi in die Arme liefen.

»Sieh mal einer an«, sagte ein rundlicher Kerl, der auf den Namen Jo hörte, »die Millers. Wir haben schon gehört, dass ihr hier seid.«

»Ja, gestern angekommen«, antwortete Matthew Miller. »Sag mal, Jo, du bist ja schon länger hier. Ist die Erstürmung des Hauptquartiers so gelaufen wie geplant?«

»Wie man's nimmt. Lemark und viele andere sind ganz zufrieden. Die können gar nicht aufhören, ihren Triumph zu feiern. Du siehst ja, was hier los ist.«

Matthew sah Jo tief in die Augen und verstand, dass ihn nicht nur ein paar Kleinigkeiten bekümmerten.

»Ich frage dich, Jo. Was Lemark denkt, kann ich mir vorstellen.«

»Sagen wir es mal so«, entgegnete Jo diplomatisch: »Wenn ich hier etwas zu sagen gehabt hätte, dann wäre hier einiges anders abgelaufen. Aber ich verlasse mich darauf, dass du das nicht weiter rumerzählst. Ich sag dir das auch nur als Freund.«

»Das bleibt unter uns, Jo, du hast unser Wort«, entgegnete diesmal Adam, der mit Jo und zwei anderen vor vielen Jahren in die gleiche Klasse gegangen war.

Adam wusste, dass Jo sein Herz an der richtigen Stelle hatte, und wagte sich deshalb noch einen Schritt weiter vor. »Wenn ich mich so umgucke und diese vielen Chaoten sehe, dann frage ich mich, ob es nicht ein Fehler war, sich den Rothäuten anzuschließen.«

Jo musterte ihn und schien zu überlegen, was er darauf antworten sollte. »Das sind gefährliche Worte«, sagte er schließlich. »Jeder andere hier würde dich dafür abknallen.«

»Das ist wahr«, antwortete Adam. »Aber du bist nicht jeder andere, oder? Deswegen reden wir mit dir und nicht mit irgendeinem Suffkopf.«

»Worauf willst du hinaus?«, fragte ihn jetzt die einzige Frau in der Gruppe.

Matthew wusste, dass er und Adam jetzt die Karten auf den Tisch legen mussten. Die beiden Brüder tauschten ein paar Blicke aus und zögerten.

Die junge Frau schien ihre Unsicherheit zu spüren. »Ihr müsst uns schon vertrauen, wenn ihr unsere Hilfe wollt.«

»Ja, das müssen wir wohl«, erwiderte Matthew. »Wir müssen reden, aber nicht hier.«

»Nein, nicht hier«, wiederholte Jo und ging voran.

Hinter verschlossenen Türen setzten sich die Miller-Brüder und die anderen, insgesamt sieben Rothäute, an einen Tisch und schwiegen. Offensichtlich wollte keiner den Anfang machen.

»Ich heiße Jane«, sagte die junge Frau schließlich und nickte den beiden Brüdern zu.

Sofort waren alle Augen auf die junge Frau gerichtet.

»Eigentlich müssten wir hier vor euch sitzen und uns freuen«, erklärte Jane und presste die Lippen aufeinander. »Doch so wie die Dinge gelaufen sind, fühlt sich alles irgendwie falsch an. Lemark und Malféu geht es gar nicht um die Sache, sondern nur um ihren persönlichen Vorteil. Alles hat sich so ganz anders entwickelt. Es ist …« Sie stockte.

»Ja, so ist es«, bestätigte Matthew, »zumindest hier in Redun. Irgendwie sind die Dinge aus dem Ruder gelaufen, als Lemark und seine Leute das Kommando übernommen haben.«

»Definitiv«, pflichtete Jane ihm bei. Sie hatte sich jetzt wieder unter Kontrolle. »Noch schlimmer wurde es, als wir die Schlacht um das Hauptquartier gewonnen hatten. Lemark und seine Leute haben sich aufgeführt wie Tiere. Selbst vor Vergewaltigungen haben sie nicht zurückgeschreckt. Spätestens da ist uns klar geworden, dass wir uns wohl den Falschen angeschlossen haben.«

»Aber jetzt erzählt ihr doch mal!«, forderte Jo die Brüder auf. »Wie ist es euch ergangen, und noch wichtiger, was habt ihr vor?«

Die beiden Brüder berichteten daraufhin nicht nur, was ihnen widerfahren war, sondern auch, dass sie zwischenzeitlich die Seiten gewechselt hatten.

»Wie kann das sein?«, fragte Jo. »Ihr seid aus dem Hyperlink-Center ausgebrochen. Das ganze Hauptquartier spricht davon.«

»Sind wir nicht«, widersprach Adam. »Das ist nur Teil unserer Tarnung.«

»Aber die haben auf euch geschossen! Auch dafür gibt es Zeugen.«

»Ja, haben sie, aber sie haben absichtlich vorbeigezielt. Wir haben unseren Ausbruch nur vorgetäuscht. Schließlich musste alles echt aussehen. Sonst hätte man uns gestern hier nicht reingelassen.«

»Um was zu tun?«, fragte Jane, die spürte, dass sie jetzt an einem Scheideweg standen.

»Um eine Gruppe von Mars-Defendern ins Hauptquartier einzulassen, falls die Verhandlungen scheitern.«

»Welche Verhandlungen?«, fragte Jane. »Wir wissen nichts von irgendwelchen Verhandlungen.«

»Na, was glaubt ihr, wo Lemark jetzt ist? Er trifft sich mit den anderen Häuptlingen zu Gesprächen mit Major Trebor, dem Abgesandten des Präsidenten.«

»Major Trebor?«, fragte Jo und runzelte die Stirn. »Jetzt verstehe ich gar nichts mehr. Bill Trebor ist doch kein Major. Außerdem ist er gestern hier eingetroffen. Er ist auch im Hauptquartier.«

»Ich rede nicht von Bill Trebor, sondern von seinem Bruder John. Er ist der Verhandlungsführer auf Seiten der Mars-Defender und hat den Auftrag, mit den Häuptlingen die Rahmenbedingungen für einen Frieden auszuhandeln.«

»Einen Frieden?«, wiederholte Jane. »Ist der denn überhaupt noch möglich, nach allem, was passiert ist?«

»Ich denke schon«, antwortete diesmal Matthew. »Jedenfalls scheint die Regierung zu großen Kompromissen bereit zu sein.«

»Definitiv«, pflichtete ihm sein Bruder bei und erzählte den anderen was John Trebor und Tim Preston ihnen erzählt hatten.

»Das hört sich wirklich gut an«, sagte Jo. »Umso weniger verstehe ich, warum ihr hier seid.«

»Wir sind sozusagen Major Trebors Plan B«, antwortete Matthew. »Major Trebor will einfach auf alles vorbereitet sein und zurückschlagen können, wenn die Häuptlinge ein falsches Spiel spielen und die Verhandlungen absichtlich scheitern lassen.«

Jo und Jane tauschten einige verunsicherte Blicke untereinander aus.

»Das ist aber noch nicht alles«, sagte Adam in die aufkeimende Stille hinein. »Präsident Carter hat bereits zweitausend – bis an die Zähne bewaffnete – Soldaten in ein Raumschiff gesetzt und hierherbeordert. Sie sollen den Aufstand endgültig niederschlagen, sollten die Friedensverhandlungen nicht den erhofften Verlauf nehmen.«

»Und alle Rothäute töten oder wie Kriegsverbrecher behandeln, die für die Gräueltaten verantwortlich sind. Uns eingeschlossen«, fügte Matthew an.

Die Gesichter in der Gruppe um Jo und Jane spiegelten jetzt Verunsicherung und blankes Entsetzen wider. Einer der sieben wirkte besonders schockiert und aufgewühlt. Er war noch keine zwanzig.

»Das waren nicht wir«, wimmerte der Jungspund, »das waren Lemark und seine Bande.«

»Tja«, sagte Matthew, »wie heißt es so schön: mitgefangen, mitgehangen. Das gilt für uns alle.«

Daraufhin ließ der Junge den Kopf hängen und fing an zu weinen.

»Beruhig dich, Tom«, sagte Jane und nahm den Jungen in den Arm. »Das ist mein Bruder«, raunte sie den Millers zu, während sie Tom beruhigend über den Kopf streichelte.

»Wir können alles noch zum Guten wenden«, sagte Matthew und guckte einen nach dem anderen an. Zuletzt Jane und ihren Bruder. »Wir müssen nur zusammenhalten und das Richtige tun, wenn der Zeitpunkt gekommen ist. Alles andere ergibt sich dann von ganz allein.«

»Und wer sagt uns, was das Richtige ist?«, wollte Jo wissen.

»Einer von John Trebors Leuten. Er steht in ständigem Kontakt mit dem Major und meldet sich bei uns, sobald er weiß, wie die Verhandlungen gelaufen sind.«

»Okay, das habe ich so weit verstanden«, sagte Jo. »Aber was machen wir, wenn die Verhandlungen gut laufen? Dazu hast du noch nichts gesagt.«

»Stimmt«, sagte Matthew und musste grinsen, »weil es dann nichts für uns zu tun gibt. In dem Fall warten wir einfach ab, bis der Frieden besiegelt wird, und leben unser Leben, so wie wir es immer gewollt haben.«

»Und wenn es doch anders kommt«, schaltete sich sein Bruder ein, »dann helfen wir den Mars-Defendern, das Hauptquartier zurückzuerobern. Im Gegenzug werden wir begnadigt. Major Trebor hat uns sein Wort gegeben.«

Jo schaute sich unter seinen Leuten um und erhielt von jedem ein Kopfnicken, auch von Jane und Tom.

»Gut«, sagte er. »Ihr habt uns überzeugt. Dann wollen wir doch mal sehen, ob wir die Sache wieder geradebiegen können.«

»Und wann soll es losgehen?«, fragte Jane.

»Bald«, antwortete Adam, »sehr bald.«

# 24

Mitten in der Nacht weckte John ein heftiger Impuls an seinem Handgelenk. Sofort riss er die Augen auf und tastete nach seinem COM-Gerät.

Schon Tage zuvor hatte er den Vibrationsalarm auf die höchste Stufe eingestellt, damit er auch während des Schlafes keinen Anruf und keine Nachricht verpasste. Schon allein wegen seiner Frau, von der er seit Beginn des Aufstandes nichts mehr gehört hatte.

Dementsprechend groß war seine Enttäuschung, als sich am anderen Ende der Leitung eine Stimme meldete, die zwar einer Frau gehörte, aber definitiv nicht die von Helena war, obwohl ihm die Stimme irgendwie bekannt vorkam. Sie sagte nur zwei Sätze und legte wieder auf, ohne eine Antwort abzuwarten.

»Komm morgen um vierzehn Uhr nach Bilasur«, sagte sie, »und komm allein.«

Als John am nächsten Morgen aufwachte, war er sich wieder einmal nicht sicher, ob er das Ganze nur geträumt hatte, bis er den Zettel mit seinen Notizen auf seinem Nachttisch fand, der jeden Zweifel beseitigte.

Jetzt erinnerte er sich auch wieder daran, dass er entgegen seiner ersten Eingebung nicht direkt aus dem Bett gefedert war, sondern sich selbst noch ein wenig Schlaf verordnet hatte. Eine gute Entscheidung, wie er jetzt feststellte. Denn er fühlte sich frisch und ausgeruht. Vermutlich lag das aber auch an dem Adrenalin, das gerade seinen Körper flutete.

Trotz der Anspannung oder gerade wegen ihr nahm er sich die Zeit für sein allmorgendliches Kampftraining, das ihm so in Fleisch und Blut übergegangen war, dass er sich den Start in den

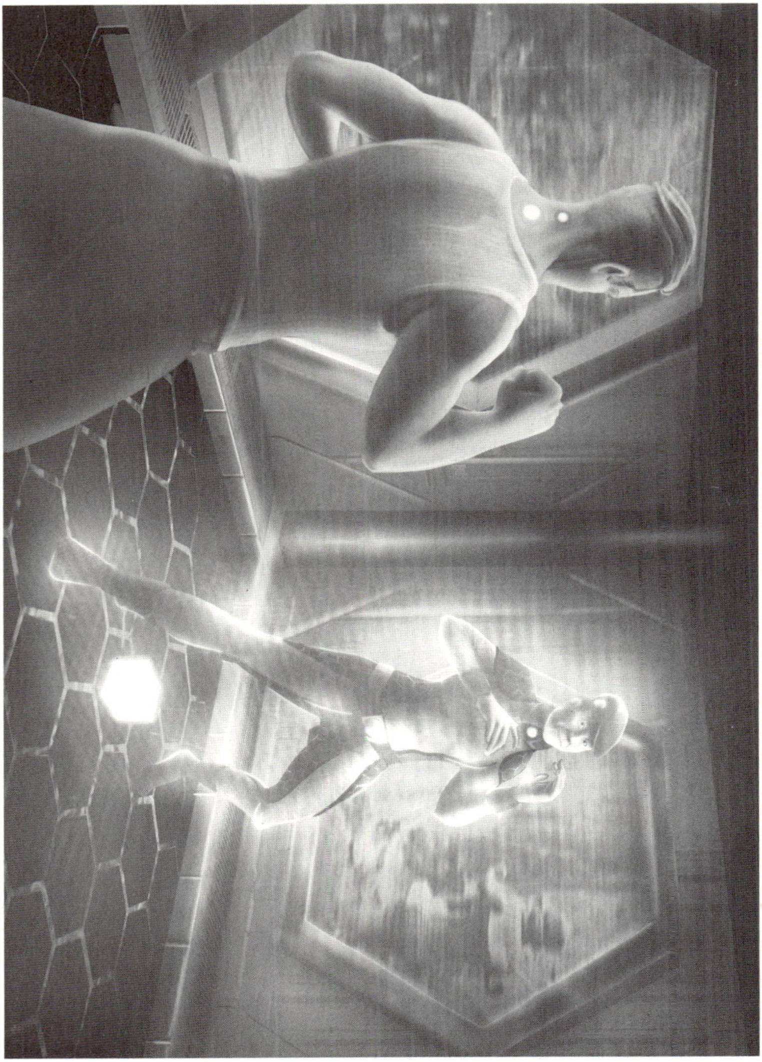

Die Illustrationen finden Sie in Farbe auf: www.trebor.info.

Tag gar nicht mehr anders vorstellen konnte. Nicht zuletzt nutzte er die Zeit, um sich während des Trainings, auch mental auf die Unwägbarkeiten des Tages vorzubereiten.

Anschließend trommelte er seine Leute zusammen und berichtete ihnen von dem nächtlichen Anruf.

»Also finden die Verhandlungen in Bilasur statt«, murmelte Dixon vor sich hin.

»Nicht unbedingt«, gab John zurück. »Es kann gut sein, dass Bilasur nur ein Treffpunkt ist und dass ich dort weitere Anweisungen erhalte.«

»Muss ich wissen, wo das ist?«, hakte Charly ein. »Ehrlich gesagt habe ich noch nie von diesem Bilasur gehört.«

»Bilasur ist eine alte, verlassene Mine, in der früher Gilizium abgebaut wurde«, erklärte ihr John. »Sie liegt in der Nähe der Vulkanregion Tharsis.« Dass John die Gegend wie seine Westentasche kannte, erwähnte er nicht.

»Und wen nimmst du mit?«, fragte sie als Nächstes.

»Niemanden«, antwortete er. »Ich muss das allein erledigen.«

»Auf keinen Fall«, intervenierte Preston, der sich ohne zu fragen selbst zu der Besprechung eingeladen hatte.

»Sorry, Tim«, antwortete John und schüttelte den Kopf, »aber diesmal muss ich mich ohne dich auf den Weg machen. Ich soll allein kommen. Die Anweisung war unmissverständlich.« John hatte dem jungen Kerl zwischenzeitlich das *Du* angeboten.

»Scheiß drauf«, gab Tim entrüstet zurück, der damit überhaupt nicht einverstanden war. »Diesen Bastarden ist nicht zu trauen. Ich komme mit, ob du willst oder nicht.«

John schüttelte noch einmal den Kopf und schaute dem jungen Kerl tief in die Augen. »Nein, Tim«, wiederholte er seine Antwort in einem ruhigen, aber bestimmten Ton. »Diesmal nicht. Ich kann kein Risiko eingehen. Dafür steht zu viel auf dem Spiel.«

»John, Sir …«, versuchte es Tim noch einmal, wurde aber durch eine eindeutige Handbewegung endgültig in seine Schranken gewiesen. John nahm es ihm nicht übel, ganz im Gegenteil. Er mochte den jungen Rekruten inzwischen richtig gerne, zumal er ihn doch ein wenig an ihn selbst erinnerte. Er ist ungestüm und selbstbewusst, so wie ich in dem Alter, dachte er und konnte sich ein leichtes Grinsen nicht verkneifen.

Doch dann wurde John wieder ernst. »Okay, hört mir jetzt mal alle zu! Wir haben noch viel zu besprechen und nur noch wenig Zeit.« So wie er es sagte und die anderen dabei mit seinem Blick fixierte, waren alle Augen sofort auf ihn gerichtet.

»Es geht um den Plan B. Wir müssen noch festlegen, wer von euch den Angriff auf das Space-Center anführt und wer gemeinsam mit den Miller-Brüdern das Ablenkungsmanöver im Hauptquartier initiiert.«

Sam Dixon machte einen Schritt vor. »Wenn alle einverstanden sind, werde ich gerne den Angriff auf das Hauptquartier leiten. Machen wir uns nichts vor, diese Aktion wird, so gut wir sie auch planen, ein Himmelfahrtskommando. Es ist besser, das Kommando hierbei einem erfahrenen Soldaten zu überlassen.«

»Gut«, antwortete John und nickte Charly zu. »Dann koordinierst du den Angriff auf das Space-Center.«

»Okay«, antwortete Charly und machte einen entschlossenen Eindruck.

»Und denk daran«, fuhr John an MacLaine gewandt fort. »Es geht einzig darum, die Interstellar-Raketen unschädlich zu machen. Sobald das erledigt ist, verschwindet ihr wieder.«

Charly nickte bloß. John fragte sich, ob sie Angst hatte, weil sie sich sonst von einer gesprächigeren Seite zeigte.

»Und was ist mit mir?«, fragte Tim fast schon ein wenig beleidigt, während er demonstrativ die Arme vor der Brust verschränkte.

»Du hältst den Kontakt zu mir und allen anderen. Es ist wichtig, dass wir ab jetzt im engen Austausch bleiben. Okay?«

»Okay«, antwortete Tim, der offensichtlich mit der ihm zugedachten Aufgabe zufrieden war, »aber was wollen wir machen, wenn ich den Kontakt zu dir verliere? Soll ich dann Alarm schlagen und die anderen informieren anzugreifen?«

Die Frage ist berechtigt, überlegte John. Darüber hatte er noch gar nicht nachgedacht. »Nein«, sagte er schließlich, »das wäre voreilig. Erst wenn du nach unserer letzten Kontaktaufnahme über zwei Stunden nichts mehr von mir hörst, kannst du Alarm geben.«

## 25

Keine zwei Stunden später saß John in seinem Gleiter und wartete darauf, dass ihn der letzte noch funktionstüchtige Fahrstuhl aus 150 Metern Tiefe an die Oberfläche beförderte. Den anderen hatte er zerstört, als er die Impulskanone der Rothäute ausgeschaltet hatte. Oben angekommen, durchbrach er den quecksilberfarbenen Schutzschild und schoss mit Maximalgeschwindigkeit in Richtung Westen. Dabei war er kaum auszumachen, weil die Lackierung seines Gleiters der Farbe der Marsoberfläche nachempfunden war. Nur die zwei goldenen Streifen, die alle Jets der Flotte trugen, stachen hervor.

Phobos, einer der beiden Monde, war gerade noch zu sehen. Der kleine Trabant erinnerte ihn immer an eine Kartoffel. Und er liebte Kartoffeln – wahrscheinlich weil er sie nur selten auf den Teller bekam. Die Dinger wurden zwar auf dem Mars angebaut, aber nur in geringen Mengen. Die Nachfrage war deshalb zumeist größer als das Angebot und die Knollen fast immer unerschwinglich. Er freute sich deshalb wie ein kleiner Junge, wenn er welche in die Finger bekam. Auf der Erde werde ich jeden Tag Kartoffeln essen, dachte er, bevor er sich wieder auf seine Aufgabe konzentrierte.

Bilasur war leicht zu finden, wenn man wusste, wo die alte Mine lag. Er musste einfach nur der Hyperloop-Strecke folgen, die sich wie eine Kobra nach Westen schlängelte, und nach ungefähr zweitausend Kilometern einfach auf einen der großen Schildvulkane zuhalten, die zu seiner Rechten lagen.

Doch bis dahin dauerte es noch ein Weilchen, und er fokussierte sich auf den Flug entlang der gläsernen Röhre. Größere Schäden konnte er erfreulicherweise nicht erkennen. Die Rothäute hatten demnach nicht alle Verbindungen sabotiert, wie er erleichtert feststellte.

Unweigerlich fragte er sich immer wieder, was passieren würde, wenn die Verhandlungen scheiterten. Würden ihn die Rothäute dann einfach gehen lassen? Sein Onkel mit Sicherheit. Aber würden dem auch die anderen Häuptlinge zustimmen? Er wusste es nicht, hoffte aber inständig, dass es so war.

Doch noch mehr kreisten seine Gedanken um Helena, wie so oft in den letzten Tagen. Wenn sie noch lebte, dann als Gefangene im Hauptquartier. Eine andere Erklärung konnte es nicht geben. Sonst hätte sie sich längst gemeldet, da war er sich sicher. Aber was würde mit ihr passieren, wenn sie ihren Plan B umsetzten? Vermutlich würde es ihren sicheren Tod zur Folge haben, dachte er und bekam es mit der Angst zu tun.

Ein dicker Kloß setzte sich in seinem Hals fest und schien ihm langsam die Kehle zuzuschnüren. Denn auf einmal war der Plan nicht mehr bloß blanke Theorie, sondern Realität und er war derjenige, von dem alles abhing. Wenn er jetzt scheiterte, wäre Helenas Leben in jedem Fall in Gefahr.

Dann wurde das Gelände allmählich hügeliger, und die ersten kleinen Vulkane tauchten vor ihm auf. Ein eindeutiger Hinweis, dass er langsam, aber sicher in die Vulkanregion vorstieß. Aus der Erinnerung wusste er, dass er ungefähr die Hälfte der Strecke hinter sich gebracht hatte und bald die Hyperloop-Röhre links liegen lassen musste.

So kam es auch, weil bereits wenige Minuten später Arsia Mons in sein Blickfeld rückte. Der Vulkan erinnerte ihn aufgrund seines gezackten Kraterrandes immer an einen König, der eine Krone trug und erhaben über das Gelände wachte. Es war aber letztlich ein anderer Grund, der den Vulkan für ihn zu etwas ganz Besonderem machte. Hier haben wir damals unseren Pakt geschlossen, dachte er wehmütig an seine Ausbildung zurück.

Plötzlich vibrierte sein COM-Gerät und riss ihn ins Hier und Jetzt zurück.

»Hallo John, Tim Preston hier. Alles in Ordnung bei dir?«

Die Illustrationen finden Sie in Farbe auf: www.trebor.info.

»Alles läuft nach Plan, Tim, ich kann Arsia Mons bereits sehen. Hast du was von den Millers gehört?«

»Ja, das haben wir. Sie haben eine siebenköpfige Gruppe auf ihre Seite gezogen. Sie sagen, dass alle vertrauenswürdig sind. Es scheint tatsächlich so zu sein, dass von der anfänglichen Euphorie unter den Rebellen nicht mehr viel zu spüren ist. Die Unzufriedenheit und Verunsicherung scheint immer größer zu werden.«

»Sehr gut«, kommentierte John die Ausführungen und schloss gleich noch eine Frage an. »Und wer hat dort das Sagen?«

»Ein Kerl namens Theodor Lemark«, antwortete Tim Preston. »Aber so wie es aussieht, nimmt der Kerl an den Verhandlungen teil und sitzt dir bald gegenüber. Seine engsten Vasallen sind aber noch im Hauptquartier. Sie haben sich, nach allem, was die Millers in Erfahrung gebracht haben, im Kasino eingenistet und sollen sich dort wie die Vandalen aufführen.«

»Interessant«, sagte John und überlegte, was er davon halten sollte.

»John, da ist noch etwas, was du wissen solltest, fuhr Tim Preston fort. »Dein Bruder soll im Hauptquartier eingetroffen sein. Die Millers haben ihn zwar noch nicht gesehen, dafür aber gleich von mehreren Stellen gehört, dass er dort sein soll.«

»Verdammter Mist«, fuhr es aus John heraus. Damit hatte er nun wirklich nicht gerechnet. Er fing sich aber schnell wieder, zumal er genau wusste, dass er sich keine Gefühlsduseleien leisten durfte. Dafür stand zu viel auf dem Spiel. Außerdem hoffte er immer noch, dass die Verhandlungen ein gutes Ende nehmen würden und er einen Angriff auf das Hauptquartier gar nicht erst befehlen musste.

»Danke, Tim. Sag den Millers, sie sollen auf weitere Anweisungen warten.«

»Wird erledigt«, bestätigte Tim.

»Ich melde mich wieder, sobald ich mehr weiß«, sagte John und legte auf.

»Alles klar«, entgegnete Tim und beendete den Anruf.

Erst jetzt registrierte John, dass er der Hyperloop-Strecke unbewusst zu lange gefolgt war. Arsia Mons lag bereits hinter ihm.

Deshalb machte er kehrt und flog die Strecke wieder ein Stück zurück. Er hätte von hier auch einen anderen Weg wählen können, entschied sich aber dagegen, weil er so die Gelegenheit bekam, nach Verfolgern Ausschau zu halten. Weit und breit war jedoch niemand zu sehen.

Nach einer weiteren Stunde hatte er sein Ziel beinahe erreicht. Zwischen ihm und Bilasur lag jetzt nur noch Arsia Mons mit einer Höhe von vierzehn Kilometern und einem Durchmesser von beinahe 350 Kilometern. Erst wollte er die Flanke des Vulkans entlangfliegen, entschied sich dann aber für einen Überflug, weil er so die Sonne im Rücken hatte und möglicherweise erst später gesehen wurde, wenn er Bilasur von oben und nicht von der Seite aus anflog. Er wusste zwar nicht, ob es wirklich einen Unterschied machte, kam aber zu dem Schluss, dass es jedenfalls nicht von Nachteil sein würde, wenn er einen kleinen Überraschungseffekt auf seiner Seite hatte. Zudem liebte er derartige Manöver. Auch deshalb zog er den Gleiter kurzerhand steil nach oben, beschleunigte und katapultierte den Gleiter mit über eintausend Sachen die Steilwand empor.

Oben angekommen, überquerte er den riesigen Krater, der ihn immer wieder aufs Neue beeindruckte. Er hatte einen Durchmesser von 110 Kilometern und konnte nur im Sommer gefahrlos überflogen werden. Im Winter war es dagegen ein Lotteriespiel, weil binnen weniger Minuten heftige Staubstürme in der Caldera aufflammen konnten, die jeden Gleiter aus der Bahn geworfen hätten. Zum Glück war gerade Sommer.

Auf der anderen Seite angekommen, schaltete er den Antrieb aus und ließ seinen Jet geräuschlos die Nordflanke hinuntertrudeln, bis er die Umrisse der ehemaligen Gilizium-Mine sehen konnte. Erst dann, ungefähr tausend Meter über dem Boden, schaltete er den für diese Jets typischen Impulsantrieb wieder ein und lenkte den Gleiter steil nach unten.

Wie beabsichtigt konnte er die Umgebung von hier aus gut überblicken, sodass es auch nicht lange dauerte, bis er einen anderen Jet erblickte. Es war ein baugleiches Modell, das man sofort an seiner Form erkannte. Es sah aus wie ein halbes Ei, nachdem man es der Länge nach aufgeschnitten hatte. Nur vorne und hinten etwas spitzer zulaufend.

Und so wie es aussah, stand der Gleiter dort schon eine ganze Weile. Das erkannte John an dem feinen Sandschleier, der sich über die metallische Oberfläche des Gleiters gelegt hatte.

Davon abgesehen konnte er nichts Auffälliges erkennen. Weder in der Nähe des Jets noch in der näheren Umgebung. Überhaupt wirkte alles sehr verlassen.

Also entschied er sich, den Gleiter direkt gegenüber dem anderen Jet abzustellen und einfach abzuwarten. Es war jetzt 13.50 Uhr.

Lange musste John nicht warten, bis etwas passierte, weil sich die Tür des anderen Gleiters öffnete, noch bevor er alle Systeme heruntergefahren hatte.

Kurz darauf konnte er erkennen, wie eine Person aus dem Cockpit kletterte. Sie war klein und wirkte selbst unter dem Raumanzug schmal. Vermutlich die Frau, die mich angerufen hat, dachte er.

John war gespannt, mit wem er es zu tun bekam, als die kleine Person mit drei großen Sätzen seinen Gleiter erreicht hatte und ihm zu verstehen gab, die hintere Tür zur Druckschleuse zu öffnen. Durch die Seitenscheibe konnte er zwar ihren Helm sehen, nicht aber ihr Gesicht, weil sie das Sonnenschutzvisier heruntergezogen hatte. Alles, was er sah, war ein Teil seines eigenen Gleiters, der sich in dem goldenen Visier widerspiegelte.

Voller Neugier drückte er den passenden Knopf und beobachtete durch die Seitenscheibe, wie sie die äußere Tür zur Luftschleuse zuerst auf- und dann hinter sich zumachte, bevor unter lautem Zischen der Druck in der Druckschleuse angepasst wurde. Das Ganze dauerte nur wenige Sekunden, kam ihm aber wie eine Ewigkeit vor.

Gespannt sah er zu, wie sich die innere Tür zur Luftschleuse öffnete und eine junge Frau in sein Blickfeld rückte. Sie hatte ihren Helm bereits abgenommen und blickte ihn mit wachen Augen an. Sie hatte ein fein geschnittenes Gesicht, das von langen, haselnussbraunen Haaren gerahmt wurde, die wallend über ihren orangefarbenen Overall fielen. Doch am meisten stachen ihre geschwungenen Augenbrauen heraus. Sie wirkten wie gemalt und gaben ihrem Gesicht etwas Besonderes.

Und dann erkannte er sie: »Das gibt's doch nicht!«, platzte es aus ihm heraus. »Anna, bist du das?«

Sie nickte bloß, während sie das Cockpit ins Visier nahm. Ganz offensichtlich wollte sie checken, ob er allein gekommen war.

»Mein Gott, als ich dich das letzte Mal gesehen habe, da warst du fast noch ein Kind!«

»Ja, das ist lange her«, antwortete sie. »Willst du mich hier stehen lassen oder darf ich reinkommen?«

»Äh, ja klar, komm rein.«

Daraufhin trat er zur Seite und zeigte auf den Platz, an dem normalerweise der Navigator und Bordschütze saß. »Setz dich, wenn du magst.«

Sie nickte bloß.

»Du bist groß geworden«, sagte er als Nächstes. Er ärgerte sich aber sogleich über sich selbst, weil er Phrasen dieser Art selbst immer gehasst hatte.

»Und du älter«, erwiderte sie und grinste ihn dabei an. Doch dann wurde sie ernst. »Wir sind nicht hier, um über alte Zeiten und versäumte Geburtstage zu sprechen, oder?«, fügte sie milde lächelnd hinzu.

»Das ist wahr«, entgegnete er und kommentierte ihren leisen Vorwurf mit einem intensiven Blick in ihre Augen. So müssen also die letzten Jahre auf sie gewirkt haben, dachte er sich. Als wäre es allein seine Schuld gewesen, dass er den Kontakt zur Familie abgebrochen hatte. Doch darauf konnte und wollte er jetzt nicht eingehen. Immerhin fand er, dass Annas Vorwurf durch ihren Humor etwas abgemildert wurde. Mit ihr würde er tatsächlich gut reden können.

»Wie geht es jetzt weiter?«, fragte John.

»Dazu kommen wir gleich«, antwortete sie. »Erst einmal möchte ich von dir wissen, warum du das hier tust, anstatt an unserer Seite zu kämpfen.«

»Die Frage könnte ich dir genauso stellen«, gab er reflexartig zurück.

»Warum? Du bist doch derjenige, der unsere Heimat verraten hat und diesen Schweinen von der Erde auch noch die Steigbügel hält. Carter und seine Vasallen wollen uns vom Mars vertreiben. Wenn er mit dieser Zwangsumsiedlung nicht angekommen wäre, wäre das alles doch gar nicht passiert.«

»Das siehst du fa…«

»Ich war noch nicht fertig!«, fuhr sie ihn an. »Du bist doch selbst hier geboren. Wie kannst du deinen eigenen Leuten nur so in den Rücken fallen?«

Anna O'Brien war vollkommen in Rage und blickte ihn hasserfüllt an. John hatte sogar den Eindruck, dass sie kurz davor war, auf ihn einzuschlagen. Eine Seite in ihm konnte sie sogar verstehen, weil er den Mars trotz aller Widrigkeiten ebenfalls über alles liebte.

»Hör zu«, sagte er nach einer Weile. »Ich kann ja verstehen, dass du enttäuscht von mir bist. Mir geht es aber ehrlich gesagt nicht viel anders. Niemals hätte ich es für möglich gehalten, dass meine eigene Familie diesen Krieg anzettelt und für so viel Leid, Tod und Verderben verantwortlich ist.«

»Aber nur, weil …«, fiel Anna ihm erneut ins Wort.

»Weil was?«, unterbrach er sie diesmal. »Weil ihr mit euren Anliegen nicht gleich auf offene Ohren gestoßen seid?«

»Wir haben doch alles versucht«, gab sie entrüstet zurück, »aber uns wollte ja niemand zuhören.«

»Wirklich?«, entgegnete er schroff. »Und warum habt ihr euch nicht direkt an Carter gewandt? Es wäre doch ein Leichtes gewesen, in ein Raumschiff zu klettern und mit dem Präsidenten von Angesicht zu Angesicht zu verhandeln. Mit dem Mann kann man reden. Ich weiß, wovon ich spreche.«

»Du verdrehst alles!«, blaffte sie empört zurück. »So einfach ist das nicht.«

»Doch, Anna«, gab er voller Bitterkeit zurück und schüttelte den Kopf. »Es spielt aber letztlich keine Rolle. Denn was passiert ist, lässt sich nicht mehr rückgängig machen. Wir sollten deshalb nach vorne schauen und alles in unserer Macht Stehende tun, damit die Verhandlungen ein gutes Ende nehmen.«

»Sag mir lieber, was du anzubieten hast. Nur darauf kommt es an.«

»Nur wenn du mir vorher sagst, wo es hingeht und mit wem ich es zu tun bekomme.«

»Das ist fair«, antwortete sie nach kurzem Zögern. »Wir haben einen Deal.«

»Deal«, wiederholte er.

»Also gut«, sagte sie, »du bekommst es mit meinem Vater, Theodor Lemark, Tatjana Moldan, Trevor Ingelmann und Ryan Henderson zu tun. Den fünf Häuptlingen unserer Bewegung.«

Bis auf ihren Vater, seinen Onkel, kannte er keinen der fünf. Noch nicht einmal dem Namen nach. Umso mehr hoffte er, dass er sich noch an ihre Namen erinnern würde, wenn er die Gelegenheit bekam, ihre Namen an Charly durchzugeben. »Und wohin führt uns unser kleiner Ausflug?«

»Nach Demme«, antwortete sie. »Das ist eine kleine Gemeinde, die sich an der Ostseite an den Dicken anschmiegt.«

John kannte Demme gut, sah aber keinen Grund, dies Anna gegenüber durchblicken zu lassen. Er war dort regelmäßig während seiner Ausbildung gewesen, um die delikaten Pilzgerichte zu essen. Auch war er nicht wirklich überrascht, weil der Dicke, wie der Olympus Mons im Volksmund genannt wurde, sich ihnen schon seit einiger Zeit am Horizont entgegenreckte.

»Jetzt bist du dran«, riss ihn Anna aus seinen Gedanken. »Was hast du uns zu bieten?«

»Ihr erhaltet volle Amnestie, vorausgesetzt, dass ihr auf weiteres Blutvergießen verzichtet.«

»Das versteht sich ja von selbst«, gab sie enttäuscht zurück. »Hoffentlich hast du noch mehr Pfeile im Köcher.«

»Ich denke schon«, erwiderte er, ohne zu erwähnen, dass es für die Regierung keineswegs selbstverständlich war, dass auch die schlimmsten Schlächter ungeschoren davonkommen sollten. »Wir haben ein ganzes Bündel an Vorschlägen geschnürt. Wobei der wichtigste Punkt das Gilizium betrifft. Die Regierung ist bereit, euch eine Art Zoll dafür zu bezahlen.«

»Wie muss ich mir das vorstellen?«, fragte sie interessiert zurück.

»Für jede Tonne Gilizium bekommt ihr im Gegenzug ein Kilo Lebensmittel und andere Güter eurer Wahl, die euch helfen, euer Überleben hier auf dem Mars zu sichern.«

»Das ist doch schon mal was«, gab sie unumwunden zu.

»Also gut, John«, sagte sie, »dann lass uns herausfinden, ob du damit auch die Häuptlinge überzeugen kannst.«

Er nickte bloß, zündete die Triebwerke und zog den Vogel nach oben. Daraufhin stieg der Gleiter langsam an der Nordflanke des Vulkans empor, immer weiter und weiter, bis Annas Jet nur noch die Größe eines Spielzeugmodells hatte.

»Das Ding kannst du wieder einpacken«, entgegnete John, als er aus dem Augenwinkel den kleinen Störsender erspähte, den Anna vor sich auf das Cockpit stellte, um sie vollständig von der Außenwelt abzuschirmen. »Ich habe weder einen Peilsender an Bord noch andere Gleiter im Schlepptau.«

»Wer's glaubt«, antwortete sie, ohne ihn dabei aus den Augen zu lassen. »Und jetzt gib ein wenig Gas. Wir haben noch ein paar Kilometer vor uns.«

»Okay«, antwortete er, während er den Jet auf achthundert Sachen beschleunigte und darauf wartete, dass Anna ihm weitere Kommandos gab.

# 26

Ganz langsam erwachte Bill Trebor aus seiner tiefen Ohnmacht. Immer wieder driftete sein Bewusstsein ab und verlor sich in einem schwarzen Nichts, bis die Schmerzen in seiner Schulter und Brust zu groß wurden und ihn in endgültig in die Realität zurückholten.

Die Wunde hatte sich entzündet und brannte wie Feuer, ganz so, als ob jemand ein Stück glühende Kohle in seine Hemdtasche gesteckt hätte.

Ja, ein Stück Kohle, halluzinierte er im Fieberwahn. Er konnte es nur nicht fühlen, wenn er mit den Fingern tastend über seinen Oberkörper strich. Dafür aber das große Loch und das viele Blut, das sich über seinen ganzen Oberkörper verteilt hatte und immer noch aus der Wunde sickerte.

Die Augen hatte er noch nicht geöffnet. Zu schwer waren seine Lider, die wie dicke Samtvorhänge auf seinen Augen lagen. Nein, es war schlimmer, seine Augenlider waren wie Blei, er konnte die Augen nicht öffnen.

Dann fiel ihm alles wieder ein. Malféu hatte urplötzlich auf ihn geschossen, dieser Feigling! Wie lange er hier wohl schon lag? Er hatte jegliches Zeitgefühl verloren. Dass seitdem mehr als ein ganzer Tag vergangen war, hätte er jedoch nicht für möglich gehalten. Eher zwei Stunden, vielleicht auch drei.

Plötzlich drang ein süßlicher Geruch in seine Nase, der so widerlich war, dass er sich wunderte, warum er selbigen nicht schon früher wahrgenommen hatte. Es verschlug ihm beinahe den Atem, und unweigerlich fing er an zu würgen.

Er wurde regelrecht panisch und fragte sich, wo sie ihn hingebracht hatten. Mit aller Kraft öffnete er die Augen, konnte aber trotzdem nichts erkennen, so dunkel war es.

Ich brauche Licht, dachte er und begann, nach seinem COM-Gerät zu suchen. Das Ding war aber nicht da.

»Dieser verfluchte Malféu!«, schimpfte er laut. »Wäre ich doch bloß mit einer Eskorte hergekommen.«

Bill tastete seinen Körper ächzend mit seiner linken Hand ab und fand sein altes Sturmfeuerzeug, das er immer bei sich trug. Es war ein altes Familienerbstück, das bereits seinem Vater und seinem Großvater gehört hatte.

Unter Aufbietung all seiner Kräfte knipste er es an und schaute plötzlich in die toten und leeren Augen einer Frau. Sie war blass, wie nur eine Leiche es sein konnte.

Sofort ließ er die Flamme ausgehen und rückte ein Stück zur Seite. Er war in einer Leichenkammer! Allerdings in einer solchen, in der die Lebendigen von den Verwesenden auf das Jenseits eingestimmt wurden.

Was für eine Barbarei, ging es ihm durch den Kopf. Was waren das bloß für Unmenschen, wie konnten diese Wilden nur für die Sache der Rothäute kämpfen? Da kam ihm die Idee, dass er vielleicht nicht der einzige Lebende in diesem Raum war.

»Ist da jemand?«, fragte er in die Dunkelheit hinein. Niemand antwortete ihm. »Ist hier jemand noch am Leben? Ich bin Bill Trebor von den Rothäuten. Ob Freund oder Feind, sagt etwas! Wir müssen raus aus diesem Raum!«

Bill zündete das Feuerzeug wieder an und leuchtete bewusst zur anderen Seite. In einiger Entfernung lag die Leiche einer nackten Frau. Ein eisiger Schauer lief ihm über den Rücken, und er leuchtete wieder zur anderen Seite. Hinter der Frau mit den leeren Augen waren weitere Leichen aufgestapelt, darunter noch eine nackte Frau. Er schien der einzige Lebende hier zu sein. Da huschte sein Blick wieder zu der Frau, die er als Erstes gesehen hatte. Ihr Gesicht wurde von langen, kupferfarbenen Haaren umrahmt, sie muss einst eine Schönheit gewesen sein. Irgendwie kam sie ihm bekannt vor. Kannte er sie? War es möglich, dass …

Bill kamen plötzlich Erinnerungen an eines der wenigen Treffen mit John in den Sinn. Ja, richtig, er erinnerte sich an Johns Hochzeit. Das hier war Helena, Johns Frau.

Bill ließ die Flamme zurückschnellen und gab einen verzweifelten Seufzer von sich. Erneut umgab ihn Dunkelheit, die aber auf einmal etwas Tröstendes hatte.

Doch plötzlich drang der Verwesungsgeruch noch penetranter in seine Nase. Das lag sicher auch an der Temperatur. In dem Raum waren es bestimmt an die dreißig Grad. Es roch nach vergammeltem Fleisch und Tod. Bill musste ein erneutes Würgen unterdrücken.

Mein Gott, dachte er. Was haben wir nur getan? Was habe ich getan? Alles war auf einmal so sinnlos und fühlte sich so falsch an.

John würde ihm die Mitverantwortung am Tod seiner Frau geben. Zu Recht, wie er sich eingestehen musste.

Laut schluchzend ließ er das Feuerzeug fallen und fing bitterlich an zu weinen. Dicke Tränen liefen seine Wangen herunter und vermischten sich mit dem Blut, das immer noch aus seiner Wunde tropfte. Lange saß er so da, eingehüllt in die Dunkelheit, bis ihn erneut eine tiefe Bewusstlosigkeit von seinen Schmerzen erlöste.

# 27

Anna schielte immer wieder zu John hinüber und betrachtete sein ebenmäßiges Gesicht, das anders als früher durch einen Cut gezeichnet war. Er sah immer noch gut aus. Noch besser, als sie ihn in Erinnerung hatte. Schon als kleines Mädchen hatte sie für ihn geschwärmt.

Es war aber vor allen Dingen seine offene und aufrichtige Art gewesen, die sie verzaubert hatte. Und das tat sie immer noch, wie sie sich insgeheim eingestehen musste. Umso mehr hoffte sie, dass John eines Tages wieder in den Kreis der Familie zurückfinden würde.

»Was ist?«, sagte er und drehte sich zu ihr um, als er ihre Blicke spürte.

»Nichts«, antwortete sie. »Was soll sein? Und jetzt schau gefälligst wieder nach vorne, sonst prallen wir gegen einen der Berge.«

Im Unterschied zu Bilasur war Demme eine kleine, pulsierende Gemeinde, in der die Landwirtschaft eine zentrale Rolle spielte. Hier drehte sich alles um den Halimux, eine gentechnisch veränderte Pilzart, die von der Konsistenz und vom Geschmack her einem guten Steak sehr ähnlich war.

Der Halimux erfreute sich deshalb ausgesprochener Beliebtheit, obwohl viele Marsianer keinen Vergleich ziehen konnten, weil Rindviecher und andere größere Säugetiere auf dem Mars nicht zu finden waren.

Es stimmte aber wirklich, denn die Pilze waren von einem guten Stück Fleisch kaum zu unterscheiden. Sie schmeckten nussig, waren saftig und zugleich ein wenig faserig. Zudem durchzogen feine, weiße Äderchen den Pilz, die nicht nur nach Fett schmeckten, sondern auch für eine Marmorierung sorgten, die es mit dem besten Wagyu aufnehmen konnte.

Es war deshalb wenig überraschend, dass die Pilze den Landwirten förmlich aus den Händen gerissen wurden. Ganz Demme profitierte vom wirtschaftlichen Erfolg seiner Bauern. Dementsprechend ging es den Einwohnern Demmes gut. Im Vergleich zu vielen anderen Regionen sogar sehr gut, sodass sich die Begeisterung in Grenzen gehalten hatte, als man hier von den Plänen zur Evakuierung erfuhr. Viele Einwohner Demmes hatten deshalb nicht lange gezögert und sich den Rothäuten angeschlossen.

Aber nicht nur aus diesem Grund war Demme nach Annas Auffassung der perfekte Ort für die Verhandlungen. Noch viel wichtiger waren seine strategische Lage und die Tatsache, dass sie den Leuten dort vertraute. Gerade auf die Jüngeren war Verlass, von denen sie viele bereits aus ihrer Jugend kannte. Ihre Verbindung waren die Feriencamps, die sie im Verlauf ihrer Jugend immer wieder zusammengebracht hatten.

Die Häuptlinge waren in Demme mit sich selbst beschäftigt und warteten auf den Beginn der Verhandlungen. Sie waren aus Redun, Aldar und Tiguan angereist und wirkten nervös und angespannt. Im Unterschied zu Ryan Henderson verließen die anderen Häuptlinge aber nicht ständig den Raum, in den sie sich für die Verhandlungen zurückgezogen hatten. Es war ein schmuckloser, kleiner Saal, den ihnen ein Sympathisant zur Verfügung gestellt hatte.

Als Henderson erneut aufsprang, rollte Tatjana Moldan mit den Augen und warf den Kopf in den Nacken. »Ryan«, sagte sie, »wir sind alle schon nervös genug. Jetzt bleib endlich mal auf deinem Arsch sitzen!«

»Du hast mir überhaupt nichts zu sagen«, giftete er zurück und war erneut verschwunden. Zum fünften Mal innerhalb einer Stunde, was Tatjana Moldan aufmerksam registrierte, bevor sie sich Ingelmann erneut zuwandte.

Lawrence O'Brien hatte dafür keinen Sinn. Er wartete vielmehr auf eine weitere Nachricht von Anna, die sich alle dreißig

Minuten bei ihm meldete, um ihm ein Statusupdate zu geben. Zuletzt hatte sie geschrieben: »Alles okay. Ankunft in 120 Minuten.«

So weit war also alles in Ordnung, dachte er. Wenn sich doch nur auch Bill melden würde! Er hatte ihn ins Hauptquartier beordert und seitdem nichts mehr von ihm gehört.

Anna wollte gerade eine neue Nachricht absetzen, als drei Gleiter auf ihrem Radar auftauchten. Das könnte ein Zufall sein, überlegte sie, wurde aber schlagartig eines Besseren belehrt, als die drei Jets schnell näher kamen.

»Sind das deine Leute?«, schrie sie John entgegen.

»Damit hab ich nichts zu tun«, gab er entrüstet zurück. »Wie denn auch?«, rechtfertigte er sich. »Du hast doch mit deiner kleinen Kiste dafür gesorgt, dass ich von der Außenwelt abgeschnitten bin.«

Stimmt, musste sie insgeheim einräumen. An den Störsender hatte sie gar nicht mehr gedacht.

»Aber wer sollte uns sonst aufhalten wollen?«, fragte sie John erneut. Anna merkte, dass sie die Frage auch an sich selbst gerichtet hatte.

»Keine Ahnung«, antwortete John. »Sag du es mir.«

»Ich weiß es nicht«, erwiderte sie, während sie fieberhaft nach einer Erklärung suchte. »Oder vielleicht doch. Vielleicht hat uns mein Vater einen Geleitzug geschickt.«

Um Klarheit zu bekommen, griff sie nach ihrem COM-Gerät und rief ihn an. Das war überhaupt nur möglich, weil sie zuvor eine Hintertür im Störsender eingebaut hatte.

»Anna, was ist los?«, fragte ihr Vater, nachdem er ihren eingehenden Anruf registriert und abgenommen hatte.

»Wir werden verfolgt«, sagte sie, bekam aber keine richtige Antwort mehr. Sie hörte nur ein komisches Geräusch, das sie nicht einordnen konnte.

»Hallo, hörst du mich?«, stieß Anna voller Panik heraus und versuchte es erneut, ohne jedoch Erfolg zu haben.

»Da stimmt doch irgendwas nicht«, sagte John.

»Schon klar«, seufzte sie, ohne zu verraten, welche Vorahnung sie beschlich.

Lawrence konnte nicht mehr antworten, weil Lemark O'Briens Kopf ruckartig nach hinten riss, um ihm mit einem einzigen Schnitt die Kehle durchzuschneiden. Das Geräusch war widerlich und ließ selbst Henderson erschaudern, der die Szene aufmerksam beobachtete. Es war eine Art Gurgeln und Schmatzen, das von einem lauten Zischen begleitet wurde.

Zuvor war Ryan Henderson zurück ins Zimmer gekommen und hatte kurz mit dem Kopf genickt. Kaum merklich, aber deutlich genug. Lemark war ohne Eile aufgestanden und hatte sich hinter O'Brien postiert und zugestochen.

Tatjana Moldan schrie vor Entsetzen und fasste sich mit der rechten Hand vor den Mund, während Trevor Ingelmann seinen Augen nicht trauen wollte. Er war wie erstarrt und brachte keinen Ton heraus, als O'Brien blutüberströmt zusammenbrach.

Ryan Henderson hatte geistesgegenwärtig seinen Pulser gezogen, um die anderen in Schach zu halten.

Kurz zuvor hatte er die Nachricht erhalten, dass sie den Gleiter von John lokalisiert hatten und im Begriff waren, ihn und Anna anzugreifen.

»Ihr bleibt jetzt schön sitzen«, warnte Henderson die beiden, »sonst ergeht es euch nicht besser.«

»Aber warum … ich … verstehe das nicht«, stammelte Tatjana Moldan, während Trevor Ingelmann sich an seinen Stuhl klammerte und leise vor sich hin wimmerte.

»Weil Lawrence uns hintergangen hat«, antwortete Henderson, ohne Moldan aus den Augen zu lassen.

»Du musst dich irren«, wimmerte sie mit zittriger Stimme. »Lawrence hätte so was nie gemacht.«

»Woher wusste ich wohl, dass du das sagst?«, lachte Ryan Henderson und war zufrieden mit sich selbst. Er hatte tatsächlich für einen kurzen Moment darüber nachgedacht, sie und Trevor ins Vertrauen zu ziehen, sich dann aber dagegen entschieden. Nicht zuletzt, weil er die Gefahr als zu groß eingeschätzt hatte, dass ihn die beiden bei O'Brien verpetzt hätten. Und wie er jetzt feststellen konnte, lag er mal wieder goldrichtig.

Auch sah er keinen Sinn darin, den beiden davon zu erzählen, dass ein gewisser Ted Parker ihm die Augen geöffnet und berichtet hatte, dass Lawrence O'Brien und sein Neffe John Trebor ein abgekartetes Spiel am Laufen hatten. Parker hatte ihn in Aldar aufgesucht und klar gemacht, dass er und die anderen Häuptlinge nach Abschluss der Verhandlungen als Bauernopfer herhalten müssten, während die O'Briens die Lorbeeren ernten würden.

Daraufhin war Henderson nur allzu gerne bereit gewesen, die O'Briens ans Messer zu liefern, zumal er ohnehin nur auf eine Gelegenheit gewartet hatte, um gegen O'Brien und seine Brut vorzugehen. Selbstverständlich nicht mit seinen eigenen Händen. Dafür hatte er Lemark und seine Leute.

Vielleicht wäre alles anders gekommen, wenn Ted Parker nicht stutzig geworden wäre, als er den Namen Trebor dekodiert hatte. Der Name Trebor war einfach zu selten, als dass Parker die Übereinstimmung für einen Zufall halten konnte. Deshalb hatte er auch nicht lange gebraucht, um herauszufinden, dass Bill und John Trebor Brüder waren.

Ted Parker war schockiert und entsetzt gewesen, als ihn die Erkenntnis traf, dass sich hier ein Familientreffen anbahnte. Aber so ist es, hatte er voller Bitterkeit gedacht. Lawrence O'Brien würde mit seinem Neffen verhandeln, wenn er John Trebor nicht vorher liquidieren würde. Und nicht nur ihn, hatte er entschieden. Auch die O'Briens mussten sterben. Mit solchen Leuten wollte er nicht mehr zusammenarbeiten. Sie hatten als Verbündete ausgedient, obwohl er mit ihnen bisher gut zusammengearbeitet hatte. Aber er konnte ihnen einfach nicht mehr vertrauen.

Parker hatte es noch nicht einmal für nötig befunden, seinen Vorgesetzten darüber zu informieren. Für Foster zählten ohnehin nur Ergebnisse.

Von nun an würde Ryan Henderson die Waffen erhalten und die Rothäute anführen. Henderson war für ihn die perfekte Wahl gewesen. Ihm wurde nicht nur eine radikale Einstellung nachgesagt, sondern er war bekanntermaßen auch kein Freund der O'Briens.

Parker hatte Henderson in Aldar aufgesucht und sich als der geheimnisvolle Fremde vorgestellt, der die Rothäute die ganze Zeit mit Waffen beliefert hatte. Ryan Henderson hatte ihm zuerst nicht geglaubt, doch Parker hatte mit Details aufwarten können, die sonst niemand wissen konnte.

Mit Finesse hatte er sein Gift injiziert und aus Henderson eine Marionette gemacht, wie man sie sich besser nicht wünschen konnte. Schnell waren sie sich einig, dass er sich um John Trebor und Anna kümmern würde, während Henderson ihren Vater und Bill Trebor ausschalten würde.

# 28

John ahnte bereits, dass sich eine Katastrophe anbahnte, als er die Signatur der drei Gleiter auf seinem Monitor erspähte. Sie kamen schnell näher und hatten ganz offensichtlich einen Abfangkurs gesetzt. Er musste jetzt etwas unternehmen, wenn sie lebend aus der Sache herauskommen wollten. Nur was?, fragte er sich, bis er die Spalte vor sich sah.

»Festhalten!«, rief er kurz entschlossen und lenkte den Gleiter steil nach unten.

Anna schrie vor Entsetzen auf, als der Jet in die Dunkelheit hinabstürzte. »Willst du uns umbringen?«

»Ich nicht, aber vermutlich unsere Verfolger. Also reg dich ab.«

»Scheiße«, zischte Anna, »die haben ihre Impulskanonen aktiviert.« Der Waffenscanner hatte die Meldung sowohl auf ihren als auch auf Johns Monitor übertragen.

John war davon wenig überrascht. Er hatte sich innerlich bereits damit abgefunden, dass es zu einem Kampf kommen würde. Sonst hätte er sich nicht für dieses waghalsige Manöver entschieden. In den tiefen Gräben und Spalten rechnete er sich bessere Chancen aus.

»Mach die Impulskanone klar«, rief er Anna zu.

»Du hast Waffen an Bord, wenn du zu Friedensverhandlungen unterwegs bist?«, schrie sie verblüfft zurück.

»Was dachtest du denn? Du sitzt in meinem Jet!«, gab er lachend zurück, während er den Gleiter immer weiter in die Tiefe steuerte.

Einige Gräben und Spalten waren mehrere tausend Kilometer tief, und viele davon waren miteinander verbunden. Nicht ohne Grund wurde dieser Teil von den Valles Marineris als Labyrinth der Nacht bezeichnet. John hatte hier während seiner Ausbildung viel Zeit verbracht und kannte diesen Teil der Tharsis-Region deshalb recht gut.

Wie gut, wird sich gleich herausstellen, dachte er und zog den Gleiter nach rechts.

Anna schrie erneut, weil sie die Abzweigung wieder nicht gesehen hatte. Es schien ihr einfach alles viel zu schnell zu gehen.

Auch John konnte – trotz der Strahler – nur noch die Umrisse der Umgebung erkennen und musste sich mehr oder weniger auf sein Gefühl verlassen. Er schoss mit über 220 Sachen durch die Valles Marineris, obwohl ihm sein Fluglehrer immer wieder eingebläut hatte, im Nachtlabyrinth nie schneller als hundert Stundenkilometer zu fliegen. Er hatte aber keine Wahl, weil ihm die drei Jets immer dichter auf die Pelle rückten.

»Ich kann die Biester nicht abschütteln«, rief er Anna zu. »Vielleicht fängst du endlich mal an, auf unsere Verfolger zu schießen, oder glaubst du immer noch, dass es sich bei den drei Gleitern um eine Eskorte handelt?«

»Sehr witzig«, antwortete Anna, begann dann aber, wie wild auf ihrem Display herumzudrücken.

Es war aber nicht Anna, die das Feuer eröffnete, sondern der Gleiter, der ihnen am nächsten war. »Diese Schweine«, fluchte sie und feuerte selbst ihre erste Salve ab, verfehlte ihr Ziel aber ebenso wie zuvor ihr Gegner.

»Halt den Vogel ruhig, sonst ist es unmöglich die Dreckskerle zu treffen«, blaffte Anna.

»Damit die uns leichter abknallen können? Nein, danke!«

John manövrierte den Gleiter durch die kleinsten Ritzen und Spalten, was jede Achterbahnfahrt in den Schatten stellte. Es ging rauf und runter, nach links und wieder nach rechts, und nicht nur einmal drehten sie sich um die eigene Achse. Und wieder stellte John den Gleiter senkrecht und steuerte auf eine kleine Spalte zu.

»Da passen wir nicht durch«, schrie Anna.

»Zieh den Bauch ein, Baby«, war das Einzige, was John dazu zu sagen hatte.

»Was?«

»Ich meine unseren Gleiter, nicht dich!«, brüllte John und schaffte es tatsächlich – oh Wunder! – geradeso durch den engen Spalt hindurch.

»Ja!«, schrie John, als er merkte, dass sie am Fels vorbeigeschrappt waren. Sein nächster Verfolger hatte dagegen nicht so viel Glück. Sein Gleiter explodierte unter lautem Getöse und verwandelte sich in einen Feuerball.

»Nur noch zwei!«, triumphierte John und warf kurz einen Blick zur Seite. Anna würgte und war im Begriff, sich zu übergeben.

»Schluck es einfach herunter«, befahl er ihr, bevor er seinen Blick wieder nach vorne richtete. Er musste sich auf das Fliegen konzentrieren, auch wenn Anna sich die Seele aus dem Leib kotzte.

Ted Parker hatte sich mit zwei seiner besten Leute im Radarschatten eines Berges auf die Lauer gelegt und einfach abgewartet, bis Trebors Gleiter an ihnen vorbeigeflogen war. Henderson hatte ihm den Ort und die Uhrzeit des Treffens mitgeteilt, sodass es ein Leichtes war, die richtige Stelle für einen Hinterhalt auszuwählen. Parker war guten Mutes, dass sich die ganze Angelegenheit schnell erledigen lassen würde. Schließlich waren sie zu dritt und Trebor allein. Noch dazu gehörten ihre Gleiter zu den schnellsten und wendigsten, die auf dem Mars zu finden waren. Doch so einfach war es nicht, wie Parker jetzt feststellen musste. Er hatte diesen Hurensohn tatsächlich unterschätzt.

»Fuck«, schrie er, als er den vordersten ihrer drei Gleiter in dem Felsspalt explodieren sah. Er selbst steuerte den hintersten der drei Jets.

Dafür machte es der zweite Gleiter besser. Er nutzte den Schein der Explosion für einen gezielten Schuss und vergrößerte den Spalt, sodass er keine Probleme mehr hatte, hindurchzufliegen.

Na warte, dachte sich Ted Parker und beschleunigte. Keinesfalls durfte dieser Hurensohn entkommen. Sein Hass war mittlerweile grenzenlos.

»Schneller!«, schrie er in sein Mikro und stachelte den vor ihm fliegenden Piloten an. »Trebor darf uns nicht entwischen.«

Schade, dachte Anna, als die zweite Explosion ausblieb, auf die sie so sehr gehofft hatte. Doch der zweite Verfolger war cleverer gewesen und hatte sich den Weg freigeschossen. Und was machte John? Er lachte und schien langsam Gefallen an ihrem Höllenritt zu finden. Sie selbst hätte dagegen am liebsten nur noch geschrien. Doch das ging nicht, weil sich ihr gesamter Mundraum mittlerweile mit Erbrochenem gefüllt hatte. So schlecht war ihr. Doch dann gab sie sich einen Ruck und schluckte die Kotze herunter, aber nicht weil John es ihr befohlen hatte, sondern weil sie sich schämte, sehr sogar.

»John, tu was, die Bastarde holen auf«, sagte sie. »Sonst ist es aus mit uns!«

Plötzlich wurde es taghell und ein großer, lichtdurchfluteter Canyon tat sich vor ihnen auf. Das Licht war so gleißend, dass John die Augen zusammenkneifen musste.

»Das ist nicht gut«, sagte John. »Hier sind wir wie auf einem Präsentierteller, und es ist nur eine Frage der Zeit, bis wir abgeschossen werden.« Aber was sollte er machen? Weit und breit war nichts zu erkennen, das ihnen Deckung bot. Ihm blieb nichts anderes übrig, als sein altes Pferd zu treten und auf Höchstgeschwindigkeit zu trimmen. Schnell hatte er über tausend Sachen drauf und schaffte es dennoch nicht, den Abstand zu vergrößern. Ganz offensichtlich hatten ihre Gegner noch mehr PS unter der Haube.

»Jetzt mach dich endlich mal nützlich und puste die Kerle weg«, beschwerte er sich bei Anna, die ganz still geworden war.

»Mmh«, brummte sie und spuckte alles aus, was sich erneut in ihrem Munde angesammelt hatte. Sie konnte dem Drang einfach nicht mehr widerstehen.

Auch das noch, dachte John, verkniff sich aber jede Bemerkung.

Anna wischte sich den Mund ab, und schaffte es tatsächlich, sich wieder über das Display zu beugen. Sie drückte darauf herum und schlug darauf ein, doch es passierte nichts.

»Die Kanone geht nicht mehr, auch das noch!«, brüllte sie.

Mist, dachte John. Damit hatte er nicht gerechnet. Er hatte offensichtlich, ohne es zu wollen, sämtliche Energie in den Impulsantrieb umgeleitet und der Impulskanone so die Leistung entzogen. Aber was soll ich machen?, fragte er sich und musste zu seinem Leidwesen erkennen, dass sie sich in einer echten Zwickmühle befanden.

Einerseits hätte er die Geschwindigkeit drosseln müssen, um die Energie in die Impulskanone umzulenken, andererseits würde dies aber ihren sicheren Tod bedeuten, der früher oder später ohnehin eintreten würde, wenn sie nicht zurückfeuern konnten. Wie er es auch drehte und wendete, sie waren am Arsch.

»Lange geht das nicht mehr gut«, meldete sich Anna verzweifelt zu Wort. Ihre Verfolger hatten weiter aufgeholt und waren bereits im Begriff, sie in die Zange zu nehmen.

»Ja, ich weiß«, gab John zurück, ohne zu wissen, was er als Nächstes tun sollte. Doch dann sah er in fünfhundert Metern Entfernung plötzlich einen kleinen Hügel, der, wie er sich erinnerte, den Eingang zu einer ihm gut bekannten Höhle markierte.

Natürlich, dachte er, warum bin ich nicht gleich darauf gekommen? Vor ihm lag eine Schlangengrube. Eine von vielen, die sich über den ganzen Mars verteilten und den Mars wie einen Schweizer Käse aussehen ließen. Eigentlich waren es auch gar keine Löcher, sondern eher lang gezogene Höhlen mit einem Eingang und einem Ausgang.

Der Legende nach hatten vor langer Zeit riesige Schlangen in den Höhlen gelebt. Nein – sie hatten sie angelegt, erinnerte sich John. Sie hatten sich durch das Gestein gefressen wie Raupen durch einen Apfel. Steine als Nahrung für Riesenschlagen – als Kind hatte er diesen Teil der Geschichte besonders geliebt. Noch besser hatte ihm allerdings die Vorstellung gefallen, dass die Kreaturen die unverdaulichen Reste in Form von Gilizium wieder ausgeschieden haben sollen. Demnach wäre der teuerste Rohstoff der Welt nichts anderes als Scheiße.

John musste bei diesem Gedanken unweigerlich grinsen, obgleich er natürlich wusste, dass diese Geschichte nicht wahr sein konnte.

Egal, dachte er. Hauptsache, der Tunnel war noch intakt und ein Durchflug immer noch möglich. Allerdings wusste er nicht, ob dem so war, weil mehr als fünf Jahre vergangen waren, seit er das letzte Mal hier herumgedüst war. Er haderte.

Plötzlich wurde ihr Gleiter getroffen. Sie wurden kräftig durchgeschüttelt und schlingerten ein wenig, trugen offensichtlich aber keinen ernsthaften Schaden davon. Dafür gab ihm der Treffer den entscheidenden Impuls, um eine Wahl zu treffen. Also dann in die Höhle, dachte er.

Ted Parker traute seinen Augen nicht. Der Kerl war auf einmal verschwunden.

Wie kann das sein?, fragte er sich. Er hatte sich an seine rechte Flanke herangekämpft, und dann war der Gleiter plötzlich verschwunden. Wie vom Erdboden verschluckt, obwohl er ihm doch gerade eben noch einen leichten Streifschuss verpasst hatte.

»Das kann doch nicht wahr sein!«, brüllte er, während er bereits im Begriff war, seinen Jet zu wenden. Schließlich konnte sich der Kerl ja nicht in Luft aufgelöst haben. Und so war es dann auch. Der Höhleneingang war zwar klein und leicht zu übersehen, aber eben doch vorhanden.

Trebor war wirklich eine harte Nuss. Wie kam es nur, dass der Kerl so gut fliegen konnte? Fast wäre er durch den kaum sichtbaren Höhleneingang entwischt.

»Hinterher!«, befahl Parker dem anderen Gleiter, der auf der anderen Seite der Schlangengrube vorbeigeschrammt war.

Die Höhle erinnerte John tatsächlich an eine Schlange. Sie schlängelte sich förmlich dahin und hatte ausgesprochen glatte Wände, soweit das im Lichtkegel seiner Scheinwerfer zu erkennen war. Ganz so, als ob sich ein riesige Schlange viele tausend Male daran entlanggerieben hatte. Genauso hatte er die Höhle in Erinnerung. Aber was noch viel wichtiger war: Die Höhle war offensichtlich unversehrt.

»John, wo sind wir hier?«, riss ihn Anna aus seinen Gedanken.

»In einer Schlangengrube«, antwortete er.

»Wo?«, schrie sie völlig verstört zurück.

»In einer Schlangen…, in einer Art Höhle«, korrigierte er sich. »Vertrau mir einfach und sag mir lieber, ob die Impulskanone wieder aufgeladen ist.«

»Nein, aber in zehn Sekunden, wenn man der Anzeige trauen kann. Wir können aber höchstens ein- oder zweimal schießen.«

»Okay«, gab John zurück und erklärte ihr, was er sich ausgedacht hatte. Er wollte den Gleiter zum anderen Ende der Höhle manövrieren, möglichst noch bevor sie von ihren Verfolgern eingeholt wurden, um dann die Höhlendecke zum Einsturz zu bringen.

»Das ist doch mal ein guter Plan«, krächzte Anna und verzog die Lippen zu einem schiefen Lächeln.

John war sich nicht sicher, ob sie ihn richtig verstanden hatte, doch er hatte keine Zeit für weitere Erklärungen. Hauptsache, sie hielt sich bereit zum Feuern.

»Dann los«, antwortete John und trieb seinen Gleiter voran, bis er das einfallende Licht am anderen Ende der Schlangengrube sehen konnte. Kaum draußen, bog er den Gleiter um die Ecke und raste wieder auf den Ausgang zu, ganz so, als ob er die Absicht hätte, in umgekehrter Richtung wieder hineinzufliegen. Doch er drosselte plötzlich seine Geschwindigkeit.

»Gib einen Schuss auf den oberen Rand der Höhle ab, schnell!«

Anna antwortete nicht, sondern tat, was John ihr aufgetragen hatte, und begrub einen der beiden Gleiter unter Tonnen von Gestein. Der Pilot musste augenblicklich tot gewesen sein.

Ted Parker brauchte nur den Bruchteil einer Sekunde, um zu begreifen, was gerade vor ihm passiert war.

»Das darf alles nicht wahr sein!«, schrie er und überlegte fieberhaft, was er jetzt machen sollte. Zurück, dachte er, ja, ich muss zurück. Das ist meine einzige Chance. Und ich muss mich beeilen. Ohne weiter darüber nachzudenken, zog Parker am Hebel für die Schubumkehr und wendete den Gleiter in einem riskanten Manöver. Parker beschleunigte und hielt auf den Eingang zu. Er war bereit für den Showdown. Er würde diesen Trebor durchlöchern.

Da vorne ist der Eingang, dachte Parker, als er das Licht erspähte. Gleich habe ich es … Doch er brachte den Gedanken nicht zu Ende, weil er plötzlich eine Erschütterung spürte, begleitet von einem Grollen.

»Nein!«, schrie Parker«, während er dabei zusah, wie tausende Tonnen eisenhaltiges Gestein den Eingang zerstörten. Alles verfinsterte sich.

Und wenn ich mir den Weg freischieße, dachte er in seiner Verzweiflung. Er schoss. Doch die Impulsgeschosse machten alles nur noch schlimmer. Die ganze Höhle stürzte ein und zerquetschte seinen Gleiter und schließlich auch ihn. Schmerzen durchströmten Parkers Körper. Dann war es vorbei.

John hatte ihren Gleiter schleunigst wieder zum Höhleneingang manövriert.

»Was macht die Impulskanone?«, fragte er.

»Die Energie reicht für zwei Impulse, aber sollen wir nicht warten, bis er draußen ist? Vielleicht finden wir dann heraus, mit wem wir es zu tun haben.«

»Das wäre ein Risiko. Ich will unseren Vorteil nicht leichtfertig verspielen. Feuer beide ab!«, befahl John in aller Seelenruhe.

Anna tat, was John sagte, und der ganze Eingang hüllte sich in Geröll und Staub.

# 29

Kurz nachdem Anna die Schlangengrube für immer verschlossen hatte, griff sie zu ihrem COM-Gerät.

»Das lässt du bitte sein, Anna!«

»Spinnst du? Was ist, wenn dieselben Typen auch meinen Vater angegriffen haben?«

»Anna, ich verstehe dich gut. Du willst wissen, ob es ihm gut geht. Doch wenn es auch in Demme einen Anschlag gab, dann dürfen die Drahtzieher nicht erfahren, dass wir noch am Leben sind. Das Risiko ist einfach zu groß.«

»Aber mein Vater macht sich doch Sorgen um mich! Ich will nur wissen, ob er noch lebt.« Eine Träne lief über Annas Wange, und sein eigener Schmerz wurde ihm nur allzu sehr bewusst.

»Hör mir bitte kurz zu, Anna! Wenn wir ihn anrufen, kann man den Anruf zurückverfolgen. Wir helfen deinem Vater nicht, wenn wir uns melden. Wir haben keinen Einfluss darauf, was am Treffpunkt passiert ist. Die haben drei Gleiter auf uns angesetzt, um uns abzuknallen. Wir müssen jetzt besonnen bleiben.«

»Besonnen bleiben«, wiederholte sie, und nun sammelten sich noch mehr Tränen in ihren Augen.

»Anna«, versuchte John es in einem ruhigeren Ton, »ich habe seit dem Angriff aufs Hauptquartier nichts von meiner Frau Helena gehört. Vielleicht ist sie tot, vielleicht eine Gefangene. Ich könnte sterben vor Sorge. Ich weiß, wie es ist, diese Ungewissheit ertragen zu müssen. Lass uns jetzt erst mal überlegen, was der beste nächste Schritt ist, bevor wir etwas Dummes tun, das wir später bereuen.«

Anna schaute ihn mit ihren weinenden Augen an, und ihre Gesichtszüge entspannten sich etwas. Sie ließ das COM-Gerät wieder sinken und nickte.

»Und was machen wir jetzt?«, fragte Anna.

»Ich rufe jetzt einen meiner Leute an. Vertrau mir bitte, wir spielen jetzt in einer Mannschaft, okay?«

John wählte Tim Preston an.

»Es war ein Falle«, sagte er.

»Ich wusste es«, entgegnete Tim. »Diese Schweine!«

»Hör mir jetzt zu«, fuhr John fort. »Anna O'Brien ist bei mir. Sie steht unter meinem persönlichen Schutz. Wir wurden von drei Gleitern angegriffen und haben sie vom Himmel geholt. Ich will, das du alles über Ryan Henderson, Theodor Lemark … Anna, wie heißen die anderen noch mal?«

»Tatjana Moldan und Trevor Ingelmann«, antworte Anna.

»Tatjana Moldan und Trevor Ingelmann herausfindest. Das sind die Häuptlinge der Rothäute, die wir hätten treffen sollen. Es kann sein, dass es ein Komplott gegen Teile der Führungsriege der Rothäute gab. Bitte finde heraus, was passiert ist, und zwar schnell«, ergänzte John. »Hast du alles verstanden?«

»Ist notiert«, bestätigte Tim.

»Gut«, sagte John. »Ich werde gleich Dixon und MacLaine kontaktieren, um Plan B auszurufen. Ich stoße so schnell es geht zu euch. Trebor Ende.«

Danach stellte John eine Konferenzschaltung mit Sam Dixon und Charly MacLaine her.

»John, was ist los?«, fragte Charly MacLaine. »Geht es dir gut?«

»Ja, es geht mir gut, aber jemand hat uns attackiert. Es ist gut möglich, dass es unter den Rebellen einen gewaltsamen Führungswechsel gab. Ich weiß es nicht genau. Jedenfalls ist es nicht zur Verhandlung gekommen. Wir gehen hiermit über zu Plan B. Sofort. Anna O'Brien ist bei mir, und wir machen uns auf den Weg zu euch. Bitte bestätigen.«

»Bestätige«, sagte Dixon, »Plan B.«

»Bestätige, Plan B«, sagte auch MacLaine. »Wir sehen uns später, John!«

John nickte beiden zu, bevor er die Bildübertragung beendete. Sein Blick wanderte zu Anna.

»Das ist der Anfang vom Ende«, sagte Anna und schüttelte resigniert den Kopf.

»Ist es nicht«, widersprach John und nahm Kurs auf Redun.

Matthew Miller lief ein kalter Schauer über den Rücken, als er die Nachricht las, von der er gehofft hatte, dass sie nicht kommen würde.

Augenblicklich verspürte er den Drang, einfach wegzulaufen, doch stattdessen drehte er sich um und teilte den anderen mit, was Sam Dixon ihm geschrieben hatte. »Plan B, es geht los«, sagte er. Nicht mehr, aber doch genug, um allen den Angstschweiß auf die Stirn zu treiben.

»Also dann«, sagte Matthew und verabschiedete sich von seinem Bruder. Er drückte ihn fest an sich und flüsterte ihm etwas ins Ohr, bevor er sich gemeinsam mit Jane und Jo auf den Weg zur Bibliothek machte.

Der Weg war nicht weit, und wie erhofft waren sie allein. Die Rothäute hatten ganz offensichtlich kein Interesse an Büchern, die vor mehr als hundert Jahren eine Renaissance erlebt hatten und das Steckenpferd von General Douglas gewesen waren.

Matthew entzündete ein Zündholz und beobachtete fasziniert, wie die Flammen an den hölzernen Stühlen und Tischen leckten. Erst sanft, dann immer aggressiver. Er wirkte regelrecht hypnotisiert, da er zuvor noch kein richtiges Feuer gesehen hatte. Der Mars brachte normalerweise nur wenig Brennbares hervor.

Die zündende Idee war ihm gekommen, als er die edlen Hölzer gemeinsam mit seinem Bruder bewundert und sich daran erinnerte hatte, dass Holz gut brennen soll.

Und ein Feuer war nach seiner Überzeugung die beste Möglichkeit, um Chaos zu verbreiten. Insbesondere wenn man nur so wenige Leute zur Verfügung hatte.

»Lass uns jetzt endlich verschwinden«, forderte Jane ihn auf, die längst bemerkt hatte, dass die Flammen bereits anfingen, auf die Regale und Parkettfußböden überzuspringen.

»Ja, du hast recht«, entgegnete Matthew, der erst jetzt die Hitze spürte und so richtig realisierte, was er da in Gang gesetzt hatte.

Es dauerte deshalb auch nicht lange, bis die Rothäute aus allen Richtungen angelaufen kamen und sich nicht mehr darum scherten, was links und rechts von ihnen geschah.

Sam Dixon, der sich mit seinen Leuten an die Südseite des Gebäudes herangeschlichen hatte, konnte den Tumult, der im Hauptquartier entstand, gut hören. Es lief also alles nach Plan.

Als die Tür vor ihnen aufflog, sauste sein Pulser hoch.

»Nicht schießen, ich bin hier, um euch reinzulassen«, begrüßte Adam ihn und seine Truppe.

»Danke«, antwortete Dixon, während er anerkennend auf die Wachen blickte, die Adam und seine Leute bereits ausgeschaltet hatten.

»Gute Arbeit«, fügte er hinzu und nickte dabei dem halben Dutzend Männer und Frauen zu, die sich um Adam versammelt hatten. Kurz darauf schlichen sie bereits durch das Treppenhaus.

Malféu scherte sich einen Dreck darum, was sich außerhalb des Kasinos abspielte. Er war genervt und hatte schlechte Laune, weil sich bisher weder Lemark noch Henderson bei ihm gemeldet hatten. Wann würde endlich die Meldung kommen, dass John Trebor tot war? Dauerte das wirklich so lange?

Umso wütender wurde er, als ihm einer seiner Leute meldete, dass es am anderen Ende des Gebäudes brennen würde.

»Das kann ja wohl nur ein schlechter Scherz sein«, sagte er und befahl seinen Leuten, nach dem Rechten zu sehen. Gezeichnet vom vielen Alkohol, rappelten sie sich auf und schleppten sich in Richtung Tür.

Dixons Soldaten und die Gruppe um Adam Miller lagen vor dem Kasino auf der Lauer und warteten darauf, dass ihre Gegner die Tür öffneten.

»Wartet«, raunte Dixon seinen Leuten zu. »Wartet auf mein Zeichen.«

Sie blieben in Deckung, bis eine Rothaut nach der anderen aus dem Kasino getreten war.

Dann senkte Dixon den Arm, und sie feuerten, was das Zeug hielt, bis keiner ihrer Gegner mehr stand. Nur Malféu, der etwas hinten dran war, war geistesgegenwärtig und schnell genug, um sich mit einem Hechtsprung zurück ins Kasino zu retten.

»Das ist Malféu«, sagte Lemark, als er auf sein COM-Gerät blickte. »Was soll ich ihm sagen?«

»Sag ihm einfach die Wahrheit«, gab Henderson zurück. »Sag ihm, dass sich Parker noch nicht wieder gemeldet hat und er uns nicht auf die Nerven gehen soll.«

»Wie du willst«, antwortete Lemark und nahm den Anruf entgegen, kam aber gar nicht zu Wort, weil Malféu hysterisch in sein COM-Gerät schrie.

»Hier ist die Scheiße am Dampfen! Hörst du, was ich gesagt habe? Die Mars-Defender haben erst den Laden angezündet und uns anschließend überfallen. Die Wichser haben uns gelinkt.«

»Ja, aber …«, fing Lemark an zu stammeln. »Das ist unmöglich. Ryan hat doch gesagt, dass …«

»Gib her!«, riss ihm Ryan Henderson das COM-Gerät aus der Hand, war dann aber seinerseits ebenso entsetzt von dem, was Malféu zu berichten hatte.

Wie kann das sein?, fragte sich Henderson. Hatte sie dieser Major etwa an der Nase herumgeführt? Hatte er diesen Angriff etwa im Vorfeld geplant? Wie viele Kämpfer hatte er eigentlich auf seiner Seite? Konnte John Trebor seine Leute in Bewegung setzen, noch bevor Ted Parker ihn erwischt hat? Eigentlich war das unwahrscheinlich, denn die drei Gleiter dürften ihm keine Gelegenheit gegeben haben, einen Angriff zu koordinieren. Und wenn dieser Trebor nun … nein! Auch das schien unwahrscheinlich. Er hätte doch niemals den Kampf gegen drei Gleiter gleichzeitig aufgenommen. Oder gar gewonnen. Und wenn doch? Das würde zumindest erklären, warum sich Parker noch nicht gemeldet hatte.

Henderson gab Lemark sein COM-Gerät zurück und ignorierte das verzweifelte Rufen von Malféu, der offenbar gerade von mehreren Pulsersalven erfasst wurde. Er versuchte mit seinem COM-Gerät noch einmal, Ted Parker zu erreichen, doch es kam keine Antwort.

Es kann also nicht anders sein, dachte er sich. Trebor muss Parker irgendwie bezwungen und seine Defender mobilisiert haben. Dieser verdammte Major hatte tatsächlich das Unmögliche geschafft.

»Was ist los?«, fragte Lemark, der im Gegensatz zu ihm noch nicht kapiert hatte, was gerade vor sich ging.

»Was los ist?«, erwiderte Henderson resigniert. »Unser schöner Plan geht gerade den Bach runter. Unser Waffenlieferant wurde wahrscheinlich von Trebor ausgeschaltet. Und die Defender haben einen von langer Hand geplanten Überraschungsangriff gestartet. Das ist los!«

»Aber du hast doch …«

»Ach, halt doch die Schnauze!«, unterbrach Henderson Lemark, während er überlegte, was er als Nächstes tun sollte.

Als Lemark Anstalten machte, etwas zu sagen, hob Henderson nur die Hand und gebot ihm zu schweigen. »Die Interstellar-Raketen!«, sagte Henderson laut. »Wir müssen jetzt das Space-Center verteidigen. Nur darauf kommt es noch an! Das Hauptquartier wird wohl nicht mehr zu halten sein. Aber wir könnten noch die Interstellar-Raketen retten.«

Wieder griff Henderson zum COM-Gerät und wählte die Nummer des Kommandeurs, der das Space-Center kontrollierte. Doch auch diesmal ging niemand ran. »Verdammter Mist!«, fluchte er und versuchte es erneut, aber ohne Erfolg. »Bestimmt gibt es auch dort einen Angriff!«

»Wen kennst du außer Matsuyama noch, der für uns das Space-Center verteidigt?«

»Malcho«, antworte Lemark. »Ich glaube, Malcho ist auch im Space-Center.«

»Was heißt ›ich glaube‹?«, fuhr Henderson ihn an.

Dann entstand eine Stille, in der Henderson plötzlich bemerkte, dass Tatjana Moldan und Trevor Ingelmann zu tuscheln angefangen hatten.

»Ihr haltet mal schön die Schnauze, klar? Sonst ergeht es euch wie O'Brien!«, fuhr er die beiden Gefangenen an.

Hendersons Blick wanderte wieder hinüber zu Lemark, der gerade von seinem COM-Gerät hochsah. »Malcho geht auch nicht ran«, sagte Lemark und zuckte mit den Schultern.

»Verdammte Scheiße!«, schrie Henderson und stampfte mit dem rechten Fuß auf. »Das kann nur bedeuten, dass Trebors Leute sich auch noch das Space-Center unter den Nagel gerissen haben!«

»Was machen wir denn jetzt?«, jammerte Lemark mit angsterfüllter Stimme, während Henderson fieberhaft nach einem Ausweg suchte.

»Was machen wir denn jetzt?«, äffte Henderson ihn nach. »Ich weiß es nicht. Sag du es mir, oder halt endlich deine Schnauze und lass mich nachdenken.«

Sie hatten zwar eine Schlacht verloren, zugegeben, eine wichtige Schlacht, aber der Krieg war noch nicht entschieden. Nein, so war es keineswegs, überlegte er und war mehr und mehr davon überzeugt, dass sie noch eine Chance hatten.

Alles hing jetzt vom Space-Center ab. Sie mussten es unbedingt zurückerobern, wenn sie das Blatt wieder zu ihren Gunsten wenden wollten.

# 30

Das Feuer im Hauptquartier wuchs zu einem wahren Inferno heran und fraß sich durch das gesamte Gebäude. Matthew Miller spürte jetzt nur noch die nackte Angst. Eine sich so schnell ausbreitende und gierig um sich fressende Feuersbrunst hatte er noch nicht gesehen.

Den Rothäuten ging es nicht anders. Sie hatten längst alle Löschversuche eingestellt und rannten nur noch verzweifelt um ihr Leben.

»Nach oben«, schrie Matthew angsterfüllt, nachdem er registriert hatte, dass ihnen der Weg nach unten bereits versperrt war.

Dann sprintete er auch schon los, das Treppenhaus hinauf, immer höher und höher. Jane und Jo waren ihm dicht auf den Fersen. Aber auch die Flammen breiteten sich rasend im Gebäude aus und hatten sie fast erreicht. Die Hitze war kaum noch auszuhalten und erinnerte Matthew an einen Backofen.

Oben angekommen, sah Matthew in den Flur, zuerst nach links und dann rechts. Er wog ihre Chancen ab und überlegte, was sie als Nächstes tun sollten. Flammen waren auf beiden Seiten noch nicht zu sehen. Dafür aber umso mehr Rauch, der ihnen nicht nur die Luft zum Atmen nahm, sondern auch ihre Sicht einschränkte.

»Nach rechts«, brüllte Matthew intuitiv und stolperte voran, nur um wenige Meter später festzustellen, dass es hier nicht weiterging. Doch zurück ging es auch nicht mehr, weil hinter ihnen inzwischen Flammen zu sehen waren. Wie die Tentakel eines Kraken griffen sie nach ihrer Beute.

»Wir sitzen in der Falle«, brüllte Jane, die als Erste begriffen hatte, dass sie sich in eine Sackgasse hineinmanövriert hatten.

»Hier rein«, schrie Matthew und öffnete eine Tür, die zu einem der Quartiere führte. Hier kauerten sie auf dem Boden und warteten auf ihr unausweichliches Ende, still und ohne jede Hoffnung.

Matthews einziger Trost bestand in der Hoffnung, dass sein Bruder es noch rechtzeitig aus dem Gebäude schaffen würde. Er hatte ihn kurz zuvor angerufen und aufgefordert, das Gebäude sofort zu verlassen, nachdem er realisiert hatte, dass es für ihn kein Entkommen mehr geben würde. »Wir sehen uns im nächsten Leben«, hatte Matthew seinem Bruder zum Abschied gesagt.

Matthew Miller stand auf und stieg auf den Fenstersims. Er blickte kurz zurück zu Jane und Jo. Beide nickten ihm zu. Alle schienen zu verstehen: Entweder sie verbrannten, oder wählten den Weg in die Tiefe.

Matthew sprang als Erster. Angst spürte Matthew keine mehr. Ganz im Gegenteil: Er fühlte sich erlöst, als er fiel. Wie hätte er auch damit leben sollen, dass er allein für den Tod von hunderten von Marsianern verantwortlich war; auch wenn es sich überwiegend um Rothäute handelte, die elendig im Feuersturm verbrennen würden.

Später sollte dieser Tag als Inferno von Redun in die Geschichte des Mars eingehen. Es gab mehr Brandopfer als je zuvor. Dass es überhaupt so weit kommen konnte, wurde im Nachhinein mit einer Häufung unglücklicher Umstände erklärt. Zum einen wurde natürlich das viele Holz als Ursache angeführt, das als Brandbeschleuniger wirkte, zum anderen wurde für die Katastrophe aber auch die mangelnde Wartung der automatischen Löschanlage verantwortlich gemacht, zu der unter anderem der Swimmingpool gehörte. Das größte Übel war nach Ansicht der Experten aber die Belüftungsanlage, die das Gebäude in wenigen Minuten in einen gigantischen Kamin verwandelt hatte.

# 31

Petty Officer MacLaine blickte gedankenverloren auf den Mars, so wie es Abel Friedmann an gleicher Stelle häufig getan hatte. Alles wirkte so friedlich, wenn da nicht der zerstörte Hyperloop-Zug gewesen wäre, der sich in einiger Entfernung vor ihr auftürmte.

Mit der Sabotage des Hyperloops hatte alles begonnen, und Abel Friedmann hatte zu den ersten Opfern des Aufstands der Rothäute gehört. Nur wenige Meter von ihr entfernt war er an einem Herzinfarkt gestorben.

Was für ein Wahnsinn, dachte sie und schüttelte den Kopf. Alles wirkte immer noch so unwirklich, so surreal. Doch jetzt war nicht der richtige Zeitpunkt, um zu grübeln.

Kurzerhand drehte sie sich um und machte sich auf den Weg zu den behelfsmäßigen Verteidigungsanlagen, die sie eingerichtet hatten, um die Rebellen im Fall der Fälle so lange wie möglich aufzuhalten.

Kurz zuvor hatten sie das Hyperlink-Center komplett aufgegeben und das Space-Center in einer handstreichartigen Aktion zurückerobert.

Sie war erleichtert und immer noch überrascht, wie glatt alles gelaufen ist. Ganz offensichtlich hatten die Rothäute nicht im Entferntesten damit gerechnet, dass die Mars-Defender überhaupt noch in der Lage waren, einen Gegenschlag durchzuführen.

Charly hatte deshalb allen Grund, zufrieden zu sein, obgleich sie sich nicht der Illusionen hingab, dass sie die Rebellen letztlich besiegen könnten. Die Mars-Defender waren immer noch in der Unterzahl, und ihre Ausrüstung war mangelhaft.

Umso wichtiger waren die Interstellar-Raketen, die den Rebellen keinesfalls in die Hände fallen durften. Doch wie erwartet war es gar nicht so einfach, die Zigarren, wie sie genannt wurden, zu deaktivieren, weil der gesamte unterirdische Komplex durch eine KI-Einheit gesteuert und geschützt wurde, die nur ausgeschaltet werden konnte, wenn man im Besitz der dafür notwendigen Sicherheitscodes war. Codes, die ursprünglich im Hauptquartier aufbewahrt wurden und jetzt vermutlich im Besitz ihrer Feinde waren.

Alles hing deshalb von zwei Veteranen ab, die vor mehr als zwei Jahrzehnten am Bau der Anlage mitgewirkt hatten und verzweifelt nach einer Hintertür suchten, um die Raketen abzuschalten.

Voller Neugier kletterte Charly deshalb die steile Leiter in den unterirdischen Bunker hinunter. Sie zählte insgesamt 145 Stufen, bis sie unten angekommen war. Erst jetzt registrierte sie, dass der Bunker die Form eines Iglus hatte. Auch das Meer an weißen Kacheln erinnerte sie an die runden Schneehäuser, die es vor Urzeiten auf der Erde gab.

Und dann sah Charly die Prachtexemplare auch schon: Die Raketen standen aufgereiht wie Zinnsoldaten. Zehn Stück, alle schneeweiß und jede einzelne an die zwanzig Meter hoch.

»Und wie kommt ihr voran?«, fragte sie, nachdem sie sich einen Überblick verschafft hatte.

»Es ist wie verhext«, bekam sie als Antwort. »Egal, was wir auch machen, die KI scheint uns immer einen Schritt voraus zu sein.«

»Und wenn ihr der Anlage einfach den Saft abdreht?«, hakte sie ein.

»Keine Chance«, antwortete der ältere der beiden. »Die ganze Anlage arbeitet autark und ist mit großen Gilizium-Batterien abgesichert. Das würde also gar nichts bringen.«

»Verstehe«, antwortete sie. »Dann lasst euch halt irgendetwas anderes einfallen. Hauptsache, die Zigarren sind nur noch Schrott, wenn die Rothäute die Hand an die Steuerung legen.«

Wieder oben, hätte sie laut schreien können und fragte sich nicht zum ersten Mal, warum es keine Kopie der Codes auf der Erde gab. Es wäre sonst ein Leichtes gewesen, die Codes via Hyperlink zu übermitteln und dem ganzen Spuk ein Ende zu setzen, noch bevor die Rebellen das Space-Center erneut zurückerobern könnten. So aber mussten sie darauf hoffen, dass sie noch rechtzeitig einen Büchsenöffner finden würden, um die Dinger unschädlich zu machen.

# 32

Seit John im Space-Center eingetroffen war, hatte er kaum geschlafen. Viele Fragen und nur wenige Antworten geisterten ihm durch den Kopf.

Die Sorge um seine Frau machte ihn wahnsinnig. Er hatte noch immer kein Lebenszeichen von ihr und rechnete mittlerweile mit dem Schlimmsten. Erst recht, nachdem er das Hauptquartier besichtigt hatte. Die Bilder hatten ihn zutiefst verstört und den Geruch von verbranntem Fleisch hatte er noch immer in der Nase.

Das Feuer, das als Ablenkung gedacht gewesen war, war außer Kontrolle geraten und hatte Tod und Verderben gebracht. Umso größer war sein Hass auf die Häuptlinge, die die Verantwortung für all das trugen! Sie hatten ihm eine Falle gestellt, und er wusste immer noch nicht, warum. Er gierte geradezu nach Antworten, doch weder sein Onkel noch sein Bruder konnten oder wollten ihm welche geben. Sie waren wie vom Erdboden verschluckt.

Geplagt von innerer Unruhe verließ er sein provisorisches Lager, das gleich neben Friedmanns Büro lag, und machte sich auf den Weg in den Bunker.

»Gibt's was Neues?«, fragte er in der Hoffnung auf eine positive Nachricht.

»Leider nein«, antwortete Charly, »wir beißen uns an den Zigarren die Zähne aus.«

Sie arbeiteten jetzt bereits seit drei Tagen daran, die Raketen unschädlich zu machen, waren der Lösung aber immer noch kein Stück nähergekommen. Was sie auch versuchten, die KI ließ sich nicht beirren.

»Verdammter Mist«, zischte John und verzerrte das Gesicht. »So langsam läuft uns die Zeit davon. Es wird nicht mehr ewig dauern, bis sich die Rothäute neu formiert haben und zurückschlagen. Und diesmal werden sie die Sache nicht auf die leichte Schulter nehmen.«

»Das weiß ich«, antwortete Charly und blickte ihn verständnisvoll an. »Wir alle wissen das. Glaub mir, wir geben hier alle unser Bestes.«

»Ja, natürlich«, sagte John. »Bitte entschuldige. Es ist nur so, dass ich langsam glaube, verrückt zu werden.«

»Da bist du nicht der Einzige. Meine Nerven liegen ebenfalls blank, und auch die unserer Experten. Sie beißen sich an der KI die Zähne aus. Die beiden sind völlig übermüdet, machen aber trotzdem weiter.«

Etwas unbeholfen und zittrig kletterte Tim Preston die Leiter herunter. Die Höhenangst machte ihm zu schaffen.

»Ach, hier seid ihr«, sagte er und gesellte sich zu ihnen. »Ich suche euch schon die ganze Zeit. Es gibt Neuigkeiten über die Identität der Häuptlinge.«

»Das wird ja auch höchste Zeit«, sagte John und blickte Tim Preston neugierig an.

»Das Netz ist überlastet«, murmelte Preston, während sein Blick über sein Slim huschte. »Tatjana Moldan kommt hier aus Redun. Sie ist Kulturmanagerin und leitet das Theater am Kolosseum.«

Deshalb kam ihm der Name bekannt vor, dachte John.

»Trevor Ingelmann kommt aus Tiguan«, fuhr Preston fort. »Er arbeitet dort als Gewerkschaftssekretär. Und jetzt haltet euch fest. Lemark ist der Stiefbruder von Henderson und noch dazu sein Mann fürs Grobe. Sie kommen beide aus Aldar.«

Ryan Henderson und Theodor Lemark hatten 480 Rothäute vor den Toren Reduns um sich geschart. Die eine Hälfte kam aus Redun und die andere Hälfte aus Aldar, der Heimat der beiden. In Tiguan und Golan hatten sie erst gar nicht angeklopft. Zu groß war die Gefahr, dass die Leute mit O'Brien oder Ingelmann sprechen wollten und am Ende nur misstrauisch wurden.

Dennoch war Henderson mit der Ausbeute mehr als zufrieden, zumal ihnen dieser Ted Parker ein nachträgliches Geschenk hinterlassen hatte. Zwölf nagelneue Gleiter, gut versteckt in Kublan.

Zusammen mit den Gleitern, die sie den Mars-Defendern vor einigen Wochen abgenommen hatten, waren sie jetzt eindeutig wieder im Vorteil.

»Die Männer warten auf das Briefing«, sagte Lemark und riss ihn aus seinen Gedanken.

»Ja, ich komme«, antwortete er, schälte sich aus seinem Sessel und ließ seine Truppe wissen, was er sich ausgedacht hatte, um den Feind endgültig in die Knie zu zwingen.

»Leute«, sagte er, »hört mir jetzt mal zu. Es ist nicht alles so gelaufen, wie wir uns das alle vorgestellt haben. Und das haben wir O'Brien und seiner Brut zu verdanken. Nur auf ihren eigenen Vorteil bedacht, haben sie uns getäuscht und verraten. Aber noch ist nicht alles verloren. Wir müssen uns nur das Space-Center zurückholen und die Kontrolle über die Interstellar-Raketen zurückgewinnen. Dann sind wir wieder im Vorteil und können Carter und seinen Vasallen unsere Bedingungen diktieren.«

Einmal angefangen, hörte Henderson gar nicht mehr auf, lautstark auf die Rothäute einzureden. Wild gestikulierend sprang er über die provisorische Bühne inmitten des Hangars, bis er alle Rothäute auf seiner Seite wähnte. Er war immer schon ein guter Einpeitscher gewesen und heute besonders in Form. Er machte dies an den Reaktionen und Zwischenrufen fest, die ihm entgegenschlugen.

»Dann lasst uns diesen Wichsern jetzt endgültig in den Arsch treten«, sagte er und blickte die Reihen entlang.

Henderson war mit sich zufrieden. Zwar wurden ihm noch einige nervige Fragen gestellt, aber keine, die er nicht hätte beantworten können oder wollen. Er war sogar ein wenig enttäuscht, dass ihn niemand nach Moldan und Ingelmann gefragt hatte, obwohl er sich eine so schöne Geschichte ausgedacht hatte. Er hätte sie gemeinsam mit den O'Briens als Verräter hingestellt und sie für die Rückschläge verantwortlich gemacht. Sie waren die perfekten Sündenböcke, auch wenn sie bereits tot waren. Lemark hatte sie in seiner überschäumenden Wut einfach abgeknallt. Doch ganz offensichtlich interessierte niemanden, was mit ihnen geschehen war.

# 33

Da sind sie!«, meldete sich Sam Dixon aufgeregt zu Wort, nachdem er die letzten Stunden nahezu ununterbrochen auf den Bildschirm geblickt hatte. »Drei feindliche Gleiter im Anflug, Entfernung sechshundert Kilometer, schnell näher kommend.«

Es geht also los, dachte John.

»Oh, oh«, fügte Dixon hinzu. »Es werden immer mehr. Ich zähle jetzt schon elf, nein, ich korrigiere, zwölf feindliche Gleiter.«

»Das ist nicht gut«, erwiderte John, der genauso wenig wie Sam mit so vielen Kampfjets gerechnet hatte.

»Scheiße, da sind noch mehr«, brüllte Sam überrascht. »Wo haben die die Dinger bloß her?«

»Keine Ahnung«, antwortete John. »Ich vermute aber, dass sie von demselben Kerl stammen, der die Rothäute mit Waffen versorgt und Anna und mir die drei Gleiter auf den Hals gehetzt hat.«

»Und woher hat der Kerl das ganze Zeug?«, hakte Dixon nach. »So etwas kriegt man schließlich nicht in jedem Supermarkt.«

»Der Kerl soll Ted Parker heißen«, ließ John die anderen wissen. »Das hat mir Anna jedenfalls erzählt. Ich glaube, die O'Briens wussten selbst nicht so richtig, mit wem sie es zu tun hatten. Sie haben aber immer vermutet, dass Parker irgendeiner Gruppe oder Organisation angehört, die daran interessiert ist, das auf dem Mars alles so weitergeht wie bisher.«

»Klingt plausibel«, gab Sam Dixon zurück und nickte. »Wo ist die junge Dame eigentlich?«

»Auf dem Dach«, antwortete John. »Sie steuert die Impulskanone, die wir von den Rothäuten erbeutet haben. Sie ist eine gute Schützin und wollte unbedingt helfen.«

»Hoffentlich können wir ihr ver...«

»Das ist ja alles schön und gut«, fiel ihm einer der Veteranen ins Wort. »Könnt ihr das vielleicht später ausdiskutieren? Sagt uns lieber, was wir jetzt machen sollen. Die feindlichen Gleiter treffen bald ein.«

»Ja, wir haben keine Zeit zu verlieren«, stimmte John ihm zu und überlegte angestrengt, was sie angesichts der neuen Ausgangslage tun sollten.

»Okay«, sagte er nach einer gefühlten Ewigkeit. »Wir müssen Zeit gewinnen, das ist das Einzige, was uns bleibt.«

Dann griff er zum COM-Gerät und informierte Charly, dass den Decodierern maximal noch eine Stunde blieb, um die verdammten Raketen zu entschärfen.

»Du machst Witze«, sagte Charly und schien dabei ein spontanes Lachen zu unterdrücken.

»Hört sich das so an, als ob ich Witze mache? Unsere Gegner sind uns haushoch überlegen und nähern sich schnell. Wir können sie nur ein wenig aufhalten, aber nicht abwehren. Also lasst euch etwas einfallen. Trebor Ende.«

»Vielleich kann ich helfen«, meldete sich Tim Preston zu Wort. Er war gerade hereingekommen und hatte die letzten Sätze mitgehört.

»Warum nicht?«, sagte John und nickte ihm zu. »Alle anderen wissen, was sie zu tun haben.«

Keine fünf Minuten später saßen John und Sam Dixon zusammen in einem ihrer vier Gleiter und bereiteten sich auf den Luftkampf vor.

»Wir starten«, gab John den Befehl, kurz bevor die feindlichen Gleiter das Space-Center erreicht hatten. Sie hatten sich ganz bewusst dazu entschieden, es nicht auf einen Kampf im offenen Gelände ankommen zu lassen, sondern ihr Glück zwischen den Gebäuden zu versuchen.

Die Idee war gut, weil es den feindlichen Gleitern so deutlich schwerer fiel, sie in die Zange nehmen. Sie schafften es sogar, drei feindliche Gleiter abzuschießen, mussten aber auch selbst Federn lassen.

Zuerst traf es Kasper, einen Veteranen und erfahrenen Piloten, der sich nicht nur eines Verfolgers erwehren musste, sondern es gleich mit drei Gleitern zu tun bekam.

Instinktiv zog er den Gleiter nach rechts zwischen zwei Gebäude hindurch, während sein Bordschütze aus allen Rohren feuerte und tatsächlich auch einen Gleiter vom Himmel holte, anschließend aber selbst getroffen wurde, als er um die nächste Ecke bog.

Leider lief es danach weniger gut, weil sich die Rothäute zunehmend besser organisierten und ihre Angriffe aufeinander abstimmten. Erinnerten ihre Attacken bis dahin eher an einen Schwarm Fliegen, agierten sie zunehmend wie ein Rudel Wölfe, das seine Gegner zu Tode hetzt.

»Ich kann die drei Gleiter nicht abschütteln!«, rief einer der beiden anderen Piloten, als er sich nicht mehr zu helfen wusste. »Hört ihr mich? Ich brauche Unterstützung, sonst …«

»Halte durch, wir sind gleich da«, gab John verzweifelt zurück, bekam aber keine Antwort mehr. Jedenfalls nicht die, auf die er gewartet hatte. Denn alles, was sie hörten, war eine Explosion, die nur eines bedeuten konnte.

Zeit zum Trauern war ihnen jedoch nicht vergönnt, weil ihnen jetzt selbst ein feindlicher Gleiter auf die Pelle rückte.

»John«, meldete sich Dixon zu Wort, »wir kriegen Besuch.«

»Ja, ich sehe ihn«, gab John zurück und überlegte, was er als Nächstes tun konnte, weil sich der penetrante Gleiter einfach nicht abschütteln ließ.

Dann eben anders, dachte John und trat mit aller Kraft auf die Bremse. Das war ein extremes Risiko, weil die Schubumkehr ihren Gleiter beinahe auseinanderriss.

»Bist du irre?«, schrie Dixon. »Der Wichser hätte uns beinahe gerammt!«

»Hat er aber nicht«, frohlockte John. Er hatte darauf spekuliert, dass der Pilot das Ruder intuitiv herumreißen würde, um einen Zusammenstoß zu vermeiden.

Es war knapp gewesen, sogar so knapp, dass John für einen Moment das Weiße in den vor Schreck geweiteten Augen ihres

Gegners sehen konnte. Nur um Haaresbreite war er an ihnen vorbeigeflogen.

»Und jetzt schieß den Kerl ab und hör auf, dich zu beschweren«, fuhr John fort. »Eine bessere Schussposition bekommst du nicht.«

»Ist ja schon gut«, brummte Dixon, zielte und holte den Gleiter mit einer einzigen Salve vom Himmel.

Gleichwohl wusste John, dass es nur eine Frage der Zeit war, bis die feindlichen Gleiter auch sie erwischen würden.

Es waren einfach zu viele. Sie hatten zwar schon vier oder fünf abgeschossen, genau wusste er es nicht, aber selbst schon zwei ihrer vier Gleiter verloren. Also immer noch zehn oder mehr gegen zwei, rechnete er nach. Das konnte einfach nicht mehr lange gut gehen. Da halfen ihm auch seine Flugkünste wenig, zumal das hier nicht die Valles Marineris waren. Nein, sie mussten hier weg.

Kurz entschlossen öffnete er den Kommunikationskanal und ordnete den Rückzug an.

»Das wird ja auch Zeit«, knurrte Dixon. »Ich hätte uns keine fünf Minuten mehr gegeben.«

Jetzt konnten sie nur noch hoffen, das Charly und ihre Leute die Zeit genutzt hatten und es ihnen doch noch gelungen war, diese verdammten Raketen zu vernichten.

»Ha!«, triumphierte Ryan Henderson, als er die Nachricht erhielt, dass die zwei verbliebenen Gleiter das Weite suchten, und ließ seine Leute vorrücken.

Die Hälfte seiner Bodentruppen nutzte die einzige noch funktionsfähige Hyperloop-Verbindung, die unter der Kontrolle der Rothäute stand, während die andere Hälfte über die unterirdischen Verbindungen vorstieß.

Die beiden Gruppen trafen nahezu zeitgleich ein, gut bewacht von sechs Gleitern, die wie ein Schwarm Hornissen die ganze Zeit über dem Space-Center patrouillierten. Die anderen fünf jagten auf Befehl von Ryan Henderson derweil den zwei feindlichen Gleitern hinterher.

»Kompanie eins und zwei: bereit machen zum Vorrücken. Kompanie drei und vier bleiben hier als Verstärkung«, befahl Henderson.

»Boss, hier ist niemand«, flüsterte einer seiner Leute, als sie ohne Gegenwehr ins Space-Center eingedrungen waren.

»Das sehe ich auch«, blaffte Ryan Henderson zurück. Langsam beschlich ihn ein mulmiges Gefühl. Wo waren die Dreckskerle nur? Warum haben die Mars-Defender die Kontrolle über die Interstellar-Raketen einfach wieder abgegeben?

Plötzlich dämmerte es ihm. »Kommt mit, Leute, wir müssen zum Bunker!«, befahl er seinen Leuten, die völlig verdattert wirkten und offensichtlich keine Vorstellung davon hatten, was in seinem Kopf vorging.

Dann kletterte er auch schon die steile Leiter herunter und konnte kaum glauben, was er sah.

Die Interstellar-Raketen waren noch vorhanden, aber das Bild, das er vorfand, deckte sich so gar nicht mit der Vorstellung, die er sich von den Prachtkerlen gemacht hatte. Nicht dass sie irgendwie ramponiert oder sogar defekt wirkten. Nein, es waren vielmehr die Schriftzüge, die irgendjemand fein säuberlich auf die Raketen gemalt hatte.

In großen Lettern stand auf jeder Rakete »out of order«. Und noch dazu das immer gleiche Motiv: ein kleiner Galgen, an dem ein Strichmännchen baumelte. Unter dem Galgen stand immer ein anderer Name – alles Namen bekannter Rothäute. Natürlich auch sein eigener und der von Lemark.

Auf der Rakete mit seinem Namen stand zusätzlich: »Wir kommen und die Zahl 2000!«

Ryan Henderson kochte vor Wut. Er hatte mit allem gerechnet, aber nicht damit, dass die Raketen nicht mehr funktionieren könnten.

Vielleicht stimmte es aber auch gar nicht, hoffte er und klammerte sich an diesen Gedanken wie ein Ertrinkender an einen Rettungsring. Ja, bestimmt war das nur ein Trick, dachte er sich.

Das Ganze war mit Sicherheit nur ein riesiger Bluff, zumal ihm seine angeblichen Experten immer wieder versichert hatten, dass es unmöglich sei, die Raketen ohne die Deaktivierungscodes abzuschalten. Und die hatte schließlich nur er. Sie waren im Hauptquartier deponiert gewesen und Lemark hatte sie in einem wachen Moment eingesteckt.

Seine Hoffnung erwies sich allerdings als Illusion. Denn ganz egal, was sie in den nächsten Stunden auch versuchten, die Zigarren konnten nicht mehr scharf gemacht werden. Sie waren komplett hinüber.

Diese Erkenntnis traf viele Rothäute völlig unerwartet. Hatten sie sich gerade noch auf der Siegesstraße gewähnt, mussten sie jetzt erkennen, dass sie sich in eine Sackgasse hineinmanövriert hatten. Sie hatten zwar das Space-Center zurückerobert, was schön und gut war, hatten aber auch kein Druckmittel mehr, um die Verstärkung von der Erde in Schach zu halten. Sie waren de facto in eine Falle getappt, die ihnen nur noch einen Ausweg ließ, wenn sie ihr Leben retten wollten. Und dieser Ausweg hieß Flucht.

So kam es, dass in den nächsten Tagen eine Rothaut nach der anderen das Weite suchte und die Gruppe um Henderson und Lemark immer kleiner wurde. Am Ende waren es Henderson und Lemark selbst, die sich klammheimlich verdrückten. Was hätten sie auch anderes machen sollen? Spalier stehen, wenn die Kavallerie eintrifft?

Zur Freude der Mars-Defender endete der Kampf um das Space-Center, noch bevor er seinen blutigen Höhepunkt erreicht hatte. Nicht zuletzt war damit auch das Ende des gesamten Aufstandes besiegelt. Denn alle Rothäute, die nicht geflohen waren, wurden festgenommen oder in den folgenden Tagen und Wochen aufgespürt. Dies galt auch für die Piloten, die John und den anderen Gleiter verfolgt hatten. Sie hatten sich abgesetzt, nachdem sie über Funk die Nachricht erhalten hatten, dass ihre Mission gescheitert war.

Ausschlaggebend war die Tatsache, dass es Petty Officer MacLaine und ihren Leuten kurz vor dem Eintreffen der Rothäute doch noch gelungen war, die Raketen zu deaktivieren. Am Ende war es sogar ganz einfach gewesen, weil sie lediglich ein wenig Wasser an den richtigen Stellen verschütten mussten, um der KI vorzugaukeln, dass der Bunker geflutet wurde.

Die Idee war so simpel wie genial, weil die KI glaubte, einen Kurzschluss nur dadurch verhindern zu können, indem sie das Sicherheitssystem für einen kurzen Moment herunterfuhr. Das war lang genug, um die Raketen endlich lahmzulegen.

## 34

Die Gewissheit, dass neben seinem Onkel und Bruder auch seine geliebte Frau Helena zu den Opfern gehörte, hatte John innerlich betäubt. Ohne ein Wort hatte er sich umgedreht und in eines der Quartiere zurückgezogen, die hier im Space-Center zuhauf zu finden waren.

»Warte«, hatte Charly ihm noch hinterhergerufen, aber keine Antwort erhalten. Wie in Trance hatte John die Tür zugeschlagen und sich auf das schmale Bett fallen lassen. So lag er lange da und starrte an die Decke, bis er ganz langsam realisierte, was Charly ihm gerade alles erzählt hatte. Es war wie ein Nebel, der sich langsam verflüchtigte und nichts als Schmerzen hinterließ.

»Helena«, schluchzte er immer und immer wieder, während dicke Tränen an seinen Wangen herunterliefen. Ganze Sturzbäche, bis seine Tränen von allein versiegten und er wieder einen klaren Gedanken fassen konnte.

Das alles kann einfach nicht wahr sein, dachte er, obwohl er insgeheim mit dem Schlimmsten gerechnet hatte. Doch in den letzten Tagen hatte er sich wenigstens an seiner Hoffnung festklammern können. Und jetzt hatte er nichts mehr. Außer der grausigen Gewissheit, dass Helena einem qualvollen Tod zum Opfer gefallen war. Charly hatte ihm auf seinen Befehl hin jede abscheuliche Einzelheit berichtet, auch das Fehlen des Unterschenkels.

Oh, nein, schrie er innerlich, als die schrecklichen Details mit aller Macht an die Oberfläche drängten. Wieder fing er an zu weinen, bis ihn die Müdigkeit übermannte und er in einen unruhigen Schlaf hinüberglitt.

Er träumte, wie konnte es anders sein, von Helena. Von ihrer gemeinsamen Zeit, von Helenas Lachen, vom ihrem Geruch und von alldem, was sie gemeinsam erlebt hatten.

Umso brutaler wurde er wieder in die Realität gerissen, als es an seiner Tür pochte.

»Hau ab!«, schrie er, obwohl Charly es doch nur gut mit ihm meinte. »Verschwinde einfach und lass mich in Ruhe!«

John starrte Stunde um Stunde an die Decke. Doch anstelle der Trauer war es jetzt Wut, nein, der reinste Hass, der von ihm Besitz ergriff und sich gegen alle richtete, die den Tod seines Bruders und seiner Frau zu verantworten hatten. Aber wer waren die Schuldigen, wer hatte die beiden ermordet?

In Gedanken ging er alles noch einmal durch. Da waren zum einen die zwei Frauen, die man neben Helena gefunden hatte. Sie waren nackt gewesen, wenn er Charly richtig verstanden hatte. Und dann war da auch noch sein Bruder gewesen. Wurde sein Bruder wirklich in dem gleichen Raum gefunden? Ja, das hatte sie gesagt, dessen war er sich sicher. Aber wie passte das alles zusammen? Er wusste es nicht. Noch nicht. Und das würde auch so bleiben, wenn er nichts unternahm. Dieser Erkenntnis folgend rappelte er sich auf und schritt nach draußen.

»Ich will mit allen sprechen, die im Hauptquartier waren. Mars-Defender, Rothäute, ganz egal.«

»John«, antwortete Charly und drehte sich um. Überdeutlich war die Sorge um ihn in ihrer Stimme zu hören.

»Kein Problem«, antwortete Sam Dixon, »die meisten sind ohnehin hier. Zumindest von den Mars-Defendern, die das Inferno überlebt haben.«

»Dann tu mir den Gefallen und schaff sie alle hierher«, entgegnete er und starrte vor sich hin.

»Komm doch mal hier herüber«, rief Charly John entgegen, nachdem man die Überlebenden aus dem Hauptquartier in der großen Kantine zusammengetrommelt hatte. »Ich glaube, dieser junge Mars-Defender hat etwas Interessantes zu berichten.«

»Dann erzähl doch mal«, sagte John, noch während er sich dem jungen Defender gegenüber setzte.

»Es tut mir sehr leid, Sir«, fing er an zu stammeln. »Ich hätte nicht einfach zugucken dürfen, als sie gekommen sind, um sie zu holen.«

»Fang bitte ganz von vorne an«, unterbrach ihn Charly. »Am besten mit dem Morgenapell.«

»Gut«, antwortete er. »Wir hatten uns gerade zum Morgenapell versammelt, da schlugen auch schon die Granaten ein. Es war wirklich schrecklich. Wir sind dann nur noch gerannt, so wie General Douglas es uns zugerufen hatte. Doch nur die wenigsten von uns schafften es hinter die schützenden Mauern. So wie ich, wo ich dann einer jungen Ärztin direkt in die Arme gefallen bin. Sie war es dann auch, die mir das Leben gerettet hat, als die Rothäute das Hauptquartier geentert hatten. Wenig später wurden wir dann zusammen mit den anderen Gefangenen in der Garage eingesperrt. Helena, so hieß die Ärztin, hat sich um die Verletzten gekümmert, bis die Rothäute gekommen sind, um sie und zwei andere Frauen mitzunehmen.«

John schloss für mehrere Sekunden die Augen und kämpfte seine unbändige Wut nieder.

»Weiß du, wie die Kerle hießen?«, hakte Charly ein, während John mit versteinerter Miene zuhörte.

»Nein«, antwortete der junge Soldat, »ich habe aber gehört, wie einer gesagt hat: ›Ich wette, dass Lemark die Rothaarige für sich allein haben will.‹«

»Lemark«, murmelte John und ballte abermals seine Fäuste.

# 35

Wusste ich es doch«, zischte Anna, als John gerade in seinen Gleiter steigen wollte.

»Was willst du hier?«, giftete John zurück, ohne auf die Bemerkung zu reagieren.

»Dasselbe könnte ich dich fragen«, gab Anna zurück. »Es ist fünf Uhr morgens.«

»Verschwinde einfach und lass mich in Ruhe!«

»Das kannst du vergessen«, antwortete Anna. »Du glaubst doch nicht, dass ich dich allein nach Aldar fliegen lasse. Niemals.«

»Wie kommst du darauf, dass ich nach Aldar fliegen will?«

»Weil Lemark und Henderson aus Aldar kommen und du nach Rache sinnst.«

»Und wenn schon«, erwiderte John. »Das ist ganz allein meine Sache.«

»Von wegen«, antworte Anna, »oder hast du vergessen, dass diese beiden Schlächter auch für den Tod von meinem Vater verantwortlich sind?«

»Ja, aber …«

»Kein Aber!«, unterbrach ihn Anna. »Und jetzt lass uns zusehen, dass wir hier wegkommen, oder willst du noch so lange rumstehen, bis die anderen von der Sache Wind bekommen?«

»Gut, Anna, hast mich überredet, du kannst mitkommen. Das wird aber kein kurzer Ausflug. Und womöglich ist alles umsonst, weil Henderson und Lemark vielleicht gar nicht nach Aldar geflüchtet sind.«

»Schon klar«, sagte Anna, »aber irgendwo müssen wir ja anfangen zu suchen.«

John konnte sich ein anerkennendes Lächeln nicht verkneifen. Wahrscheinlich war es wirklich gut, Anna in seiner Nähe zu haben.

John kannte Aldar ganz gut und wusste deshalb, dass es die berühmte Suche nach der Nadel im Heuhaufen war, selbst wenn sich beide tatsächlich in Aldar versteckt hielten. Denn Aldar war nach Redun die zweitgrößte Mars-Metropole. Hier drehte sich alles um das Wasser, den Ursprung allen Lebens, das sich in tausenden von Seen angesammelt hatte. Es war vor Millionen von Jahren durch die Gesteinsschichten gesickert und hatte sich hier gesammelt. Warum das nur hier möglich war, wurde der besonderen Struktur des Gesteins zugeschrieben. An der Oberfläche war es porös genug, um Wasser durchzulassen, weiter unten aber so dicht, dass es das Wasser auffangen konnte. Das Lebenselixier musste jedoch aufwendig entsalzen werden, bevor es, genauso wie das Salz, gewinnbringend verkauft werden konnte.

»Sieh mal, ein Hyperloop-Zug«, sagte Anna in die Stille hinein. Sie waren jetzt seit mehr als zwei Stunden unterwegs, ohne dass sie miteinander gesprochen hatten. Der Flug war unspektakulär und eintönig. Auch gab es in dieser Region keine Sandstürme, die sie fürchten mussten. Höchstens mal ein Lüftchen, das den feinen Sand unter ihnen ein wenig tanzen ließ.

»Ja, er bringt Wasser und Salz nach Redun.«

»Was macht eigentlich dieser Henderson?«, wechselte Anna das Thema. »Hast du noch mehr über ihn in Erfahrung gebracht?«

»Charlys Recherchen zufolge ist er das schwarze Schaf einer sehr reichen Familie aus Aldar. Er stand, nach allem, was ich weiß, lange im Schatten seines Vaters, bis dieser vor einigen Jahren unter mysteriösen Umständen ums Leben gekommen ist.«

»Und Lemark?«

»Das uneheliche Kind von Hendersons Vater. Eine arme Sau, die am Tropf von Henderson hängt. Nicht gerade ein heller Kopf. Aber gefährlich. Und wie man sieht, sind die beiden im Duo in der Lage, einen ganzen Krieg zu entfachen.«

Nach weiteren sechs Stunden hatten sie die Wasserstadt, wie Aldar auch genannt wurde, erreicht. Sie waren einfach entlang der

Hyperloop-Strecke geflogen, bis sich der oberirdische Teil von Aldar am Horizont abzeichnete. Große Hebe- und Krananlagen, die jeden Tag tausende von Salz- und Wasserfässern aus der Tiefe bargen, damit beides via Hyperloop in alle vier Himmelsrichtungen verteilt werden konnte.

»Zieh den hier an«, sagte Anna, und warf John einen neutralen Overall zu, den sie kurz zuvor aus ihrer Tasche gekramt hatte. »Es muss nicht gleich jeder mitbekommen, dass du ein Defender bist. Da draußen wimmelt es nur so von Rothäuten.«

Sie flogen gerade durch das südliche Gate und steuerten ihren Gleiter auf ein Deck zu, das Hendersons Heim am nächsten war. Von da aus manövrierte John ihren Jet durch ein Wirrwarr an Stollen und Höhlen, bis sie den Parkplatz erreicht hatten, den ihnen der Hangarmeister zuvor zugewiesen hatte.

»Dann los«, sagte John und öffnete die Tür. Sofort drang die für Aldar typische feuchte und salzhaltige Luft in den Gleiter hinein, die John bereits zu Zeiten seiner Ausbildung so sehr geliebt hatte. Seitdem war er nur noch selten hier gewesen. Warum eigentlich?, fragte er sich, fand aber keine Antwort darauf. Die Entfernung war es jedenfalls nicht allein gewesen.

Vieles erinnerte John an Redun, als sie sich mit einem Sammler des öffentlichen Nahverkehrs auf den Weg zu Hendersons Haus machten. Nur die Farbe der Rankenpflanzen war eine andere. Waren die Wände und Decken in Redun durch ein helles Grün gekennzeichnet, war es hier eher ein dunkles Braun, das ihnen entgegen schimmerte. John wusste, dass dafür die speziellen Mangrovenarten verantwortlich waren, die hier zum Einsatz kamen. Der hohe Salzgehalt in der Luft ließ keine anderen Pflanzen gedeihen.

»Wir müssen gleich aussteigen«, sagte Anna und riss John aus seinen Gedanken.

»Ja, du hast recht«, sagte er und tippte dem Fahrer vor ihnen auf die Schulter. »Können Sie hier bitte anhalten?«

Der alte iHuman nickte, trat auf die Bremse und öffnete die Tür. Sie stiegen aus und blickten sich um. Überall standen imposante Gebäude. Eines schöner und größer als das andere.

»Das muss das Haus sein«, sagte John, als er die Abbildung auf seinem Slim mit dem Gebäude abglich.

»Wohnt hier auch Lemark?«

»Nein, ich glaube nicht«, antwortete John. »Er ist hier nicht gemeldet. Allerdings habe ich auch keine andere Adresse.«

»Wie gehen wir vor?«, fragte Anna. »Klingeln wir einfach oder treten wir einfach die Tür ein?«

John antwortete nicht, sondern ging schnellen Schrittes auf die Tür zu. Er drückte die altertümliche Türklinke herunter und war überrascht, dass sich die Tür einfach öffnen ließ. Vorsichtig trat er ein und blickte sich um. Alles wirkte sehr edel. So leben nur die Superreichen, dachte John. Kein Wunder, dass Henderson hier nicht wegwill.

Er stand jetzt in der großen Diele und lauschte. Nichts war zu hören. Absolute Stille. Niemand war zu sehen. Mit der Hand zeigte er nach rechts und nickte Anna zu, während er selbst nach links auf die Wendeltreppe zuging.

Schritt für Schritt stieg er nach oben, den Pulser im Anschlag. Vorsichtig schlich er weiter, immer darauf bedacht, jedes Geräusch zu vermeiden. Er war jetzt im ersten Stock angelangt und fing an, die Räume zu kontrollieren. Nichts und niemand war zu sehen oder zu hören.

Der Kerl ist nicht hier, dachte er und war enttäuscht, obwohl damit eigentlich zu rechnen gewesen war. Henderson war schließlich kein Idiot.

Doch dann hörte er ein dumpfes Geräusch, gefolgt von einem Stöhnen. Was war das?, fragte er sich und spitzte die Ohren. Wieder hörte er ein Stöhnen, und diesmal war er sich sicher, dass es von unten kam. Das musste Anna sein, war John sich sicher und rannte los, den Pulser jetzt wieder vor der Brust.

Nach wenigen Metern blieb er abrupt stehen. Dunkelheit umschloss ihn. Irgendjemand hatte das Licht ausgeschaltet, und John hatte auch eine Ahnung, wer dafür verantwortlich war.

John griff nach seinem COM-Gerät, aktivierte den Lichtstrahl und schlich im Schein des Lichtkegels auf die Treppe zu. John sah nicht viel, aber doch genug, um zu begreifen, dass er gleich seine Deckung verlieren würde; spätestens wenn er den Treppenabsatz erreicht hatte. Aber was sollte er tun? Einfach hier ausharren und abwarten und damit Annas Leben aufs Spiel setzen? Das war keine Option. Aber einfach loslaufen und darauf hoffen, dass Henderson die Treppe nicht bereits ins Visier genommen hatte, war auch keine Lösung. Also tat er, was ihm als Erstes in den Sinn kam, und warf sein COM-Gerät in Richtung Treppe.

Das Ding war noch nicht ganz in der Luft, da durchschlug auch schon ein Blitz die Dunkelheit. Eine typische Pulser-Signatur.

Ohne zu überlegen, schoss er zurück.

»Daneben, Trebor«, schallte es zurück, begleitet von einem heiseren Lachen. Dann war Ruhe.

»Tut mir leid«, knurrte Anna und wischte sich das Blut von der Schläfe. »Der Drecksack hat mich überrascht. Er hat mich von hinten angegriffen und mich niedergeschlagen.«

»Dir muss überhaupt nichts leidtun«, antwortete John und half ihr hoch. Er war einfach nur froh, dass Anna noch lebte und er nicht noch ein Familienmitglied verloren hatte.

»Und was machen wir jetzt?«, fragte Anna. »Weiter jagen?«

»Nein, das hat keinen Zweck. Henderson ist jetzt gewarnt. Außerdem dürfen wir nicht vergessen, dass Henderson hier einen Heimvorteil hat. Wer weiß, ob er nicht schon seine Leute um sich schart und auf dem Weg zurück ist.«

»Ja, vermutlich hast du recht«, antwortete Anna. »Wir sollten sehen, dass wir hier wegkommen.«

Wieder zurück im Hangar, konnte Anna ihren Augen kaum trauen. Denn keine zwanzig Meter von ihrem Gleiter entfernt war Lemark gerade im Begriff, einen Gleiter zu beladen. Er schien es eilig zu haben.

»Das gibt es doch nicht«, sagte Anna und fasste John an den Arm. »Da vorne ist Lemark, dieses Schwein.«

»Tatsächlich«, zischte John mit vor Wut verzerrter Stimme. »Das ist der Kerl, der meine Frau auf dem Gewissen hat.« Er hatte ihn zwar noch nicht persönlich getroffen, in der Nacht zuvor dafür aber stundenlang sein Bild angestarrt. Das vernarbte Gesicht hatte sich fest in sein Gedächtnis gebrannt. Reflexartig wollte er loslaufen, wurde aber von Anna zurückgehalten.

»Das lässt du schön bleiben«, sagte sie und packte ihn am Arm. »Schau dich doch mal um. Hier wimmelt es nur so von Rothäuten.«

»Aber wir müssen etwas tun«, knurrte John, »sonst entwischt er uns.«

»Ich habe eine Idee. Gib mir fünf Minuten. Und dann tu, was du tun musst.«

Erst dann ließ sie von John ab und lief los, aber nicht in Lemarks Richtung, sondern an das andere Ende des Hangars. Dort angekommen, pöbelte sie eine Gruppe an, und ehe John sich versah, hatte Anna eine handfeste Schlägerei angezettelt.

Gespannt beobachtete John die Szenerie, die jetzt alle Aufmerksamkeit auf sich zog. Dies galt auch für Lemark, der in der Bewegung innehielt und seiner Neugier folgend auf den Tumult zuging.

Das ist meine Chance, dachte John und rannte auf Lemarks Gleiter zu.

Als Lemark sah, wer in die Schlägerei verwickelt war, machte er auf dem Absatz kehrt und stürmte zurück zu seinem Gleiter. Schnell warf er die letzten Sachen hinein, die er aus Hendersons Haus geholt hatte, und initialisierte die Startsequenz.

Ungeduldig und mit zittriger Hand steuerte er den Jet aus dem Hangar, durchbrach die silbrige Oberfläche des äußeren Gates und verschwand. Erst jetzt merkte er, wie sich die Anspannung langsam legte und sich ein Gefühl der Überlegenheit in ihm breitmachte. Ein schlechtes Gewissen hatte er nicht. Er hatte sich aus dem Haus seines Stiefbruders nur das geholt, was ihm sowieso zustand.

»Ihr werdet mich niemals kriegen«, schrie er und fing an zu lachen.

John hatte nicht genau verstanden, was Lemark gesagt hatte. Dafür war es in der Luftschleuse zu laut. Lemarks dreckiges Lachen schalte dafür immer noch in seinem Kopf und nährte seinen Hass. Einen Hass, der jetzt nur noch nach Rache verlangte.

Ich brauche eine Waffe, schrie er innerlich und ließ seinen Blick suchend durch die Luftschleuse gleiten. Seinen Pulser konnte er nicht benutzen, zu groß war das Risiko, dass er ein Loch in die Hülle schießen würde. Die Luftschleuse war jedoch so gut wie leer. Bis auf ein paar Overalls und einen Helm sah er nichts. Dann eben der Helm, dachte John und griff zu. Fest umklammerten seine Finger den Visierauslass, bis das Weiße seiner Knöchel zu sehen war.

Vorsichtig öffnete John die Tür zur inneren Luftschleuse und schlug zu. Der Helm sauste herunter und traf Lemark an der Schläfe. In blinder Wut holte John erneut aus und ganz sicher hätte er auch ein drittes Mal zugeschlagen, wenn das Sicherheitssystem sich nicht gemeldet hätte.

»Achtung, Achtung«, ertönte es aus dem Lautsprecher. »Sie sinken zu schnell. Aufschlag in neun, acht, sieben …« Intuitiv griff John von hinten ans Steuer, das Lemark längst losgelassen hatte, und zog den Vogel wieder hoch.

Lemark stöhnte. Er ist also nicht tot, dachte John und war erleichtert. Schließlich war er mit dem Schwein noch nicht fertig. Aber erst mal musste er mit Lemark die Plätze tauschen und den Vogel landen. Mit einer Hand am Steuer packte er ihn an den Haaren, zerrte ihn vom Sitz herunter und klemmte sich hinter das Steuer. Lemark lag jetzt neben dem Pilotensitz und sah schrecklich aus. Seine rechte Augenbraue war aufgeplatzt und seine Nase schien mehrfach gebrochen zu sein. Und trotzdem schlug John noch einmal zu. Sicher ist sicher, dachte er, bevor er sich nach einem geeigneten Platz für die Landung umschaute.

Als Lemark zu sich kam, spürte er einen heftigen Schmerz. Das Atmen fiel ihm schwer und er schmeckte den metallischen Geschmack von Blut. Er hatte keine Ahnung, was mit ihm passiert war oder wo sie ihn hingebracht hatten. Er konnte sich nur noch daran erinnern, dass er in Hendersons Gleiter gestiegen war und sich aus dem Staub gemacht hatte. Er war durch das äußere Gate geflogen und von da an hatte er einen Filmriss. Lemark blickte sich um, konnte jedoch nur wenig sehen. Sein rechtes Auge war zugeschwollen und sein linkes vom Blut verklebt. Er konnte aber genug erkennen, um zu begreifen, dass er in der Luftschleuse eines Gleiters saß, vielleicht sogar in der Luftschleuse seines Gleiters.

»Bist du endlich aufgewacht?«, drang plötzlich eine Stimme an sein Ohr.

Lemark erschrak und versuchte sich zu bewegen. Doch es ging nicht, wie er erst jetzt bemerkte. Irgendjemand hatte ihn gefesselt. Nur wer? Dann viel ihm alles wieder ein. Er war in Hendersons Haus eingebrochen und wurde von Anna und diesem Trebor überrascht. Er hatte Anna niedergeschlagen und war geflüchtet. Doch was war dann passiert? Womöglich hatten sie ihn verfolgt und seinen Gleiter abgeschossen. Doch dann müsste er eigentlich tot sein. Nein, so kann es nicht gewesen sein, überlegte er weiter. Aber was …

»Du glaubst gar nicht, wie ich diesen Tag herbeigesehnt habe«, durchbrach die Stimme seine Gedanken.

Sie klang fremd. Er hatte sie noch nie gehört, da war er sich sicher. »Wer sind Sie und was wollen Sie von mir?«, krächzte er in Richtung des Fremden. Erst jetzt merkte er am Ton seiner eigenen Stimme, dass mit seiner Nase irgendetwas nicht stimmte. Sie schien gebrochen zu sein.

»Ich will Rache, doch vorher will ich Antworten«, sagte die Stimme und kam näher.

Lemark konnte jetzt ein ihm unbekanntes Gesicht erkennen, das aus dem hinteren Teil der Luftschleuse in sein Blickfeld rückte. Es wirkte hasserfüllt und machte ihm Angst. »Ich habe nichts getan, bitte lassen Sie mich gehen«, flehte er. »Bitte glauben Sie mir.« Wie wild zerrte er an seinen Fesseln, doch ohne Erfolg.

»Nichts getan«, zischte John und spuckte aus. »Und was ist mit den vielen Toten, die deinen Weg pflastern?«

»Ich weiß nicht, was Sie meinen«, log Lemark dem Fremden dreist ins Gesicht. »Ich habe niemanden getötet. Bitte! Sie müssen mir glauben. Ich habe mit all dem nichts zu tun. Ich bin selbst ein Opfer des Aufstands geworden.« Lemark vermutete, dass die ganze Sache irgendwie damit zusammenhängen musste und der Kerl nicht gerade ein Freund der Rothäute war. Alles andere ergab für Lemark keinen Sinn. Ein Mars-Defender schien der Fremde aber nicht zu sein, dachte Lemark, sonst würde der Kerl eine Uniform tragen.

»Und was ist mit der jungen Ärztin, die du auf schändlichste Weise getötet hast?«, setzte John nach. »Oder kannst du dich daran auch nicht mehr erinnern, du altes Dreckschwein?«

»Welche Ärztin?«, fragte Lemark, obgleich er natürlich sofort wusste, wer gemeint war. Es geht also um die rothaarige Schlampe, dachte er.

»Meine Frau, Helena Trebor«, antwortete John und schlug Lemark hart ins Gesicht.

Lemark schrie vor Schmerzen auf. Noch mehr traf ihn aber die Erkenntnis, mit wem er es zu tun hatte. Also doch Trebor, dachte er. Und dann war der Bastard auch noch der Ehemann von dieser Ärztin. Schlimmer hätte es nicht kommen können. »Es herrscht Krieg«, sagte er und zuckte mit den Schultern. »Da passieren eben solche Dinge.« Was hätte er auch anderes sagen oder tun sollen? Zu Kreuze kriechen? Nein, das brachte nichts. Dessen war er sich sicher. Trebor würde ihn sowieso töten. Oder vielleicht doch nicht?, überlegte er weiter. Trebor war schließlich ein Defender und musste sich an Gesetze und Regeln halten.

Johns Wut war grenzenlos. Er zitterte, und ohne es zu merken, hatte er erneut nach dem Helm gegriffen. Es war ein ähnliches Modell, wie es Anna aufgehabt hatte. Doch dieser Helm hatte jetzt einen Sprung im einstmals makellos goldenen Visier, das nun rot verschmiert war. Noch durfte John seinem Reflex aber nicht nachgeben. Das wusste er und riss sich zusammen. Erst musste er in Erfahrung bringen, wo Henderson abgeblieben war.

Lemark musste es wissen. Es konnte kein Zufall sein, dass sie beide in Aldar gesehen hatten.

»Wo ist Henderson?«, fragte John und legte den Helm wieder zur Seite.

»Das wüsste ich auch gerne«, sagte Lemark und zuckte erneut mit den Schultern. »In Aldar ist er jedenfalls nicht.«

»Hör auf mich anzulügen«, sagte John und schlug ihm erneut ins Gesicht. »Ich weiß, dass ihr beide dort gewesen seid. Wir haben euch kurz nacheinander gesehen.« Dass er Lemark die ganze Zeit duzte, merkte John gar nicht. Es musste am mangelnden Respekt liegen.

»Das kann nicht sein«, antworte Lemark. »Mein geliebter Stiefbruder ist längst über alle Berge.« Er schien wirklich überrascht zu sein.

»Nein, ist er nicht«, blieb John beharrlich. »Wir haben ihn in seinem Haus angetroffen und …«

»Das war ich«, viel Lemark ihm ins Wort, »nicht Ryan. Jetzt begreife ich das Ganze. Ich habe Anna niedergeschlagen, nicht Henderson.«

John war sichtlich irritiert. Lemark schien die Wahrheit zu sagen. Konnte es wirklich sein, dass es gar nicht Henderson war, den sie in seinem Haus überrascht hatten? Er selbst hatte ihn nicht gesehen, sondern nur brüllen gehört. Und was hatte Anna gesagt? Nicht seinen Namen, soweit er sich erinnern konnte. Sie waren nur wie selbstverständlich davon ausgegangen, dass es Henderson war. Es war schließlich sein Haus.

»Was hast du jetzt vor, Trebor, willst du mich töten?«, fragte Lemark. »Das darfst du nicht. Du hast einen Eid geschworen. Vergiss das nicht. Du musst mich abliefern. Ich bin ein Kriegsgefangener.«

»Ich muss gar nichts«, antworte John und griff erneut nach dem Helm. Er würde seinen Kopf zertrümmern. Doch dann hielt er in der Bewegung inne und dachte an Helena. Sie hätte das nicht gewollt, trotz allem, was passiert war. Als Ärztin hatte sie jede Form von Gewalt abgelehnt.

»Du handelst richtig«, sagte Lemark. »Leg den Helm wieder hin und bring mich ins Space-Center.«

Damit du in einigen Jahren wieder frei kommst. Nein, niemals, dachte John und zog seinen Pulser.

»Nein, nicht!«, schrie Lemark, doch John hatte sich entschieden.

# 36

Nachdem John Lemark erschossen und die Leiche in einer Felsspalte entsorgt hatte, flog er ziellos umher. Er fühlte sich innerlich leer und kraftlos. Der Tod von Lemark hatte ihm nicht die erhoffte Befriedigung gebracht. Nicht dass er die Tat bereute, nein, das nicht. Er hätte wieder so gehandelt, da war er sich sicher. Doch Helena wurde dadurch nicht wieder lebendig. Das spürte er jetzt mit voller Wucht. Er fühlte sich einsam und verlassen. Hinzu kam die Resignation, weil er Henderson nicht erwischt hatte.

Was mache ich jetzt nur?, fragte er sich. Weiter jagen? Auf jeden Fall! Er wollte und konnte Henderson nicht einfach davon kommen lassen. Aber nicht sofort, grübelte er weiter. Ihm fehlte dafür einfach die Energie. Dann also zurück nach Aldar. Anna abholen und dann …

Jalbur, da vorne liegt Jalbur, schoss es John durch den Kopf. Die Berge, eine Art Dreizack, waren noch weit weg, aber unverkennbar. Dort war Paul zu Hause. Sein alter Freund Paul und der Einzige, der ihm noch geblieben war.

In jungen Jahren waren sie eine Zeit lang gemeinsam Patrouille geflogen. Anders als John hatte Paul seinen Dienst bei den Mars-Defendern aber längst quittiert. Er war seiner Berufung gefolgt und Priester geworden.

Johns Entscheidung war gefallen. Er würde nach Jalbur fliegen. Anna würde auch ohne ihn zurück nach Redun kommen.

Paul schwieg. Er hielt John einfach nur fest und drückte seinen alten Weggefährten an sich. Irgendetwas Schreckliches musste passiert sein. John sah furchtbar aus. Sein Gesicht wirkte eingefallen, und nach den dunklen Augenringen zu urteilen, hatte er lange nicht mehr richtig geschlafen.

»Lass einfach alles raus«, sagte Paul. »Das wird dir guttun.«

John nickte bloß. Dicke Tränen liefen seine Wangen herunter und sammelten sich auf Pauls Talar. »Sie ist tot«, sagte John nach einer Weile. »Helena ist tot.«

»Nicht Helena«, antwortete Paul und spürte augenblicklich einen Stich im Herzen. Damit hatte er – trotz aller Vorahnungen –nicht gerechnet. Jetzt schluchzte auch Paul. Helena war für ihn so etwas wie eine Schwester im Geiste gewesen.

Lange standen sie so da, bis sich John aus seiner Umarmung löste. Seine Tränen waren versiegt.

»Komm, setz dich«, sagte Paul. »Du musst mir alles erzählen.«

Das tat John dann auch. Er erzählte Paul die ganze Geschichte. Volle drei Stunden lang, bis zu dem Punkt, an dem er in Jalbur eingetroffen war.

Paul hatte ihn kein einziges Mal unterbrochen. Er hatte einfach nur zugehört, ab und zu genickt und immer mal wieder die Gläser vollgeschenkt.

»Es ist wirklich eine Tragödie«, sagte Paul und schaute ihn unvermittelt an. »Du hast unendliches Leid und Schmerz erfahren müssen. Und niemand und nichts auf der Welt kann dir Helena und Bill zurück bringen. Doch du darfst nicht nur an die denken, die du verloren hast, sondern auch an die, die du gerettet hast. Bitte vergiss das nie. Versprich es mir.«

Als John am nächsten Morgen in den Gleiter stieg, fühlte er sich besser. Die Trauer war zwar noch immer da, aber nicht mehr so präsent.

Ja, es war richtig, dem Impuls nachzugeben und nach Jalbur zu fliegen, war er überzeugt. Er war gefallen und Paul hatte ihn aufgefangen. Und wie immer hatte Paul die richtigen Worte gefunden, die wie Balsam für seine Seele wirkten. »… sondern auch an die, die du gerettet hast«, sagte er laut zu sich selbst. Er hatte es Paul versprochen und es war gut so. Er lächelte jetzt sogar.

In Redun angekommen, setzte er sich mit Sam Dixon, MacLaine und Tim Preston zusammen und überlegte, wie es jetzt weitergehen sollte. Schnell wurden sie sich einig, dass es nun vor allen Dingen darum gehen musste, den Präsidenten davon zu überzeugen, den zuvor besprochenen Friedensplan mit Leben zu füllen.

Zu ihrer Überraschung mussten sie den Präsidenten davon gar nicht erst überzeugen, weil er sich sehr erleichtert darüber zeigte, dass es trotz der gescheiterten Verhandlungen nicht mehr erforderlich war, das Leben seiner Eingreiftruppe aufs Spiel zu setzen.

Die Umsetzung des Plans wurde einer Gruppe um Karl Miller überlassen. Sie sollte den Neuanfang auf dem Mars regeln. Rund 80 000 Marsianer entschieden sich dafür, auf dem Mars zu bleiben. Die große Mehrheit der insgesamt fünf Millionen Marsianer zog dagegen einen Neustart auf der Erde vor. Sam Dixon und Anna O'Brien gehörten nicht dazu. Sie wollten auf dem Mars bleiben und es auf eigene Faust versuchen.

Im Unterschied zu Sam Dixon und den meisten anderen hatte Anna aber auch keine Wahl gehabt, weil sie zu den Geächteten gehörte, denen eine Übersiedlung auf die Erde verboten wurde. Überhaupt konnte sie froh sein, dass sie – dank der Fürsprache von John – begnadigt wurde, weil John glaubhaft versichern konnte, dass sie, genauso wie ihr Cousin Bill und ihr Vater, nicht zu den Verschwörern um Ryan Henderson gehört hatte.

In mancher Hinsicht hätte John allen Grund gehabt, zufrieden zu sein, wenn Ryan Henderson nicht wie vom Erdboden verschluckt geblieben wäre. John war, einem Bluthund gleich, allen Spuren nachgejagt – ganze fünf Wochen lang, bis er frustriert einsehen musste, dass ihm der Kerl entwischt war.

Weit weniger hatte ihn dagegen interessiert, dass man nie herausfand, wer dieser Ted Parker wirklich war.

# ANNO 2540

# 37

John war von dem riesigen Raumschiff sichtlich beeindruckt. Er hatte zuvor noch keines dieser Dinger mit eigenen Augen gesehen, weil diese Riesen, im Unterschied zu den kleineren Raumschiffen, nicht am Rande des Space-Centers landen konnten. Dafür waren sie einfach zu groß. Stattdessen blieben sie im Orbit oder machten an der Raumstation fest, die in vierhundert Kilometern Höhe um den Mars kreiste.

Die Ares I hatte ihn sofort an einen riesigen Kalmar erinnert, obwohl er noch nie ein lebendes Exemplar dieser irdischen Meeresbewohner gesehen hatte. Das Raumschiff hatte einen schlanken Körper und am hinteren Ende zehn Arme, in denen der Ionenantrieb verborgen war. Dadurch war die Ares I extrem wendig. Jeder einzelne Tentakel konnte separat angesteuert und bewegt werden.

Die Ares I war eines von sechs Raumschiffen, alles ehemalige Gilizium-Transporter, die eigens für die Evakuierung umgebaut wurden. Wie ihre Schwesterschiffe war die Ares I 950 Meter lang, zwölf Stockwerke hoch und konnte unfassbare 25 000 Passagiere aufnehmen. Allerdings nur, weil die Passagiere wie Tiere auf engstem Raum zusammengepfercht wurden. Und dennoch würde es wohl über fünf Jahre dauern, bis auch der letzte Marsianer umgesiedelt wurde. Eine lange Zeit, die allen Beteiligten viel Geduld abverlangte, zumal die meisten überraschenderweise lieber heute als morgen den Mars verlassen wollten.

Die Verantwortlichen waren deshalb gut beraten, die Reihenfolge nicht willkürlich festzulegen, sondern über ein Losverfahren zu regeln, das darüber entschied, wer zuerst und wer zuletzt den Mars verlassen durfte.

Eine kluge Entscheidung, wie John zufrieden feststellte, weil dadurch jeder Anflug von Chaos bereits im Keim erstickt wurde. In seinem Fall war es allerdings kein Glück oder Zufall gewesen, dass er zu den ersten gehörte, die den Mars verlassen durften, sondern Präsident Carter zuzuschreiben, der ihn unbedingt persönlich kennenlernen und ihm für seine Verdienste um den Mars danken wollte.

Nicht im Traum hätte John allerdings geglaubt, dass noch viele Monate ins Land gehen würden, bis er dem Präsidenten die Hand schütteln konnte.

John verschwendete daran im Moment aber keinen Gedanken, weil seine ganze Aufmerksamkeit seinem rot leuchtenden Heimatplaneten gehörte, der vom Fenster gerahmt wurde. Auch die beiden Monde Phobos und Deimos waren von hier aus gut zu sehen. Er erinnerte sich daran, dass die Namen dem Altgriechischen entsprangen und für *Furcht* und *Schrecken* standen. Wie passend, dachte er angesichts der Erlebnisse, die hinter ihm und vielen anderen Marsianern lagen.

»Ist das nicht ein fantastischer Anblick?«, warf Charly ein, die neben ihm stand und ihm aus der Seele sprach. »Allein dieses leuchtende Rot!«

»Ja«, erwiderte er einsilbig. Mehr brachte er nicht heraus, weil er einfach nicht die richtigen Worte fand, um das zu beschreiben, was er sah und fühlte. John hatte früh gelernt, dass die Farbe des Mars vom Eisenoxidstaub stammte, der sich auf der Oberfläche und der dünnen Atmosphäre abgelagert hatte. Er war der Grund dafür, dass man seinen Heimatplaneten nach dem römischen Kriegsgott benannt hatte.

»Was meint ihr?«, fragte Tim, der das Trio vervollständigte. »Werden wir unsere rostige Heimat jemals wiedersehen?«

»Ich weiß es nicht«, antwortete John und spürte, wie sich ein Kloß in seinem Hals festsetzte. Denn trotz aller Verluste, die er hier erfahren hatte, war der Mars immer noch seine Heimat.

Als die Ares I einen Tag später von der Raumstation abkoppelte und den Ionenantrieb zündete, starrte John gedankenverloren in den Weltraum. Er dachte an Sam Dixon, Anna und die vielen anderen geliebten Menschen, die es vorgezogen hatten, ihr Glück weiterhin auf dem Mars zu suchen. Er konnte sie verstehen und hätte vermutlich genauso entschieden, wenn Helena noch am Leben gewesen wäre. So aber hatte er nicht lange überlegen müssen.

»Alles okay?«, fragte Charly, die neben ihm stand und spürte, dass er gerade wieder melancholisch wurde.

»Ja«, antwortete er, obwohl er genau wusste, dass Charly ihm auch diesmal nicht glauben würde.

»Denkst du an Helena?«, fragte sie.

»Jeden Tag, jede Stunde und jede Minute«, sagte er, ohne nachzudenken.

»Mmh«, gab sie zurück. »Dir würde es guttun, über sie zu sprechen.«

»Ich weiß nicht«, entgegnete er unsicher.

Charly MacLaine ließ aber nicht locker. »John, es sind jetzt mehr als drei Monate vergangen, seit Helena ums Leben gekommen ist. Es wird Zeit, dass du anfängst, über sie zu reden. Du musst endlich den ersten Schritt machen und anfangen, das Erlebte zu verarbeiten.«

Sie hatte nicht unrecht, grübelte er, war aber immer noch hin- und hergerissen. Wie sollte er ausdrücken, was er fühlte und wie sehr ihn die Erinnerung an Helena schmerzte? Der Gedanke daran, dass er im schlimmsten Augenblick ihres Lebens nicht bei ihr gewesen war, lähmte ihn und fror alles in ihm ein. Er fühlte sich mehr tot als lebendig.

»Komm schon«, forderte sie ihn erneut auf. »Ich gebe sowieso nicht auf. Und entkommen kannst du mir hier auch nicht«, sagte sie, während sie sich zur Bestätigung demonstrativ umsah.

»Also gut«, seufzte er, »aber wo soll ich nur anfangen?«

»Erzähl mir, wie du sie kennengelernt hast. Ja, das würde mir gefallen«, sagte sie und lächelte ihn zaghaft an.

»Ich war gerade zum Second Lieutenant ernannt worden und mit meinem Kumpel Paul auf Patrouille. Irgendwo in der Nähe von Kublan. Wir kontrollierten gerade in dreihundert Metern Tiefe ein großes mit viel Aufwand kultiviertes Maisfeld, als wir auf eine kleine Gruppe von Strauchdieben trafen, die im großen Stil die

Felder abräumte. Daraufhin schlichen wir uns an den Transporter der Diebesbande heran und warteten ab, bis die Kerle die nächste Ladung verstauen wollten. Dann schlugen wir zu. Während Paul sich um den Typen zu unserer Rechten kümmerte, übernahm ich die beiden anderen. Alles war so einfach, bis auf die Tatsache, dass wir den vierten Ganoven übersehen hatten. Ein Anfängerfehler, wie ich später einräumen musste. Der Kerl zog sein Messer und erwischte mich an der rechten Augenbraue, bevor ich mich zur Seite werfen und so Schlimmeres verhindern konnte. Wäre Paul nicht gewesen, wäre die Sache vermutlich noch blutiger ausgegangen.«

Dann erzählte John davon, dass es Paul gewesen war, der ihn gedrängt hatte, ins Krankenhaus zu fahren, weil seiner Meinung nach die Wunde viel zu tief gewesen war, um von allein zu heilen. John hatte sich erst geziert, dann aber nachgegeben.

»In der Notaufnahme stand sie dann plötzlich vor mir«, erzählte er mit brüchiger Stimme weiter.

»Hier«, sagte Petty Officer MacLaine und reichte ihm ein Bier, bevor sie ihm aufmunternd zunickte. Sie hatte ein feines Gespür und registrierte, dass John eine kleine Pause brauchte.

Er erzählte weiter, nahm aber zuvor einen großen Schluck und spülte den Kloß hinunter, der sich in seinem Hals eingenistet hatte.

»Helena ist zu diesem Zeitpunkt eine junge Assistenzärztin gewesen«, fuhr er fort. »Sie hat mir an diesem Tag nicht nur meine Augenbraue geflickt, sondern auch mein Herz geraubt«, gab er jetzt lachend wieder.

»Ich war jedoch so schüchtern, dass ich mich einfach nicht getraut hab, sie nach ihrer Nummer zu fragen.«

»Typisch Mann«, erwiderte Petty Officer MacLaine und nahm ebenfalls einen Schluck von ihrem Bier. »Wenn es darauf ankommt, fehlt euch Kerlen der Mut.«

John grinste nur und zuckte mit den Schultern. »Na ja«, sagte er nach einer kurzen Pause, »bei meinem vierten Besuch im Krankenhaus war es dann Helena, die fragte, wie oft sie noch meine Wunde versorgen muss, bis ich sie endlich auf einen Drink einlade.«

MacLaine lachte auf. »Und dann?«

»Dann ist der Knoten endlich geplatzt, und wir wurden nach dem dritten Date ein Paar. Bereits sechs Monate später haben wir geheiratet. Wir waren ein gutes Team und hatten noch so viel vor! Als nächstes wollten wir der Erde einen Besuch abstatten und danach ein paar kleine Marsianer in die Welt setzen.«

John fing an zu lachen, doch sein Lachen gefror plötzlich, und er zuckte mit den Schultern. »Manchmal frage ich mich, ob ich das alles nur geräumt habe.«

»Es ist gut, dass du darüber sprichst, John«, sagte MacLaine. »Du darfst den Schmerz nicht für dich behalten, sonst frisst er dich auf.«

Sie reichte ihm noch ein Bier. Nicht das letzte an diesem Abend.

# 38

Am nächsten Morgen wurde John von heftigen Kopfschmerzen geweckt. Er fühlte sich elend und wäre am liebsten liegen geblieben, wenn er nicht diesen quälenden Durst verspürt hätte. Also rappelte er sich auf und schleppte sich widerwillig zum nächstgelegenen Wasserspender.

Dort angekommen, hängte er sich unter den Hahn, bis sein größter Durst einigermaßen gestillt war. Erst danach bemerkte er, dass Charly und Tim bei ihm waren und sich über ihn lustig machten. Das war allerdings nur zu verständlich, so wie er aussah. Völlig zerzaust und nur halb angezogen.

»Du siehst beschissen aus«, sagte Charly, die sich ein Grinsen nicht verkneifen konnte.

»Danke«, erwiderte er, musste dann aber selbst grinsen, nachdem er sein Spiegelbild im Widerschein des Wasserspenders gesehen hatte. Wie eine Vogelscheuche sah er aus. Ohne ein weiteres Wort schlurfte er unter die Dusche.

Zehn Minuten später gesellte er sich frisch geduscht und rasiert wieder zu seinen beiden Freunden. Es ging ihm jetzt deutlich besser, zwar nicht unbedingt körperlich, dafür aber mental. Denn abgesehen von seinem Kater fühlte er sich nicht mehr so deprimiert und niedergeschlagen wie an den Tagen und Wochen zuvor. MacLaine hatte recht behalten. Es hatte ihm offensichtlich gutgetan, seine Gefühle rauszulassen.

Gemeinsam erkundeten sie anschließend die Ares I, die für die kommenden Wochen ihr Zuhause sein würde. Sie selbst waren in Sektor vier untergebracht, dem kleinsten von insgesamt zehn Sektoren. Früher hatten alle Sektoren dem Gilizium-Transport gedient. Überall auf dem Schiff ging es laut und wuselig zu. So waren allein in ihrem Sektor mehr als zweitausend Marsianer auf einer Fläche untergebracht, die kaum größer war als vier Fußballfelder. Privatsphäre gab es nicht. Es war deshalb auch nicht verwunderlich, dass die Leute zunehmend aggressiv und genervt waren. Insbesondere wenn sie sich um die Plätze in den wenigen Aufenthaltsräumen streiten mussten, in denen Essen ausgegeben wurde.

Umso mehr genossen John, Charly und Tim die Möglichkeit, die Brücke und die Offiziersmesse aufsuchen zu können – ein Privileg, das sie Präsident Carter zu verdanken hatten.

Die nächsten Tage passierte nicht viel. Entweder stromerten sie durch das Raumschiff oder hockten zusammen und schmiedeten Zukunftspläne.

Tim Preston und Charly MacLaine redeten fast von nichts anderem mehr. Sie waren regelrecht euphorisch und konnten es gar nicht erwarten, auf der Erde anzukommen.

Während Tim noch hin- und hergerissen war, was er mit seiner Zukunft anfangen sollte, war die Sache für Charly bereits klar. Sie wollte das Angebot von Innenminister Ramirez annehmen und zu den Earth-Defendern wechseln. John hatte dagegen noch überhaupt keinen Plan. Natürlich hätte auch er zu den Earth-Defendern gehen können, hatte aber dankend abgelehnt, obwohl Minister Ramirez ihn regelrecht bekniet hatte.

»Komm schon«, hatte auch Charly gedrängelt, »wir sind doch ein gutes Team. Komm mit mir.«

Doch John blieb bei seiner Meinung. »Ich glaube mir passt keine Uniform mehr«, sagte er, »weder die der Mars-Defender noch irgendeine andere.«

Plötzlich und unerwartet meldete sich der Schiffskommandant das erste Mal über die Bordlautsprecher zu Wort.

»Liebe Reisende, mein Name ist Oscar Pavard«, stellte er sich vor. »Ich bin der Kommandant der Ares I und möchte Sie im Namen der gesamten Crew recht herzlich auf dem Schiff willkommen heißen. Wir hoffen, dass Sie sich den Umständen entsprechend gut eingerichtet haben und die Reise trotz der Enge ein wenig genießen können. Dank unseres modernen Ionenantriebs werden wir unser Ziel vermutlich, das heißt wenn alles glatt läuft, nach 39 Tagen erreichen. Das ist bemerkenswert schnell, wenn man bedenkt, dass wir in dieser Zeit eine Entfernung von zweihundert Millionen Kilometern zurücklegen werden. Doch davon werden Sie nichts merken. Sie werden vielmehr denken, dass wir still stehen, wenn Sie aus einem der vielen Fenster schauen. Das liegt daran, dass Sie keinen Bezugspunkt haben, der Ihnen ein Gefühl für die Geschwindigkeit gibt. Und suchen Sie erst gar nicht nach der Erde, weil Ihr neues Zuhause erst in vier Wochen in unser Blickfeld rücken wird. So, das wär's für den …«, sagte er, brach dann aber ab und fügte hinzu. »Ach ja, fast hätte ich es vergessen. Anders als von Ihnen vermutlich angenommen, werden wir die Erde nicht direkt ansteuern, sondern den einzigen Mond, der die Erde in einer Höhe von rund 380 000 Kilometern umkreist. Dort angekommen, müssen Sie sich einem etwa sechs Monate andauernden Assimilationsprogramm unterziehen, das Sie in jeder Hinsicht auf ein Leben auf der Erde vorbereiten wird. Einzelheiten werden Ihnen direkt nach Ihrer Ankunft auf dem Mond mitgeteilt. Bis dahin wünsche ich Ihnen eine angenehme Reise.«

Kaum dass der Kommandant seine Ansprache beendet hatte, schauten sich viele Marsianer verständnislos und fragend an und überlegten, was das alles zu bedeuten hatte. Nicht dass sie vorher völlig ahnungslos gewesen wären. Nur hatte ihnen bisher niemand gesagt, dass der Assimilationsprozess auf dem Mond und nicht auf der Erde stattfinden würde – und noch dazu ganze sechs Monate andauern sollte.

John und Charly ging es nicht anders. Auch sie waren fassungslos, dass zwischen ihrer Vergangenheit auf dem Mars und ihrer Zukunft auf der Erde ein halbjähriger Zwischenstopp auf dem Mond vorgesehen war. Umso mehr freuten sie sich darüber, dass Tim ein wenig Licht ins Dunkel bringen konnte.

»Lasst es mich euch erklären«, ereiferte er sich, nachdem er sich wie kein anderer mit dem unausweichlichen Assimilationsprozess auseinandergesetzt hatte. »Alles hängt mit der Gravitation auf dem Mars zusammen, die im Vergleich zur Erde nur 38 Prozent beträgt. Exakt 3,71 $m/s^2$. Ist das soweit klar?«

»Nichts ist klar! Gibt's auch eine Erklärung für Nichtastronomen?«, blaffte Charly.

»Okay«, erwiderte Tim, »dann noch einmal zum Mitschreiben. Das ganze Problem hängt mit der Wechselwirkung zwischen Masse und Gravitation zusammen. Je größer die Masse eines Planeten ist, desto größer ist seine Gravitation. Der Mars ist im Vergleich zur Erde eben nicht nur deutlich kleiner, sondern er verfügt auch nur über ein Zehntel der Masse.«

»Okay, das habe ich so weit verstanden«, entgegnete Charly jetzt deutlich milder. »Mir ist aber immer noch nicht klar, warum die unterschiedliche Schwerkraft einen so großen Einfluss auf die Dauer des Assimilationsprozesses hat. Sechs Monate sind schließlich kein Pappenstiel.«

»Das stimmt«, gab Tim ihr recht. »Es ist aber notwendig, weil sich die Anatomie von uns Marsianern über Generationen hinweg unmerklich an die geringere Schwerkraft angepasst hat. Denn je geringer die Schwerkraft ist, desto geringer ist auch der Kraftaufwand, den man betreiben muss, um zu gehen, zu rennen, zu springen oder irgendetwas hochzuheben. Seht euch im Vergleich doch nur die Erdlinge an. Sie sind zwar genauso groß wie wir, schleppen aber zehn bis zwanzig Kilo mehr mit sich herum. Das hat weniger mit der Ernährung zu tun, sondern liegt in erster Linie am robusteren Knochenbau und der viel größeren Muskelmasse, die ihnen die deutlich größere Schwerkraft auf der Erde abverlangt. Deshalb könnten wir auch gar nicht oder nur unter großen Kraftanstrengungen auf der Erde leben, weil unser Skelett zu filigran ist und wir schlichtweg zu wenig Muskeln besitzen. Wir könnten vermutlich noch nicht einmal aufrecht auf der Erde gehen. Deshalb müssen Besucher vom Mars ein Exoskelett tragen, sobald sie die Erde betreten.«

»Bingo!«, unterbrach ihn Charly, die offensichtlich darin eine Alternative zu dem langwierigen Anpassungsprozess erkannte. »Dann versuche ich es doch erst mal mit so einem Ding und erspare mir den Aufenthalt auf dem Mond, zumal ich auf keinen Fall so dick und plump daherkommen möchte wie die Erdlinge.«

»Ha, ha, ha!«, lachte Tim Preston laut auf und kriegte sich gar nicht wieder ein. »Dann frag doch mal die Erdlinge. Aus deren Blickwinkel sind wir alle viel zu dünn und noch dazu hässlich, weil ein viel zu großer Kopf auf unseren viel zu schmalen Schultern sitzt. Es kommt halt ganz auf die Perspektive des Betrachters an. Aber jetzt mal im Ernst. Ich kann dir keine Hoffnung machen, weil ein Exoskelett nur für einen Kurztrip eine Option ist. Nicht aber für Leute wie uns, die den Rest ihres Lebens auf der Erde verbringen wollen. Der Herzmuskel würde früher oder später schlappmachen, und dann wäre es aus mit uns.«

»Scheiße«, seufzte Charly. »Ich will aber nicht auf den Mond. Und dann auch noch für ein halbes Jahr!«

Typisch Frau, ging es John durch den Kopf, er verkniff sich aber jeglichen Kommentar, um nicht auch noch den Unmut von Charly auf sich zu ziehen. Stattdessen lenkte er das Gespräch erneut auf die Eingangsfrage zurück, die aus seiner Sicht immer noch nicht ausreichend beantwortet war.

»Also gut«, sagte er. »Wenn das geklärt ist, würde mich aber immer noch interessieren, warum die ganze Prozedur so lange dauert.«

»Das liegt doch auf der Hand«, antwortete Tim, der den Ball nur zu gerne wieder aufnahm. »Ihr müsst euch den ganzen Prozess wie ein intensives Trainingsprogramm vorstellen, mit dem eure Körper an die veränderte Gravitation gewöhnt werden. Wie bei einem Läufer, der einen Marathon unter drei Stunden laufen will, zuvor aber noch nie in seinem Leben einen Fuß vor den anderen gesetzt hat. So etwas dauert bekanntlich nicht nur ein paar Wochen, sondern Monate, wenn nicht sogar Jahre. Sechs Monate sind in diesem Zusammenhang sogar verdammt wenig Zeit, um den Assimilationsprozess im Rahmen der zulässigen Parameter abzuschließen.«

»Woher weißt du das alles?«, fragte ihn Charly, sichtlich verblüfft.

»Ich habe in der Schule einfach besser aufgepasst«, antwortete Tim und zwinkerte den beiden zu. »Nee, jetzt mal im Ernst«, fügte er an, »ich habe mich gestern in den Bordcomputer gehackt, nachdem ich schon vor einigen Tagen erste Gerüchte von dem bevorstehenden Aufenthalt auf dem Mond gehört hatte.«

»Dann kannst du uns ja vielleicht auch noch verraten, warum man daraus bisher so ein Geheimnis gemacht hat«, sagte John, der sich immer noch darüber ärgerte, dass man sie derart im Unklaren gelassen hatte. Selbst Ramirez und der Präsident hatten nichts gesagt.

»Keine Ahnung«, antwortete Tim. »Vielleicht liegt es daran, dass der Assimilationsprozess zu allem Überfluss auch noch ein wenig unangenehm sein soll und das Wissen darum viele Marsianer womöglich abgeschreckt hätte, auf die Erde überzusiedeln.«

# 39

Mit vier Tagen Verspätung hatte die Ares I den Orbit des Mondes erreicht und nach einer Umrundung am riesigen Raumhafen angedockt. Der Grund für die Verspätung war ein Meteoritensturm, der ihnen auf halber Strecke den Weg versperrt hatte. Sie mussten daraufhin ihr Tempo drosseln und sich den Weg freischießen. Eine willkommene Abwechslung in ihrem sonst so tristen Alltag. Trotzdem war die Erleichterung groß, als ihre lange Reise nach dreiundvierzig Tagen endlich ein Ende hatte.

Als dann auch noch die Erde in ihr Blickfeld rückte, war es endgültig um Tim und Charly geschehen. Minutenlang starrten sie gebannt aus dem Fenster, gedankenverloren und still. Kein Wunder, denn die Erde schien nicht nur zum Greifen nah, sondern sie reckte sich ihnen mit ihrer ganzen Schönheit und Strahlkraft entgegen.

»Was für ein Anblick!«, sagte Charly. »All diese Farben! Habt ihr schon mal so ein Blau gesehen?«

»Nein«, erwiderte Tim und schüttelte den Kopf. Natürlich hatten sie schon vorher alle möglichen Bilder und Aufnahmen von der Erde gesehen. Aber sie mit eigenen Augen zu sehen war einfach überwältigend.

»Jetzt kommt!«, unterbrach sie John und blickte ungeduldig auf sein Display. »Wir haben nicht mehr viel Zeit, und ich will mich hier noch ein wenig umsehen, bevor wir in die erste Phase des Assimilationsprozesses eintauchen und dann dazu keine Möglichkeit mehr haben. Außerdem wird mir schlecht, wenn ich mir euer Geschwafel noch länger anhören muss.«

»Ja, du hast recht«, antwortete Charly und musste lachen. »Dann los, bevor du dich noch übergeben musst.«

Dreißig Minuten später saßen sie in einem kleinen Gleiter,

den sie sich ohne Wissen des Kommandanten der Ares I kurz ausgeborgt hatten. Sie hätten natürlich auch fragen können, schätzten das Risiko aber zu hoch ein, dass man ihnen trotz aller Privilegien, die sie an Bord genossen, diesen Wunsch versagen würde. Deshalb hatten sie sich stattdessen einfach einen der Schlüssel geschnappt, der offen auf der Brücke herumgelegen hatte.

Sie drehten eine Runde über den Mond. Zuerst zogen sie eine Schleife um den riesigen Weltraumhafen, der von der Form her an einen Seestern erinnerte und gebaut worden war, um von hier aus in unbekannte Galaxien vorzustoßen. Doch das war lange her und hatte sich nun als Illusion herausgestellt, weil das letzte große Forschungsraumschiff vor über dreißig Jahren spurlos von der Bildfläche verschwunden war. Seitdem dockten dort fast nur noch Transporter an, die das kostbare Gilizium geladen hatten.

Danach flogen sie über die großen Raffinerien, die das Gilizium aufspalteten, um daraus den Grundstoff für die überlebenswichtigen Energiespeicher zu gewinnen. Auf ihrer Reise zur Erde hatten sie genug Gelegenheit gehabt, um sich über die Mondbasis zu informieren.

»Und das da drüben müssen die Produktionsstätten sein, in denen die Batterien hergestellt werden«, sagte Tim Preston und zeigte auf die gigantischen Hallen. Ein Teil davon ging zum Mars, der sich keine eigene Produktion leisten konnte. Zu kostspielig und zu kompliziert waren die Verfahren.

Zu guter Letzt führte sie ihre Exkursion über das Assimilationszentrum hinweg, das in weniger als 24 Stunden für sechs Monate ihr Zuhause werden sollte.

Insgesamt war der Komplex noch größer als erwartet, und wie man unschwer erkennen konnte, in sechs Abschnitte unterteilt. Jeder von ihnen hatte die Ausmaße einer Kleinstadt. Sechs halbrunde glasartige Kuppeln, die wie Pilze aus dem Boden sprossen. Warum das so war, konnte selbst Tim ihnen nicht erklären.

Aber auch so war John schwer beeindruckt vom dem, was er sah, zumal der gesamte Komplex angeblich erst vor achtzehn

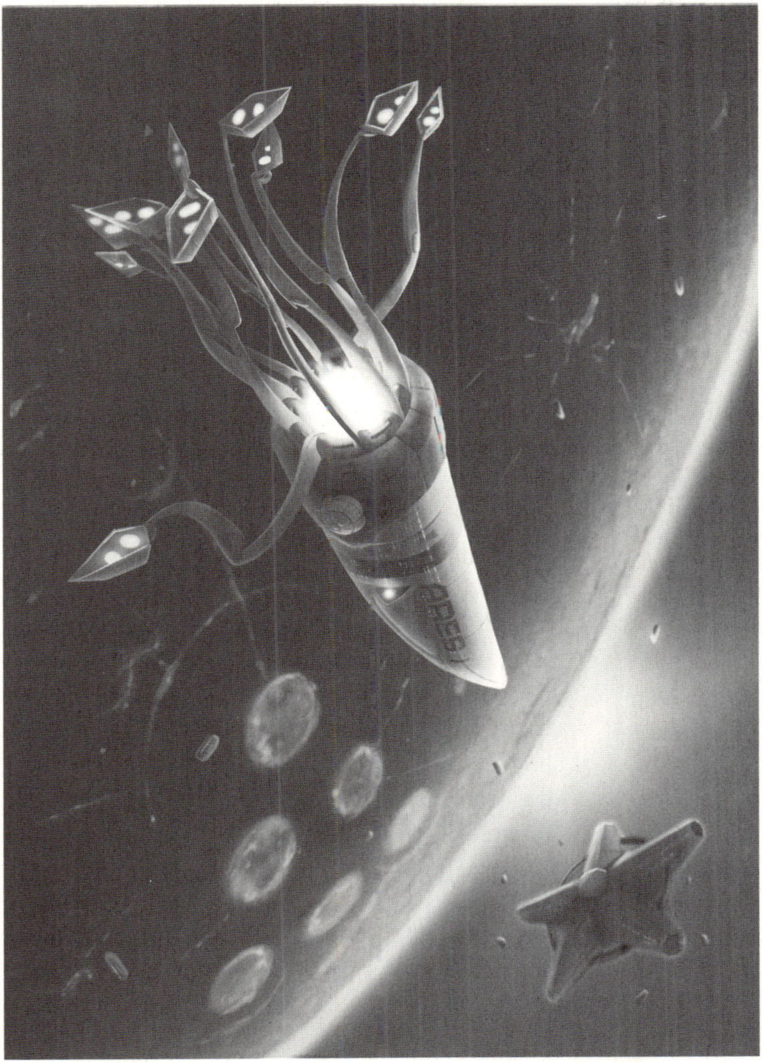

Die Illustrationen finden Sie in Farbe auf: www.trebor.info.

Monaten aus dem Boden gestampft worden war, nachdem Präsident Carter das Ende von Mars-Evolution verkündet hatte.

Abgesehen davon gab es nur wenig auf dem Mond zu entdecken. Hier und da konnten sie einige kleine Siedlungen ausmachen, die auf der Mondoberfläche wie Pickel auf der Haut eines Pubertierenden wuchsen.

Nach sechs Stunden waren sie wieder zurück. Keinen Moment zu früh, weil die Mehrzahl der 25 000 Assimilanten die Ares I zu diesem Zeitpunkt bereits verlassen hatte.

Schnell packten sie ihre wenigen Habseligkeiten zusammen und bestiegen einen der letzten Shuttles, der sie auf den Mond brachte, bevor sich die Ares I erneut auf die lange Reise zum Mars begab. So wie auch die anderen fünf Raumschiffe, die über die nächsten Jahre ständig zwischen Mars und Mond hin- und herpendeln sollten, bis die Evakuierung aller fünf Millionen Marsianer abgeschlossen war.

Im Anflug auf das Assimilationszentrum hatte John bereits ein mulmiges Gefühl im Magen. Mehr als einmal hatte er sich gefragt, ob Tim nicht ein wenig übertrieben hatte, als er sein Wissen über den bevorstehenden Assimilationsprozess mit ihnen geteilt hatte. Nicht im Traum hätte er daran gedacht, dass Tim nur die halbe Wahrheit kannte und dass es in Wirklichkeit viel aufwendiger und schwieriger für sie werden würde.

Einen ersten Vorgeschmack bekamen sie bereits, als sich die Luftschleuse mit einem lauten Zischen öffnete und sie sich plötzlich allen 25 000 Mitreisenden gegenübersahen. Sie schienen in der riesigen Ankunftshalle auf irgendetwas zu warten. Sie wirkten verunsichert, ja, teilweise sogar verstört. Zudem blickten die meisten von ihnen fortwährend auf ein Armband, ähnlich einer Uhr, das man ihnen offensichtlich hier verpasst hatte.

»Was geht denn hier ab?«, fragte Charly sichtlich irritiert mehr sich selbst und ohne eine Antwort zu erwarten.

»Das kann ich Ihnen erklären«, kam die Antwort dennoch prompt von einem Mann, der sich unbemerkt der kleinen Gruppe angenähert hatte.

»Aber eins nach dem anderen«, sagte er. »Zunächst möchte ich mich bei Ihnen vorstellen. Meine Name ist Thaddäus7 und ich bin ein iHuman, wie Sie vielleicht schon bemerkt haben.«

Und du siehst wie Isaac Newton aus, der einst die Gravitationslehre revolutioniert hatte, dachte John. Er konnte sich noch gut an die Bilder des genialen Lockenkopfs erinnern, der ihn während des Physikunterrichts so fasziniert hatte.

»Na klar«, spöttelte Charly, »wenn Sie ein Android sind, dann bin ich der Kaiser von China.«

»Das halte ich für ausgeschlossen«, gab Thaddäus7 amüsiert zurück. »Zum einen sehen Sie nicht aus wie ein Chinese, und zum anderen ist der letzte Kaiser von China bereits vor fünfhundert Jahren gestorben. Obgleich Sie tatsächlich ein wenig müde aussehen, wenn ich mir die Bemerkung erlauben darf.«

»Jetzt sehe ich es«, stellte John fasziniert und immer noch ein wenig ungläubig fest. »Sie haben keine Fingernägel. Sie sind wirklich ein iHuman und nicht der einzige, wenn ich mich hier so umschaue. Wirklich verrückt!«

»Gut beobachtet, Sir«, entgegnete Thaddäus7. »Genau genommen sind wir zweihundert an der Zahl. Die meisten davon sind iDocs, die sich in den nächsten Monaten um sie und die anderen Assimilanten kümmern werden.«

»Aber Sie sehen so anders aus als die Blechbüchsen, die bei uns auf dem Mars herumlaufen«, hakte Tim mit leuchtenden Augen ein.

»In der Tat«, bestätigte Thaddäus7. »Das liegt wohl daran, dass es auf dem Mars nur ältere Generation von uns gibt. Sozusagen meine Großeltern, wenn Sie verstehen, was ich meine.«

Spätestens jetzt konnte John sich nur noch wundern, angesichts der Ironie, die der Kerl an den Tag legte. Wirklich verrückt, dachte John.

»Jetzt aber zurück zum Thema«, sagte Thaddäus7 und lenkte das Gespräch auf den Assimilationsprozess. »Es läuft folgendermaßen ab. Ich werde Ihnen gleich ein Armband anlegen, das für einen erfolgreichen Anpassungsprozess unabdingbar ist. Sie dürfen es deshalb keinesfalls abnehmen. Ihr Leben könnte davon abhängen.«

»Wie das?«, fragte Tim sogleich.

»Das ist einfach erklärt«, antwortete Thaddäus7. »Das Armband überwacht nicht nur alle Vitalfunktionen, sondern ist auch eine Art Navigator, der Sie durch den komplizierten Assimilationsprozess führt. Ganz so, wie ein Kapitän sein Schiff durch eine raue See.«

»Alles klar«, entgegnete Tim und streckte daraufhin Thaddäus7 bereits sein Handgelenk entgegen.

»So weit, so gut«, merkte John an. »Das erklärt aber noch nicht, warum alle Marsianer hier so tatenlos herumstehen. Sie scheinen auf irgendetwas zu warten.«

»Ja, das stimmt«, antwortete Thaddäus7. »Sie warten auf eine Rückmeldung des Zentralrechners, der jeden Assimilanten typisiert und einer Gruppe zuordnet.«

»Einer Gruppe?«, hakte Charly ein. »Was hat das denn nun schon wieder zu bedeuten? Heißt das etwa, dass wir voneinander getrennt werden?«

»Unter Umständen schon«, gab Thaddäus7 zurück. »Jetzt legen Sie aber bitte erst mal die Armbänder an. Alles andere wird sich dann noch früh genug ergeben.«

Widerwillig legten sie sich daraufhin gegenseitig die Armbänder an, die ihnen Thaddäus7 ausgehändigt hatte, und taten anschließend das, was auch die übrigen Assimilanten machten, nämlich nichts. Sie warteten eine gefühlte Ewigkeit, bis plötzlich und unerwartet die ersten Armbänder eine Nummer anzeigten.

Auf Johns Display stand die Nummer zwei. Charly und Tim hatten leider eine andere Nummer. Damit war die Sache klar. Sie würden getrennt werden.

Normalerweise war das kein Problem für Soldaten, die es gewohnt waren, Befehle auszuführen. Doch diesmal war es anders. Sie taten sich erstaunlich schwer, nach all dem, was sie in den letzten Monaten gemeinsam erlebt hatten. Charly hatte sogar tränennasse Augen.

»Oh, nein«, sagte Charly. »Muss das denn sein?«

»Ja, das muss sein«, antworte Thaddäus7. »Nach 120 Tagen dürfen Sie einander aber besuchen.«

Es waren aber nicht nur die drei, die unter der bevorstehenden Trennung litten. Denn nur die wenigsten Marsianer waren allein gekommen.

Es waren insbesondere die Familien, denen es schwerfiel, voneinander loszulassen.

Kurz darauf war es dann so weit. Höflich, aber bestimmt forderten die iDocs die 25 000 Assimilanten auf, sich zu den Ausgängen zu begeben, die sich wie von Geisterhand am anderen Ende der großen Halle geöffnet hatten. Genau fünf und damit ebenso viele, wie es Gruppen gab.

John, Charly und Tim nickten sich ein letztes Mal zu und gingen ihrer Wege. John durch Ausgang Nummer zwei und Charly und Tim durch Ausgang Nummer vier.

Neben John gehörten knapp achttausend weitere Assimilanten zur Gruppe zwei. Einige kannte er flüchtig. Andere hatte er zumindest schon einmal auf der Ares I gesehen, während der größte Teil Fremde für ihn waren. Auch deshalb, weil sie während der 43 Tage andauernden Reise mehr oder weniger unter sich geblieben waren.

»John!«, hörte er plötzlich eine vertraute Stimme rufen. Er sah sich um, doch wegen der vielen Gesichter konnte er niemanden ausmachen. Bestimmt ist ein anderer John gemeint, dachte er sich.

Doch plötzlich spürte er eine Hand auf seiner Schulter, die ihn sanft zwang, sich umzudrehen. John folgte der Aufforderung und konnte nicht glauben, wer vor ihm stand.

»Nein!«, krächzte er.

»Das gibt's ja nicht, John! Du bist es wirklich«, sagte sein langjähriger Freund Paul und schüttelte ungläubig den Kopf.

Sein Herz machte einen Sprung, als er so plötzlich und unerwartet den Menschen vor sich sah, der ihm quasi dazu verholfen hatte, Helena zu begegnen.

»Paul!«, rief John und blickte lächelnd an seinem Freund herab. Dann fielen sich beide in die Arme.

John hatte zwar gewusst, dass Paul wie er selbst einen Neustart auf der Erde vorzog, aber nicht mitbekommen, dass er ebenfalls einen Platz auf der Ares I ergattert hatte. Es war schon verrückt. Sie hatten sechs Wochen gemeinsam auf demselben Raumschiff verbracht und nichts voneinander gewusst.

»Was meinst du?«, unterbrach ihn Paul in seinen Gedanken. »Was steht uns hier bevor?«

»Wenn ich das nur wüsste«, gab er zurück. Doch dann erzählte er Paul, was Tim ihnen alles über den Anpassungsprozess berichtet hatte.

Die ganze Wahrheit sollten sie aber erst am nächsten Morgen erfahren, als Thaddäus7 plötzlich und unerwartet in der Gruppenunterkunft auftauchte und sich als Betreuer der Gruppe 2/19 vorstellte. Insgesamt gehörten 120 Assimilanten ihrer Gruppe an. Sie waren zu zehnt in einem Zimmer zusammengepfercht und schliefen in Hochbetten. John fühlte sich wie ein Rekrut in der Grundausbildung. Zum Glück war Paul im selben Zimmer wie er einquartiert.

Die meisten ihrer Zimmergenossen waren in seinem Alter oder etwas jünger. Er vermutete deshalb, dass das Alter bei der Einteilung eine gewisse Rolle gespielt hatte, vermutlich aber nur eines von mehreren Parametern war.

Vieles von dem, was ihnen Thaddäus7 erzählte, deckte sich mit dem, was Tim in Erfahrung gebracht hatte. Es war aber, wie vermutet, längst nicht alles. So hatte Tim offensichtlich nicht gewusst, dass der Stammbaum eines Reisenden für den Assimilationsprozess von entscheidender Bedeutung war.

»Wie Sie bereits wissen, gibt es fünf verschiedene Gruppen«, fing Thaddäus7 an zu berichten. »Alles homogene Einheiten mit Leuten wie Ihnen, die ähnliche Eigenschaften für den Assimilationsprozess mitbringen.« Daraufhin zählte er alle Merkmale auf, die entscheidend waren für die Zuordnung zu einer Gruppe und Untergruppe.

»Das Alter spielt natürlich eine Rolle«, sagte Thaddäus7 und bestätigte damit Johns Vermutung. »Genauso wie die Vitalfunktionen, der individuelle Fitnesslevel, die Größe und Elastizität der Muskelfasern und allen voran die Knochendichte.«

Danach erklärte er, dass die beiden letzten Faktoren wiederum stark davon beeinflusst sind, wer wo geboren wurde.

»Wir unterscheiden in diesem Zusammenhang fünf verschiedene Typen«, erläuterte er weiter, »Typ A bis E«, um anschließend alle fünf verschiedenen Klassen im Einzelnen zu beschreiben. Zuerst kam er auf Typ A zu sprechen, der die geringsten Probleme zu erwarten hatte, weil er auf der Erde geboren wurde und sich deshalb vergleichsweise schnell an die Gravitation der Erde anpassen konnte.

»Die Erdanziehungskraft wurde dem Typ A sozusagen noch in die Wiege gelegt«, fuhr Thaddäus7 lachend fort.

John war immer noch irritiert und verwundert darüber, wie menschlich der iHuman wirkte. Voller Humor und Ironie.

Anschließend beschrieb er Typ B, der im Unterschied zu Typ A bereits auf dem Mars das Licht der Welt erblickt hatte, aber noch davon profitieren würde, dass beide Elternteile auf der Erde geboren wurden. »Dementsprechend ist immer noch viel von der Erde im Erbgut versteckt«, brachte Thaddäus7 es auf den Punkt.

Danach ging er auf den Typ C ein, für den der Anpassungsprozess noch ein wenig beschwerlicher werden würde.

»Warum ist das so?«, fragte John zurück, der es jetzt ganz genau wissen wollte, zumal er selbst zu den Betroffenen gehörte.

»Weil sich die Muskelzellen in der Regel bereits deutlich verändert zeigen, wenn ein Elternteil auf dem Mars geboren wurde. Das ist die Evolution. Die Gene eines biologischen Organismus passen sich an die Umgebung an«, antwortete Thaddäus7.

»Bleiben noch Typ D und E«, sagte er nach einer kurzen Pause. »Für sie ist der Anpassungsprozess am schwierigsten, weil das Erinnerungsvermögen der Synapsen bereits deutlich nachgelassen hat. Aber keine Angst«, fügte er an, »ihr gehört nicht dazu, weil ihr nicht zu den Assimilanten gehört, deren beider Elternteile oder gar Großeltern auf dem Mars geboren wurden.«

»Das heißt was?«, fragte eine junge Assimilantin aus der vordersten Reihe.

»Ganz einfach«, erwiderte Thaddäus7. »Sie alle gehören dem Typ C an. Sonst hätte der Zentralrechner Sie nicht der Gruppe 2 zugeordnet. Zudem ist keiner von Ihnen älter als dreißig und körperlich belastbar, um nur einige Eigenschaften zu nennen, die Ihnen allen gemeinsam sind und sie zu Kandidaten der Untergruppe 19 machen.«

Daraufhin blickten die 120 Anwesenden recht überrascht um sich. Thaddäus7 hatte die Gruppe ziemlich gut beschrieben.

Zu guter Letzt widmete sich Thaddäus7 dem eigentlichen Assimilationsprozess, von dem die meisten Anwesenden nur das Wenige wussten, das ihnen der Kommandant der Ares I erzählt hatte. Deshalb war die Überraschung groß, als Thaddäus7 mit Details aufwartete, die selbst für John neu waren.

»Um bleibende Schäden zu verhindern, passen wir die Schwerkraft nicht in einem Schritt an das Niveau der Erde an, sondern in sechs Stufen«, erklärte er. »Alles andere würde Ihren Organismus überfordern und zu irreparablen Schäden oder sogar Schlimmerem führen.«

»Was heißt ›Schlimmerem‹?«, wollte eine junge Frau jetzt ganz genau wissen.

»Zum Tod«, erwiderte Thaddäus7, ganz so, als ob es das Selbstverständlichste der Welt wäre.

»So, das wäre es von meiner Seite«, fuhr er anschließend fort. »Gibt es noch Fragen, die ich beantworten kann?«

»Ja«, meldete sich Paul zu Wort. »Wo sind wir hier genau, und wo sind die anderen Gruppen?«

»Sie befinden sich in der Biosphäre I«, antwortete Thaddäus7, »in einer von sechs riesigen Glaskuppeln. Jede einzelne ist groß genug, um bis zu 50 000 Assimilanten aufzunehmen und vor der feindlichen Außenwelt zu schützen.«

John kam in dem Moment ihr Überflug über das Assimilationszentrum in den Sinn. Die Biosphären hatte er bereits gesehen. Nur wusste er erst jetzt, was es damit auf sich hatte.

»Und die anderen Gruppen?«, wiederholte Paul den zweiten Teil seiner Frage.

»Sie sind ganz in der Nähe«, erwiderte Thaddäus7. »Sie sind in einem der anderen Gebäude untergebracht, die hier kreisförmig angeordnet sind. Und ja«, kam er der nächsten Frage zuvor, »Sie dürfen einander besuchen. Aber erst nach 120 Tagen, wenn Sie alle auf dem gleichen Level sind.«

Später rechneten John und Paul aus, dass es mehrere Jahre dauern würde, bis alle Marsianer das Assimilationsprogramm durchlaufen haben werden. Eine sehr lange Zeit, wie sie fanden. Umso mehr freuten sie sich darüber, dass sie zu den Ersten gehörten, die ihr neues Leben auf der Erde beginnen konnten.

# 40

Am nächsten Morgen erkundeten John und Paul ihr neues Quartier. Eines von zehn identischen Gebäuden, die unter der Glaskuppel der Biosphäre I Schutz suchten. Die Gebäude waren allesamt riesig und erinnerten John an einen Donut. Sie waren rund und in der Mitte hohl.

So fühlte er sich mittlerweile auch. Hohl und kränklich. Ganz so, als ob eine Grippe im Anmarsch war. Die Symptome waren eindeutig. Er hatte Kopf- und Gliederschmerzen, fühlte sich matt und hatte mit Sicherheit auch Fieber.

Alle Assimilanten zeigten früher oder später diese Symptome. Auslöser war stets die über Nacht angehobene Gravitation. Diese fesselte die Marsianer meistens regelrecht ans Bett. Johns Armband blinkte wie verrückt und forderte ihn auf, jegliche Anstrengungen zu vermeiden.

Sehr witzig, dachte John jedes Mal, wenn sein Armband Alarm schlug. Als ob er diese Hinweise benötigen würde, so beschissen wie er sich fühlte.

Zehn Tage nach der Erhöhung der Gravitation ging es den meisten ein wenig besser. Einer nach dem anderen verließ daraufhin sein Bett und startete in sein individuelles Assimilationsprogramm. Es bestand aus verschiedenen Kräftigungsübungen, viel Bewegung und einer sanften Ernährungsumstellung. Letztere war notwendig, weil die Ernährung auf dem Mars viel einseitiger war. Der Verdauungstrakt musste sich erst an das vielfältigere Angebot an Fleisch, Fisch, Gemüse und Obst gewöhnen.

Im Unterschied zu den anderen Maßnahmen des Anpassungsprogramms war das aber mehr Lust als Last. Dafür mussten sie zu jeder Mahlzeit einen weißen, dickflüssigen Saft trinken, der zwar die Darmflora aktivierte, doch leider einfach widerlich schmeckte.

Zur Freude von John und Paul durften sie nach weiteren fünf Tagen wieder ihr Quartier verlassen – nach Johns Überzeugung eine längst überfällige Entscheidung. Die Enge ihrer Station ging ihm langsam, aber sicher auf die Nerven.

Sie verbrachten daraufhin viel Zeit im riesigen Innenhof des Gebäudes, das wegen seiner Form von allen anderen tatsächlich als Donut bezeichnet wurde. Der Innenhof hatte einen Durchmesser von 250 Metern und war parkähnlich angelegt. Es gab Bäume und Sträucher, ausgedehnte Rasenflächen und viele Tische und Bänke, an denen die Assimilanten zusammensaßen und die Zeit totschlugen, wenn sie nicht gerade eine ihrer Trainingseinheiten absolvierten. So wie John und Paul, die gerade in eine Partie Schach vertieft waren.

Es ist wie verhext, dachte John. Ich kann machen, was ich will. Am Ende bin ich immer der Dumme. Paul hatte gerade seine Dame geschlagen und damit die Partie gedreht. Nicht zum ersten Mal. Fieberhaft überlegte John, was er machen sollte, während Paul nichts Besseres zu tun hatte, als ihn vollzuquatschen.

»Du wirst nicht glauben, wen ich heute Morgen zufällig gesehen habe«, störte er John in seiner Konzentration.

»Keine Ahnung«, gab John genervt zurück, während er immer noch darüber nachgrübelte, wie er sich aus seiner misslichen Lage befreien konnte.

»Das Arschloch, das dir in Kublan die Augenbraue aufgeschlitzt hat.«

»Du meinst den Kerl, den wir damals zusammen mit seinen Freunden hochgenommen haben, als sie im Begriff waren, das Maisfeld abzuräumen?«, fragte John jetzt schon deutlich interessierter.

»Ja, genau den«, bestätigte Paul. »Ich habe ihn vorhin im fünften Stock gesehen.«

»Zeig ihn mir«, antwortete John und kippte seinen König um. Die Partie war ohnehin verloren.

Paul ging voran. Sie verließen den Innenhof und steuerten einen der Fahrtstühle an, der sie direkt in den fünften Stock brachte.

Gruppenunterkünfte 5/1–17, las John auf einem Schild. »Was hattest du hier zu suchen?«, fragte er. Er selbst war noch nie hier gewesen.

»Einige Gläubige sind hier untergebracht«, antwortete Paul. »Wir treffen uns hier zum Gebet.«

»Und warum weiß ich davon nichts?«, fragte er weiter.

»Weil du nicht betest«, sagte Paul und zeigte mit der Hand nach rechts. »Hier entlang.«

»Das stimmt, aber …«

»Da vorne ist er«, unterbrach ihn Paul. »Ich meine den Kerl, der links neben dem Pfeiler steht. Der Typ mit der Glatze.«

»Ich kann nicht glauben, dass der Typ hier ist«, murmelte John.

»Doch, hundertprozentig«, antworte Paul im Brustton der Überzeugung. »Der Kerl ist zwar älter geworden, so wie wir alle, aber er ist es, da bin ich mir sicher.«

»Nein«, gab John immer noch fassungslos zurück, »das ist nicht der Kerl aus Kublan. Das ist Ryan Henderson!«

John war wie vor den Kopf gestoßen. Er war kreidebleich und konnte kaum glauben, wer da keine fünfzig Meter von ihnen entfernt zu sehen war. Er war dem Dreckschwein zwar noch nie persönlich begegnet, doch er erinnerte sich sofort an die vielen Bilder, die er sich angesehen hatte, als er auf der Jagd nach ihm gewesen war. Das war definitiv Henderson. Daran hatte John keinen Zweifel.

»Komm mit«, sagte Paul und zog John aus Hendersons Blickfeld.

»Bist du dir wirklich sicher, dass das der Anführer der Rothäute ist, von dem du mir erzählt hast?«

»Genau der. Wenn er nicht gewesen wäre, hätte es vermutlich keine Rebellion gegeben, und Helena wäre nicht …«

John schluckte seine Worte hinunter, als seine Augen sich mit Tränen füllten.

»Dann sind Henderson und der Ganove aus Kublan ein und dieselbe Person«, analysierte Paul die Situation. »Ist dir denn die Ähnlichkeit nicht aufgefallen?«

»Nein«, antwortete John, »ich habe den Kerl damals aber auch nicht richtig gesehen. Auch später nicht mehr. Die Sache war ja eindeutig und wurde deshalb auch in einem Schnellverfahren vor Gericht verhandelt.«

»Ja, jetzt erinnere ich mich«, sagte Paul und nickte langsam. »Du warst damals noch krankgeschrieben und deine Anwesenheit vor Gericht nicht von Nöten.«

»Mmh«, brummte John. Er hörte schon gar nicht mehr zu, sondern fragte sich, wie er das Dreckschwein zur Strecke bringen konnte, ohne den Verdacht auf sich zu ziehen. Es war alles so beengt hier und man fühlte sich irgendwie immer unter Beobachtung.

Charly und Tim konnte er leider nicht mit einbeziehen. Sie waren zwar nicht weit entfernt, im Moment aber außer Reichweite. Und Paul wollte er als Mann Gottes erst gar nicht in einen Gewissenskonflikt bringen.

»Ich weiß genau, was dir durch den Kopf geht«, sagte Paul und unterbrach Johns Gedanken. »Also komm erst gar nicht auf die Idee, mir irgendeinen Scheiß zu erzählen.«

»Paul, ich glaube, du solltest dich von nun an aus der Sache raushalten. Ich respektiere deinen Glauben, du sollst damit nichts zu tun haben.«

»Kommt nicht infrage«, entgegnete Paul und musterte John mit einem durchdringenden Blick. »Helena war nicht nur deine Frau, sondern auch meine Freundin. Vergiss das nicht. Außerdem ist der Kerl, nach allem was du mir erzählt hast, brandgefährlich.«

»Ist das dein Ernst?«, fragte John.

»Auge um Auge, Zahn um Zahn«, antwortete Paul. »So steht es schon in der Bibel.«

»Dann heute Nacht«, sagte John und nickte seinem Freund zur Bekräftigung zu.

Einige Stunden später ließ John seinen Blick immer und immer wieder in Richtung Tür schweifen, bis er gegen 2.30 Uhr sicher war, dass sie ihr Quartier unbemerkt verlassen konnten.

Endlich, dachte er, blieb zur Sicherheit aber noch zehn Minuten liegen und malte sich in allen Einzelheiten aus, wie er Ryan Henderson für seine Taten büßen lassen wollte. Erst danach gab er Paul das verabredete Zeichen und stand auf.

Gerade als sie aus dem Zimmer schlichen, hörten sie plötzlich die Stimme von Thaddäus7. »Sie sind spät«, sagte er und schaute dabei auf seine Uhr. »Wir müssen uns beeilen.«

John und Paul waren wie gelähmt und tauschten einen langen, durch und durch perplexen Blick.

»Was ist?«, fragte Thaddäus7 und schien die Situation auszukosten. »Sie glauben doch nicht, dass wir einfach zugucken, wenn Sie im Begriff sind, etwas Dummes zu tun.«

Zögerlich folgten John und Paul Thaddäus7 bis an den Rand der Biosphäre I. Dort angekommen gingen sie eine Weile an der dicken, glasartigen Außenhülle entlang, bis sie an eine hell erleuchtete Luftschleuse gelangten, die anscheinend von zwei anderen iHumans bewacht wurde.

»Was geht denn hier vor sich?«, fragte Paul seinen Freund, bekam aber als Antwort nur ein Achselzucken. Was hätte John auch antworten sollen? Er hatte doch selbst keine Ahnung und war deshalb ganz gespannt darauf, was hier gleich passieren würde.

Dann ging alles Schlag auf Schlag, als sich mit einem Mal die Luftschleuse auf der anderen Seite öffnete und ein Mann auf die todbringende Mondoberfläche hinausgezerrt wurde. Das wäre nicht weiter schlimm gewesen, wenn die Person einen Raumanzug getragen hätte.

So aber dauerte es nur wenige Sekunden, bis die feindliche Strahlung seinen nackten Körper ergrauen ließ und erste Risse und Blasen auf seiner Haut zu sehen waren. Überraschenderweise war der Kerl jedoch nicht gleich tot, sondern kämpfte, angetrieben durch seinen Überlebensinstinkt, verbissen um sein Leben.

Es sah schrecklich aus, wie er sich in seiner Verzweiflung immer und immer wieder gegen die Außenhülle warf, als ob er wirklich daran glaubte, die dicke, unzerstörbare, glasähnliche Struktur durchbrechen zu können.

Erst da erkannte John die schmerzverzerrte Fratze von Ryan Henderson und war wie vor den Kopf gestoßen. Er konnte keinen klaren Gedanken fassen, zumal Henderson ihm jetzt auch noch direkt in die Augen blickte. Der Moment war gespenstisch, aber auch schnell vorbei, weil bereits eine Sekunde später die Augen aus ihren Höhlen traten, um blitzschnell zu zerplatzen.

Die leeren Augenhöhlen waren mit Blut gefüllt. Rote Tränen liefen über die Wangen des Sterbenden.

Erst dann erlöste Henderson der Tod, während sein Körper an der Außenhülle entlang auf den Boden rutschte und eine blutige Spur hinterließ.

»Wir haben nicht gewusst, dass Ryan Henderson hier ist«, löste Thaddäus7 die Situation später auf. »Wir sind erst durch Sie beide auf ihn aufmerksam geworden.«

»Ihr habt uns abgehört!«, zählte John eins und eins zusammen.

»In der Tat«, gab Thaddäus7 zurück und tippte dabei auf Pauls Armband. »Wir hören alle Assimilanten ab. Bei bis zu 300 000 Marsianern, die wir hier gleichzeitig durchschleusen, bleibt uns keine Wahl, wenn wir die Kontrolle behalten wollen.«

»Verstehe«, erwiderte John. »Und warum dieses Schauspiel?«

»Das liegt doch auf der Hand«, antwortete Thaddäus7. »Wir konnten nicht einfach zusehen, wie Sie sich eines Verbrechens schuldig machen, und noch schlimmer, sich dabei selbst in Gefahr bringen.«

»Wer ist wir?«, fragte John zurück, obwohl er bereits eine vage Vorstellung davon hatte, wer dahintersteckte.

»Sie stehen unter dem persönlichen Schutz von Präsident Carter«, bestätigte Thaddäus7 Johns Vermutung. »Er hat mich persönlich beauftragt, Sie sicher durch den Assimilationsprozess zu bringen.«

»Sehe ich so aus, als ob ich ein Kindermädchen brauche?«, gab John wütend zurück.

»Das nicht«, antwortete Thaddäus7. »Es hat aber ohne Zweifel einige Annehmlichkeiten, wenn man als VIP reist. Oder glauben Sie wirklich, dass es Zufall war, dass Sie Ihren Freund Paul hier getroffen haben? Oder denken Sie an Ihren kleinen Ausflug mit dem Gleiter, als Sie hier angekommen sind. Sie haben doch nicht allen Ernstes angenommen, dass das unbemerkt geblieben ist?«

»Dann muss ich mich wohl bei dir bedanken, dass ich ein Ticket für die Ares I gewonnen habe«, sagte Paul und klopfte John dankend auf die Schulter.

»Wieso war Henderson überhaupt hier?«, hakte John ein, nachdem er sich wieder gefangen hatte.

»Der ist uns durchs Netz geschlüpft«, räumte das Thaddäus7 ein. »Er hat sich ganz offensichtlich eine neue Identität zugelegt und es irgendwie geschafft, unsere Kontrollen zu überlisten.«

Danach berichtete Thaddäus7, dass es der Innenminister höchstpersönlich war, der die Exekution angeordnet hatte und auch dafür verantwortlich zeichnete, dass John der Hinrichtung beiwohnen durfte. »Er war wohl der Meinung, dass es das Mindeste war, angesichts der Gräueltaten, für die Henderson direkt oder indirekt verantwortlich war. Den Tod Ihrer Frau und Ihres Bruders eingeschlossen«, fügte er an.

# 41

In den darauffolgenden hundert Tagen wurde die Schwerkraft schrittweise bis auf siebzig Prozent der Erdgravitation angehoben. Nicht umsonst wurde die Phase zwei und drei des Assimilationsprozesses als Vorhof zur Hölle bezeichnet. Die Assimilanten litten in dieser Zeit unter großen Schmerzen und mussten ihr Trainingsprogramm immer wieder unterbrechen.

John hatte in dieser Phase das Gefühl, wie im Zeitraffer zu altern. Er fühlte sich mittlerweile wie ein Hundertjähriger, obwohl er erst Anfang dreißig war. Es gab sogar Momente, da glaubte er zu sterben, obwohl er alles andere als ein Weichei war. Nie im Traum hätte John es für möglich gehalten, dass er sich so schnell nach der Zeit auf der Ares I zurücksehnen würde. Ganz zu schweigen nach seinem früheren Leben auf dem Mars, das er trotz aller Verluste jetzt mit anderen Augen sah.

Mit Beginn der Phase vier ging es langsam mit allen bergauf, obwohl die Schwerkraft ein weiteres Mal um zwanzig Prozent angehoben wurde. Offensichtlich gewöhnten sich die Assimilanten langsam an den Anpassungsprozess. Diese Phase hatte aber noch einen anderen entscheidenden Vorteil: Die 120 Tage waren vorbei, und sie durften einander jetzt regelmäßig besuchen. John, Charly und Tim trafen sich, wann immer sie die Zeit dazu hatten.

Mit Beginn der Phase fünf hatte John elf Kilo zugenommen, Charly sogar sechzehn. Sie sahen jetzt alle aus wie Menschen von der Erde und damit genau so, wie Charly definitiv nie hatte aussehen wollen. Dementsprechend schien für sie eine Welt zusammenzubrechen, während John sich eigentlich ganz gut gefiel – muskelbepackt und voller Energie, ohne dabei seine Schnelligkeit und Geschmeidigkeit eingebüßt zu haben.

Selbst das Krafttraining machte ihm mittlerweile Spaß, obwohl er immer noch das Gefühl hatte, einen Bleianzug zu tragen. John konnte zu diesem Zeitpunkt noch nicht wissen, dass von diesem Gefühl nichts mehr übrig bleiben würde. Das Gegenteil war sogar der Fall, weil Kraft und Schnelligkeit noch zu einer für ihn ungeahnten Mischung verschmelzen sollten. Besonders seine Sprungkraft war gewaltig.

»Schaut mich nur an«, jammerte Charly dagegen in einer Tour. »Wie dick und hässlich ich bin!«

»Bist du nicht«, erwiderte John jetzt leicht genervt, nachdem sich Charly wieder einmal im Spiegel betrachtet hatte. John sagte das nicht nur, um Charly aufzubauen, sondern meinte es auch so, zumal sie wirklich gut aussah: weiblich, mit den richtigen Rundungen an den richtigen Stellen.

Es braucht einfach seine Zeit, bis sie sich daran gewöhnt hat, dachte er. Tatsächlich bekam er einmal, als Charly sich unbeobachtet wähnte, mit, wie sie sich grinsend über ihre Taille und Brüste strich. Da musste er schmunzeln.

Der Assimilationsprozess ging jetzt in seine letzte Phase, und Thaddäus7 war mittlerweile so etwas wie ein Freund geworden. Thad, wie sie ihn mittlerweile der Einfachheit halber nannten, bereitete sie mehr und mehr auf ihr neues Leben auf der Erde vor. Nicht dass sie vorher völlig ahnungslos gewesen wären, zumal sie als Schüler recht viel über die Erde gelernt hatten.

Unabhängig davon hatten die angehenden Erdbewohner genügend Zeit, um ihren eigenen Interessen nachzugehen, vor allem weil sich die vier im Unterschied zu den meisten Assimilanten nicht um einen Job bewerben mussten, sondern – von wenigen Ausnahmen abgesehen – frei wählen konnten. Letzteres galt auch für die Region, in der sie leben wollten.

Charly blieb bei ihrer Entscheidung, zu den Earth-Defendern zu wechseln. Sie entschied sich, nach Chicago zu gehen und am Lake Michigan zu leben.

Tim hatte sich dagegen für ein Studium in Harvard entschieden, und Paul wollte an einem Ort, an dem er gebraucht wurde, eine Gemeinde gründen.

Die Illustrationen finden Sie in Farbe auf: www.trebor.info.

John wollte sich dagegen immer noch nicht festlegen. Er wollte sich vielmehr eine Weile treiben lassen und Orte besuchen, von denen seine Frau und er immer geträumt hatten. Präsident Carter hatte dies nicht nur abgesegnet, sondern ihm dafür auch die finanziellen Möglichkeiten eingeräumt.

Noch war es aber nicht so weit, weil noch mehr als zwanzig Tage Arbeit vor ihnen lagen, bis ihr Assimilationsprogramm endgültig abgeschlossen war.

Im Unterschied zu den zurückliegenden Wochen und Monaten standen jetzt aber mehr und mehr Fächer wie Politik, Kultur, Soziologie, Umweltkunde und, ganz wichtig, ein Integrationskurs auf dem Programm, der den Marsianern dabei helfen sollte, sich schneller und einfacher auf der Erde zurechtzufinden.

Schließlich war der Tag ihrer Übersiedlung gekommen. Es wurde Zeit, sich voneinander zu verabschieden. Alle waren hin- und hergerissen. Einerseits konnten sie es gar nicht abwarten, den Mond endlich hinter sich zu lassen, andererseits konnten sie sich aber nur schwer an die Vorstellung gewöhnen, ab jetzt getrennte Wege zu gehen. Nicht zuletzt schworen sie sich, einander nicht aus den Augen zu verlieren.

Umso schwerer fiel ihnen der Abschied von Thad, der auf dem Mond zurückblieb, um noch viele Assimilanten durch den schwierigen Anpassungsprozess zu führen.

Denn alle sechs Biosphären waren mittlerweile bis unter das Dach gefüllt, nachdem die sechs umgebauten Gilizium-Transporter zwischenzeitlich 300 000 Marsianer auf dem Mond abgeladen hatten. Das Ganze war perfekt organisiert, musste John zugeben.

# ANNO 2541

# 42

Gebannt und voller Vorfreude, aber auch voller Ehrfurcht schaute John aus dem Fenster, als der Shuttle in den Erdhimmel eintauchte. Dieses azurblaue Licht war einfach überwältigend, und es gab hier auf der Erde so viel davon! Ein erhabener Schauer löste sich und ein wohliges Gefühl durchströmte seinen Körper.

Auf dieser Seite ist gerade Tag, dachte John, und plötzlich wurde ihm bewusst, wie anders das Leben auf der Erde sein musste. Der Wechsel von Tag und Nacht war hier eine natürliche Abfolge und musste nicht künstlich erzeugt werden. Die Menschen konnten sich ohne Helm und Atemgerät auf der Oberfläche ihres Planeten fortbewegen und mussten nicht im Inneren ihres Planeten ihr Dasein fristen. Wenn nur Helena all das sehen könnte, schoss es John durch den Kopf und er blinzelte eine Träne weg.

Ein Teil Europas wurde sichtbar und der Gleiter steuerte den Ort an, an dem alle Fäden zusammenliefen. Präsident Carter hatte ihn eingeladen und er hatte die Einladung gerne angenommen. Carter hatte sogar seinen eigenen Gleiter geschickt, der John direkt vor dem Silveregg absetzte.

John staunte nicht schlecht über die silbrig glänzende Fassade des Gebäudes. Das Silveregg erinnerte tatsächlich an ein lang gezogenes Ei.

Der Regierungssitz war unglaubliche 352 Stockwerke hoch und mit Abstand das höchste Gebäude der Welt. Es schien quasi mit dem Himmel zu verschmelzen. Lange blickte John ungläubig die steile Fassade empor, direkt in den strahlend blauen Himmel – und war geblendet.

»Herzlich Willkommen auf der Erde«, riss ihn ein schlanker Mann in einem perfekt sitzenden Anzug plötzlich und unvermit-

Die Illustrationen finden Sie in Farbe auf: www.trebor.info.

telt aus seinen Gedanken. John hatte ihn gar nicht bemerkt und zuckte förmlich zusammen.

»Entschuldigen Sie, wenn ich Sie erschreckt habe«, fuhr er fort. »Mein Name ist Kent12. Ich bin der persönliche Assistent von Präsident Carter. Bitte folgen Sie mir.«

Wenige Augenblicke später betraten sie einen gläsernen Fahrstuhl und rasten an der Außenfassade entlang in Richtung Spitze. Das Ganze ging so schnell, dass John der Stockwerksanzeige kaum folgen konnte.

Oben angekommen wartete der Präsident bereits auf ihn und streckte ihm die Hand entgegen.

»Es ist mir wirklich eine Freude, dass wir uns endlich persönlich kennenlernen, willkommen auf der Erde«, begrüßte Carter ihn und schüttelte seine Hand. Gemeinsam standen sie lange an einer der gläsernen Fronten des Blauen Salons und blickten über die Stadt, den Zürichsee und das angrenzende Land. Der Ausblick war atemberaubend.

»Wir haben viel zu besprechen«, sagte Carter schließlich und drehte sich zu John. John nickte nur, sagte aber nichts. Er wollte zuerst hören, was Carter zu sagen hatte und wurde angenehm überrascht. Denn anders als erwartet war der Präsident äußerst selbstkritisch und ging hart mit sich in Gericht.

»Zuerst möchte ich mich bei Ihnen entschuldigen«, sagte er. »Wir haben große Fehler gemacht. *Ich* habe große Fehler gemacht und den Aufstand unterschätzt. Ich hätte kritischer nachfragen müssen, als die ersten Meldungen eintrafen.«

»Ja, das hätten Sie«, antwortete John, während er seinen Blick über die unter ihnen liegende Skyline schweifen ließ. »Dann wäre vermutlich alles anders gekommen, und wir würden jetzt nicht hier stehen.« John dachte an Helena und sah keinen Grund, es dem Präsidenten zu leicht zu machen.

»Ja«, bestätigte Carter. »Viele gute Leute sind gestorben. Ich kann es aber leider nicht rückgängig machen. Auch nicht den Tod Ihrer Frau und den Ihres Bruders.«

»Nein, das können Sie nicht«, erwiderte John. »Sie können mir aber wenigstens erklären, warum Sie den Marsianern nicht von

Anfang an einen größeren Handlungsspielraum eingeräumt haben. Das verstehe ich bis heute nicht.«

»Das will ich gerne versuchen«, sagte der Präsident. »Als wir die Entscheidung getroffen haben, den Mars aufzugeben, haben wir viele Experten zurate gezogen und gefragt, ob es zu einer vollständigen Evakuierung eine Alternative gibt. Und die Antwort war stets die gleiche. Nein, hieß es immer. Sie hielten es schlichtweg für unmöglich, dass sich auch nur ein kleiner Teil ohne andauernde Unterstützung dort behaupten kann. Und sie glauben es übrigens noch immer.«

»Dann werden wir abwarten müssen, wer recht behält«, antwortete John.

Der Präsident nickte. »John, darf ich Sie fragen, was Ihre Pläne hier auf der Erde sind?«

»Ich weiß es ehrlich gesagt noch nicht. Ich würde am liebsten die ganze Erde erkunden. Die Natur. Die Lebewesen. Die vielen Regionen.«

»Das lässt sich alles einrichten, John. Und falls Sie danach in die Politik wollen, kann ich Ihnen auch da weiterhelfen. Glauben Sie mir, jemand mit Ihrer Vita hat alle Möglichkeiten. Oder Sie fangen in meinem Stab an. Sie brauchen mir nur Bescheid zu sagen.«

John bedachte den Präsidenten mit einem langen Blick. Trotz seines Grolls kaufte er dem Präsidenten seine Entschuldigung ab. Dieser Mann hatte seine Fehler, aber er war kein Schlächter wie Henderson oder Lemark. Carter hatte Henderson aus dem Weg räumen lassen, bevor John sich mit seinem Rachedurst in große Gefahr bringen konnte.

»Ich fühle mich geehrt, Herr Präsident. Darf ich etwas darüber nachdenken?«

»Aber gewiss! Überstürzen Sie es nicht! Hören Sie, John, ich muss gleich in eine Sitzung, wie wäre es, wenn Sie sich ein wenig ausruhen und Ihnen Kent12, mein persönlicher Android, morgen ein wenig die Stadt zeigt? Nicht dass ich der Meinung bin, dass Sie einen Aufpasser brauchen – doch es ist anfangs gar nicht so einfach, sich hier zurechtzufinden, ich meine, wenn man neu in der Stadt ist.«

»Einverstanden«, sagte John.

»Und noch einmal, John: willkommen auf der Erde!«

Tags darauf erkundete John zusammen mit Kent12 die Stadt. Und wie er feststellen musste, erwies es sich als Glücksfall, den Androiden an seiner Seite zu haben, weil die Stadt einem riesigen Ameisenhaufen glich. Ein Wirrwarr aus Straßen und Gebäuden, zumeist riesige Wolkenkratzer, die wie Lanzen gen Himmel schossen. Viele davon waren aus Glas und Stahl oder aus dem gleichen Verbundwerkstoff, aus dem auch das Hauptquartier der Mars-Defender errichtet wurde. Nur mit dem Unterschied, dass hier eine Sonne auf die Gebäude herunter schien und sich in den glänzenden Fassaden der Wolkenkratzer widerspiegelte. Abertausende Sonnenstrahlen wurden zwischen den Gebäuden hin und her geworfen und brachten die Stadt im wahrsten Sinne des Wortes zum Strahlen.

Und dann diese vielen Gleiter, die zwischen den Wolkenkratzern hin und her sausten, es aber irgendwie schafften, einen Zusammenstoß zu vermeiden. Kent12 erklärte ihm, dass dahinter ein ausgeklügeltes Navigationssystem steckte, das die Steuerung der Gleiter automatisch übernahm, sobald ein Fahrzeug die Stadtgrenze überquerte, ob am Boden oder in der Luft.

Am meisten faszinierte John die Tatsache, dass nichts als der Himmel über ihren Köpfen zu sehen war. Es gab keine Glaskuppel wie auf dem Mond und auch keine andere Abschirmung. Und dennoch bewegten sich die Menschen ohne Schutzanzüge durch die Stadt, meist auf dem Boden, aber auch auf den vielen Brücken, die die Gebäude in luftigen Höhen miteinander verbanden.

Auf dem Mars hatten sie davon immer geträumt und sich häufig ausgemalt, wie es wohl sei, einfach so auf der Oberfläche herumzuspazieren. So fühlt sich das also an, dachte John und strahlte über das ganze Gesicht.

Insgesamt blieb John noch drei Tage in der pulsierenden Stadt, bevor er sich auf den Weg machte, die für ihn neue Welt zu erkunden.

Präsident Carter hatte sich nicht lumpen lassen und ihm eigens dafür einen Gleiter zur Verfügung gestellt, mit dem er die ganze Welt umrunden konnte. Und wer saß zu seiner Überraschung im Cockpit? Thaddäus7!

John staunte nicht schlecht, als er den Androiden sah, der Isaac Newton wie aus dem Gesicht geschnitten war.

»Der Präsident hat mich zu Ihrem persönlichen Schutz abkommandiert, Major Trebor«, dozierte der Android. »Er war der Meinung, dass Sie als Außerirdischer, sozusagen als Alien, ein wenig Unterstützung brauchen.«

John zögerte. Denn nach der Enge der letzten Monate hatte er sich auf das Alleinsein gefreut.

Thaddäus7 spürte das und setzte nach. »Trotz Ihrer Sprachkenntnisse ist das alles für Sie unerschlossenes Land, glauben Sie mir, es wäre unklug, mich wieder fortzuschicken.«

»Na gut«, antwortete John, »Sie können mich begleiten. Aber nur unter der Voraussetzung, dass wir uns duzen. Keine Förmlichkeiten mehr. Okay?«

»Sehr wohl, John, ganz wie es Ihnen beliebt.«

Dir beliebt, dachte John. Aber egal, es war immerhin ein Anfang.

Für die ersten drei Monate ihrer Reise flogen sie nach Nordamerika, wie Thad vorschlug. Es stellte sich heraus, dass nur noch wenig vom Nordamerika, das John von den Landkarten in der Schule kannte, übrig war. Denn auch hier gab es zu Johns Verwunderung mehr Wasser als alles andere. Hatten sie davon auf dem Mars zu wenig, gab es hier eindeutig zu viel. Einstmals große Zentren und Städte standen bis zu den Knien im Wasser. Viele waren nicht oder nur noch eingeschränkt bewohnbar. New York City war eine solche verlassene Stadt. Einst eine blühende Metropole, gammelte die Küstenstadt jetzt vor sich hin, nachdem der Schutzwall im Jahre 2369 endgültig gebrochen war und das Wasser die Stadt geflutet hatte.

Das einstmals so geliebte Wahrzeichen der Stadt, die Freiheitsstatue, stand seitdem bis zur Hüfte im Wasser und rostete vor sich hin, bis sie eines Tages komplett einstürzen würde.

»Das sieht wirklich gespenstisch aus«, sagte John, als Thad

Die Illustrationen finden Sie in Farbe auf: www.trebor.info.

den Gleiter durch die engen Schluchten des früheren Manhattan lenkte. Wie die Freiheitsstaue stand auch hier alles unter Wasser. Nur mit dem Unterschied, dass es hier auch noch neblig war. Schuld war die hohe Luftfeuchtigkeit, die zwischen den Gebäuden herumwaberte.

»Mmh«, antwortete Thad, sichtlich darum bemüht, nicht in den Rankenpflanzen hängen zu bleiben, die überall aus den Gebäuden herauswuchsen.

»Pass auf!«, schrie John, als sie gerade am Rockefeller Center vorbeiflogen und auf die Fifth Avenue einbogen. »Das ist ja der reinste Dschungel hier.«

»Hängende Gärten«, entgegnete Thad, »so wird das Unkraut hier seit rund zweihundert Jahren bezeichnet. Das Ganze ist zu einer richtigen Touristenattraktion geworden. Auch wegen der vielen Vögel, die sich hier eingenistet haben.«

»Welche Vö…«, sagte John, brach dann aber ab, weil just in dem Moment ein Schwarm Tölpel um die Ecke flog.

»Verstehe«, sagte John, während er überlegte, was er davon halten sollte.

Auf den anderen Kontinenten sah es, wie John später feststellen musste, auch nicht anders aus. Die Menschen hatten sich auf höher gelegenes Terrain zurückgezogen und teilweise neue Städte gegründet – meist bevor sie den Kampf gegen die Wassermassen endgültig verloren hatten. Manila und Bangladesch gehörten leider nicht dazu. Hier hatte das Wasser über fünf Millionen Menschen, nachdem die Dämme ohne Vorwarnung gebrochen waren, einfach verschluckt. Später hatte sich Pfusch am Bau als Ursache herausgestellt.

Es gab aber auch positive Ausnahmen, die John auf seiner Reise besichtigen konnte. Paris, Tokio und Peking waren einige von ihnen. Hier hatten es die Menschen im Laufe der Jahrhunderte immer wieder geschafft, stärkere und widerstandsfähigere Dämme zu bauen, die ihre Städte vor den Wassermassen schützten. Ähnlich großen Aquarien, nur dass das Wasser von außen und nicht von innen an die Wände drückte.

Thad machte für all das den Klimawandel verantwortlich, der das Eis in den Polregionen hatte schmelzen lassen und zu einem Anstieg des Meeresspiegels um beinahe siebzig Meter geführt hatte.

Die meiste Zeit verbrachte John aber ohnehin nicht in den großen Metropolen. Ihm hatten es vielmehr die weniger dicht besiedelten Regionen angetan.

Monatelang strich er mit Thad durch die unberührte Natur, oder durch das, was davon noch übrig war. Durch Kanada, den Himalaya, die Taiga, die Alpen, durch Patagonien und die wenigen anderen schönen Flecken, die dieser Planet zu bieten hatte. Allen voran durch die wenigen großen Wälder, die geradezu eine magische Anziehungskraft auf John ausübten.

In den Wäldern der Taiga rannte John von Baum zu Baum und berührte immer wieder die verschiedenen Stämme und Blätter.

»Aber auch hier ist nicht mehr alles so, wie es sein sollte«, klärte Thad ihn auf. »Oder glaubst du, dass es die vielen Stürme und heftigen Niederschläge, die uns so häufig tagelang im Inneren des Gleiters festhalten, immer schon gegeben hat? Nein, natürlich nicht«, fuhr er fort, ohne eine Antwort abzuwarten. »Sie sind genauso dem Klimawandel zuzuschreiben wie die lebensunfreundlichen Temperaturen in Teilen Afrikas, Australiens und Asiens.«

Aus diesem Grund machten sie auch einen großen Bogen um diese Regionen, in denen die Menschen nur noch in Silos leben konnten. Ganz ähnlich den Biosphären auf dem Mond.

# 43

Nach einem Jahr kam John wieder zurück nach Zürich. Der Präsident hatte um sein persönliches Erscheinen gebeten, den Grund dafür aber im Dunkeln gelassen. Carter hatte auch Charly, Tim und Paul eingeladen, aber auch sie kannten den Grund für die Einladung noch nicht.

John freute sich unendlich, seine Freunde wiederzusehen, von denen er auf seinen Reisen wenig gehört hatte. Zu sehr war er mit sich selbst beschäftigt gewesen.

»Da ist ja unser Weltenbummler«, sagte Charly und drückte ihn an sich, als sie sich in einem Züricher Restaurant trafen.

Auch Paul herzte ihn, hielt aber auch mit Kritik nicht hinter dem Berg. »Wenigstens eine Postkarte hättest du mal schicken können«, echauffierte er sich halb im Scherz.

»Ja, du hast recht«, räumte John zähneknirschend ein. »Ich hätte mich wirklich häufiger melden können.«

Erst danach drehte er sich um und streckte Tim die Hand entgegen. »Hallo, Tim, ich freue mich, dich zu sehen«, sagte er.

»Hallo«, kam es knapp von Tim zurück. John wunderte sich über die spärliche Begrüßung.

»Es tut mir wirklich leid, dass ich mich nicht gemeldet habe«, sagte John, fest davon überzeugt, dass Tims Reaktion seinem Verhalten geschuldet war.

»Du hast offensichtlich keine Ahnung, was hier los ist«, zischte Tim ihn plötzlich an.

»Was meinst du?«, fragte John zurück und blickte ihn und die anderen nichtsahnend an.

»Tim ist ein Opfer von rassistischen Anfeindungen geworden«, klärte Charly die Situation auf. »Er will uns nicht erzählen, was passiert ist. Wir wissen nur, dass er deshalb sogar sein Studium geschmissen hat. Demnach muss es schlimm zugegangen sein.«

»Rassismus?«, antwortete John. »Das ist ja wohl ein schlechter Scherz.« Er konnte gar nicht glauben, was er da gerade gehört hatte. Nicht zuletzt, weil er davon rein gar nichts auf seinen Reisen mitbekommen hatte. Ganz im Gegenteil, denn wo immer er Kontakt zu den Erdlingen hatte, wurde er respektvoll und freundlich empfangen.

»Das ist kein Scherz«, sagte Charly mit ernster Miene. »Leider wurden einige von uns nicht so gut aufgenommen, wie wir es uns erhofft hatten. Die Erdlinge fühlen sich offensichtlich zurückgesetzt und haben Angst um ihre Jobs. Das schürt natürlich Aggressionen. Selbst bei den Earth-Defendern habe ich manchen dummen Spruch gehört und auch Anfeindungen zu spüren bekommen.«

Pauls Erfahrungsberichte waren auch nicht viel besser. Er und viele andere Marsianer, die sich in Lima niedergelassen hatten, wurden zwar nicht angefeindet, dafür aber gemieden und wie Aussätzige behandelt. »Das war wirklich nicht zu erwarten«, schloss Paul seinen Bericht. »Nach all dem, was man uns versprochen hatte.«

»Das ist absolut inakzeptabel«, sagte John und ballte die Fäuste, bis das Weiße seiner Knöchel zu sehen war. »Wir sollten, nein, wir müssen das mit dem Präsidenten besprechen. Vielleicht ergibt sich ja morgen schon die Gelegenheit dazu.«

»Das ist eine gute Idee«, antwortete Paul. »Doch jetzt erzähl doch mal, was du so erlebt hast! Ich platze vor Neugier.«

»Ja«, pflichtete Charly ihm bei. »Und lasst uns endlich mal was zu trinken bestellen. Ich komme um vor Durst.« Charly und Paul waren sichtlich um eine gute Stimmung bemüht. Doch vergeblich, wie sich im Laufe des Abends noch herausstellen sollte. Nicht zuletzt, weil es ihnen nicht gelang, Tim aus seinem Schneckenhaus herauszulocken. Er blieb in sich gekehrt und beteiligte sich kaum an ihrem Gespräch. Selbst als sie anfingen, über alte Zeiten zu sprechen.

Wie verabredet holte Kent12 die vier am nächsten Morgen aus ihrem Hotel im 62. Stock des Silvereggs ab.

»Ich freue mich, Sie zu sehen«, sagte der Android, ohne auch nur einem der vier die Hand zu geben. Darin ähnelte er Thaddäus7, der auch keinen Sinn für derartige Konventionen hatte. Kent12 nickte ihnen lediglich kurz zu, bevor er sie zum Fahrstuhl geleitete.

Anders als von John erwartet, ging es jedoch nicht nach oben, sondern nach unten. »Der Präsident empfängt uns wohl nicht im Blauen Salon«, raunte John seinen Freunden zu, ohne eine Antwort zu erwarten.

»Nein, Sir«, antwortete Kent12, »unser Ziel ist der Bumerang.«

»Der Bumerang«, antworteten Paul, Charly und John, wie aus einem Munde. »Was sollen wir denn da?«

Kent 12 ließ sich mit seiner Antwort Zeit. »Sie werden dort erwartet«, sagte der Android, als die Tür bereits aufschnappte.

Der gigantische, mit Menschen gefüllte Saal lag ihnen direkt zu Füßen. Es gab keinen Flur und keine weitere Tür. »Beeilung«, drängelte Kent12, »bevor sich die Tür wieder schließt.«

»Also gut«, sagte John und trat hinaus, mitten in den großen Plenarsaal hinein. Staunend drehten sie ihre Köpfe in Richtung Sitzplätze, als der Applaus einsetzte. Die Reihen waren fast bis auf den letzten Platz besetzt. Über tausend Parlamentarier erwiesen ihnen stehend und klatschend Respekt.

Die Marsianer waren sichtlich irritiert, bis der Präsident auf sie zugelaufen kam und ihnen die Hände schüttelte. »Ich hoffe, die Überraschung ist gelungen«, begrüßte er sie. »Bitte nehmen Sie Platz und genießen Sie den Tag!«

Dann trat Carter ans Rednerpult und begann John, Charly und Tim und auch alle anderen Marsianer, die sich während des Aufstandes verdient gemacht hatten, mit Lob zu überschütten.

John war vollkommen perplex. Das ist also der Bumerang, dachte er. Wirklich beeindruckend. Der Plenarsaal war wirklich riesig und tatsächlich leicht gebogen. Es gab insgesamt zehn Etagen mit Sitzplätzen, die sich allesamt um das Rednerpult schmiegten. Alles war in Weiß gehalten. Die Wände, der Fußboden und auch die eierschalenförmigen Sessel, von denen aus die Parlamentarier auf sie herabblickten. Sie selbst saßen rechts neben dem Rednerpult.

»Und aus diesem Grund«, beendete der Präsident seine Ansprache, »verleihe ich Ihnen in Anwesenheit des gesamten Parlaments heute die *Medal of Honor!* Das ist die bedeutendste militärische Auszeichnung, die es gibt. Und nicht nur Ihnen gebührt diese Ehre, sondern auch allen anderen, die sich durch besondere Tapferkeit und Furchtlosigkeit, unter Einsatz ihres Lebens weit über die Pflichterfüllung hinaus ausgezeichnet haben. Hierzu zählen Sam Dixon, Adam Miller, Matthew Miller sowie Sergeant Ralph Gibson, wobei den beiden letztgenannten die Medaille postum verliehen wird.«

Dann stand Präsident Carter auf und heftete den dreien die Medaille persönlich an und schüttelte ihnen die Hände.

John war hin- und hergerissen. Einerseits freute er sich natürlich, andererseits hallten immer noch die Rassismus-Vorwürfe in seinem Kopf nach, die er gestern das erste Mal gehört hatte. Umso bedauerlicher war es, dass der Präsident an diesem Tag keine Zeit für sie hatte.

# 44

Gesundheitsministerin Harper Mountbatten war schockiert und entsetzt zugleich, als der Leiter des Nationalen Zentrums für Infektionskrankheiten den Besprechungsraum verließ. »Sie sind gefeuert!«, schrie sie ihm noch hinterher, nicht wissend, ob er ihre letzten Worte noch gehört hatte.

Dann schaute sie in die Gesichter ihrer engsten Mitarbeiter und fuhr fort: »Kann mir irgendjemand mal erklären, warum ich so spät über diese Entwicklung informiert worden bin? Die Welt geht den Bach runter, und ich bin so ziemlich die Letzte, die davon erfährt.«

Zögerlich versuchte es daraufhin der zuständige Staatssekretär mit einer Erklärung. »Frau Ministerin, unsere besten Virologen waren bis zuletzt guter Hoffnung, dass es auch diesmal gelingt, einen Impfstoff zu entwickeln, der …«

»Ach, halten Sie doch die Klappe!«, unterbrach ihn die Gesundheitsministerin. »Sorgen Sie lieber dafür, dass diese Nachricht nicht nach außen dringt. Die Folge wäre eine Massenpanik, die den ganzen Planeten aus den Angeln heben würde und den Mars gleich mit.«

Dann verließ sie den Raum und machte sich auf den Weg zum Präsidenten.

John hatte sich an den Obersee zurückgezogen, der nur durch eine kleine Landzunge vom Zürichsee getrennt war. Er hatte die Lust am Reisen verloren und sich in ein kleines Gästehaus unweit des kleinen Örtchens St. Gallen eingemietet. Er war wütend und deprimiert. Zu sehr hatten ihn die Erfahrungsberichte seiner Freunde aufgewühlt und sich fest in seine Gedanken eingebrannt. Zudem wartete er auf einen Termin beim Präsidenten, der ihn zu seiner Enttäuschung jedoch immer wieder vertrösten ließ.

Entweder hieß es, der Präsident sei im Augenblick sehr beschäftigt, oder er sei gerade nicht in der Stadt. Und wann immer er nachfragte, bat man ihn um ein wenig mehr Geduld.

Also übte er sich notgedrungen in Geduld, auch wenn ihm dies äußerst schwerfiel. Was blieb ihm auch anderes übrig? Schließlich konnte John nicht einfach an die Tür zum Blauen Salon klopfen. Deshalb versuchte er, das Beste aus der Situation zu machen und die Zeit, so gut es eben ging, herumzukriegen.

Er unternahm ausgedehnte Wanderungen oder schwamm im Obersee. Anfangs war das leichter gesagt als getan, weil er dazu erst mal schwimmen lernen musste. Aber Thad erwies sich auch in dieser Hinsicht als geduldiger Lehrer, sodass es nicht lange dauerte, bis John allein seine Bahnen zog.

Meistens gönnte er sich bereits in aller Frühe eine Abkühlung, nachdem er mit Gibson, seinem holografischen Kampftrainer, sein allmorgendliches Training beendet hatte. Es war für ihn auch nach einem Jahr immer noch unfassbar, dass es hier auf der Erde so viel Wasser gab.

Überdies spielte John mit Thad viel Schach und redete mit ihm über alle möglichen Dinge. Am meisten über die Zukunft und die Herausforderungen, die die Menschheit angesichts des Klimawandels noch zu bestehen hatte.

Thad war der Meinung, dass ihnen vielleicht noch zweihundert Jahre, bestenfalls 250 blieben, bis sich die Erde ebenfalls in einen lebensfeindlichen Planeten, ähnlich dem Mars, verwandelt würde.

»Wo liegt denn das Problem?«, blieb John beharrlich, der immer noch sehr wenig über den Klimawandel wusste.

»Wenn wir das wüssten, wären wir schon einen großen Schritt weiter«, antwortete Thad. »Aber jetzt mal im Ernst«, fügte er hinzu, »das Klima wird durch eine Vielzahl von Faktoren bestimmt, die, einmal aus dem Gleichgewicht gebracht, nur schwer wieder in Balance zu bringen sind. Die Zusammensetzung der Erdatmosphäre spielt dabei eine zentrale Rolle, genauso wie die

Sonneneinstrahlung und, ganz wichtig, die Verteilung zwischen Landmasse und Meer.«

»Dann ändern wir das eben wieder«, platzte es aus John heraus. »Das kann doch nicht so schwer sein.«

»Doch, ist es«, gab Thad zu bedenken. »Dazu müsste es uns gelingen, den Planeten wieder abzukühlen, und das ist leichter gesagt als getan.«

»Okay«, sagte John, der keinen Hehl daraus machte, dass er mit der Antwort nicht ganz zufrieden war. »Dann erklär mir wenigstens, wie es überhaupt so weit kommen konnte.«

»Das ist eine gute Frage«, antwortete Thad.

»Dann beantworte sie mir«, gab John zurück, der wirklich wissen wollte, was da schiefgelaufen war.

»Na gut«, erwiderte Thad, »aber wo soll ich beginnen?«

»Am besten am Anfang«, entgegnete John. »Ja, fang am besten ganz von vorne an.«

»Warum nicht?«, antwortete Thad und begann seine Ausführungen mit einer Frage. »Hast du eine ungefähre Vorstellung, wie alt die Erde ist?«

»Nein«, sagte John und schüttelte den Kopf. Er hatte noch nicht einmal eine Ahnung, wie alt der Mars war.

»Sie ist ungefähr 4,5 Milliarden Jahre alt«, erwiderte Thad. »Ist dir das als Anfang früh genug?«

»Definitiv«, ließ John ihn wissen, hoffte aber insgeheim, dass Thad nicht zu weit ausholen würde, wie so oft. Das Dozieren lag ihm im Blut – oder vielmehr in seinen Schaltkreisen.

»Gut«, meinte Thad, »wir wissen heute, dass es ungefähr eine Milliarde Jahre gedauert hat, bis sich aus einer Suppe irgendwo tief im Urozean die ersten einfachsten Lebensformen gebildet haben. Bakterien und andere Mikroorganismen, aus denen sich im Laufe der Evolution die ganze Vielfalt des uns bekannten Lebens entwickelt hat. Erst die Pflanzen und später die Tiere. Darunter fallen auch die Dinosaurier, die allerdings erst vor etwa 230 Millionen Jahren an die Spitze der Nahrungskette getreten sind.«

»Dino … was?«, fragte John zurück, der von den Viechern noch nie etwas gehört hatte.

»Reptilienähnliche Geschöpfe«, antwortete Thad. »Einige davon waren gefährliche Fleischfresser und möglicherweise der Grund dafür, warum sich die Säugetiere noch dreißig Millionen Jahre länger Zeit gelassen haben, bis sie auf der Bildfläche erschienen sind.«

»Interessant«, sagte John, »aber was hat das alles mit dem Klimawandel zu tun?«

»Noch nicht viel«, räumte Thad ein. »Mir ist aber wichtig, dass du eine Vorstellung davon bekommst, wie lange sich die Erde Zeit gelassen hat, um die gesamte Flora und Fauna zu entwickeln.«

»Weil?«, hakte John ein.

»Weil das Zusammenspiel aus Flora und Fauna das Klima über Milliarden Jahre hinweg entscheidend geprägt und stabilisiert hat.«

»Verstehe«, antwortete John, der langsam eine Vorstellung davon bekam, wie komplex das ganze Thema war. »Und dann, was passierte dann?«

»Dann sind vor ungefähr 300 000 Jahren die Verantwortlichen des Klimawandels aus dem Evolutionsprozess hervorgegangen und haben alles verändert.«

»Du meinst uns Menschen, oder?«, fragte John.

»Ja, euch Menschen«, antwortete Thad und musste lachen. »Ihr seid es selbst gewesen, die den Klimawandel in Gang gesetzt haben.«

»Du machst Witze!«, platzte es aus John heraus.

»Leider nein«, entgegnete Thad. »Noch viel schlimmer wiegt aber die Tatsache, dass ihr letztendlich nur zweihundert Jahre gebraucht habt, um die Erde an den Abgrund zu führen.«

»Das ist ja wirklich nicht mehr als ein Wimpernschlag«, erwiderte John, nachdem er die Zahlen richtig eingeordnet und verinnerlicht hatte.

»Ganz genau«, antwortete Thad. »Und deshalb ist es auch so schwer, das Klima wieder zu ändern. Was in Milliarden von Jahren entstanden ist und sich entwickelt hat, lässt sich nun mal nicht mit einem Fingerschnippen korrigieren. Verstehst du jetzt, warum ich so weit ausgeholt habe?«

»Ja, schon«, antwortete John. »Aber erzähl mir bitte trotzdem, was schiefgelaufen ist.«

»Das ist schnell erklärt«, gab Thad zurück. »Das ganze Dilemma begann mit dem Beginn der industriellen Revolution in der Mitte des 18. Jahrhunderts. Also vor ungefähr siebenhundert Jahren. Das war die Zeit, als eure Vorfahren viele zukunftsweisende Erfindungen machten, mit denen der Grundstein für den technologischen Fortschritt gelegt wurde. An sich eine gute Sache, wenn dafür nicht immer mehr Energie vonnöten gewesen wäre. Energie, die eure Vorfahren überwiegend aus Kohle, Erdgas und Öl gewonnen haben. Alles fossile Brennstoffe, die es schon lange nicht mehr gibt. Gott sei Dank, muss man wohl sagen, weil frühere Generationen damit leider allerlei Unfug angestellt haben.«

»Was heißt Unfug?«, echauffierte sich John, der es nun doch ganz genau wissen wollte.

»Na ja«, antwortete Thad, »sie haben das Zeug nicht nur in allen erdenklichen Formen verfeuert und dadurch Unmengen von $CO_2$ freigesetzt, sondern gleichzeitig auch noch die Regenwälder gerodet, die nicht ohne Grund als grüne Lunge unseres Planeten bezeichnet wurden. Und als ob das noch nicht schlimm genug war, haben deine Vorfahren aus dem Erdöl zu allem Überfluss auch noch Unmengen an Verpackungen und anderen Produkten hergestellt, die tausende von Jahren brauchen, bis sie endgültig verrotten.«

»Stimmt, wir haben auf unseren Reisen wirklich viele Müllberge gesehen, zu Land und auch zu Wasser.«

»Ja, das sind tatsächlich Überbleibsel, mit denen wir uns immer noch herumplagen dürfen.«

»Unfassbar«, entgegnete John. »Haben diese Idioten denn nicht gewusst, was sie da in Gang gesetzt haben?«

»Anfangs vermutlich nicht«, gab Thad zurück, »gegen Ende des 20. Jahrhundert aber schon. Und das ist der eigentliche Skandal. Sie haben einfach so weitergemacht, selbst als der Amazonas-Regenwald in Flammen stand und bis auf den letzten Baum vernichtet wurde. Das allein hat den Klimawandel um mindestens zweihundert Jahre beschleunigt.«

»Unglaublich!«

»Aber wahr«, beendete Thad den Satz. »Anstatt wirksam gegenzusteuern, haben sie untereinander nur Gespräche über den Klima- und Umweltschutz geführt.«

»Vermutlich um ihr schlechtes Gewissen zu beruhigen«, nahm John die Erklärung vorweg.

»Ganz genau«, bestätigte Thad die Schlussfolgerung. »Sie haben geredet, lamentiert, diskutiert, aber leider nicht gehandelt. Oder zumindest nicht konsequent genug. Deshalb haben deine Vorfahren am Ende die Chance verpasst, das Ruder noch einmal herumzureißen. Sie haben sich lieber immer neue Klimaziele gesetzt.«

»Was für Ignoranten«, gab John wütend zurück. »Und hör auf, diese Irren als meine Vorfahren zu bezeichnen. Das klingt ja beinahe so, als ob ich verwandt mit ihnen wäre.«

»Du bist es aber«, entgegnete Thad und zuckte mit den Schultern.

Noch lange lag John an diesem Abend wach und dachte darüber nach, was Thad ihm alles erzählt hatte. War die Erde wirklich nicht mehr zu retten? Hatte er seine Heimat, den Mars, verlassen, um die Erde sterben zu sehen?

# 45

Nach weiteren zwei Wochen des Wartens stand Kent12 unvermittelt vor seiner Tür und teilte ihm mit, dass der Präsident jetzt Zeit für ihn hätte.

»Endlich!«, jubelte John und folgte dem Androiden zu dem kleinen Gleiter, den Kent12 unbemerkt keine hundert Meter entfernt abgestellt hatte. Thad7 folgte dicht auf.

»Bitte schnallen Sie sich an«, sagte Kent12, »auch wenn der Flug nur wenige Minuten dauert.« Dann starteten sie, und kaum dass sie losgeflogen waren, meldete sich der Autopilot zu Wort. »Wir erreichen gleich die Stadtgrenze von Zürich. Die manuelle Steuerung wird in wenigen Sekunden deaktiviert: fünf, vier, drei, zwei, eins.«

Kent12 nahm daraufhin die Hände vom Steuer und ließ das Navigationssystem seine Arbeit verrichten. Die automatische Steuerung übernahm und lenkte sie zielsicher durch den immer dichter werdenden Verkehr. John hatte sich immer noch nicht an das Verkehrsgewusel gewöhnt und zuckte mehr als einmal zusammen, als es fast zu einem Zusammenstoß gekommen wäre. Aber eben nur fast. Kent12 und Thad nahmen dagegen keine Notiz davon, wenn der Gleiter einem anderen gefährlich nahe kam.

Wie beim letzten Mal landete Kent12 den Gleiter direkt auf dem riesigen Vorplatz des Silvereggs. Genauer gesagt rechts neben der großen künstlichen Seenlandschaft, in der hunderte von Fontänen gerade für ein schönes Schauspiel sorgten. Aber heute hatte John dafür keinen Blick. Zum einen kannte er das Wasserspiel bereits, zum anderen wollte er nur noch Antworten, nein, besser noch Lösungen für die Probleme, mit denen sich seine Freunde auf der Erde herumschlagen mussten. Im Fahrstuhl ging er alles noch einmal durch, während Kent12 und Thad über alte Zeiten sprachen. Sie kannten sich offensichtlich recht gut.

Oben war vom Präsidenten diesmal nichts zu sehen. John sah ihn erst, nachdem Kent12 ihn in ein kleines Büro geführt hatte, das wie so viele andere Räume zum Blauen Salon gehörte. Doch diesmal begrüßte ihn der Präsident nicht, sondern schien in seine Arbeit vertieft, bis Kent12 sich durch ein kurzes »Sir« bemerkbar machte. Erst da wurde sich der Präsident bewusst, dass er nicht mehr allein war.

»Ach ja, John! Bitte, nehmen Sie doch Platz!«, sagte er gedankenverloren. Es gab keinen Blickkontakt und auch keinen Handschlag, nichts dergleichen.

John setzte sich auf einen bequemen Stuhl direkt vor den Schreibtisch und musterte den Präsidenten.

»Ich bin gleich so weit«, sagte Carter und vertiefte seine Nase weiter in seine Unterlagen. Der Präsident hatte tiefe Schatten unter den Augen, sein Gesicht war blass. Er muss schon lange nicht mehr richtig ausgeschlafen haben, überlegte John und plötzlich nahm er es dem Präsidenten nicht mehr übel, dass er ihn so lange hatte warten lassen.

Schließlich legte Carter seine Unterlagen und sein Slim beiseite und schaute John aus trüben Augen an.

»Was kann ich für Sie tun, John?«, sagte der Präsident. »Aber bitte fassen Sie sich kurz. Ich habe wenig Zeit.«

»Es geht um die Anfeindungen, denen viele Marsianer ausgesetzt sind«, sagte John, ohne um den heißen Brei herumzureden.

»Ja, davon habe ich gehört«, gab der Präsident zurück. »Ich bin aber zuversichtlich, dass wir das Problem in den Griff kriegen werden. Es braucht eben seine Zeit, bis sich die Menschen von der Erde und vom Mars aneinander gewöhnt haben. Außerdem arbeitet Innenmister Ramirez bereits an einem Gesetz, das diejenigen unter Strafe stellt, die nicht verstehen und akzeptieren wollen, dass wir ein Volk und eine Gemeinschaft sind.«

»Ich weiß nicht, ob das …«, setzte John an, wurde aber sofort von Carter unterbrochen.

»Haben Sie Geduld, John! Ich wünschte mir auch, es wäre alles anders. Aber Veränderungen brauchen Zeit. Die Angst in der Bevölkerung legt sich nicht von heute auf morgen. Wir kümmern uns darum. Aber wir müssen dem neuen Gesetz schon ein halbes Jahr Zeit geben.«

Danach stand Carter auf und gab John die Hand. Ein klares Zeichen dafür, dass das Gespräch beendet war.

Wieder zurück in seiner Unterkunft, überlegte John, was er von dem Gespräch zu halten hatte. Es war so ganz anders abgelaufen, als er es sich zuvor vorgestellt hatte. Das Gesetz war mit Sicherheit eine gute Sache, aber bei Weitem nicht ausreichend. Außerdem hätte er gerne mehr Details erfahren.

»An deiner Stelle würde ich versuchen, bei Innenminister Ramirez einen Termin zu bekommen«, schlug ihm Thad vor. »Vielleicht erzählt er dir die Details, die du vermisst hast.«

Doch dazu kam es nicht mehr, weil John bereits drei Tage später schlechte Nachrichten aus Peru erhielt.

# 46

Paul hatte sich mit mehr als achttausend anderen Marsianern in einem Vorort von Lima niedergelassen und eine Gemeinde gegründet. Sie hatten sich gut eingerichtet und führten ein beschauliches Leben. Paul war zufrieden und glücklich, bis die ersten Gemeindemitglieder vor drei Wochen erkrankt waren. Schnell lagen dreißig Marsianer danieder und schließlich auch Paul selbst, nachdem er sich aufopferungsvoll um seine Schafe gekümmert hatte. Als zwei Marsianer starben und es auch Paul immer schlechter ging, fasste sich der Gemeindevorsteher ein Herz und rief John Trebor an. Paul hatte häufig von ihm erzählt, wenn sie abends beieinander saßen.

»Kommen Sie!«, flehte er. »Paul stirbt. Sie müssen sich beeilen, wenn Sie ihn noch lebend antreffen wollen.«

»Was ist passiert?«, fragte John. »Hat Paul einen Unfall gehabt?«

»Nein, er hat die Grippe und er ist nicht der Einzige.«

»Sie müssen sich irren. Die Grippe ist lästig und manchmal auch hartnäckig, aber doch nicht lebensgefährlich.«

»Jetzt schon«, antwortete der Gemeindevorsteher, »sie ist zu einem Raubtier geworden, das sich jede Nacht ein bis zwei neue Opfer holt.«

»Kann ich mit Paul sprechen?«, versuchte es John auf einem anderen Weg.

»Nein, das geht nicht, Paul ist zu schwach. Außerdem würde er nicht wollen, dass Sie kommen und sich der Gefahr einer Ansteckung aussetzen. Sie kennen ihn ja.«

»Aber wenn Sie …«, setzte John erneut an, wurde aber jäh unterbrochen.

»Hören Sie«, sagte der Gemeindevorsteher, »ich weiß, dass

Sie und Paul enge Freunde sind. Er spricht ständig von Ihnen. Nur deshalb habe ich Sie angerufen. Alles andere liegt jetzt bei Ihnen.«

John hörte ein Klicken und die Verbindung war beendet.

»Wir fliegen nach Lima«, sagte John und war bereits im Begriff, seine Sachen zusammenzupacken.

»Was ist denn los?«, wollte Thad wissen. Er hatte einen fragenden Gesichtsausdruck und schien von Johns neu gewonnener Reiselust überrascht zu sein.

»Paul ist krank«, erwiderte John. »Es heißt, dass er möglicherweise die Nacht nicht überlebt. Jemand aus seiner Gemeinde hat mich angerufen und mir berichtet, dass die Grippe unter den Marsianern wütet und auch Paul davon heimgesucht wurde.«

Ohne ein weiteres Wort drehte Thad sich um und machte den Gleiter startklar, den sie direkt hinter dem Haus abgestellt hatten. Das war überhaupt nur möglich, weil der Gleiter, im Unterschied zu den veralteten Dingern auf dem Mars, senkrecht starten und landen konnte.

»Noch zwei Stunden«, sagte Thad, während sie mit Überschallgeschwindigkeit Richtung Süden schossen. John nickte geistesabwesend und hoffte, dass sie nicht zu spät kommen würden.

John dachte an früher und erinnerte sich daran, dass es Paul war, der ihn in das Krankenhaus gelotst hatte, in dem Helena gearbeitet hatte. Nein, nein, dachte er und verzog unwillkürlich das Gedicht. Seine Gedanken rasten. Und wieso konnte die Grippe überhaupt …? Sie waren doch alle geimpft. Er kapierte es nicht.

»Thad«, wandte sich John an den Androiden, »ich verstehe das nicht. Wie kann es denn sein, dass die Grippe auf einmal so gefährlich ist?«

»Gute Frage.«, antwortete Thad. »Eigentlich stirbt selten jemand am Grippevirus. Weltweit vielleicht ein paar hundert Menschen im Jahr. Doch in letzter Zeit hört man immer häufiger, dass die Infektion tödlich verläuft. Ich werde der Sache nachgehen, sobald wir zurück sind.«

»Ja, tu das«, sagte John. »Aber sag, warum müssen wir uns denn mit der Grippe überhaupt noch herumschlagen?«, fragte John weiter, der sich mit der Antwort nicht zufriedengeben wollte.

»Das Virus ist einfach zu schlau«, antwortete Thad und tippte mit dem Finger an seine Stirn. »Es ist nicht nur beinahe multiresistent, sondern mutiert auch ständig und passt sich den veränderten Bedingungen permanent an. Das unterscheidet die Grippe von anderen Viruserkrankungen, die wir längst besiegt haben.«

Für diese logische Erklärung hatte John nur noch ein Nicken übrig.

»Da vorne liegt Lima«, sagte Thad und bewegte den Kopf ein wenig nach rechts. Ein riesiges Meer aus Häusern erschien.

Nach São Paulo und Bogotá war Lima die drittgrößte Stadt in Lateinamerika. Alle drei hatten einen enormen Zulauf von Immigranten erlebt, nachdem Buenos Aires und Rio de Janeiro in den Fluten des atlantischen Ozeans versunken waren. Im Volksmund wurden die drei Städte auch als Troika Südamerikas bezeichnet.

»Dann melde ich uns mal an«, sagte John und drückte die Nummer des Gemeindevorstehers, die immer noch ganz oben in seiner Anrufliste zu finden war.

»Hier spricht John Trebor«, sagte er. »Wir befinden uns im Landeanflug auf Lima und benötigen ihre Zielkoordinaten.«

»Oh, Mister Trebor, es freut mich, Ihre Stimme zu hören«, antwortete der Gemeindevorsteher erleichtert. »Ich schicke Ihnen die Daten sofort rüber. Es zählt jetzt jede Minute.«

Das darf nicht sein, dachte John, als er an das Bett seines Freundes Paul eilte und in das ausgezehrte und vom Fieber gezeichnete Gesicht seines Freundes blickte. Er war ganz offensichtlich am Ende seiner Kräfte und beinahe wieder so dünn wie einst auf dem Mars. Die Augen lagen tief in ihren Höhlen, waren aber immer noch voller Güte und Wärme.

»Was machst du hier?«, schnaufte Paul, als er bemerkte, wer da an seinem Bett stand. Seine Stimme war nicht mehr als ein Hauch, so kraftlos war sie.

»Du darfst nicht hier …«, fuhr Paul fort, brachte den Satz aber nicht zu Ende, weil er von einem heftigen Hustenanfall durchgeschüttelt wurde.

»Mir kann nichts passieren«, antwortete John und zeigte auf das Visier seines Helms, den ihm Thad übergestülpt hatte, als sie aus dem Gleiter gestiegen waren.

»Trotzdem«, hauchte Paul, »es ist … zu … gefährlich.«

»Ruh dich ein wenig aus«, sagte John und drückte Pauls Hand, obwohl ihm Thad zuvor eingeschärft hatte, jeden Körperkontakt zu vermeiden. Doch John ignorierte das Ansteckungsrisiko nur zu gerne und war dankbar, dass er die Gelegenheit bekam, sich von seinem Freund zu verabschieden, bevor ihn das Virus aus dem Leben riss.

Später erfuhr John, dass in weniger als drei Wochen weltweit insgesamt mehr als neuntausend Menschen an den Folgen der Grippe gestorben waren. Darunter allein sechstausend Marsianer. Warum das so war, blieb ein Rätsel. Unter anderem vermutete man, dass durch den Assimilationsprozess unbeabsichtigt ein Einfallstor für das Virus geöffnet worden war. Hier und dort wurde sogar schon von der Marsgrippe gesprochen.

John ahnte plötzlich, dass das wohl der Grund dafür war, warum der Präsident während ihres letzten Gespräches so kurz angebunden gewesen war.

# 47

Alle Minister erhielten eine Holomessage, wie sie Präsident Carter noch nie versendet hatte. Keine Begrüßung, keine Erklärung, sondern ausnahmslos die Aufforderung, binnen drei Stunden im Blauen Salon zu erscheinen.

Jinjin Watanabe war sichtlich irritiert. Sie war gerade zu Hause in Kathmandu gewesen, über 6800 Kilometer entfernt. Wie soll das gehen?, fragte sie sich.

Während sie noch überlegte, was sie machen sollte, kam ihr Mann in ihr Arbeitszimmer geeilt. »Liebling, du wirst es nicht glauben, aber in unserem Garten ist so ein komisches Ding gelandet. Der Pilot hat mich gebeten, dich zu informieren. Du wüsstest bereits Bescheid.«

Jinjin nickte, konnte aber ihre Überraschung nicht verbergen. »In der Tat, das ging aber schnell«, sagte sie.

Sie stand auf und ging zu einer Art Raumschiff, wie sie es vorher noch nicht gesehen hatte. Noch bevor sie den Piloten fragen konnte, was das für ein Fluggerät ist, stieg der Gleiter senkrecht auf und war in weniger als sechzig Sekunden im Orbit.

»Frau Ministerin, ich bin nicht befugt, Ihnen Auskunft zu erteilen«, kam der Pilot ihr schließlich zuvor. »Machen Sie es sich lieber bequem. Wir sind in zwei Stunden in Zürich.«

»Und ich dachte«, murmelte sie, »als Mitglied des Inner Circle bin ich vor Überraschungen sicher.« Sie schüttelte leicht amüsiert den Kopf. Es wird wohl um den Mars gehen, dachte sie und machte es sich bequem, wie ihr empfohlen worden war. Es konnte sein, dass ihr ein anstrengender Sitzungsmarathon bevorstand. Sie schloss die Augen und strich sich über ihre synthetische Hand. Das war zu einer Marotte von ihr geworden.

Nach weniger als drei Stunden betrat Jinjin Watanabe den Blauen Salon. Der Pilot hatte Wort gehalten. Der Flug hatte lediglich zwei Stunden gedauert.

Sichtlich angespannt nahm sie ihren Platz ein und nickte ihren Kolleginnen und Kollegen zu, die bereits alle auf ihren Plätzen saßen. Angel Ramirez zuckte daraufhin nur mit den Schultern und gab ihr damit zu verstehen, dass er ebenfalls keine Ahnung hatte, was hier gerade vor sich ging.

Nur einen Moment später betrat der Präsident den Blauen Salon und gab seinem persönlichen Assistenten Kent12 noch in der Bewegung den Befehl, den Raum zu sichern. Daraufhin stellte sich der iHuman mit gespreizten Beinen und weit auseinandergestreckten Armen direkt vor die Tür und baute mit seinen Handflächen ein Energiefeld auf, das sich, einem grünen Schleier nicht unähnlich, schützend um den ganzen Blauen Salon legte

Ohne Umschweife kam Präsident Carter direkt zur Sache. »Bitte wundert euch nicht. Was ihr seht, ist ein spezielles Energiefeld, das uns vor Angriffen aller Art beschützt. Lauschangriffe eingeschlossen. Nach dem Attentat im Bumerang will ich nicht noch mal kalt erwischt werden. Auch muss ich euch um absolutes Stillschweigen bitten. Kein Wort von dem, was ihr hier heute hört, darf nach außen dringen. Ihr dürft darüber mit niemandem sprechen. Freunde und Familie eingeschlossen. Die Folgen wären fatal.«

Daraufhin ging ein Raunen durch den Salon, wie es nur zu hören ist, wenn große Verunsicherung um sich greift.

»Dann sind wir uns einig«, fügte Carter an und blickte dabei auffordernd zur Gesundheitsministerin hinüber. »Harper wird euch jetzt erklären, warum ihr hier seid.«

Sichtlich überrascht nahmen daraufhin alle anderen ihre Kollegin ins Visier und warteten darauf, was Harper Mountbatten ihnen zu berichten hatte.

Mountbatten stand auf, holte tief Luft und fing an, die anderen Regierungsmitglieder ins Bild zu setzen, tat sich dann aber doch schwerer als gedacht, bis es einfach aus ihr herausplatzte: »Es ist die Grippe!«, sagte sie und ließ anschließend erleichtert die Schultern sinken.

»Es geht gar nicht um den Mars?«, fragte Jinjin Watanabe sichtlich irritiert, bekam aber keine Antwort, weil Wladimir Oktachow sie einfach überging.

»Harper, was heißt das, die Grippe? Die Grippe kommt und geht – und das seit hunderten von Jahren. Was ist daran so schlimm?«

»Also, es ist so«, erwiderte Harper Mountbatten: »Im Laufe der letzten Jahrhunderte haben wir alle Krankheiten unter Kontrolle gebracht. Die meisten davon sogar ausgerottet. Selbst den Krebs haben wir besiegt. Nur die Influenza haben wir nie so richtig in den Griff bekommen. Speziell einen Erregerstamm, der nach unseren Erkenntnissen im frühen 21. Jahrhundert gentechnisch verändert wurde, um daraus ein neuartiges Vakzin herzustellen. Eine Art Superimpfstoff, der die Grippe ein für alle Mal hätte besiegen sollen. Eigentlich ein lobenswertes Ziel, wenn die Stümper nicht versehentlich ein schnell mutierendes Virus kreiert und zu allem Überfluss auch noch freigesetzt hätten. Ein Virus, das sich über die letzten fünfhundert Jahre hinweg immer weiter entwickelt hat, bis daraus die Bestie geworden ist, die uns heute vor unlösbare Probleme stellt.«

»Und warum ist das Virus gerade jetzt eine so große Bedrohung?«, wollte Wladimir wissen.

»Weil unsere Virologen in den letzten fünfhundert Jahren immer wieder einen Impfstoff entwickelt haben, der das Virus im Zaum gehalten hat. So konnten wir die Influenza jedes Mal eindämmen, leider aber nie völlig ausradieren. Dafür war das Virus zu anpassungsfähig, es hat sich stets gegen unsere Impfstoffe immunisiert. Und jetzt hat es uns nicht nur weiter ausgetrickst, sondern beinahe schachmatt gesetzt.«

»Was heißt das, schachmatt?«, hakte der Innenminister erneut ein.

»Ganz einfach, Wladimir. Die Influenza ist nicht nur aggressiver als jemals zuvor, sondern auch nahezu multiresistent, immun gegen alles, was wir ihr entgegengesetzt haben. Zudem verbreitet sich das Virus wahnsinnig schnell. Ganz anders als andere Mutationen vor ihm. Es wird über die Atemluft übertragen. Deshalb wäre jeder einzelne von euch bereits infiziert, wenn ich die Bestie in mir tragen würde.«

Wie erwartet schlug die Nachricht ein wie eine Bombe. Alle redeten auf einmal durcheinander, bis es Präsident Carter zu bunt wurde und er seine Kollegen in die Schranken wies.

»Ruhe hier!«, schrie er und schlug mit der Faust auf den Tisch, so wie er es immer tat, wenn ihm der Kragen platzte. »Reißt euch verdammt noch mal zusammen!« Dann nickte er der Gesundheitsministerin zu und forderte sie auf weiterzusprechen.

»Das Virus hat sich, nach all dem, was wir herausfinden konnten, zuerst die Marsianer vorgeknöpft, sich dort eingenistet und noch schlimmer, in ihnen offensichtlich den perfekten Wirt gefunden, um in aller Ruhe zu dem Raubtier zu mutieren, das uns heute gegenübersteht. Einer Hyäne nicht unähnlich. Heimtückisch, hinterhältig und immer auf der Hut.«

»Und das bedeutet?«, fragte der Vizepräsident nach.

»Wir werden sterben, und zwar wir alle, jeder Einzelne auf diesem Planeten, und das womöglich bereits innerhalb der nächsten Jahre. Die Influenza wird sich, wenn man unseren Epidemiologen Glauben schenkt, zu einer Pandemie unvorstellbaren Ausmaßes entwickeln und Tod und Verderben hinterlassen.«

Daraufhin gab Oktachow ein verzweifeltes Lachen von sich. »Prima, dann ersaufen wir wenigstens nicht und müssen auch keine Angst haben, dass uns die Sonne eines Tages alle grillt.« Sein sarkastischer Witz hallte wie ein Echo einen Moment lang durch die Stille im Blauen Salon.

»Sehr witzig«, erwiderte Harper Mountbatten. »Kannst du zur Abwechslung vielleicht mal einen konstruktiven Beitrag leisten?«

Voller Entsetzen legte Jinjin Watanabe die Hände auf Mund und Nase, während es aus Robert Karlson herausplatzte: »Wir können uns doch nicht einfach unserem Schicksal ergeben. Wir müssen etwas tun! Was ist mit dem Mars? Ich bin dafür, dass wir unsere Entscheidung überdenken und dem Mars noch eine zweite Chance geben.«

»Klingt gut«, antwortete Harper Mountbatten, »das würde

uns aber leider nicht weiterhelfen. Ganz im Gegenteil. Der Mars ist dadurch noch weniger eine Alternative. Denn es ist so gut wie sicher, dass die Grippe in dieser aggressiven Form ihren Weg auch auf den Mars finden wird, wenn sie nicht schon längst dort angekommen ist. Erschwerend kommt hinzu, dass die Ansteckungsgefahr aufgrund der rein unterirdischen Lebensweise noch viel größer ist. Die Verbreitung würde deshalb mit Sicherheit noch viel schneller vonstattengehen als auf der Erde.«

Diese Erklärung war ein Tiefschlag und musste von allen erst einmal verdaut werden. Es herrschte absolute Stille, bis Präsident Carter erneut das Wort ergriff.

»So, jetzt wisst ihr, warum ich euch von jetzt auf gleich hierherbeordert habe. Ich habe euch aber nicht nur einbestellt, um euch über die bevorstehende Pandemie zu informieren, sondern ich möchte euch eine fantastische Idee präsentieren, wie wir unseren Kopf doch noch aus der Schlinge ziehen können.«

Für Kent12 schienen die letzten Worte seines Chefs eine Aufforderung zu sein, um ohne weiteren Befehl das Energiefeld zu deaktivieren und die Tür zu öffnen.

Kaum dass die Tür offen war, schritt ein hochgewachsener, schlanker, ja, schon beinahe hagerer Mann festen Schrittes in den Blauen Salon und begrüßte den Präsidenten per Handschlag, während Kent12 den Raum erneut verriegelte.

»Das ist Manuel Tringali«, stellte Carter den Neuankömmling vor. »Die meisten von euch werden den Eigentümer von Triple X kennen. Er wird euch nun eine Idee präsentieren, die absolut verrückt klingt, aber nach meinem Dafürhalten die einzige Chance ist, die wir haben. Mister Tringali, bitte erklären Sie meinen Kolleginnen und Kollegen Ihren unglaublichen Plan.«

»Sir, das will ich gerne tun«, antwortete er und überlegte, wie er beginnen sollte. Dann drückte er das Kreuz durch und blickte einigen der Zuhörer direkt ins Gesicht. »Ladys und Gentlemen, bitte lassen Sie mich ein wenig ausholen. Es muss ungefähr fünf Jahre her sein, da hatte ich das Gefühl, dass es uns trotz aller Anstrengungen nicht gelingen wird, das Magnetfeld um den Mars zu stabilisieren. Dazu müssen Sie wissen, dass wir nicht nur einer der größten Produzenten von iHumans sind, sondern auch viele andere Geschäftsfelder bestellen.«

»Könnten Sie bitte auf den Punkt kommen?«, stach Robert Karlson ungeduldig ein.

»Ja, natürlich«, erwiderte Tringali, räusperte sich und überlegte, wie er die ganze Geschichte zusammenfassen könnte.

»Ich habe dann lange mit mir gehadert und überlegt, ob wir den Auftrag zurückgeben sollten, schlussendlich aber entschieden, alle Einkünfte aus dem Magnetfeldauftrag in andere Projekte zu investieren, die der Menschheit helfen könnten, das Überleben auf diesem angeschlagenen Planeten zu sichern.«

»Ein Gutmensch«, raunte Oktachow Jinjin Watanabe zu und zog die Augenbrauen hoch.

»Zugegeben, nicht ganz uneigennützig«, gab Tringali augenzwinkert zu, der den Kommentar gehört hatte. »Schließlich geht es ja auch um mein eigenes Überleben und das meiner Familie.«

»Aber was hat das alles mit dem Virus zu tun?«, fasste Ramirez ungeduldig nach. »Ist Triple X jetzt in die Impfstoffentwicklung eingestiegen und hat …«

»Nein, das nicht«, unterbrach ihn Tringali und schüttelte den Kopf. »Das gehört leider nicht zu unseren Kompetenzen. Wir wollten vielmehr unser Wissen aus dem Magnetfeldprojekt nutzen und daraus *Honig saugen*, auch wenn es uns nie gelungen ist, ein stabiles Magnetfeld um den Mars zu legen.«

Tringali trank einen Schluck Wasser und schien zu überlegen, was er als Nächstes sagen sollte.

»Dennoch haben wir viel über Magnetismus und Gravitation gelernt«, fuhr Tringali fort. »Dieses Wissen wollten wir uns zunutze machen, um einen neuen Gravitationsantrieb zu entwickeln, der uns allen ungeahnte Möglichkeiten eröffnen sollte, den Weltraum zu erobern. Wir wollten eine moderne Arche bauen, die es uns auf lange Sicht ermöglicht, neue, weit entfernte Planeten zu besiedeln. Allerdings bin ich zu diesem Zeitpunkt davon ausgegangen, dass wir noch viele Jahre, wenn nicht sogar Jahrzehnte Zeit hätten, um unser Werk zu vollenden.«

»Und«, fragte Robert Karlson, »ist es Ihnen und Ihren Leuten gelungen?«

»Leider nein«, erwiderte Tringali. »Der Antrieb ist uns im wahrsten Sinne immer wieder um die Ohren geflogen. Dafür ist es uns aber gelungen, ein Wurmloch zu erzeugen, mit dem wir die Raumzeit krümmen können«, schob Tringali voller Stolz hinterher. »Auch wenn das zugegebenermaßen Zufall war.«

»Worauf läuft das Ganze hier hinaus, Mister Tringali?«, platzte es aus Jinjin Watanabe heraus. »Wollen Sie uns gleich erzählen, dass wir durch das Wurmloch in die Zukunft reisen können? Das ist ja lächerlich!«

»Nicht ganz, Frau Ministerin, aber in die Vergangenheit schon«, antwortete Tringali. »Wir stehen zwar erst am Anfang unserer Forschungen, aber wir sind uns sicher, dass es funktioniert – und das ist das Wichtigste.«

»Das ist ja wohl ein schlechter Scherz!«, rief die Bauministerin und konnte sich ein kehliges Lachen nicht verkneifen.

Jetzt war es Präsident Carter, der das Wort ergriff. »Nein, Jinjin, das ist kein Scherz. Es war auch nicht Tringali, der sich an mich gewandt hat, sondern ich war derjenige, der an ihn herangetreten ist, nachdem Harper mich über die bevorstehende Seuche informiert hatte. Er war auch nicht meine erste Anlaufstelle, sondern der Letzte auf meiner Liste. Alle Institutionen der Vereinten Nationen, die Universitäten eingeschlossen, konnten mir nicht weiterhelfen.«

»Wir sind noch in einem frühen Versuchsstadium«, fuhr Manuel Tringali fort. »Wir wissen noch recht wenig und stehen noch ganz am Anfang. Das ist auch der Grund, warum wir die Regierung noch nicht von uns aus kontaktiert hatten. Auch haben wir noch keine konkreten Vorstellungen, welche Auswirkungen Zeitreisen auf unsere Gegenwart haben. Es gibt also noch jede Menge Fragen und kaum Antworten. Dennoch halte ich es aufgrund unserer vielversprechenden Versuchsreihe für möglich, dass wir einen Menschen in die Vergangenheit schicken können, der diesem Virus den Garaus macht, bevor dieses Jahrhunderte später unser aller Ende besiegelt.«

Tringali ließ seinen Blick im Blauen Salon umherschweifen und blickte wie erwartet in überraschte und ungläubige Gesichter.

»Ich weiß, das muss für Sie absolut abenteuerlich klingen. Ich würde auch nicht so weit gehen und von einem realistischen Plan sprechen. Ich bin aber zu hundert Prozent davon überzeugt, dass wir eine echte Chance haben, in die Vergangenheit zu reisen, wenn wir noch 36 oder besser noch 48 Monate Zeit bekommen, um das Wurmloch zu stabilisieren.«

»Danke, Herr Tringali, ich denke, das reicht für heute«, sagte Präsident Carter nach einer kurzen Phase der Stille. »Das war alles ein bisschen viel fürs Erste. Lassen wir das Ganze erst einmal sacken. Es war ein langer Tag. Ich schlage vor, dass wir für heute Schluss machen und uns morgen früh um neun Uhr erneut treffen. Dann sehen wir weiter.«

Wladimir Oktachow und Jinjin Watanabe saßen an diesem Abend noch lange zusammen. Sie waren gute Freunde geworden und fühlten sich eng miteinander verbunden, seit Wladimir Oktachow der kleinen Asiatin im Bumerang das Leben gerettet hatte.

»Hast du wirklich nichts gewusst?«, fragte Jinjin, nachdem sich beide eine Weile in Schweigen gehüllt hatten.

»No!«, sagte er einsilbig und schüttelte den Kopf. Er war enttäuscht und ärgerte sich darüber, dass der Präsident ihn nicht ins Vertrauen gezogen hatte. Er war schließlich der Vizepräsident und noch dazu eine der wenigen Personen, denen Carter wirklich vertraute. »Peter hat mir nichts gesagt. Kein Wort, ich schwöre es dir.«

»Typisch Peter«, antwortete Jinjin. »Wenn es darauf ankommt, dann marschiert der Präsident allein.«

»Ja, so ist es«, entgegnete der Vizepräsident und seufzte, während er seinen Blick über das Lichtermeer Zürichs hinweggleiten ließ. Sie hatten sich in seine Lieblingsbar im 108. Stockwerk des Silvereggs zurückgezogen. Angeblich wurde hier der beste Moscow Mule der Stadt gemixt. Der Vizepräsident suchte Blickkontakt mit dem Barkeeper und zeigte auf seinen Drink. Der iHuman nickte und nahm einen neuen Kupferbecher aus dem Regal.

»Und was hältst du von alldem?«, fragte Jinjin weiter. »Das klingt doch alles total verrückt, oder?«

Diesmal nickte Oktachow nur.

»Nun sag schon«, drängelte Jinjin. »Glaubst du das alles, was Tringali uns erzählt hat?«

»Ich denke schon«, sagte Oktachow und presste die Lippen aufeinander. »Aber glaub mir, ich wünschte, es wäre anders.«

# 48

Als die Mitglieder des Inner Circle am nächsten Morgen pünktlich um neun Uhr den Blauen Salon betraten, sahen sie Kent12 im Gespräch vertieft. Er unterhielt sich mit einer Frau mittleren Alters. Sie war sehr klein und von kindlicher Statur.

Dies allein war nicht unbedingt aufsehenerregend. Ungewöhnlich war, dass Kent12 sich von einer völlig neuen Seite zeigte. Geradezu angeregt und amüsiert tauschte sich der Android mit der kleinen Dame aus, als sei er über Nacht in einen echten Menschen verwandelt worden. Was war das für eine Frau, die diese menschliche Seite in ihm wecken konnte, fragte sich Jinjin Watanabe und strich sich dabei über ihre synthetische Hand.

Sie war sich sogar sicher, dass Kent12 gerade gelächelt hatte. Jinjin beugte sich zu Wladimir Oktachow herüber. »Hast du eine Ahnung, wer die Frau ist?«

»Nein«, antwortete er, »aber Kent12 scheint in sie verliebt zu sein. So verzückt habe ich ihn jedenfalls noch nie gesehen.«

»Sehr witzig, Wladimir. Kannst du nicht einmal ernst bleiben?«

»Wieso? Hast du diesen emotionslosen Kerl etwa schon mal flirten sehen?«

Bevor Jinjin antworten konnte, betraten Präsident Carter und Manuel Tringali schnellen Schrittes den Blauen Salon.

Auf halbem Weg zu seinem Platz begrüßte der Präsident seine Kolleginnen und Kollegen. »Guten Morgen meine Freunde«, sagte er, »ich hoffe, ihr habt den gestrigen Tag einigermaßen verdaut und auch ein wenig Schlaf gefunden. Ich denke, wir steigen an dem Punkt wieder ein, an dem wir gestern die Sitzung unterbrochen haben. Einverstanden?«

Da die Frage eher rhetorischer Natur war, wartete Carter erst gar nicht auf eine Antwort, sondern wandte sich direkt an Manuel Tringali.

»Manuel, wie ich sehe, haben Sie sich Unterstützung mitgebracht. Ich kenne Eva Molitor ja bereits. Vielleicht stellen Sie den anderen Ihre Mitarbeiterin kurz vor.«

»Sehr gerne«, erwiderte Manuel Tringali. »Eva Molitor ist seit vielen Jahren meine engste wissenschaftliche Mitarbeiterin. Sie ist der Mastermind bei Triple X und der klügste Mensch, den ich kenne.«

Ein breites Lächeln entstand auf Tringalis Gesicht, während Eva Molitor ganz verlegen die Augen senkte.

»Wahrscheinlich«, fuhr Tringali fort, »wäre sie sogar der klügste Kopf auf diesem Planeten, wenn sie nicht die iHumans der K- und T-Reihe entwickelt hätte. Sie war es auch, die Kent12 einige Gadgets wie den Schutzschild eingebaut hat. Sie lernen heute also die Mutter von Kent12, Thaddäus7 und vielen anderen iHumans der neuesten Generation kennen.«

Das erklärt einiges, dachte Jinjin Watanabe, während Manuel Tringali fortfuhr.

»Eva Molitor ist heute bei uns, weil sie seit einiger Zeit das Projekt leitet, das ich Ihnen gestern versucht habe näherzubringen. Ich denke, dass sie Ihnen die Einzelheiten besser darlegen und Ihre Fragen besser beantworten kann. Eva, wenn du bitte so freundlich bist und ab hier übernimmst?«

»Gerne«, antwortete sie mit zarter Stimme. »Erst einmal möchte ich Ihnen sagen, dass ich mich freue, vor Ihnen sprechen zu dürfen. Unser Forschungsprojekt hatte ursprünglich, wie Sie gestern erfahren haben, ein anderes Ziel gehabt, aber wir freuen uns, dass es nun völlig unerwartet einem viel höheren Ziel dienen kann. Weil wir alle unter Zeitdruck stehen, komme ich schnell zur Sache.«

Molitor schien kurz zu überlegen und ließ ihren Blick unter den Anwesenden umherschweifen. »Darf ich Sie etwas fragen?«

»Natürlich«, antwortete Jinjin Watanabe, »aber verzichten Sie bitte auf übertriebene Förmlichkeiten. Die kosten uns nur Zeit und bringen uns nicht weiter.«

»Sehr schön«, erwiderte Eva Molitor. »Wissen Sie, was ein Wurmloch ist?«

Einige schüttelten daraufhin den Kopf, während Karlson und Oktachow mit einem Nicken zu erkennen gaben, dass sie eine ungefähre Vorstellung davon hatten.

»Es macht vermutlich Sinn«, warf der Präsident ein, »wenn Sie uns eine kleine Einführung in die höhere Physik geben«, und nickte Eva Molitor aufmunternd zu.

»Ja, Sir, ich kann Ihnen gerne erklären, was wir wissen. Bis vor Kurzem sind wir davon ausgegangen, dass ein Wurmloch immer, und ich betone *immer*, eine Punkt-zu-Punkt-Verbindung zwischen zwei weit entfernt voneinander liegenden Raumpunkten ist. Sozusagen eine Art Abkürzung oder eine Brücke in der gekrümmten Raumzeit.«

»Das mit der Brücke verstehe ich ja, aber was soll die Raumzeit bedeuten?«, hakte Harper Mountbatten ein.

»Die Raumzeit ist …«

Eva Molitor hielt inne und überlegte, wie sie die Frage am besten beantworten konnte. »Wenn Sie wollen, male ich das zum besseren Verständnis mal eben an die Wand.«

»Nur zu«, ermutigte sie der Präsident und zeigte auf die einzige weiße Wand im ansonsten gläsernen Blauen Salon.

Gesagt, getan, nahm Eva Molitor kurzerhand einen dicken Filzstift, wie er nur noch selten verwendet wurde, und kritzelte das Standardmodell eines Wurmlochs an die Wand.

Anschließend betrachtete sie ihr Werk und schien zufrieden damit. »Wie sie sehen, ist der Raum, indem Fall unsere Galaxis, wie ich sie hier gezeichnet habe, gekrümmt«, erklärte sie und zeigte mit dem Finger auf den Bogen. »Das ist erst einmal nichts Außergewöhnliches und der Gravitation zuzuschreiben, die uns umgibt. Denn alles, was Masse hat, krümmt den Raum in seiner Nähe. So wie die Erde den Raum krümmt, der sie umgibt. Sie müssen sich die Erde dabei im übertragenen Sinne wie eine schwere Kugel vorstellen, die auf einem hauchdünnen Gummituch – dem Raum –, liegt und darin versinkt.«

Eva Molitor blickte lächelnd in die Runde des Inner Circle und ließ ihre Erklärung einige Sekunden lang wirken.

Doch keiner der Anwesenden nutzte die Pause für eine Frage.

»Welche Rolle spielt nun aber das Wurmloch?«, fragte die Forscherin und zeigte jetzt auf den trichterförmigen Teil ihrer Skizze und lieferte die Antwort gleich mit. »Ein Wurmloch ist ein Phänomen mit einer unvorstellbar hohen Massendichte, das dank seiner unglaublichen Anziehungskraft alles anzieht und aufsaugt, was leichter ist als es selbst. Und es ist ein eine Brücke, eine Art Tunnel, wie ich bereits erwähnte. Sie dürfen sich ein Wurmloch aber nicht wie eine Verbindung im klassischen Sinne vorstellen, auch wenn meine kleine Zeichnung fälschlicherweise genau diesen Eindruck erweckt. Im Übergangsbereich des Wurmlochs würde ein Astronaut deshalb auch keinen Tunnel, sondern eine Art Raum sehen. Und auch von der Krümmung würde er nichts mitbekommen, weil sein Raumschiff während des Durchflugs ebenfalls gekrümmt werden würde. Dafür würde der Astronaut bei einem Blick aus dem Fenster zu seiner Rechten in weiter Entfernung die linke Seite seines eigenen Raumschiffs sehen und umge…«

Auf einmal stockte sie und presste die Lippen zusammen. »Ich bin übers Ziel hinausgeschossen«, sagte sie schließlich. »Bitte entschuldigen Sie. Ich wollte Sie nicht verwirren.«

»Kein Problem«, kam Oktachow ihr entgegen. »Das kann im Eifer des Gefechts schnell passieren. Bitte fahren Sie fort.«

Eva Molitor nickte langsam und überlegte, wie sie den Faden am geschicktesten wieder aufnehmen sollte, und entschied sich für eine zweite Skizze. Erneut sauste ihre Hand über die weiße Wand, während sie erklärte, was sie mehr oder weniger durch Zufall entdeckt hatten.

»Ein Wurmloch kann, nach all dem, was wir mittlerweile wissen, nicht nur zwei weit entfernte Orte miteinander verbinden, sondern auch zwei Zeitpunkte. Demzufolge können Wurmlöcher nicht nur den Raum, sondern auch die Zeit krümmen.«

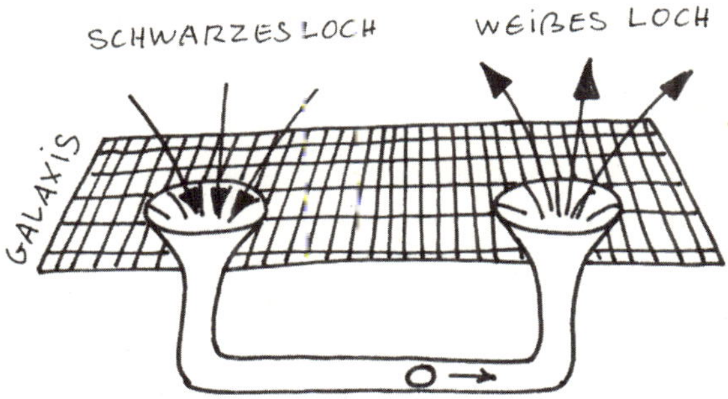


Auch diese Zeichnung betrachtete Eva Molitor ganz zufrieden. »Wir haben, wenn Sie so wollen, einen Weg gefunden, die vierte Dimension auszutricksen.«

»War alles bis hierhin so weit verständlich?«, fragte Manuel Tringali nach.

»Na ja«, traute sich Jinjin Watanabe zu fragen. »Warum hat Frau Molitor denn jetzt plötzlich ein schwarzes und weißes Loch gezeichnet? Ich dachte, es geht um Wurmlöcher.«

»Gute Frage«, sagte Tringali. »Den Eingang eines Wurmlochs nennen wir schwarzes Loch, den Ausgang bezeichnen wir als weißes Loch. Lange Zeit war nur die Existenz schwarzer Löcher bewiesen. Aber nun wissen wir mit Sicherheit, dass es Ein- und Austrittslöcher gibt.«

»Okay«, sagte die Gesundheitsministerin, »aber wie haben Sie denn nun genau die Zeit ausgetrickst?«, fragte sie Eva Molitor.

»Wie schon erwähnt, war das eher ein Zufall«, antwortete Eva

Molitor. »Wir haben mit exotischer und negativer Materie herumexperimentiert und unbeabsichtigt ein schwarzes, rotierendes Loch erzeugt, das in der Nähe der *Singularität* aufgebrochen ist und ein weißes Loch geöffnet hat …«

Oktachow räusperte sich und sie verstand den Hinweis.

»Jedenfalls«, fuhr sie langsamer und verständlicher fort, »konnten wir die Existenz des schwarzen und auch des weißen Lochs nachweisen und sogar eine Sonde durch unser Wurmloch schicken. Erst ohne Erfolg, wie wir geglaubt haben, bis wir so ein altes Ding aufgegabelt hatten, von dem wir erst auf den zweiten Blick erkannt haben, dass es dieselbe Sonde ist, die wir losgeschickt hatten. Sie war ganz schön ramponiert und wirkte um Jahrzehnte gealtert. Nein, ich muss mich korrigieren: sie war um Jahrzehnte gealtert. Exakt um 33 Jahre, wenn man dem Timer Glauben schenken kann, den wir vor dem Start aktiviert hatten. Das war wirklich Glück im Unglück, wie man so schön sagt. Hätte die Sonde die Jahre nicht überdauert und wir sie nicht mehr oder weniger zufällig gefunden, hätten wir vollkommen falsche Schlussfolgerungen gezogen. Aber nun wissen wir: Mit der richtigen … Justierung können wir eine bemannte Sonde sogar mehrere Jahrhunderte in die Vergangenheit schicken.«

Jinjin Watanabe war völlig erstaunt, und alle Gesichter im Blauen Salon spiegelten dieselbe Faszination wider.

»Ich will mir gar nicht vorstellen, was wir jetzt machen würden, wenn uns der Zufall nicht in die Karten gespielt hätten«, bemerkte Watanabe. »Das bringt mich zu der Frage, ob wir das Wurmloch von beiden Seiten durchqueren, also auch wieder den Rückweg antreten können.«

»Schön wär's«, antwortete Eva Molitor. »Das Wurmloch ist leider eine Einbahnstraße mit einem Eingang und einem Ausgang. Das hängt mit der Gravitation zusammen, die sich am Scheitelpunkt der Singularität umkehrt und eine Rückreise ausschließt.«

»Dann ist das also eine Art Himmelfahrtskommando ohne Chance auf Wiederkehr?«, fragte Harper Mountbatten nach.

»Ja, so ist es«, bestätigte Präsident Carter, der sich bis hierhin nicht eingemischt hatte. »Das muss jedem klar sein, den wir in die Vergangenheit schicken. Gibt es noch weitere Fragen an Frau Molitor?«

»Ja, ich habe eine«, entgegnete Angel Ramirez, der auf seine Notizen schaute und sich dann an den Mastermind von Triple X wandte. »Frau Molitor, wenn ich es richtig verstanden habe, dann haben Sie und Ihr Team einen Weg gefunden, in die Vergangenheit zu reisen. Das ist angesichts der akuten Bedrohungslage natürlich fantastisch. Eingangs haben Sie aber auch aufgezeigt, dass ein Wurmloch zwei weit entfernte Punkte miteinander verbinden kann. Sie sprachen von einer Art Abkürzung. Daraus schließe ich, dass wir auch schneller durch den Weltraum reisen können. Ohne durch die Zeit zu reisen, meine ich.«

»Vielleicht irgendwann einmal«, erwiderte sie. »Aktuell gibt es aber noch eine Reihe von Problemen, die wir noch nicht gelöst haben, um so eine Verbindung aufzubauen. Außerdem gehen wir nach den bisherigen Erkenntnissen davon aus, dass wir dafür ein zweites schwarzes Loch am Zielort erzeugen müssten. Wir müssten also erst an den Zielort fliegen, bevor wir eine Verbindung aufbauen können. Dennoch kann das interessant sein. Zum Beispiel für einen Pendelverkehr zum Mars. Wir bräuchten dann nicht mehr 39 Tage für eine Strecke, sondern schätzungsweise nur noch zwei Minuten. Das könnte also funktionieren. Es ist aber, und ich möchte das gerne klarstellen, am schwierigsten, das Wurmloch überhaupt lange genug zu stabilisieren, um jemanden sicher durchzuschicken. Den Ort und die Zeit des Austrittslochs zu bestimmen, ist im Vergleich dazu noch recht einfach. Und fragen Sie mich bitte erst gar nicht, ob wir auch in die Zukunft reisen können«, schob sie schnell hinterher. »Dies ist nach dem heutigen Stand nicht möglich.«

»Danke für Ihre erklärenden Worte«, hakte Präsident Carter ein, der das Gespräch jetzt gerne auf das konkrete Projekt lenken wollte. »Ich schlage vor, dass wir uns nunmehr auf die vor uns liegende Aufgabe konzentrieren.«

Dann wandte Carter sich Manuel Tringali zu. »Warum ist es so problematisch, ein Wurmloch zu stabilisieren? Wie muss ich mir das vorstellen?«

»Wurmlöcher sind von Haus aus sehr fragil und kollabieren sehr schnell. Außerdem brauchen wir wahnsinnig viel exotische und negative Materie, um ein Wurmloch zu erzeugen, das die nötige Größe hat, um einen Menschen, geschweige denn ein Raumschiff, hindurchzuschicken.«

»Und was bedeutet das konkret für unser Vorhaben?«, fasste Präsident Carter nach.

»Wie ich gestern bereits sagte, brauchen wir schätzungsweise noch drei bis vier Jahre Zeit, um alle Probleme in den Griff zu bekommen. Alles andere wäre unrealistisch.«

»Aber auch nur«, ergänzte Eva Molitor und zuckte dabei mit den Schultern, »wenn wir es schaffen, die Quantenverbindungen zu verstärken.«

Alle anderen blickten Tringali und Molitor jetzt nur noch fragend an.

»Frau Molitor, ich habe keine Ahnung, was diese Quantenverbindungen sind oder was sie bewirken«, gab Harper Mountbatten unumwunden zu. »Es ist mir ehrlich gesagt aber auch egal. Ich weiß nur, dass wir keine drei und schon gar keine vier Jahre Zeit mehr haben. Bis dahin hat uns die Grippe alle dahingerafft. Wir können das nicht verhindern, höchstens ein wenig hinausschieben – und das auch nur, wenn wir die Kranken sofort und konsequent isolieren.«

»Nun gut«, sagte Präsident Carter, »offensichtlich stehen wir noch vor großen Herausforderungen. Wir dürfen nur nicht verzagen und den Mut verlieren. Die Hoffnung stirbt bekanntlich zuletzt. Ich schlage vor, dass wir jetzt eine kurze Pause machen und anschließend gemeinsam überlegen, wie unsere nächsten Schritte aussehen können.«

Nachdem kein Widerspruch kam, gab er Kent12 ein Zeichen, der daraufhin das Energiefeld erneut herunterfuhr und die Tür öffnete.

Das ist doch alles ein Albtraum, dachte Harper Mountbatten und vergrub ihr Gesicht in ihren Händen. Sie fühlte sich nach einer weiteren durchwachten Nacht mit einem Mal müde und gerädert. Sie war einfach im Konferenzzimmer sitzen geblieben, als die anderen aufgestanden waren und den Raum verlassen hatten. Erneut blickte sie auf die Skizzen, die Eva Molitor an die Wand gezeichnet hatte, und fragte sich, ob das Ganze wirklich funktionieren konnte. Der Präsident schien jedenfalls davon überzeugt zu sein. Sie hatte ihn die ganze Zeit beobachtet. Aber würde auch die Zeit reichen? Im Moment sah es nicht danach aus. Doch auch in diesem Punkt schien der Präsident nicht zu zweifeln. Typisch Peter, dachte sie. Er schaut immer nur nach vorne und sucht nach Lösungen, wo andere nichts als Probleme sehen. Dafür bewunderte sie ihn. Ganz von allein wanderten ihre Gedanken an den Tag zurück, an dem sie in Peters Büro gestürmt war und ihn über das Horrorszenario informiert hatte. Auch da hatte der Präsident souverän und kontrolliert reagiert. Peter hatte sich alles angehört, einige Fragen gestellt und ihr freundlich, aber bestimmt zu verstehen gegeben, dass er sich von nun an um alles kümmern würde. Und das ist jetzt dabei rausgekommen, dachte sie voller Bitterkeit und hätte vor Enttäuschung heulen können. Sie hatte ja mit allem gerechnet, aber nicht damit. Aber wenigstens hatte Peter überhaupt einen Plan, während ihr Impfstoff-Projekt kläglich gescheitert war. Umso dankbarer war sie dem Präsidenten, dass er sie dafür nicht persönlich zur Verantwortung zog. Er hatte zwar immer wieder nachgefragt, wenn sie sich getroffen hatten, und auch mit seiner Enttäuschung nicht hinter dem Berg gehalten, ihr aber niemals einen Vorwurf daraus gemacht. Er hatte nur dünnhäutig reagiert, wenn sie ihm nahegelegt hatte, den Rest der Regierung zu informieren. Doch davon wollte Peter nichts wissen. ›Später‹, hatte er immer gesagt. ›Erst brauche ich einen Plan.‹

»Wir haben also ein Zeitproblem«, resümierte Präsident Carter und knüpfte damit an die Diskussion von vor der Pause an. Dann wandte er sich an Manuel Tringali und Eva Molitor. »Wie lange würde es dauern, das Wurmloch zu stabilisieren, wenn Ihnen unbegrenzte Mittel und Ressourcen zur Verfügung stünden? ITCOS, so viele Sie wollen, Zugang zu allen Laboren und wissenschaftlichen Einrichtungen der Vereinten Nationen und was sonst noch helfen könnte, schneller zum Ziel zu kommen.«

»Also, ich weiß nicht«, antwortete Manuel Tringali. »Wie schon gesagt, müssen wir erst …«

»Wie lange?«, unterbrach ihn der Präsident.

»Zwei Jahre«, meldete sich Eva Molitor zu Wort. »Vielleicht auch weniger, wenn Ihre Labore und wissenschaftlichen Einrichtungen überhaupt dafür ausgelegt sind, mit exotischer und negativer Materie zu experimentieren.«

»Das sind sie«, bestätigte Carter. »Ich habe dort nachgefragt. Sie haben 18 Monate und keinen Tag länger.«

Danach blickte der Präsident die Gesundheitsministerin an. »Harper, du sorgst derweil dafür, dass sich die Grippe nicht ungezügelt ausbreitet. Ich will Quarantänezonen, Kontrollen, absolutes Reiseverbot und alles, was nötig ist, um dieses Virus so lange wie möglich zu bändigen.«

Ohne eine Antwort abzuwarten, warf er einen ernsten Blick in die ganze Runde: »Morgen informiere ich das Parlament und rufe anschließend den Ausnahmezustand aus. Ich werde aber weder den Parlamentariern noch der Öffentlichkeit reinen Wein einschenken, sondern das Ganze herunterspielen und als reine Vorsichtsmaßnahme verkaufen. Sie sollen glauben, dass wir nur ein wenig Zeit benötigen, bis der Impfstoff zur Verfügung steht. Auch werde ich kein Wort von unserem fantastischen Vorhaben erwähnen. Meine Kritiker würden das nur zum Anlass nehmen, mich für verrückt erklären zu lassen und euch gleich mit.«

Der Präsident ließ noch einmal seinen Blick im Inner Circle schweifen. »Kann ich auf euch zählen?«

Einer nach dem anderen streckte seine Faust in die Höhe, und seine Miene klarte auf. Das war das seit Jahrhunderten übliche Zeichen, um Zustimmung zu signalisieren. Auch Jinjin Watanabe hielt ihre silbern glänzende Hand in die Luft.

»Prima«, fasste der Präsident die Reaktionen zusammen, »dann sind wir uns einig und können zur nächsten Frage übergehen. Was machen wir, wenn die Verbindung in die Vergangenheit steht?«

»Wir folgen dem Vorschlag von Manuel Tringali und schicken einen Agenten fünfhundert Jahre zurück in die Vergangenheit, der in unserem Auftrag das Übel an der Wurzel packt und ausreißt. Wenn das gelingt, haben wir ein Problem weniger und können uns darum kümmern, wie wir diesen Planeten ein wenig abkühlen können«, antwortete Wladimir Oktachow.

»Klingt gut«, erwiderte Harper Mountbatten. »Doch ich muss zu bedenken geben, dass die Sache nicht ganz so einfach ist, wie sie scheint. Wir haben nur eine grobe Vorstellung davon, wann der betreffende Erregerstamm gezüchtet wurde und noch weniger wo. Das kann überall gewesen sein. Das ist die Suche nach der Nadel im Heuhaufen«, ergänzte die Gesundheitsministerin.

»Dann schicken wir eben eine ganze Kompanie und grasen den Planeten systematisch ab«, konterte Oktachow. »Mit etwas Glück stoßen wir früher oder später auf die Suppenküche, in der das Virus absichtlich oder aus Versehen zusammengebraut und freigesetzt wurde.«

»Und am besten schicken wir ein Backup-Team gleich mit, falls irgendetwas schiefgeht«, schob Angel Ramirez hinterher.

»Davon kann ich nur abraten«, erwiderte Eva Molitor, die sich jetzt nicht mehr zurückhalten konnte.

»Und wieso?«, gab Jinjin Watanabe zurück, der die Einlassung von ihrem Kollegen gut gefallen hatte. Sicher ist sicher, dachte sie.

»Weil dadurch die Anzahl der Dominosteine auf dem Spielbrett des Lebens verändert wird.«

Die meisten runzelten daraufhin die Stirn, während es bei Wladimir Oktachow *klick* zu machen schien: »Sie spielen vermutlich auf den Dominoeffekt an?«

»Ja, genau«, erwiderte der Mastermind von Triple X.

»Gut, dass Sie das bedacht haben«, lobte Oktachow die Wissenschaftlerin.

»Prima!«, platzte es aus Harper Mountbatten heraus, die ihre Ungeduld nicht kontrollieren konnte. »Dann wissen ja wenigstens zwei, worum es hier geht. Frau Molitor, würde es Ihnen etwas ausmachen, uns an Ihrem Wissen teilhaben zu lassen?«

»Natürlich, Frau Ministerin, ich bitte Sie um Verzeihung«, entschuldigte sich Eva Molitor. »Als Dominoeffekt bezeichnet man eine Abfolge von Ereignissen, die aufeinander aufbauen. Es ist eine Kettenreaktion, an deren Anfang ein bestimmtes Ereignis steht. Alles beginnt – wenn Sie so wollen – mit einem Dominostein, der umkippt und auf einen zweiten trifft, der dann ebenfalls umfällt und dabei wiederum den dritten Stein zum Umkippen bringt. Dieser trifft dann den vierten Stein und so weiter. Deshalb auch der Name *Dominoeffekt.*«

»Danke, das habe ich so weit verstanden«, hakte Harper Mountbatten ein. »Was hat das aber mit unserer bevorstehenden Exkursion in die Vergangenheit zu tun?«

»Die Ereignisse in der Vergangenheit könnten sich durch das Handeln eines Individuums aus unserer Zeit auf unkalkulierbare Weise ändern«, löste Eva Molitor die Frage auf.

»Und rückblickend sind, im übertragenen Sinne, bereits alle Dominosteine bis zum heutigen Tage umgefallen. Die Vergangenheit ist damit eigentlich unverrückbar. Doch jetzt kommen wir und schleusen ein paar Dominosteine in die Vergangenheit ein, die möglicherweise die ursprüngliche Kettenreaktion durchbrechen und damit auch verändern.«

»Das klingt aber alles sehr theoretisch«, warf Angel Ramirez ein.«

»Stimmt«, antwortete diesmal Wladimir Oktachow, der gedanklich schon ein Schritt weiter war. »Ich will mich deshalb zum besseren Verständnis an einem Beispiel versuchen. Stellen wir uns doch einmal vor, dass wir einen Agenten in die Vergangenheit schicken, der nicht nur wohlbehalten dort ankommt, sondern auch die letzten fünfzig Jahre seines Lebens dort verbringt. Er ist im übertragenen Sinn der Dominostein, der dort eigentlich nicht hingehört. Das kann unproblematisch sein, kann aber auch extreme Folgen haben, weil jede seiner Handlungen das Potenzial hat, die Vergangenheit zu verändern. Mal mehr, mal weniger, mal positiv, mal negativ. Zum Beispiel ist es denkbar, dass der Agent eines Tages eine schöne Frau kennenlernt und beide sogar heiraten und gemeinsam ein glückliches Leben führen. Vielleicht ist das aber genau die Frau, die eigentlich einen anderen Mann hätte heiraten sollen, deren gemeinsames Kind dreißig Jahre später eine für die Zukunft lebenswichtige Erfindung gemacht hätte, jetzt aber nie geboren wird, wodurch die Erfindung nie gemacht wird. Denkbar wäre aber auch eine ganz andere Handlung, die auf den ersten Blick noch viel unbedeutender anmutet, tatsächlich aber eine Kette von Ereignissen nach sich zieht, die am Ende dafür sorgen, dass wir hier alle nicht mehr sitzen, weil der Planet längst ausradiert wurde.«

»Das leuchtet mir ein«, gab Robert Karlson zu. »Wie heißt es so schön? Kleine Ursache, große Wirkung.«

»Genau darum geht es«, bestätigte Eva Molitor. »Wir sollten uns deshalb sehr genau überlegen, wie viele Agenten wir in die Vergangenheit schicken wollen.«

»Die Antwort kann deshalb ja wohl nur lauten: So viele wie nötig und so wenige wie möglich, nach all dem, was ich heute hier gelernt habe«, kommentierte Angel Ramirez das eben Gehörte.

»Das ist doch schon mal ein gutes Zwischenergebnis«, sagte der Präsident und stand auf. »Wir machen eine Pause.«

# 49

Präsident Carter informierte wie angekündigt das Parlament in einer Sondersitzung über die bevorstehende Influenzaepidemie. Harper Mountbatten, die neben ihm stand, war fasziniert und zugleich innerlich entsetzt, wie einfach es dem Präsidenten fiel, den Parlamentariern unverhohlen ins Gesicht zu lügen.

»Wir müssen nur ein wenig Zeit gewinnen, bis wir einen Impfstoff entwickelt haben«, sagte Carter. »Das ist alles. Es gibt also keinen Grund, in Panik zu geraten. Ich bitte Sie um Ihr Vertrauen! Die Details wird Ihnen die Gesundheitsministerin erläutern.«

Daraufhin nickte er Harper Mountbatten zu und forderte sie damit auf, seine Lügengeschichte weiterzuspinnen. Und zwar genau so, wie sie es vorher abgesprochen und eingeübt hatten.

Nervös und voller Zweifel trat Harper einen Schritt nach vorne. Ihr Herz raste, und ihr Puls hämmerte gegen ihre Schläfe. Vermutlich wäre sie weggesackt, wenn sie sich nicht mit aller Macht am Rednerpult festgehalten hätte. Panik ergriff von ihr Besitz, und ihr Blickfeld verkleinerte sich. Sie war noch nie eine gute Rednerin gewesen, und unter diesen Bedingungen konnte sie erst recht nicht glänzen. Aber es nützte nichts. Sie musste da jetzt durch. Das wusste sie. Also gab sie sich einen Ruck und legte einfach los.

»Wie der Präsident schon sagte, gibt es keinen Grund zur Besorgnis«, fing sie mit brüchiger Stimme an zu sprechen, während sie die ganze Zeit Wladimir Oktachow fixierte, der keine zwanzig Meter entfernt in der Regierungsloge saß und ihr aufmunternd zunickte. Einmal angefangen, gewann sie an Sicherheit und sprach mit fester Stimme weiter, die Augen immer noch auf ihren Kollegen gerichtet, ganz so, als ob sie nur zu ihm und nicht zu tausend weiteren Parlamentariern sprach, die sich heute im Bumerang versammelt hatten.

»Bis der Impfstoff verfügbar ist, müssen wir eine Reihe von Eindämmungsmaßnahmen ergreifen, damit sich das Virus nicht ungehindert ausbreitet. Dazu zählt ein striktes Reiseverbot, Distanzierungsregeln, das Tragen eines Mund- und Nasenschutzes sowie umfassende Quarantänemaßnahmen für erkrankte Personen.«

Die Gesundheitsministerin war jetzt so in ihrem Element, dass sie von der beängstigenden Stille unter den Parlamentariern gar nichts mitbekam.

»Und deshalb empfehle ich dem Präsidenten, heute den Ausnahmezustand auszurufen«, kam sie langsam zum Schluss. »Nur so können wir sicherstellen, dass die Maßnahmen greifen.« Die letzten Worte musste sie fast schreien, weil die Parlamentarier auf einmal alle durcheinanderredeten. Viele sprangen sogar aus ihren weißen Sesseln auf.

»Bitte bewahren Sie Ruhe«, schaltete sich der Präsident jetzt wieder ein. »Es handelt sich um eine reine Vorsichtsmaßnahme, die es allerdings strikt einzuhalten gilt«, sagte er mit beschwichtigender Stimme. »Deshalb auch der Ausnahmezustand, den ich auf Vorschlag der Gesundheitsministerin hiermit ausrufe.«

Kaum dass der Präsident dies ausgesprochen hatte, meldeten sich viele Parlamentarier zu Wort. Unmengen der kleinen Lichter entlang der Sitzreihen fingen wie wild an zu blinken.

Carter hatte die Empörung auf sich zukommen sehen. Es kam schließlich nicht alle Tage vor, dass ein Präsident den Ausnahmezustand erklärte – zuletzt im Jahr 2366, als Manila von den Wassermassen verschluckt wurde und über zwei Millionen Menschen ums Leben kamen. Doch Carter wollte nun so viel wie möglich richtig machen, indem er alle Fragen zuließ. Die Parlamentarier hatten eine Antwort auf ihre Fragen verdient, auch wenn er ihnen nicht immer die Wahrheit sagen konnte.

Ein Abgeordneter aus Grönland wollte wissen, wie lange es dauern würde, bis ein Impfstoff zur Verfügung steht.

»Einige Monate, höchstens ein Jahr«, antwortete er, wohl wissend, dass es keinen Impfstoff geben würde. Doch Carter war sich sicher, dass er das Risiko einer Massenpanik abfedern musste, und zwar so gut wie möglich. Niemandem war geholfen, wenn die Weltbevölkerung mit offenen Augen einem Massensterben entgegensah. Je ruhiger die Menschen waren, umso besser konnten die Regierung und Triple X an dem Zeitsprung arbeiten.

»Danke«, antwortete der grönländische Abgeordnete und nickte zufrieden.

Allerdings waren nicht alle Parlamentarier so leicht zu überzeugen. Einige blieben misstrauisch oder lehnten seine Entscheidung sogar lautstark ab. Doch das war Carter egal, solange er die Mehrheit auf seiner Seite hatte. Und dass dem so war, konnte Carter an dem Applaus ablesen, der ihm entgegenschlug, als die Nachfragen langsam verebbten. Zufrieden schaute er die Reihen entlang und nickte dem Plenum zu.

Die Abstimmung war nur noch Formsache. Mit einer Mehrheit von 88 Prozent aller Stimmen wurde der Ausnahmezustand genehmigt. Er hatte jetzt freie Hand, konnte lange Dienstwege umgehen und bekam zudem die direkte Kontrolle über die Earth-Defender, die dafür sorgen mussten, dass die Influenza sich nicht unkontrolliert auf der Erde ausbreitete.

Er hatte dazu bereits alles Notwendige mit Innenminister Ramirez besprochen, dem er das Oberkommando über die Earth-Defender übertragen hatte.

Seinem Vize, Wladimir Oktachow, hatte er eine andere, besonders heikle Aufgabe übertragen. Er sollte sicherstellen, dass ihr Geheimnis auch ein Geheimnis blieb. Leichter gesagt als getan, wenn hunderte von Leuten involviert waren.

Oktachow war aber schließlich die zündende Idee gekommen. Er verpasste jedem Geheimnisträger ein Armband, ähnlich dem, welches die Assimilanten vom Mars auf dem Mond trugen, und ließ jedes Wort abhören. Sobald einer der Eingeweihten die Pandemie oder Zeitreise erwähnte, schlug der Computer Alarm, und ein Team von Spezialisten ging der Sache nach. Auf diese Weise konnten allzu große Plappermäuler aus dem Verkehr gezogen werden, bevor sie größeren Schaden anrichten konnten.

Am meisten inspirierte und beeindruckte Carter jedoch die

Art und Weise, wie Eva Molitor ihre Aufgaben anpackte. Strategisch, voller Weitsicht und gleichzeitig mit einer Energie, wie er sie vorher noch nicht erlebt hatte. Innerhalb weniger Wochen baute sie sechs identische Forschungseinrichtungen auf, die unter ihrer Anleitung genau geplante Versuchsreihen durchführten.

Sie war wie ein Dirigent, der ein Orchester leitete, das über die Welt verteilt war. Nur dass in ihrem Orchester fast ausnahmslos iHumans der neuesten Generation saßen, die sie selbst erschaffen hatte. Und als ob das noch nicht gereicht hätte, legte sie innerhalb von zwölf Wochen auch noch konkrete Pläne vor, wie die Abschussvorrichtung aussehen musste, mit der die Zeitreisenden durch das Wurmloch geschossen werden sollten.

Die ganze Konstruktion sah wie eine überdimensionale Schienenkanone aus, das auf dem Rücken einer alten Raumstation errichtet werden sollte, die seit Jahren nutzlos um die Erde kreiste.

Angesichts des Zeitdrucks war es dennoch eine Mammutaufgabe, die die Bauministerin und ihr Team zu lösen hatten.

Oktachow und seine Ingenieure arbeiteten derweil an einem Kraftwerk, das später die Energie liefern sollte, um das Wurmloch zu stabilisieren. Eine vermeintlich leichte Aufgabe, wenn die von Eva Molitor übermittelten Parameter nicht völlig außerhalb jeder Vorstellungskraft gelegen hätten.

So griff ein Zahnrad in ein anderes und drehte sich immer schneller, bis ein gigantisches Räderwerk entstand, das Carter glauben ließ, dass sie es tatsächlich schaffen konnten.

Es ist an der Zeit, ein Team zusammenzustellen, dachte er und ließ sich mit Robert Karlson verbinden.

»Robert«, sagte er, »komm doch morgen um neun Uhr zu mir. Ich habe einen Auftrag für dich.«

»Worum geht's?«, fragte der Minister für Verkehr und Raumfahrt, als sie es sich tags darauf im Blauen Salon bequem gemacht hatten.

»*Mission 500* ist auf einem guten Weg. Alles läuft nach Plan, nein, sogar noch besser«, korrigierte Carter sich selbst. »Es wird deshalb Zeit, dass wir ein Team aus fähigen Agenten anwerben, das in der Lage ist, unsere Probleme in der alten Welt zu lösen.«

»Und das soll ich machen?«, fragte Robert Karlson überrascht zurück.

»Wer wäre dazu denn besser geeignet als der Minister für Verkehr und Raumfahrt?«, entgegnete Carter und zwinkerte seinem Freund aufmunternd zu. »Außerdem weißt du als ehemaliger Pilot und Kommandant unserer Flotte am besten, aus welchem Holz die Agenten geschnitzt sein müssen.«

»Womöglich hast du recht«, antwortete Robert Karlson.

»Natürlich habe ich recht«, sagte Carter. »Ich schicke dir alles, was du brauchst, um eine gute Auswahl zu treffen.«

# 50

Als Robert Karlson am nächsten Morgen die Anforderungsprofile für die acht Agenten studierte, war er zugegebenermaßen ein wenig nervös und angespannt. Völlig unbegründet, wie sich jetzt herausstellte, da eines der Profile perfekt auf die Beschreibung von Liam Foster passte. Denn hier stand schwarz auf weiß, dass einer der Agenten ein Logistik-Experte sein sollte. Und genau das war Liam Foster, ein Logistik-Experte und noch dazu ein Ex-Militär.

Das war die Gelegenheit, diesen Liam Foster endlich loszuwerden, dachte er sich. Der Typ von Space Logistics erpresste ihn jetzt schon seit geraumer Zeit und wurde immer gieriger. Es war deshalb nur eine Frage der Zeit, bis die ganze Sache ans Licht kommen würde. Er musste es nur geschickt einfädeln und dafür sorgen, dass Foster durch das Wurmloch geschossen wurde.

Fosters Qualifikationen sprachen für sich selbst, es würde nicht schwierig sein, ihn für die Aufgabe zu nominieren. Jetzt musste er nur noch die Angel auswerfen.

Die Gelegenheit dazu bekam Karlson früher als gedacht, weil Foster ihm bereits eine Nachricht auf sein COM-Gerät geschickt hatte. Eine sehr kurze Nachricht. Sie bestand nur aus wenigen Wörtern und war mehr ein Befehl als eine Bitte.

»Morgen um 21 Uhr im Sax«, stand da geschrieben.

Der Kerl wurde wirklich immer dreister, dachte Robert und verfluchte den Tag, als er dieser Schlampe Marcella sein Vertrauen geschenkt hatte. Das war jetzt aber alles nicht mehr zu ändern, und er musste diese eine Chance nutzen, die ihm sein Freund Carter eröffnet hatte, um diesen Gierschlund endgültig loszuwerden.

Foster, dieser Mistkerl, hatte ihm eines Tages ein Video geschickt, wie er Marcella, diese Schlampe, von hinten nahm, und damit gedroht, das Video an seine Frau und an die Presse weiterzugeben, wenn er nicht zahlen würde.

Noch schlimmer wog aber die Drohung, ihn als undichte Quelle zu denunzieren. Ein echter Albtraum, der seine Karriere von einem Tag auf den anderen zerstört hätte. Er war daraufhin so geschockt und verängstigt gewesen, dass er den Moment verpasst hatte, um die Konsequenzen zu ziehen und seine Fehler einzugestehen. Und jetzt war es dafür einfach zu spät. Er hatte sogar schon daran gedacht, diesen Mistkerl einfach umzubringen, musste sich dann aber eingestehen, dass ihm dazu einfach der Mut fehlte.

Wie immer forderte Foster Geld. Angeblich nur noch dieses eine Mal, aber das hatte ihm dieser Hund auch schon bei ihrem letzten Treffen versprochen.

»Meine Tage bei Space Logistics sind gezählt«, begründete Foster beschwipst seine erneute Forderung. »Wright, dieses Arschloch, will mich loswerden. Er gibt mir die Schuld daran, dass dieser John Trebor noch lebt und der Aufstand niedergeschlagen wurde.«

»Das ist nicht mein Problem«, lallte Karlson. Er war bemüht, betrunkener rüberzukommen, als er war. »Ich lasse mich von Ihnen nicht mehr erpressen. Damit ist jetzt Schluss. Ein für alle Mal. Verstehen Sie, was ich sage?«

Karlson deutete schwerfällig mit dem Finger auf Foster, wie Betrunkene es gerne taten, wenn sie etwas mit Nachdruck zum Ausdruck bringen wollten. Er hatte sich zuvor überlegt, dass es gut ins Konzept passen würde, wenn er den Besoffenen spielte. Und um das ganze Theater noch glaubwürdiger wirken zu lassen, kippte er seinen Drink in einem Schluck herunter und brüllte in Richtung Theke: »Noch einen!«, während er mit seinem leeren Glas herumfuchtelte.

Die Antwort von Foster ließ, wie erwartet, nicht lange auf sich warten.

»Robert, Robert«, sagte Foster und schüttelte den Kopf. Ganz so, als ob er mit einem kleinen Jungen sprach, der die Konsequenzen seines Handelns noch nicht überblicken konnte. »Haben Sie sich das auch gut überlegt?«, fragte er schon beinahe besorgt. »Bedenken Sie bitte, was alles für Sie auf dem Spiel steht.«

»Das ist mir scheißegal«, blaffte Karlson und zuckte mit den Schultern. »In zwei bis drei Jahren hat uns die Grippe sowieso alle dahingerafft. Mich, Sie, uns alle! Auch die Kellnerin! Glauben Sie wirklich, dass es hier nur um Vorsichtsmaßnahmen geht? Nein, die Kacke ist bald so richtig am Dampfen, das sag ich Ihnen, Foster! Bald interessiert sich hier keiner mehr für die Eskapaden irgendeines Ministers. Und Sie, Foster. Sie werden ganz andere Probleme haben, als sich zu fragen, wie Sie mir Geld abknöpfen können.«

Das hatte gesessen, dachte er und wartete gespannt, wie Foster reagieren würde.

»Guter Versuch«, sagte Liam Foster nach einer Schrecksekunde. »Beinahe hätte ich Ihnen geglaubt.«

»Es interessiert mich einen Scheißdreck, ob Sie mir glauben«, zischte er und guckte Foster unverhohlen an. Daraufhin entwickelte sich eine Art Blickduell, welches er unbedingt gewinnen musste, wenn sein Plan überhaupt eine Chance haben sollte.

Nach einer gefühlten Ewigkeit hatte er es dann tatsächlich geschafft. Foster wandte den Blick ab. »Na gut, nehmen wir mal an, es stimmt, was Sie gesagt haben. Was tut die Regierung denn gegen das Virus?«

»Das werde ich Ihnen bestimmt nicht sagen«, grunzte er empört zurück. »Das ist alles streng vertraulich. Streng vertraulich«, wiederholte er die letzten Worte und legte zur Bekräftigung den rechten Zeigefinger auf die Lippen.

»Verstehe«, sagte Foster und bestellte noch zwei Drinks. Nicht die letzten an diesem Abend, sodass Robert Karlson tatsächlich aufpassen musste, dass der Alkohol ihm nicht die Sinne raubte.

Bald lenkte Foster das Gespräch endlich wieder auf das Thema zurück. Robert hatte schon selbst nicht mehr daran geglaubt und war deshalb umso erleichterter, als Foster sich den Köder endlich schnappte.

»Ich mach Ihnen einen Vorschlag«, sagte Foster. »Wir vergessen das mit dem Geld, und dafür erzählen Sie mir, was ihr euch ausgedacht habt, um die Grippe zu bekämpfen.«

»Na gut«, lallte er jetzt noch stärker als zuvor, »das muss aber unter uns bleiben. Wegen *top secret* und überhaupt!«, rief Karlson und schlug mit der flachen Hand auf die Tischplatte.

»Na klar«, antwortete Foster, der jetzt auch noch die Dreistigkeit besaß, die rechte Hand zum Schwur zu erheben.

Spätestens jetzt hätte Robert fast laut aufgelacht, wenn die Sache nicht so bitterernst gewesen wäre. Stattdessen beugte er sich zu Foster herüber. »Sie werden es nicht glauben«, flüsterte Karlson, »aber die wollen wirklich ein paar Jungs fünfhundert Jahre zurück in die Vergangenheit schicken. Die sollen dann das Virus erledigen, das sie hier nicht in den Griff bekommen. Und ich soll das Team zusammenstellen. Ist das nicht irre? Ich darf entscheiden, wer diese Zeitreise machen darf, in eine Zeit vor den ganzen Überschwemmungen.«

»Ja«, sagte Foster, und man konnte ihm förmlich ansehen, wie es in seinem Kopf ratterte, »einfach irre, das Ganze.«

Zwei Tage später erhielt Robert Karlson eine weitere Nachricht von Foster. Diesmal war der Ton ganz anders: eher freundschaftlich und weniger fordernd.

»Ich muss mehr über diese eine Sache wissen. Bitte kommen Sie heute Abend um 21 Uhr ins Sax.«

Als Karlson das Sax betrat, wartete Foster bereits auf ihn. Das erste Mal überhaupt. Er reichte ihm sogar die Hand, ganz so, als ob er einen Freund begrüßen wollte. Robert dachte jedoch überhaupt nicht daran einzuschlagen, sondern ging direkt in die Offensive.

»Was wollen Sie?«, fragte er. »Ich habe Ihnen doch bereits gesagt, dass ich mich von Ihnen nicht mehr erpressen lasse. Was war daran nicht zu verstehen?«

Karlson hatte sich ganz bewusst für die harte Tour entschieden. Seiner Meinung nach machte das die ganze Sache glaubwürdiger.

»Darum geht es nicht«, erwiderte Foster. »Ich will kein Geld. Ich möchte vielmehr, dass Sie mir mehr von dem Zeitreiseprojekt erzählen.«

»Darüber darf ich nichts sagen, ich habe schon viel zu viel gesagt«, erwiderte er und machte dabei ein zerknirschtes Gesicht.

»Na, kommen Sie schon«, sagte Foster. »Es soll auch nicht Ihr Schaden sein.«

»Halten Sie mich für so bescheuert?«, erwiderte er. »Und hören Sie auf, mir so schmeichlerisch daherzukommen!«

»Ich habe mir das genau überlegt«, antwortete Foster. »Bringen Sie mich in das Team. Ich habe nämlich so meine Qualitäten. Außerdem sind Sie mich dann ein für alle Mal los.«

»Das ist völlig unmöglich, Sie stellen sich das zu einfach vor!«, antwortete Karlson, der sich darüber im Klaren war, dass er es Foster jetzt nicht zu einfach machen durfte.

»Das kriegen Sie schon hin«, erwiderte Foster. »Ich vertraue Ihnen da voll und ganz. Schließlich haben Sie mir doch selbst erzählt, dass Sie das Team zusammenstellen.«

»Ich muss strengste Auswahlkriterien befolgen, verstehen Sie? Es genügt nicht, eine verdammt gute Nervensäge zu sein, okay? Man muss mindestens ein perfekter Astronaut sein. Sind Sie das? Trauen Sie sich zu, so richtig durchgeschüttelt zu werden? Sie wissen ja gar nicht, was Sie da von mir verlangen!«, echauffierte sich Karlson.

»Mir ist klar, worauf ich mich einlasse, Robert, und ich kann Sie ja verstehen. Sie müssen Ihre Wahl objektiv begründen können, das ist mir schon klar. Aber ich bin nicht irgendwer. Ich habe bei Space Logistics gearbeitet, ganz weit oben war ich dort. Und Logistik ist nur eine meiner Qualitäten, glauben Sie mir! Sagen Sie mir, was verlangt wird. Meine Vita gibt garantiert alles her. Niemand wird Verdacht schöpfen, garantiert!«, befeuerte Foster ihn. Seine Stimme bekam etwas Flehendes.

»Na schön, gehen wir das mal durch«, sagte Karlson mit skeptischen Blick. »Das Ganze ist eine Reise ohne Rückfahrticket. Verstehen Sie, was das bedeutet? Sie würden dann im 21. Jahrhundert festhängen – ohne Aussicht auf Wiederkehr.«

»Umso besser«, antwortete Foster, ohne auf seine Gründe weiter einzugehen. Sie gingen Karlson in der Tat nichts an. Doch Karlson war klar, dass ein wichtiger Faktor für Foster darin bestand, die nächsten drei Jahre zu überleben. Wenn die Grippe ihn nicht erledigte, würde Cornelius Wright ihn früher oder später kaltmachen. Überhaupt grenzte es an ein Wunder, dass der Kerl noch lebte. Vermutlich wollte Wright erst alle Beweise vernichten, die ihn mit Foster in Verbindung brachten, bevor er ihn von der Bildfläche verschwinden ließ.

Außerdem war die Erde des 21. Jahrhunderts ein wahres Paradies im Vergleich zu dieser Hölle und konnte jemandem mit seinem Wissen schier ungeahnte Möglichkeiten eröffnen.

»Also gut«, sagte Karlson schließlich. »Ich werde sehen, was ich machen kann.« Er reichte Foster die Hand, und dieser schlug sofort ein.

# 51

Nach vierzehn Wochen hatte Robert Karlson alle acht Agenten nominiert und von jedem einzelnen ein umfangreiches Dossier angelegt.

Es handelte sich um sechs Männer und zwei Frauen, von denen jeder einzelne über besondere Fähigkeiten verfügte. So wie Liam Foster.

Zudem waren alle acht ungebunden und nicht älter als 35 Jahre.

Dem vorausgegangen war ein komplizierter Auswahl- und Ausleseprozess, den sich Robert Karlson zusammen mit seinen engsten Mitarbeitern erdacht hatte. Zuerst hatten sie eine Vorauswahl von sechzig potenziellen Kandidaten getroffen und die Namen auf eine Liste gesetzt – ausnahmslos Personen mit einem auf den ersten Blick ausgezeichneten Lebenslauf. Im nächsten Schritt wurde jeder einzelne von ihnen durchleuchtet und anschließend mindestens sechs Wochen lang observiert, es sei denn, der Kandidat fiel in der Zwischenzeit durch einen ungünstigen Umstand durchs Raster.

So wurden allein zwanzig Kandidaten wegen eines gesundheitlichen Problems oder einer Charakterschwäche aussortiert. Neun Kandidaten stellten sich als suchtkrank heraus. Natürlich waren auch sie keine Option für die hohe Aufgabe.

Ein vielversprechender Kandidat stellte sich als notorischer Lügner heraus. Nur auf seinen eigenen Vorteil bedacht, belog und betrog er alle Mitmenschen in seiner Umgebung. So einem Typen konnten sie das Schicksal der Menschheit selbstverständlich auch nicht überlassen. Ohne Teamfähigkeit war nichts zu machen. Dass dieser Kandidat eine gewisse Ähnlichkeit mit Liam Foster hatte, behielt Karlson natürlich für sich.

Liam Foster zeigte sich in den nächsten Wochen von seiner

Schokoladenseite. Er arbeitete viel, wirkte höflich und zuvorkommend, traf sich mit Freunden und fand darüber hinaus noch die Zeit, sich für wohltätige Zwecke zu engagieren.

Hätte es Robert Karlson nicht besser gewusst, wäre er zu der Überzeugung gelangt, in Foster tatsächlich den perfekten Kandidaten gefunden zu haben. Andererseits hatte Foster ihm versprochen, dass er sich voll in den Dienst der Sache stellen und alles tun würde, um ihre Mission zum Erfolg zu führen. Und wenn er jetzt die Berichte las, war er geneigt, ihm sogar zu glauben. Nicht zuletzt, weil er ihm glauben wollte. Natürlich wollte auch er, dass die Mission ein Erfolg wurde.

Schließlich wurde es richtig spannend. Unter einem Vorwand bestellte Karlson die verbliebenen Kandidaten nacheinander in sein Ministerium und fühlte ihnen auf den Zahn, ob sie überhaupt die Bereitschaft mitbrachten, ihr Leben im Dienste der Menschheit aufs Spiel zu setzen. Zehn sagten daraufhin sofort zu, während sich sechs Kandidaten erst festlegen wollten, wenn sie mehr über den genauen Auftrag wussten. Eine Antwort, mit der er gut leben konnte.

Karlson störte es nicht wirklich, dass ihm fünf Kandidaten, ohne zu zögern, eine Absage erteilten. Er bedauerte nur, dass darunter auch zwei seiner Favoriten waren, die er gerne dabeigehabt hätte.

Dann endlich kam der Moment der Wahrheit. Aber erst nachdem seine Mitarbeiter den Papierkram erledigt hatten. Allen voran mussten Verschwiegenheitserklärungen unterschrieben und allerlei anderes Zeug zu Protokoll genommen werden.

Am Ende waren dreizehn der sechzehn verbleibenden Kandidaten bereit, die ungewisse Reise in die Vergangenheit anzutreten – interessanterweise darunter auch alle sechs, die zuerst mehr über die Sache in Erfahrung bringen wollten. Drei der Kurzentschlossenen machten einen Rückzieher.

Und dennoch war Karlson mit dem Ergebnis zufrieden, zumal er die Qual der Wahl hatte. Als auch das erledigt war, konnte er nur noch abwarten, was Carter und die anderen zu seiner Auswahl sagen würden.

Robert Karlson war nervös und angespannt, als er den Blauen Salon betrat, um der Regierung seine acht potenziellen Zeitreisenden zu präsentieren.

»Heute ist ein wichtiger Tag«, begrüßte der Präsident die Anwesenden, nachdem alle ihre Plätze eingenommen hatten.

»Wie ihr alle wisst, habe ich Robert vor etwa drei Monaten den Auftrag gegeben, ein Team aus fähigen Agenten zusammenzustellen. Eine aus meiner Sicht knifflige und diffizile Aufgabe, weil diese Agenten in nicht allzu ferner Zukunft eine Reise antreten sollen, die über unser aller Schicksal entscheidet.«

Dann machte er eine Pause und richtete das Wort an Eva Molitor, die er ebenso zu diesem Treffen gebeten hatte wie ihren Boss Manuel Tringali.

»Frau Molitor, ich weiß, dass Sie meine Initiative für verfrüht gehalten haben. Ich versichere Ihnen jedoch, dass ich Sie damit keinesfalls unter Druck setzen wollte. Sie und auch alle anderen hier Anwesenden machen einen fantastischen Job und leisten Großartiges.«

Eva Molitor lächelte kaum spürbar, aber doch genug, um Carter ein gutes Gefühl zu geben. Erleichtert drehte er sich daraufhin zu Robert Karlson um und erteilte ihm das Wort.

»Bevor ich Ihnen die Kandidaten im Einzelnen vorstelle«, begann Karlson, »möchte ich Ihnen zuerst einmal erklären, wie wir vorgegangen sind, um die bestmöglichen Agenten für unser Vorhaben zu rekrutieren.«

Als kein Widerspruch kam, fuhr er fort und erläuterte in aller Ausführlichkeit, wie die einzelnen Phasen des Auswahlprozesses ausgesehen hatten. Er tat dies nicht nur, weil er glaubte, dass es von Interesse sei, sondern auch, um seine eigene Nervosität in den Griff zu bekommen. Der Erfolg stellte sich tatsächlich ein, denn mit jedem Satz löste sich die Anspannung ein wenig mehr. Schließlich legte er sogar sein Skript zur Seite und trug frei vor. Die Worte sprudelten nur so aus ihm heraus, bis er nach zwanzig Minuten zum Ende kam und zu den Nominierten überleitete.

»Werte Kolleginnen und Kollegen«, sagte er und blickte sie der

Reihe nach an, »kommen wir nun zu den Nominierten selbst, die ich Ihnen jetzt nacheinander vorstellen möchte.«

Daraufhin wuchs wie von Geisterhand aus der Mitte des Konferenztisches das holografische Abbild einer jungen Frau.

»Zuerst möchte ich ihnen Dr. Jekaterina Sobelowa vorstellen. Sie ist 32 Jahre alt und hat Biologie und Chemie studiert. Sie forscht an der Lomonossow-Universität in Moskau und zählt zu den führenden Virologen unserer Staatengemeinschaft. In ihrer wenigen Freizeit prügelt sie sich mit Gleichgesinnten. Sie ist Amateurboxerin, geschieden und seit zehn Jahren Vollwaise. Ihre Eltern sind bei einem Verkehrsunfall ums Leben gekommen.«

Als nächstes war Sergeant Konrad Anker an der Reihe. »Anker ist bei den Earth-Defendern«, sagte Robert Karlson, »genau genommen bei einer Eliteeinheit, die sich der Terrorismusbekämpfung verschrieben hat. Er hat bereits mehrere Auszeichnungen erhalten und ist immer wieder als verdeckter Ermittler im Einsatz. Das ist wohl auch der Grund, warum er noch keine längere Beziehung hatte. Er lässt wie auch Frau Sobelowa niemanden zurück. Den Kontakt zu seinen Eltern hat er schon vor Jahren abgebrochen. Sie wissen noch nicht einmal, dass er noch lebt.«

So ging es dann noch eine Weile weiter, bis das Hologramm seines letzten Nominierten auf der Mitte des Tisches erschien.

»Kommen wir zu meinem letzten von insgesamt acht Kandidaten«, fuhr Karlson fort und präsentierte einen gutaussehenden Kerl, der jederzeit als Model hätte durchgehen können. »Das ist Liam Foster, ehemaliger Sicherheitschef von Space Logistics. Er ist der Logistik-Experte im Team. 34 Jahre alt und Ex-Pilot. Es gibt nichts, was der Kerl nicht von A nach B kriegt. Er kann alles fahren und fliegen, was einen Antrieb hat.«

Kurz darauf verschwand die Silhouette von Liam Foster, und Robert Karlson beendete seine Präsentation mit einem persönlichen Statement.

»Liebe Kolleginnen und Kollegen«, sagte er, »ich hoffe, ich konnte Sie überzeugen.«

»Nein«, korrigierte er sich selbst, »ich hoffe, die Nominierten selbst haben Sie überzeugt. Ich für meinen Teil würde diesen acht Männern und Frauen mein Leben anvertrauen.«

»Vielen Dank«, entgegnete der Präsident. »Ich denke, ich spreche in unser aller Namen, wenn ich dir sage, dass du eine ganz ausgezeichnete Wahl getroffen hast.«

Karlson nickte zufrieden.

»Deshalb hoffe ich auch, dass du es mir nicht übel nimmst, wenn ich dennoch zwei Namen von der Liste streiche.«

»Aber warum?«, fiel ihm Robert Karlson ins Wort, der in diesem Moment nur an Liam Foster dachte.

»Versteh mich bitte nicht falsch«, sprach der Präsident weiter. »Es liegt nicht an dir und auch nicht an den Kandidaten. Es ist vielmehr so, dass ich selbst zwei Agenten rekrutiert habe, denen ich bedingungslos vertraue und die ich in jedem Fall im Team haben will.«

Im Inner Circle schwoll leichtes Gemurmel an.

»Ihr alle kennt sie«, fügte er nach einer kurzen Pause hinzu und schaute dabei in die erwartungsvollen Gesichter seines Kabinetts. »Es handelt sich um John Trebor und Tim Preston.«

Robert Karlson war von der Nachricht geschockt. Nicht dass er die beiden für ungeeignet gehalten hätte. Ganz im Gegenteil. John Trebor und Tim Preston hatten sich durch ihre Taten auf dem Mars mehr als empfohlen. Ihn beschäftige vielmehr die Frage, wer für die beiden seinen Platz im Team räumen musste.

»Robert«, sagte Carter, »du kannst am besten entscheiden, wer von deinen Kandidaten entbehrlich ist.« Karlson fiel ein Stein vom Herzen. Liam Foster hatte ein Ticket in die Vergangenheit! Zwei Namen von der Liste zu streichen konnte er verschmerzen.

»Kompliment«, sagte Ramirez und blickte den Präsidenten an. »Aber sag, wie hast du das angestellt?«

»Die Idee kam mir während meines letzten Treffens mit Major Trebor. Ich wollte ihm eigentlich nur mein Beileid aussprechen, nachdem ich vom Tod seines Freundes Paul Dreyer erfahren hatte. Doch als er dann so niedergeschlagen und einsam vor mir gesessen hatte, da habe ich mich kurzerhand entschlossen, ihm von unserem Vorhaben zu erzählen. Und dann ging alles ganz schnell. John war sofort Feuer und Flamme für das Projekt und wollte unbedingt dabei sein. Er braucht ganz offensichtlich eine neue Aufgabe, die ihm hilft, das Erlebte hinter sich zu lassen. Einen klaren Schnitt, wie man so schön sagt.«

»Und Tim Preston?«, fragte Robert Karlson nach.

»Den hat John ins Spiel gebracht. Ein sehr intelligenter junger Mann, ebenfalls bei den Mars-Defendern ausgebildet, und ein Experte in Sachen Spionagetechnik. Prestons technisches Wissen war entscheidend für den Erfolg der Mars-Defender.«

»Was Besseres hätte uns meiner Ansicht nach gar nicht passieren können«, merkte Wladimir Oktachow an. »Wir müssen jetzt nur noch die verdammte Zeitmaschine zum Laufen kriegen.«

»Das werden wir«, antwortete Eva Molitor und wirkte dabei entschlossener als jemals zuvor.

# 52

Als Robert Karlson und Wladimir Oktachow das Konferenzzimmer im Zentrum für Verkehr und Raumfahrt betraten, waren bereits alle acht Agenten versammelt und ins Gespräch vertieft.

»Ich sehe, Sie haben sich schon bekannt gemacht«, sagte Wladimir Oktachow. »Bitte nehmen Sie doch Platz, damit wir anfangen können.« Daraufhin setzten sich die sechs Männer und zwei Frauen auf ihre Plätze, die irgendjemand zuvor mit Namensschildern versehen hatte.

»Heute beginnt Ihr Training«, übernahm Karlson das Wort. »Es gibt viel zu tun, und wir haben wenig Zeit. Beginnen wir aber zuerst mit einer kleinen Vorstellungsrunde. Fangen Sie doch an, Frau Sobelowa.«

»Ja, gut«, antwortete sie und nickte Karlson zu. »Ich bin Dr. Jekaterina Sobelowa. Aber das wisst ihr ja schon. Ich bin 32 Jahre alt, in Russland geboren und von Beruf Virologin. Und wenn ich keinen weißen Kittel anhabe, dann streife ich gerne meine Boxhandschuhe über. Und noch etwas: Ich stehe nicht auf Männer. Also versucht erst gar nicht euer Glück bei mir!« Dabei grinste sie die sechs Männer an, die um den runden Tisch herumsaßen.

»Danke für den Hinweis«, entgegnete Konrad Anker und zwinkerte ihr zu. »Mein Name ist übrigens Konrad Anker, Earth-Defender, Terrorismus-Experte und verdeckter Ermittler.«

Als Nächstes stellte sich die zweite Frau im Bunde vor, die wie eine Amazone anmutete: goldfarbener Teint, lange, dicke, schwarze Haare und einen durchtrainierten Körper. »Meine Name ist Anjuli Kapoor«, sagte sie. »Ich bin Notfallärztin, 31 Jahre alt und lebe und arbeite in Neu-Delhi.« Plötzlich fing sie an zu lachen. »Na ja, jetzt wohl nicht mehr.«

»Ich heiße Takashi Nakamura«, stellte sich anschließend ein sehniger, groß gewachsener Mann um die dreißig vor und zeigte mit dem Finger auf sein Namensschild. »Und wie Konrad war ich bei den Earth-Defendern. Zuletzt bei einer Spezialeinheit in Tokio.«

»Gut, dann bin ich wohl dran«, sagte John, nachdem Takashi ihm zugenickt hatte. »Mein Name ist John Trebor, und ich komme ursprünglich vom Mars. Ich war Mars-Defender, und nun bin ich wie ihr ein Zeitreisender.«

»Du bist doch derjenige, der den Aufstand auf dem Mars niedergeschlagen hat«, rief Anjuli. »Du kamst mir gleich so bekannt vor. Dein Bild war in allen Medien zu sehen. Du bist ein echter Held.«

»Ich war das nicht allein«, antwortete John. »Ich hatte viele Helfer. Viele gute Leute, die unter Einsatz ihres Lebens an meiner Seite gekämpft haben. So wie Tim hier.«

»Hallo«, bemühte Tim Preston sich um ein Lächeln. »Ich war auch Mars-Defender, kenne mich recht gut mit technischem Kram aus, obwohl ich mein Studium hier auf der Erde nicht beendet habe, wenn ich ehrlich bin.«

»Du bist noch ziemlich jung«, sagte Takashi, während er Tim musterte. »Wie alt bist du?«

»Neunzehn«, antwortete Tim. »Hast du damit ein Problem?«

Nicht doch, dachte John. Was war nur mit Tim los?

»Nichts für ungut«, gab Takashi zurück. »Man wird ja wohl noch fragen dürfen.«

»Fehlen noch Sie beide«, sagte Robert Karlson und blickte zu Hogan und Foster herüber.

»Walter Hogan mein Name«, sagte der schlanke, fast schon schmächtige Mann mit der randlosen Brille und schaute langsam in die Runde. Ich bin 33 Jahre alt, komme aus Quebec und bin wie Frau Sobelowa …«

»Kate«, ging Jekaterina Sobelowa dazwischen.

»… wie Kate von Beruf Virologe.«

»Dann bleibe wohl nur noch ich übrig«, meldete sich Liam Foster zu Wort, nachdem sich das Mitteilungsbedürfnis von Walter Hogan ganz offensichtlich erschöpft hatte. »Ich heiße Liam Foster und bin der Logistik-Experte in dieser illustren Runde. Ich werde euch mit allem versorgen, was ihr braucht. Waffen, technische Ausrüstung. ganz egal, ihr bestellt und ich werde liefern, wohin auch immer.«

»Gut, danke, das soll fürs Erste reichen«, teilte Karlson der Runde mit. »Kommen wir nun zu den Einzelheiten eures Trainings. Es wird einige Monate in Anspruch nehmen. Der genaue Zeitraum hängt davon ab, wie lange wir brauchen, um die Zeitmaschine in Gang zu bringen.«

»Ist das Ding etwa noch im Bau?«, hakte Anjuli ein. »Woran hapert es denn?«

»Es sind noch einige technische Details zu klären«, antwortete Wladimir Oktachow. »Aber keine Angst. Wir starten die Mission erst, wenn wirklich alle Probleme gelöst sind. Selbst wenn sie noch so klein und unbedeutend erscheinen.«

Dass ihnen die Zeit langsam davon lief und es immer schwieriger wurde, die Grippe einzudämmen, erwähnten Karlson und Oktachow nicht. Es hätte die Agenten nur verunsichert und von ihrer Vorbereitung abgelenkt.

Am nächsten Tag starteten die acht Agenten in ihr Trainingsprogramm, jedoch ganz anders, als sie es sich vorgestellt hatten.

Sie saßen in einem kleinen Kino und sahen sich einen Film nach dem anderen an. Sie hatten sogar die freie Wahl, solange es Material aus dem 21. Jahrhundert war. Es ging locker und ungezwungen zu, und obwohl sie nicht nur Dokumentationen schauten, lernten sie viel über die Vergangenheit.

Gerade stand James Bond hoch im Kurs, bis Kate der Kragen platzte. »Das war jetzt schon der vierte Bondfilm! Mir reicht es langsam«, beschwerte sie sich. »Können wir nicht zur Abwechslung mal was anderes sehen?«

»Ja«, sprang Anjuli ihr bei, und ehe die Männer intervenieren konnten, hatten die beiden Frauen eine Dokumentation über Karl Lagerfeld aus dem Speicher geladen.

Abseits der Filmvorführungen wurde ihr Training von Tag zu Tag abwechslungsreicher und anspruchsvoller. Sie lernten, wie man sich im 21. Jahrhundert gefahrlos durch den Verkehr bewegte, ohne sich auf einen Autopiloten oder anderes Gerät zu verlassen. Allein die Vielzahl der unterschiedlichen Verkehrsschilder kriegten sie kaum in ihre Köpfe.

Und dann diese ganzen verschiedenen Währungen, mit denen sie sich herumschlagen mussten: Dollar, Euro oder Yen. Ganz abgesehen von den vielen unterschiedlichen Scheinen und Münzen, an die sie sich erst gewöhnen mussten.

»Wie unhygienisch«, merkte Anjuli an, als sie das erste Mal mit einigen alten Dollarnoten und Centstücken in Berührung kam. »Ich muss mir sofort die Hände waschen.«

»Ja, fruchtbar«, stimme Kate ihr zu. »Es kann doch nicht sein, dass alle Menschen ständig in ihrer Geldbörse herumwühlen mussten, wenn sie etwas kaufen wollten.«

»Ich vermisse den ITCO jetzt schon«, kommentierte Walter ihre Lektion.

Um in ihrer neuen Heimat nicht aufzufallen oder anzuecken, mussten die Agenten zudem viel Geschichte büffeln, Benimm- und Verhaltensregeln pauken und vor allem viele praktische Lernphasen durchlaufen.

Sie übten, wie man einen Nagel in die Wand schlug, ohne sich den Daumen zu quetschen, was eigentlich nicht weiter schwierig war, wenn man wusste, wie es ging. Wie so vieles andere auch, das in ihrer Zeit nur noch von iHumans erledigt wurde.

Das größte Problem waren jedoch die vielen unterschiedlichen Sprachen, die sie in kürzester Zeit erlernen mussten. Englisch fiel ihnen allen noch am leichtesten, weil viele Wörter denen der heutigen globalen Einheitssprache sehr ähnelten.

Während sich andere Agenten zusätzlich mit Chinesisch, Indisch oder Portugiesisch herumschlagen mussten, verzweifelte John am Deutschen, Spanischen und Italienischen.

Dass sie überhaupt Fortschritte machten, lag nur daran, dass sie die Sprachen im wahrsten Sinne des Wortes im Schlaf erlernten, wenn nicht gerade anderes Wissen in ihre Gehirne übertragen wurde. Die hierfür nötigen biotechnischen Implantate wurden ihnen allen bereits in frühster Kindheit eingesetzt. Unkomplizierte Eingriffe durch Nase oder Ohr, die keine sichtbaren Spuren oder Narben hinterließen. Auch der Adapter selbst war nicht zu sehen. Er wurde direkt auf den Frontallappen montiert und empfing die Daten kabellos.

Die Vokabeln waren deshalb auch nicht das eigentliche Problem. Die Herausforderung bestand vielmehr darin, die Wörter zu ganzen, sinnstiftenden Sätzen richtig zu verknüpfen und dabei auch noch die Grammatik zu beachten.

So vergingen die Wochen und Monate wie im Flug, und ehe sie sich versahen, waren sie zu einer eingeschworenen Gemeinschaft zusammengewachsen. Sie hatten viel Spaß miteinander und halfen sich, wann und wo immer sie konnten. Mehr als einmal musste John an seine Ausbildung als Mars-Defender zurückdenken.

Die Zeit in der Gruppe tat ihm gut, sogar sehr gut, und er wirkte von Tag zu Tag weniger unglücklich. Er hatte endlich wieder eine Aufgabe und strotzte voller Tatendrang.

Anders war es bei Tim. Er wirkte zu Johns großem Bedauern immer noch seltsam reserviert und zugeknöpft. Deshalb war es für John auch keine Überraschung, als ihn die anderen eines Tages zur Seite nahmen und sich nach seinem Freund erkundigten.

»Versteh uns nicht falsch«, meinte Konrad, »aber wir machen uns langsam Sorgen um Tim. Er lässt niemanden an sich ran. Da fällt es schwer, Vertrauen aufzubauen. Müssen wir uns auf der Erde nicht blind vertrauen können?«

»Ja«, pflichtete Anjuli ihm bei, »vielleicht ist er doch zu jung für diese Mission, und es ist alles ein wenig zu viel für ihn?«

»Das ist es nicht«, antwortete John. »Er hat einfach nur viel durchgemacht.« Dass er dabei weniger an die Geschehnisse auf dem Mars dachte, sagte er nicht.

»Das kann schon sein«, entgegnete diesmal Takashi. »Es ist ja auch nicht so, dass wir keine Geduld mit ihm hätten. Nur langsam rennt uns die Zeit davon.«

»Er muss sich ändern, John. Er ist ein Genie, aber auch er muss sich in das Team eingliedern«, brachte es Konrad auf den Punkt. »Sonst bleibt uns keine Wahl, und wir müssen mit Karlson oder Oktachow über unsere Bedenken sprechen. Verstehst du das?«

»Ich spreche mit Tim«, versprach John. »Dann sehen wir weiter.«

# 53

Seitdem der Präsident den Ausnahmezustand ausgerufen hatte, traf sich der Inner Circle einmal in der Woche zu einer Lagebesprechung im Blauen Salon. Bauministerin Watanabe berichtete gerade, wie es um die elektromagnetische Schienenkanone bestellt war, die die Agenten durch das Wurmloch befördern sollte.

»Wir kommen gut voran«, sagte sie und zeigte auf das Hologramm, das gerade eingespielt wurde. »Mit ein wenig Fantasie kann man sogar bereits erkennen, wie die Konstruktion einmal aussehen wird.« Selbst Eva Molitor schien zufrieden, auch wenn sie mit Lob immer sehr sparsam umzugehen pflegte. Sie nickte und lächelte nur ein wenig.

»Sehr schön«, antwortete der Präsident. »Wie lange dauert es denn noch, bis die Apparatur einsatzbereit ist?«

»Wenn alles glatt läuft, sind wir in sechs Monaten so weit.«

»Dann sollte auch der Reaktor einsatzbereit sein«, ergänzte der Vizepräsident ungefragt und grinste.

»Das sind doch wirklich gute Nachrichten«, sagte der Präsident voller Begeisterung.

»Da muss ich leider widersprechen«, sagte Eva Molitor und schaute dem Präsidenten unverhohlen ins Gesicht. »Es gibt noch viele Probleme und hunderte von Fragen, auf die wir noch keine Antwort haben.«

»Na gut«, sagte der Präsident, wohl wissend, dass es keinen Sinn machte, nachzufassen, weil Eva Molitor sich nicht drängen oder festnageln ließ. Diese Erfahrung hatte er mehr als einmal machen müssen.

»Dann kommen wir jetzt zur Viruspandemie. Angel, Harper, wie sieht es an dieser Front aus?«

»Ehrlich gesagt, nicht so gut«, antwortete der Innenminister. »Die Lage verschärft sich zusehends. Insbesondere in Afrika und Australien, wo die Menschen nicht außerhalb der Biosphären leben können. Dort wird es immer schwieriger, das Virus in Schach zu halten. Die Infektions- und Todesrate steigt trotz der Eindämmungsmaßnahmen.«

»Wie viele?«, fragte der Präsident ungeduldig, ohne zu erwähnen, dass er die Zahl der Toten meinte, die in der letzten Woche an den Folgen der Infektion gestorben waren.

»23 214 Menschen in Afrika und Australien und weltweit etwas mehr als 40 000.«

»Verdammt noch mal«, sagte der Präsident und knallte die Faust auf den Tisch. »Jede Woche übersteigen die Zahlen die der Vorwoche. Hört das denn nie auf?«

»Vermutlich nicht«, antwortete diesmal die Gesundheitsministerin. »Vieles spricht sogar dafür, dass die Zahlen schon bald exponentiell ansteigen werden.«

»Exponentiell?«, hakte Bauministerin Watanabe ein und blickte verlegen in die Runde. »Kann mir das mal bitte jemand erklären? Ich müsste es eigentlich wissen, doch …«

»Das ist einfach erklärt«, sprang ihr Ramirez bei. »Die exponentielle Wachstumsphase ist erreicht, wenn sich die Zahl der Infektionen innerhalb eines bestimmten Zeitraums verdoppelt. Das klingt erst einmal gar nicht so dramatisch, das wird es aber, wenn sich der Zeitraum, in denen sich die Zahl der Infektionen verdoppelt, auch noch weiter verkürzt.«

»Jetzt erinnere ich mich«, sagte Jinjin Watanabe. »Da gibt es doch diese alte Legende aus Persien mit dem Schachbrett und den Reiskörnern.«

»Ja, genau«, antwortete Ramirez. »Danach würden aus einem Kranken, der jeden Tag nur einen anderen Menschen infiziert, eine Woche später bereits 128 Kranke werden. Eine solche Entwicklung müssen wir unbedingt verhindern. Sonst sind wir alle infiziert oder bereits tot, noch bevor einer unserer Agenten einen Fuß in die Zeitkapsel gesetzt hat.«

»Wir tun wirklich alles, was in unserer Macht steht«, erwiderte Mountbatten. »Es scheint aber nicht zu reichen.«

»Na schön«, sagte der Präsident, »dann bleibt mir keine Wahl. Ich werde morgen eine weltweite Ausgangssperre verkünden. Schul- und Betriebsschließungen eingeschlossen.«

Carter hatte immer gehofft, dass er zu diesem letzten aller Mittel nicht greifen musste, zumal er wusste, dass er dieses Schwert nicht auf Dauer ziehen konnte. Dafür waren die Kollateralschäden zu groß.

In dem Moment sah er aus dem Augenwinkel, wie Eva Molitor von ihrem Platz aufstand und sich in Richtung Tür bewegte, die Kent12 wie immer mit einem undurchdringlichen Schutzschild versiegelt hatte.

»Darf ich fragen, warum Sie uns verlassen möchten?«, rief er ihr hinterher, ohne groß darüber nachzudenken.

»Ich muss arbeiten«, sagte sie. »Die Zeit drängt, und ich habe noch viel zu tun.«

# 54

Drei Monate später stellte sich Eva Molitor in der ihr eigenen sachlichen Art vor die Regierungsmitglieder und informierte sie darüber, dass sie und die iHumans die richtigen Parameter gefunden hätten, um den Tunnel in die Vergangenheit zu stabilisieren.

»Wir sind so weit«, sagte sie ohne jeden Anflug von Stolz. »Die Quantenverbindungen sind stabil. Die *Mission 500* kann losgehen.«

Die Bezeichnung *Mission 500* hatten sie Manuel Tringali zu verdanken, der noch während ihres ersten Treffens vehement die Meinung vertreten hatte, dass ihr Kind doch einen Namen bräuchte. Seitdem trug ihr Projekt den Namen *Mission 500*, mit dem alle einverstanden waren.

»Das ist ja fantastisch«, sagte der Präsident und klatschte vor Freude in die Hände. »Ich wusste doch, dass ich mich auf Sie verlassen kann. Ich danke Ihnen vielmals, nein, wir alle danken Ihnen. Ach Quatsch, was sage ich da? Die gesamte Menschheit dankt Ihnen. Sie haben wirklich Großartiges geleistet.«

»Ich werde ihre lobenden Worte gerne an meine Mannschaft weitergeben«, war das Einzige, was sie darauf antwortete. Ganz so, als ob es keine große Sache wäre. Aber so war sie nun einmal, ständig gefasst, manchmal etwas unterkühlt und damit ihren Kindern der K- und T-Serie nicht unähnlich.

»Und die Abschussvorrichtung?«, fragte Carter in die Runde.

»Einsatzbereit«, antwortete Jinjin Watanabe.

»Genauso wie der Ionen-Reaktor«, gab Wladimir Oktachow zu Protokoll.

»Ausgezeichnet«, erwiderte Präsident Carter. »Ich danke euch allen. Ihr alle habt Außergewöhnliches geleistet!«

Ausdrücklich erwähnte er auch Angel Ramirez und Harper Mountbatten, die einen erheblichen Anteil daran trugen, dass die Grippe bisher immer noch an der Kette lag. Das war eine recht optimistische Einschätzung der Lage, weil die Welt bereits mehr als 1,39 Millionen Tote zu beklagen hatte. Andererseits hätten es ohne Eindämmungsmaßnahmen ein Vielfaches mehr sein können.

»Und dir, Robert, danke ich natürlich auch«, sagte er und klopfte seinem Freund und Kollegen Robert Karlson auf die Schulter. Carter war so euphorisch, dass es ihn nicht mehr auf seinem Platz hielt. Begeistert lief er hin und her.

»Wann wollen wir es den Agenten sagen?«, fragte Karlson, der es gar nicht abwarten konnte, seine Schützlinge zu informieren. Liam Foster machte ihm keine Sorgen mehr. Er hatte sich gut integriert und verhielt sich unauffällig.

»Morgen«, sagte der Präsident, »gleich morgen früh.«

»Das wird ja auch Zeit«, rief Konrad Anker, nachdem der Präsident die acht Agenten höchstpersönlich informiert hatte. Er hatte die gesamte Truppe in den Blauen Salon eingeladen und war dann direkt zur Sache gekommen.

»Es geht endlich los«, hatte er gesagt. »Der Countdown läuft. In zehn Tagen ist es so weit.«

Doch anders als Konrad schienen sich nicht alle zu freuen. John konnte das verstehen. Ihm selbst ging es schließlich nicht anders. Denn plötzlich war sie da, die Angst vor dem Ungewissen, von der er vorher gar nicht gewusst hatte, dass sie sich in ihm eingenistet hatte. Selbst Liam Foster wirkte seltsam bedrückt, obwohl er doch immer wieder gedrängelt hatte.

Umso mehr freute sich John, dass Tim über das gesamte Gesicht strahlte. Er war zwar noch nicht wieder der Alte geworden, machte aber Fortschritte. Ganz offensichtlich hatte es ihm gutgetan, alles rauszulassen, was er in sich hineingefressen hatte. Und das war eine ganze Menge.

John war immer noch schockiert und erschrocken von dem, was Tim ihm erzählt hatte. Insbesondere von den Misshandlungen, die seine Kommilitonen an ihm vorgenommen hatten. Sie hatten ihn zusammengeschlagen, nackt ausgezogen und auf ihn herauburiniert. Einfach schrecklich, kaum zu glauben, dass erwachsene Studenten so etwas taten.

Der Präsident war verständlicherweise irritiert, als sich die Begeisterung in Grenzen hielt. »Was ist denn los mit Ihnen?«, fragte er und riss John aus seinen Gedanken.

»Sie haben Angst«, sagte die Gesundheitsministerin und studierte Medizinerin Harper Mountbatten. »Das ist doch offensichtlich.«

»Und auch verständlich«, untermauerte Robert Karlson die These und nickte zur Bekräftigung mit dem Kopf. »Es ist schließlich eine Fahrt ohne Wiederkehr und noch dazu eine Reise ins Ungewisse.«

»Natürlich«, entgegnete der Präsident und schien sich über sich selbst zu ärgern, »daran hatte ich nicht gedacht. Bitte entschuldigen Sie mein mangelndes Feingefühl. Das war wirklich dumm von mir.«

»Vielleicht kann ich Ihnen die Angst ein wenig nehmen«, sagte Eva Molitor in die aufkeimende Stille hinein. »Ich will damit sagen, dass ich gerne versuchen will, Ihre Fragen zu beantworten. Sofern Sie denn welche haben.«

»Ich hätte da tatsächlich eine Frage«, meldete sich Jekaterina Sobelowa sichtlich nervös zu Wort. »Ich meine …, ich wollte fragen«, fing sie an zu stottern, holte dann tief Luft und setzte neu an: »Ich wollte fragen, ob Sie sich wirklich sicher sind, dass das Ganze auch funktioniert.«

»Ja, das sind wir«, gab Eva Molitor selbstsicher zurück. »Die Wahrscheinlichkeit liegt immerhin bei 98,7 Prozent.«

»Wie bitte?«, hakte Kate ein, nicht wissend, ob sie sich über die Aussage freuen sollte.

»Das ist ein ausgezeichneter Wert«, ergänzte Eva Molitor, »zumindest rein statistisch gesehen. Es gibt deshalb wirklich keinen Grund, sich Sorgen zu machen.«

»Sorry«, sagte Anjuli Kapoor, »aber ehrlich gesagt, beruhigen mich solche Wahrscheinlichkeitsrechnungen überhaupt nicht.

Insbesondere wenn ich nicht weiß, wie sie zustande gekommen sind.«

»Das kann ich gut nachvollziehen«, sagte Eva Molitor. »Lassen Sie es mich so erklären: Die Prognose basiert im Wesentlichen auf einem Feldversuch, den wir durch eine komplexe Simulation abgesichert haben.«

»Habe ich Sie eben richtig verstanden?«, platzte es aus Anjuli heraus. »Wir sind gar nicht die Ersten, die sie in die Vergangenheit schicken?«

»Ja und nein«, antwortete Eva Molitor. »Ja, weil Sie tatsächlich nicht die Ersten sind und nein, weil es Mäuse und keine Menschen waren, die wir durch eine Versuchsanlage geschickt haben. Und auch nicht weit zurück, sondern nur einige Stunden.«

»Aber es hat funktioniert«, meldete sich Liam Foster zu Wort, »und das ist doch das Wichtigste.«

»Ja, das hat es«, bestätigte Eva Molitor. »Wie ich schon sagte, zu 98,7 Prozent.«

»Aber wenn wir schon mal dabei sind«, fuhr Takashi fort, »wie können Sie eigentlich sicher sein, dass wir im 21. Jahrhundert ankommen und nicht irgendwann in der Kreidezeit?«

Jetzt grinste Eva Molitor das erste Mal und sagte: »Wollen Sie die lange oder die kurze Fassung hören?«

»Die kurze, bitte.«

Sie nickte und überlegte einen Moment. »Es kommt einzig und allein auf die Geschwindigkeit an, mit der wir Sie durch das Wurmloch hindurchjagen. Und die können wir sehr genau kalibrieren. Sie müssen also keine Angst vor Dinosauriern oder anderen unliebsamen Überraschungen haben.«

Jetzt musste auch John grinsen.

# 55

Als die Agenten das erste Mal die Abschussvorrichtung besichtigten, waren sie sichtlich beeindruckt. Die Konstruktion erinnerte tatsächlich an eine überdimensionale Schienenkanone, nur dass keine Patronen, sondern lebendige Menschen damit in Bewegung gebracht werden sollten.

Umso überraschter waren sie, als ihnen Eva Molitor die kleinen Kapseln zeigte, mit denen sie nacheinander durch das Wurmloch katapultiert werden sollten. Dementsprechend fiel auch Johns Kommentar aus.

»Das ist ja wohl ein schlechter Scherz«, sagte er, wusste aber sogleich, dass Eva Molitor keine Scherze machte. »Bekommen wir kein Raumschiff?«, fragte John.

»Nein, kein Raumschiff«, antwortete sie und schüttelte den Kopf.

»Warum nicht?«, fragte er, immer noch sichtlich geschockt angesichts der übergroßen Kanonenkugeln, in die man sie ganz offensichtlich hineinquetschen wollte.

»Das hängt mit dem Wurmloch zusammen«, antwortete sie. »Es ist nicht groß genug, um ein größeres Objekt gefahrlos hindurchzuschicken.«

»Nicht groß genug?«, gab er ungläubig zurück. »Dann erschaffen Sie doch einfach ein größeres.«

»Das haben wir versucht. Doch leider ohne Erfolg. Es kollabiert jedes Mal, was auch immer wir versuchen.«

Danach prasselten Worte wie Quantenmechanik und Singularität auf ihn ein, bis er Eva Molitor unterbrach.

»Stopp«, sagte er, »so genau wollte ich es gar nicht wissen.« In Wahrheit hatte er so gut wie nichts von dem verstanden, was sie ihm gerade erzählt hatte. Ausgenommen der Tatsache, dass sie sich der Einfachheit halber dafür entschieden hatten, ihn und die anderen Agenten durch ein klitzekleines Nadelöhr zu schießen.

Am selben Tag sollten die acht Agenten noch auf eine Vielzahl anderer Punkte aufmerksam gemacht werden, an die sie bisher keinen Gedanken verschwendet hatten. Wladimir Oktachow und Angel Ramirez hatten zuvor zu einem letzten Briefing in den Blauen Salon eingeladen, bevor es dann endlich losgehen sollte.

»Bekanntermaßen ist in den Kapseln nur wenig Platz«, nahm Waldimir Oktachow den Faden wieder auf. »Es bleibt deshalb nur wenig Raum für Ihre Ausrüstung. Nur das absolut Nötigste darf mit. Dazu gehören einige Pässe, Führerscheine und andere Dokumente. Aber Vorsicht! Die Dinger sind natürlich nicht echt. Sie halten keiner genauen Überprüfung stand. Also verhalten Sie sich absolut unauffällig. Aber darauf geht Angel Ramirez gleich noch näher ein.«

Anschließend nahm Oktachow einige Papierlappen in die Hand. »Das sind Dollar. Davon geben wir Ihnen so viele mit, wie wir noch auftreiben konnten. Außerdem Euro, Pfund, Yen und Schweizer Franken. Das ist insgesamt nicht viel, aber genug, um Ihre Ausgaben in den ersten Wochen und Monaten zu decken.«

»Und was machen wir, wenn die Kohle alle ist?«, fragte Tim mit seiner vorlauten Klappe. »ITCOS werden die ja wohl kaum akzeptieren.«

»Diamanten«, antwortete Wladimir Oktachow, ohne auf die letzte Bemerkung vom jungen Preston näher einzugehen. »Jeder von euch erhält Steine im Wert von zwanzig Millionen Dollar.«

»Wow!«, platzte es aus Liam Foster heraus, der den Wert nach ihren Unterrichtsstunden ganz genau einschätzen konnte. Spätestens jetzt war er sich sicher, dass er hier richtig war.

»Ganz richtig«, bestätigte Oktachow, »das ist eine Menge. Das Problem ist nur, dass Sie die Steine nicht einfach auf den Tisch legen können, um damit Ihre Rechnungen zu bezahlen. Sie müssen die Steine vorher eintauschen. Das ist nicht ganz einfach, zumal es keine Herkunftsnachweise oder Zertifikate gibt, die die Echtheit garantieren.«

»Aber die sind doch echt, ja?«, hakte Foster nach.

»Ja, natürlich«, sagte der Vizepräsident. »Es ist nur wichtig, dass Sie die Steine einzeln verkaufen. Am besten in Antwerpen oder an einem der anderen großen Handelsplätze für Edelsteine.«

»Und was ist mit Waffen und Kommunikationsmitteln?«, wollte Konrad Anker als Nächstes wissen.

»Keine Waffen und keine Kommunikationsmittel«, antwortete diesmal Angel Ramirez. »Nichts, was es in der alten Welt nicht schon gibt, darf mitgenommen werden. Besorgen Sie sich einfach vor Ort, was Sie brauchen.«

»Kommen wir jetzt zu den Verhaltensregeln«, wechselte Ramirez das Thema, »die wir in Ihrem, nein, in unser aller Interesse erarbeitet haben. Es handelt sich insgesamt um sieben Regeln, die Sie unbedingt einhalten müssen, wenn Sie in der alten Welt angekommen sind. Sie dienen ausnahmslos Ihrem und unser aller Schutz und erhöhen die Erfolgschancen unserer Mission.«

Und schon erschien die erste holografisch erzeugte Regel über ihren Köpfen. In großen Lettern stand dort: »Regel 1 – Hüten Sie unser Geheimnis!«

»Das ist die mit Abstand wichtigste Regel«, betonte er. »Unter keinen Umständen dürfen Sie freiwillig oder unfreiwillig erzählen, wer Sie in Wirklichkeit sind, woher Sie kommen oder warum Sie dort sind. Ist das klar?«, hakte er nach und suchte anschließend den Blickkontakt mit jedem Einzelnen. Erst danach wischte er mit einer Handbewegung die vier Wörter einfach weg und wartete, bis die zweite Regel vor ihren Augen erschien.

»Regel 2 – Verhalten Sie sich unauffällig!«, wiederholte er die zweite Direktive, die angezeigt wurde. »Vermeiden Sie abseits der Operationen jede Konfrontation«, erklärte er anschließend. »Achten Sie vor allen Dingen darauf, dass die Behörden nicht auf Sie aufmerksam werden. Sie müssen sich am besten wie Geister bewegen, ganz so, als ob es Sie gar nicht geben würde.«

Diesmal forderte er erst gar keine Rückmeldung ein, sondern leitete direkt zur dritten Regel über.

»Und wenn Sie unbeabsichtigt doch einmal die Aufmerksamkeit auf sich ziehen und die Menschen um Sie herum misstrauisch werden, dann gilt: Regel 3 – Bei Enttarnung oder Misstrauen verwischen Sie Ihre Spuren und verschwinden!«

Wieder wischte er die Wörter weg, und ein neuer Text erschien: »Regel 4 – Halten Sie Distanz!«

»Das heißt nicht, dass Sie keinen Kontakt zu den Menschen aufnehmen dürfen«, präzisierte Ramirez das vierte Gebot. »Ganz im Gegenteil. Sie sollen sich sogar in die Gesellschaft eingliedern. Schließen Sie nur keine allzu engen Freundschaften. Das würde alles nur komplizierter machen und das Risiko erhöhen, dass man Ihnen früher oder später unbequeme Fragen stellt.«

Anschließend blickte er kurz zu John und nickte ihm unmerklich zu. »Also gut«, sagte er dann. »Die nächste Regel betrifft die Kommandostruktur und ist recht simpel: Regel 5 – Folgen Sie den Anweisungen John Trebors! Er hat das Kommando und koordiniert alle Operationen. Tun Sie einfach, was er sagt! Okay?«, sagte Ramirez und wandte sich mit seinem Blick zum zweiten Mal direkt an jeden Einzelnen.

John war gespannt, wie die anderen reagieren würden. Er selbst war natürlich vorher eingeweiht worden. Genau genommen hatten ihn der Präsident und Ramirez vorher gefragt, ob er für die Aufgabe zur Verfügung steht und er hatte, ohne groß darüber nachzudenken, zugestimmt.

»Geht klar«, antwortete Konrad Anker als Erster und reckte die Faust in die Höhe.

Mehr geht nicht, dachte John. Und was noch besser war: alle anderen folgten Konrads Beispiel.

»Sehr schön, dann wäre das ja geklärt«, sagte Ramirez und gab das Wort an Eva Molitor, die auf der Türschwelle stand. Molitor nahm an der Stirnseite des Konferenztisches Platz und versank fast in dem großen Ledersessel, der normalerweise dem Präsidenten vorbehalten war.

Von da aus blickte sie die Agenten lange an, bevor sie ihnen in allen Einzelheiten vom Dominoeffekt und Spielbrett des Lebens erzählte.

Die acht Agenten hingen förmlich an ihren Lippen.

»Verstehen Sie, was ich meine?«, fragte Eva Molitor anschließend und lieferte die Antwort gleich hinterher. »Sie alle sind Dominosteine, die dort eigentlich nicht hingehören. Passen Sie deshalb auf, dass Sie keine Kettenreaktion in Gang setzen, die unser aller Gegenwart und Zukunft beeinflusst. Die Folgen könnten fatal sein. Denken Sie also immer daran, dass Sie Ihr Handeln darauf ausrichten, den Gang der Geschichte so wenig wie möglich zu verändern. Oder kurz gesagt, und damit sind wir bei Regel 6, die Vergangenheit ist unsere Zukunft.«

Sie wischte die sechste Regel weg, sodass die letzte Regel zu lesen war: »Regel 7 – Keine Kinder!«

»Das ist die siebte und letzte Direktive«, sagte Eva Molitor. »Sie hat ebenfalls mit dem Dominoeffekt zu tun. Nur dadurch lässt sich verhindern, dass über viele Generationen hinweg nicht noch mehr Steine auf dem Spielbrett des Lebens eingefügt werden, die dort definitiv nichts zu suchen haben. Gar nicht auszudenken, was passieren würde, wenn sie fünfhundert Jahre später ihren eigenen Nachkommen begegnen würden. Genau genommen ihren Ur-ur-ur-ur-ur-ur-ur-ur-ur-ur-ur-Enkeln. Das wäre ein echtes Paradoxon und hätte nach unserer Einschätzung das Potenzial, das Raum-Zeit-Kontinuum zu sprengen.«

»Das was?«, fasste John nach.

»Das Gefüge von Raum und Zeit oder, um es exakt zu sagen: die Verbindung des dreidimensionalen Raums und der eindimensionalen Zeit zu einer vierdimensionalen Struktur! Dabei handelt es ich um ein empfindliches Gebilde, das …« Sie stockte und schien zu überlegen. »Verzichten Sie einfach darauf, Kinder in die Welt zu setzen, okay?«

»So, das war's«, sagte Angel Ramirez, als Eva Molitor ihm zunickte. »Gibt es noch Fragen?«

Daraufhin schauten sich die acht Agenten unschlüssig an, bevor sie plötzlich alle durcheinanderredeten. Alle außer Liam Foster, ohne dass es weiter aufgefallen war. Er hatte offensichtlich keine Fragen.

»Einer nach dem anderen«, ging Wladimir Oktachow dazwischen. »Anker, fangen Sie doch an. Und dann der Reihe nach.«

»Also, die Sache mit den Waffen«, sagte Konrad, »die gefällt mir gar nicht. Wir sollten wenigstens leichte Pulser mitnehmen. Allein schon, um bei der Landung nicht wehrlos dazustehen.«

»Keine Chance«, antwortete der Vizepräsident. »Die Dinger wären ohnehin wohl nur noch Schrott. Wie so vieles andere auch.«

»Wieso Schrott?«, fragte Anker nach.

»Sie würden die Reise vermutlich nicht überstehen«, antwortete Eva Molitor. »Impulstechnologie verträgt die Raumkrümmung nicht.«

»Na gut«, grummelte Anker, »dann eben keine Pulser!«

»Mister Oktachow, Sir«, meldete sich Jekaterina Sobelowa als nächstes zu Wort. Sie saß direkt neben Anker und ging automatisch davon aus, dass sie jetzt an der Reihe war. »Zwanzig Millionen sind eine Menge Geld, wenn ich im Unterricht richtig aufgepasst habe. Wie sollen wir es einsetzen? Ich meine, dürfen wir es uns auch gut gehen lassen?«

»Das Geld dient natürlich in erster Linie der Erfüllung Ihres Auftrags«, antwortete der Vizepräsident und musste schmunzeln. »Aber nicht nur. Bedenken Sie aber bitte, dass Sie den Rest ihres Lebens in der alten Welt verbringen müssen. Ich rate Ihnen deshalb, sich Ihre Mittel gut einzuteilen.« Letzteres sagte er mit einem Augenzwinkern, sodass Sobelowa zufrieden grinste.

So ging es dann noch eine Weile weiter, bis John an der Reihe war. »Eines verstehe ich nicht«, sagte er. »Wenn ich das mit dem Dominoeffekt richtig verstanden habe, dann ist doch das Virus auch ein wichtiger Dominostein, der umgefallen ist und unsere Vergangenheit entscheidend mitgeprägt hat. Vielleicht nicht unbedingt zum Vorteil, aber eben doch entscheidend. Wie passt das dann mit der sechsten Regel zusammen, wenn wir den Stein jetzt entfernen und damit die ursprüngliche Kettenreaktion verändern? Löschen wir nicht auch mit dem Virus unsere Gegenwart aus?«

»Sie haben recht, unsere Mission widerspricht der sechsten Regel«, antwortete Eva Molitor. »Aber in diesem Fall haben wir keine Wahl. Wir müssen das Risiko, das damit verbunden ist, billigend in Kauf nehmen. Wir haben schließlich nichts zu verlieren und alles zu gewinnen. Es geht darum, nicht mehr Dominosteine als nötig umzustoßen. Man könnte auch sagen, dass das Virus die einzige Ausnahme ist, der einzige Dominostein, den Sie umstoßen dürfen, nein, sogar müssen!«

»Macht es dann nicht Sinn, mehr Ausnahmen für uns zuzulassen, wenn ohnehin schon klar ist, dass wir den Gang der Dinge ändern werden?«, fragte John.

»John … ich darf doch John sagen?«, fragte Eva Molitor und sprach weiter, ohne eine Antwort abzuwarten. »Wir sollten das Schicksal nicht allzu sehr herausfordern. Deshalb haben wir entschieden, dass wir uns einzig und allein auf das Virus konzentrieren. Alles andere wäre unverantwortlich gegenüber den Menschen, die im Hier und Jetzt leben. Oder möchten Sie die Verantwortung dafür tragen, dass durch unsere Entscheidungen Menschen aufhören zu existieren, nur weil wir nicht Maß halten und über Gebühr in die Geschichte eingreifen? Das können auch Sie nicht wollen. Aber teilen Sie uns doch ruhig mit, woran Sie denken. Welche Ausnahmen meinen Sie?«

»Ach, ich dachte eigentlich an nichts Bestimmtes«, antwortete John, sich selbst auf die Zunge beißend. Dabei fielen ihm tausende Dinge ein, die zu ändern wären. Allen voran der Tod Helenas, den er sofort rückgängig machen würde, wenn er die Mittel dazu hätte. Auch hatte er in letzter Zeit immer wieder an sein Gespräch mit Thad über den Amazonas-Regenwald gedacht. Wäre es nicht auch eine gute Idee, den Regenwald zu retten?

Doch John wusste, wohin eine Diskussion geführt hätte. Spätestens nachdem Eva Molitor die Verantwortung gegenüber den jetzt Lebenden ins Feld geführt hatte, wusste er, wie ihre Antwort zu alldem ausfallen würde. John entschied sich zu schweigen.

»Na schön«, antwortete der Vizepräsident. »Vergessen Sie bitte nicht, dass diese Regeln nicht verhandelbar sind. Weder jetzt noch später noch zu irgendeiner anderen Zeit.«

# 56

John hatte keine Ahnung, wie lange er bereits in der Kapsel saß und wartete. Er hatte jedes Zeitgefühl verloren. Der Countdown war jedenfalls schon lange vorbei, ohne dass etwas passiert war. John konnte seine Wut kaum noch bändigen.

Hätte er hier doch nur etwas mehr Platz! Er schwitzte und musste den Arm ganz nah am Oberkörper entlangführen, um sich den Schweiß mit dem Ärmel seines Overalls abzuwischen. Selbst jemand ohne Platzangst konnte hier in Panik ausbrechen. Allmählich schmerzten seine Schultern und Knie.

»Wann geht's endlich los?«, keuchte er.

Dass er es überhaupt in dieses Ding hineingeschafft hatte, grenzte bereits an ein Wunder. So winzig war die kleine Öffnung, durch die er seinen Körper hatte hindurchzwängen müssen.

Und jetzt saß er hier zusammengerollt wie ein Igel und wartete darauf, dass ihn die riesige Schienenkanone durch das Wurmloch hindurchschoss. Doch es passierte nichts.

Trotzdem war er nicht bereit aufzugeben oder gar um Hilfe zu rufen. Also riss er sich weiter zusammen und schickte seine Gedanken auf eine Reise. Zunächst dachte er an Eva Molitor, die Frau, die ihn in diese Lage gebracht und wie keine zweite beeindruckt hatte, seit er den Mars verlassen hatte. Es waren nicht nur ihr Wissen und ihre Intelligenz, die ihn faszinierten, sondern auch ihre Ausstrahlung.

Ihre Augen hatten etwas Rätselhaftes. Manchmal hatte er den Eindruck gehabt, dass sie ihn auf eine besonders eindringliche Art musterte, als stünde irgendetwas zwischen ihnen. In solchen Augenblicken hatte sie ihn regelrecht mit ihrem Blick durchbohrt. Er hatte sogar überlegt, sie darauf anzusprechen, sich dann aber doch dagegen entschieden. Womöglich hätte sie nur an seinem

Geisteszustand gezweifelt. Darauf hatte er es nicht ankommen lassen wollen.

Anschließend dachte er an seine letzte Begegnung mit Präsident Carter, die eine Ewigkeit zurückzuliegen schien. John war überrascht gewesen, wie ruhig er selbst geblieben war, als sie sich voneinander verabschiedeten, während Carter seine Anspannung und Nervosität kaum hatte verbergen können. Aus nachvollziehbaren Gründen, bei allem, was auf dem Spiel stand.

Johns Gedanken schweiften weiter zu seiner Frau, die ihm alles bedeutet hatte. Würde er überhaupt noch die Chance bekommen, ihren Tod zu verhindern? Es sah nicht mehr danach aus. Und was würden seine Kameraden bei den Mars-Defendern sagen, wenn er unverrichteter Dinge wieder aus der Kapsel klettern würde? Was würde Charly sagen? Er konnte und wollte sich das nicht vorstellen. Umso entschlossener war er, so lange in dem Ding auszuharren, bis man ihn endlich durch dieses verdammte Wurmloch schießen würde.

Doch die Zweifel blieben. Wie Termiten durchlöcherten sie seinen Verstand, um den es zunehmend schlechter bestellt war. Sein Wille war gebrochen und der Punkt gekommen, an dem er diese Enge einfach nicht mehr ertragen konnte. Schweren Herzens drückte er auf den Knopf für die Sprengvorrichtung und brachte die Kugel zum Bersten.

Der Knall war ohrenbetäubend, und ihm klingelten immer noch die Ohren, als sich der Rauch verzogen hatte.

Doch überraschenderweise war von der Abschussvorrichtung weit und breit nichts mehr zu sehen. Stattdessen sah er eine Landschaft, wie er sie zuvor noch nicht gesehen hatte. Alles war weiß.

Das muss Schnee sein, dachte er, und fing an zu lächeln.

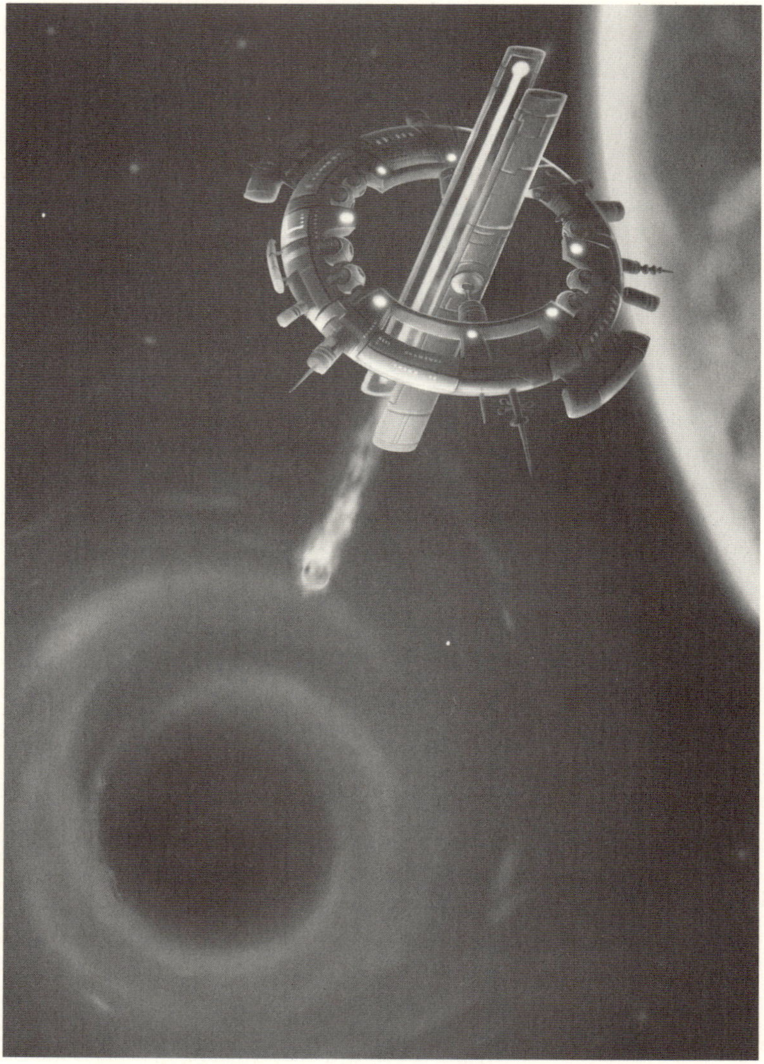

Die Illustrationen finden Sie in Farbe auf: www.trebor.info.

# ANNO 2019

# 57

Als John am nächsten Morgen aufwachte, musste er kurz überlegen, wo er war. Dann fiel ihm alles wieder ein: sein überstürzter Aufbruch aus München und seine Fahrt durch die Nacht, bis er in seiner Zuflucht am Obersee in der Nähe von St. Gallen angekommen war.

Er wäre gerne noch länger in München geblieben, aber es hatte wohl nicht sollen sein. Sein Hund, der am Fußende seines Bettes lag und ihn mit treuen Augen anblickte, war ihm ein kleiner Trost.

»Golan, mein Freund«, sagte er, »wenigstens du bist mir geblieben.« Daraufhin zog er den Hund zu sich heran, kraulte ihm den Kopf und hing seinen Erinnerungen nach. Anders als sonst kreisten seine Gedanken aber nicht um sein früheres Leben, sondern um seine Ankunft in der alten Welt.

Alles begann im Februar 2014, als er plötzlich und unerwartet auf einer Hochebene in den Alpen gestrandet war. Er musste immer schmunzeln, wenn er sich an diesen Moment erinnerte, weil der Durchflug durch das Wurmloch so geräuschlos und frei von jeder Erschütterung gewesen war, dass er davon gar nichts mitbekommen hatte. Eigentlich nicht weiter bemerkenswert, wenn er deshalb nicht unverrichteter Dinge eine gefühlte Ewigkeit in der kleinen Kapsel ausgeharrt hätte.

Aber das alles war Schnee von gestern, dachte er sich und musste innerlich schon wieder schmunzeln. Er hatte das erste Mal Schnee gesehen und war davon sofort fasziniert gewesen, aber nur so lange, bis er die Kälte gespürt hatte, die in ihn hineingekrochen war. Und trotzdem hatte es noch eine Weile gedauert, bis er kapiert hatte, wo er wirklich gestrandet war.

An den entscheidenden Moment konnte er sich noch genau erinnern. Bibbernd vor Kälte war er, nur mit einem Overall bekleidet, aus der Kapsel geklettert und hatte sich über das weiße Pulver unter seinen Füßen gewundert. Dann hatte es *klick* gemacht. Das muss Schnee sein, hatte er gedacht und über das ganze Gesicht gestrahlt.

Danach hatte er den Selbstzerstörungsmechanismus der Zeitkapsel aktiviert, sein Bündel geschnappt und war anschließend durch den Schnee gestapft. Hinab ins Tal, bis er auf eine Siedlung gestoßen war. Durchgefroren und am Ende seiner Kräfte hatte er das erstbeste Gebäude betreten und um Hilfe gebeten.

»Was wollen Sie?«, hatte die Frau hinter dem Tresen zögerlich gefragt, während er nur rumgestammelt hatte. Dann hatte er das Schild gelesen. »Hotel Alpenglück« hatte dort gestanden.

»Ein Zimmer, ich hätte gerne ein Zimmer«, hatte er schließlich gesagt, aber keine Antwort erhalten, bis er realisiert hatte, dass er in seiner Muttersprache drauflosgeredet hatte.

Danach ging alles ganz schnell. Er wechselte ins Englische, legte tausend Euro auf den Tisch und bekam ein Zimmer. Er blieb ganze drei Wochen, schaute viel Fernsehen und sog alles in sich auf, bis er sich bereit fühlte, sein Nest zu verlassen.

Einer inneren Eingebung folgend, flog er von da aus zuerst nach New York. Er wollte unbedingt sehen, wie Manhattan ausgesehen hatte, bevor es im Wasser versunken war. Er lief trockenen Fußes am Rockefeller Center vorbei und dann die Fifth Avenue herunter. Ungläubig beobachtete er das bunte Treiben. Alles war so voller Leben, wohin er auch sah. Und keine Spur von Wasser, abgesehen von den Springbrunnen und Wasserspielen, die er auf seinem Streifzug sah. Manhattan hatte plötzlich alles Gespenstische verloren.

So sah das hier also früher aus, dachte er, während ihm erst jetzt richtig klar wurde, welches schreckliche Ausmaß der Klimawandel angenommen hatte. Er war fasziniert und schockiert zugleich.

Von da aus flog er direkt nach Brasilien. Er wollte den Amazonas-Regenwald mit eigenen Augen sehen, nach all dem, was Thad ihm darüber erzählt hatte. Und wie erhofft wurde er nicht enttäuscht. Seine kühnsten Erwartungen wurden sogar noch übertroffen. Allein die schiere Größe ließ ihn staunen. Er hatte kurzerhand ein kleines Flugzeug gechartert und mit weit aufgerissenen Augen auf den endlosen grünen Teppich heruntergeschaut, der ihm zu Füssen lag.

»Das ist unglaublich«, dachte er, während er sich an die Bilder erinnerte, die er vom Amazonas-Delta nach dem großen Brand gesehen hatte – eine schwarze Hölle, ohne jegliches Leben.

Anschließend zog es ihn, wie geplant, nach München, in die Stadt, in der angeblich einst seine Vorfahren gelebt hatten. Hier hatte er auch den Kontakt zu den anderen Agenten aufgenommen, die, ohne dass es ihn auch nur im Geringsten überrascht hatte, alle eine ähnliche Geschichte zu erzählen hatten. Nur von Tim Preston und Walter Hogan hatte er nichts gehört. Sie blieben verschwunden, ohne dass es eine Erklärung dafür gegeben hätte.

Allerdings lag die Vermutung nahe, dass ihr Verschwinden damit zu tun hatte, dass die beiden als Letzte durch das Wurmloch katapultiert wurden.

Dass es ausgerechnet Tim erwischt hatte, konnte John nicht fassen. Gerade er hatte das wirklich nicht verdient. Erst die Misshandlungen, die Tim über sich hatte ergehen lassen müssen – und jetzt das! Entweder war er tot oder verschollen in einer anderen Zeit.

Um Walter Hogan tat es ihm natürlich ebenfalls leid. Doch Tim stand ihm ebenso nahe wie Charly, auch wenn sich ihre Beziehung durch Tims Verschlossenheit in letzter Zeit stark abgekühlt hatte. John belastete außerdem, dass gerade er Tim dazu ermuntert hatte, mit ihm zukommen.

Mit diesem Schmerz hatte John die letzten fünf Jahre leben müssen. Als Johns Gedanken wie so oft an Tim hängen blieben, drohte der Verlust seiner neuen Freunde ihn vollkommen aus der Bahn zu werfen. Er hatte die Knastbrüder gerade dann verlassen müssen, als sie damit begonnen hatten, ihm das Gefühl von Heimat zu geben.

Besonders tat es ihm um Nick leid, der ihm, wie er sich eingestehen musste, sehr ans Herz gewachsen war. Aber das alles war jetzt nicht mehr zu ändern. Also schwang er sich aus dem Bett und tat, was getan werden musste, um seine bisherige Identität ein für alle Mal auszulöschen. Zuerst kündigte er seine Wohnung und bezahlte die noch fällige Miete. Danach räumte er seine Konten leer und transferierte das Geld zweimal um die ganze Welt, bis es nicht mehr zurückverfolgt werden konnte. Sein Handy hatte er bereits am Vorabend entsorgt. Damit war die Person John Herold nicht mehr existent.

Nick Brenner saß am Frühstückstisch und dachte an gestern. Genau genommen zermarterte er sich schon die ganze Nacht das Hirn darüber, was eigentlich passiert war, ohne auch nur im Ansatz eine Erklärung für die Geschehnisse zu finden. Denn wie er es auch drehte und wendete, es blieb alles ein Rätsel. John war wie ein Geist: ohne Verwandte, ohne Frau, ohne Kinder, ohne Vergangenheit, aber mit unglaublichen Fähigkeiten. Und nun war er weg. Spurlos verschwunden. Seine Wohnung hatte so gewirkt, als hätte sie mehrere Monate leer gestanden.

»Das kann ja wohl alles nicht wahr sein«, murmelte er leise.

»Was kann nicht wahr sein?«, fragte seine Frau Lea, die inzwischen unbemerkt in die Küche gekommen war.

»Was?«, fragte er reflexartig, immer noch in seinen Gedanken vertieft.

»Du hast gerade gesagt: ›Das kann ja wohl alles nicht wahr sein.‹«

»Hab ich nicht«, erwiderte Nick, weil er immer noch unschlüssig war, ob er seine Frau in die Ereignisse des letzten Tages einbeziehen sollte.

»Doch, hast du«, antwortete sie. »Und hör auf, mir irgendeinen Müll zu erzählen. Schau dich doch mal an! Du bist leichenblass. Hast du überhaupt geschlafen? So viele Fenster könnt ihr doch gar nicht aus Versehen zerschossen haben!«

»Ich weiß nicht, was los ist. Ganz ehrlich, ich verstehe nicht, was abgeht«, sagte er ganz aufrichtig, während sie sich auf der anderen Seite des Tisches niederließ und ihn besorgt anschaute.

Ach, was soll's, dachte sich Nick, spätestens wenn Lea mitbekommt, dass ich meine Gäste aus der Bar geschmissen habe, wird sie sowieso wissen wollen, was los ist.

»Es hat mit John zu tun«, fing er an zu erzählen. »Wie du weißt, hatten wir uns gestern zum Kicken im Käfig verabredet. So wie jeden Samstag. Und irgendwann kamen dann ein paar finstere Typen und haben mir und Benny eine reingehauen. Benny hat es richtig schlimm erwischt, er musste sogar operiert werden.«

»Das ist ja furchtbar!« Lea hielt die Hände vor den Mund, und ihre Augen waren vor Schreck ganz geweitet. »Habt ihr wenigstens gleich die Polizei gerufen?«

»Dazu kam es nicht. Denn bevor wir überhaupt reagieren konnten, hat John aus den Typen Kleinholz gemacht. Das waren neun Kerle der schlimmsten Sorte! Einer hatte sogar ein Messer und ein anderer einen Schlagring. Du hättest das sehen sollen! John ist wie ein Orkan durch den Käfig gewirbelt. So was habe ich vorher noch nie gesehen, noch nicht einmal im Kino. Ich weiß gar nicht, wie ich dir das erklären soll. Diese Bewegungen, diese Geschwindigkeit, alles wirkte irgendwie übermenschlich.«

»Und dann?«, fasste seine Frau nach, während sie ihm und sich Kaffee nachschenkte.

»Dann wollten wir ihm im Brenners auf den Zahn fühlen. Doch er ist erst gar nicht gekommen.«

»Mmh… das ist aber merkwürdig. John ist nicht der Typ, der grundlos verschwindet.«

»Pass auf, das Beste kommt erst noch«, fuhr er fort. »Als er dann nicht zu uns kam, sind wir schnell zu seiner Wohnung, um ihn zur Rede zu stellen. Doch der Kerl war nicht da. Wir haben deshalb bei seiner Nachbarin geklingelt und sie überredet, uns seine Schlüssel zu geben. Ich wusste ja, dass sie einen hat. Und was soll ich dir sagen? Die Wohnung war nicht nur leer, sie war komplett verlassen! Da war nichts, was an John erinnerte. Als wäre er nie da gewesen.«

Lea überlegte eine Weile, ergriff dann Nicks Hände und flüsterte: »Nick, ich kenne John nicht so gut wie du. Aber eines weiß ich. John ist ein feiner Kerl. Der beste Freund, den du je hattest, wie du selbst immer sagst. Also verurteil ihn nicht. Er wird schon seine Gründe haben. Am besten, du wartest einfach ab. Er wird sich irgendwann schon wieder melden.«

Nick drückte Leas Hand. Es tat ihm gut, darüber zu reden.

# 58

In den ersten Wochen nach seiner Flucht aus München tat John alles, um sich bei Laune zu halten. John zerlegte den VW-Bus, besorgte sich eine neue Karre, polierte sein Italienisch auf und streifte viel durch die Gegend.

Genau so, wie er es in der neuen Welt schon einmal gemacht hatte. Deshalb war es auch kein Zufall, dass er hier gelandet war. Hier hatte er nach seiner Zeit auf dem Mars eine Zeitlang gelebt, nachdem er die Lust am Reisen verloren hatte – der perfekte Ort für einen Neuanfang. Nur dass seine Erinnerungen an den Neuanfang streng genommen eher Visionen waren, weil das Erlebte in fünfhundert Jahren vielleicht gar nicht auf die Art stattfinden würde. Für John waren solche Gedanken immer wieder leicht verwirrend.

Und trotzdem oder gerade deshalb fühlte er sich in dem Safe House, das er sich für einen Fall wie diesen vor drei Jahren gekauft hatte, nicht wirklich wohl. Denn er kam sich wie ein Verräter vor, der seine Freunde im Stich gelassen hatte. Zudem fremdelte er noch mit seiner neuen Identität, die er sich zugelegt hatte. Er nannte sich jetzt John Agilar. Ein Name, an den er sich erst noch gewöhnen musste.

Das alles rückte aber in den Hintergrund, als er eine Nachricht von Kate las, die sie für ihn hinterlassen hatte. Die erste Nachricht überhaupt, seit er aus Kuala Lumpur zurückgekehrt war.

»Das wird aber auch Zeit«, murmelte John erleichtert, nachdem er den geheimen Chatroom über viele Wochen hinweg vergeblich besucht hatte. Neugierig huschten seine Augen über den Bildschirm und sogen Zeile für Zeile auf.

Der Besuch war Teil seiner täglichen Routine, die er jeden Morgen abspulte und hatte sich ganz von alleine ergeben. Zuerst drehte er eine ausgiebige Runde mit Golan, bevor er sich wie jeden anderen Tag zuvor von Gibson vermöbeln ließ. Er wurde zwar immer besser, schaffte es schlussendlich aber nie als Sieger vom Platz zu gehen. Dafür war Gibson einfach zu gut. Anschließend gönnte er sich eine Abkühlung im Obersee, ehe er es sich vor seinem Rechner bequem machte und nachschaute, ob einer seiner Agenten ein neues Ziel ausgemacht hatte.

Und tatsächlich war es endlich wieder so weit. Kate hatte ein Labor in Tel Aviv lokalisiert, eine Stadt, die es, wie so viele andere auch, in der neuen Welt schon lange nicht mehr gab.

Doch diesmal war es anders, weil das Labor so gar nicht in das Raster passte. Deshalb war er auch geneigt, Kate eine Absage zu erteilen, überlegte es sich dann aber anders, auch weil ihm langsam, aber sicher die Decke auf den Kopf fiel.

Also gab er grünes Licht für die Operation und veranlasste alles Nötige. Zuerst überlegte er, wen außer Kate er noch dabeihaben wollte, und entschied sich diesmal für Takashi. Er war das genaue Gegenteil von Konrad. Eher drahtig und von großer Statur und ohne ein einziges Haar auf seinem Kopf.

Danach legte John den Zeitplan fest und beorderte Kate und Takashi nach Tel Aviv. Liam Foster, ihr Logistiker, erhielt den Auftrag, die Ausrüstung am Einsatzort bereitzustellen. Insbesondere den Teil ihres Equipments, den sie nicht einfach mit ins Flugzeug nehmen konnten. Allen voran die Waffen, die sie benötigten, wenn es zur Sache gehen sollte.

Foster hat es schon drauf, dachte John, als er vier Tage später in Tel Aviv eintraf und seine Bestellung bereits für ihn bereitstand. Aber auch auf Kate, Takashi, Konrad und Anjuli war zu hundert Prozent Verlass! Alle fünf Agenten, die ihm geblieben waren, zeichneten sich durch Loyalität und Disziplin aus.

Und was noch wichtiger war: Sie hielten sich an das Protokoll, zumindest soweit er das beurteilen konnte. Jedenfalls hatte er keinen Grund, vom Gegenteil auszugehen.

Tags darauf traf er sich mit Kate und Takashi zu einer ersten Lagebesprechung in seiner Suite. Bei Bier und Mezze erklärte Kate ihnen gerade, warum sie eine Überprüfung des Labors überhaupt in Betracht gezogen hatte.

»Ich weiß«, beantwortete sie Johns Frage, »die Einrichtung passt so gar nicht ins Profil. Ich habe aber am Rande einer Biotech-Konferenz in Kopenhagen zufällig ein Gespräch mitgehört, das mich hellhörig werden ließ.«

»Und?«, hakte John nach.

»Da war abends eine junge Frau in einer Bar. Mitte zwanzig, würde ich schätzen. Sie hatte ziemlich damit geprahlt, dass sie kurz vor einem Durchbruch stehen und dann richtig Kohle scheffeln würden. Erst hatte mich das nicht weiter interessiert. Als dann aber die Begriffe Influenza und Vakzin fielen, war mein Interesse natürlich sofort geweckt, und ich habe mich an die Frau rangemacht. Und ja«, fügte sie an, um der nächsten Frage zuvorzukommen, »die Frau sah auch richtig heiß aus!« Dabei strich sie sich durch ihre roten Haare und verdrehte leicht die Augen.

»Irgendwann, nach ein paar Drinks, sind wir dann im Hotel gelandet, und da hat sie mir erzählt, dass sie in Tel Aviv bei einem großen Arzneimittelhersteller arbeitet und ihr Team kurz davorsteht, einen neuartigen Impfstoff auf den Markt zu bringen, der einen dauerhaften Schutz gegen die Influenza garantiert.«

»Verstehe«, antwortete John, »das erklärt natürlich einiges. Dann wollen wir uns den Laden doch mal etwas genauer anschauen.«

»Das dürfte aber nicht so einfach sein«, erwiderte Takashi, der bisher nur zugehört hatte. »Mich würde es jedenfalls wundern, wenn wir da so einfach rein- und wieder rausspazieren könnten. Schließlich handelt es sich diesmal nicht um irgendeinen Dreckskladen.«

»Ja, das schätze ich auch«, stimmte John ihm zu. »Deshalb sondieren wir in den nächsten Tagen auch erst mal die Lage. Richtet euch also drauf ein, dass unser Aufenthalt diesmal etwas länger dauern wird.«

In den nächsten drei Tagen versuchten sie etwas mehr über die Sicherheitsvorkehrungen der Firma *Bioneca* in Erfahrung zu bringen.

Zuerst versuchte Takashi sein Glück. Er hatte sich als Klimatechniker ausgegeben und gab vor, eine Störung an der Entlüftungsanlage beheben zu wollen. Es war seine Paraderolle, die ihn schon mehrfach tief in ein Gebäude hineingebracht hatte. Diesmal jedoch nicht, obwohl er seine ganze Überzeugungskraft aufbot. Er schaffte es gerade mal bis vor den Tresen des großen Eingangsbereichs, wo ihm eine junge Frau freundlich, aber bestimmt zu verstehen gab, dass es sich um ein Missverständnis handeln musste, weil niemand einen Techniker gerufen hatte.

Kate erging es auch nicht viel besser, obwohl sie es tatsächlich geschafft hatte, binnen zwei Tagen ein Vorstellungsgespräch für eine offene Stelle zu vereinbaren. An sich eine gute Idee, wenn das Gespräch nicht in einem kleinen Besprechungsraum direkt neben dem Foyer stattgefunden hätte.

John hatte es dagegen erst gar nicht versucht, in das Gebäude hereinzukommen, sondern stattdessen den Kontakt zu einer Reinigungskraft gesucht, die er zuvor zwei Tage lang beobachtet hatte. Am dritten Tag hatte er die Frau angesprochen und gegen einige tausend Dollar in Erfahrung gebracht, dass in jedem Raum, jedem Flur und jedem Treppenhaus Kameras von der Decke hingen.

»Das ist aber noch nicht alles«, fuhr John mit seinem Bericht fort. »Wie wir schon vermutet haben, lassen sich die Türen nur mit einer speziellen Chipkarte öffnen. Die Putzfrau hat mir ihre Karte gezeigt. Das Ding ist nicht einfach zu hacken.«

»Genauso wie das gesamte Netzwerk«, ergänzte Takashi den Bericht. »Ich hab mir an der Firewall die Zähne ausgebissen. Da ist nichts zu machen.«

»Ja, auch das war zu erwarten«, gab John zurück, lächelte dann aber. »Es gibt aber auch eine gute Nachricht. Die Putzfrau hat mir erzählt, dass sie ihr Handy da drinnen benutzen kann.«

Daraufhin grinste Takashi.

»Was gibt es da zu lächeln?«, fragte Kate.

»Es ist so«, erklärte es Takashi: »Wenn man da drinnen ein Handy benutzen kann, dann werden Funksignale offensichtlich nicht abgeschirmt. Und wenn das der Fall ist, dann können wir eine von Johns Bienen reinschicken.«

»Eine Biene?«, fragte Kate zurück. »Was hat denn eine Biene damit zu tun?«

»Es ist nicht wirklich eine Biene, sondern eine Drohne«, beantwortete John die Frage. »Sie ist nicht größer als eine Biene und sieht auf den ersten Blick tatsächlich so aus. Tim Preston hat sie entwickelt und mir alles über ihre Funktionsweise erklärt. Ich habe drei Jahre gebraucht, um sie nachzubauen. Jetzt können wir sie einsetzen.«

»Und was kann so eine Biene außer fliegen?«

»Sehen und hören«, gab John zurück. »Die Drohne hat nicht nur eine winzige Kamera, sondern auch ein ebenso kleines Mikrofon. Beide Signale werden per Funk direkt auf mein iPad übertragen.«

Jetzt grinste auch Kate.

# 59

Los geht's«, sagte John und navigierte die kleine Drohne mit seinem iPad zielsicher auf den Eingang zu. Er saß keine hundert Meter entfernt in einem Leihwagen und hatte nur darauf gewartet, dass sich eine Person auf die Eingangstür zubewegte.

Kaum hatte sich die Tür geöffnet, steuerte er die kleine Drohne unbemerkt hindurch und ließ Biene auf einer der großen Deckenleuchten landen.

Das Bild, das Biene lieferte, war zwar nicht gestochen scharf, aber immer noch gut genug, um alles erkennen zu können. Der Ton war ebenfalls nicht schlecht. Jedenfalls konnte er alles hören und sehen, was sich in der großen Eingangshalle gerade abspielte.

Das war nicht wirklich viel, denn außer der jungen Empfangsdame war niemand zu sehen. Deshalb ließ er Biene, wo sie war, und wartete darauf, dass sich eine der rückwärtigen Türen öffnete, die in das Innenleben von *Bioneca* führten.

Am Ende steuerte er Biene aber nicht durch eine der Türen, sondern wählte einen der drei Fahrstühle, aus dem gerade ein Mann mittleren Alters in einem weißen Kittel getreten war – ein gutes Zeichen, wie John fand, weil damit die Wahrscheinlichkeit stieg, dass der Fahrstuhl zu den Laboren führte. Und genau dahin wollte er.

Zu seiner Erleichterung dauerte es nicht lange, bis sich die Schiebetür wieder schloss und sich der Fahrstuhl erneut in Bewegung setzte. Gespannt schaute er auf die Stockwerksanzeige, die er mit der Kamera ins Visier genommen hatte.

Anders als von ihm erwartet, ging es jedoch nicht nach oben, sondern tief hinunter. Denn als der Fahrstuhl wieder anhielt, wurde auf dem Display *–4*, also das vierte Untergeschoss, angezeigt. Ungewöhnlich, dachte John, weil auf den Bauplänen, die er sich besorgt hatte, nur drei Kellergeschosse eingezeichnet waren. Deshalb überlegte er nicht lange und manövrierte Biene hinaus, während eine Gruppe von fünf oder sechs Personen hineindrängte. Und dann sah er auch schon das riesige Labor.

Er hatte also wieder einmal den richtigen Riecher gehabt. Auf die Euphorie folgte aber sogleich die Ernüchterung, weil die Verbindung mit einem Mal wie abgeschnitten war. »Fuck«, schrie er, während er alles versuchte, um die Verbindung wiederherzustellen – jedoch ohne Erfolg, denn der Bildschirm blieb schwarz. Zähneknirschend blieb John deshalb nichts anderes übrig, als den Drohneneinsatz abzubrechen.

»Das war wirklich sehr ärgerlich«, fasste John die Geschehnisse zwei Stunden später zusammen. »Das Timing hätte wirklich nicht schlechter sein können.«

»Doch, hätte es«, widersprach Takashi. »Es grenzt doch überhaupt an ein Wunder, dass die Verbindung nicht schon viel früher abgebrochen ist. Vier Stockwerke sind schließlich kein Pappenstiel. Und außerdem ist es ja auch nicht so, dass wir gar nichts herausgefunden hätten. Wir wissen zumindest, dass es ein Labor gibt, das es eigentlich gar nicht geben darf. Ich finde, das ist eine ganze Menge und in jedem Fall mehr als genug, um dieser Tussi, die Kate in Kopenhagen kennengelernt hat, einen Besuch abzustatten.«

»Ja, das sehe ich auch so«, ließ Kate die anderen wissen. »Es gibt nur ein kleines Problem. Die Frau ist nicht aufzufinden.«

»Was heißt das, nicht aufzufinden?«, fragte John.

»Na ja«, sagte Kate, »ich war auch nicht untätig. Während ihr eure Drohne in die Luft gebracht habt, habe ich versucht, die Frau ausfindig zu machen. Hat aber nicht funktioniert, weil sie angeblich nicht mehr bei Bioneca arbeitet.«

»Und was ist mit ihrer Wohnung?«, hakte Takashi ein, obwohl er die Antwort schon zu kennen glaubte. »Hast du ihre Adresse gecheckt?«

»Was glaubst du denn?«, antwortete sie. »Natürlich habe ich das. Horrorwitz, so hieß die Frau, war aber nicht da. Also habe ich mich umgehört und ihre Nachbarn gefragt. Da hieß es, dass sie ausgezogen sei.«

»Das passt doch ins Bild«, entgegnete Takashi. »Die haben das Plappermaul entweder rausgeschmissen oder gleich richtig entsorgt.«

»Ja, das sehe ich auch so«, stimmte John ihm zu. »Fakt ist aber auch, dass wir immer noch zu wenig wissen, um schwere Geschütze aufzufahren. Vorerst bleibt uns deshalb nichts anderes übrig, als noch eine Biene hineinzuschicken. Aber diesmal nach oben.«

»Aber was ist eigentlich mit der ersten Drohne? Was passiert, wenn irgendjemand eure Biene findet?«

»Darum mache ich mir keine Sorgen«, beantwortete John die Frage von Kate. »Nicht zuletzt, weil die Drohnen allesamt darauf programmiert sind, sich eigenständig ein Versteck zu suchen, wenn die Verbindung verlorengeht. Deshalb wird man die erste Biene auch nicht finden.«

# 60

Hoffentlich findet das arme Ding wieder hinaus, ging es der Empfangsdame durch den Kopf, als sie rein zufällig die kleine Biene bemerkte, die sich gerade auf einer der großen Deckenleuchten niedergelassen hatte. Sie war sogar geneigt, dem kleinen Honiglieferanten zu helfen, wenn nicht just in diesem Moment der COO von Bioneca durch die Eingangstür getreten wäre.

Anfangs war er freundlich und charmant ihr gegenüber gewesen, ja, sogar regelrecht zuvorkommend. Da war er aber auch noch ihr direkter Vorgesetzter gewesen – und sie seine Sekretärin. Dann hatte sie seinem Werben nachgegeben und sich von ihm vögeln lassen. Drei Monate lang, bis er genug von ihr hatte und sie sich von einem Tag auf den anderen am Empfang wiederfand.

Seitdem ging er schnellen Schrittes an ihr vorbei, ohne sie auch nur eines Blickes zu würdigen. So wie heute, obwohl sie ihm auch diesmal ihr schönstes Lächeln schenkte. Nicht aus Zuneigung, sondern einzig und allein, weil sie den Job so dringend brauchte.

Kaum dass das Arschloch aus ihrem Blickfeld gerückt war, war von der Biene weit und breit nichts mehr zu sehen.

John und die anderen hatten herausgefunden, dass der COO von Bioneca, Samuel Klios, ein Büro im vierten Obergeschoss hatte. Dort angekommen, ließ sich der Vorstandsvorsitzende in seinen Bürostuhl fallen, während John B2, wie er die kleine Drohne getauft hatte, ganz sanft auf einem der Regale landen ließ.

Ich hab es tatsächlich geschafft, dachte John. Nicht dass er daran gezweifelt hatte, aber Risiken gab es schließlich immer. Zufrieden lehnte er sich deshalb zurück und rieb sich seine verschwitzten Hände, zumal B2 genau dort war, wo er sie haben wollte. Jetzt konnte er nur noch abwarten.

Sie hatten lange überlegt, wie sie vorgehen sollten. In die Untergeschosse wollten sie nicht noch einmal vordringen, zu groß war das Risiko, dass die Verbindung wieder abreißen würde. Schließlich hatten sie sich darauf geeinigt, ihren Fokus ganz auf den COO zu lenken, obgleich ihr eigentliches Ziel die Labore waren.

Umso enttäuschter war John, als der COO nach wenigen Minuten sein Büro bereits wieder verließ.

Er wird schon wiederkommen, hoffte John, fing aber langsam an zu zweifeln, nachdem Klios sich zwei Tage lang nicht mehr gezeigt hatte.

Als John schon gar nicht mehr daran geglaubt hatte, platzte Klios wieder in sein Büro und tat, was ein COO normalerweise immer tat. Er arbeitete. Es ging zu wie in einem Taubenschlag. Mitarbeiter und Gäste kamen und gingen. Zuletzt seine Assistentin, die sich zu später Stunde an seiner Hose zu schaffen machte. Was für ein Arschloch, dachte John. Der Kerl war ihm gleich unsympathisch gewesen mit seinen gebleichten Zähnen, dem aufgesetzten Lächeln und den gegelten Haaren.

Richtig spannend wurde es aber erst am dritten Tag, als zwei Schlipsträger sein Büro betraten. Denn kaum dass sie eingetreten waren, holte der dickere von beiden ein kleines Gerät aus seinem Koffer und fing an, damit durch den Raum zu schreiten. Zuerst fragte sich John, was das sollte, bis es ihm wie Schuppen von den Augen fiel. Scheiße, dachte er, das ist ein Wanzendetektor!

John hatte keine Ahnung, ob der Detektor die kleine Drohne überhaupt aufspüren würde, hielt es aber zumindest für möglich. Fieberhaft überlegte er deshalb, was er tun sollte, als sich der Kerl vom Schreibtisch wegbewegte und direkt auf das Regal zulief, auf dem er B2 vor drei Tagen geparkt hatte. Dann, als der Typ nur noch zwei Meter entfernt war, hatte er sich entschieden.

»Ich muss hier weg«, sagte er, meinte aber natürlich nicht sich, sondern seine Augen und Ohren, die just in dieser Sekunde Gefahr liefen, geortet zu werden. So schnell es ging, brachte er die kleine Drohne in die Luft, nur um im nächsten Moment entdeckt zu werden.

Zu seiner Erleichterung sahen die drei Männer aber nur das, was sie sehen sollten, und das war eine kleine Biene, die sich offensichtlich verirrt hatte und jetzt irgendwo hinter dem Schreibtisch verschwand. Jetzt konnte John die drei zwar nicht mehr sehen, aber immerhin noch hören.

Glücklicherweise sah der Kerl mit dem Wanzendetektor keinen Grund, den Schreibtisch ein weiteres Mal zu inspizieren. Er machte sogar einen großen Bogen um den Schreibtisch, ganz so, als ob er Angst hätte, gestochen zu werden.

»Und?«, sagte Klios. »Wie ist es gelaufen, Konstantin?«

»Nicht gut«, antwortete einer der beiden Männer.

»Konstantin Papa…, Papadolus oder so ähnlich«, murmelte John vor sich hin. Das war doch der …, ja der wissenschaftliche Leiter. John hatte sein Foto in Takashis Recherchen gesehen.

»So wie es aussieht, wird es noch mindestens drei Jahre dauern, bis wir in den USA die Zulassung bekommen.«

»Verdammte Scheiße«, erwiderte Klios. »So viel Zeit haben wir nicht. Bis dahin sind wir längst pleite!«

»Und wenn wir den Prozess ein wenig beschleunigen?«, warf der Mann mit dem Wanzendetektor ein.

»Das ist nicht möglich«, antwortete der wissenschaftliche Leiter. »Ich habe bereits alles versucht. Die Arzneimittelbehörde FDA ist der Meinung, dass wir noch zu wenig über die Nebenwirkungen wissen, und verlangt deshalb eine weitere klinische Studie.«

»Mag sein«, antwortete der Mann mit dem Wanzendetektor, höchstwahrscheinlich der Sicherheitschef des Unternehmens, »aber ich wette, die ändern ihre Meinung, wenn die Grippe das Land oder noch besser die ganze Welt in Atem hält.«

»Das liegt nicht in unserer Hand«, gab der wissenschaftliche Leiter zurück. »Die Grippe kommt und geht, wie es ihr beliebt, und im Moment ist sie auf dem Rückzug.«

»Dann müssen wir eben … ein bisschen nachhelfen«, entgegnete Klios mit entschlossener Stimme.

»Was soll das heißen?«, fragte Papadopoulos entrüstet zurück.

»Na, was wohl?«, antwortete Klios. »Wir müssen das Virus freisetzen. Dann kommt von ganz allein Bewegung in die Angelegenheit.«

»Das könnt ihr nicht machen«, beschwerte sich Papadopoulos. »Da spiele ich nicht mit. Das ist strafbar. Dafür kommt ihr ins Gefä...«

Mehr brachte er nicht heraus, zu fest zog sich die Drahtschlinge um seinen Hals, die ihm der Mann mit dem Wanzendetektor blitzschnell um den Hals legte.

John konnte nicht glauben, was er da hörte. Doch weil es für ihn sowieso nichts zu sehen gab, scrollte er am Laptop durch die Datenbank mit den Mitarbeitern, die Takashi erstellt hatte. Hier wurde Jacob Levy, der Sicherheitschef von Bioneca, aufgeführt. Dieser schickte gerade Konstantin Papadopoulos, den langjährigen wissenschaftlichen Leiter, ins Jenseits.

Als das Röcheln und Würgen verebbte, herrschte einige Sekunden lang Stille.

»Musste das nun wirklich sein?«, beschwerte sich der COO bei seinem Sicherheitschef.

»Du hast doch gehört, was Konstantin gesagt hat. Dieser Moralapostel hätte uns noch alle ans Messer geliefert. Wir haben ihm heute eine Brücke gebaut, und er ist nicht rübergegangen. So einfach ist das.«

»Und was ist mit Natalie Horrorwitz, diesem Plappermaul?«

»Um die musst du dir ebenfalls keine Sorgen mehr machen. Mehr musst du nicht wissen. Also frag erst gar nicht. Geh jetzt am besten nach Hause. Um alles Weitere kümmere ich mich.«

# 61

Als John das Konferenzzimmer betrat, das er anlässlich ihres Treffens angemietet hatte, blickten ihn seine Leute bereits erwartungsvoll an – auch Konrad, Liam und Anjuli, die er von jetzt auf gleich nach Tel Aviv beordert hatte.

Die Neugierde der anderen war nur zu verständlich, weil es ein Treffen des gesamten Teams seit ihrer Ankunft in der alten Welt noch nicht gegeben hatte.

John kam direkt zur Sache. »Ich glaube, wir haben das Labor gefunden«, sagte er, noch bevor er sich auf seinen Stuhl am Kopfende des langen Tisches niederließ.

»Bist du dir sicher?«, fragte Konrad und brachte damit wohl die Skepsis aller zum Ausdruck. Jeder von ihnen hatte in den letzten Jahren mehrmals seine Hoffnung begraben müssen.

»Nein, nicht zu hundert Prozent«, antwortete John. »Allerdings waren die Indizien noch nie so stichhaltig.«

Anschließend erzählte er, was sie alles herausgefunden hatten. Angefangen von der eher zufälligen Begegnung Kates bis zu den Ereignissen in Klios Büro.

»Ohne die Bienen würden wir immer noch im Dunkeln tappen«, beendete er seinen Bericht.

Während Liam zufrieden nickte, war Konrad dagegen noch nicht restlos überzeugt. »Zugegeben«, sagte er, »das hört sich alles ganz vielversprechend an, ist meiner Meinung nach aber noch kein Beweis, dass wir endlich dieses verdammte Labor gefunden haben.«

»Stimmt«, bestätige John, »wir werden es aber nur herausfinden, wenn wir den Laden genauer unter die Lupe nehmen. Und dafür brauchen wir diesmal die ganze Kavallerie.«

»Und wenn du dich geirrt hast?«, bohrte er nach.

»Dann reißen wir diesen Wichsern trotzdem den Arsch auf«, ging Takashi dazwischen.

»Die Ausrüstung, die du haben wolltest, trifft leider erst am Donnerstag ein«, wechselte Liam das Thema.

»Das reicht«, antwortete John. »Vor dem Wochenende können wir sowieso nichts machen.«

Danach erläuterte er seinen Leuten, was er vorhatte. »Wir statten Klios und seinem Sicherheitschef am Freitag einen Besuch ab und nehmen die beiden in die Mangel. Danach sollten wir wissen, ob wir auf der richtigen Spur sind.«

»Und dann?«, fragte Anjuli. »Was machen wir, wenn wir diesmal tatsächlich die Nadel im Heuhaufen gefunden haben?«

»Na, was wohl?«, entgegnete John. »Dann knöpfen wir uns Bioneca vor und erledigen unseren Auftrag. Deshalb sind wir schließlich hier.«

»Stellt euch das aber nicht so leicht vor«, richtete Takashi das Wort an die drei Neuankömmlinge. »Bioneca gleicht einer Festung. Überall elektronisch gesicherte Türen. Jede Menge Wachleute und noch dazu an jeder Ecke Kameras.«

»Das ist leider wahr«, bestätigte John. »Die ganze Operation wird deshalb auch alles andere als ein Spaziergang. Deshalb habe ich euch alle nach Tel Aviv beordert. Wir brauchen diesmal die gesamte Mannschaft, wenn unser Plan gelingen soll.«

»Verstehe«, sagte Konrad nun weniger kritisch. »Und hast du schon eine Idee, wie das Ganze ablaufen soll?«

»Ja«, entgegnete John, »wir bilden zwei Teams. Du kümmerst dich zusammen mit Takashi und Anjuli um Jacob Levy, den Sicherheitschef, während Kate, Liam und ich Klios übernehmen. Danach kommen wir wieder zusammen und nehmen den Laden hoch, sofern sich unser Verdacht bestätigt.«

»Und wenn nicht?«, fragte Liam dazwischen.

»Machen wir es wie immer und verschwinden«, beendete John den Satz.

»Das hört sich doch alles ganz einfach an«, entgegnete Anjuli.

Takashi warf ihr einen warnenden Blick zu. »Warte lieber ab, bis du alle Details kennst«, antwortete Takashi. Anschließend machte er die kleine Truppe in den nächsten zwei Stunden mit allen Einzelheiten vertraut.

Tatsächlich hatte Anjuli allen Grund, die Augen aufzureißen und sich mehrere Notizen zu machen, angesichts der vielen Informationen, die zu beachten waren.

»So, das war's für heute«, meldete sich John nach Abschluss des Briefings noch einmal zu Wort. Er hatte sich bewusst zurückgehalten und stattdessen seine Agenten in aller Ruhe beobachtet. Allen voran Liam, der ihm ein wenig Sorgen machte.

John hatte in Tel Aviv beunruhigende Informationen über ihn erhalten. Deshalb hatte er auch lange überlegt, wie er mit Liam umgehen sollte und sich schlussendlich für ein klärendes Gespräch entschieden. Auch wenn das Timing gerade etwas ungünstig war.

»Liam, kann ich dich noch kurz sprechen?«, sagte John, als die Runde im Begriff war, sich aufzulösen.

»Ja klar«, antwortete Liam, der wie selbstverständlich davon ausging, dass John noch einmal wegen der Lieferung mit ihm sprechen wollte.

»Du weißt, dass ich dich sehr schätze«, begann John zu sprechen. »Jedes Mal frage ich mich aufs Neue, wie du die Ausrüstung so schnell von A nach B kriegst.«

»Betriebsgeheimnis«, antwortete Liam und grinste.

»Da ist aber eine Sache, die mich irritiert«, redete John weiter, ohne auf die Bemerkung von Liam einzugehen. »Du scheinst ein wenig nachlässig mit unseren Regeln umzugehen.«

»Wie meinst du das?«, fragte Liam zurück und blickte John mit ernstem Gesichtsausdruck an.

»Na ja«, antwortete John, »so, wie ich gehört habe, drehst du in Toronto ein ziemlich großes Rad.«

»Na und! Was ist daran so schlimm?«

»Grundsätzlich nichts«, gab John zurück. »Ich habe sogar ein gewisses Verständnis dafür, dass du eine Logistikfirma gegründet hast. Schließlich muss das Zeug, das ich bei dir mehr oder weniger regelmäßig bestelle, ohne Aufsehen zu erregen, seinen Zielort erreichen.«

»Ganz genau«, bestätigte Liam und war bereits im Begriff aufzustehen.

»Einen Moment noch«, sagte John und legte nach. »Ich habe aber kein Verständnis dafür, dass du drei weitere Unternehmen gegründet hast und auch gleich noch eine Reihe von Patenten angemeldet hast, die ihrer Zeit weit voraus sind. Ganz zu schweigen von deinen ganzen Frauengeschichten und deinem Drang, dich in der Öffentlichkeit zu zeigen. Man findet tausende Fotos von dir im Internet, wenn man erst mal weiß, nach wem man suchen muss.«

»Von wem weißt du das alles?«, wollte Liam reflexartig wissen, ohne auch nur den Anflug von Reue zu zeigen.

»Das tut nichts zur Sache«, antwortete John. Woher John seine Informationen hatte, wusste er selbst nicht. Jemand hatte ihm anonym einen Briefumschlag mit Fotos und Zeitungsartikeln unter der Tür zugeschoben, die belegten, was für ein Leben Liam führte. John vermutete, dass einer der anderen Agenten dafür verantwortlich war und sich nicht als Denunziant zu erkennen geben wollte.

»Erklär mir lieber, wie es dazu kommen konnte, dass du so viele rote Linien überschritten hast.«

»Ich habe das so nicht gesehen«, entgegnete Liam ein wenig zerknirscht. »Okay, ich habe unsere Regeln vielleicht ein wenig gedehnt, aber nie aus den Augen verloren. Das schwöre ich. Ich habe sogar zweimal meine Identität gewechselt.«

Er stockte und schien zu überlegen.

»Aber jetzt, wo du es sagst, muss ich dir recht geben. Schätze, dass mich die Einsamkeit auf dumme Gedanken gebracht hat. Du weißt ja wie das ist, so ganz ohne Familie und Freunde.«

Liam wechselte in eine sanftere Tonlage. »John, ich bin wohl tatsächlich ein wenig übers Ziel hinausgeschossen, das sehe ich jetzt ein. Ich krieg das aber wieder hin, ganz bestimmt!«

»Das ist doch schon einmal ein Anfang«, antwortete John erleichtert. »Bring die Sache einfach wieder in Ordnung und wir vergessen das Ganze, okay, Liam?«

Liam nickte.

»Und halte dein Gesicht zukünftig aus den Medien heraus. Die anderen kriegen das ja auch hin. Wir sind Geister, denk immer daran.«

»Ja, ist gut«, antwortete Liam. »Hast ja recht. Du kannst dich auf mich verlassen, John. Ich halte mich ab jetzt zurück, versprochen.«

Nachdem Liam gegangen war, blieb John noch eine Weile sitzen und überlegte, was er von der ganzen Angelegenheit halten sollte. Anfangs war er einfach nur schockiert gewesen, als er das ihm anonym zugesteckte Material gesichtet hatte.

Am Ende war es aber egal, wer ihn mit dem Material versorgt hatte. Viel wichtiger war doch, dass in seinem Team auf die Befolgung der Regeln geachtet wurde.

John freute sich, dass Liam Einsicht gezeigt hatte, auch wenn es anfangs nicht danach ausgesehen hatte. Jeder hatte eine zweite Chance verdient. Auch Liam, obgleich die Unterlagen, die er vorgefunden hatte, schon starker Tobak waren. Deshalb würde er Liam ab sofort genauer im Auge behalten. Aber erst nach ihrer Mission, die jetzt seine gesamte Aufmerksamkeit benötigte.

Als Liam Foster wenige Minuten später ziellos durch Tel Aviv spazierte, war er immer noch stinksauer und aufgewühlt. Einerseits ärgerte er sich über sich selbst, weil er so unvorsichtig gewesen war, andererseits aber auch über John, der mehr über ihn wusste, als gut für ihn war.

Wie stellt John sich das eigentlich vor?, fragte er sich. ›Bring das in Ordnung!‹, hatte er gesagt. Als ob das so einfach wäre! Außerdem hatte Liam die Firmen und alles andere doch nicht gegründet, um sie jetzt wieder abzuwickeln.

Auf seine Frauengeschichten war John zum Glück nicht näher eingegangen. Aber das könnte eines Tages auch noch Thema werden. Was konnte er dafür, dass die beiden Schlampen ihm Kinder angedreht hatten? Sie wollten ihn eben an sich binden, diese geldgierigen Luder!

Woher wusste John überhaupt von seinem unternehmerischen

Erfolg? Liam musste es herausfinden und sich um das Problem kümmern. Aber eins nach dem anderen.

Auf dem Weg zurück sah er plötzlich Konrad auf der gegenüberliegenden Straßenseite stehen. Verfolgte er ihn? Liam hatte schon längere Zeit das Gefühl, bespitzelt zu werden.

Und jetzt hatte der Kerl auch noch die Dreistigkeit, ihm zuzuwinken.

# 62

Tags darauf klingelte Kate an der Tür einer großen Villa und wartete darauf, dass man ihr öffnete. Doch stattdessen meldete sich lediglich eine unfreundliche Stimme über die Gegensprechanlage.

»Hallo, ich bin Sarah«, antwortete Kate. »Samu schickt mich. Ich soll ein paar Ordner abholen.«

»Wer sind Sie?«, fragte die Ehefrau von Samuel Klios und runzelte die Stirn.

»Ich?«, sagte Kate, ganz so, als ob sie eine lange Leitung hätte. »Ich bin seine Assistentin.«

»Na klar«, erwiderte Rebecca Klios, ohne die Verachtung in ihrer Stimme zu verbergen, und ließ sie herein.

»Das Arbeitszimmer ist oben«, schob sie noch hinterher und war bereits verschwunden.

Das lief ja besser als gedacht, stellte Kate zufrieden fest und folgte der jungen Frau ins Haus.

Fünf schnelle Schritte später lag die schönste Frau, die Kate je gesehen hatte, bewusstlos in ihren Armen. Wie eine Katze hatte sie sich hinter sie geschlichen und ihr ein Tuch mit Chloroform über Mund und Nase gedrückt. Den Rest erledigten John und Liam. Sie trugen die junge Frau ins Wohnzimmer, während Kate nach oben ging und sich um die beiden Töchter kümmerte.

»Wo sind meine Kinder?«, platzte es aus Rebecca Klios heraus, kaum dass sie aus ihrer Bewusstlosigkeit erwacht war. Sie hatten sie an Händen und Füßen gefesselt und auf das große Ledersofa gesetzt, das Platz für wenigstens zehn Leute bot.

»Keine Angst, es geht ihnen gut«, antwortete John, der sich zwischenzeitlich eine Totenkopfmaske über den Kopf gezogen hatte.

»Was wollen Sie? Geld? Ich hab nicht viel im Haus, aber ich kann welches besorgen. Und Schmuck, ich hab viel Schmuck und Uhren. Sie kriegen alles, nur tun …«

»Wir wollen Ihr Geld nicht«, unterbrach sie John. »Wir wollen auch niemandem wehtun, das machen wir nur, wenn wir es müssen. Wir wollen nur mit Ihrem Mann sprechen. Wann kommt er heute nach Hause?«

»Keine Ahnung«, antwortete sie mit der Ehrlichkeit einer verzweifelten und verängstigten Frau. »Ich weiß noch nicht einmal, ob er sich heute überhaupt noch hier blicken lässt.«

»Dann rufen Sie ihn an und lassen sich etwas einfallen«, sagte Liam, der in diesem Moment den Raum betrat. Auch er war maskiert, hatte aber im Unterschied zu John eine lustige Clownsmaske auf.

»Ja, seien Sie kreativ«, ergänzte John. »Es wäre zu Ihrem eigenen Vorteil und dem Ihrer Kinder.«

»Ich mache alles, was Sie wollen«, sagte sie mit bebender Stimme und schreckgeweiteten Augen. »Sie müssen mir nur versprechen, dass meinen beiden Mädchen nichts passiert.«

»Tun Sie einfach, was wir Ihnen sagen, und sorgen Sie dafür, dass Ihr Mann hier auftaucht«, antwortete John und hielt ihr aufmunternd ihr eigenes Handy entgegen.

Mit zittrigen Fingern wählte sie die Nummer ihres Mannes und wartete darauf, dass er sich meldete, was er erst nach einer gefühlten Ewigkeit tat.

»Ich bin's«, sagte sie, sichtlich um einen freundlichen Ton bemüht. »Ich wollte nur fragen, wann du heute nach Hause kommst.«

»Seit wann interessiert dich das?«, fragte er laut hörbar zurück.

»Deine große Tochter hat ihren ersten Milchzahn verloren und will ihn dir unbedingt heute noch zeigen. Du würdest auch mir eine große Freude bereiten, wenn du heute nicht so spät kommst.«

»Ich bin um achtzehn Uhr da«, sagte er.

»Er hat aufgelegt«, schluchzte Rebecca Klios.

»Gut gemacht«, sagte John. »Hat Ihre Tochter heute wirklich einen Zahn verloren?«

»Nein«, antwortete sie. »Wie auch, sie ist schließlich erst vier.«

»Dann war die Masche wohl ganz schön riskant, oder?«, fragte Liam.

»Nein, überhaupt nicht«, erwiderte Rebecca, die sich offensichtlich jetzt wieder mehr unter Kontrolle hatte. »Der Ignorant hat doch keine Ahnung, in welchem Alter Kinder ihre Milchzähne verlieren, mal ganz davon abgesehen, dass er vermutlich gar nicht genau weiß, wie alt seine eigenen Kinder sind.«

»Klios hat gerade das Büro verlassen«, sagte Anjuli ins Handy, während sie den COO dabei beobachtete, wie er in sein Auto stieg.

»Das war zu erwarten«, antwortete John. »Dann sollte er in zwanzig Minuten hier sein. Hängt euch aber trotzdem an ihn ran. Ich will kein Risiko eingehen. Nicht dass er uns im letzten Moment doch noch durch die Finger schlüpft.«

»Wir folgen ihm«, sagte Anjuli und legte auf.

Johns Sorge war jedoch unbegründet, weil Klios direkt nach Hause fuhr. Anjuli war die ganze Zeit hinter ihm, hielt aber genügend Abstand, um nicht in sein Blickfeld zu gelangen. Als er fast da war, parkte sie ihren Wagen am gegenüberliegenden Straßenrand und informierte John, dass er gleich eintreffen würde.

»Und er kommt durch die Garage«, fügte sie noch hinzu, bevor sie das Telefonat beendete und wieder zurückfuhr zu Bioneca.

John und Liam postierten sich links und rechts der kleinen Tür, die zur Garage führte, und hörten auch schon, wie sich das automatische Tor bewegte.

So weit läuft also alles nach Plan, dachte John. Doch schon wurde seine Geduld auf die Probe gestellt, weil Klios keine Anstalten machte, aus dem Auto zu steigen. Er war zwar in die Garage hineingefahren und hatte den Motor abgestellt, blieb aber offensichtlich einfach sitzen.

»Warum kommt der Kerl nicht rein?«, flüsterte Liam. John schüttelte nur den Kopf und legte den Finger auf die Lippen.

Liam nickte daraufhin.

War da ein Schniefen zu hören? John und Liam sahen sich verdutzt an.

»Der zieht sich eine Linie Koks rein«, sagte Liam in einem kaum hörbaren Flüsterton. John musste ihm seine Worte förmlich von den Lippen ablesen.

Liam muss es ja wissen, dachte sich John. Für John klang das Ganze so, als würde sich Klios die Nase putzen. Aber warum sollte Klios das tun? Der Kerl hatte doch keinen Schnupfen gehabt. Das wäre ihm aufgefallen. Vielleicht hatte Liam ja recht, und der Kerl dröhnte sich jetzt zu. Es würde jedenfalls zu ihm passen.

Samuel Klios genehmigte sich eine weitere Linie Kokain, so wie er es immer tat, wenn er zu Hause angekommen war. Nur dass es heute bereits die dritte Linie war, die er sich durch die Nase zog. Er wusste, dass er es allmählich übertrieb, konnte und wollte sich aber nicht einschränken. Dafür war der Druck im Moment einfach zu groß.

Seine Gedanken kreisten, wie so häufig, um den neuen Impfstoff, der zu einer Art Lebensversicherung für Bioneca geworden war. Doch dann war irgendwie alles aus dem Ruder gelaufen. Schuld hatte die FDA, die ihnen die Freigabe für das Virostatikum versagt hatte, nachdem doch alles zunächst so gut ausgesehen hatte.

Die beiden Toten bereiteten ihm dagegen keine schlaflosen Nächte, obgleich er die Morde für übertrieben gehalten hatte. Ihn störte vielmehr, dass sein Sicherheitschef Jacob Levy zunehmend das Kommando übernahm. Deshalb war er auch alles andere als erfreut, als sein Handy klingelte und Jacobs Name auf dem Display erschien. Trotzdem überlegte er einen Moment, ob er rangehen sollte, entschied sich dann aber dagegen und drückte den Anruf einfach weg. Er putzte sich den weißen Staub von der Nase und öffnete die Autotür.

»Verfluchter Idiot«, zischte Jacob Levy, als Samuel seinen Anruf nicht annahm. Er schäumte vor Wut, blieb aber hartnäckig und versuchte es gleich noch einmal. Er musste unbedingt mit Samuel über das kleine Ding reden, das ihm einer seiner Mitarbeiter kurz zuvor auf seinen Schreibtisch gelegt hatte.

»Was soll der Scheiß?«, hatte er geflucht. Nicht zuletzt, weil er auf die kleinen Biester allergisch reagierte.

Und was hatte sein Stellvertreter geantwortet? »Das ist nicht das, wonach es aussieht. Ich würde mir das Ding an deiner Stelle mal genauer ansehen.«

Und das hatte er dann auch getan. Erst ganz vorsichtig und dann immer interessierter, bis er erkannt hatte, worum es sich handelte.

»Verdammte Scheiße!«, hatte er geflucht. »Eine kleine Spionagedrohne!«

Er hatte so etwas zuvor noch nicht gesehen, obwohl er beim Mossad immer wieder mit Drohnen zu tun gehabt hatte. Nicht aber mit so winzig kleinen Dingern. Auch hatte er bezweifelt, dass der Mossad eine derart moderne Technologie sein Eigen nennen konnte, selbst wenn es schon eine Weile her war, seit er dort den Dienst quittiert hatte.

Den Schin Bet hatte er ebenfalls ausgeschlossen. Die Jungs vom Inlandsgeheimdienst hatten erst recht nicht die Mittel. Nach dem Ausschlussprinzip blieb seiner Meinung nach nur ein ausländischer Geheimdienst oder einer ihrer Konkurrenten übrig.

Ja, so musste es sein, hatte er geschlussfolgert. Alles andere hätte auch keinen Sinn ergeben. Dann war Levy auf einmal die kleine Biene wieder eingefallen, die sie in Samuels Büro gesehen hatten.

»Wo habt ihr das Ding gefunden?«

»Ganz unten«, hatte sein Stellvertreter lapidar geantwortet und damit zweifellos das geheime Labor im Keller gemeint. Das war zwar allemal besser als im Büro von Klios, mehr aber auch nicht, weil es gut möglich war, dass es nicht die einzige Drohne war, die man ihnen untergejubelt hatte.

# 63

John und Liam hörten, wie das Handy von Klios klingelte. Lang und anhaltend, doch Klios schien den Anruf nicht entgegennehmen zu wollen. Auch nicht, als es der Anrufer erneut versuchte. Plötzlich hörten sie die Autotür klappen, dann Schritte. John hob die Hand und Liam nickte. Die Türklinke wurde niedergedrückt und die Tür um einen Spalt geöffnet. Klios starrte in das Mündungsrohr von Liams Waffe.

»Mund halten, cool bleiben, reinkommen!«, befahl Liam.

Doch Klios geriet in Panik und versuchte sich auf Liam zu stürzen. Das Kokain musste ihm den Blick für die Realität vernebelt haben.

John packte ihn an seiner Jacke und schleuderte ihn gegen ein Regal. Die Wucht war so groß, dass der COO augenblicklich in sich zusammensackte und erst wieder zu sich kam, als er sich gefesselt auf dem Sofa wiederfand. Völlig verstört und immer noch nach Luft schnappend fing er augenblicklich an zu winseln, ohne jedoch auch nur ein einziges Mal nach seiner Frau und seinen Kindern zu fragen. Eine nicht ungewöhnliche Reaktion für einen Narzissten.

»Bitte tun Sie mir nichts!«, jammerte er mit vor Angst weit aufgerissenen Augen.

»Ihnen wird nichts geschehen«, antwortete John, der sich zwischenzeitlich seiner Maske entledigt hatte. »Sie müssen nur ehrlich sein und uns sagen, was wir wissen wollen.«

»Ja, ja«, antwortete Klios hastig, »ich sage Ihnen alles. Nur tun Sie mir nichts.«

»Sehr schön«, antwortete Kate, die mit Liam zwischenzeitlich die Rollen getauscht hatte.

»Dann kommen wir doch am besten gleich zur Sache, und Sie

erzählen uns alles über das Virus, den Bioneca kreiert hat, um daraus einen neuartigen Impfstoff zum Schutz gegen die Influenza zu entwickeln.«

»Darüber … weiß ich nichts«, sagte Klios. »Ich kenne aber auch nicht alle … Projekte, an denen wir arbeiten.«

»Also gut«, sagte Kate und nickte verständnisvoll. »Dann müssen wir alle wieder gehen und uns dafür entschuldigen, dass wir Sie gestört haben.«

Im nächsten Moment schlug Kate Klios mit voller Wucht ins Gesicht. Sein Kopf flog augenblicklich zurück, während ihm eine Menge Blut aus der Nase spritzte. Ganz offensichtlich hatte sie ihm die Nase gebrochen.

»Du hast selber Schuld«, sagte sie. »Das passiert, wenn du versuchst, uns zu verarschen.«

»Okay, okay«, wimmerte er mit schmerzverzerrter Stimme. »Wenn ich jetzt so richtig darüber nachdenke, dann gibt es da wohl einen Impfstoff, an dem wir arbeiten.«

»Der Impfstoff interessiert uns nicht«, antwortete Kate. »Uns interessiert vielmehr, ob es sich bei dem Virus um den Typ A/H6N2 handelt, den ihr in eurer Giftküche zusammengebastelt habt.«

»Nicht dass ich wüsste«, winselte er. »Ich kenne mich mit diesen Feinheiten aber auch nicht aus. So was weiß nur unser wissenschaftlicher Leiter, Konstantin Papadopoulos. Doch der ist gerade nicht da.«

»Gerade nicht da? So nennt ihr das also, wenn ihr jemanden umgebracht habt?«

Daraufhin hob Klios völlig überrascht den Kopf. »Woher …«

Weiter kam er nicht, weil ihm Kate ohne Vorwarnung einen Bleistift in sein linkes Auge rammte. Klios schrie vor Schmerzen, während Kate und John dabei zuschauen konnten, wie die gallertartige Masse seines Auges ganz langsam an seiner Wange herunterlief. Dann hörte er plötzlich auf zu schreien und klappte nach hinten weg. Die Gnade der Bewusstlosigkeit hatte ihn umhüllt.

»Samu, Samu«, sagte Kate nach einer Weile und schüttelte den Kopf, kurz nachdem sie Klios wieder aufgeweckt hatten. »Ich hab doch gesagt, du sollst uns nicht für dumm verkaufen. Das hast du nun davon.«

Spätestens jetzt war Samuel Klios nur noch ein Häufchen Elend. Er zitterte nicht nur am ganzen Körper, sondern hatte sich während seiner Bewusstlosigkeit auch eingenässt. Zudem sah er mehr als erbärmlich aus und litt offenbar unter großen Schmerzen. Sein Anblick sprach Bände. Sein Gesicht war über und über mit Blut besudelt. Ganz zu schweigen von seiner eingeschlagenen Nase und der leeren Augenhöhle, aus der Kate kurz zuvor den Bleistift herausgezogen hatte.

»Also noch einmal von vorne«, fuhr sie fort. »Welchen Namen habt ihr dem Virus gegeben, nachdem ihr ihn in eurer Hexenküche zusammengebraut habt?«

»A/H6N2«, sagte er leise und resigniert.

»Endlich!«, sagte John und ballte die Fäuste. Er wirkte regelrecht erleichtert, fast schon euphorisch. »Wir haben das Killervirus gefunden. Ich hatte schon fast nicht mehr daran geglaubt.«

»Killervirus?«, keuchte Klios. »Sie müssen da was verwechseln. Wir haben doch kein Killervirus …?«

»Oh, doch«, antwortete John, »denn A/H6N2 droht in fünfhundert Jahren die gesamte Menschheit auszurotten.«

»In fünfhundert …, ich verstehe nicht …?«, schnaufte Klios. Unter großer Anstrengung hob er den Kopf und blickte zu John herüber. »Wer sind Sie überhaupt?«

»Das würden Sie nicht verstehen«, sagte John. »Sagen Sie mir lieber, wo sie das Virus aufbewahren.«

Klios zuckte nur mit den Schultern.

»Sind die Kulturen im Keller?«, fasste Kate nach. »Ich meine das Labor im vierten Untergeschoss.«

»Woher wissen Sie …? Ja, sind sie«, antwortete Klios mit einiger Verzögerung. Er schien sich jetzt endgültig in sein Schicksal zu ergeben.

»Gut, mehr müssen wir nicht wissen«, erwiderte John und machte einen Schritt auf Klios zu. Der Kerl widerte ihn an. John stellte sich hinter ihn, nahm seinen Kopf in beide Hände und brach ihm mit einer einzigen schnellen Bewegung das Genick. Es krachte und knirschte.

»Das Schwein hat es nicht anders verdient«, sagte Kate, als sie dabei waren, die Spuren zu beseitigen.

»Es war notwendig«, antwortete John. »Klios hätte uns identifizieren können.«

Sie verließen das Haus mit dem Auto, mit dem sie gekommen waren. Die Leiche von Klios hatten sie zuvor in den Kofferraum verfrachtet, während sie Rebecca Klios und ihre beiden Kinder eingesperrt im Keller zurückließen. Von ihnen ging keine Gefahr aus. Zumindest dürfte es Rebecca Klios dank der Masken schwerfallen, ihre Kidnapper zu beschreiben.

# 64

Während Liam den Wagen stadtauswärts steuerte, griff John in seine Tasche und holte sein Handy heraus. Er konnte es gar nicht abwarten, die anderen darüber zu informieren, dass sie endlich die Keimzelle der Seuche gefunden hatten, nach der sie schon so lange suchten. Umso überraschter war er, als Konrad ihm mitteilte, dass sich der Sicherheitschef immer noch nicht hatte blicken lassen.

»Wir stehen hier jetzt seit drei Stunden auf dem Parkplatz und warten«, begann Konrad zu berichten. »Seitdem verabschiedet sich hier ein Mitarbeiter nach dem anderen ins Wochenende. Nur von Levy ist nichts zu sehen.«

Merkwürdig, dachte John und schaute auf seine Uhr. Es war jetzt schon kurz nach acht.

»Bist du sicher, dass ihr den Kerl nicht übersehen habt?«, hakte er deshalb nach.

»Hundertprozentig«, erwiderte Konrad. »Außerdem steht sein Auto immer noch auf dem Parkplatz.«

»Das gefällt mir nicht«, sagte John.

»Uns auch nicht«, entgegnete Konrad. »Noch mehr irritiert uns allerdings die Tatsache, dass hier seit gut einer Stunde mehr Leute kommen als gehen. Sehr ungewöhnlich für einen Freitagabend, wenn du mich fragst.«

»In der Tat«, antwortete John, der sich keinen Reim auf die Betriebsamkeit bei Bioneca machen konnte. Er kaute auf seiner Unterlippe und dachte nach. »Sag Anjuli, dass sie die Stellung halten soll«, sagte er schließlich. »Und sag ihr, dass ich alle dreißig Minuten ihre Stimme hören will, ganz egal ob irgendetwas Spannendes passiert oder nicht.«

»Wird erledigt«, antwortete Konrad. »Und der Rest von uns …?«

»Kommt erst mal ins Hotel«, beendete John den Satz. »Wir treffen uns in meinem Zimmer und überlegen, wie es weitergeht.«

»Das Büro ist sauber«, sagte einer seiner Mitarbeiter und meinte damit das Büro von Klios.

»Gut«, antwortete Levy, »das ist doch schon mal was.«

Jacob Levy machte sich aber keine Illusionen. Jemand war ihnen auf den Fersen. Denn wer auch immer sie ausspionierte, hatte bestimmt nichts Gutes im Sinn. Er war deshalb festen Willens, alles wegschaffen zu lassen, was ihnen irgendwie zur Last gelegt werden konnte. Allen voran das Labor, das es eigentlich gar nicht geben dürfte.

Aber vorher wollte er noch das Virus freisetzen. Tel Aviv und Jerusalem schienen als Brutstätten dafür bestens geeignet zu sein. Sie würden dann schon von allein kommen und ihnen die Zulassung vor die Füße legen.

Kaum dass sich das gesamte Team in Johns Zimmer versammelt hatte, lagen sich die fünf Agenten in den Armen. Sie waren zwar noch nicht am Ziel, aber kurz davor und letztlich einfach nur erleichtert, dass sie die Nadel im Heuhaufen doch noch gefunden hatten. Denn genau genommen hatte keiner von ihnen mehr so richtig daran geglaubt, auch wenn alle sich die größte Mühe gegeben hatten, optimistisch zu bleiben.

Als Takashi zum Telefon griff, um Bier zu bestellen, ging John das Ganze dann aber doch zu weit.

»Leute«, rief er, »hört mir jetzt einmal zu.« Doch niemand schien davon Notiz zu nehmen, bis er laut durch die Zähne pfiff.

»Ich verstehe euch ja«, sprach er weiter. »Mir geht es ja nicht anders. Aber noch haben wir unseren Auftrag nicht erledigt. Und so wie es aussieht, wird das noch ein hartes Stück Arbeit. Wir haben lediglich den Urheber des Virus gefunden, aber noch nicht verhindert, dass das Virus freigesetzt wird. Das Labor existiert noch, und was uns alarmieren sollte, ist, dass dort gerade ordentlich gearbeitet wird.«

»Ach, komm schon, John«, sagte Takashi. »Das hat doch Zeit. Auf einen Tag mehr oder weniger kommt es nicht an.«

»Ich fürchte doch«, erwiderte John. »Uns bleibt keine Wahl. Irgendetwas braut sich bei Bioneca zusammen, und das dürfen wir nicht auf die leichte Schulter nehmen.«

»Was soll das heißen?«, fragte Takashi, immer noch den Telefonhörer in der Hand. »Du meinst doch nicht etwa, dass wir uns den Drecksladen noch heute vornehmen sollen?«

»Und ob«, antwortete John. »Außerdem ist es nur eine Frage der Zeit, bis man Rebecca Klios und ihre Kinder findet. Morgen könnte alles für uns nur noch komplizierter werden.«

Enttäuscht ließ Takashi das Telefon sinken. »Und ich hatte mich schon so auf ein kühles Bier gefreut.«

»Morgen ist auch noch ein Tag«, entgegnete John. »Ruht euch erst einmal kurz aus. Um Mitternacht schlagen wir zu.«

Als John sich gerade hingelegt und für einen Moment die Augen geschlossen hatte, rief Anjuli an. »Levy ist gerade rausgekommen und in einen Wagen gestiegen. Gleich verlässt er den Parkplatz.«

»Fahr ihm nach«, antwortete John, ohne groß darüber nachzudenken. »Und leg nicht auf.«

Mit seinem Handy am Ohr hastete er nach unten, ohne daran zu denken, sein Team zu informieren. Der Gedanke kam ihm erst, als er bereits im Auto saß, doch da war es schon zu spät. Egal, dachte er sich, das kann ich auch noch von unterwegs erledigen.

»John, bist du noch dran?«, fragte Anjuli und riss ihn aus seinen Gedanken.

»Ja«, antwortete er, jetzt wieder voll auf die Sache fokussiert, »ich sitze bereits im Auto. Wo bist du?«

»Auf der Autobahn, zwei Wagen hinter Levy.«

»Welche Autobahn?«, fragte er zurück, obwohl er schon eine Ahnung hatte.

»Richtung Osten. Ich glaube, der Kerl will nach Jerusalem.«

Das ist nicht gut, überlegte John, der langsam, aber sicher wieder einen klaren Kopf bekam.

»Okay«, sagte er schließlich, während er die Zündung startete und den Wagen in Bewegung setzte, »wir müssen noch ein paar Dinge klären. Ich hab dich noch gar nicht gefragt, ob Levy allein unterwegs ist.«

»Ja, ist er«, gab Anjuli zurück. »Er hatte aber irgendetwas unterm Arm.«

»Hast du eine Idee, was das sein könnte?«

»Nicht wirklich. Dafür war es bereits zu dunkel. Es war aber definitiv irgendetwas Sperriges. Vielleicht ein Koffer oder eine Box.«

»Das ist nicht gut«, zischte John.

»Du meinst doch nicht etwa, dass der Kerl das Virus mit sich herumträgt? Ausgerechnet heute?«, fragte Anjuli.

»Keine Ahnung. Möglich ist es aber schon.« John atmete tief durch, während er die Autobahnauffahrt ansteuerte.

»Hör zu«, sagte John nach einer Weile. »Ich muss jetzt das Team informieren, hörst du? Ich lege jetzt auf, melde mich aber gleich wieder zurück.«

»Warte!«, rief sie reflexartig in ihren Hörer. »Ich muss dir vorher noch etwas sagen. Als ich vorhin auf den Parkplatz gefahren bin, standen dort zwei oder drei Laster. Die waren vorher, als wir auf Levy gewartet hatten, noch nicht da.«

»Gut zu wissen«, antwortete John und legte auf, nur um sofort die Nummer von Konrad zu wählen. Eigentlich kein Problem, wenn man nicht gerade mit 180 über die Autobahn fuhr.

»Ich bin's«, begrüßte er Konrad.

»Warum rufst du an?«, fragte Konrad, der sich wohl darüber wunderte, dass John nicht an seine Tür geklopft hatte.

»Weil ich auf dem Weg nach Jerusalem bin.«

»Du bist wo?«, fragte Konrad erneut, der glaubte, sich verhört zu haben.

»Hör zu«, sagte John und ignorierte die Frage, nur um Konrad mit wenigen Sätzen zu erzählen, was sich in den letzten zehn Minuten alles ereignet hatte. »Das ist aber noch nicht alles«, redete John weiter. »So wie es aussieht, sind bei Bioneca die Möbelpacker vorgefahren. Ich will wissen, was das zu bedeuten hat. Also hängt euch an die Laster ran.«

»Wird sofort gemacht«, antwortete Konrad.

»Ich melde mich später bei euch«, beendete John das Gespräch.

Dann wählte er Anjuli an. »Wo bist du?«, fragte John, kaum dass die Verbindung stand.

»Immer noch auf der Autobahn«, antwortete sie, »ungefähr zwanzig Kilometer vor Jerusalem.«

»Und wo ist Levy?«

»Immer noch zwei oder drei Autos vor mir.«

»Gut«, sagte er und beschleunigte den Wagen ein weiteres Mal. Er fuhr jetzt über zweihundert und damit doppelt so schnell wie erlaubt. Das war angesichts der vielen Blitzer und Kontrollen natürlich ein Risiko, aber eines, das er eingehen musste, wenn er Anjuli noch vor der Stadtgrenze von Jerusalem erreichen wollte.

# 65

In der Zwischenzeit hatte Konrad den Rest des Teams zusammengetrommelt und ohne ein klärendes Wort in die Garage beordert. Er hatte Johns Zimmer aufgebrochen, sich die beiden Taschen mit den Waffen geschnappt und sich dann selbst in die Garage begeben. Die anderen trudelten gerade ein.

»Kannst du uns jetzt endlich mal erzählen, was wir hier machen?«, fragte Takashi. »Und wo sind eigentlich John und Anjuli?«

»Schon im Einsatz«, antwortete Konrad. »Jetzt steigt aber erst mal ein. Den Rest erzähle ich euch, wenn wir losgefahren sind.«

Im Auto gab Konrad einen kurzen Lagebericht ab. Kate, Liam und Takashi stutzten, als sie hörten, dass John und Anjuli in einzelnen Autos Levy nach Jerusalem folgten.

»Wir sollen den Lastwagen folgen und dann auf weitere Befehle warten«, kam er gerade zum Schluss, als die Silhouette von Bioneca am Horizont erschien.

Als das Handy klingelte, wurde die Nummer von Jacob Levy angezeigt. Was sein Boss wohl so früh schon wieder von ihm wollte? Bestimmt wollte er wissen, wie sie mit dem Beladen der LKW vorankamen.

Warum das alles ausgerechnet jetzt, Freitagnacht, passieren musste, war Shlomo Karp völlig schleierhaft. Er war gerne Levys Stellvertreter, aber an die Launen seines Chefs hatte er sich erst einmal gewöhnen müssen. Inzwischen wusste er, dass es am besten war, jede Anweisung punktgenau zu befolgen.

Shlomo nahm den Anruf an. »Ja?«

»Wann seid ihr mit dem Beladen fertig?«

»In zehn Minuten sind wir abfahrbereit«, sagte Shlomo.

»Gut.«

Obwohl Shlomo wusste, dass er keine Nachfragen stellen durfte, konnte er sie sich nicht verkneifen. »Willst du mir wirklich nicht sagen, was die Aktion soll? Was ist eigentlich in dem Koffer, den du mitgenommen hast?«

»Konzentrier dich auf deine Aufgabe, hörst du? Überzeug dich selbst davon, dass nichts zurückbleibt, klar? Jedes Reagenzglas muss mit.«

»Ja, ich hab's verstanden«, gab er zurück, zumal er selbst genau wusste, wie brisant das ganze Zeug aus dem untersten Stockwerk war. Er war zwar nicht in alles eingeweiht, hatte sich aber im Laufe der Zeit einen Reim darauf gemacht, was im Labor passierte.

Plötzlich ließ Shlomo das Handy sinken. »Seid vorsichtig!«, schrie er. »Das ist kein Kinderspielzeug.«

»Was ist los? Shlomo!«, brüllte Levy, der immer noch in der Leitung war.

Er hielt wieder das Handy ans Ohr. »Ach nichts«, antwortete er. »Die Jungs von der Spedition wollen nur einfach nicht kapieren, dass sie die Sachen wie rohe Eier behandeln sollen.«

Konrad parkte den Wagen unweit von Bioneca und schlich sich zusammen mit Takashi an den Parkplatz heran. Sie waren jetzt ungefähr dreihundert Meter weit entfernt und damit nah genug, um alles sehen zu können. Nicht zuletzt, weil der Mond genug Licht spendete und sie ein Fernglas mit Restlichtverstärker benutzten.

»Ich sehe drei Laster«, sagte Konrad, während er durch das Fernglas blickte. »Einer wird gerade beladen. Die anderen beiden sind entweder schon voll oder sind gleich noch dran.«

»Und wie viele Leute zählst du?«, fragte Takashi, der Konrad den Feldstecher überlassen hatte. Er selbst hatte die ganze Zeit eine Maschinenpistole im Anschlag und sicherte ihre Position.

»Elf, nein, zwölf«, antwortete Konrad. »Vier oder fünf gehören vermutlich zum Sicherheitspersonal. Die anderen sind wohl Möbelpacker.«

»Alles klar«, entgegnete Takashi, der bereits sein Telefon gezückt hatte und John anrief. »Besetzt«, sagte er.

»Ich bin jetzt direkt hinter dir«, sagte John in den Hörer und benutzte zweimal die Lichthupe.

»Endlich«, gab Anjuli erleichtert zurück, setzte den Blinker und verließ die Autobahn, so wie es auch der rote Audi vor ihr gerade getan hatte.

»Ist er das?«, fragte John, nachdem er in der lang gezogenen Kurve kurz einen Blick auf den Audi erhaschen konnte.

»Nein«, antwortete sie, »er fährt einen silbernen Cadillac. Ich schätze, Levy ist fünfhundert Meter vor uns.«

»Was heißt das, du schätzt?«, fragte John, der glaubte, sich verhört zu haben.

»Na ja«, antwortete sie, »nachdem du dir so lange Zeit gelassen hast, habe ich ihm etwas mehr Leine gelassen. Die Gefahr war mir einfach zu groß, dass er mich entdeckt.«

Das klang vernünftig, dachte John. Doch hoffentlich war er ihr nicht durch die Lappen gegangen.

»Okay«, sagte er schließlich, »finden wir es heraus.« Dann gab er Gas, überholte Anjuli und zog an ihr vorbei.

»Das ist merkwürdig«, sagte John nach einer Weile, während er weiterhin ein Auto nach dem anderen überholte. »Ich hätte Levy schon längst sehen müssen. Bist du dir auch wirklich sicher, dass er die Autobahn verlassen hat?«

»Ja«, antworte sie, »sonst hätte ich ihn doch gesehen. Ich habe ihn nur einmal kurz aus den Augen verloren, weil mich jemand überholt hat. Doch er muss hier abgebogen sein. Nach oben kann er doch nicht …«

»Da ist er«, sagte John plötzlich. »Alles gut, Anjuli, wir haben ihn nicht verloren.«

In Anbetracht der Umstände war Levy zufrieden. Die Lastwagen würden gleich losfahren, und er kam auch einigermaßen gut voran, obwohl der Verkehr immer dichter wurde. Zugleich war er erleichtert, dass der blaue Citroën nicht mehr zu sehen war, der ihn seit Tel Aviv verfolgte. Zumindest hatte er das bis vor fünf Minuten angenommen. Ich werde langsam paranoid, dachte er und musste bei dem Gedanken beinahe lachen.

»Was siehst du?«, fragte Takashi, der mit bloßen Augen nur erahnen konnte, was sich in dreihundert Metern Entfernung vor ihnen abspielte.

»Die fahren gleich los«, flüsterte Konrad, während er angestrengt durch das Fernglas starrte.

»Lass sehen«, sagte Takashi und riss Konrad das Fernglas aus der Hand. »Ja, du hast recht«, sagte er, nachdem er einen Moment gebraucht hatte, um das Ding auf seine Sehstärke einzustellen.

Ohne ein weiteres Wort zu verlieren, drehten sie sich um und rannten auf ihr Auto zu. Sie mussten sich beeilen, wenn sie den Anschluss nicht verlieren wollten. Dann hörten sie auch schon die Motoren starten. Sie hatten sich also nicht geirrt.

»Schneller«, rief Takashi, als er Konrad mit großen Schritten überholte.

»Sehr witzig«, keuchte er. Er hätte nicht mit dem Rauchen anfangen sollen. Warum nur wurden diese Suchtmittel erst im Jahr 2034 endgültig verboten?

In der Zwischenzeit hatte Levy den Ben-Gurion-Boulevard hinter sich gelassen und war längst in der Innenstadt angekommen. Er wollte in die Altstadt, die er wegen der vielen Touristen als erstes von zwei Zielen auserkoren hatte. Das alljährliche Lichterfestival, das gerade stattfand, lockte noch mehr Besucher an und spielte ihm damit in die Hände.

Sie würden das Virus in die ganze Welt tragen und nicht nur für dessen Verbreitung sorgen, sondern es auch nahezu unmöglich machen, Jerusalem als Ansteckungsherd zu identifizieren.

Um sich selbst machte er sich keine Sorgen, obgleich er sich den Impfstoff erst gestern injiziert hatte und es mehr als fraglich war, ob sein Körper bereits genügend Antikörper gebildet hatte.

Und wenn schon, überlegte er. Eine kleine Grippe würde ihn schließlich nicht umbringen.

»Einsteigen!«, schrie Takashi, der jetzt ebenfalls schwer atmete. Er meinte damit Kate und Liam, die es sich zwischenzeitlich neben dem Auto bequem gemacht hatten.

Wie auf Kommando sprangen beide auf und quetschten sich auf die kleine Rückbank ihres noch kleineren Toyotas. Nicht dass sie sich den Wagen ausgesucht hätten. Es war nur der einzige Leihwagen, der noch zur Wahl gestanden hatte.

Kaum dass sie losgefahren waren, versuchte Takashi erneut John anzurufen, hatte aber auch diesmal kein Glück.

John sprach immer noch mit Anjuli und war gerade damit beschäftigt, sie durch den immer dichter werdenden Verkehr zu lotsen. Sie hatte den Anschluss verloren, kaum dass er an ihr vorbeigezogen war.

»Ich glaube, er will in die Altstadt«, sagte John gerade, sichtlich darum bemüht, den Anschluss selbst nicht zu verlieren. Es war geradezu ein Balanceakt, weil er einerseits darauf achten musste, dass Levy ihn nicht entdeckte, andererseits aber auch verdammt aufpassen musste, dass er ihn im immer dichter werdenden Stadtverkehr in letzter Sekunde nicht doch noch verlor.

Jacob Levy überlegte, wo er sein Auto parken sollte, als er rein zufällig einen der wenigen freien Parkplätze sah, die Jerusalems Straßen zu bieten hatten.

Welch ein Glück, dachte er, und steuerte schnurstracks auf den freien Parkplatz zu. Dass die Altstadt noch ein paar Straßenzüge entfernt war, störte ihn nicht, weil er keinen besseren Parkplatz finden würde. Das wusste er, zumal auch die Parkhäuser während des Lichterfestes gnadenlos überfüllt waren.

Noch im Auto öffnete er deshalb vergnügt die passende App und bezahlte den Parkplatz, so wie es in Israel üblich war, seitdem man die Parkuhren überall abgeschafft hatte.

John bremste den schwarzen Land Rover mitten auf der Straße. Viel Zeit zum Überlegen blieb ihm nicht, weil die Autos hinter ihm bereits anfingen zu hupen. Deshalb fuhr er weiter. Vorbei an dem silbernen Cadillac und damit auch vorbei an Levy, während John verzweifelt nach einem Parkplatz Ausschau hielt. Doch weit und breit war keiner zu sehen. Nur parkende Autos, Geschäfte und viele Menschen, die ganz offensichtlich Richtung Altstadt gingen.

Was mache ich bloß, fragte er sich immer und immer wieder, bis er die Baustelle auf der gegenüberliegenden Seite sah. Weiterfahren und weitersuchen war keine Option, dessen war er sich bewusst. Spätestens dann wäre Levy weg und nicht mehr einzuholen gewesen.

Also gab er Gas, querte die Gegenfahrbahn, durchbrach einen Bauzaun und krachte mit lautem Getöse gegen einen Container, den er in der Dunkelheit zu spät sah.

Dank des Airbags blieb er nahezu unverletzt. Er krabbelte aus dem demolierten Auto und schlich davon, noch bevor die ersten Touristen herbeigerannt kamen.

Dann rannte er zum silbernen Cadillac. Der Wagen war leer. Fieberhaft sah John sich unter den Menschenscharen um. Da vorne war Levy und hielt wie die anderen auf das Jaffator zu. John lief los.

»Endstation«, sagte Takashi und lenkte den Toyota auf den Seitenstreifen.

»Sieht so aus«, antwortete Konrad, während sie dabei zusahen, wie die drei Laster gerade auf das Rollfeld fuhren. Offensichtlich wurden die Laster bereits erwartet, weil der Konvoi einfach durchgelassen wurde, als er vor die hell erleuchtete Schrankenanlage fuhr.

»Und jetzt?«, fragte Kate von der Rückbank aus. »Was machen wir …«

Plötzlich klingelte Konrads Handy. »Das muss John sein«, sagte Konrad. Er schaute gar nicht auf das Display, sondern nahm den Anruf gleich entgegen.

»Das wird ja auch Zeit«, knurrte er und ließ sich von John berichten, was vorgefallen war. »Alles klar, John, viel Glück in Jerusalem! Wir sind den drei LKW bis zum Flughafen gefolgt. Die

Dinger wurden hier einfach durchgewunken, die Ladung soll wohl heute noch ausgeflogen werden. Haben wir deine Erlaubnis für den Zugriff?«

Johns Stimme am anderen Ende der Leitung überschlug sich.

»Gut, John, wir sind dran! Wir melden uns«, sagte Konrad und legte auf.

Konrad warf Takashi, Kate und Liam einen kurzen Blick zu. »John hat Levy gefunden und versucht, ihn zu neutralisieren, bevor er das Virus freisetzt. Wir sollen verhindern, dass das Virus vom Boden abhebt. Wir sollen das Virus zerstören.«

John folgte Levy dicht auf. Schnellen Schrittes schlängelten sie sich durch das Gedränge im christlichen Viertel, das aufgrund des Lichterfestes noch voller war als sonst. Vermutlich will Levy zur Klagemauer, dachte sich John, als Levy nach rechts abbog.

John wartete nur auf die richtige Gelegenheit, um Levy den Koffer abzujagen. Doch in der ganzen Hektik hatte er keine Waffe mitgenommen. Wenn ich wenigstens ein Messer eingesteckt hätte, ärgerte er sich über sich selbst, bis sie an einem dieser kleinen Restaurants vorbeikamen, die hier zuhauf die Gassen säumten.

Kurzerhand rannte er regelrecht in einen Tisch hinein, entschuldigte sich und hastete weiter, während einer der Gäste stirnrunzelnd nach seinem Messer suchte.

»Und wie kommen wir da rein?«, fragte Takashi.

»Soll das ein Witz sein?«, antwortete Liam und schüttelte den Kopf. Dann packte er sein Notebook aus und startete ein Programm, das er selbst entwickelt hatte. Zumindest war das die offizielle Fassung. In Wahrheit hatte er den Quellcode in sein Gehirn geladen, wie so vieles andere auch, kurz bevor sie ihre Reise angetreten hatten. Die Idee hatte er entwickelt und umgesetzt, nachdem man ihnen allen in Vorbereitung der Mission unterschiedliche Sprachen ins Gehirn geladen hatte. Natürlich war alles andere verboten, was auch der Grund dafür war, dass er erst gar nicht gefragt, sondern einfach getan hatte, was er für richtig hielt. Schließlich hatte er die Zeitreise nicht angetreten, um sich in der alten Welt mit neuen Problemen herumzuärgern. Und genau das tat er auch nicht. Denn wie erhofft, hatten ihn die Informationen, die er in sein Hirn geladen hatte, in kürzester Zeit zu einem sehr reichen und mächtigen Mann gemacht. Ein schlechtes Gewissen hatte er deshalb nicht. Nicht zuletzt, weil er sein mittlerweile weltumspannendes Logistik-Netzwerk auch immer zum Wohle ihrer Mission eingesetzt hatte. So wie auch diesmal, als er die Waffen innerhalb von 48 Stunden nach Israel geschmuggelt hatte.

»Kannst du uns vielleicht mal erklären, was du da treibst?«, fragte Kate, während sie Liam dabei zusah, wie er verbissen auf seiner Tastatur herumklimperte. »Na, was wohl?«, grummelte er und drückte ein letztes Mal die Entertaste. »Ich sorge dafür, dass man uns da vorne durch lässt.« Liam deutete mit dem Kopf in Richtung Zugangskontrolle. »Und zwar ganz ohne Blutvergießen. Takashi, jetzt fahr schon los!«

Jetzt oder nie, dachte John und stieß zu, als sie in den Schatten einer imposanten Lichtinstallation eingetaucht waren, die der Klagemauer einen völlig neuen Anstrich verlieh.

Er stach in Levys linke Niere. Fast im gleichen Moment sackte der beleibte Kerl stöhnend weg und landete vor ihm auf dem Boden, ganz so, als ob er in dem Gedränge gestolpert wäre. Deshalb nahm auch niemand Notiz davon, bis Levy markerschütternd zu schreien anfing und Blut sein weißes Hemd einfärbte.

Schnell beugte John sich über den Verletzten. »Wir brauchen hier einen Arzt!«, schrie er, während er seine Hand ganz lässig auf den Koffer legte. »Hear me!«, rief er diesmal auf Englisch. »We need a doctor!« Dann stand er auf, zog sich die leichte Jacke aus und legte sie dem Verletzten unter den Kopf.

»I'm a doctor«, rief ein Mann und drängelte sich nach vorne, während John einen Meter nach hinten sprang, um dem heraneilenden Arzt seinen Platz zu überlassen. Dort blieb er einfach stehen, bis er ganz von allein von den vielen Schaulustigen Meter um Meter zurückgedrängt wurde.

Schließlich drehte er sich einfach um und ging in die Richtung, aus der er gekommen war.

Als John wenige Minuten später das Jaffator passierte, sah er bereits den blauen Citroën, in dem Anjuli auf ihn wartete. Sie hatte die Scheibe heruntergekurbelt und redete gerade auf einen Polizisten ein, der nur den Kopf schüttelte und ihr klar und unmissverständlich zu verstehen gab, dass sie dort verschwinden sollte.

Instinktiv blieb John stehen und beobachtete die Szenerie, in der der Polizist langsam, aber sicher die Geduld verlor. Denn war der Polizist bis eben noch darauf bedacht, Anjuli des Platzes zu verweisen, wollte er plötzlich ihre Papiere sehen. John ärgerte das, zumal er nicht verstand, warum Anjuli nicht einfach davonfuhr. Schließlich hätten sie sich leicht wieder zusammen telefonieren können. So aber machte sie alles nur unnötig kompliziert.

Noch mehr ärgerte er sich aber über sich selbst, weil er Anjuli an einen Ort gelotst hatte, von dem er hätte wissen müssen, dass man dort weder halten noch parken durfte.

Dies vor Augen, beschleunigte John seine Schritte und ging auf das Auto zu. Der Polizist lauschte gerade einem Funkspruch, und als John einzelne Wortfetzen hörte, bereute er augenblicklich, sich genähert zu haben.

John verstand zwar nicht viel Hebräisch, aber doch genug, um herauszuhören, dass ein blauer Citroën gesucht wurde und noch dazu ein Mann mit Koffer.

Als der Blick des Polizisten auf ihn fiel, schien er eins und eins zusammenzuzählen. John rannte auf ihn zu, während der Polizeibeamte an sein Halfter griff. John riss die Hand des Mannes hoch und streckte ihn mit einer Kopfnuss nieder.

John hörte einige Passanten nach der Polizei rufen. Nun fahndet ganz Israel nach uns, wurde ihm bewusst, als er den Polizisten zu Boden fallen ließ und zur anderen Seite von Anjulis Auto eilte. Er setzte sich auf den Beifahrersitz und legte den Koffer auf dem Schoß ab.

»Warum hast du das getan?«, fragte ihn Anjuli, kaum dass sie losgefahren waren.

»Levy scheint überlebt zu haben. Man fahndet nach uns beiden«, beantworte John die Frage. »Levy muss dich bemerkt haben. Ich hatte keine Wahl.«

»Verstehe«, sagte Anjuli und gab Gas. »Wohin fahren wir?«, fragte sie weiter, während sie den Citroën durch die Straßen von Jerusalem lenkte.

»Halt da drüben an«, sagte er. »Wir lassen den Wagen hier stehen und nehmen die Stadtbahn. Der Wagen verrät uns nur.«

# 66

Liam hatte sie tatsächlich ohne Probleme durch die Zugangskontrolle gebracht. Sie mussten noch nicht einmal ihre Ausweise zeigen. Der diensthabende Wachmann warf lediglich einen Blick auf das Kennzeichen und winkte sie einfach durch.

»Teufel noch mal«, sagte Konrad voller Anerkennung. »Wie hast du das gemacht?«

»Na, was glaubt ihr denn, wie ich die Ausrüstung um die halbe Welt bekomme?«, erwiderte er. »Bestimmt nicht mit UPS.«

»Sehr witzig. Aber jetzt mal im Ernst. Wie hast du das angestellt?«

»Betriebsgeheimnis«, antwortete er und ließ durch die Art, wie er es sagte, keinen Zweifel daran, dass er es auch so meinte.

»Wir haben jetzt andere Probleme, Leute!«, zischte Konrad. »Seht ihr das?«, fragte er und deute nach vorne.

Die Ladung der drei Lastwagen verschwand vollständig im Bauch einer Boeing 747.

»Fahr wieder raus«, sagte Konrad, der die Situation als Erster richtig erfasste.

»Wie meinst du das?«, fragte Takashi völlig verblüfft.

»Dreh einfach wieder um und beeil dich.«

»Willst du mich verarschen? Sollen wir etwa den Flieger starten lassen?«, rief Takashi gereizt.

»Ja, und dann pflücken wir die Boeing vom Himmel. Eine bessere Gelegenheit kriegen wie nicht. Schaut euch doch hier nur mal um.«

»Konrad hat recht«, sagte Liam etwas nachdenklich. »Wir wissen jetzt, in welchem Flieger die Fracht ist. Takashi, tu es!«

In der Straßenbahn angekommen, ließen sie sich dort nieder, wo relativ wenige Menschen waren. John hatte nun endlich die Gelegenheit, einen Blick in den Koffer zu werfen und war entsetzt. Nichts als nutzloser Kram, dachte er. Aber wie konnte das sein? Warum sollte Levy mit einem Koffer durch Jerusalem laufen, in dem nur Krimskrams war? John verstand plötzlich gar nichts mehr.

»Was ist?«, fragte Anjuli, die Johns Enttäuschung an seinem Gesicht ablesen konnte.

»Schau selbst«, entgegnete John und reichte ihr den Aktenkoffer herüber.

Sie verstand sofort, was er meinte, sah dann aber die beiden Kugelschreiber, die, anders als der Rest, nicht so recht ins Bild passten. Es war die Art und Weise, wie sie befestigt waren. Während alles andere in dem Koffer herumflog, steckten die zwei Stifte in einer stabilen Halterung, die offensichtlich nachträglich angebracht worden war.

»Merkwürdig«, sagte sie und inspizierte einen Stift genauer. Sie schraubte die beiden Gehäusehälften auseinander und trennte damit das Oberteil vom Unterteil.

John beobachtete Anjuli dabei und glaubte, seinen Augen nicht zu trauen, als plötzlich im Oberteil eine kleine Phiole mit einer grünlichen Flüssigkeit zum Vorschein kam, etwa dreimal so dick wie eine Kugelschreibermine.

Ihm war sofort klar, was das zu bedeuten hatte, und er hielt den Atem an, als Anjuli ihm den kleinen Glaskörper mit zittrigen Fingern und weit aufgerissenen Augen in die Hände legte. Anjuli wirkte hoch konzentriert, aber auch ängstlich. Einige Schweißtropfen standen auf ihrer Stirn.

Ungläubig begutachtete John die grünliche Flüssigkeit, die darin enthalten war. Nicht viel, vielleicht zwei oder drei Tropfen. Mehr nicht.

»So unschuldig sieht also die Geißel der Menschheit aus, die so viel Leid und Elend über den Planeten gebracht hat«, bemerkte John und blickte um sich. Noch schien niemand besonders auf sie zu achten.

»Das ist also das Virus«, sagte Anjuli.

»Davon gehe ich aus«, antworte John. »Jedenfalls sprechen alle Indizien dafür. Genau werden wir es aber erst wissen, wenn wir das Zeug untersucht haben.«

Danach überprüften sie auch den anderen Kugelschreiber, der ebenfalls eine Phiole enthielt.

»Das sind Zerstäuber«, flüsterte Anjuli, als sie die beiden Kugelschreiber genauer betrachtete. »Wenn man auf den Knopf drückt, wird die Flüssigkeit versprüht. Die haben wirklich an alles gedacht.«

# 67

Als John sicher war, dass man ihnen nicht nachstellte, hatte er die gesamte Truppe nach London zu einer kleinen Feier eingeladen. Er hatte ein Loft gemietet und alles auffahren lassen, was dieser Planet an Köstlichkeiten zu bieten hatte. Hummer, Kaviar, feinstes Wagyu und natürlich Kartoffeln, wobei er Letztere hauptsächlich für sich selbst bestellt hatte.

Doch anfangs blieb das Essen stehen, weil alle auf Liam warteten, der nicht gekommen und auch nicht zu erreichen war.

»Was soll's?«, sagte John schließlich. »Lasst uns anfangen, bevor alles kalt wird.«

Daraufhin griffen alle zu und füllten ihre Teller, während John ein komisches Gefühl beschlich und er sich fragte, ob Liams Fernbleiben mit ihrem letzten Gespräch zu tun hatte. Es drängte ihn, Liam so bald wie möglich zur Rede zu stellen.

Nach dem Essen ließen sie alles noch einmal gemeinsam Revue passieren.

Anjuli machte den Anfang und erzählte, was es mit den Kugelschreibern auf sich hatte. »Gar nicht auszudenken, was passiert wäre, wenn ich zuerst auf den Knopf gedrückt hätte«, fuhr Anjuli fort. »Dann wäre ich jetzt diejenige gewesen, die das Virus freigesetzt hätte.«

»Hast du aber nicht«, entgegnete John und prostete ihr zu.

»Ich kann noch gar nicht richtig glauben«, sagte Kate, »dass wir gefunden haben, wonach wir so lange suchten! Als ich das Ergebnis der Analyse auf dem Bildschirm gesehen habe, musste ich weinen. Könnt ihr es fassen?«

»Ich war auch sprachlos«, ergänzte John und musste grinsen. »Du hättest mich fast erwürgt, als du mir um den Hals gefallen bist.« Dass John ebenfalls die Tränen gekommen sind, erwähnte er nicht, und er war Kate dankbar dafür, dass sie es für sich behielt.

Takashi schmückte den Teil besonders aus, der sich auf dem Frachtflughafen abgespielt hatte.

»Liam hat uns mit seinen Zauberkünsten in den Flughafen eingeschleust. Und dann wollte Konrad, dass wir den Flughafen sofort wieder verlassen. Ich dachte nur: Der hat sie doch nicht mehr alle!«

»Und warum das Ganze?«, fragte Anjuli dazwischen. »Mir hat noch niemand erzählt, was genau euer Plan war.«

»In Anbetracht der Umstände war es klüger, den Vogel nicht am Boden anzugreifen, sondern erst, als er in der Luft war«, begründete Konrad seine Entscheidung. »Dazu musst du wissen, dass die Ladung bereits vollständig in der Maschine verladen war und wir plötzlich nicht mehr drei, sondern nur noch ein Ziel vor Augen hatten. Außerdem war die Situation am Boden sehr unübersichtlich, allein schon wegen der vielen Menschen, die dort herumgelaufen sind.«

Takashi nahm einen tiefen, gierigen Schluck seines Lieblingsbiers. »Am Ende war es dann aber verdammt knapp«, nahm Takashi den Faden wieder auf, »weil wir es gerade noch rechtzeitig wieder raus und hinter die Startbahn geschafft hatten, bevor der Vogel in die Lüfte aufsteigen konnte.«

»Es war definitiv die richtige Entscheidung«, merkte Kate an.

»Konrad hat die erste Abwehrrakete gleich ins Ziel gebracht und so dafür gesorgt hat, dass der Flieger noch in der Luft explodiert ist. Und das war natürlich perfekt, weil große Hitze jeden noch so widerstandsfähigen Erreger ausradiert.«

»Und wenn gar nicht alles an Bord war?«, kam es Anjuli in den Sinn.

»In dem Punkt kann ich Entwarnung geben«, antwortete John. »Konrad und ich haben am nächsten Tag das Chaos im Unternehmen für uns genutzt und bei Bioneca die Labore gecheckt. Da war nichts mehr. Levy hat am Freitagabend alle Spuren verwischt. Er muss wohl alarmiert gewesen sein. Ich schätze, sie hatten unsere Drohne gefunden.«

»Und Levy? Was ist aus dem Sicherheitschef geworden?«, fragte Takashi. »Hat der Fettsack überlebt?«

»Nein, im Krankenhaus verstorben«, antwortete John. »Ist besser so, sonst hätte er mich womöglich noch identifizieren können.«

»Dann haben wir es also wirklich geschafft«, sagte Anjuli und schüttelte ungläubig den Kopf, als ob sie es immer noch nicht glauben konnte.

»Ja, sieht ganz so aus«, antwortete John und erhob erneut sein Glas.

# 68

Als John am nächsten Morgen aufwachte, hatte er rasende Kopfschmerzen und musste einen Moment lang überlegen, wohin es ihn verschlagen hatte. Dann fiel ihm alles wieder ein. Das Loft, die Feier und die Unmengen an Bier, die er in sich hineingeschüttet hatte.

Er hatte keine Ahnung, wann der Letzte gegangen war, nur, dass es draußen bereits gedämmert hatte. Dennoch bereute er nichts. Schließlich hatten sie allen Grund zum Feiern gehabt. Sie hatten doch tatsächlich den Dominostein aus dem Spiel genommen, der die Macht hatte, die gesamte Menschheit zu vernichten.

Es war schon nach zwölf Uhr, und in einer Stunde würden die anderen kommen. Er musste sich beeilen, wenn er seinen Leuten nicht halbnackt und völlig derangiert gegenübersitzen wollte. Also quälte er sich aus dem Bett und sprang unter die Dusche. Abwechselnd heiß und kalt, bis er merkte, wie seine Lebensgeister langsam geweckt wurden. Anschließend beseitigte er in aller Eile das Chaos, das sie gestern mit vereinten Kräften angerichtet hatten. Überall standen Gläser und halbleere Flaschen herum. Ganz zu schweigen von den vielen Schüsseln und Tellern, die sich in der Küche türmten.

Dann trudelte auch schon einer nach dem anderen ein. Außer natürlich Liam, der bereits gestern gefehlt hatte. Takashi und Konrad kamen als Letzte. Die beiden sahen völlig ramponiert aus. Beide waren noch gar nicht im Bett gewesen, wie sie meinten. Sie sahen wirklich noch beschissener aus, als John sich fühlte.

»Okay, hört mir mal zu«, sagte John, nachdem er jedem der vier einen Pott Kaffee in die Hand gedrückt hatte. »Unser Auftrag ist erledigt. Jedenfalls gibt es keinen Grund, von etwas anderem auszugehen. Ihr seid deshalb frei zu tun und zu lassen, was immer ihr wollt, solange ihr euch an die Regeln haltet. Ist das so weit klar?«

»Ja klar!«, meinte Konrad, zögerlich am Kaffee nippend.

»Was für eine Frage! Yes, Sir«, rief Kate, und hob zum militärischen Gruß die durchgestreckte Hand auf Augenhöhe.

Anjuli strahlte übers ganze Gesicht, und auch die anderen nickten ganz befreit.

»Gut«, bemerkte John. »Dann bleibt nur noch Liam, über den wir reden müssen. Ich habe allen Grund zu der Annahme, dass er sich abgesetzt hat.«

Anschließend erzählte er in groben Zügen, was er wusste, ohne zu fragen, wer von den vieren ihm die brisanten Informationen zugespielt hatte. Er hatte lange überlegt, ob er Letzteres tun sollte, sich dann aber dagegen entschieden. Nicht zuletzt, weil er kein Misstrauen unter ihnen schüren und niemanden als Denunzianten hinstellen wollte.

»Und was hat das zur Folge?«, fragte Konrad.

»Das werde ich entscheiden, wenn ich ihn aufgespürt habe«, antwortete John.

»Warum nicht wir?«, insistierte Takashi.

»Weil das meine Sache ist«, stellte John klar. »Ich werde euch aber informieren, sobald ich ihn gefunden habe.«

»Das heißt, wir bleiben in Kontakt?«, fragte Anjuli. »Ich bin davon ausgegangen, dass wir nach der Erfüllung unseres Auftrags getrennte Wege gehen.«

»Ja«, erwiderte John, »unser gesicherter Chatroom bleibt offen. Auch für den Fall, dass wir bei Bioneca irgendetwas übersehen haben, wovon ich allerdings nicht ausgehe.«

# 69

Auch ein halbes Jahr später hatte John noch keine Erklärung, wo Liam abgeblieben war. Er war einfach verschwunden und nicht wieder aufgetaucht. Weder in London noch in Toronto, seiner Wahlheimat.

Dennoch war Johns Besuch in Toronto alles andere als umsonst, weil John hier mehr über Liam in Erfahrung gebracht hatte, als ihm lieb war.

Denn Liam hatte nicht nur seine Konten leer geräumt und alles hinter sich gelassen, was er sich in Toronto aufgebaut hatte, sondern auch Kinder in die Welt gesetzt – ein absolutes Tabu und klares Zeichen dafür, dass er die Folgen des Dominoeffektes nicht ernst nahm.

John glaubte mittlerweile, dass die Regeln, zu denen sich die Agenten verpflichtet hatten, Liam immer schon gleichgültig gewesen waren. Wie hatte ein Egomane und Narzisst wie Liam, der nur auf seinen eigenen Vorteil bedacht war, es nur geschafft, durch die Tests zu kommen?

In John wuchs die Gewissheit, dass Liam sich tatsächlich abgesetzt hatte. Johns musste den Kerl aufspüren und dadurch den Schaden, den er verursachte, möglichst in Grenzen halten.

Doch was er auch tat und wie sehr er sich auch bemühte, er kam Liam keinen Schritt näher. Der Mann blieb einfach verschwunden. Ganz so, als ob es ihn nie gegeben hätte. Es war einfach wie verhext, und seine Suche erinnerte ihn stark an seine Jagd nach Ryan Henderson, die ebenfalls erfolglos verlaufen war.

Diese Schlappe vor Augen hatte ihn schlussendlich dazu veranlasst, die anderen Teammitglieder zu bitten, sich an der Suche zu beteiligen. Fünf Jäger konnten eben doch mehr erreichen als einer, wie er sich letztlich eingestehen musste.

Dieser Erkenntnis folgend hinterließ er seinem Team eine Nachricht. Doch er bekam keine Antwort, was ihn zunächst nicht wunderte, weil schließlich er selbst es gewesen war, der sein Team in den Ruhestand versetzt hatte. Doch nach acht Tagen Funkstille machte John sich nicht nur große Sorgen, sondern kam zur Überzeugung, dass Liam seine Finger im Spiel hatte.

Kurzerhand entschied er sich, seinen Aufenthalt in Toronto abzubrechen und nach Hause zurückzukehren. Es war offensichtlich Gefahr im Verzug, und er musste wieder mal seine Zelte abbrechen und eine neue Identität annehmen.

Anjuli wurde von einem dumpfen, rhythmischen Pochen geweckt, das von hinten gegen ihre Schläfe schlug. Poch, poch, poch, machte es im Sekundentakt. Mühsam öffnete sie die Augen und versuchte etwas zu erkennen. Doch es war zu dunkel. Dafür spürte sie die Umrandung einer Badewanne. Die glatte, kühle und zugleich stumpfe Oberfläche ließ keinen anderen Rückschluss zu. Ja, das ist eine Badewanne, dachte sie, ohne zu begreifen, dass es ihre eigene war. Sie konnte sich nicht bewegen, so sehr sie es auch versuchte. Die Kabelbinder an ihren Füßen und Händen schnitten sich nur noch tiefer in ihr Fleisch und hinterließen hässliche Wunden, aus denen unaufhörlich Blut in den Abfluss tropfte.

Sie konnte sich nicht mehr genau daran erinnern, was eigentlich passiert war. Nur dass sie ihre Wohnungstür aufgeschlossen hatte und dann *peng*, war alles wie ausradiert.

Dann erkannte sie erste Konturen in dem kleinen Raum. Ihre Augen schienen sich langsam an die Dunkelheit zu gewöhnen. Sie sah einen Spiegel, die Umrisse eines Waschtisches und zuletzt eine gelbschimmernde Gummiente, die sie vom Rand der Badewanne aus anschaute. Alles kam ihr seltsam bekannt vor, bis sie realisierte, dass es sich um ihr eigenes Badezimmer handelte. Natürlich, dachte sie, das ist meine Ente. Irgendjemand musste sie überfallen und hier eingesperrt haben, als sie im Begriff war, ihre eigene Wohnung zu betreten.

So saß sie eine Weile da, bis sich der Nebel langsam lichtete und sie sich wieder etwas besser konzentrieren konnte. Fieberhaft überlegte sie, wer ihr das angetan haben könnte, fand aber keine Antwort, bis ihr Liam in den Sinn kam.

Kann es tatsächlich sein, dass Liam dahintersteckt?, fragte sie sich. Vielleicht. Oder ist sie irgendeinem Irren, einem Psychopathen, rein zufällig ins Netz gegangen? Nein, solche Zufälle gab es nicht, war sie überzeugt, nachdem sie eine Weile darüber nachgedacht hatte. Dann blieb eigentlich nur noch ein Geheimdienst übrig, der ihr trotz aller Vorsichtsmaßnahmen auf die Schliche gekommen war und ihr jetzt auf den Zahn fühlen wollte. Ja, das erschien ihr noch am wahrscheinlichsten, auch wenn ihr der Gedanke überhaupt nicht gefiel. Vielleicht waren ja die anderen Agenten in einer ähnlichen Situation.

Plötzlich ging die Tür auf, und Anjuli war sofort jedes Gedanken beraubt, der ihr gerade noch durch den Kopf gegangen war. Augenblicklich spitzte sie die Ohren und hörte ihren Peiniger näher kommen, bis er direkt vor ihr stehen blieb und in der Bewegung verharrte.

Sofort war der Fluchtinstinkt in ihr geweckt, gefolgt von nackter Angst und schierer Panik, die sie laut schreien ließ. Zumindest glaubte sie das. Doch ihr entkam nur ein leises Jammern, weil ein Lappen in ihrem Mund steckte, der nahezu jeden Ton im Keim erstickte.

Und trotzdem kassierte sie als Antwort auf ihr Gewimmer einen Treffer, der ihren Kopf zurückwarf und hart gegen die Fliesen zu ihrer Linken schlagen ließ. Deshalb brauchte sie auch eine Weile, bis sie die Stimme hörte, die auf einmal an ihrem Bewusstsein kratzte.

»… sonst muss ich dir noch einmal wehtun«, flüsterte ihr der Fremde ins Ohr, während er mit der Hand zärtlich über ihre Wange strich.

Anschließend überprüfte ihr Peiniger in alle Ruhe die Kanüle, die die ganze Zeit unbemerkt in ihrem Arm gesteckt hatte und ganz offensichtlich der Grund dafür war, dass sie keine Schmerzen spürte.

›Sonst muss ich dir nochmals wehtun‹, wiederholte Anjuli die letzten Worte im Geiste, kaum dass ihr Peiniger wieder draußen war.

Eine neue Woge der Angst ergriff jede Faser ihres Körpers. Es war weniger das, was er gesagt hatte, und auch nicht die Art und Weise, wie er es gesagt hatte, sondern die Stimme, die ihr seltsam bekannt vorkam. Es musste jemand sein, den sie kannte, da war sie sich jetzt sicher. Sie bekam die Person aber nicht zu fassen, zumal der Kerl in dem diffusen Licht nicht richtig zu erkennen war.

Möglicherweise lag es aber auch an der Sedierung oder an der Gehirnerschütterung, die ihr der Kerl gerade verpasst hatte. Anjuli war aber klar genug, um zu begreifen, dass die Stimme zu einem Mann gehörte, auch wenn sie den Bariton noch nicht richtig verorteten konnte.

Anjuli tat, was ihr am naheliegendsten erschien, und hakte gedanklich einen Kerl nach dem anderen ab, der ihr in den letzten Jahren über den Weg gelaufen war.

Da waren natürlich all die Männer, die sie gevögelt hatte – alles flüchtige Bekanntschaften. Von denen konnte es keiner sein, da war sie sich sicher. Und auch keiner der Kerle, denen sie in Paris, ihrer selbst gewählten Heimat, über den Weg gelaufen war. Nein, auch da machte nichts *klick*. Dann vielleicht doch Liam, wenn er die Stimme ein wenig verstellt hatte?

Sie versuchte, sich die Stimme erneut ins Gedächtnis zu rufen und mit der Tonlage von Liam abzugleichen. Ja, doch, das könnte sein, kam sie zu dem Schluss, je länger sie darüber grübelte, bis sie sich schließlich sicher war.

Ja, es musste Liam sein! Das, was John neulich über ihn gesagt hatte, passte in das Bild, das sie von ihm hatte. Er war ein gefühlloser Kerl, der nichts für den Zusammenhalt der Gruppe tat. Umso mehr ärgerte sie sich über sich selbst, dass sie die Unterlagen, die sie über Liam zusammengestellt hatte, John nicht schon viel früher unter der Tür durchgeschoben hatte.

Weil sie nicht als Petze dastehen wollte, zumal sie die eine oder andere Regel ja selbst sehr flexibel auslegte, hatte sie lange mit sich gerungen. Zu lange, wie sie sich jetzt eingestehen musste.

# 70

Anjuli wusste nicht, wie lange Liam, wie sie ihren Peiniger jetzt insgeheim nannte, sie allein gelassen hatte. Es mussten Stunden gewesen sein. Ihr kam es jedenfalls wie eine kleine Ewigkeit vor, als er plötzlich wieder vor ihr stand und mit ihr redete.

»Hallo, Anjuli«, sagte er und zog ihr den Lappen aus dem Mund. Sie war zu Tode erschreckt, so wie er es offensichtlich auch gewollt hatte, und brauchte deshalb einen Moment, um sich zu fangen.

»Was wollen Sie?«, fragte sie und konnte erkennen, dass der Kerl eine Clownsmaske über das Gesicht gezogen hatte. Hatte Liam nicht ebenfalls eine Clownsmaske auf, als sie Samuel Klios einen Besuch abgestattet hatten? Sie meinte sich daran erinnern zu können, dass Kate es beiläufig erwähnt hatte. Am Ende war es aber auch nicht so wichtig, weil es viel entscheidender war, dass Liam überhaupt eine Maske aufhatte. Denn das nährte bei ihr die Hoffnung, dass er sie nicht töten würde. Solange er sich unerkannt wähnte, hatte sie eine Überlebenschance.

»Was ich will?«, fragte er zurück. »Ist das so schwer zu erraten? Ich will, was alle Männer wollen: dein Geld. Schließlich bist du eine reiche Frau.«

Anjuli versuchte erst gar nicht, das Gegenteil zu behaupten, sondern wollte das Ganze nur so schnell wie möglich hinter sich bringen.

»Sie können alles haben«, antwortete sie, tunlichst darauf bedacht, seinen Namen nicht zu erwähnen.

»Sehr schön«, gab er zurück. »Das erspart mir Zeit und dir eine Menge Schmerzen. Ich brauche deine Kontonummern, deine Passwörter und was noch so nötig ist, um an deinen Zaster zu kommen.«

»Kein Problem«, antwortete sie. »Es ist alles auf meinem Handy gespeichert. Sie finden alles Notwendige in einer App.«

Daraufhin stand er auf und holte ihr Handy, das er ihr zuvor abgenommen hatte, und entsperrte den Bildschirmschoner mit ihrem Daumenabdruck.

»Welche App?«, fragte er, als er sich einer Vielzahl von Icons gegenübersah.

»Die mit dem Tresor.«

»Ich brauche ein Passwort«, sagte er.

»Virus«, antwortete sie knapp. »Kleingeschrieben.«

Der Kidnapper seufzte zufrieden und beschäftigte sich einige Momente eingehend mit ihrem Handy. Dann ging er wieder aus dem Bad. Sollte er nur alle ihre Konten abräumen, dachte Anjuli. Wenn er doch nur bald wieder verschwand!

»Das war ja schon mal ganz ordentlich«, sagte der Psycho, als er wieder ins Bad kam, »aber mit Sicherheit noch nicht alles. Wo ist der Rest? Hast du noch Steine?«

Sie nickte nur und sagte: »In der Küche, neben den Gewürzen. Da steht eine Dose mit Kristallzucker.« Wenn er nach den Steinen fragte, musste es Liam sein, dachte sie sich. Wer sonst hätte sie gefragt, ob sie Diamanten in ihrer Wohnung versteckte?

Da verließ er sie wieder, und sie konnte hören, wie er sich über ihr Versteck hermachte.

Wieder zurück im Badezimmer, setzte er sich auf einen Stuhl, den er zuvor hinter sich hergezogen hatte. »Dann können wir jetzt zur Auflösung kommen«, sagte er und musste kichern.

In ihrem Kopf hallten die Worte wie ein Echo, das leiser und leiser wurde. »Nein, nicht«, platzte es aus ihr heraus, nachdem sie sich der ganzen Tragweite der Aussage bewusst geworden war. »Gehen Sie einfach. Sie haben doch, was Sie wollen.«

»Nicht ganz«, widersprach er. »Denn das Geld ist nur die eine Seite der Medaille. Die andere ist der Spaß und die Vorfreude auf das, was jetzt noch folgt.«

Gesagt, getan, griff er mit der rechten Hand an seinen Kopf und zog sich zum Entsetzen von Anjuli die Maske herunter.

»Bitte nicht«, schrie sie, doch ihr Schrei erstickte, als sie dem

Mann ins Gesicht sah. Ihre Panik wich absoluter Verblüffung. Es war nicht Liam, der sie gefangen hielt, sondern ein Fremder. Und doch kamen ihr seine Gesichtszüge irgendwie vertraut vor.

»Wer sind Sie?«, fragte sie erstaunt und nicht minder neugierig.

»Erkennst du mich wirklich nicht?«, fragte er amüsiert zurück. »Habe ich mich denn so verändert?«

»Ich weiß nicht«, sagte sie nur und schüttelte den Kopf. Der Mann war um die vierzig, vielleicht auch fünfundvierzig. Sie hatte keine Ahnung, woher sie den Fremden kennen könnte.

»Na ja«, antwortete er, »es sind ja auch schon über zwanzig Jahre vergangen, seit wir uns das letzte Mal gesehen haben.«

Jetzt verstand Anjuli gar nichts mehr. Denn das, was er sagte, war schlichtweg nicht möglich. Sie waren schließlich erst vor vier Jahren hier in der Vergangenheit angekommen.

Oder sollte es etwa möglich sein, dass er sie aus der Zukunft kannte, fragte sie sich und starrte ihren Peiniger aus weit aufgerissenen Augen an. Wie konnte das sein? Hatte man etwa ein zweites Team in die Vergangenheit geschickt? Die Fragen in ihrem Kopf überschlugen sich, sodass sie nicht einmal dazu kam, auch nur eine davon zu stellen.

»Ich gebe dir noch einen Tipp«, sagte der Mann lächelnd. Ganz offensichtlich bereitete ihm die Ratestunde ein diebisches Vergnügen. »Ich bin seit unserer letzten Begegnung 25 Jahre gealtert, du dagegen nur fünf.«

Was hatte das denn jetzt schon wieder zu bedeuten, überlegte sie fieberhaft, bis sich in ihrem Kopf ein Gedanke formte, der geradezu gespenstisch war.

Konnte es wirklich sein, dass der Mann, der vor ihr saß, Tim Preston war? Der Tim Preston, der gemeinsam mit ihnen in die Vergangenheit gereist, dort aber nicht angekommen war? Zumindest hatten sie und die anderen das gedacht, als Tim Preston und Walter Hogan nach ihrer Ankunft im Jahre 2014 nicht aufgetaucht waren.

Preston war ja noch ein junger Kerl gewesen, keine zwanzig, und eigentlich noch viel zu jung für so eine Mission.

Anjuli betrachtete noch einmal das Gesicht des Mannes und

versuchte, den jungen Tim darin zu erkennen. Und tatsächlich! Jetzt, wo sie es wusste, war die Ähnlichkeit nicht zu übersehen. Schon allein wegen des Grübchens, das sein Kinn in zwei Hälften spaltete. Tim wirkte ausgezerrt und um Jahrzehnte gealtert. Seine hängenden Gesichtszüge hatten etwas Beklemmendes, als hätte er seit vielen Jahren keinen Anlass zu lachen gehabt.

»Du bist es wirklich«, sagte sie dann wie von selbst und konnte es doch kaum glauben. »Du bist Tim Preston.«

»Ja, der war ich«, spie er heraus. »Aber das ist lange her, wenn du es genau wissen willst. Sogar sehr lange.«

»Was ist passiert?«, fragte sie und vergaß darüber sogar für einen Moment, was er ihr antat.

»Was passiert ist?«, wiederholte er die Frage. »Keine Ahnung. Sag du es mir. Ich weiß nur, dass ich im Unterschied zu euch im Jahr 1989 und damit 25 früher als geplant in der alten Welt gestrandet bin.«

»Oh nein, wie furchtbar!«, platzte es aus ihr heraus, während sie an ihre eigene Ankunft zurückdachte. Sie waren alle innerhalb weniger Stunden im Frühjahr 2014 gelandet, so wie es auch vorausberechnet worden war, und hatten sich danach allesamt ganz gut eingerichtet.

»Du hast ja gar keine Vorstellung«, zischte er, »was ich durchgemacht habe! Ich bin in Manchester gelandet, wurde bald darauf verhaftet und später in die Psychiatrie gesteckt.«

»Wie kann es sein, dass du verhaftet wurdest?«

»Ich wurde unmittelbar nach meiner Landung ausgeraubt und konnte mich nicht ausweisen. Als die Polizei mich aufgriff, sah sie in mir einen Ausreißer. Weil ich ihnen nicht sagen wollte, wer meine Eltern sind, haben sie mich richtig in die Mangel genommen, bis ich irgendwann zusammengebrochen bin und ihnen die Wahrheit erzählt hatte.«

»Deshalb die Psychiatrie«, zählte Anjuli eins und eins zusammen.

»Ja, genau«, fauchte er. »Die haben mich für verrückt erklärt und jahrelang mit Medikamenten vollgepumpt, bis ich nach fünf Jahren endlich fliehen konnte.«

»Das ist wirklich bitter«, antwortete Anjuli, die sich jetzt wieder ihrer Situation bewusst wurde. »Aber was kann ich dafür? Warum tust du mir das an?«

»Weil du und die anderen an allem schuld seid«, platzte es aus ihm heraus. »Oder kannst du dich nicht mehr daran erinnern, dass keiner von euch mit mir seinen Platz tauschen wollte, obwohl ich jeden einzelnen von euch angefleht habe?«

»Nein, daran kann ich mich beim besten Willen nicht erinnern«, antwortete sie. Sie wusste zwar noch, dass Tim als Letzter den Zeitsprung machen sollte. Aber mehr auch nicht. Sie war sich sogar sicher, dass die Reihenfolge keine Rolle gespielt hatte.

»Diese Antwort habe ich erwartet«, gab er verächtlich zurück. »Aber wenigstens streitest du es nicht ab, so wie die anderen.«

»Die anderen?«, wiederholte Anjuli, obwohl sie wusste, wer gemeint war.

»Ja, die anderen«, antworte Tim mit hasserfüllter Stimme. »Sie haben ihre gerechte Strafe bereits erhalten.« Seine Stimme war kalt und ließ bereits darauf schließen, was Anjuli erwartete.

Plötzlich füllte eine Pistole mit Schalldämpfer ihr ganzes Blickfeld aus. Dann drückte Tim Preston ab.

# 71

Tim Preston saß vor seinem Rechner und las die letzten drei Nachrichten, die John seinen Leuten hinterlassen hatte. John zog zwar die falschen Schlüsse, wusste jetzt aber, dass irgendetwas nicht stimmte. Das war nicht gut, aber zu erwarten, dachte Tim und überlegte, wie er jetzt weiter vorgehen sollte.

Die Zugangsdaten hatte er von Anjuli, die er erst gar nicht danach fragen musste, weil sie ihm quasi ganz von allein in den Schoss gefallen waren, als er den digitalen Tresor auf Anjulis Handy etwas genauer unter die Lupe genommen hatte.

Bei den anderen hatte er nicht so viel Glück gehabt. Sie hatten ihm zwar alles andere ausgehändigt, nicht aber das Passwort für den Chatroom.

Sein eigenes Passwort hatte man Preston kurz nach seiner Ankunft im Jahr 1989 abgenommen. Beim Gedanken an den Überfall ballte er unweigerlich die Fäuste.

Tim studierte den Nachrichtenverlauf mehrere Male. Dabei konnte er nur die Nachrichten lesen, die nach dem letzten Wechsel des Passworts verschickt worden waren. Die erste war am aufschlussreichsten. John hatte geschrieben: »Bin wieder in Toronto und komme nicht weiter, brauche eure Hilfe. Treffen uns zur Lagebesprechung in einer Woche in London«, stand dort geschrieben.

Toronto, überlegte Tim. John suchte also nach Liam, seinem ersten Opfer. Aber warum nach ihm? Tim wusste es nicht.

Dann passierte fünf Tage lang nichts, bis John erneut schrieb: »Verdammt noch mal, meldet euch endlich!«

Die letzte Nachricht war von heute Morgen: »*CODE RED*«, hatte John geschrieben.

Aber was hatte das zu bedeuten? Tim versuchte, sich zu erinnern, bis es ihm wieder einfiel. Natürlich! *CODE RED* bedeutete, die Zelte sofort abzubrechen und sich ein neues geheimes Quartier zu suchen. Sollte John das tun, bevor er ihn erwischte, wäre es nahezu unmöglich, ihn erneut aufzuspüren.

Spätestens jetzt wusste er, dass er sich beeilen musste, wenn er vor John in St. Gallen eintreffen und ihn dort abfangen wollte. Kurz entschlossen klappte er den Laptop zu und eilte aus dem Haus.

John war am Flughafen von Toronto und wartete auf seinen Flieger, der ihn über London nach Zürich bringen sollte. Er hatte es sich am Gate bequem gemacht und suchte nach einer Erklärung für das Schweigen seiner Leute.

Liam hatte womöglich auf Angriff umgeschaltet, nachdem ihm klar geworden war, dass John und die anderen seinen Lebensstil nicht tolerieren würden. Aber woher wusste er, wo die anderen zu finden waren? Womöglich hatte er sie alle beschatten lassen, nachdem sie aus Tel Aviv abgereist waren. Die Mittel und Möglichkeiten dazu hatte er. Daran bestand kein Zweifel. Die Frage war nur, was hatte er mit den anderen gemacht?

John rechnete mittlerweile mit dem Schlimmsten, hoffte aber inständig, dass er sich irrte und dass es für die fehlende Rückmeldung seiner Leute eine andere Erklärung gab. Wie auch immer, jetzt war es erst einmal wichtig, dass er seine Sachen holte, alle Spuren verwischte und dann mit Golan das Weite suchte. Alles andere würde sich schon von allein ergeben.

»Der Flug *YYZ 359* nach London ist jetzt zum Einsteigen bereit«, riss ihn eine freundliche Stimme aus seinen Gedanken.

Sieben Stunden später war John in London gelandet und wartete auf seinen Weiterflug nach Zürich. Er war müde und ausgelaugt. Seine Gedanken kreisten immerzu um die verfahrene Situation.

Von Paris flog Tim nach Zürich. Von dort war es mit dem Leihwagen nur noch ein Katzensprung nach St. Gallen.

Johns Haus war dunkel. Tim grinste zufrieden. Er war offensichtlich schneller gewesen und vor John am Haus eingetroffen.

Zügig verschaffte er sich Zutritt und bereitete alles vor, um John auf die gleiche Art und Weise zu überraschen wie Liam, Konrad, Takashi, Kate und zuletzt Anjuli. Jetzt konnte er nur noch warten, so wie er es über zwanzig Jahre lang getan hatte. Zwanzig lange Jahre, in denen sein Hass auf die anderen mit jedem Tag größer geworden war!

Automatisch drifteten seine Gedanken zu dem Tag zurück, an dem er Liam ausfindig gemacht hatte. Er hatte schon nicht mehr daran geglaubt, nachdem er beinahe fünf Jahre nach diesen Bastarden gesucht hatte. Anfangs war er guter Dinge gewesen, dass es schnell gehen würde, immer vorausgesetzt, dass die anderen planmäßig im Jahr 2014 gelandet waren.

Irgendwann hatte er fast aufgegeben, bis er völlig unerwartet über Liam gestolpert war. Erst glaubte er, einem Trugbild aufzusitzen, als er das Bild von Liam in einer Zeitschrift sah. Nicht zuletzt, weil man ihnen vor der Abreise eingetrichtert hatte, die Öffentlichkeit strikt zu meiden. Deshalb war es auch so schwierig gewesen, die Gruppe um John zwischen acht Milliarden anderen Menschen ausfindig zu machen. Das war mehr als die Suche nach der Nadel im Heuhaufen! Und dann hatte ihn Liam dankbarerweise plötzlich aus einem Hochglanzmagazin heraus angegrinst! Tim hatte sein Glück kaum fassen können.

Von da an war alles ganz einfach. Er war nach Toronto geflogen und hatte Liam so lange beschattet, bis er sich nach Tel Aviv aufgemacht und ihn zu den anderen geführt hatte. So konnte Tim sein eigenes Dominospiel spielen und die Steine umlegen, die er fallen sehen wollte!

Jetzt fehlte ihm nur noch John, der ihn überhaupt erst zu diesem Trip überredet hatte. Aber auch das würde er mit Sicherheit abstreiten, so wie auch die anderen, die alle versucht hatten, die Tatsachen zu verdrehen. Nicht mit ihm!

# 72

Als John in Zürich ankam, war er müde und gerädert. Er war insgesamt sechzehn Stunden unterwegs gewesen, die Wartezeit am Londoner Flughafen eingeschlossen. Am liebsten wäre er sofort ins Bett gefallen, wenn ihn die Vorsicht nicht dazu gezwungen hätte, die Lage zu sondieren.

Mit gebührendem Abstand zu seinem Haus checkte er die Umgebung und schlich um sein Anwesen herum. Alles sah ruhig und friedlich aus. John schloss die Tür auf und drückte die Türklinke runter. Sie fühlte sich irgendwie nass oder schmierig, doch er dachte sich nichts dabei.

John wischte sich die Hand an seiner Hose ab und ging in die Wohnküche. Doch plötzlich merkte er, dass etwas nicht stimmte. Ihm wurde schwindelig, und er fühlte sich unendlich erschöpft. Da blickte er in seine linke Handfläche, und ein panischer Gedanke erfasste ihn, den er jedoch nicht zu Ende bringen konnte, weil er bereits in sich zusammensank.

Als Tim sein letztes Opfer fallen sah, war er zufrieden. Alles lief nach Plan, so wie auch die Male zuvor. Trotzdem blieb er noch einen Moment in seinem Versteck und beobachtete aus dem Halbdunkel die Szenerie, bis er sich sicher war, dass John auch wirklich kampfunfähig war.

Nach einer Weile wagte sich Tim aus seinem Versteck und schickte sich an, den bewusstlosen Körper Johns wegzuschleifen.

Plötzlich war da ein Geräusch hinter ihm, direkt am Hauseingang. War John womöglich gar nicht allein hier angekommen? Stand die Tür noch offen? Aber wer sollte ihn denn begleiten?

Tim ließ John auf den Boden fallen und drehte sich schnell zur Tür um. Er sah ein großes schwarzes Etwas auf sich zustürmen und wusste gar nicht, wie ihm geschah. Das knurrende Ungetüm sprang ihn an, und die Wucht des Zusammenpralls war so groß, dass Tim einige Meter durch den Raum katapultiert wurde und benommen auf dem Boden liegen blieb, bis sich der Schatten erneut auf ihn stürzte und ohne Vorwarnung in seiner Schulter verbiss. Wie wild zerrte das massige Monster an seinem Fleisch und schleifte ihn auf dem Boden umher. Dann wurde Tims Bewusstsein in schwarze Dunkelheit gehüllt.

Als Tim drei Stunden später erwachte, schmerzte seine Wunde noch immer, blutete aber nicht mehr. Irgendjemand hatte sie offensichtlich notdürftig versorgt. Er saß festgeschnallt auf einem Esszimmerstuhl. Vermutlich auf demselben Stuhl, den er für John bereitgestellt hatte.

Erst dann merkte Tim, dass John ihn die ganze Zeit beobachtete, während er einem riesigen Hund über den Kopf streichelte. Für einen Moment schauten sich Herrchen und Hund in die Augen, bis John das Wort an Tim richtete.

»Hallo, Tim«, sagte John und blickte dabei in das Gesicht eines Mannes, das um Jahrzehnte gealtert war. Der junge Tim wirkte, als sei er viel älter als John. Noch viel mehr ängstigten John jedoch die irren und hasserfüllten Augen, die ihn anstarrten. Merkwürdigerweise war er selbst ganz ruhig und gefasst, ganz so, als ob ihm ein gänzlich Fremder gegenübersaß.

»Hallo, John«, gab Tim hasserfüllt zurück. »Du glaubst gar nicht, wie ich mich auf diesen Tag gefreut habe. Nur dass du eigentlich auf diesem Stuhl hättest sitzen sollen.«

»Schon klar«, sagte John und schaute zu Golan herunter. »Dank Golan ist es aber genau umgekehrt.«

John hatte einfach nur Glück gehabt, dass er sich spontan entschieden hatte, Golan doch noch sofort aus der Hundepension abzuholen, obwohl er mit der Betreiberin ursprünglich etwas anderes ausgemacht hatte.

»Golan heißt er also?«, fragte Tim und riss John aus seinen Gedanken.

John nickte, wollte sich aber auf keinen vertraulichen Plausch einlassen. »Erzähl mir lieber, was du mit den anderen gemacht hast!«

»Die haben ihre gerechte Strafe bekommen«, erwiderte Tim voller Genugtuung.

»Was für eine Strafe?«, fragte John entsetzt. »Was haben wir dir bloß getan?«

»Das fragst du noch?«, fauchte Tim. »Ihr habt mich und Hogan auf die billigen Plätze abgeschoben. Was mit Hogan passiert ist, weiß ich nicht, aber ich bin seit 1989 hier, und glaub mir, ein Blues würde wie eine Hymne klingen in Anbetracht der Geschehnisse!«

John hörte ihm geduldig zu und musste, wenn die Darstellung besonders verworren war, unweigerlich die Augenbrauen zusammenziehen, sodass Tim gezwungen war, neu anzusetzen und alles der Reihe nach zu schildern.

»Wenn ihr mich wenigstens gesucht hättet«, klagte Tim, »hätte ich euch vielleicht noch verzeihen können. Aber selbst das habt ihr nicht für nötig gehalten.«

»Natürlich haben wir das«, insistierte John, obwohl er wusste, dass Tim ihm nicht glauben würde. »Wir haben wirklich nichts unversucht gelassen, um dich und Walter zu finden. Aber wie hätten wir dich so ganz ohne Anhaltspunkt finden sollen? Wie nur? Ich bin fast umgekommen vor Sorge! Sag doch mal, warum hast du nicht einfach den Chatroom im Jahr 2014 besucht? Du wusstest doch, wie du uns hättest finden können. Im Gegensatz zu uns.«

»Das Passwort«, antwortete er, »ich hatte das Passwort nicht mehr. Das haben die Räuber an sich gerissen, die haben mir nicht nur die Diamanten und das Geld abgeknöpft, die haben mir einfach alles weggenommen!«

»Verflucht, Tim, siehst du wirklich nicht ein, dass wir nicht diese Schurken sind? Kannst du überhaupt nicht unterscheiden zwischen uns und denen, die so etwas tun? Und hast du vergessen, was wir zusammen auf dem Mars erreicht haben? Warum sind denn alle Menschen um dich herum die übelsten Dämonen? Warum bestrafst du mich, Kate und die anderen für etwas, das wir dir nicht angetan haben? Wir sind doch Freunde, Tim! Wie konntest du nur all das tun? Du bist ja wie Lemark und Henderson!«, sagte John mit Tränen in den Augen und verzweifelte, als er sah, dass sich Tims hasserfülltes Gesicht nur noch mehr verhärtete.

Tim versperrte sich vollständig vor jeder Art der Richtigstellung. Aus Tim war ein kranker Mann geworden, ein gefährlicher Wahnsinniger, an dem jedes vernünftige oder auch liebes Wort abprallte.

John schüttelte resigniert den Kopf. Den pfiffigen Tim Preston, der Biene erfunden hatte, gab es nicht mehr. Es war nur noch ein Schatten von ihm übrig.

»Und überhaupt«, redete Tim weiter, »wenn du mich nicht zu diesem Höllentrip überredet hättest, dann würden wir gar nicht hier sitzen.«

Auch das war natürlich Schwachsinn, dachte John. Tim hatte sich in seiner Paranoia die Dinge so zurechtgebogen, wie es ihm am besten in den Kram passte. Im Grunde tat Tim ihm leid, und John fühlte sich schuldig, obwohl er für die missglückte Zeitreise nichts konnte. Er hatte einfach unterschätzt, wie jung Tim damals gewesen war. Er hätte seinen Wunsch ausschlagen müssen, als Tim ihn regelrecht angefleht hatte, ihn mitzunehmen. Tim war traumatisiert gewesen von den ganzen Misshandlungen, die er erlebt hatte. Er hätte in Therapie gehen müssen, statt die Zeitreise anzutreten.

Doch das war jetzt alles nicht mehr zu ändern. Auch wenn es John das Herz brach, er musste Tim das Handwerk legen. Tim war eine Gefahr für sich und andere Menschen und John musste jetzt die bittere Konsequenz ziehen. Sonst würde Tim sich noch weiter durch das 21. Jahrhundert hindurchmorden, da war er sich sicher.

»Eine Frage habe ich noch an dich, Tim.«

»Nur zu, John. Du hast mich in deiner Gewalt, du bist nun mal der Typ, der die Fragen stellt.«

»Du hast uns in Tel Aviv nachgestellt und uns gesehen. Dadurch wusstest du, wie du an uns rankommen kannst, um uns für das, was dir passiert ist …«

»... zahlen zu lassen!«, unterbrach ihn Tim mit schriller Stimme.

»Nenn es, wie du willst«, sagte John ganz ruhig. »Aber sag mir doch mal, wenn du so ein aufmerksamer Beobachter bist, dann hast du auch mitbekommen, was wir in Tel Aviv überhaupt gemacht haben, oder?«

»Klar. Ihr habt eure beknackte Mission erfüllt.«

»Du hast es also mitbekommen, ja? Du hast gesehen, dass wir das Virus gefunden und zerstört haben, ja?«

»Und?«, fragte Tim.

»Hat es dich«, John rang um Worte, »irgendwie berührt oder gekümmert, dass wir den Fortbestand der Menschheit gesichert haben?«

»Wer sagt, dass meine Mission weniger wichtig ist als eure?«

»Deine Mission?«, rief John fassungslos aus. »Deine Mission? Uns alle nacheinander und aus dem Hinterhalt heraus umzulegen, das nennst du deine Mission? Aber dass wir dieselbe Mission hatten, du, ich und die anderen, das fiel dir wohl nicht ein?«

»Du hast kein Recht, den Moralapostel zu spielen!«, erboste sich Tim.

»Gut, Tim, ich formuliere die Frage mal anders. Sag mir, hast du in Tel Aviv auch nur irgendein konkretes Anzeichen dafür gesehen, dass wir schlecht von dir gedacht haben? Wir haben viel über dich gesprochen, Tim. Die Menschen, die du ermordet hast, haben sich Sorgen um dich gemacht. Wenn du uns also gut beobachtet hast, warum hast du nichts davon mitbekommen?«

»Ich habe gesehen und gehört, dass ihr mich vergessen habt. Ihr habt euch nur um euren Kram gekümmert.«

»Unseren Kram, Tim? So nennst du das, wenn man den Planeten rettet? Echt jetzt? Wir vernichten ein Virus, das die Menschheit in fünfhundert Jahren auslöschen wird, und für dich zählt nur das, was wir dir angeblich angetan haben, ja?« John stand resigniert auf.

»Du verdrehst alles!«, schrie Tim.

»Derjenige, der alles verdreht, bist du, Tim.« John machte Anstalten, zu gehen.

»Hey, wo willst du hin?«, schrie Tim ihm hinterher.

»Für eine Sache«, sagte John, und drehte sich noch einmal um, »muss ich mich bei dir bedanken, Tim. Ohne Biene hätten wir das Virus nicht gefunden. Ich habe deine Drohne nachgebaut. Der junge Tim Preston hat uns also tatsächlich geholfen, unsere Mission zu erfüllen. Dafür bin ich dir dankbar. Aber es tut mir leid für dich, dass du der Mensch geworden bist, der du jetzt bist. Ein Serienkiller, der unter Wahnvorstellungen leidet.«

Wenige Minuten nachdem John das Haus verlassen hatte, spürte Tim die Hitze, die allmählich das Haus erfasste. Schon bald griffen die Flammen nach ihm.

»Wir sehen uns in der Zukunft«, schrie er. Doch Tim glaubte nicht daran, dass John ihn hörte.

Der Gedanke daran, noch einmal der junge Mann sein zu können, der er vor dem Verlassen des Mars gewesen war, ließ ihn milde lächeln.

Als John durch den Wald ging, der an sein Grundstück grenzte, achtete er darauf, nicht gesehen zu werden. Später wird man einen Mann und einen Hund in dem abgebrannten Haus finden, dachte er. Oder das, was von ihnen übrig bleibt. Beide werden bis zur Unkenntlichkeit verbrannt sein. Die Polizei wird von einem tragischen Unfall des Eigentümers ausgehen. Von den Hanfstricken, die John als Fessel verwendet hatte, wird nichts übrigbleiben.

Es tat John leid um Tim und auch um den großen Streuner, den er während Tims Bewusstlosigkeit aufgegabelt, getötet und rechts neben der Eingangstür drapiert hatte. Das war bitter, aber aus seiner Sicht unvermeidlich gewesen, um jeden Zweifel an seinem tragischen Tod im Keim zu ersticken.

# ANNO 2020

# 73

Nick traute seinen Augen nicht, als John die Tür des Käfigs öffnete und auf sie zulief. Sofort redeten alle Knastbrüder durcheinander und begrüßten John auf unterschiedlichste Weise.

Richtig wütend schien allerdings nur er zu sein, vermutlich weil ihre Freundschaft ein wenig tiefer ging und er bis heute nicht verwunden hatte, dass John ohne ein Wort der Erklärung aus seinem Leben verschwunden war. Nicht zuletzt, weil John Roberts Patenonkel war. Die Enttäuschung und die Wut auf seinen ehemaligen besten Freund saß einfach noch zu tief.

»Was willst du von uns?«, zischte Nick.

»Mit euch reden«, antwortete John. »Aber nicht hier. Ich will alles erklären. Es wäre schön, wenn wir unter uns wären. Ich verspreche, dass ich diesmal kommen werde. Es werden keine Fragen offen bleiben.«

Die anderen nickten zögerlich.

»Na, gut«, sagte Nick. »Dann heute um 23 Uhr im Brenners. Keine Minute später.«

Nick konnte sich nicht erinnern, dass er jemals so angespannt gewesen war. Nicht einmal bei der Geburt seines Sohnes Robert, der gerade drei geworden war und jetzt friedlich in seinem Bettchen schlief.

Er selbst stand hinter dem Tresen und wartete darauf, dass die Uhr endlich elf schlug und die anderen Knastbrüder eintrudelten. Zuerst musste er aber die wenigen Gäste loswerden, die noch nicht mitbekommen hatten, dass er heute früher schloss, so wie er es auch vor einem Jahr getan hatte, als John einfach verschwunden war.

Nick fieberte Johns Erscheinen entgegen. Seine Neugier war

groß und er wollte unbedingt wissen, welche Erklärung John ihnen auftischen würde.

Bis vor einigen Wochen hatten sie noch häufig über die Geschehnisse auf dem Bolzplatz gesprochen und sich die wildesten Geschichten ausgedacht, warum John einfach abgehauen war, bis das Interesse an dem Thema ganz von allein erlahmt war und John kaum noch eine Erwähnung fand. Ganz so, als ob es ihn nie gegeben hatte. Nur Johns ehemalige Nachbarin fragte noch hin und wieder bei Nick nach, ob er etwas von John gehört hatte.

Und jetzt war John Knall auf Fall wieder da und wollte mit ihnen sprechen!

Immer wieder schaute Nick auf die Uhr, bis es endlich zehn vor elf und war und er seine wenigen Gäste freundlich, aber bestimmt vor die Tür setzen konnte. Das Brenners schloss normalerweise um zwölf. Die Knastbrüder waren zwischenzeitlich alle da und warteten am runden Stammtisch gespannt auf John.

»Wer hätte das gedacht?«, fragte Thomas in die Runde.

»Das kannst du wohl laut sagen«, lachte Sergej. »Da ahnt man nichts Böses, und dann steht dieser Wichser mit einem Mal wieder vor uns und tut so, als ob nichts gewesen wäre.«

»Und ich bin gespannt, was John zu seiner Verteidigung zu sagen hat«, entgegnete Nick.

»Mal sehen, wer von uns mit seiner Vermutung richtig liegt«, erwiderte Benny.

»Du glaubst doch wohl nicht immer noch daran, dass John ein Geheimagent oder so was in der Art ist?«, fragte Sergej zurück und konnte sich ein Lachen nicht verkneifen. »Du guckst definitiv zu viele Serien!«

»Das musst ausgerechnet du sagen«, entgegnete Benny. »Oder warst du nicht derjenige, der fest davon überzeugt war, dass John ein entlaufender Sträfling ist?«

»Jungs, entspannt euch«, ging Pablo dazwischen. »Wir werden es ja gleich erfahren. Lassen wir ihn doch selbst reden.«

»Das muss er«, antwortete Nick. »Sonst kann er gleich wieder gehen.«

Danach überlegten sie gemeinsam, wie sie John anpacken sollten. Keinen Moment zu früh, weil John plötzlich in der Tür stand. Wie immer in schwarzer Jeans und Lederjacke, so wie sie ihn vor über vier Jahren kennengelernt hatten, nachdem er auf einmal auf dem Bolzplatz aufgetaucht war und gefragt hatte, ob er mitspielen kann.

John hatte also Wort gehalten und war gekommen. Merkwürdigerweise kam es Nick so vor, als ob es erst gestern gewesen war, dass John so vor ihm stand und von einem Fuß auf den anderen trat. Nur dass er damals nicht so traurig und verloren gewirkt hatte. Vielleicht war das auch der Grund, warum er auf einmal ein wenig Mitleid mit John verspürte und ihn deshalb schon beinahe freundlich empfing.

»Hallo, John«, begrüßte er ihn. »Komm doch rein und setz dich. Du kennst ja deinen Platz.« Er machte die Tür zu, schloss ab und folgte John.

Richtig überrascht zeigten sich die anderen aber erst, als er John auch noch ein Bier vor die Nase stellte und ihm zuprostete. Kein Wunder, denn er hatte sich in den letzten Stunden wahrlich nicht gerade versöhnlich gegeben. Die Freunde stießen verhalten, aber keineswegs missmutig an.

»Also gut, John«, sagte Benny. »Wie du siehst, sind wir alle gekommen. Damit haben wir unseren Teil der Abmachung erfüllt. Jetzt liegt es an dir, deinen Teil zu erfüllen und uns zu erzählen, warum du damals ohne ein Wort der Erklärung abgehauen bist.«

»Deshalb bin ich hier«, antwortete John. »Zuvor brauche ich aber euer Ehrenwort, dass das, was ich euch erzählen werde, diesen Raum nicht verlässt.«

»Nicht, wenn es illegal ist«, intervenierte Thomas, der sich wohl fürchtete, wieder in den Bau gehen zu müssen.

»Keine Angst«, beruhigte ihn John und musste lächeln. »Ich habe nichts Unmoralisches getan und verlange von euch nichts dergleichen.«

»Dann hast du mein Wort«, entgegnete Thomas erleichtert.

»Und was ist mit euch?«, fragte John und schaute in die Runde. Zögerlich nickte daraufhin einer nach dem anderen, bis Nick der Kragen platzte.

»Na gut, John. Du hast bekommen, was du wolltest. Jetzt mach es nicht so spannend und sag uns, wer du bist und was du von uns willst!«

»Okay«, antwortete John, obwohl er sich auf einmal nicht mehr sicher war, wie er anfangen sollte. Schließlich gab er sich aber einen Ruck und fing an, zu erzählen.

»Fangen wir mit meinem Namen an, der, wie ihr euch vielleicht denken könnt, nicht mein richtiger Name ist.«

»Ja, das wissen wir«, bestätigte Thomas. »John Herold ist ein Fakename.«

»Ja, das ist eines der vielen Pseudonyme, die ich im Verlauf der letzten Jahre benutzt habe. Mein richtiger Name lautet Trebor, John Trebor.«

Daraufhin griente Benny, der ganz offensichtlich noch immer fest davon überzeugt war, dass John ihnen gleich offenbaren würde, dass er tatsächlich ein Agent ist, wie man ihn sonst nur aus dem Kino kannte.

»John Trebor also«, wiederholte Nick.

»Ja … und … ich bin ein Zeitreisender«, fuhr John fort, erleichtert, dass es endlich raus war. Er atmete tief aus. Eine große Last viel von ihm ab.

»Ein was?«, brach es aus Benny heraus.

»Ein Zeitreisender«, wiederholte John. »Ich weiß, es klingt …«

»Raus hier!«, schrie Nick. »Hau ab!« Nick zitterte jetzt am ganzen Körper und ballte die Fäuste. Es war die Wut, die sich bei ihm im letzten Jahr angesammelt hatte und sich jetzt zu entladen drohte.

»Ja, verschwinde hier!«, sprang Benny ihm bei. »Verarschen können wir uns selber!«

John hatte das erwartet und stand auf, aber nicht um das Lokal zu verlassen, sondern um einen kleinen Gegenstand auf den Fußboden zu stellen.

»Du sollst verschwinden«, wiederholte Nick seine Aufforderung. Doch John reagierte nicht, sondern redete in seiner Muttersprache auf den kleinen Würfel ein, den er zuvor auf den Boden gestellt hatte. Seine Worte lösten irritierte Blicke unter seinen Freunden aus.

»Du sollst …«, setzte Nick erneut an, wurde jedoch von dem kleinen Gegenstand abgelenkt, aus dem mit einem Mal Lichtstrahlen in alle Richtungen schossen.

Gebannt schauten alle auf Gibson, der wie von Geisterhand erschien und schwerelos über dem Boden schwebte.

»Das ist Gibson, mein Trainingspartner«, durchbrach John die Stille. »Genau genommen ist Gibson ein interaktives Hologramm, wie es im 26. Jahrhundert jeder Soldat zu Trainingszwecken besitzt.«

»Im 26. Jahrhundert«, wiederholte Sergej und schüttelte den Kopf. »Da musst du dir schon etwas Besseres einfallen lassen als diesen Taschenspielertrick.«

»Ganz genau«, sagte Nick und machte einen Schritt auf John zu, wurde aber sogleich von Gibson von den Füssen geholt.

Ungläubig blickten die anderen abwechselnd zu John und Gibson, der zwischenzeitlich eine Kampfposition eingenommen hatte.

»Ich glaube nicht, dass man so etwas bei Amazon kaufen kann«, stellte Sergej verblüfft fest.

»Das kann man nirgendwo kaufen«, entgegnete Thomas mit leuchtenden Augen. »Selbst das Militär hat so etwas nicht im Köcher. Scheiße, John, wo hast du diesen Holofighter her?«

»Wie ich sagte: aus meiner Zeit. Darf ich euch jetzt mehr erklären?«

Zwischenzeitlich hatte Nick sich wieder aufgerappelt und beäugte jetzt ebenfalls aus sicherer Distanz den Geist, den John aus der Box gezaubert hatte.

»Mal angenommen, es stimmt«, sagte er vorsichtig, »warum bist du hier, und warum erzählst du uns das alles erst jetzt?

»Das erkläre ich gern. Aber können wir uns wieder setzen?«, fragte John. Dann ließ er Gibson mit einem einzigen Befehl wieder verschwinden.

»Ich denke schon«, antwortete Nick und starrte gebannt auf die Stelle, über der Gibson gerade noch geschwebt hatte. »Aber nur, wenn du deinen blauen Freund in der Schachtel lässt«, fügte Nick hinzu. Er war offensichtlich neugierig genug, um sich Johns Geschichte anzuhören. Den anderen ging es wohl ebenso.

»Wo fange ich am besten an?«, fragte John mehr sich selbst, als er wieder am runden Tisch saß.

»Am besten ganz am Anfang«, meinte Nick.

»Am Anfang, nun ja, also gut, ich hoffe, ihr habt Zeit, euch alles anzuhören«, sagte John und atmete noch einmal tief durch. »Ich wurde auf dem Mars geboren.«

Es herrschte absolute Stille. Er war dankbar, dass niemand lachte. Seine Freunde hingen ihm an den Lippen, und erst nach drei Stunden und unglaublich vielen Zwischenfragen war John mit seinen Erklärungen fertig.

»So, das war's«, sagte John schließlich. »Jetzt kennt ihr die ganze Geschichte. Ich hoffe, ich habe alle Rätsel gelüftet.«

Die Knastbrüder waren immer noch sprachlos. Es war offensichtlich, dass keiner mehr am Wahrheitsgehalt zweifelte. Dafür waren die Ausführungen zu fantastisch. So was konnte sich niemand ausdenken.

»Eine Sache ist mir aber noch nicht klar«, sagte Nick nach einer ganzen Weile. »Warum hast du uns das alles erzählt, wenn es dir doch eigentlich streng verboten ist?« Nick spielte auf die Regeln an, die John ausführlich beschrieben hatte und die so gar nicht im Einklang mit Johns Offenbarung standen.

»Ganz einfach«, sagte John. »Ich brauche eure Hilfe.«

»Unsere Hilfe?«, wiederholte Nick. »Wie können wir dir helfen? Und wobei?«

John grinste. »Ihr könnt mir helfen, den Amazonas-Regenwald zu retten.«

»Ich wusste nicht, dass der Regenwald in Gefahr ist«, antwortete Sergej, der sich wie die meisten Knastbrüder noch nicht ernsthaft mit den Folgen des Klimawandels auseinandergesetzt hatte.

»Nicht nur der Amazonas-Regenwald«, erklärte John, der in seinem dreistündigen Bericht auf die Umweltbedingungen noch gar nicht eingegangen war.

»Was soll das heißen, nicht nur der Amazonas-Regenwald?«, hakte Benny ein.

»Leider liegt im Jahr 2500 vieles im Argen«, erklärte John und malte anschließend ein erschreckendes Bild von den Folgen des Klimawandels.

»Das ist nicht wahr«, unterbrach ihn Nick, als John von den Wassermassen erzählte, die einen großen Teil der Landmassen einfach weggespült hatten.

»Leider doch«, erwiderte John. »Das ganze Eis wird schmelzen und den Meeresspiegel um über sechzig Meter ansteigen lassen. Viele Städte werden in den Ozeanen und Meeren versinken. So wie New York, Rio, Miami, Singapur oder auch Hamburg.«

»Das ist ja schrecklich«, erwiderte Benny und schlug die Hände vor sein Gesicht. »Meine ganze Familie kommt aus Hamburg und lebt da heute noch.«

»Es gibt aber auch Ausnahmen«, fuhr John fort. »Paris hat es zum Beispiel geschafft, einen widerstandsfähigen Damm um die Stadt zu legen, der das Wasser bis heute, also ich meine, bis über das Jahr 2541 hinaus, ausschließt. Ihr müsst euch das Ganze wie eine Badewanne vorstellen, nur dass das Wasser von außen und nicht von innen an die Wände schwappt.«

»Und das geht alles wirklich auf den Klimawandel zurück?«, fragte Sergej nach.

»Leider ja«, bestätigte John. »Ihr oder wir, je nachdem wie man es nimmt, haben einfach versäumt, das Ruder herumzureißen. Schaut euch doch nur um. Alle Welt redet vom Klimaschutz, ohne dass wirklich etwas getan wird. Bis es zu spät ist und sich das Rad nicht mehr zurückdrehen lässt.«

Danach erzählte John von seinen Gesprächen mit Thad, dem er sein gesamtes Wissen über den Klimawandel zu verdanken hatte.

»Was für ein komischer Name«, merkte Benny an.

»Eigentlich Thaddäus7«, ging John darauf ein. »Er ist ein iHuman. Ihr würdet wohl eher von einem Androiden sprechen. Er ist aber eben keine einfache Maschine. Er ist viel intelligenter als wir, hat Humor, und ist von einem Menschen kaum zu unterscheiden. Er war es übrigens auch, der mir davon erzählt hat, dass der Amazonas-Regenwald im Jahr 2020 bis auf den letzten Baum abbrennen würde.«

»Und das willst du mit unserer Hilfe verhindern«, schlussfolgerte Nick.

»Ganz genau«, erwiderte John. »Denn wenn Thad recht behält, würde das nicht nur den Klimawandel um mindestens zweihundert Jahre verzögern, sondern uns auch die nötige Zeit verschaffen, die wir brauchen, um das Arche-Projekt zu beenden.«

»Das Arche-Projekt?«, wiederholte Nick und schaute die anderen ratlos an.

»Ja, das Arche …«, sagte John, brach dann aber ab, als er sich bewusst wurde, dass er noch kein Wort darüber verloren hatte. »Sorry«, sagte er, »ich vergaß, es euch zu erklären. Dieses Projekt ist der Plan B der Menschheit. Wenn uns das gelingt, können wir neue Planeten besiedeln, die, anders als der Mars, halten, was sie versprechen. Wenn der Regenwald uns erhalten bleibt, hat die Menschheit genug Zeit, das Arche-Projekt voranzubringen. Ihr seht: Das Virus war nicht unser einziges Problem.«

»Klingt gut«, antwortete Sergej mit leuchtenden Augen. »Auch wenn sich das alles nach einem Drehbuch für einen Science-Fiction-Film anhört.«

»Ja, das stimmt«, pflichtete Pablo ihm bei. Doch ihn schien noch etwas zu beschäftigen. Man konnte es an seiner Stirn ablesen, die er unbewusst in Falten gelegt hatte.

»Eines verstehe ich dann aber doch nicht«, fuhr Pablo schließlich fort. »Du hast uns vorhin von den Regeln erzählt, nach denen ihr Zeitreisenden euch richten solltet. Und wenn ich es richtig verstanden habe, dann sind dir alle Handlungen verboten, die das Potenzial besitzen, die Zukunft zu verändern. Und das, was du vorhast, verändert doch die Welt. Das ist so sicher wie das Amen in der Kirche.«

Unwillkürlich nickte John, ließ sich mit der Antwort dann aber Zeit. Man merkte regelrecht, wie es in ihm arbeitete. »Ja, du hast recht«, sagte er schließlich. »Ich bin aber bereit, das Risiko einzugehen. Nicht zuletzt weil ich davon überzeugt bin, dass es die Welt zu einer besseren macht.« Er sagte dies im Brustton der Überzeugung, obwohl er lange mit sich gerungen hatte.

Er hatte sich letztlich entschieden, einer ganz anderen Zukunft eine Chance zu geben, auch wenn das bedeutete, dass sich vieles anders entwickeln und er seine Frau möglicherweise niemals kennenlernen würde. Vielleicht würden in dieser Zukunft weder Helena noch er geboren werden. Doch er fand es falsch, nichts zu tun und zu riskieren, dass man womöglich im 28. Jahrhundert eine zweite Zeitreise wagen muss, diesmal um den Amazonas-Regenwald zu retten.

Vielleicht aber, hatte John sich überlegt, würde es in der neuen Zukunft, die nun mit der Auslöschung des Virus bereits geschrieben wurde, keine Möglichkeit mehr geben, in das 21. Jahrhundert zu reisen. Genau genommen war es doch möglich, dass Eva Molitor, wie er sie kannte, gar nicht auf die Welt kommen und keine Wurmlöcher entdecken würde.

Es war also gut möglich, dass jetzt die beste Zeit und einzige Chance zur Veränderung war.

# 74

Als Nick gegen Mittag aufwachte, war er sich nicht sicher, ob er die Geschehnisse des letzten Tages nur geträumt hatte, bis seine Frau Lea ins Schlafzimmer kam und ihn nach dem Treffen fragte.

Nick hatte ihr tags zuvor von der Begegnung auf dem Bolzplatz berichtet, nicht aber von dem Treffen selbst. Lea hatte schon fest geschlafen, als er völlig aufgedreht gegen vier Uhr morgens in sein Bett gekrochen kam und noch lange wachgelegen hatte. Zu groß war das Chaos in seinem Kopf gewesen.

Und jetzt wusste er nicht, was er Lea erzählen sollte, nachdem er John sein Wort gegeben hatte. Einerseits wollte er sie nicht anlügen, andererseits aber auch sein Wort nicht brechen. Er hatte sich, ohne es zu wollen, in eine echte Zwickmühle hineinmanövriert.

»Du hattest recht«, sagte Nick auf Leas Nachfrage hin, »John hatte wirklich gute Gründe für sein Verschwinden.

»Wusste ich es doch«, antwortete Lea und nickte ihrem Mann auffordernd zu weiter zu erzählen.

»Mein Gott, ist es wirklich schon so spät?«, rief er ausweichend und rannte ins Bad. Die Dusche half ihm, seine Gedanken zu ordnen. Er genoss das herabrauschende Wasser.

»Kommst du?«, rief Lea bald durch die Tür und riss ihn aus seinen Gedanken. »Oder hast du vergessen, dass wir heute zum Kinderschwimmen wollten?«

Mist, dachte er. Das hatte er angesichts der Geschehnisse tatsächlich vergessen. »Geh doch heute bitte allein«, rief er.

»Na gut«, sagte sie in einem Tonfall, der nicht verbergen konnte, dass sie die Zähne zusammenbiss.

Als er aus der Dusche stieg, hörte er die Eingangstür zufallen und war erleichtert, dass er seiner Frau nicht Rede und Antwort stehen musste, obgleich er sich natürlich darüber im Klaren war, dass er sich ihren bohrenden Fragen nicht auf Dauer entziehen konnte. Schnell trocknete er sich ab, sprang in seine Klamotten und machte sich auf den Weg ins Brenners, das glücklicherweise am Sonntag geschlossen hatte. So kam er erst gar nicht in die Verlegenheit, seine Gäste unter Vorspiegelung falscher Tatsachen erneut abweisen zu müssen.

Dafür warteten die anderen Knastbrüder bereits auf ihn, begierig darauf, den Rest der Geschichte zu erfahren.

John machte da weiter, wo er am Tag zuvor aufgehört hatte, und erzählte zuerst von Tim Preston, der ihm aufgelauert hatte und ihn vermutlich auch exekutiert hätte, wenn Golan ihn nicht in letzter Sekunde gerettet hätte.

»Sonst würden wir hier jetzt nicht sitzen, und ich könnte euch nicht erklären, was ich mir ausgedacht habe«, fügte er an, bevor er von seiner Flucht über die Berge und den siebzig Millionen berichtete, die Tim Preston beiseitegeschafft hatte.

»Siebzig Millionen!«, wiederholte Thomas.

»Geld, das er meinem Team abgenommen hat«, legte John nach. »Alles auf Konten rund um die Welt verteilt und fein säuberlich in einem kleinen Büchlein aufgelistet, das ich in Tims Rucksack gefunden hatte. Und nicht nur das«, ließ er die Bombe platzen. »Außerdem habe ich einen Datenträger gefunden, auf dem die Aktienkursentwicklung der nächsten fünf Jahre gespeichert ist. Ich vermute, dass er diese Daten von Liam hat.«

»Du machst Witze«, sagte Nick, dem als ehemaliger Investmentbanker die Tragweite am schnellsten bewusste wurde.

»Nein, mach ich nicht«, antwortete John und grinste. »Doch machen wir uns nichts vor! Selbst siebzig Millionen reichen nicht aus, um einen Regenwald zu retten, der nicht viel kleiner als Australien ist und sich zudem noch über neun Länder erstreckt. Das Budget muss also deutlich steigen.«

»Jetzt wird mir auch langsam klar«, bemerkte Benny, »warum du unsere Hilfe brauchst.«

»Tja, es handelt sich um eine Aufgabe von epischem Ausmaß«, bestätigte John. »Umso mehr ärgere ich mich, dass ich fast ein halbes Jahr verschwendet habe, bis ich begriff, dass ich allein nichts oder nur wenig bewegen kann.«

»Halt, stopp!«, sagte Thomas. »Das geht mir jetzt alles ein wenig zu schnell. Was ist denn daran so schwer? Du musst doch nur zur richtigen Zeit an der richtigen Stelle sein und den Brandherd löschen. Wer könnte das besser als du?«

»Klingt gut«, antwortete John. »Das Problem ist nur, dass ich nicht weiß, wo der Brand entfacht wird und auch nicht von wem. Wir wissen nur, dass die Brände irgendwann im Jahr 2020 außer Kontrolle geraten sind und der Regenwald in der Folge vollständig ausradiert wurde. Außerdem deutet vieles darauf hin, dass das Inferno sowieso nicht durch ein einziges Ereignis entfacht wird, sondern einer Verkettung mehrerer Umstände geschuldet ist.«

»Wie kommst du darauf?«, fragte Thomas, der sich ganz offensichtlich mit der Antwort nicht zufrieden geben wollte.

»Na ja«, antwortete John, »es ist ja nicht so, dass ich im letzten Jahr gar nichts gemacht habe. Außerdem ist der Klimawandel, wie ihr wisst, seit Jahren mein Steckenpferd.«

John fasste zusammen, was er über den Amazonas-Regenwald wusste. Angefangen von den bösen Buben der Holzindustrie, über die Brandrodungen der Bauern, bis hin zur politischen Lage in Brasilien, die sich mit der Machtübernahme durch Präsident Valdano noch verschlimmert hatte. Nicht zuletzt weil dieser den Regenwald einzig und allein als Wirtschaftsfaktor ansah.

»Okay«, sagte Nick, »ich denke, das war überzeugend genug. Bleibt noch die Frage, wie du dir unsere Hilfe konkret vorstellst.«

»Das will ich euch gerne sagen«, antwortete John und fing an, alle Einzelheiten seines Plans vorzustellen.

Er wollte, dass die Knastbrüder ihre Jobs an den Nagel hängen und sich ganz seiner Sache verschrieben. Nick und Thomas sollten das Geld vermehren, das er zusammen mit Pablo und Sergej vor Ort in die verschiedensten Projekte zum Erhalt und Schutz des Regenwaldes investieren wollte. Blieb nur noch Benny übrig, der die Firma, die er bereits gegründet hatte, als CEO lenken und ihr ein Gesicht geben sollte.

»Und, was sagt ihr?«, fragte er voller Erwartung, nachdem er zum Schluss gekommen war.

»Das hast du dir ja schön ausgedacht«, entgegnete Benny. »Aber so einfach ist das nicht. Ich habe Verpflichtungen, Mitarbeiter, Mandate. Das kann ich nicht alles einfach hinter mir lassen. Wie stellst du dir das vor?«

»Wir sind dabei«, sagten derweil Sergej und Pablo wie aus einem Mund.

»Ich auch«, sagte Thomas. »Ich kann das aber nicht für lau machen. Schließlich muss ich auch von irgendetwas leben.«

»Das ist kein Problem«, sagte John. »Jeder nimmt sich aus dem Pott einfach so viel, wie er braucht.«

»Ich will, dass Robert und alle, die uns nachfolgen, eine Zukunft haben. Deshalb bin ich auch dabei«, stimmte Nick in den Reigen ein. »Und für das Brenners werde ich schon jemanden finden.«

Blieb nur noch Benny, der sich überrascht zeigte, wie schnell sich seine Kumpels entschieden hatten.

»Scheiß drauf«, sagte er schließlich. »Sollen sich doch meine Partner um die Kanzlei kümmern.«

# 75

Tags darauf saß John bei Nick am Küchentisch und ließ sich die Kartoffelsuppe schmecken, die Lea für ihn gekocht hatte. Eine seiner Leibspeisen, wie so ziemlich alle Gerichte, in denen die Kartoffel der Star war. Mehr als einmal hatte sie ihn gefragt, warum er Kartoffeln so sehr mochte, aber nie eine zufriedenstellende Antwort darauf bekommen. »Sie schmecken mir halt«, hatte er einfach gesagt und es dabei bewenden lassen. Und jetzt saß er wieder hier. Ganz so, als ob er nie weggewesen wäre. Nur dass er jetzt müde und ausgezehrt aussah.

Lea bedachte John und Nick mit einem tiefgründigen Blick und räusperte sich. »John …«

»Gut, bringen wir es hinter uns«, sagte John. Er musste es Lea sagen, nicht nur weil Nick es wollte, sondern auch weil sie Leas Hilfe brauchen würden.

»Sagst du mir jetzt, warum du über ein Jahr weg warst?«

»Ja, aber stell dich darauf ein, dass das eine oder andere … dich vom Hocker haut.«

Schon nach wenigen Sätzen verzog sie irritiert die Augenbrauen und fing dann an zu lächeln. »Du spinnst doch«, unterbrach sie ihn und zeigte ihm einen Vogel. »Du willst mich doch verkohlen.«

Sie schüttelte den Kopf und zog ihm, wütend wie sie war, den Teller vor der Nase weg. »Ach noch etwas«, fügte sie an, während sie bereits im Begriff war aufzustehen: »Mach dir dein Essen in Zukunft gefälligst selbst, oder lass es dir von jemand anderem kochen, den du für dumm verkaufen kannst.«

Danach stürmte Lea aus dem Raum, noch bevor John oder ihr Mann etwas erwidern konnten. Nick zuckte daraufhin mit den Schultern und ging ihr hinterher.

John konnte nicht genau verstehen, was Nick zu ihr sagte. Er bekam nur mit, dass er auf sie einredete. Er hatte aber offensichtlich Erfolg, weil sie kurz darauf zusammen wieder in die Küche kamen.

»Na gut«, lachte sie, »ich bin ganz Ohr. Aber eins muss ich klarstellen: Nur weil ich zuhöre, heißt das nicht, dass ich euch glaube.« Anders als ihr Mann setzte sie sich nicht wieder hin, sondern blieb im Türrahmen stehen.

»Zeig ihr Gibson«, forderte Nick ihn auf, was John dann tat, ohne zu erwähnen, dass er genau aus diesem Grund gekommen war.

Gespannt beobachtete Lea, wie John sich umdrehte und den kleinen Würfel aus der Innentasche seiner Lederjacke herausholte, die er über den Stuhl gehängt hatte.

»Das ist Gibson«, sagte John und stellte den Quader vor ihr auf den Boden.

»Was soll das?«, fragte sie empört. Doch bevor sie weiterreden konnte, sagte John in seiner Sprache den Aktivierungssatz auf, bis einzelne Lichtstrahlen aus dem Würfel emporschossen und sich zu einer Figur verschränkten.

Lea wirkte zuerst überrascht, dann verängstigt, bis sie sogar einen Satz nach hinten machte.

»Du brauchst keine Angst zu haben«, beruhigte sie John. »Gibson tut dir nichts. Zumindest nicht ohne meinen Befehl.«

»Wenn du es sagst«, antwortete sie zögerlich, ohne Gibson auch nur einen Moment aus den Augen zu lassen.

Zufrieden nickte John ihr zu, bevor er anfing, ihr seinen Kameraden vorzustellen. »Wie Nick schon am eigenen Leib erfahren hat, ist Gibson ein interaktives Hologramm. Er ist seit vielen Jahren mein Trainingspartner und hilft mir, in Form zu bleiben.«

»Das klingt wirklich verrückt«, antwortete Lea und ließ sich wieder auf ihren Platz fallen. Sie war jetzt mehr fasziniert als verängstigt und zweifelte offensichtlich nicht mehr an dem, was John ihr gerade berichtet hatte.

»Er ist aber noch mehr als das«, fügte John an. »Er kann Nachrichten überbringen. Ich habe in seinem Speicher eine Botschaft versteckt, die ich euch anvertrauen möchte.«

»Uns?«, warf Nick ein, der davon genauso überrascht war wie seine Frau.

»Ja, euch«, bestätigte John. »Ich habe mir das genau überlegt. Es ist so«, fing er an zu erzählen: »Ich habe in der fernen Zukunft alles verloren, was mir lieb und teuer war. Meine Frau, meinen Bruder, meinen Onkel, meine Eltern und meinen besten Freund Paul. Deshalb will ich mir auch gar nicht vorstellen, dass sich diese Tragödie in fünfhundert Jahren wiederholt und ich alles noch einmal durchleiden muss.«

Anschließend erklärte er Lea im Schnelldurchlauf, was ihm widerfahren war – angefangen von seiner Zeit auf dem Mars bis zu dem Tag, an dem er Tim Preston notgedrungen getötet hatte.

»Das ist ja schrecklich«, antwortete sie und schlug die Hände vor ihr Gesicht.

»Ich möchte euch wie gesagt um eure Hilfe bitten«, antwortete John und ließ beide wissen, was er sich ausgedacht hatte.

»Verstehe ich das richtig?«, fragte Nick, nachdem John zum Ende gekommen war. »Du möchtest, dass unsere Familie diesen Holomann über Generationen hinweg in ihre Obhut nimmt und einer Frau namens Eva Molitor in nicht weniger als fünfhundert Jahren in die Hände legt? Warum denn ihr? Wer ist die Frau?«

»Sie ist der klügste Mensch, den ich kenne, und die einzige Person, der ich zutraue, dass sie die Nachricht, die Gibson in sich trägt, nicht für einen Fake hält. Mich eingeschlossen.«

»Können wir die Nachricht hören?«, platzte es aus Lea heraus. Ihre Ungeduld stand ihr ins Gesicht geschrieben.

»Natürlich«, antwortete John. »Ich verlange doch nicht von euch, dass ihr und eure Nachkommen fünfhundert Jahre auf Gibson aufpasst, ohne zu wissen, was ihr da genau mit euch herumtragt.«

Doch vorher ließ John Gibson wieder verschwinden und wiederholte die Prozedur, bis beide verinnerlicht hatten, was sie sagen mussten, um Gibson aus seinem Versteck zu holen.

»Ich habe immer noch einen Knoten in der Zunge«, sagte Nick und musste lachen, als auch er es endlich geschafft hatte.

»Ja, verständlich«, sagte John, der noch gut in Erinnerung hatte, wie schwer es ihm gefallen war, sich mit dem Deutschen, Spanischen und Italienischen anzufreunden.

»Ob ihr's glaubt oder nicht, das ist in fünfhundert Jahren die einzige lebende Sprache. Sie wird auf der Erde in jedem Winkel gesprochen und auch auf dem Mars. Sie basiert auf den großen Weltsprachen, die nach dem Ende des letzten Weltkrieges 2312 zu einer Sprache verschmolzen sind.«

»Und was genau haben wir dir da gerade nachgeplappert?«, fragte er auch schon, kaum dass er den Satz verinnerlicht hatte.

»Frei übersetzt: Gibson, mein Freund! Komm raus und lass uns tanzen!«

Damit war der Sprachunterricht aber noch nicht beendet, da Lea und Nick auch noch andere Steuerungsbefehle lernen mussten.

Zur Überraschung seiner Freunde wurde die Nachricht, die an Eva Molitor gerichtet war, nicht von Gibson vorgetragen, sondern von John selbst, oder vielmehr von einem Abbild Johns. Man hätte meinen können, dass John selbst über dem Würfel schwebte. Einzig die Beine verliefen sich zu einem dünnen Streifen, der in den Würfel mündete.

»Gibson kann nahezu jede Gestalt annehmen«, löste John die Situation auf, als er in die verblüfften Gesichter seiner Freunde sah. »Hatte ich das noch nicht erwähnt?«

»Nein, hast du nicht«, sagte Lea, hörte dann aber jäh auf zu sprechen, weil Johns holografisches Abbild just in diesem Moment begann, die Botschaft aufzusagen.

# 76

Nicht im Traum hätte John es für möglich gehalten, dass er sich wenige Wochen nach ihrem Treffen hinter dem Tresen des Brenners wiedergefunden hätte. Doch genau so war es, und er fand es gut und richtig, nachdem er eingesehen hatte, dass es für ihn im Moment nichts zu tun gab.

Nicht dass es nicht genug Arbeit gegeben hätte. Es war nur so, dass die anderen Knastbrüder für die anstehenden Aufgaben einfach qualifizierter waren. Zuerst hatte er noch interveniert, dann aber einsehen müssen, dass er die anderen in ihrem Tun eher behinderte.

Deshalb zapfte er Bier, bediente die Gäste und spülte Gläser, während Nick und Thomas die Aktienmärkte aufmischten, Benny eine Firma nach der anderen gründete und Pablo und Sergej um die ganze Welt jetteten, um Kontakte zu allen möglichen Umweltorganisationen und Prominenten herzustellen. Auf Letzteres hatten sie sich verständigt, nachdem ihnen klar geworden war, dass sie – trotz aller Mittel – alleine nicht genug ausrichten konnten.

Zuvor hatten sie tagelang die Köpfe zusammengesteckt, die Situation analysiert und zu ihrem Leidwesen festgestellt, dass noch viel mehr Arbeit vor ihnen lag als angenommen. Johns Plan ging zwar in die richtige Richtung, war aber noch längst nicht ausgereift, wie er selbst einräumen musste. Unglaubliche zwei Milliarden Dollar mussten sie zusammenbekommen, wenn man Bennys Kalkulation Glauben schenken wollte.

Umso entschlossener waren Nick und Thomas, die nahezu Tag und Nacht arbeiteten und Aktien, ETFs und andere Finanzprodukte kauften und wieder verkauften, während sie immer darauf bedacht waren, nicht in das Blickfeld der Börsenaufsicht zu gelangen. Sie scheffelten Geld wie Heu, was auch nicht so schwer war, wenn man die Kursentwicklung des MSCI-World-Aktienindex bis ins Detail voraussehen konnte – und über das entsprechende Startkapital verfügte.

Zumindest am Anfang war das Investment recht einfach. Doch irgendwann merkten sie, dass sich die Kurse nicht mehr mit ihrer Vorhersage deckten. Zuerst konnten sie sich keinen Reim darauf machen, bis John ihnen den Dominoeffekt näher erklärte. Der Impact ihrer Handlungen war offensichtlich so groß geworden, dass sie angefangen hatten, die Zukunft zu verändern. Dadurch verloren die Daten aus der Zukunft ihre Gültigkeit.

Aber auch hierfür fand sich eine Lösung, weil Thomas ein Computerprogramm entwickelt hatte, das Wahrscheinlichkeiten errechnen konnte und sie so vor unliebsamen Überraschungen schützte, wenn man von einigen unberechenbaren Transaktionen absah.

Nick war zwischenzeitlich wie im Rausch und wieder ganz in seinem Element, so wie zu seinen besten Zeiten, als er als einer der kommenden Stars am Investmenthimmel gehandelt wurde, bevor er dann, wie so viele andere, jäh abgestürzt war.

Er hatte damals die nötigen Konsequenzen gezogen und die Kneipe seines Vaters übernommen, der sich riesig darüber gefreut hatte, dass sein Lebenswerk nicht in fremde Hände fiel. So wie auch Nick, der seine Entscheidung bis heute nie bereut hatte.

Benny bastelte derweil an einer verschachtelten Unternehmenskonstruktion herum. Ein Wirrwarr aus in- und ausländischen Firmen, kaum zu durchschauen und steueroptimiert. Schließlich sollten die Gewinne keinem Staat, sondern ihrem Projekt zugutekommen.

Genauso hoch war die Leistung von Pablo und Sergej einzustufen, die binnen weniger Wochen Allianzen und Partnerschaften mit Greenpeace, dem WWF und anderen Umweltorganisationen geschlossen hatten, nachdem ihnen klar geworden war, dass sie auch zu sechst nicht genug erreichen konnten.

So richtig ging es aber erst zur Sache, als Nick und Thomas voller Stolz verkünden konnten, dass sie mehr als eine Milliarde

Dollar beisammen hatten. Eine Milliarde, das waren tausend Millionen, eine eins mit neun Nullen! Das war für John der Startschuss, wieder stärker in das Geschehen einzugreifen.

John machte sich gemeinsam mit Pablo und Sergej auf den Weg nach Brasilien, dem Land, das ihrer Ansicht nach die Keimzelle der globalen Urwaldzerstörung war.

Anfangs lief auch alles nach Plan, bis immer mehr Projekte ins Stocken gerieten. So hakte gerade der Kauf eines riesigen Grundstücks von der Größe Bayerns am Veto der brasilianischen Regierung, die den Ankauf von Land an ausländische Firmen wie ihre torpedierte. Sie verkaufte das Land lieber an inländische Konzerne, die die Flächen rodeten, um darauf Kakao, Palmöl oder anderes Zeug anzupflanzen.

»Valdano wird ein immer größeres Problem«, sagte Pablo, als sie sich zu ihrem Jour fixe mit Nick, Benny und Thomas in München trafen. »Er ist ein Ignorant und Brandstifter, der den Regenwald am liebsten selbst abfackeln würde, wenn ihm die internationale Staatengemeinschaft nicht auf die Finger schauen würde.«

»Deshalb tut er auch nur so, als ob er gegen die Brandrodung vorgeht, während er in Wahrheit noch Streichhölzer verteilt«, fügte Sergej hinzu, »bis es zu spät ist und das Inferno nicht mehr abgewendet werden kann.«

»Er kann doch aber nicht wollen, dass sein Land vor die Hunde geht«, echauffierte sich Thomas und schüttelte den Kopf.

»Nein, ganz bestimmt nicht«, antwortete John. »Im Gegensatz zu uns weiß er aber auch nicht, dass der Regenwald bis auf den letzten Baum abbrennen wird. Er unterschätzt einfach nur die Konsequenzen seines Handelns.«

John war nach reiflicher Überlegung zu dem Schluss gekommen, dass sie Valdano aus dem Spiel nehmen mussten, wenn sie nicht Gefahr laufen wollten, ihre Mission in einen Rohrkrepierer zu verwandeln. Er wusste zwar noch nicht wie – nur dass er sich der Sache annehmen müsste.

»Es geht nicht anders«, sagte John schließlich. »Valdano muss weg. Ich würde es mir nie verzeihen, wenn wir scheitern, weil ich Valdano nicht gestoppt habe.«

»Ich würde gerne etwas anderes behaupten«, entgegnete Pablo. »Aber ich fürchte, John hat recht. Der Dreckskerl behindert uns, wo er nur kann. Wir schaffen es noch nicht einmal mehr, ein Viertel von dem Geld auszugeben, das Nick und Thomas herangeschafft haben. Fehlt eigentlich nur noch, dass er unserer Organisation die Einreise verbietet. So wie Leonardo DiCaprio, den wir als Paten für einige Projekte gewinnen konnten.«

»Ja, Valdano, ist wirklich ein Irrer, einem Diktator nicht unähnlich«, bestätigte Sergej. »Er entscheidet alles allein. Selbst die fünf Löschflugzeuge, die wir ihm vor die Tür gestellt haben, hat er aus Eitelkeit zurückgewiesen.«

»Und was ist mit unseren Freunden von Greenpeace?«, fragte Thomas, der ganz offensichtlich noch nicht überzeugt war.

»Die beißen sich an Valdano genauso die Zähne aus«, entgegnete Pablo. »Der Depp verbittet sich jede Einmischung. Selbst die Hilfsangebote anderer Länder lehnt er kategorisch ab.«

»Okay«, sagte Nick, »dann ist es entschieden. Bleibt nur noch die Frage, wie wir es …«

»Nicht wir«, unterbrach ihn John, »ich mache das allein.«

»Das kommt überhaupt nicht infrage«, intervenierte Sergej, fest entschlossen, John von seinem Alleingang abzubringen. »Wir machen das zusammen oder gar nicht.«

»Das ist keine Aufgabe für Zivilisten«, blieb John beharrlich. »Oder muss ich euch erst an unsere kleine Schlägerei im Käfig erinnern?«

»Das ist natürlich ein Argument«, gab Benny zurück und fasste sich unbewusst an die Nase, die ihm vor über einem Jahr von einem der Hooligans gebrochen wurde. »Dann sag uns wenigstens, was du vorhast.«

»Ich weiß es noch nicht«, sagte John. »Mir wird aber schon noch etwas einfallen.«

»John, mir geht eine Sache nicht aus dem Kopf«, sagte Nick, als die anderen gegangen waren. »Ich frage mich, ob du den Anschlag auf Valdano bereits geplant hattest, als du Lea und mich darum gebeten hast, auf Gibson achtzugeben. Es kommt mir vor, als hättest du gewusst, dass du vielleicht nicht mehr zurückkommst.«

»Nein, die Idee mit Valdano kam mit erst später«, antwortete John, obgleich er froh darüber war, dass er die Umprogrammierung von Gibson rechtzeitig vor dem geplanten Anschlag auf Valdano abgeschlossen hatte. Er hatte zwar nicht vor, dabei draufzugehen, doch ausschließen konnte er es auch nicht. Und deshalb war es umso wichtiger, dass Gibson bereits in den Händen lag, die ihn über Generationen hinweg aufbewahren und an Eva Molitor weitergeben sollten.

## 77

Zwei Wochen später waren Pablo, Sergej und John wieder zurück in Südamerika. Während es Sergej und Pablo nach Bolivien zog, um die fünf Löschflugzeuge an die dortige Landesregierung zu übergeben, flog John nach Brasilia, um sich Valdano vorzuknöpfen.

Wie erwartet war es jedoch gar nicht so einfach, an den Präsidenten heranzukommen, weil er rund um die Uhr bewacht wurde. John zählte wenigstens zwölf Gorillas, die ständig um ihn herumwuselten, wenn er nicht gerade auf seinem Anwesen weilte, das wie eine Festung gesichert war.

Erschwerend kam hinzu, dass John langsam, aber sicher die Zeit davonlief, weil der Zeitpunkt, an dem der Wald in Flammen stehen würde, immer näher rückte.

Notgedrungen entschied sich John deshalb zu improvisieren. Alles Weitere würde sich dann schon ergeben, hoffte er, obwohl er insgeheim genau wusste, dass es die pure Verzweiflung war, die aus ihm sprach.

Überdies hatte sich John vorgenommen, so wenig wie möglich dem Zufall zu überlassen und nicht vollkommen unvorbereitet an die Sache heranzugehen.

Deshalb nahm er das Anwesen genauer unter die Lupe und schickte immer wieder eine seiner Bienen hinein, bis er sich sicher war, was ihn im Inneren des Gebäudekomplexes erwartete.

Das Anwesen war, wie erwartet, riesig. Er zählte jede Menge Schlaf- und Badezimmer, Küchen, ein riesiges Fitness- und Wellnesscenter, eine Bowlingbahn, ein Kino und noch viele weitere Räume, die niemand, wirklich niemand brauchte. Leider gab es aber auch jede Menge Kameras, Bewegungsmelder und insgesamt zwei Dutzend Sicherheitsleute.

In einer mondlosen Nacht war es dann so weit, und John sprang mit einem einzigen Satz über die vier Meter hohe Mauer, wie es nur seinesgleichen tun konnten.

Auf der anderen Seite angekommen, duckte er sich und suchte hinter einem kleinen Pavillon Deckung, der zu einer weiträumigen Poolanlage gehörte und an den hinteren Teil des Gartens angrenzte. Von da aus sondierte er die Lage und zählte fünf Wachen, die im Garten verteilt waren und nach Eindringlingen, also Leuten wie ihm, Ausschau hielten.

Mit denen werde ich schon fertig werden, war er sich sicher und war bereits im Begriff aufzustehen, als er urplötzlich sechs Schatten links und rechts an sich vorbeihuschen sah. Automatisch verharrte er in der Bewegung und beobachtete, wie die sechs Gestalten die Wachleute ausschalteten und auf das Haus zuliefen.

Das kann nicht sein, dachte er und meinte damit weniger das plötzliche Erscheinen der sechs Kämpfer, sondern eher die Art und Weise, wie sich zwei von ihnen bewegten. Nämlich genauso wie er und damit genauso, wie nur Marsianer es konnten, die den Assimilationsprozess durchlaufen hatten.

John erstarrte und blieb in seiner geduckten Position. Seine Gedanken überschlugen sich, bis sich das Wirrwarr in seinem Kopf plötzlich löste. Für das, was gerade passierte, gab es eigentlich nur eine Erklärung. Er hatte Unterstützung erhalten. Von wem? Von niemand anderem als Eva Molitor! Seine Nachricht an sie würde, und da war er sich nun sicher, übergeben werden. Und sie hatte ihm gerade in dem Augenblick ihre Unterstützung geschickt, in dem er selbst Hand an den unbelehrbaren Urwaldzerstörer anlegen wollte.

Doch warum waren die Zeitreisenden nicht auf ihn zugegangen? Sie hätten zusammen zuschlagen können. John konnte sich das nur damit erklären, dass Eva Molitor den Dominoeffekt auch weiterhin in Grenzen halten wollte. John musste ihr aber zugutehalten, dass sie etwas flexibler hinsichtlich der Regeln geworden war. Sie hatte offensichtlich den Fokus vom Virus auf das Waldsterben erweitert.

Ganz euphorisch kostete John diese Feststellung aus. Er wollte am liebsten einen Luftsprung machen, blieb aber in der Hocke.

John wartete einige Minuten. Von hier unten konnte er die Gemächer Valdanos gut erkennen, erst recht, wenn er durch sein Nachsichtgerät blickte. Es flackerte einige Male im Schlafzimmer Valdanos auf, ohne dass Schüsse zu hören waren. Die Angreifer waren also mit Schalldämpfern ausgestattet. Interessanterweise war kein Alarm zu hören. Das Einsatzkommando wusste, was es tat. Ob es wohl Technik aus dem 26. Jahrhundert benutzte?

Was ist das?, fragte er sich, als er plötzlich eine schwarz gekleidete Gestalt am Fenster sah. Winkte sie ihm etwa zu? Das konnte nicht sein. John senkte sein Nachtsichtgerät und kniff gehörig die Augen zusammen. Bildete er sich das alles nur ein? Seine Sehnsucht, jemanden aus seiner Zeit zu treffen, trieb wohl ein grausames Spiel mit ihm.

John sah erneut hindurch und stellte das Gerät noch einmal scharf. Nun stand eine zweite Gestalt vor dem Fenster. Beide Gestalten reckten die Faust in die Höhe, so wie man es nur in der fernen Zukunft gemacht hatte.

Unfassbar, dachte sich John, meinen sie mich? Sollte er versuchen, seine Kollegen aus der Zukunft zur Rede zu stellen? Nein, dachte er weiter. Die Entscheidung liegt nicht bei mir. Sie müssen entscheiden, ob ein Kontakt möglich ist.

Mehrere Sekunden schaute John durchs Glas. Ohne Zweifel reckten die beiden Soldaten ihre Faust in die Höhe, sodass es fast so schien, als seien sie in der Bewegung eingefroren.

Dann ging der Alarm an, und John lief die Zeit davon. Er musste hier weg. Doch er musste herausfinden, ob seine Helfer es schafften, sicher vom Anwesen zu verschwinden. Er beschloss noch ein wenig abzuwarten. Vielleicht nehmen die Soldaten denselben Weg zurück, dachte er. Doch sie kamen nicht. Vielleicht verließen sie das Gebäude auf einem anderen Weg. Hatten sie vielleicht sogar den Alarm ausgelöst? Freiwillig?

John musste sich jetzt entscheiden! Sollte er auf die anderen warten und damit riskieren, von der Polizei erwischt zu werden?

Plötzlich sah er eine Leuchtrakete aufsteigen, die weit über dem Haus grell aufleuchtete. Langsam sank der Lichtball Richtung Boden.

»Bring dich in Sicherheit, John Trebor!«, hörte er eine Frau rufen. »Unser Einsatz war erfolgreich. Wir haben beendet, was du begonnen hast. Wir werden uns nicht …«

Mehr konnte John nicht verstehen, weil die Sirene erneut ertönte und jedes weitere Wort im Keim erstickte.

Obwohl John nicht alles verstanden hatte, hatte er nun die Gewissheit, dass die Soldaten aus der Zukunft kamen. Aber was meinten sie damit, dass sie sein Vorhaben zu Ende gebracht haben? War er etwa gescheitert mit seinem Anschlag? Hatte deswegen dieses Kommando seine Aktion korrigieren müssen?

Völlig konsterniert sprang John wieder über die Mauer und verließ das Anwesen. Dabei hallte ihm die Stimme der Frau im Kopf, die ihn gewarnt hatte. Wie kam es, dass ihm die Stimme bekannt vorkam? An wen erinnerte sie ihn bloß, fragte er sich, als er einen Sprint hinlegte.

Am nächsten Morgen wachte John mit einem surrealen Gedanken auf. Er dachte an Charly MacLaine. Hatte er ihre Stimme gehört? Oder war das sein Wunschdenken? Ja, sie könnte es wirklich gewesen sein, dachte er. Und auch die Silhouette, die er am Fenster gesehen hatte, kam ihm seltsam bekannt vor. Was hätte er nicht alles gegeben, um Charly jetzt wiederzusehen! Nach all den Freunden und Kollegen, die er in der Zwischenzeit verloren hatte! Doch er würde wohl nie erfahren, wer seine Helfer waren, es sei denn, sie gaben sich ihm zu erkennen.

Voller Anspannung wartete John auf eine Nachricht oder irgendein Zeichen, doch niemand meldete sich bei ihm. Nicht am Tag nach dem Attentat und auch nicht an den Tagen darauf. Inständig hoffte John, dass es nur die Vorsicht war, die Charly oder wer auch immer seinen Namen gerufen hatte, von einer Kontaktaufnahme abhielt. Schließlich wimmelte es in der Stadt nur so von Polizei und Militär. Wohlmöglich waren sie abgetaucht oder geflohen, bevor das Militär, die gesamte Stadt abgeriegelt hatte.

John blieb deshalb nichts anderes übrig als sich in Geduld zu üben und einfach abzuwarten.

Die Medien berichteten tagelang vom Mordanschlag auf den Präsidenten. Eine Sondersendung jagte die nächste, ohne dass Einzelheiten preisgegeben wurden, und das änderte sich auch nicht in den darauffolgenden Wochen. Kein Wunder, welche Regierung würde freiwillig zugeben, dass das Staatsoberhaupt klammheimlich und unbemerkt getötet worden war?

Die genauen Umstände des Anschlags blieben schlichtweg im Dunkeln, was nicht bedeutete, dass es keine Erklärungsversuche gab. Die unterschiedlichsten Theorien kursierten. So war von einem Angriff eines ausländischen Geheimdienstes die Rede, aber auch von einem Attentat aus den eigenen Reihen von Valdanos Parteifreunden.

Niemand, abgesehen von John, wusste, dass ein zweites Team von Zeitreisenden sich um den präsidialen Geisterfahrer gekümmert hatte.

John war sich mittlerweile ziemlich sicher, dass sein Versuch, Valdano aufzuhalten, gescheitert sein musste und dass man ihm zu Hilfe geeilt war. Und das wiederum ließ nur den Rückschluss zu: Seine Botschaft wird Eva Molitor nicht nur erreichen, sondern von ihr auch als echt eingestuft werden. Dann wird Molitor gewarnt sein, was den Mars betrifft. Somit wird sie die Regierung ins Vertrauen ziehen können und die Marsrebellion vielleicht verhindern können.

Dieser Gedanke trieb John immer wieder ein Lächeln aufs Gesicht, weil dann vieles, nein, eigentlich sogar alles dafür sprach, dass Helena nicht sterben würde – vorausgesetzt, dass sie nicht zu den Dominosteinen gehörte, die sich auflösten. Doch wenn es Eva Molitor geben wird, könnte es auch für Helena einen Platz in der Zukunft geben.

Er war jedes Mal ganz aufgeregt, wenn er darüber nachdachte, obgleich er natürlich wusste, dass letztendlich alles nur Spekulation war. Er war sich dessen bewusst, und dennoch wurde er nicht müde, darüber nachzudenken. Nicht zuletzt, weil auch in den nächsten Wochen weder Charly noch ein anderer Zeitreisender mit ihm Kontakt aufnahm, um ein wenig Licht ins Dunkel zu bringen.

Nicht nur aus diesem Grund behielt er sein Wissen um seine Helfer aus der Zukunft für sich. Sein Bauchgefühl sagte ihm, dass es darauf ankam, so wenig wie möglich über die anderen Zeitreisenden zu verraten, wenn schon sie selbst sich ihm nicht zeigen wollten.

Deshalb glaubten seine Freunde, dass er Valdano ganz allein aus dem Spiel genommen hatte.

»Auf John«, sagte Thomas und hob seinen Maßkrug in die Höhe, als sie sich einige Wochen später im Brenners alle wieder gegenübersaßen.

»Ja, auf John«, stimmte Nick ein und erhob seinerseits das Glas. Dann nahm er einen großen Schluck und wischte sich mit der Hand über den Mund, bevor er seine Neugierde nicht mehr zurückhalten konnte.

»So, und jetzt erzähl mal«, sagte er. »Wir sind schon ganz ungeduldig. Und lass ja nichts aus. Wir wollen jedes noch so kleine Detail wissen.«

»Nun sag schon«, bohrte Sergej hinterher, nachdem John keine Anstalten machte, auf die Frage zu antworten. »Wie hast du das gemacht? Ich meine, wie bist du da überhaupt reingekommen? Der Präsidentenpalast gleicht doch einer Festung.«

»Fragt einfach nicht«, hatte er schließlich geantwortet. »Es ist besser so und dient eurer eigenen Sicherheit.«

»So ein Quatsch«, antwortete Benny und setzte nach.

»Ich meine es ernst, Leute, je mehr wir über solche Korrekturen der Weltgeschichte reden, umso höhere Wellen schlägt unsere Diskussion. Alles ist miteinander verbunden. Es könnten dabei Dominosteine umfallen, die nicht umfallen sollten. Es ist besser, wir halten hier den Ball flach.«

Schließlich rückte die Frage ganz von alleine in den Hintergrund, weil es viel wichtigere Dinge zu besprechen gab. Denn wie erhofft war mit Valdanos Tod auch das Ende seiner Partei gekommen, die nichts Besseres zu tun hatte, als sich selbst zu zerlegen. Die Folge waren Neuwahlen, die nicht nur einen neuen

Präsidenten ins Amt brachten, sondern auch einen Politikwechsel nach sich zogen, der ihnen ganz neue Möglichkeiten eröffnete, die vielen Projekte umzusetzen. Die Rettung des Regenwalds im Amazonas-Delta ging endlich voran. Auch Dank der Unterstützung ihrer Verbündeten, die sich ihrer Sache verschrieben hatten.

# ANNO 2021

# 78

Weder im Jahr 2020 noch in den ersten Monaten des darauffolgenden Jahres ging der Regenwald im Amazonas-Delta in Flammen auf. Es brannte zwar immer wieder mal, aber nicht so, dass der gesamte Regenwald in Gefahr geriet.

»Ich glaube, wir haben es wirklich geschafft«, sagte Nick, als sie sich am 27. August 2021 im Brenners trafen.

»Ja, vermutlich hast du recht«, antwortete John, dem im Unterschied zu den anderen immer noch letzte Zweifel plagten.

Sie erwiesen sich aber als unbegründet, weil der Regenwald auch in den darauffolgenden Jahren nicht Gefahr lief, in Flammen aufzugehen. Ganz im Gegenteil: Er wuchs und gedieh wie schon lange nicht mehr.

Und trotzdem oder gerade deshalb wurden sie nicht müde, sich weiterhin für den Erhalt des Amazonas-Deltas einzusetzen und immer wieder neue Projekte anzuschieben. Sie fingen irgendwann sogar an, ihren Aktionsradius auszudehnen und sich um andere gefährdete Regionen zu kümmern. Allen voran um den Erhalt des Great Barrier Reefs und den Schutz des Regenwalds in Sumatra. Insbesondere wollte John verhindern, dass den Orang-Utans ihr Lebensraum genommen wird und sie, wie so viele andere Spezies vor ihnen, von der Bildfläche verschwinden.

Doch all das geriet für einen Moment zur Nebensache, als es eines Tages an Johns Tür klingelte. John wohnte wieder in seiner alten Wohnung, die er kurzerhand gekauft hatte. Es war bereits sehr spät und er hatte, wie so oft, die Sterne ins Visier genommen. Das muss Nick sein, dachte er, nachdem er einem Blick auf seine Uhr geworfen hatte. Es war bereits zwölf Uhr durch und das Brenners hatte gerade zugemacht. Er holte zwei Bier aus dem Kühlschrank, ging zur Tür und drückte auf die Taste für die Gegensprechanlage.

»Nick, bist du das?«, fragte John, erhielt aber keine Antwort. »Nick?«, fragte er erneut, erhielt aber wieder keine Rückmeldung. Merkwürdig, dachte er und runzelte die Stirn.

Ohne einen weiteren Gedanken zu verschwenden, machte er sich wieder auf den Weg zur Terrasse und erschrak, als er die Silhouette einer Frau hinter seinem Teleskop entdeckte. Ganz automatisch nahm er seine Angriffsposition ein.

»Immer wieder schön, unsere Heimat«, sagte die Stimme plötzlich, ohne aufzublicken.

Dann machte es *klick* und er erkannte sie. »Charly, bist du das?«, platzte es aus ihm heraus.

Erst da blickte sie auf und nickte. »Hallo John«, antwortete sie und grinste. »Schön dich zu sehen.«

»Wieso jetzt?, nach all der Zeit«, fragte John und schüttelte ungläubig den Kopf, bevor er auf sie zu hastete und ohne ein weiteres Wort fest in die Arme schloss. Lange standen sie so da, bis sich Charly aus seiner Umarmung löste und zu einer Erklärung ansetzte.

»Eigentlich dürfte ich gar nicht hier sein«, sagte sie zögerlich und stockte.

»Molitor und ihre Regeln«, fuhr John fort und musste lachen.

»Ja, so ist es«, bestätigte Charly. »Sie war der Meinung, dass es besser ist, keine unnötigen Risiken einzugehen. Du kennst sie ja.«

»Ich bin froh, das du hier bist«, antwortete John, ohne auf die Bemerkung einzugehen.

»Ich auch«, schluchzte Charly, die ihre Tränen jetzt nicht mehr zurückhalten konnte. »Ich habe es ohne dich nicht mehr ausgehalten. Ich musste dich einfach sehen.«

»Unsere Begegnung wird die Welt schon nicht aus den Angeln heben.« John sagte dies nicht nur um sie zu beruhigen, sondern weil er es auch so meinte.

Später saßen sie noch lange zusammen. John hing förmlich an ihren Lippen und sog jedes Wort von ihr auf. Er war überwältigt und glücklich, weil alles was er sich ausgemalt und erträumt hatte der Wahrheit entsprach. Seine Botschaft hatte Eva Molitor tatsächlich erreicht und alles hatte sich zum Guten verändert.

Die Knastbrüder trafen sich, wann immer es ihre Zeit erlaubte, samstags zu einem Spiel im Käfig. Auch dann noch, als nach mehreren Jahren ihre alten Knochen begannen, weh zu tun, und ihr Spiel mehr und mehr an Standfußball erinnerte.

John war das egal, solange er Zeit mit seinen Freunden verbringen konnte. Er war glücklich und mit sich im Reinen, auch wenn er niemals wieder heiratete. Dafür waren stets Hunde an seiner Seite. Nach Golan kam Aldar, dann Tiguan und zuletzt Red, der bei ihm war, als er in der alten Welt für immer die Augen schloss.

Johns letzte Gedanken gehörten seiner Frau Helena. Als er seine letzten Atemzüge machte, freute er sich auf eine gemeinsame Zukunft mit ihr.

# ANNO 2536

# 79

Wann immer das Wetter mitspielte, verbrachte Eva Molitor ihre Mittagspause in einem kleinen Park unweit ihres Büros am Stadtrand von Chicago. Sie nutzte die Zeit, um Kraft zu tanken für die meist sehr langen Arbeitstage, die unweigerlich mit ihrer Rolle als Mastermind von Triple X verbunden waren. Das galt umso mehr, seit ihr Chef sie damit beauftragt hatte, einen neuartigen Gravitationsantrieb zu entwickeln, der der Menschheit auf lange Sicht ganz neue Perspektiven für die Erforschung des Weltraums eröffnen sollte. Das Arche-Projekt war zu ihrer großen Leidenschaft geworden.

Auch heute ging sie zuerst einige Meter, bevor sie sich auf einer der Parkbänke niederließ und mit geschlossenen Augen die hoch stehende Mittagssonne genoss. Die Sonne prickelte warm und angenehm auf ihrer Haut. Sie seufzte leise und war zufrieden. Vermutlich wäre sie sogar eingenickt, wenn sich nicht ein älterer Herr unbemerkt neben sie gesetzt und sie angesprochen hätte.

»Was, wie …?«, schreckte sie hoch und schaute in die Augen eines gütig dreinblickenden Mannes von wenigstens siebzig Jahren.

»Es tut mir leid, wenn ich Sie erschreckt habe«, fuhr er fort. »Das war bestimmt nicht meine Absicht.«

»Ist schon gut«, antwortete sie und war nach einem Blick auf die Uhr schon im Begriff aufzustehen, als er sie am rechten Arm festhielt und regelrecht anflehte, nicht zu gehen.

»Bitte bleiben Sie«, sagte er. »Ich muss dringend mit Ihnen sprechen. Bitte.«

»Sie müssen mit mir sprechen?«, wiederholte sie etwas verblüfft. Sie hatte den Mann nie zuvor gesehen.

»Ich heiße Nickolas Brenner, und ich bin hier, um ein Versprechen einzulösen, das einer meiner Vorväter vor mehr als fünfhundert Jahren einem gewissen John Trebor gegeben hat«, fing er ohne Vorrede an zu erzählen.

Na toll, ein Irrer, dachte Eva Molitor und schaute auf ihre Uhr. Sie wollte, nein, sie musste wieder an die Arbeit gehen.

Davon unbeirrt, redete Nickolas Brenner weiter und erzählte ihr eine unglaubliche Geschichte, die mit jeder Minute unterhaltsamer und spannender wurde und ihren Höhepunkt erreichte, als der Fremde auf einen Würfel zu sprechen kam, den seine Familie angeblich seit dem Jahre 2019 verwahrte, um ihn jetzt, im Jahr 2536, einer Frau namens Eva Molitor zu überreichen.

»Und deshalb bin ich heute hier«, sagte er voller Erleichterung und holte den kleinen Würfel aus der Jackentasche und legte ihr das kleine Ding in die Hand.

»Sie haben mich wirklich neugierig gemacht«, antwortete Eva Molitor und wog den Würfel in ihrer Hand. »Das haben bisher nur die wenigsten geschafft. Jetzt bin ich wirklich gespannt, was es mit dem Würfel auf sich hat.«

»Das weiß ich nicht«, gab Nick Brenner zu ihrer Überraschung zurück und zuckte mit den Schultern. »Das Wissen ist im Verlauf der Jahrhunderte verlorengegangen. Angeblich soll es sich um eine Art Flaschengeist handeln.«

»Soso«, sagte Eva Molitor, ohne zu wissen, was sie davon halten sollte.

»Wie auch immer«, sagte Nick Brenner und stand auf, »mein Auftrag ist jedenfalls erfüllt. Ich wünsche Ihnen mehr Erfolg bei des Rätsels Lösung, als mein Vater und ich gehabt haben.«

»Das war's?«, fragte Eva Molitor verdutzt, die jetzt sogar ein wenig enttäuscht wirkte.

»Ja, das war's«, bestätigte Nickolas Brenner, verbeugte sich zum Abschied und zog ohne ein weiteres Wort von dannen.

Ungläubig schaute sie Herrn Brenner hinterher, wenn es denn überhaupt sein richtiger Name war, und schüttelte den Kopf. Vielleicht war das Ganze nur ein alberner Schwindel, und der Mann war aus dem Altenheim entflohen?

Eva steckte den Würfel ein und machte sich auf den Weg in ihr Büro. Sollte sie das Ding gleich in einem der Mülleimer entsorgen? Doch das wäre dem gutmütigen Mann gegenüber nicht fair, fand sie.

Im Büro landete der Klotz auf ihrem Schreibtisch und diente ihr eine Zeit lang als eine Art Briefbeschwerer, bis Thaddäus7 sie eher beiläufig fragte, ob sie jetzt neuerdings ihre Kampfkünste trainieren würde.

»Ganz bestimmt nicht«, antwortete sie. »Aber warum fragst du?«

»Na, wegen des Kampfquaders, der auf deinem Schreibtisch liegt.«

»Ich glaube, du verwechselst da etwas«, antwortete sie. »Das Ding ist nur so ein Familienerbstück aus dem 21. Jahrhundert.«

»Oder du verwechselst etwas«, antwortete Thaddäus7, nachdem er den Würfel in die Hand genommen hatte. »Das Gerät ist aus Cerasol und kann keine zwanzig Jahre alt sein. Wie hätte man im 21. Jahrhundert dieses Material herstellen sollen?«

Jetzt verstand Eva Molitor gar nichts mehr. Hatte sie dieser Kerl, wie hieß er noch gleich, Nickolas Brenner, etwa an der Nase herumgeführt? Sie wusste es nicht. Aber ganz egal, wie sie die Sache drehte und wendete, das Ganze blieb irgendwie mysteriös. Nur dass sie für so einem Quatsch nun wirklich keine Zeit hatte.

»Hast du gehört, was ich gerade gesagt habe?«, riss er sie aus ihren Gedanken.

»Ich bin ja nicht taub«, erwiderte sie. »Nimm das Ding einfach mit und sieh zu, was du darüber herausfinden kannst.«

Zwei Tage später hatte Thaddäus7 den Code geknackt und nicht nur Gibson aus seinem Versteck gelockt, sondern auch die geheime Nachricht gefunden, die John Trebor vor beinahe fünfhundert Jahren für sie hinterlassen hatte.

Und trotzdem wirkte Thaddäus7 weder überrascht noch aufgeregt, als seien Zeitreisen eine höchst plausible Angelegenheit.

Ganz anders reagierte dagegen Eva Molitor, die zwar auch nicht als besonders emotionaler Mensch bekannt war, dafür aber merklich überrascht dreinblickte, als Thaddäus7 ihr die Nachricht das erste Mal vorspielte.

»Noch einmal von vorne«, sagte sie vollkommen aufgewühlt, und Thaddäus7 tat, was ihm aufgetragen wurde.

»Mein Name ist John Trebor. Major John Trebor von den Mars-Defendern«, stellte sich der Flaschengeist daraufhin erneut vor und deutete eine Verbeugung an. »Ich bin ein Zeitreisender und spreche hoffentlich zu Eva Molitor, der Dame, die im Auftrag der Regierung eine Zeitmaschine gebaut hat, die mich und mein Team im Jahr 2544 rund fünfhundert Jahre zurück in die Vergangenheit geschickt hat, ins Jahr 2014. Ja, Sie haben richtig gehört! Eine Zeitmaschine. Genauer gesagt eine riesige Schienenkanone, mit dem Sie mein Team und mich durch ein Wurmloch geschossen haben. Und ja, das Experiment ist geglückt, sonst würden Sie mich jetzt nicht sehen und hören können. Das ist allein Ihr Verdienst, auch wenn Sie das vermutlich nicht gerne hören werden.«

Daraufhin klatschte John einige Male in die Hände und deutete erneut eine Verbeugung an. Danach schaute er kurz auf seinen Zettel und sprach weiter.

»Im 21. Jahrhundert angekommen, sollten wir den Urtyp eines Virus ausfindig machen und vernichten, der fünfhundert Jahre später im Begriff war, die gesamte Menschheit auszulöschen. Und wie es scheint, ist uns das gelungen, auch wenn der Preis dafür sehr hoch war. Mein Auftrag ist damit im Prinzip erledigt. Ich habe mich allerdings dazu entschlossen, den Regenwald im Amazonas-Delta zu retten, wohl wissend, dass Sie das vermutlich nicht gerne hören werden. Schon allein wegen des Dominoeffekts und wegen des Spielbretts des Lebens. Aber glauben Sie mir, es lohnt sich. Fragen Sie einfach Thad, Thaddäus7, der hat mich im Jahr 2541 überhaupt erst auf die Idee gebracht. So, das war's«, sagte er schließlich. »Jetzt liegt es an Ihnen, mir zu glauben oder auch nicht. Wenn ja, dann überzeugen Sie bitte Präsident Peter Carter, dass er das Ende von Mars-Evolution anders einleiten muss, wenn er ein Massaker verhindern will. Am besten reist er persönlich auf den Mars und spricht mit einer Gruppe, die sich selbst den Namen Rothäute gegeben haben. Allen voran mit meinem Onkel Lawrence O'Brien. Er ist der Gründer und Anführer der Rothäute, einer Gruppierung mit radikalen, aber auch gemäßigten Kräften. O'Brien ist empfänglich für vernünftige Argumente. Und legen Sie bitte, wenn Sie können, ihre schützende Hand über meine Frau Helena, damit sie gut durch das Jahr 2538 kommt.

Eva Molitor hatte verwirrt zugehört, bis dieser John Trebor das Spielbrett des Lebens erwähnt hatte. Da klingelte es bei ihr. Alles andere hätte nur eine gut ausgesponnene Geschichte sein können, doch das Spielbrett des Lebens war ihre eigene Theorie, mit der sie sich schon in Schulzeiten stark beschäftigt hatte – als Einzige in ihrer Schule. Wer vom Spielbrett des Lebens sprach, kannte ihr Modell der Dominosteine, das dazu diente, sich den Zeitverlauf auf einer linearen Ebene vorzustellen. Niemand konnte dieses Modell kennen, denn sie hatte den Artikel noch nicht veröffentlicht. Es gab nur lose Notizen, von denen Eva Molitor den Eindruck hatte, sie könnten für eine ganze Monografie reichen. Wie konnte dieser John Trebor also davon wissen?

Eva war auf einmal ganz außer sich. Aufgeregt lief sie hin und her, ohne zu wissen, was sie als Nächstes tun sollte. Jemand aus der Zukunft bezog sich auf eine Theorie, die sie noch nicht veröffentlicht hatte. Rein logisch gesehen war es möglich, dass sie die Theorie diesem Trebor in Zukunft beibringen würde, um ihm Zeitreisen zu erklären. Aber ihn gleich in die Vergangenheit zu schicken? In nicht einmal zehn Jahren? Unmöglich! Oder schien es nur unmöglich? Wer weiß schon, wie die Welt in zehn Jahren aussieht und was dann möglich ist?

Bleib ruhig, ermahnte sie sich selbst. Bleib ruhig und sachlich und konzentrier dich. Dabei verkrallte sie ihre Hände in ihren kurzen Locken, ohne es überhaupt zu merken. Sie ließ die Arme wieder fallen und drehte sich unvermittelt um.

»Thaddäus7, bitte informiere dich über diesen John Trebor. Ich will alles über ihn wissen. Wo er lebt, wer seine Verwandten sind, mit wem er seine Freizeit verbringt, und auch, wer diese Helena sein könnte.«

»Wird erledigt«, antwortete Thaddäus7.

»Immer vorausgesetzt, der Kerl existiert überhaupt«, rief sie ihm noch hinterher.

Es dauerte nur einen Tag, bis Thaddäus7 alle Informationen zusammengetragen hatte. Tatsächlich hatte er einen John Trebor auf dem Mars aufgespürt.

»Es besteht kein Zweifel«, sagte er. »Das ist derselbe Mann, der sich uns als Hologramm präsentiert hat. Nur ein wenig jünger und auch kein Major, sondern im Rang eines Second Lieutenant stehend. Und verheiratet ist er auch noch nicht. Er hat aber eine Freundin mit dem Namen Helena.«

»Interessant«, antwortete sie und überlegte kurz, was das nun schon wieder zu bedeuten hatte. Plötzlich hatte sie eine Idee, die ihr half, den Knoten zu lösen: Die Nachricht stammt von einem älteren John Trebor, und sie hatte sie erreicht, bevor John durch die Zeit gereist war. Demnach musste John jetzt jünger sein. Natürlich!

»Ich habe über die Sache nachgedacht«, sagte Thaddäus7 und unterbrach sie in ihren Gedanken.

»Ich höre«, antwortete sie und nickte ihm aufmunternd zu. Normalerweise interessierte sie die Meinung anderer eher selten. Sie langweilte sie eher. Nicht aber die von Thaddäus und anderen iHumans der K- und T-Serie.

»Ich habe mich nicht nur über John Trebor informiert, sondern auch über die Grippe«, fuhr er fort. »Sie gilt tatsächlich seit Jahrhunderten als ausgerottet.«

»Korrekt«, erwiderte sie. Auch sie hatte das recherchiert. Die Grippe war tatsächlich im Laufe des 21. Jahrhundert verschwunden und galt seitdem als besiegt. »Aber worauf willst du hinaus?«

»Wenn es wirklich stimmt«, sagte Thaddäus7, »dass John Trebor in die Vergangenheit gereist ist, um die Grippe auszulöschen, dann gibt es doch keinen Grund mehr, das Zeitreiseprojekt überhaupt zu initiieren. Richtig?«

»Ja, das stimmt«, entgegnete sie. »Kein Virus, keine Zeitreise.«

»Gut«, antwortete er. »Dann bleibt aber die Frage, was passiert, wenn John Trebor und sein Team am Tag X gar nicht in die Vergangenheit reisen, obwohl sie das ja bereits einmal …«

»Jetzt begreife ich langsam, worauf du hinaus willst«, unterbrach sie ihn. »Du fragst dich, ob sich die Vergangenheit selbst wieder korrigiert, wenn das Ereignis ausbleibt, das das Virus vernichtet hat.«

»Ganz genau«, entgegnete er. »Darüber denke ich schon den ganzen Tag nach. Kommt das Virus dann zurück?«

»Ich glaube, in diesem Punkt kann ich Entwarnung geben«, antwortete sie. »Ich beschäftige mich schon eine ganze Weile mit den Konsequenzen von Zeitreisen in die Vergangenheit. Und deshalb bin ich mir sicher, dass John nicht nur die Vergangenheit, sondern auch die Zukunft unwiderruflich verändert hat. John und sein Team haben die Kettenreaktion auf dem Spielbrett des Lebens ein für alle Mal verändert. Dessen bin ich mir sicher.«

»Das Spielbrett des Lebens«, gab er zurück. »Den Begriff hat auch John Trebor verwendet. Dann hat er diese Metapher von dir?«

»Ja, so scheint es«, bestätigte sie. »Deshalb habe ich auch keine Zweifel daran, dass er die Wahrheit sagt, auch wenn das alles noch so fantastisch klingt.«

»Aber wenn das alles wirklich wahr ist, was ist dann mit dem Raum-Zeit-Kontinuum?«, hakte Thaddäus7 ein. »Hätte der Eingriff in die Vergangenheit nicht ganz andere Auswirkungen auf die Gegenwart und Zukunft haben müssen?«

»Das hätte ich auch vermutet«, räumte Eva Molitor ein. »Aber so wie es aussieht, scheint das Raum-Zeit-Gefüge viel robuster zu sein als angenommen. Sonst wäre nicht mehr oder weniger alles beim Alten geblieben. Ich kann mir das nur so erklären, dass über der Vergangenheit eine Art Gitter liegt, das alles zusammenhält und es schon etwas mehr als ein paar Ereignisse braucht, um die Vergangenheit entscheidend zu ändern.«

»Ja, so muss es sein«, bestätigte Thad, »sonst würde es Trebor und seine Freundin Helena heute nicht geben. Selbst der Präsident der Vereinten Nationen ist derselbe geblieben.«

»Und auch wir selbst. Oder hast du vergessen, dass auch wir Teil von Johns Botschaft waren?«

»Nein, natürlich nicht«, antwortete er. »Genauso wenig, wie ich vergessen habe, dass John den Regenwald in seiner Botschaft erwähnt hat. Nur mit dem Unterschied, dass der Regenwald im 21. Jahrhundert trotz seiner Bemühungen abgebrannt ist und sich daran leider nichts geändert hat. Nur das Virus konnte er aufhalten.«

»Tja«, sagte Eva Molitor, »er hatte Erfolg, aber nicht auf ganzer Linie.«

»Ja, das ist wirklich bedauerlich«, entgegnete Thad. »Denn wie John Trebor in seiner Botschaft bereits hat durchblicken lassen, wäre der Lohn immens gewesen.«

»Was meinst du damit?«, fragte Eva Molitor zurück.

»Ich schätze, es hätte den Klimawandel um wenigstens zweihundert Jahre verlangsamt, wenn er das Absterben des Regenwalds verhindert hätte.«

»Um zweihundert Jahre!«, platzte es aus ihr heraus. Sie hatte ja mit allem gerechnet. Aber nicht damit. Unwillkürlich griff sie sich erneut in die Haare und versuchte, das alles zu begreifen.

Ihre Gedanken überschlugen sich, bis sich langsam eine fantastische Idee in ihrem Kopf ausbreitete. Und dann wusste sie auf einmal, was zu tun war.

Doch bevor sie sich um das Regenwald-Problem kümmerte, musste sie mit Präsident Carter über den Mars sprechen.

Ende.

# Charaktere

| | |
|---|---|
| **Agilar, John** | Deckname von John Trebor |
| **Anker, Konrad** | Earth-Defender, Elite-Ermittler, Zeitreisender |
| **Benny** | Freund von John Trebor (*Knastbruder*), Steuerberater, Junggeselle |
| **Brenner, Nick** | Freund von John Trebor (*Knastbruder*), Barbesitzer, ehemals Investmentbanker |
| **Brenner, Nickolas** | Nachfahre von Nick Brenner |
| **Carter, Peter** | Präsident der Vereinten Nationen |
| **Dixon, Sam** | Ausbilder bei den Mars-Defendern |
| **Dreyer, Paul** | Geistlicher, langjähriger Freund von John Trebor, ehemals Mars-Defender |
| **Foster, Liam** | Sicherheitschef von Space Logistics, Zeitreisender |
| **Friedmann, Abel** | Leiter von Mars-Evolution |
| **Gardner, Michael** | Vizepräsident der Vereinten Nationen, Opfer eines Anschlags |
| **General Douglas** | Oberbefehlshaber der Mars-Defender |
| **Gerald** | einfache Rothaut |
| **Gibson** | Trainingspartner von John Trebor, interaktives Hologramm |
| **Gibson, Ralph** | Ausbilder bei den Mars-Defendern |
| **Golan** | John Trebors schwarzer Schäferhund |
| **Granger, Marcella** | Luxus-Callgirl |
| **Henderson, Ryan** | Rothauthäuptling, Machtmensch |
| **Herold, John** | Deckname von John Trebor |
| **Hogan, Walter** | Zeitreisender (verschollen) |
| **Horrorwitz, Natalie** | Mitarbeiterin von Bioneca |
| **Ingelmann, Trevor** | Rothauthäuptling |
| **Jane** | Rothaut, Überläuferin |

| | |
|---|---|
| **Jo** | Rothaut, Überläufer |
| **Kapoor, Anjuli** | Zeitreisende, Notfallärztin |
| **Karlson, Robert** | Minister für Verkehr und Raumfahrt |
| **Karp, Shlomo** | stellv. Sicherheitschef von Bioneca |
| **Kasper** | Veteran, Pilot |
| **Kent12** | iHuman, Bodyguard von Präsident Carter, Abbild Neil Armstrongs |
| **Klios, Rebecca** | Ehefrau von Samuel Klios |
| **Klios, Samuel** | COO von Bioneca |
| **Lemark, Theodor** | Rothauthäuptling, Sadist, Narzisst |
| **Levy, Jacob** | Sicherheitschef von Bioneca |
| **MacLaine, Charlene (Charly)** | Petty Officer, Mars-Defender |
| **Malcho** | Rothaut |
| **Malféu, Jason** | Rothaut, Theodor Lemark unterstellt |
| **Marta** | Mitarbeiterin von Space Logistics |
| **Matsuyama** | Rothaut |
| **Miller, Karl** | Rothaut, Überläufer |
| **Miller, Adam** | Rothaut, Überläufer |
| **Miller, Matthew** | Rothaut, Überläufer |
| **Moldan, Tatjana** | Rothauthäuptling |
| **Molitor, Eva** | Mastermind von Triple X, Expertin in Sachen Zeitreisen |
| **Mountbatten, Harper** | Ministerin für Gesundheitswesen |
| **Nakamura, Takashi** | Earth-Defender, Elitesoldat, Zeitreisender |
| **O'Brien, Anna** | Rothaut, Cousine von John Trebor |
| **O'Brien, Lawrence** | Rothauthäuptling, Onkel von John Trebor |
| **Oktachow, Wladimir** | Minister für Innere Sicherheit, später Vizepräsident |
| **Pablo** | Freund von John Trebor (*Knastbruder*), kreativer Kopf einer Werbeagentur |
| **Papadopoulos, Konstantin** | wissenschaftlicher Leiter von Bioneca |
| **Parker, Ted** | Agent von Space Logistics, Mann fürs Grobe, verlängerter Arm von Liam Foster auf dem Mars |

| | |
|---|---|
| **Pavard, Oscar** | Kommandant der Ares I |
| **Preston, Tim** | Mars-Defender, Technikfreak, Zeitreisender |
| **Ramirez, Angel** | Innenminister der Vereinten Nationen, Nachfolger von Wladimir Oktachow |
| **Ron** | Rothaut |
| **Sergej** | Freund von John Trebor (*Knastbruder*), Inhaber einer Werbeagentur |
| **Sobelowa, Jekaterina (Kate)** | Biologin und Chemikerin, Zeitreisende |
| **Thaddäus7** | iHuman, Abbild von Isaac Newton |
| **Thomas** | Freund von John Trebor (*Knastbruder*), Hacker, vorbestraft |
| **Tom** | Rothaut, Überläufer |
| **Trebor, Helena** | Ärztin, Ehefrau von John Trebor |
| **Trebor, John** | Mars-Defender, Captain, später Major, Zeitreisender |
| **Trebor, William (Bill)** | Rothaut, Bruder von John Trebor |
| **Tringali, Manuel** | CEO von Triple X |
| **Valdano** | Präsident Brasiliens |
| **Victor** | Rothaut |
| **Watanabe, Jinjin** | Ministerin für Bauwesen |
| **Wright, Cornelius** | CEO von Space Logistics |

# Glossar

| | |
|---|---|
| **Aldar** | Stadt im Norden des Mars mit riesigem Salzwasserreservoir |
| **Ares I** | Raumschiff, ehemaliger Gilizium-Transporter |
| **Arsia Mons** | Vulkan auf dem Mars |
| **B2** | Miniaturdrohne |
| **Biene** | Miniaturdrohne |
| **Bilasur** | alte, verlassene Gilizium-Mine auf dem Mars |
| **Biosphäre** | künstlicher Lebensraum unter einer glasähnlichen Kuppel |
| **Blauer Salon** | Büroetage von Präsident Carter |
| **Bumerang** | großer Plenarsaal der Vereinten Nationen |
| **Caldera** | Vulkankrater |
| **Carte blanche** | Aufforderung an die Parlamentarier, genauso abzustimmen wie der Präsident, nicht bindend |
| **Deimos** | einer der beiden Marsmonde |
| **Demme** | Stadt in der Nähe von Arsia Mons |
| **Dominoeffekt** | kausale Verkettung |
| **Elysium** | vulkanische Region auf dem Mars |
| **FDA** | Zulassungsbehörde für Medikamente |
| **Gilizium** | Rohstoff für Energiespeicher |
| **Gleiter** | Jets mit Impulsantrieb |
| **Golan** | Stadt auf dem Mars, Kornkammer und Gemüsegarten des Planeten, Johns Heimatstadt |
| **Halimux** | Pilzart, die nach ausgezeichnetem Rindfleisch schmeckt |
| **Holodesk** | Übertragungsplattform für Hologramme |
| **Hover-Car** | Luftkissenfahrzeug auf dem Mars |
| **Hyperlink** | ultraschnelle Übertragungstechnik |

| | |
|---|---|
| **Hyperloop** | Hochgeschwindigkeitszug auf dem Mars, der alle Territorien verbindet |
| **iDocs** | medizinische iHumans |
| **iHumans** | androide Lebensformen, von Menschen kaum zu unterscheiden |
| **Impulskanone** | hocheffektive, zerstörerische Waffe |
| **Inner Circle** | Regierung der Vereinten Nationen |
| **Interstellar-Raketen** | Langstreckenraketen zur Abwehr von Raumschiffen |
| **ITCO** | digitale Währung in der Zukunft |
| **Jalbur** | Stadt in der Nähe von Aldar |
| **Käfig** | Bolzplatz in München |
| ***Knastbrüder*** | Scherzhafter Name der Gruppe um John in München |
| **K-Serie** | iHumans der neusten Generation |
| **Mars-Defender** | Polizei und Armee auf dem Mars |
| **Mars-Evolution** | Besiedlungsprojekt des Planeten Mars |
| **Olympus Mons** | höchster Vulkan auf dem Mars |
| **Phobos** | einer der beiden Marsmonde |
| **Pulser** | Handwaffe |
| **Redun** | Hauptstadt auf dem Mars mit 2,5 Millionen Einwohnern |
| **Rothäute** | Terrorvereinigung auf dem Mars |
| **Sammler** | Busse mit Luftkissenantrieb |
| **Sax** | Bar in Zürich |
| **Silveregg** | Sitz der Vereinten Nationen, Kontrollzentrum der Welt, 352 Stockwerke hoch |
| **Space-Center** | eines der wenigen oberirdischen Gebäude auf dem Mars |
| **Space Logistics** | großes Speditionsunternehmen im 26. Jahrhundert |
| **Tharsis** | vulkanische Region auf dem Mars |
| **Tiguan** | Stadt im Osten des Mars, Abbaugebiet von Gilizium |
| **Triple X** | multinationaler Konzern im 26. Jahrhundert |
| **T-Serie** | iHumans der neusten Generation |

| | |
|---|---|
| **Valles Marineres** | eine mit Spalten und Gräben durchzogene Vulkanregion auf dem Mars, Teil der Region Tharsis |
| **Vereinte Nationen** | Staatenbund im 26. Jahrhundert |
| **Winaljum** | höchster Feiertag auf dem Mars |

## Fortsetzung folgt... ?!

Immer wieder werde ich gefragt, ob es eine Fortsetzung von John Trebors abenteuerlicher Reise durch Raum und Zeit geben wird. Ich antworte dann immer gerne, dass meine Leser darüber entscheiden. Ermutigen Sie mich, wenn Sie wissen wollen, wie es weitergeht. Sie finden mich bei Facebook und auf www.trebor.info.
Oder schreiben Sie mir einfach eine E-Mail an: john@trebor.info.

Ich freue mich über jede positive Rezension und natürlich auch über jede Kaufempfehlung.

# Danksagung

Als ich im Herbst 2018 die ersten Zeilen für dieses Buch aufgeschrieben habe, war mir nicht klar, dass John Trebor fortan in meinem Kopf wohnen würde. Er war immer bei mir und es verging kaum ein Tag, an dem sich meine Frau und Kinder seiner Präsenz entziehen konnten. Umso mehr freue ich mich darüber, dass sie niemals die Geduld mit John und mir verloren haben. Das gilt auch für meinen Bruder, der immer ein offenes Ohr für John und mich gehabt hat. Dafür möchte ich euch allen herzlich danken.

Mein ganz besonderer Dank gilt meinem Lektor Dr. Peter Schäfer, der John Trebor immer wieder unter die Arme gegriffen und geholfen hat.

Und auch bei Ihnen möchte ich mich bedanken. Dafür, dass Sie Ihre Zeit mit John Trebor geteilt und mit ihm mitgefiebert haben.

Ihr Robert Herpold